I0823497

EL PERFUME DEL REY

KARINE BERNAL LOBO

EL PERFUME DEL REY

Entre el poder y el amor hay una línea peligrosa

Ilustraciones de
Álvaro Cardozo

Planeta

Obra editada en colaboración con Editorial Planeta – Colombia

Bajo el sello editorial PLANETA M.R.
Avenida Presidente Masarik núm. 111,
Piso 2, Polanco V Sección, Miguel Hidalgo
C.P. 11560, Ciudad de México
www.planetadelibros.com.mx

Primera edición impresa en Colombia: abril de 2025
ISBN: 978-628-7779-29-7

Primera edición impresa en México en tapa dura: septiembre de 2025
ISBN: 978-607-39-3578-4

Impreso en los talleres de Litográfica Ingramex, S.A. de C.V.
Centeno núm. 162-1, colonia Granjas Esmeralda, Ciudad de México
Impreso en México – *Printed in Mexico*

A todos los aventureros solitarios que convirtieron en suyo mi mundo imaginario y dejaron atrás su país de origen y su rutina para viajar conmigo hasta tierras lejanas de reinos fantásticos, tradiciones peculiares e historias intensas al abrir este libro.

NOTA DE LA AUTORA
A ESTA EDICIÓN

¡Hola, monárquico!

¿Nos volvemos a ver o es la primera vez que lo hacemos? Sea como sea, me alegra que tengas este libro en tus manos.

Hace un tiempo creé este mundo para ti. Un mundo imperfecto con mujeres fuertes, palacios enormes, príncipes encantadores, villanos desagradables y antagonistas irresistibles. Es un universo nuevo que no pretende ser espejo del nuestro y que tiene su propio sistema de tiempo, así que no intentes ubicar lo que ocurre en el continente Karbelob en ninguna época histórica que conozcas. Aquí hay carruajes que te llevan por las calles del reino de Mishnock —el hogar de Emily Malhore, nuestra protagonista—, pero también aviones que te transportan entre los reinos enemigos de Lacrontte y Cromanoff. Hay cámaras que capturan para el periódico la foto en blanco y negro de la nueva novia del príncipe y, al mismo tiempo, cartas escritas con pluma y tinta que contienen secretos y amoríos, y que tardan días en viajar de una nación a otra.

Tal vez ya descubriste los muchos obstáculos por los que pasaremos a lo largo de estas páginas y quiero tomarme unas cuantas líneas para agradecerte todo el cariño que me has dado desde que salió la primera edición de esta historia un día bonito de abril. Gracias por estar aquí y quedarte, porque sin tu apoyo esta nueva versión no existiría, gracias por esperar el siguiente tomo y emocionarte en cada lanzamiento y, por supuesto, gracias infinitas por creer en Emily y en mí.

Y si estás transitando esta ruta por primera vez, te doy un consejo: cálzate bien tus zapatos porque el camino es largo y muy peligroso. Estoy emocionada porque descubras los ocho reinos que coexisten en el libro, a sus reyes y sus dilemas. Que te enamores, enojes y busques aliados en quienes poner tu confianza. Sin embargo, ten cuidado, ya que no todos los buenos son piadosos y no todos los malos son una amenaza. Sea cual sea tu bando, si te conviertes o ya eres un mishniano o un lacrontter, bienvenido a la edición especial de *El perfume del rey*, bienvenido a mi cabeza, a mi imaginación y a la monarquía.

Con amor,

Karine Bernal Lobo

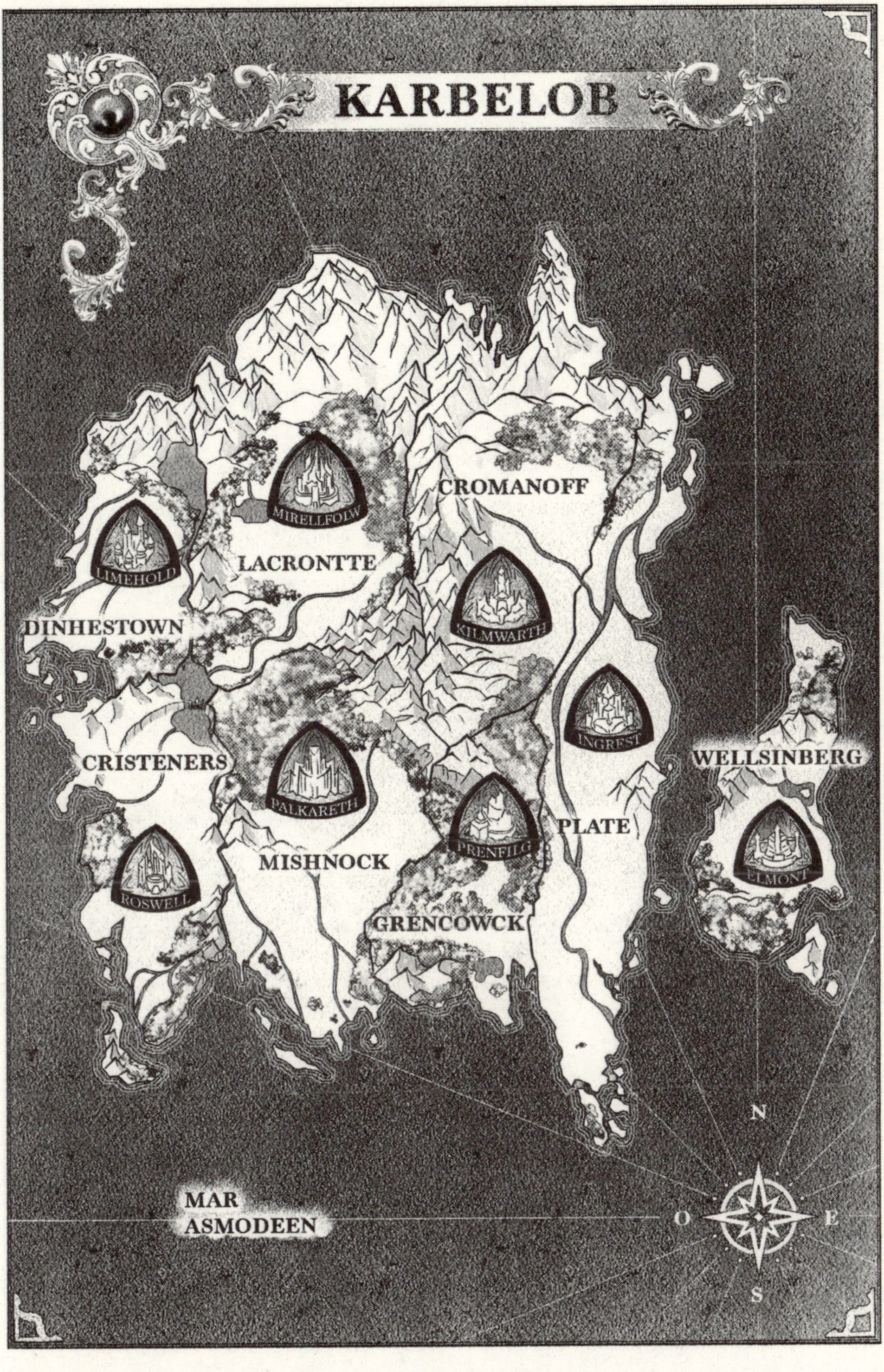

KARBELOB

MIRELLFOLW
LIMEHOLD
CROMANOFF
LACRONTTE
KILMWARTH
DINHESTOWN
INGREST
CRISTENERS
WELLSINBERG
PALKARETH
PRENFILG
PLATE
ROSWELL
MISHNOCK
ELMONT
GRENCOWCK
N
MAR
ASMODEEN
O
E
S

¿Qué hace un hombre enamorado cuando su esposa le pide un perfume? Pues crearle una perfumería.

Todo se remonta al reino de Mishnock, mi hogar. O más exactamente, a su capital, Palkareth. Aquí fue donde mis padres se conocieron y se enamoraron. Era tan puro y potente ese amor que mi madre abandonó las comodidades de una morada de grandes señores para casarse con un plebeyo sin recursos que hacía poco tiempo había llegado a la ciudad. Y años después un deseo suyo —un nuevo perfume que no podía adquirir debido a la escasez de recursos en su matrimonio— motivó a mi padre a arriesgar todo lo que ellos tenían para instruirse como aprendiz de perfumista e iniciar su propio negocio solo un año más tarde, a pesar de que nadie daba un triten por él.

Siempre deseé la valentía que ambos tuvieron para enfrentarse al mundo, pero no tuve la fortuna de heredarla. Al menos me queda la dicha de saber que el perfume con mi nombre es de los más vendidos de la ciudad, pero no nos desviemos. Mis padres tuvieron la osadía de convertir el negocio familiar en una de las perfumerías más famosas de nuestra nación y hoy son los creadores de las fragancias de la familia real, estatus que jamás tendrán nuestros competidores, lo que asegura que puedan brindarnos estabilidad económica a mis dos hermanas y a mí.

Ahora, mis hermanas… Lizzie es la mayor, la protectora y guía, a la que recurro cuando necesito un consejo, y Mia, la menor, tan enérgica e ingeniosa, es la que viene a mí en busca de consejo.

Lo anterior es la parte bonita de la historia, de mi historia. No obstante, las monedas siempre tienen dos caras y el mal con frecuencia acecha al bien, por lo que es momento de hablar de la guerra, la parte violenta que nadie quiere mencionar. Comencemos.

En el pasado, el reino de Mishnock se llamaba Felraish, hasta la fatídica noche en la que fuimos invadidos y sometidos a las estrictas leyes de Meridoffe, el rey que en esa época gobernaba la nación vecina y nuestra eterna enemiga, Lacrontte. Fuimos consumidos tan rápido como un papel en la hoguera: mis antepasados empezaron a deambular en las calles tras ser expulsados de sus hogares, vendiendo lo que les quedaba para conseguir comida y soportando humillaciones públicas y privadas para sobrevivir. Hasta que un grupo de rebeldes se armó de valor y, liderado por Bartolomeo Mishnock, luchó para derrocar el nefasto imperio que se había levantado sobre ellos. Hombres y mujeres trabajaron a escondidas en una revolución que les costó la vida a muchos: padres que enviaban lejos a sus hijos para que no pagaran las consecuencias que sufrían las familias de un sublevado, personas que caminaron kilómetros en la oscuridad para acercarse al enemigo, con el estómago vacío y pocas armas, pero con el objetivo claro de liberar a su patria. Después de alcanzar la victoria, Bartolomeo fue escogido como el nuevo rey de la nueva helia y este reino fue rebautizado con su apellido.

Actualmente, Mishnock es gobernado por los monarcas Silas y Genevive Denavritz, quienes hacen todo lo posible por protegernos del acecho lacrontter que hemos soportado a través de los años y que ahora comanda su temible rey Magnus, un hombre inmisericorde que nos tiene en vilo con temor a un nuevo ataque. ¿Cuál es el motivo detrás de la guerra? No lo sé. Yo conozco la historia de mi familia, pero la del mundo más allá de las murallas del reino es una historia que tendré que descubrir, así deba arriesgarme a mezclar mi camino con el del enemigo.

1

MISHNOCK

HELIA 7, ESTADO TEMPORAL 5, AÑO 2

—¿Emily, me estás prestando atención? —cuestiona Rose, chasqueando los dedos frente a mis ojos cafés.

La piel morena de quien ha sido mi mejor amiga desde la infancia reluce bajo la luz de la habitación y su melena caoba se mueve de lado a lado mientras me reclama.

—Lo hago —miento. Desconozco lo que ha dicho en los últimos diez minutos.

—Entonces, ¿me acompañarás? —Su voz está llena de entusiasmo.

—¿A dónde?

—¿Ves que no me escuchas? —se queja—. El joven que me gusta pidió vernos y, bueno, no es posible hacerlo de día, así que acordamos reunirnos en la noche y necesito que me acompañes. ¿Las diez estaría bien para ti?

—¿Crees que Erick Malhore va a dejarme salir a esa hora? Además, ¿por qué no puedes verte con él de día? ¿Qué esconde?

—Te prometo que te lo contaré todo si me acompañas. Hazlo por tu amiga de años, la persona que más te quiere en la vida —ruega, haciendo brillar el marrón de sus ojos—. Sé que tu padre no va a dejarte ir, así que tendrás que escaparte. Eso es lo que yo haré, porque mi madre tampoco me lo permitirá.

—No lo sé, Rose Alfort. —Desvío la mirada con duda hacia la lámpara que hay en mi mesa de noche, buscando una respuesta en la luz amarilla que parece crear un cálido atardecer cuando se refleja en las paredes claras de mi habitación.

—Es el amor de mi vida. Debes ayudarme a que no se escabulla.

—Has tenido más de mil amores de tu vida.

—Este es el verdadero, lo juro. Es un militar de Mishnock. ¿Quién soy yo para resistirme a ese uniforme azul y vino? —insiste esperanzada—. Míralo como un favor a la nación. Yo hago feliz a un soldado y él va motivado a pelear en la guerra.

Camina hacia mi armario, que está a punto de reventar debido al sinfín de vestidos que contiene, abre las puertas y toma algunos trajes, muchos, de diversos colores y formas. Se para frente al espejo de aquel tocador lleno de ornamentos y empieza a probarse uno tras otro.

—Necesito que me prestes uno. Tus padres pueden comprarte mejores vestidos que los míos y en verdad quiero deslumbrar a mi futuro esposo.

—¿Cómo que futuro esposo?

—Hay que profetizarlo; si lo creo, se cumplirá. Por cierto, mira —dice, se vuelve hacia mí y extiende un papel—, lo conseguí fuera de las oficinas del periódico. Es la lista de los mejores solteros de Palkareth.

Paso la mirada por el papel con los nombres de los hombres y sus edades. Rose tiene una ligera obsesión por capturar a uno de ellos y se esmera por estar presente en todas las fiestas en las que pueda encontrar uno.

—El príncipe Stefan es el primero, aunque, bueno, está fuera de mi rango. Demasiado inalcanzable como para intentarlo —menciona.

Hasta donde Rose me ha contado, nunca lo ha visto en los eventos, es un misterio con corona. Y a aquellos bailes monárquicos a los que él sí asiste a ella jamás la invitarían. Si han de otorgarme la suerte de alguien, ruego que no sea la de mi amiga.

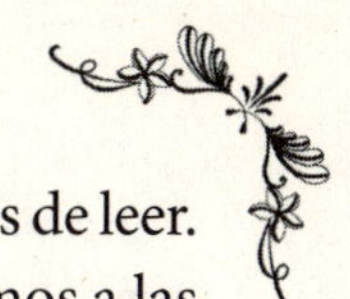

—No conozco a ninguno de esta lista —confieso después de leer.

—Es porque no tenemos ningún título. No pertenecemos a las altas casas de la nación, pero ahí está el hombre con el que voy a verme mañana.

—¿Es un noble? —pregunto confundida—. Recuerdo haber escuchado que se trataba de un militar.

—Sí, lo es. Unirse a la armada le otorgó su título y él ahora me lo dará a mí.

Unos toques en la puerta nos sobresaltan. Escondo la lista detrás de mi espalda como si se tratara de un vergonzoso asunto del que nadie se debe enterar y finjo normalidad frente a Mia, mi hermana menor, que se apoya en el marco, observándonos con el hastío de quien es obligado a servir como mensajero.

—Papá te espera abajo. Necesita hablar contigo y con Liz.

—¿Podrías saludar a Rose? —la reprendo.

—Ya lo hice, incluso me enseñó la lista de los solteros. Ahora baja, que te están esperando.

Dejo a mi amiga en la habitación y voy tras el llamado. Al bajar las escaleras encuentro a mis padres y a mi hermana mayor en el comedor, rodeados de un silencio sepulcral que me alarma.

—¿Algo anda mal? —cuestiono ante la urgencia del encuentro.

—Todo lo contrario —sostiene mamá con la emoción de quien ha ganado un premio—. Mañana será un día atareado para los Malhore. Tendremos una cena muy importante.

¿Cena? ¿Se interpondrá en mis planes con Rose?

—¿Hasta qué hora?

—¿No te interesa saber con quién? Creo que eso es más relevante.

—Tiene razón, lo siento —me disculpo y tomo mi lugar en la mesa, nerviosa.

—Inversionistas —interviene mi padre—. Vienen desde Lacrontte, pues hasta allá ha llegado la buena fama de nuestros perfumes.

—Increíble. Lo que todavía no entiendo es qué tenemos que ver Liz y yo en esto —indago al notar que ella ha permanecido en silencio.

—Es probable que alguno de ellos esté interesado en nosotras —explica ella finalmente—. No es una cena de negocios, sino de relaciones. Nadie vendría desde tan lejos solo para ayudar a un negocio del reino enemigo.

Mi atención se vuelve hacia mi padre en busca de una respuesta.

—Es una deducción. No deben alarmarse; jamás las obligaría a hacer algo que no quisieran.

—No quiero casarme —alego asustada. Aunque estoy segura de que aceptaría si mis padres me lo pidieran, porque haría cualquier cosa por ellos. Quiero que siempre me vean como una ayuda, nunca como una carga.

—Aquí nadie va a casarse —me asegura—. Los recibiremos y veremos qué necesitan, si vienen exclusivamente por negocios o por algo más. Y si llegaran a decirme que invertirán a cambio de la mano de una de ustedes, diré que no. No las voy a vender a nadie por unos tritens.

—Aun así, es nuestro deber ponerlas al tanto para que no se lleven una sorpresa —aclara mamá—. Ustedes son las únicas en edad de casamiento. No lo digo solo por ser su madre, pero las dos son hermosas.

—¿Eso es todo? ¿Ya puedo retirarme? —pregunto con un nudo en la garganta. Me angustia imaginar un matrimonio por conveniencia con alguien a quien no conozco y, por ende, no amo. Para mi suerte, papá asiente.

Corro escaleras arriba, chocándome con Mia en el camino. Su cabello oscuro cae en mi torso, mientras los ojos cafés distintivos de todos los Malhore me observan con curiosidad.

—¿Liz y tú van a casarse? —cuestiona con algo de aflicción.

La tomo de la mano y la llevo hasta mi habitación, donde Rose ya tiene puesto uno de mis vestidos. En el interior, las cortinas ondean como pequeños fantasmas flotantes por la brisa de la noche que se cuela por la ventana, agregando más tensión al ambiente lleno de zozobra. Corro hasta el marco y cierro el cristal temblorosa y con la respiración sofocada por el raudal de ideas fatalistas que cruzan por mi mente.

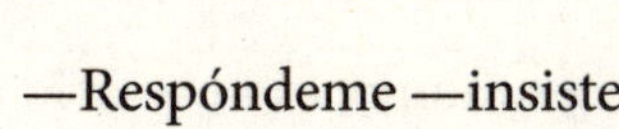

—Respóndeme —insiste.

—¡Claro que no! Papá dijo que no nos comprometería por dinero.

—¿Vas a casarte? —pregunta mi amiga.

—¿Acaso nunca se va a terminar este tema? ¡Dije que no! —reitero exasperada—. Mi papá no nos haría eso.

—Quizás sí sea nuestro deber aceptar. —Liz irrumpe en mi alcoba con una expresión neutra en su rostro, pero la conozco, sé que está escondiendo el mismo temor que siento en este momento—. Las cosas no marchan del todo bien en la perfumería desde que se intensificó la guerra contra Lacrontte.

—¿Acaso no vendemos? No he escuchado a mis padres quejarse.

—Lo hacemos, nos mantenemos a flote; sin embargo, eso no asegura que sea así para siempre. ¿Has visto las noticias? La frontera cada vez está más golpeada, el ejército de Lacrontte nos sobrepasa en número y sé que en poco tiempo ya nadie estará interesado en comprar perfumes, les importará más abastecerse de comida ante la amenaza de un nuevo ataque.

—No quiero quedarme sola —habla Mia.

—Debes entender que, como tus hermanas mayores, debemos ayudar a nuestros padres, y un compromiso supondría un alivio para ellos. Tendrían una hija menos de la cual encargarse.

—Ustedes solamente son tres —interviene Rose—. Además, están económicamente muy por encima del promedio de los plebeyos. Ya quisiera tener la mitad de las cosas que ustedes tienen. Pueden permitirse vestidos hechos a mano, y Emily incluso tiene pendientes de plata.

—Y los tendrá que vender si la situación del reino continúa así —dice Liz.

—Después de mis tutorías puedo buscar trabajo —contesto—. Eso no afectará la perfumería porque ustedes seguirán ayudando a mis padres.

—Yo también puedo conseguir uno y le daré la mitad de mi sueldo a Emily —apoya mi amiga—. Bueno, quizás el treinta por ciento.

—Emily, si alguno nos propone matrimonio, es necesario que estemos abiertas a aceptar el compromiso. Espero ser yo para que tú puedas seguir con cualquiera que sea tu sueño.

Liz sale de la habitación, llevándose a Mia después de ponerme una soga en el cuello, porque si de algo estoy segura es de que no quiero casarme con nadie a quien no ame.

—No te preocupes, podemos vender cosas en el mercado. Mis padres y yo siempre compramos objetos en tiendas de segunda mano, así que podríamos llevar algo que no uses y recaudar dinero —sugiere Rose, intentando reconfortarme—. Esto va a sonar fuera de lugar y un poco egoísta, pero... ¿sí me acompañarás mañana a reunirme con el amor de mi vida?

—Bien. Mañana a las diez de la noche —cedo desganada—. Ojalá no nos arrepintamos de esto.

Quiero convencerme de que estoy haciendo algo bueno al ir con ella y solo concentrarme en eso. Aunque lo cierto es que la posibilidad de terminar comprometida con alguien del reino Lacrontte no me abandona. Ellos son el enemigo, todo lo que me enseñaron a temer y ahora los tendré en frente como a futuros aliados, mientras ruego en silencio que ninguno haga una propuesta que me arranque de mi hogar. La última cosa que deseo es convertirme en una súbdita del impiadoso rey Magnus.

2

—Ese perfume, majestad, contiene las notas florales que usted solicitó en nuestra última reunión —explica papá a la reina, quien nos observa en silencio desde lo alto de su trono—. Lo que sostiene en sus manos es el resultado de muchas pruebas.

Hoy nos encontramos en el palacio real en la presentación semestral de perfumes para los reyes; les enseñamos las nuevas creaciones basadas en sus gustos y exigencias. Afortunadamente, papá es un gran vendedor, tiene el don de la palabra, algo con lo que no cuento, y por eso mi función aquí se limita a sostener y entregar los objetos que me pida, mientras él se encarga de ayudar a los reyes con su elección.

—Creo que a Silas le gustará este —dice la reina y agita con delicadeza el frasco con líquido blanquecino antes de ponérselo en el dorso de la muñeca, cuidando que ninguna gota caiga sobre su traje ocre.

Siempre he admirado la presencia de la reina Genevive. Tiene el aire angelical que le falta a su esposo, quizás es por su estructura ósea tan fina, por la singular manera con la que se mueve como si fuera un diente de león al viento o por la suavidad de su tono al hablar. Todavía sigo intentando descubrir el enigma que representa.

—Sí, sin duda este es el elegido —sonríe satisfecha, dándoles entrada a las delgadas arrugas que le decoran los ojos avellana.

Papá no se esmera en ocultar su emoción, y no es reprochable, pues tenerlos como clientes es una de las mayores razones por las que nuestra perfumería tiene tanto prestigio en el reino.

—Lamento que Silas y Stefan no hayan podido estar presentes, pero estoy segura de que tomé la decisión correcta en cuanto a sus fragancias. Y, señor Malhore, reitero que para nosotros es un placer que sea usted nuestro perfumista de confianza. Cuando salga al pasillo un guardia les dará su pago.

Comienzo a guardar los perfumes no seleccionados en el maletín de papá con cuidado para que no se quiebren y se unan a la mezcla pesada de distintos aromas en la que se ha convertido el aire de la sala del trono, ya que ni siquiera la brisa que entra por los inmensos ventanales ha sido capaz de disipar las esencias. Desde madera y cítricos hasta sándalo y miel se han adueñado de las columnas decoradas con el escudo del reino, dejando en el olvido aquel olor a pino que cubría el pulido suelo de mármol.

—Espero que pueda hacerle llegar mi saludo al rey —se despide mi padre con una reverencia.

—Cuente con ello, señor Malhore, con la condición de que igualmente le haga llegar mis afectos a su esposa. Señorita Malhore, gracias también por venir. La última vez que la vi era solo una niña, y mírese ahora, es toda una jovencita hermosa. ¿Está usted casada o prometida?

—No, majestad, todavía no he entrado en el ámbito casamentero.

—Y confío en que tampoco lo hagas pronto. —Escucho el susurro de papá.

* * *

Caminamos ahora por las calles de Palkareth, dejando atrás la opulencia de la casa real, sus altos muros cargados con los retratos de los antiguos reyes de Mishnock, cada uno con mirada pesada, apesadumbrada, como quien ha vivido tormentosos momentos que jamás lo abandonan. Lucen barbas espesas que me hacen preguntarme si

debajo hubo alguna vez una sonrisa, y una vistosa corona de rubíes, la misma en cada retrato que pasa de monarca en monarca hasta llegar a los implacables ojos de flamas azules del rey Silas Denavritz, que parecen seguirme a medida que camino por el palacio.

—Recaudación de impuestos —informa papá con algo de desaprobación, devolviéndome a la realidad.

Dirijo mi atención hacia el frente, donde veo un grupo numeroso de guardias marchar de manera sincronizada, formando una línea fina por las calles. El uniforme azul y vino se asemeja al mar teñido de sangre. Es inquietante a la vista, más por las armas que cuelgan de sus hombros. Avanzamos hasta la plaza donde las filas se extienden vías abajo, claramente divididas por clase social, pues los plebeyos no podemos mezclarnos con los grandes señores y damas de la nación. Todos ya sostienen en sus manos una pequeña bolsa color vino con los tritens indicados por ley según su función dentro del reino. Los desempleados de Mishnock deben contribuir a la monarquía por el simple hecho de habitar la nación; sin embargo, ellos son a los que peor tratan, pues mientras menos impuestos paguen, menos valen. Los obreros y sirvientes que trabajan en casas de título nobiliario van en una sola fila, junto a los trabajadores de las plazas de mercado, los campesinos, los herreros y los de oficios similares. Los guardias, militares, cocineros, doncellas y cualquier otra persona que sirva en el palacio o el reino pagan los impuestos más bajos de la nación, pues los redimen con su trabajo. Los joyeros, perfumistas, orfebres, floristas, músicos, tutores, sastres y de profesiones que requieren una educación especializada deben organizarse en otras filas. Y es aquí donde me deja mi papá mientras va a la oficina de correos a enviarle el dinero de los impuestos a mi abuela.

El sitio comienza a llenarse de personas. Todos bajo el estridente sol de Palkareth, a diferencia de las filas de los condes, vizcondes, barones y señores, que están bajo unas gruesas carpas que los protegen de los violentos rayos. Los duques y marqueses ni siquiera deben salir de sus casas, ya que los recaudadores van hasta allá.

Suenan las trompetas y los guardias reales llenan el lugar, avisando la presencia de alguno de los monarcas.

—Una reverencia para su alteza, el príncipe Stefan Denavritz Pantresh.

La multitud hace lo pedido. Inclinan su cuerpo ante el heredero hasta casi chocar unos con otros debido a la cercanía.

—Pueblo de Mishnock —comienza el príncipe sobre un escenario improvisado—, gracias a ustedes y a sus puntuales aportes nuestra frontera seguirá segura, los soldados recibirán el pago que merecen por su heroica función y podremos costear mejores armas.

Papá llega a mí por la derecha y toma mi lugar en la fila, llenando una bolsa con los tritens correspondientes. Avanzamos lentamente, pues todos parecen tener los ojos puestos en el monarca heredero, y no soy la excepción. El príncipe tiene una belleza indiscutible, pero también una manera tan extraña de dirigirse a la nación que me cuesta conectarme con su discurso, pues luce como si hubiera ensayado sus líneas durante días y parece más una estatua parlante que un soberano agradecido con el reino.

—El rey Magnus no se cansará hasta repetir con nosotros la historia que vivieron nuestros antepasados en la época de Meridoffe y Bartolomeo. La diferencia es que ahora no necesitamos un libertador, sino unión para vencer la violencia de los lacrontters —declara con la mirada puesta en el horizonte.

—Nombre, señor —pregunta el recaudador. Ni siquiera había notado que ya estábamos en primera fila.

—Erick Malhore —responde concentrado.

—Ocupación y cantidad total de miembros de su núcleo familiar —pide sin mirarlo—. Más le vale que no mienta, tenemos los registros.

—Perfumista y cinco personas.

—Serían, entonces, cien tritens.

—¡¿Disculpe?! Siempre son cincuenta tritens, diez por persona.

—Los impuestos han subido y para ustedes ahora son veinte, así que dispóngase a pagar porque la fila es larga.

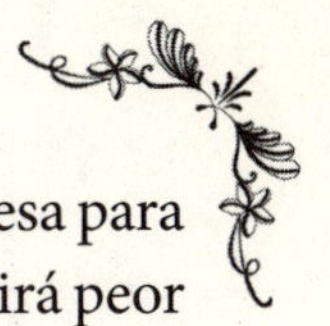

De mala gana papá toma su maletín y lo apoya sobre la mesa para sacar los cincuenta tritens adicionales. Sabemos bien que nos irá peor si no cumplimos lo ordenado. Pasa la bolsa de monedas a uno de los recaudadores, quien empieza a contarlos con rapidez y asiente al verificar que está completo.

—Gracias por contribuir a la guerra —dice el segundo hombre y le entrega a papá una insignia circular con nuestro apellido grabado junto a un breve mensaje: «Cumplí con el pago de mis impuestos», que debe ser exhibido en la puerta de cada hogar para registrar a quienes obedecimos la norma y diferenciarnos de los que no.

—Como si tuviera opción —susurra a medida que salimos de la fila.

De repente, los gritos se levantan como olas del mar. Mi padre parece notar algo que mi baja estatura no me permite y en segundos corre hasta un grupo de guardias que llevan a rastras a una mujer.

—Esto es un atropello, ¿por qué le hacen esto? —cuestiona indignado.

—No ha pagado sus impuestos y la ley ordena que quien no lo haga debe ser encarcelado.

—¡Es una anciana, por favor!

Me mezclo entre la multitud que se ha reunido y descubro en el centro del tumulto el rostro de Nahomi, que se ha convertido en una amiga cercana a la familia desde hace algunos años. Vive a unos metros de mi hogar, siempre está sola y parece que su familia la ha abandonado a su suerte. Muchos en Palkareth la repudian, pues es una mujer mayor que no se encuentra del todo cuerda. Lo que ellos no saben es que es la persona más interesante que conozco, a pesar de que la mayoría del tiempo está divagando por las calles sin rumbo fijo y son los vecinos quienes la obligan a regresar a su hogar cuando la noche hace su entrada.

—Si desea que ella quede libre, debe pagar sus impuestos —discute el soldado.

—Son cinco tritens, ¿no? —pregunta papá, rebuscando las últimas monedas en el maletín—. Es una mujer desempleada, por lo tanto, paga menos.

—Son treinta. Ahora es una infractora, así que su delito sextuplica sus impuestos.

—Solamente tengo veintiocho tritens. Tuve que tomar más dinero para completar mis impuestos.

—Son treinta tritens. Si no los tiene, le sugiero que no obstruya el paso.

—Papá, puedo ir a casa por lo que falta —me ofrezco.

—No, no te dejaré ir sola —dice, poniéndome la mano en el hombro para luego volverse al soldado—. Nada más restan dos, déjelo pasar esta vez. ¡¡Es una anciana!! —brama, frustrado—. Estoy pagando por su libertad.

—No le grite a la autoridad —ordena el uniformado—. ¿Acaso no respeta la ley? Queda usted detenido por irrespeto a la autoridad.

—¡¿Qué?! —El grito me quema la garganta—. ¡No pueden detener a mi padre!

Los hombres lo toman del brazo para guiarlo hasta el resto de los ciudadanos infractores. Si el desacatar una orden sextuplica la pena, no quiero pensar en todo lo que debemos pagar ahora.

Papá intenta pasarme su maletín, pero antes de que nuestras manos se toquen, un guardia me empuja lejos de la escena. Me toma unos segundos mantener el equilibrio tras el tropiezo y, una vez que lo consigo, me embarga la impotencia.

—¿Qué sucede aquí? —una voz firme me detiene cuando estoy a punto de protestar por el maltrato.

Un par de ojos azules se cruzan conmigo, confundidos y hambrientos por saber lo que sucede. Lo reconozco de inmediato: es el príncipe.

—Son solo infractores, alteza —explica uno de los oficiales.

—Eso no es cierto —me atrevo a decir con la valentía y el miedo mezclados—. Mi padre no ha hecho nada. Solo intentaba salvar a una mujer.

—¿Cuál mujer? —pregunta el heredero, mirándome con detenimiento.

—Nuestra amiga, a quien llevaban como a un animal. Intentamos pagar, lo juro.

—Suéltenlos —ordena de repente, sin volverse a los soldados—. A ambos.

Con agilidad, mi padre vuelve a mi lado con la bolsa de tritens en la mano y en poco tiempo nos acompaña Nahomi, quien no cesa de agradecer, y yo también quisiera hacerlo, aunque no sé cómo iniciar siquiera. Estoy demasiado intimidada por la atención recibida de los curiosos que observan la escena en silencio. Tampoco ayuda la presencia del príncipe y su incesante mirada distante que de alguna manera resulta cálida. ¿Será alguna estrategia para parecer agradable ante sus súbditos? Suena como una de esas cosas que les enseñan a los monarcas.

—Emily, ¿a dónde crees que me llevaban? —inquiere Nahomi, desconcertada—. Me gusta vivir en Palkareth, no quiero que me lleven a otra ciudad.

—No vas a ningún lado, Naho, solo a casa. —La abrazo para tranquilizarla.

—Esto le pertenece, alteza —comunica mi padre, pasando las monedas a sus manos.

—No es necesario que paguen. —Su voz es neutra, como la de un militar al ser interrogado—. Disculpen las molestias causadas.

Levanto la mirada hacia él, quien aparta la vista cuando nuestros ojos se encuentran.

Cruza las manos detrás de la espalda y camina con elegancia hasta perderse en compañía de un grupo de guardias que lo siguen hasta el otro lado de la plaza. Su mirada intensa no abandona mi mente, y mucho menos el gesto que tuvo con nosotros. Jamás pensé que se tomara la molestia de acercarse para ayudar a los plebeyos. Al menos parece que el reino quedará en buenas manos, pues jamás se ha visto al rey Silas en una acción semejante.

—Fue una mala primera vez —dice Nahomi cuando estamos solas.

—¿Disculpa? —Le acomodo el cabello que se le ha despeinado por el agite.

—El príncipe. Fue una mala primera vez para ustedes, pero no la única.

* * *

Cuando el reloj marca las siete, mi madre golpea la puerta de mi habitación para informarme que los inversionistas han llegado a casa. Liz y Mia se encuentran detrás de ella, impolutas en un vestido café y uno violeta respectivamente que resaltan el tono pálido de nuestra piel.

—No se preocupen, que nada malo pasará —asegura con la sonrisa tierna que me regala desde que tengo memoria.

Me limito a asentir, pese a que por dentro estoy muriendo de nervios de solo pensar que alguno de esos hombres pueda hacer una propuesta que no estoy dispuesta a aceptar.

Bajamos hacia la primera planta, donde la iluminación hace relucir mi vestido crema, bordado con pequeñas margaritas blancas y hojas verdes. Papá ya se encuentra en el comedor conversando con tres hombres. Rodeamos la mesa, tomamos lugar frente a ellos e inmediatamente me invade la sensación de que algo esconden. El cabello canoso del primero me lleva a pensar que tiene unos cincuenta años, las arrugas en su piel me demuestran que ha vivido noches largas y días cortos, la contextura robusta de su cuerpo indica que ha tenido el dinero suficiente para disfrutar festines, y por la mirada altiva y mezquina que nos ofrece podría jurar que no compartía esos bufés con nadie. El segundo es mucho más joven, posiblemente pase los veinte; tiene piel trigueña, ojos miel y una postura erguida, cautelosa y vigilante, cual militar. Dirige su atención hacia cada rincón, como si quisiera grabarse con detalle el sitio en el que se encuentra. ¿Acaso hemos dejado entrar a un hombre de la Guardia Negra en nuestra casa? Y, finalmente, el tercero: cabello oscuro y seco, como quien ha pasado mucho tiempo bajo el sol, es el único que sonríe y parece estar cómodo en esta reunión, tiene unos ojos esmeralda que, aunque intentan reflejar buen humor, me resultan bastante escalofriantes.

—Es un placer conocer a todas las mujeres Malhore —saluda el último, observándonos con una mirada oscurecida.

—Buenas noches —respondo, dirigiendo mi atención a todos los presentes.

—Sin duda es una excelente noche. —Escucho comentar al mayor con una sonrisa inquietante—. Estoy seguro de que valió la pena cruzar hasta la frontera enemiga.

Esta cena solo tiene un par de opciones: ser un éxito en el que Liz y yo salgamos sin ninguna propuesta de matrimonio, pero con una inversión segura para el negocio familiar, o un fracaso para alguna de las dos y que nos veamos obligadas a unir nuestra vida con el enemigo para así tener su apoyo económico.

—Ella es mi esposa, Amanda, y estas son mis hijas, Liz, Emily y Mia Malhore —nos presenta papá.

—¿Liz es una abreviación de Elizabeth? —pregunta el joven de ojos miel.

—No, de Lizzie —responde ella. Es evidente que no se siente cómoda, y no es la única.

—Creo que ahora es nuestro turno. Soy Cedric. —Extiende su mano hacia ella—. Él es Percival. —Señala al mayor de los tres.

—Y a mí me pueden llamar «Mercader» —dice el último.

—¿No juzga necesario que conozcamos su nombre si vamos a hacer negocios? —interviene mi padre.

—Sabrán lo necesario, y mi nombre ahora no es urgente.

—Entonces debería empezar a explicarnos su propuesta —dice papá mientras mamá sirve la cena.

—De acuerdo. No está de más decir que soy un importante hombre de negocios en Lacrontte y he querido ampliar el horizonte invirtiendo en otras naciones. ¿Y qué mejor que comenzar con la perfumería más famosa del reino de Mishnock?

—Como familia, agradecemos los cumplidos; no obstante, le pediré que sea más específico.

—Por supuesto. El joven Cedric, quien es su compatriota, nos comentó sobre su fama y creí que con una buena inversión podríamos extender su negocio hasta Lacrontte.

—¿A su rey no le importaría tener una perfumería de un plebeyo del reino enemigo?

—Su majestad Magnus —interviene Percival— no se relaciona mucho con el pueblo, solo le interesa que cumplamos sus leyes y en ninguna se prohíben las alianzas de negocios con Mishnock.

—Entonces hablemos de inversiones.

Mientras tomo la cena, estoy atenta a cada detalle de la conversación y casi me atraganto cuando revelan que la cifra es de tres millones de tritens. Con ese dinero podría comprar al menos diez casas de mi vecindario. De las ganancias de la inversión recibiríamos el treinta por ciento, algo que a papá no le agrada en lo absoluto.

—Estoy ofreciéndole más de lo justo. No olvide que a los lacrontters nos encanta el lujo y con eso debo costear el nuevo sitio, empleados y materiales —explica el Mercader—. Me gustaría recibir una respuesta en el menor tiempo posible, porque no imaginan lo difícil que fue venir hasta acá. Los permisos que se necesitan para salir del reino, dado el caos que hay en la frontera por la guerra, se vuelven cada vez más difíciles de conseguir.

—Lo haremos, lo pensaremos como familia —asegura papá, dispuesto a no dejarse presionar—. No tiene que preocuparse.

—Recuerden que las guerras destruyen la economía, y si las cosas siguen así, nadie les prestará atención a sus perfumes. En cambio, los grandes acaudalados de Lacrontte no tendrán problema en gastar dinero.

—Parece que intenta manipularnos. Ya le dije que lo pensaremos y les daremos una respuesta pronto.

—Hay algo más —interrumpe Percival, captando la atención de todos—. El joven Cedric nos dijo que este es un negocio familiar.

Las miradas se dirigen al moreno de ojos brillantes, quien solamente se encoge de hombros.

—Soy su voz en Mishnock —dice con naturalidad—, debo mantenerlos informados.

—Así que necesitaría que una Malhore se fuera conmigo a Lacrontte para que me enseñe los secretos de la perfumería.

—Mi esposo puede viajar y enseñarle lo necesario —contrapone mi madre.

—Parece que no me he hecho entender. Requiero a alguien a mi lado de forma permanente, y creo que la encontré. —Sus ojos se desvían hacia mi hermana, quien baja la cabeza intimidada—. La señorita Liz ha captado mi atención.

—Mis hijas no están buscando un compromiso —dice papá y veo hielo en su mirada.

—Pues deberían; los enfrentamientos se incrementan y pronto las familias no podrán mantenerse. Y, bueno, ustedes tienen tres hijas. En cambio, si Liz está casada con un hombre generoso, como yo, podrá tener una vida privilegiada y aportar a su familia con mi dinero.

—Para eso es el trato, ¿no? —inquiere mi padre—. La sucursal en Lacrontte nos ayudará a sobrellevar la situación aquí.

—Necesito que comprenda el trasfondo de la propuesta. Si no hay compromiso, no habrá negocio. No crea que voy a imponer su monopolio solo por dinero. Necesito un estímulo superior.

—Me pregunto por qué tiene que viajar al reino enemigo para conseguir esposa. ¿Qué reputación tiene en Lacrontte?

—La mejor, y pienso unirme con su hija para extender mi patrimonio y renombre.

—No estamos interesados.

—¡Padre! —mi hermana levanta la voz—. Considero que deberíamos pensarlo. Él tiene razón. La guerra cada día se vuelve más cruda. Yo podría asegurar el futuro para todos. Estoy dispuesta a hacerlo por mi familia.

—Liz, por favor —sentencia entre dientes, casi como una súplica para que se detenga—. Me niego a que siquiera lo consideres.

—No lo juzgo, señor Malhore —expresa el joven Cedric—. Su hija es muy bonita y estoy seguro de que si el Mercader no tuviera pareja invitaría a la segunda en línea.

—La señorita Emily es agraciada. A pesar de ello, mi mente en estos momentos se encuentra ocupada con alguien más —repone él.

—Y entendemos las razones. Su novia es una de las grandes bellezas de Lacrontte —prosigue su compañero—. Y ahora Percival se llevará consigo un encanto de Mishnock.

—Creo que es mejor que demos por terminada esta cena. —Papá se esmera en mantener la compostura sin importar cuán evidente es su molestia.

—Podemos irnos sin una respuesta, pero su perfumería no se podrá mantener sin una buena inversión. El futuro de su familia está en sus manos.

El Mercader es el primero en levantarse del comedor. Ya ha dejado de lado la expresión amistosa con la que nos quería convencer al principio y ahora ha adoptado un gesto serio e irritado. El resto de sus compañeros lo siguen en silencio. Es obvio que están molestos por no haber recibido una respuesta positiva, y se limitan a caminar hacia la puerta precedidos por papá, que ya no es capaz de ocultar su mal humor.

—No soy un hombre paciente. Recuérdelo —avisa el hombre de ojos verdes antes de abandonar la casa.

—Buenas noches —le responde mi padre y cierra la puerta cuando dan la espalda.

Se recuesta en la madera e inhala profundamente, tratando de poner orden a sus emociones. Clava luego la vista en Liz, quien ya lo mira con impaciencia por hablar.

—Es una gran oportunidad —suelta ella primero.

—No tienes que aceptar nada, no es tu obligación sacarnos adelante.

—Eso lo tengo claro, aun así puedo ayudar, y si esa es la única manera que tengo para hacerlo, voy a asumirla. Con todo respeto, padre, ya soy una adulta y puedo tomar mis propias decisiones.

—¡No lo puedo creer, Lizzie Marie Malhore Lanreb! Siempre has sido la más madura de las tres y ¿ahora me sales con esto? ¿Es que acaso tienes deseos de casarte con tanta urgencia?

—Soy mayor y tampoco tengo prospectos.

—Esto es inaudito. ¿Qué tengo que hacer para que te saques esa idea de la cabeza?

Las discusiones me incomodan y más si incluyen a miembros de mi familia. Me angustia, pues siento que cada palabra crea pequeñas grietas en nuestra relación y no puedo hacer nada para repararlas.

—Aceptarlo, porque voy a casarme y con eso los ayudaré. Esa es mi decisión. —Se levanta de la mesa, afligida—. Con su permiso, me retiro a mi habitación.

Se aleja a zancadas, dejándonos a papá, a mamá, a Mía y a mí estupefactos.

—¡Esto es inverosímil! ¿Cómo es que una cena de negocios terminó en una disputa familiar? —discute mi madre—. Que tres hombres hayan acorralado a Liz de esta manera.

—Mia, Emily —papá se dirige a nosotras—, no es un secreto que con cada ataque la economía del reino tambalea y se reduce. Incluso subieron los impuestos, pero no por ello deben verse obligadas a aceptar compromisos por conveniencia. Quiero que cuando alguna se case, lo haga enamorada y no para ayudar a sus padres a salir de algún apuro, ¿entendido? —habla decaído, y mi corazón se vuelve pequeño al escucharlo—. Ese reino solo trae problemas, caos y discordias, así que quiero que ustedes dos se mantengan alejadas de cualquier lacrontter.

—Lo prometo —digo para sanar su agonía—. Ahora creo que es momento de retirarme también.

Subo las escaleras para buscar a mi hermana e intentar persuadirla. Sin importar cuán tenso esté el ambiente, quiero escucharla, entender lo que siente más allá del deber.

—Liz, ¿quieres hablar? —pregunto una vez la alcanzo en su habitación.

—En realidad no hay mucho que decir. Lo hago por todos nosotros. Necesitamos esa inversión para salir adelante.

—Hay otras formas. No te ciegues únicamente por las promesas de un hombre que pretende engañarnos con dinero.

—Mily, ¡basta! —Adopta una actitud seria, ruda y mueve la puerta como si quisiera dejarme fuera—. Ya tomé la decisión.

—De acuerdo. —Cedo al notar su terquedad—. Buenas noches.

El camino de vuelta a mi alcoba es triste. Me preocupa mi hermana, no quiero perderla, no quiero que se vaya al reino enemigo con un hombre al que no ama. Sé que papá se sentirá culpable toda la vida al ver su desdicha, y yo también. ¿Qué puedo hacer? Quiero ayudar, encontrar una solución con la que nadie se tenga que entregar a un lacrontter, con la que nadie deba sacrificarse, pero, por más que me esfuerce, nada me viene a la cabeza.

—Creí que nunca se terminaría la cena. —La voz de Rose me asusta cuando cruzo la puerta de mi cuarto.

A duras penas la distingo en medio de la oscuridad, iluminada escasamente con la luz de la luna que se filtra por la ventana a su espalda. Cuando enciende la lámpara de mi mesa de noche, la veo sentada en mi cama con las piernas cruzadas, atándose el cabello en una coleta alta.

—¡Por mis vestidos! No te esperaba aquí. ¿Cómo entraste?

—Por el patio. Escalé la pared y luego subí hasta tu ventana. ¿Cómo supones que regresaremos? Debes dejarla abierta para que podamos entrar sin hacer mucho ruido.

—En verdad no me termina de convencer esta hazaña. —Enciendo la luz del techo para verla mejor.

—Saldrá todo bien, tampoco es como si fuéramos a matar a alguien.

—Sí, a matar la confianza que papá ha puesto en mí.

—Te juro que no se va a enterar —afirma, mientras camina hacia el espejo para mirarse—. Por cierto, tomé prestados tus pendientes de plata, espero que no te moleste. ¿Me veo bien? ¿Crees que pueda conquistarlo con esto?

—Completamente segura de que no podrá resistirse.

Rose me saca algunos centímetros de estatura, por lo que el atuendo rosa que ha escogido no le cubre del todo las piernas. Me ubico a su lado para detallar mi vestido y le sonrío al espejo tal como

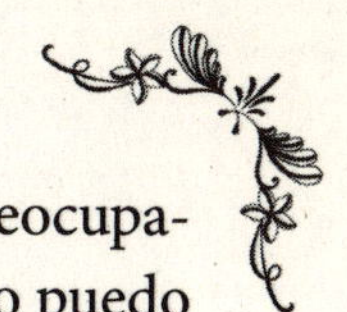

ella lo hace, pero esa expresión no se refleja en mis ojos, la preocupación por la cena no abandona mi cabeza y, aunque trato, no puedo compartir la emoción de mi amiga por la aventura que se aproxima.

—Si este encuentro resulta bien, le pediré a mi hombre que te presente a un militar —dice, apretándome los hombros con euforia.

—¿Tu hombre?

—Debo profetizarlo para que se cumpla. Además, ya es hora de que tengas tu primer novio.

—No estoy interesada.

—Revisa la lista, Emily —pide, refiriéndose al listado de los solteros—. Puede que haya uno que llame tu atención… que no sea el príncipe por supuesto. Ahí ya no tendrás posibilidad, a menos que ocurra un milagro, y aquí en Mishnock hasta el momento no ha pasado ninguno.

3

Rose me ayuda a bajar por la ventana de mi habitación y por un momento siento que me muero cuando la gravedad hace lo suyo y caigo al suelo.

—Por más que intente imaginarte subiendo sola, no entiendo cómo lo lograste —confieso una vez llega a mi lado para cruzar hasta el muro que cubre la casa, que también debemos escalar.

—Soy muy buena trepando —se jacta mientras me ayuda a subir—, así que tranquila, cuando volvamos te ayudaré a entrar y luego me iré a casa.

Una vez nuestros zapatos tocan el asfalto del exterior, corremos cuesta abajo por las calles de Palkareth con la luna coloreando el cielo sobre nuestras cabezas. Levanto mi vestido para no mancharlo mientras tomamos las escaleras que dan entrada al sur de la ciudad, iluminadas por lámparas que reposan a los costados. Recorremos varios sitios hasta que las edificaciones se vuelven de piedra, lo cual, junto con los balcones llenos de flores, nos anuncia la proximidad de los lugares de fiesta en el reino.

—Debemos estar alerta a todo —me dice por encima del bullicio, tomándome de la mano para obligarme a acelerar el paso—. Este no es sitio para estar distraídas, Mily.

—¿A dónde vamos, exactamente? —consulto al tiempo que rodeo un charco de agua que casi ensucia el borde de mi falda.

—A la zona donde las personas suelen divertirse. No tengas miedo. Conozco el camino.

—Prométeme que no nos meteremos en problemas.

—Ya estamos en problemas. Somos dos jóvenes a las diez de la noche, fugadas de casa en medio de alcohol y fiestas.

Nos adentramos en un callejón lleno de macetas, dejando atrás las miradas curiosas de algunos pobladores. Parece que nadie viviera por aquí y, en cambio, se tratara de un sitio para esconderse. Al final, la calle se abre, dando espacio a un círculo con una pequeña fuente en medio, donde efectivamente hay un hombre en la oscuridad.

—Creí que no vendrías —levanta la voz cuando nos ve arribar.

Toma a Rose de la cintura y la lleva hasta sí para besarla. En este momento siento que estorbo, es decir, ¿a qué vine? Esto es algo entre ellos.

—Permíteme presentarte a mi mejor amiga, Emily.

El sujeto sale por fin de las sombras densas que lo cubrían. Con una sonrisa intento presentarme, pero el gesto desaparece en cuanto veo su cara: ¡es uno de los tres hombres que estuvieron en la cena con mi familia!

—Él es Cedric Maloney.

El soldado de piel morena extiende la mano y, como esperaba, se asombra al verme. Es obvio que me reconoce; aun así, intenta aparentar lo contrario.

—Un gusto, señorita...

—Emily Malhore. —Desconfiada, estrecho su mano—. ¿Nos hemos visto en algún lugar? —sondeo con intención de hacerlo hablar.

—No lo creo —se limita a decir.

—¿Seguro? Su cara me resulta familiar.

—Muchos me han dicho que tengo un rostro común.

—Quizás lo has visto por ahí. Es un sargento. Es probable que te hayas topado con él en algún anuncio real —lo defiende Rose, totalmente ajena a la situación.

Asiento para no seguir con la discusión, aunque es obvio que se trata del mismo.

—Emily, qué tal si nos esperas en Milicius mientras nosotros hablamos un rato —propone, dejándome desconcertada.

—Dijiste que no íbamos a separarnos. Además, ¿qué es eso, alguna taberna?

—Exactamente, y no está lejos de aquí. Solo tienes que seguir derecho y encontrarás el letrero. Será por un momento, te lo prometo.

—Pide lo que quieras y diles que lo carguen a mi cuenta —invita el hombre—. Basta con que digas mi nombre y ellos te servirán.

No me muevo. No quiero dejarla con este sujeto. Desconozco sus intenciones, podría raptarla, o cosas peores.

—Estaré bien, Emily —habla, como si leyera mis pensamientos—. Ve a Milicius y espérame allá.

—¿Estás segura? —insisto, y ella asiente—. Entonces, ¿para qué vine?

—Necesitaba a alguien para llegar y después regresarme. Ahora ve, iré a buscarte en unos minutos.

Accedo, aunque esto no me gusta para nada. Me angustia aventurarme en estas calles rodeadas de peligro sin su compañía. En una próxima ocasión, escogeré quedarme en casa a contar los granos de arroz que hay en la despensa antes que volver aquí a esquivar borrachos como si fueran hiedra venenosa. Avanzo fuera de la rotonda hasta encontrar un edificio de fachada rocosa de la cual cuelga un letrero de cobre que dice «Milicius». Hay dos puertas grandes de madera oscilantes y, dudándolo un poco, me adentro en una taberna cuyo olor principal es una mezcla de alcohol y sudor. Hay gigantescos barriles de cerveza, música estruendosa, techos con agujeros por donde sin duda se filtra el agua cuando llueve y una barra con un hombre que sirve tragos. Camino hacia allá en medio del tumulto, algunos me observan y yo lo hago de vuelta, lo que me permite notar que la mayoría de los clientes son hombres y solo distingo a algunas mujeres sentadas sobre sus piernas, riendo y tomando licor.

—¿Eres mayor de edad? —me pregunta un sujeto robusto e intimidante, de poco cabello, barba y frente sudorosa—. Si no lo eres, es mejor que te marches porque no quiero que la Guardia Civil me cierre el bar por servirle alcohol a una menor.

—Soy mayor. Tengo dieciocho.

—Demasiado preciso y sospechoso. Dime tu fecha de nacimiento.

—Diez de septiembre de la helia 7, estado temporal 3, año 3.

El sujeto comienza a contar, ayudándose de las manos, desde la fecha que doy hasta el tiempo en que nos encontramos.

—Concuerda. ¿Qué vas a pedir?

—Agua.

—Niña, aquí no servimos agua. Pide cualquier licor. Cerveza, ron, brandi.

—No quiero ninguna de esas cosas, señor. Solo agua.

—Entonces sal de aquí, porque no puedes quedarte sin consumir.

—Seguro ella querrá una deliciosa cerveza de raíz. —Un hombre alto, desgarbado y de nariz aguileña rueda su banca para acercarse a mí como un depredador—. Sírvele, yo invito.

—No quiero cerveza, señor, y lo que consuma será cargado en la cuenta de Cedric Maloney. No necesito que me invite nada.

—Así que eres amiga de Maloney —señala con sorpresa—. Veo que ha mejorado en gustos. Por cierto, me llamo Faustus.

—Un gusto, pero prefiero estar sola.

Mi nerviosismo aumenta ante la atención. No quiero tenerlo cerca; sin embargo, temo que me haga algo si lo rechazo.

—No tienes que fingir ser una puritana. ¿Acaso esa es una nueva técnica para cobrar más? —interroga, y no entiendo a lo que se refiere—. Me convenciste, lo pagaré porque se nota que eres nueva, no estarás muy usada.

Me levanto para irme, pero él me toma del brazo y me lo impide.

—Así me gusta, que cooperes. Parece que las mujeres nada más se mueven por dinero y únicamente por ello te daré un triten más. —Me pasa ocho monedas que inmediatamente le devuelvo indignada. Intento zafarme de nuevo, pero me resulta imposible—. No puedes marcharte, ya te pagué y ahora exijo que cumplas.

Las personas alrededor están demasiado ocupadas para darse cuenta de lo que sucede. Muy alcoholizadas o simplemente no les importa qué pueda pasar.

—Estoy segura de que se ha confundido. Yo no necesito su dinero y tampoco estoy ofreciendo ningún tipo de servicio. Ahora suélteme o gritaré.

—Hazlo, nadie intervendrá. Todos aquí buscamos lo mismo y nos importan poco las mujeres como tú. Pagué por ti, ¿entiendes eso?

Me jala con fuerza, lastimándome el brazo mientras me lleva a la salida. Trato de agarrar el borde de la barra para evitar que me arrastre, pero mis dedos se resbalan por la humedad del licor derramado.

—Suéltala, asqueroso —una voz interviene y para mi sorpresa se trata de una mujer—. Ya te ha dicho que no quiere irse contigo.

—No te metas en esto, Shelly. Ya tienes tus clientes, deja que ella consiga los suyos.

—Pues tampoco te quiere a ti como su proveedor —sentencia la dama de vestido rojo, que se levanta de una mesa cercana y se dirige hacia nosotros—. Por tu bien es mejor que la dejes en paz, porque nosotras podemos decidir con quién irnos y con quién no.

—Es tu competencia, ¿verdad? Nunca la he visto trabajando contigo. ¿Te molesta que haya encontrado clientes tan rápido? No te enfades, es igual que tú, sin valor.

—Somos mujeres, no tu maldita entretención de una noche. Antes de tocar a una, ten presente que responderemos todas.

—A eso vienen aquí, a buscar hombres. Esto es lo que les gusta. —Se toca la entrepierna con orgullo y la repulsión me invade.

—Guarda bien esa maldita cosa tuya porque voy a cortártela si sigues creyendo que puedes pasar por encima de nosotras. Lárgate de aquí, deja a la joven en paz y no la ensucies con tus mugrosas ínfulas de superioridad, porque no estás por encima de ninguna meretriz.

—Reserva tu discurso liberal para alguien a quien le interese. Este es el mundo de los hombres.

—No vas a llevártela, Faustus —dice agarrándolo del brazo para evitar que siga arrastrándome.

—Ya deja a esas mujeres y toma asiento, voy a invitarte un trago —irrumpe el sujeto que atiende la barra—. No te desgastes con las meretrices.

—Bien, pero donde te vea —me señala—, haré que me pagues esto.

Un escalofrío me recorre la espalda al escucharlo. Escaparme de casa fue la peor decisión que pude tomar.

—Tú también eres una basura, Ralph —escupe Shelly.

—Me vuelves a insultar y les negaré la entrada a ti y a tus mujeres.

—Crearé mi propio bar y estarás quebrado —lo amenaza antes de guiarme hasta la entrada—. Vete de aquí. Tu ropa es de calidad, se nota que eres de buena familia y que no te dedicas a esto. Y si lo estás intentando, es mejor que sepas cómo controlar estas situaciones o van a hacer de ti cosas peores y no siempre habrá alguien que te cuide. Si buscas diversión, haz una fiesta con los tuyos o asiste a un baile, porque aquí solo encontrarás hombres como el maldito de Faustus.

—Gracias. —Mi voz es baja, nerviosa. Intento abrazarla, pero no me lo permite.

—No me gustan las lloronas, solamente sal de aquí. —Se da la vuelta y camina lejos de mí, sin dejar de hablar un segundo—. Se nota que nunca te has enfrentado a la maldad. Sigue en tu burbuja porque el mundo exterior es una porquería.

Cuando estoy sola, apoyo las manos en las caderas y suelto el aire que tengo reprimido. Solo quiero llegar a casa y tomar un baño que quite la asquerosa sensación de las manos de ese hombre. Sin embargo, antes de alcanzar la puerta veo a soldados de uniforme azul y vino entrar al bar.

—¡Alto ahí! —Un oficial de la Guardia Civil se pone en frente de mí para evitar que salga—. Llegó la ley, muchachos. Nadie sale de aquí hasta que verifiquemos que pagaron los impuestos.

Una oleada de negaciones se forma en el sitio por la interrupción de su noche de fiesta.

—Sí, sí. —Uno de ellos camina entre las mesas—. Si tienen dinero para estar aquí es porque ya cumplieron con lo que la ley estipula, así que empiecen todos a sacar su identificación.

¡No puede ser! Parece que la vida ha tomado la mala suerte del mundo y me la ha atado a una pierna. No traigo la identificación, no creí que la necesitaría. ¿Cómo iba a saber que terminaría pisando una taberna?

Los oficiales comienzan a recorrer el sitio, buscando en la lista a los morosos y tachando a aquellos que efectivamente ya saldaron su deuda. Mientras, me quedo estática, sin ninguna estrategia que me permita huir.

—Identificación, señorita —me exige uno y mi mente se queda en blanco.

—La dejé en casa —es lo único que se me ocurre decir.

—¿Por qué no la porta? ¿Oculta algo? Estos bares son frecuentados por militares y muchos lacrontters aprovechan para infiltrarse y sacarles información a soldados ebrios o convencerlos de conspirar contra la monarquía.

—Yo soy mishniana, oficial. Lo juro.

—No jures en vano, niña. Si lo fueras, tendrías una identificación.

—La tengo en casa, lo digo en serio. Puedo ir a buscarla y enseñarla.

—¿Crees que te vamos a dejar ir tan fácil? Nadie viene a un bar sin identificación. —Se cruza de brazos para luego dar golpes con el pie sobre el suelo—. Pero para que veas cuán benevolente soy, te daré el beneficio de la duda. Dame la dirección del lugar donde vives y enviaré un oficial a buscarla.

¡Vida mía, no puedo hacer eso! Si van a casa les abrirá alguno de mis padres y descubrirán que me he escapado. Es imposible que me exponga de esa manera.

—Vivo sola —invento, nerviosa, lo que hace que me mire con desconfianza.

—La máxima edad que puedo adivinar que tienes son veinte años, y estoy seguro de que no tienes la estabilidad económica para

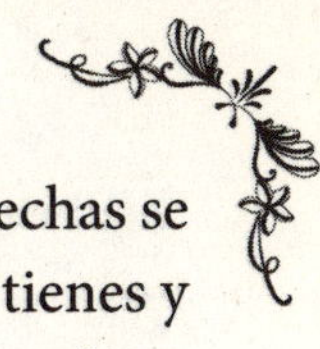

ser independiente. Con esa declaración haces que mis sospechas se incrementen. No quieres decirme tu residencia porque no tienes y eso es debido a que no perteneces a este reino. Eres lacrontter, así que camina porque estás detenida bajo el cargo de espionaje.

—¡¿Qué?! No puede encarcelarme basándose en su intuición.

Parece que el mundo se me escapa. La música que ambientaba la fiesta desaparece y es reemplazada por el latido acelerado de mi corazón. Las luces amarillas del bar ahora me resultan asfixiantes y en el estómago se me implanta un vacío ante la idea de estar en un calabozo. Es ridículo que me arresten sin tener pruebas. ¿Cómo saldré de allá? ¿Cuándo?

El hombre me lleva afuera, donde ya espera una carreta de jaula para transportar prisioneros. Las lámparas callejeras titilan peleando contra la oscuridad de la noche, el viento es fuerte y me mueve el vestido con ímpetu, como si se tratara de una despedida, porque entre las cuatro paredes que me esperan no podré volver a sentirlo.

—Suban todos —ordena un soldado después de sacar a quienes deben los impuestos—. Espero que ya le hayan pedido alguien que les avise a sus familiares para que vayan a saldar su deuda, o se quedarán semanas tras las rejas.

—Yo ya pagué, no debo ir a la cárcel —refuto.

—Eres espía, ese es un cargo mucho mayor —alega a medida que me obliga a subir—. De comprobarse mi hipótesis, pasarás toda la vida en prisión o serás ejecutada.

—¡No, espere! —Lo detengo cuando intenta cerrar la puerta—. Por favor, vaya a mi casa y pídale a mi padre que le dé mi identificación. Le juro que soy mishniana.

—¿Acaso no dijiste que vivías sola? —recrimina con una ceja levantada—. Ahora súmale otro cargo a tu condena por mentirle a un oficial.

Me cierra la puerta en la cara, haciéndome temblar ante el impacto y callando cualquier posible defensa. En segundos somos transportados a la central de la Guardia Civil y guiados a una sala redonda, compuesta por un grupo de celdas que rodean una barra

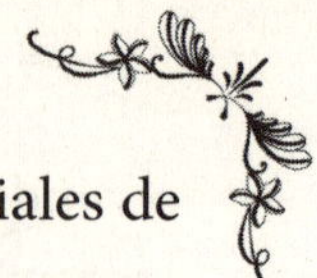

dispuesta en el centro, en la cual se mueven todos los oficiales de turno quienes hacen nuestro papeleo.

—Oficial —me dirijo a cualquiera de ellos—, tengo derecho a avisarle a alguien que estoy aquí.

—¿A quién? ¿A tu jefe en Lacrontte? —se burlan—. En Mishnock los espías no tienen derecho a nada.

—Esto es injusto, no soy lacrontter ¿Cuántas veces lo tengo que repetir? Si quiere puedo cantar la marcha del rey —sugiero, refiriéndome al himno de Mishnock.

—¿Por qué mejor no cantas la sonata de guerra? —replica altivo. Supongo que es el himno de Lacrontte.

En ese momento me doy cuenta de que nada de lo que diga va a convencerlo de dejarme salir. Estoy naufragando en aguas desconocidas sin rumbo ni brújula, y todo a causa de una tonta identificación. Necesito hacer algo para escapar de aquí, lo que sea.

* * *

Tres horas han pasado y sigo encerrada. Me ha tocado ver detrás de los barrotes cómo los familiares de los otros prisioneros vienen por ellos mientras yo continúo aquí con calor y zozobra.

—Voy a hacerte unas preguntas y espero que contestes con la verdad. —Se adentra en la celda un guardia con hoja y lápiz en mano.

Asiento, angustiada y dispuesta a mediar. Toma lugar en el otro extremo y me observa como si tuviera en frente al peor de los criminales.

—¿Quién es tu jefe en Lacrontte? ¿Desde cuándo estás pasando información entre los reinos?

—Ya le he dicho que no soy una espía. —La exasperación habla por mí—. Es una falta de respeto que me tengan aquí encerrada sin ningún tipo de pruebas solo porque no tengo identificación. Por cierto, deberían capturar a ese tal Faustus que intentó propasarse conmigo. Él tendría que estar aquí y no yo.

—¿Tienes pruebas de que intentó tocarte? Si no las tienes, no hay nada que hacer.

—Todo un bar fue testigo —me defiendo—. Además, es lo mismo que alego: ¿por qué estoy aquí si ustedes no tienen pruebas? Búsqueme en los registros, me llamo Emily Malhore. Soy hija de los perfumistas Malhore. Tengo derechos y quiero que los hagan cumplir.

—No creo que una Malhore frecuente ese tipo de lugares. Les venden a los grandes señores de Mishnock y a los reyes. Tienen una reputación que mantener, por lo que le agregaré otro cargo por intento de usurpación de identidad.

—¡Esto debe ser una broma! ¿Cómo voy a usurpar mi propia identidad? —refuto indignada—. Mire, conozco a Cedric Maloney, él es un soldado de la Guardia Azul y sabe quién soy, estuvo cenando en mi casa esta noche. Por favor, búsquelo.

—No conozco a ningún Maloney. Esta es la Guardia Civil, señorita.

—¡Buenas noches! —Una voz varonil se escucha al otro lado de las rejas y el oficial se levanta de inmediato.

—Esto no ha acabado aquí —advierte—. Cuando se vaya el príncipe seguiré con el interrogatorio.

¿El príncipe? ¿Acaso logré desatarme la mala suerte de la pierna? Él me vio esta tarde en la recaudación de impuestos. Aunque no me recuerde, puede que haga algo para ayudarme a salir, tal como intercedió por Nahomi.

El guardia me encierra otra vez al abandonar la celda, así que me acerco a los barrotes para buscar la figura del heredero y, después de pasear la vista unos segundos, lo veo hablar con algunos oficiales, quienes le enseñan una serie de papeles. Aunque tiene la misma vestimenta de hace unas horas, la corona ha abandonado su cabeza y ahora tiene en las manos un pañuelo blanco que se pasa por el cuello con cuidado.

—¡Alteza! —lo llamo, desesperada. Sus ojos azules me encuentran y el cabello oscuro le cae en el rostro cuando se gira a verme—.

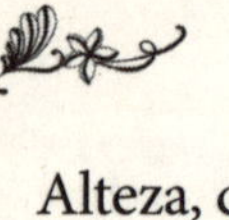

Alteza, quisiera mostrar mi inconformidad ante el trato que me han dado y las acusaciones que han lanzado en mi contra porque yo no soy...

—¡Cállate, prisionera! —interrumpe el uniformado—. Eres espía, así que no tienes derecho a dirigirle la palabra al príncipe.

—Déjela hablar —sentencia él, caminando hacia mí—. Veo que se la acusa de espionaje. ¿Es eso cierto?

—No, claro que no. Me trajeron aquí porque estaba en una taberna sin identificación y solo por eso dedujeron tal barbaridad.

—¿En una taberna? —Entrecierra los ojos, confundido.

—Es una historia larga. El asunto es que nunca traicionaría a mi nación, sé que los lacrontter son malos y yo jamás trabajaría para ellos. Si me ve bien quizás me recuerde, yo estuve en la plaza con mi padre, pagando los impuestos y usted nos ayudó cuando querían tomar a papá como prisionero por...

—Suéltenla. —Ahora es el príncipe quien corta mi discurso.

—Alteza, es una espía —insiste el sujeto—. No pretendo faltarle al respeto, pero estaba en un bar con las meretrices.

—Denme la llave. A una señorita no se la trata de esta forma —habla serio, extendiendo la mano para que el hombre se la entregue.

Mi corazón bombea fuerte en el instante en que la toma y comienza a abrir el cerrojo. Por fin me libraré de esta injusticia.

—Se lo agradezco mucho, alteza. —Hago una reverencia cuando estoy fuera—. En verdad no olvidaré esto. Prometo enviarle un obsequio de agradecimiento —balbuceo cosas sin sentido mientras él escucha atento mis tonterías.

—No hace falta —contesta, serio.

Gracias al cielo que no aceptó, ya que no se me ocurre qué podría regalarle.

—Entonces me retiro. Nuevamente muchas gracias.

Creo que la vida se ha apiadado de mí y lo envió justo a él, porque a alguien tan intimidante como el rey Silas jamás me hubiera atrevido a pedirle ayuda. Le ofrezco una reverencia final y corro

afuera. Mi cuerpo se arropa con el frío exterior y me basta dar un par de pasos para escuchar que alguien me llama.

—¡Señorita! —gritan a mi espalda—, ¿hacia dónde cree que va? Es el príncipe.

—A intentar que no me deshereden. —Me paso las manos por los brazos, abatida por la brisa helada—. Voy a casa.

—Permítame llevarla. Y antes de que rechace la oferta, le recuerdo cuán peligroso es que una joven recorra las calles sola pasada la medianoche, así que insisto.

¿Más de medianoche? Ni siquiera vale la pena apurarme. Seguramente papá ya me ha borrado de su testamento.

Él camina hacia un carruaje color plomo de ruedas grandes y acabados opulentos que espera en la salida de la central. Abre la puerta y con un gesto me invita a adentrarme. Mi rostro se torna del color del atardecer a medida que subo al transporte, pues, aunque quiera rechazarlo, tiene razón. El interior de la carroza es despampanante: tiene cortinas con borlas alargadas que cubren las ventanas; tapicería de terciopelo color crema en los sillones y paredes, que se siente como algodón contra la palma de mis manos. Está decorado con un bordado de cordoncillo dorado en el techo que forma el escudo nacional y un bolso de correas cosido a la tela que cubre la puerta, del que se asoma la corona de plata que suele usar. Desvío la mirada rápidamente para que no note que he visto más de la cuenta.

—Pecaré por curioso y acepto el señalamiento, pero me intriga saber cómo una señorita a la que vi defender a su padre en la plaza terminó en prisión.

—Estaba ayudando a alguien a reunirse con su alma gemela.

—¿Y esa persona la abandonó en ese bar? —inquiere cuando la carroza comienza a moverse.

—No creo que me haya desamparado. Yo acababa de entrar a ese lugar, así que no le di tiempo de regresar por mí.

—Y mientras usted luchaba tras las rejas, su amiga estaba en los brazos de un joven.

—¿Cómo sabe que es una mujer?

—Bueno, no veo viable que un hombre le pida ayuda a una dama para reunirse con alguien más.

—Ese comentario alguien podría tildarlo de injusto.

—¿Alguien o usted? —contraataca—. Espero que no me juzgue con tanta facilidad. Solo hablo por experiencia.

—No lo hago. Mi juicio no es tan frágil como para quebrarse ante esa declaración.

—Me alegra saberlo. No me gusta disculparme por dar una opinión.

—¿Siempre es así de seguro?

—Solo si la ocasión lo amerita. Además, se me exige convencer a los demás de que lo que digo es cierto.

—¿Aun cuando no lo sea?

—Especialmente si no lo es. Por cierto, el cochero no sabe a dónde vamos.

—Calle Lewintong. Casa 721.

Le da las indicaciones al paje, para que este se las haga llegar al cochero.

—Es decir que se atribuye a usted mismo el título de mentiroso —continúo.

—No, pero debo brindar la sensación de confianza a los demás. Es mi deber —explica con naturalidad—. El deber de cualquier líder del mundo.

La actitud serena e inescrutable del príncipe me resulta inquietante y al mismo tiempo fascinante. No puedo creer que esté sentada en su carruaje hablando de frente con él.

* * *

Cuando llegamos a casa, el paje abre la puerta y bajo a toda velocidad con la impaciencia que me excava el interior. Necesito que se marche para buscar a solas una manera de escalar y entrar a mi habitación sin que noten la travesía. Sin embargo, toda esperanza se diluye cuando

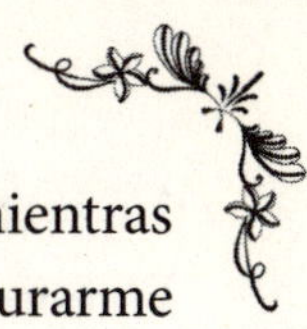

el príncipe desciende después de mí. No dice una palabra mientras pasa a mi lado y avanza hasta el umbral, por lo que debo apresurarme a alcanzarlo y evitar que toque la puerta.

—Por favor, no llame —le ruego en un susurro, como si fuera una deidad que me concederá un milagro.

—¿Por qué no? —cuestiona en un tono alto.

—Alteza, no hable tan fuerte. —Miro de lado a lado, pendiente de que nadie nos descubra—. Me he escapado de casa, mis padres no saben que estoy fuera.

Levanta las cejas, sorprendido con mi declaración. Creo que debo visitar a una de esas mujeres que predicen el futuro para que me diga hasta cuándo me acompañará la vergüenza que siento en este momento, porque ahora lo único que quiero es huir de Mishnock.

—Eso explica muchas cosas. —Su expresión se vuelve curiosa— ¿Y cómo piensa entrar a casa? ¿Tiene alguna llave de repuesto?

—Escalando. —El carmín me llena el rostro mientras señalo la pared—. Se suponía que mi amiga me ayudaría.

—Eso quiere decir que ahora yo asumiré ese rol.

—No es necesario, alteza, puedo hacerlo sola. Soy muy buena montando cosas —repito lo que Rose me dijo hace unas horas.

Abre los ojos al escucharme y de inmediato capto la manera en que ha entendido mi frase. ¿Por qué me pasan estas cosas? Definitivamente, tengo que escapar del reino. Creo que, si empiezo a caminar desde hoy, podré llegar en un mes a alguna de las fronteras, e incluso ahora la idea de haberme quedado encerrada en la celda no suena tan mal.

—Me refiero a escalar —corrijo con rapidez.

—No la he acusado de nada —asegura, pero ambos sabemos que miente y se lo hago saber con una mirada acusatoria—. Fue inapropiado, me disculpo. Espero que me permita remediar mi error ayudándola a montar esa pared —me devuelve el chiste.

—Ya ha hecho mucho por mí. Con liberarme fue suficiente, considero que ya debe ir a descansar.

—Créame, señorita, que me espera una larga noche. Si he ido a la central no ha sido por casualidad, tengo asuntos pendientes de los que encargarme, y usted se convirtió en uno de ellos.

—¡Mily! —Escucho un alarido de mujer a la distancia. Los nervios se me ponen de punta al pensar que se trata de mi madre, quien pudo haber descubierto mi huida, pero en dos segundos reconozco esa voz—. ¡Por Dios, Mily! ¿Estás bien? Temía que no pudiera encontrarte. Fui por ti a la taberna y me dijeron que te habían llevado presa. ¿Acaso mataste a alguien?

—Claro que no, todo fue una confusión —le respondo a Rose con voz suave para que ella también baje el tono.

—Eso espero, porque me enojaría si mataras a alguien sin mí.

Jadea a mi lado, apoyando las manos en las piernas para inclinarse y tomar un poco de aire. Se toma su tiempo. Hasta que levanta la mirada y nota quién está conmigo.

—¡Alteza! —chilla. Baja hasta el suelo en una reverencia exagerada que me hunde más en el fango de la vergüenza—. No lo había visto.

—Pude notarlo.

—Permítame decirle que lo amo, siempre lo veo en el periódico o en la plaza cuando hay anuncios. Nunca me los pierdo.

—Es necesario mantenerse informado —comenta, descolocado ante la fanática actitud de mi amiga.

—Exactamente. Honor y gratitud —Rose recita el lema del reino.

—Veo que es muy patriota.

—Tanto así que soy novia de un militar. Azul y vino, siempre.

—Felicidades. —La palabra contiene una visible incomodidad ante la escena—. Supongo que es usted la persona que ayudará a la joven a subir el muro.

—Por supuesto, soy muy buena escaladora.

—Entonces quisiera verlas entrar. No pienso marcharme hasta que estén dentro.

—¡Qué caballeroso! No entiendo por qué todavía está soltero, digo, es que lo vi en la lista de hombres libres de Mishnock.

—Nunca crea todo lo que lee, quizás tenga una novia en secreto. O dos.

Aquel comentario me hace reír. Aun así, intento mantenerme pétrea y prudente, algo que a Rose le cuesta. La tomo del brazo y la llevo conmigo hasta el muro para subir de una vez y acabar con este embarazoso encuentro.

—Veo que tenía razón —habla el príncipe una vez estoy en la cúspide de la pared—. Es muy buena montando cosas.

—Odio montar a caballo —suelto de repente y sin ningún sentido. ¿Por qué dije esa tontería?

Él me observa con extrañeza. Sus ojos azules brillan con la luz de las lámparas que iluminan nuestro alrededor, como un par de bonitas muscaris bajo los rayos del sol.

—Claro —responde desconcertado y con una sonrisa, propia de una persona que sabe que está haciendo estragos en otra—. Bueno, ahora que están a salvo, es momento de retirarme.

—Si nos visita otro día, podemos ofrecerle un té —invita Rose desde abajo—, porque como ve ahora no estamos en condiciones.

—No hace falta. Espero que estén bien, señoritas.

Inclina la cabeza a manera de despedida y camina de vuelta al carruaje sin mirar atrás un solo segundo. Sé que se fue con la imagen de dos desadaptadas que se escapan de casa a medianoche. No lo culpo, eso somos.

—¿Viste eso? Ya somos amigas de su alteza —asegura, sacándome de mis pensamientos.

—No creo que él piense eso.

—Bueno, te informo que ya yo tengo novio, así que la única que falta eres tú, y al parecer el príncipe ya tiene dos novias secretas. Ahí no hay posibilidad.

Un momento. ¿Es novia de Cedric? ¿Cómo se supone que tome esa noticia? Ese hombre que primero llega a casa con inversionistas

de Lacrontte y después finge no conocerme, aun cuando nos acabábamos de ver. Además, el sujeto del bar se puso muy extraño desde el momento en que mencioné que venía de parte de Maloney. ¿Por qué? ¿A qué se dedica realmente ese sujeto? Tengo que averiguarlo.

4

El festival que celebra la independencia de Mishnock comienza hoy, por lo cual el orgullo patrio ha invadido la ciudad. Todos vestimos con los colores del reino, vino y cobalto; escuchamos la armonía de la marcha del rey en las calles; el lema de nuestra nación cuelga en las puertas de cada casa y el rostro envejecido de Bartolomeo Mishnock está pintado en los banderines que decoran Palkareth.

Después de lo de anoche, me castigué y tomé la decisión de no asistir a la fiesta nacional, aunque la gran afluencia de compradores en la perfumería me ha hecho las cosas fáciles, pues tuve que quedarme junto a Liz para ayudar a nuestros padres con las ventas. Aún me parece increíble que nadie haya notado mi aventura y agradezco que así haya sido, pues en este momento estaríamos en mi funeral.

—¡Hola, Mily! —saluda Rose, apoyándose en la vitrina después de entrar a la tienda y esquivar a la clientela a su paso—. ¿Acaso no estás lista para ir al festival?

Señalo el lugar atestado de personas como respuesta obvia a su pregunta.

—Emily, necesitamos ir, hay un desfile de soldados en el que obviamente estará Cedric —se queja—. Y yo, como su novia, necesito estar ahí para apoyarlo.

—Esta vez no puedo, mis padres me necesitan —explico mientras empaco perfumes—. Conoces nuestra situación, así que debemos aprovechar el día para vender todo lo que podamos.

—No seas aburrida. El festival es una vez al año.

—Es porque solamente hay un 13 de mayo anualmente.

—¡Qué alegría! —El vítor de papá nos sobresalta—. Rose vino a ayudarnos.

—No, señor Malhore, vine a sacar a su hija de aquí. Usted siempre ha sido un padre maravilloso, y sabe que ella debe aprovechar su juventud en un espacio recreativo como el festival. Además, yo le pagaré sus horas de trabajo.

—¿Y cómo vas a hacer eso?

—Tengo mis métodos, señor Malhore.

—No te metas en líos, Rose Alfort. Si van a salir, deben evitar los problemas.

—¿Eso quiere decir que podemos marcharnos?

—Regresen temprano a casa —advierte, señalándome—. Confío en ti, Emily. Y lleven a Liz con ustedes para ver si así conoce a alguien y desiste de la idea tonta de casarse.

* * *

Las tres nos desplazamos por la calle principal con el inclemente sol de Mishnock que me hunde en una capa de sudor debajo del vestido de gasa azul. El lugar está repleto de personas que vienen y van, invadidas por la alegría que ambienta la ciudad y endulzadas por el olor a miel y pan tostado de los quecses típicos del reino.

La calle está llena de carpas coloridas con vendedores ambulantes que ofrecen ridículos artefactos —como tazas de té con reposabigotes o atriles plegables para poner un pie y descansar—, hay puestos de flores con distintos tipos de especies que gotean rocío de la mañana, artistas callejeros que pintan en lienzos imágenes del palacio y otros que bordan el escudo nacional en pañuelos que agitarán cuando empiece el desfile.

—¡Miren eso! —pide Liz, señalando a un grupo de aproximadamente quince personas que relucen en trajes blancos como luz de luna.

Todos sostienen pancartas con los que protestan en medio del río de gente que pasa por su lado sin prestarles atención, pues están demasiado ocupados en buscar sitio para ver el desfile. En sus carteles se leen las frases «La regla número 1 de las guerras es callar a los dolientes e ignorar a quienes sufren» y «Únete a la revolución». Además, gritan que este festival es una farsa creada por el Gobierno para distraer al pueblo y que se olvide de lo que está sucediendo en la frontera.

—¿Cómo protestan en medio de la celebración de independencia? —interviene Rose—. Si las cosas fueran tan terribles, ya alguien se habría quejado.

—Ellos lo están haciendo —resalto.

—Pero son pocos. Seguro son partidarios de Lacrontte y quieren arruinarnos el día. No hay que prestarles atención.

Nadie se atreve a comentar algo más y ni cómo hacerlo. Es cierto que he crecido con los atentados que el reino enemigo ha logrado perpetuar en Palkareth, pero jamás he viajado a la ciudad fronteriza y sería atrevido opinar sobre su situación cuando la desconozco. A pocos metros se escuchan las trompetas, que avisan que los reyes se acercan, por lo que corremos en medio de la multitud para llegar al frente de las vallas que nos separan del desfile. Mi hermana nos entrega nuestros pañuelos y, a pesar del ambiente festivo, permanece imperturbable y se limita a observar sin reflejar ningún sobresalto emocional. Los reyes pasan frente a nosotros con sus coronas de oro y rubíes y saludan protocolariamente. Enseguida aparece el príncipe detrás de sus padres en un traje propio de su título: blanco con pequeños toques de azul en los puños y el cuello. Porta una corona de plata con gemas lapislázuli sobre su lacio cabello negro, en contraste con la piel pálida y los iris celestes.

Todos los miembros de la Guardia llevan flores y las obsequian a las señoritas presentes. Rose grita, agitando su pañuelo vinotinto en busca de Cedric Maloney, quien está en la fila opuesta al lugar en el que nos encontramos. La costumbre dicta que es un acto de cortejo recibir una azucena, nuestra flor nacional, por lo que ella quiere que

él se la entregue. Sin embargo, su amado sargento, totalmente imposibilitado, se limita a guiñarle un ojo desde la distancia, lo que parece ser suficiente para mi amiga.

—¡¿Viste eso?! —grita sin dejar de mover su pañuelo—. Somos el uno para el otro, Mily. Ya quiero casarme y ser una gran señora a su lado.

El sobresalto de Rose no hizo que su hombre viniera, pero sí logró atraer la atención de uno de los soldados que seguían al príncipe a caballo. El sujeto se vuelve a vernos con destellantes ojos grises y ostentosas medallas en su uniforme. Sonriendo, le ofrece a mi hermana la flor, lo que provoca en ella una emoción inesperada. Liz levanta su mano con nerviosismo para recibirla sin dejar de admirar al jinete, y es tanta la peculiaridad del momento que solo nos damos cuenta de que hemos olvidado el resto del desfile cuando mi amiga suspira impresionada.

—¡Su alteza!

Me vuelvo rápido para encontrar al príncipe sobre su caballo frente a nosotras. Se inclina hacia adelante y en completo silencio trae su mano hacia mí para tomar el pañuelo que sostengo.

—Parece que la vida quiere que nos encontremos.

Abro los ojos con temor por la presencia de mi hermana e intento señalarla con la mirada para que él comprenda que no puede mencionar nada de lo que sucedió ayer. Ella desconoce todo sobre mi fuga de anoche, y si me salvé de una reprimenda por parte de mi padre, sé que no me escaparé del regaño de Liz.

—¿Puedo conocer su nombre? —consulta para cambiar el tema una vez entiende mi comportamiento.

—Emily Malhore —murmuro, concentrada en sus ojos azules.

—Señorita Malhore, un placer conocerla. —Guarda la tela bordada en el bolsillo de su chaqueta—. Sería tonto de mi parte presentarme, pero aun así usted lo merece: soy Stefan Denavritz Pantresh.

—Alteza, ¿me recuerda? —sondea Rose y el mundo se me paraliza.

Con todo el sigilo posible, le aprieto el brazo para que se mantenga en silencio antes de que me meta en problemas.

—Somos las jóvenes de la plaza. De la recaudación de impuestos —intervengo con el fin de desviar la conversación a terreno seguro.

De repente, un guardia hace acto de presencia y hace una reverencia que captura su atención.

—Alteza, perdone la interrupción, pero sus padres lo esperan para continuar el desfile.

Miro hacia ambos lados, topándome con los ojos de la mayoría de los asistentes al evento, quienes, al parecer, siguen con detalle nuestra conversación. Incluso los reyes han detenido su carruaje y se han vuelto a contemplar el espectáculo que ha dejado al desfile en silencio.

—Encantado, señorita Malhore —se despide asintiendo con sutileza.

Se aleja cabalgando, acompañado del soldado que le obsequió la flor a mi hermana y, una vez que ambos están fuera de escena, Liz se abanica el rostro y los ojos le brillan.

—El joven se llama Daniel Peterson y es un general. ¿Creen que alguna vez volveré a verlo?

—Tranquila, solo te dio una flor, no es como si te hubiera besado —reprende Rose con un tono de burla que enseguida exaspera a mi hermana.

—Fue muy amable, más amable de lo que se espera de un militar. ¿No lo crees, Mily?

—Por supuesto —asevero, como si fuera una experta, cuando lo cierto es que mi historial de descifrar el comportamiento de un hombre comienza y termina con papá.

* * *

El desfile avanza lentamente y las trompetas siguen sonando. Todo marcha acorde con lo esperado, hasta que, de un momento a otro, los músicos empiezan a desplomarse en el suelo. Los caballos se agitan con brío y levantan con violencia las patas al ver la sangre fluir del cuerpo de los abatidos. Una oleada de gritos de horror se

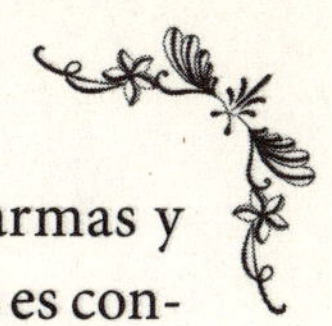

expande y, en un parpadeo, algunos jinetes toman sus armas y disparan a sus compañeros sin ningún tipo de piedad. Todo es confuso, caótico.

Liz me toma del brazo y me lanza al piso con ella. Rose nos sigue con el terror escrito en el rostro. La gente intenta huir, pero la detienen y acorralan con velocidad contra las vallas que limitan el acceso a la calle por donde iba la cabalgata. Numerosos hombres vestidos de negro y dorado empiezan a aparecer y es ahí cuando por fin entiendo que se trata de un ataque lacrontter.

Los sujetos llegan de todos lados y con arma en mano nos hacen retroceder para evitar que abandonemos el sitio. Rápidamente, la Guardia Azul cubre el carruaje de los soberanos y otro grupo baja al príncipe de su caballo y lo custodia hasta sus padres.

Mi vista se va a los tejados cercanos, donde se levantan militares con fusiles. Tiradores, fueron ellos quienes dispararon a los músicos.

—Debemos escapar —susurra mi hermana—. Tenemos que encontrar la forma de salir de aquí para refugiarnos en la perfumería.

El miedo me invade y amenaza con hacerme llorar cuando una edificación cercana explota y afecta mi audición por unos minutos. Ahora solo escucho un pito ensordecedor.

En cuestión de segundos empieza un enfrentamiento armado entre ambos reinos. Las balas caen como lluvia alrededor; los caballos tiran a sus jinetes y corren para saltar la valla en busca de refugio. Un par de ellos golpean a quienes se encuentran cerca de mí, creando una escena sangrienta que me revuelve el estómago. Estamos imposibilitados, pues la Guardia Azul no tiene cómo hacerle frente a esta emboscada, y a pesar de que veo cómo las tropas avanzan por la ciudad, el uniforme negro pinta cada rincón de Palkareth. Parece que se multiplican como rayos en una tormenta.

—¡Todos al suelo, ahora! —ordena un lacrontter que apunta al azar con su pistola—. Estén atentos a las instrucciones que daré a continuación porque no las repetiré: cuando suene mi silbato tendrán tres minutos para huir antes de que acabemos con todo lo que veamos en las calles.

A su espalda veo cómo caen muchos de sus compañeros, pero ellos no se inmutan. Tienen a un grupo que les sirve de protección e intercambian disparos con la Guardia Azul para que ninguna bala atraviese a quienes nos amenazan. Mi corazón late rápidamente y mi cuerpo tiembla. Tomo las manos de Liz y Rose con fuerza, esperando el momento en que nos den la orden de correr para levantarnos.

—Es imposible que en tres minutos lleguemos a la perfumería —dice mi hermana en voz baja—. Así que intentemos llegar a un refugio lo antes posible.

El sonido de los estallidos me aturde. Jamás voy a acostumbrarme a estos ataques, ni a lo insignificante que me hacen sentir. A pesar de ello, trato de concentrarme y buscar una salida en medio del caos. Me fijo en cómo se ha formado el enemigo, en que cada uno cumple una función: los tiradores derriban a nuestros soldados desde los tejados, otros arrastran a sus militares muertos o heridos fuera de la escena y el resto de ellos se acercan a edificaciones para dejar en las esquinas pequeños objetos cilíndricos; los reconozco, son explosivos. Van a hacer trizas la ciudad.

—¡Levanten armas! —La voz firme de su líder llega al resto, quienes de manera precisa y coordinada alzan sus rifles para dejar de apuntarnos, sin apartar en ningún momento la mirada de nosotros.

El sujeto se lleva el silbato a la boca y lo hace sonar. Todos corremos como estampida por las calles, donde yacen cuerpos por doquier, sangre, fuego, casquillos de bala y edificaciones derruidas hasta los cimientos. Los lacrontters nos observan a medida que pasamos frente a ellos. Están esperando a que se cumpla el tiempo indicado para abrir fuego a todo lo que quede fuera.

—¡Les resta un minuto! —gritan segundos antes de hacer explotar la base de la Guardia Civil.

A la distancia veo la edificación convertirse en una lluvia de escombros y humo que se condensa en el aire y dificulta la respiración de muchos. Justo allí estuve anoche, presa, desesperada, y ahora, lo que ayer fue mi cárcel hoy no es más que pedazos de concreto. Mi vida se está convirtiendo en una serie de problemas que gradualmente se vuelven más difíciles de superar.

Corremos con todas nuestras fuerzas para acercarnos al refugio más próximo a nosotras. No obstante, cuando estamos a punto de llegar, las puertas se cierran y eso solo significa una cosa: se encuentra lleno. Giro con agonía, registrando cada rincón en busca de otro lugar donde escondernos. La ansiedad no me permite enfocarme, y los soldados lacrontters ya han empezado a preparar sus armas.

—¿Qué esperan?, ¿que las custodiemos hasta zona segura? —increpa un caudillo enemigo—. Muévanse de una vez.

Una bala me pasa cerca de la cabeza en el momento en que diviso otro albergue. Me cubro las orejas con las manos en un vago intento por protegerme. ¿Por qué hacen esto? Se supone que los lacrontter no atacan civiles, o hasta ahora jamás lo han hecho.

Siento que no nos queda otra opción más que rendirnos y ubicarnos contra una pared, en espera del disparo. Un soldado se acerca y me apunta directo a la cabeza, cierro los ojos mientras me arrodillo. Mi hermana grita, Rose llora y yo me limito a apretar las manos, aterrada. No quiero morir, ni que mis padres tengan que levantarme sin alma del suelo como si fuera un pedazo de papel destinado a la basura. Nadie en Mishnock merece esto y aun así es todo lo que recibimos. Odio a los lacrontters, odio a su rey y odio que de ellos dependa mi vida.

—Déjalas en paz, Clark. —Escucho la voz de alguien—. Y usted levántese.

No sé en qué momento he empezado a llorar, pero cuando abro los ojos, me caen lágrimas gruesas por las mejillas como gotas de agua sobre un cristal. Un hombre me toma del brazo y me pone en pie con brusquedad para luego ordenarle a su compañero que baje el arma. Este, de mala gana, lo hace.

—Quiero divertirme —se queja.

—Ya habrá tiempo para eso —le garantiza—. Les doy diez segundos para que lleguen a zona segura —nos avisa, haciéndose a un lado para dejarnos pasar.

Las tres corremos hasta una edificación desde donde nos llama uno de los nuestros. Entramos a trompicones mientras el militar de

la Guardia Azul cierra la puerta de hierro detrás de nosotras, ocultando el último rayo de sol que de seguro veremos en el día. El interior está repleto de personas custodiadas por grandes paredes de hormigón reforzadas con placas de metal. Nos perdemos en medio de la multitud sin dejar de escuchar la ráfaga de disparos que se desata en el exterior. Alrededor se oyen las respiraciones agitadas, el llanto y los murmullos de un pueblo asustado y sometido por otro que nos considera menos que la arena en sus uñas.

—No saldremos de aquí hasta que sea seguro —habla uno de los uniformados encargados del refugio—. Así nos tome horas o incluso días.

—¿Te encuentras bien? —me susurra Rose. Niego con la cabeza, limpiando el rastro de mis lágrimas—. Ya estamos a salvo, Mily.

—Por un momento pensé que íbamos a morir. ¿Imaginas a mamá si eso hubiera pasado? Mia hubiera quedado sin hermanas. ¿A quién buscará cuando tenga miedo en las noches si ya no estoy?

—Escúchame. —Rose me abraza fuerte—. Lo importante es que seguimos juntas y así seguirá siendo por muchísimos años. Es más, cuando salgamos de aquí, porque lo haremos, yo misma le pediré matrimonio a Cedric, así que tendrás que acompañarme en la boda.

—¿Cómo puedes tener cabeza para pensar en eso? —pregunto con una sonrisa triste.

—Trato de distraerte. Además, estas son las situaciones ideales para mirar en retrospectiva tu vida. ¿Qué hemos hecho? Si muriéramos hoy, ¿tendríamos una existencia provechosa o digna de recordar? Yo hasta el momento no tengo nada épico.

—¿Y casarte con ese sargento sí lo es?

—Claro, él me abrirá la puerta a la aristocracia —me recuerda—. Tienes que pensar en grande.

—¿De qué hablan? —irrumpe mi hermana—. Es mejor que se mantengan en silencio para que no estén sedientas dentro de una hora. Aquí no tenemos nada.

Y tiene razón. ¿Qué haremos si tenemos que confinarnos por días aquí? Ni siquiera hay un baño.

* * *

No sé cuánto tiempo ha pasado desde que estamos encerradas, pero han sido horas agotadoras en las hemos sido obligadas a permanecer de pie, pues no hay espacio para sentarse en el suelo. Los gritos, explosiones y disparos han cesado gradualmente; aunque estemos protegidos con metal reforzado, estas paredes no aíslan el ruido por completo. Estoy sudorosa, en realidad todos lo estamos. El cabello se me pega a la nuca, me arden los ojos, me tiemblan las piernas y la boca me exige al menos unas gotas de agua. Muchas personas se desplomaron en espera de un soplo de brisa o cualquier cosa que les recordara que aún estaban en el plano terrenal.

—Presten todos atención —vocifera un soldado—. Uno de nosotros saldrá a verificar que el exterior sea seguro y por medio de dos silbidos nos hará saber que podemos salir. Si, por el contrario, silba una vez, o ninguna, significa que debemos permanecer encerrados por más tiempo. ¿Entendido?

Solo pocos asentimos a la explicación, aquellos que aún luchamos por mantenernos centrados y cuerdos.

Los militares abren la puerta lo suficiente para que el hombre asignado salga del refugio, permitiendo el ingreso del ruido de afuera, los pasos veloces, los gritos, el olor de la pólvora y la sangre. Nuevamente han mancillado mi tierra.

El silbato suena de repente y atentos esperamos para averiguar si hay un segundo llamado, que afortunadamente aparece. La puerta se abre y las personas corren hacia ella a empujones. Liz, Rose y yo vamos hasta la salida solo después de que se despeja el camino y nos damos cuenta de que la tarde ha caído. Corremos en dirección a casa con un panorama desolador a cada paso. La Guardia Azul se mueve de un lado a otro con los cuerpos de sus compañeros en los brazos o con pesados escombros que quitan de la calle. La angustia se refleja en los rostros de quienes buscan a sus familiares desaparecidos, en los padres desconsolados, en los niños que lloran y en los jóvenes desorientados. Me duele el alma al ver cómo se nos

obliga a pagar las consecuencias de una guerra en la que somos inocentes.

—¡Mis niñas! —Un grito llega a nosotras, atravesándonos como una flecha.

Veo a mi padre a lo lejos correr hacia el lugar en el que nos encontramos. Su rostro está manchado y su vestimenta sucia con hollín. Abraza a Liz y luego a mí, nos besa la cabeza, omitiendo a mi amiga en el proceso.

—Pensé que no las encontraría —suspira aliviado—. Solo mi corazón sabe cuánto las he buscado, y a ti también Rose.

Papá nos alienta a seguirlo hasta casa y, una vez frente a ella, entramos con rapidez. Vamos hasta su habitación, la más alejada del exterior, en tanto él acompaña a Rose a su hogar. Al entrar, encuentro a Mia, que llora inconsolable, rodeada por los brazos de mi madre, quien la acompaña en su agonía.

—No quiero vivir aquí. No quiero tener que pasar por esto toda mi vida.

He intentado jamás guardar odio en mi corazón, pero el rey Lacrontte se ha abierto camino por sí mismo. Daría todo por borrar el dolor de mi hermana menor y protegerla de este miedo constante. Me gustaría tener el poder para acabar con esta guerra, estar frente al rey Magnus y exigirle que detenga su ira injustificada. Desearía que amara algo con tal ímpetu que le aterrorice perderlo, para que así entienda lo que nos hace sentir día a día.

5

Muy temprano en la mañana, papá, Liz y yo vamos rumbo a la perfumería para verificar que todo esté en orden. Estamos cargados de ojeras después de pasar una noche tormentosa. Las calles se encuentran desoladas, muchas edificaciones fueron dañadas, hay lámparas rotas y cientos de banderines negros visten la ciudad. Se trata de la bandera negra de Lacrontte, compuesta por dos leones dorados que sostienen en el centro un escudo con una ele adentro. En la parte de arriba hay una corona del mismo color y abajo se encuentra escrito el nombre de la nación enemiga. Es como si nos hubieran dejado un recordatorio de quién manda y quién es el sometido.

El grito de papá me devuelve a la realidad cuando llegamos al local. Al devolver la vista, lo encuentro de rodillas, totalmente devastado frente al negocio familiar. La puerta está abierta, y el aparador, quebrado. Hay frascos de perfumes en el suelo y vitrinas volcadas. Nos han saqueado. Se han llevado todo lo que había en el interior.

—Nuestro sustento… —Los lamentos le rasgan la garganta como la fuerza del tiempo lo hace con la tela—. Lo que tanto sacrificio nos tomó construir.

Flaqueo al ver una vida entera de trabajo robada en una noche.

—Papá, levántese —ruega mi hermana, quien se aproxima a socorrerlo.

—Tantos años. Tantos años invertidos para nada. ¿Qué haremos ahora?

Camino dentro para terminar de llenar la vista con el panorama lúgubre de nuestra perfumería vacía. No hay mucho, y lo poco que quedó fue roto, ultrajado. Esa amenaza de quedarnos sin recursos debido a la guerra se ha cumplido y, por ende, sé que la propuesta de matrimonio suena más fuerte en la cabeza de Liz.

Le toma a papá unos minutos encontrar la fuerza para levantarse con brío en la mirada y, decidido a no darse por vencido, nos pide que le ayudemos a buscar en medio del desastre algo que todavía sirva o que sea de valor. Sin embargo, después de mucha limpieza, no hallamos nada.

—Encontraremos una solución —levanto la voz para reconfortarlo—. Voy a buscar un trabajo y Liz también puede hacerlo.

—Mi amor —me mira con ojos cristalinos—, aprecio el gesto, pero no es tan sencillo. Se requiere mucho dinero para reconstruir este sitio.

—Podemos pedir un préstamo, ¿no?

—No creo que nos den un préstamo para reconstruir una perfumería en medio de enfrentamientos. Saben que por el momento no dará muchos frutos —dice con melancolía—. Si quieren ayudarme, vayan en busca de su madre y díganle que venga aquí. En este momento es la única persona con la que quiero hablar.

Lo entiendo. Fueron ellos quienes crearon esto. Papá convenció a mamá de invertir sus ahorros en una tienda de fragancias, así que es entendible que al perderlo todo solo quiera desahogarse con la persona que puso junto a él ese primer cimiento.

—Iremos a buscarla. —Tomo el mando y agarro la mano de mi hermana.

Soy capaz de leer la preocupación en su rostro cuando salimos del local, y es cuestión de segundos para que me diga lo que en realidad está pensando.

—Voy a casarme con ese hombre. Aceptaré la propuesta, Emily.

—Entiendo que quieras ayudarnos, pero podemos encontrar otra forma.

—¿Cómo? Ya papá lo dijo. Cualquier trabajo que consigamos no será suficiente para reconstruir el negocio. Ese acuerdo es la única esperanza que tenemos. Voy a enviarle una carta al Mercader para que venga a reunirse con nosotros.

—¿Cómo sabes su código postal?

—Papá tiene en su maletín la carta que este le envió. De ahí lo tomaré.

No comento nada más hasta que llegamos a casa y me encuentro a Rose en el umbral con una sonrisa entusiasta, apretando en las manos el periódico de hoy.

—No creerás quién sale en el diario —vocifera alegre a medida que subimos a mi habitación después de encargarle a Liz la tarea de darle la noticia a mamá.

—¿El rey Lacrontte? —comento con sarcasmo, dado que fue él quien propició el ataque.

—Tú, Emily. Estás en el periódico junto al príncipe.

Me pasa el *Portal de Mishnock*, nombre del diario del reino, cuya primera plana ocupan las imágenes de las consecuencias del atentado, fotos del ejército enemigo y relatos de familiares que perdieron a seres queridos que trabajaban en la Guardia Azul o Civil. Ella pasa las hojas, hasta llegar a la última página: en un recuadro pequeño hay una foto del príncipe hablando conmigo en el desfile. Nos capturaron mientras nos mirábamos de frente y con toda la población atenta alrededor. La imagen fue acompañada del titular: «¿La primera conquista visible del príncipe?».

—No me puedo animar con esto, Rose.

—Solo intento ver el lado bonito, pero sí me importa lo que sucedió. Esta mañana fui a ver a Cedric y estaba muy afectado. Creo que lo enviarán a la frontera.

—No me agrada ese hombre. Estoy segura de que oculta algo —le confieso lo que he venido pensando—. Estuvo aquí en casa junto a unos lacrontters en una cena de negocios y luego fingió no conocerme.

—Seguro no te recordaba. Él hace muchos negocios aparte de ser sargento, así que con tantas caras pudo confundirse.

—Acabábamos de vernos —recalco—. Igual, eso no importa ahora. Han saqueado la perfumería y necesito conseguir un trabajo para ayudar a mis padres.

—¡Mily! —La cara se le funde en total tristeza al escucharme—. En verdad lo lamento. Y yo, que vine solamente a hablarte de estas tonterías del príncipe. Lo siento, si hay algo que pueda hacer, dímelo, por favor.

—¿Recuerdas que me dijiste que comprabas en tiendas de segunda mano? —pregunto, y ella asiente—. ¿Podrías llevarme a alguna? Voy a recoger unas cosas para ir a venderlas.

—Amiga —suspira, como quien se conmueve al ver un animal malherido—, odio que tengas que hacer esto, pero cuentas conmigo. Yo también buscaré algo para vender, aunque no iremos a esas tiendas que no pagan ni el cuarto de lo que valen tus cosas. Tengo una mejor idea, así que reúne todo y espérame en el mercado.

—¿El mercado está abierto tras el ataque?

—El mercado nunca deja de abrirse ni por el mismísimo Magnus Lacrontte. Esas personas viven de lo que ganan día a día, por lo que no pueden darse el lujo de no ir a trabajar. —Me rodea en un abrazo—. Apresúrate, que vamos a ganar miles de tritens, te lo prometo.

* * *

Mamá se fue hecha pedazos a la perfumería, Liz se llevó a Mia a la oficina de correos y yo ahora avanzo hasta la plaza de mercado con una bolsa llena de objetos de los que pienso deshacerme.

—Traje mi lámpara de noche —me informa Rose, golpeando la caja de cartón que sostiene.

—¿Con qué leerás en las noches?

—Con una vela. No te preocupes por eso.

Nos movemos en medio de los puestos, impregnándonos en el camino con el olor de los lácteos fermentados en los quesos, el dulce de las frutas y lo fétido de las vísceras. Al fondo encontramos un

espacio para nosotras, sobre el cual mi amiga extiende una manta café que nos servirá como mostrador improvisado.

—Deja que yo negocie todo. Tengo un truco que nos ayudará. —La escucho hablar, pero mi atención está puesta en la acera de enfrente.

—¿Nahomi? —Entrecierro los ojos, confundida al verla al otro lado de la calle.

Voy hasta ella, atravesando el mercado. Está bajo el sol, con el cabello castaño despeinado y la mirada fija en la nada.

—Hola, hermosa —la saludo, pero no contesta—. ¿Qué estás haciendo aquí?

—Estoy viendo el mar —responde tranquila. Al parecer hoy está en uno de sus tantos desvaríos.

—Dime una cosa, cuando ocurrió el ataque de Lacrontte, ¿estuviste a salvo?

—Sí. Fueron a buscarme a casa para protegerme.

—¿Quiénes?

Por fin posa su mirada en mí. Sus ojos oscuros me observan con la calidez de una tarde de verano.

—Los de siempre —contesta, encogiendo los hombros—. ¿Sabes? Te veo, Emily, en el mar en medio de una tormenta. Estás en problemas.

—¿De qué hablas?

—¿Mily, te demoras? —Rose grita desde el puesto improvisado, al tiempo que atiende a dos personas, a quienes les está enseñando el periódico de hoy.

—Debo irme, Naho, pero si me necesitas, estoy al otro lado de la calle.

—Aquí no hay calles, Emily. Estamos en el mar.

—Bueno, estoy al otro lado de la playa —corrijo, siguiendo su visión.

Cuando llego, mi amiga está contando tritens. La lámpara que trajo ya no está disponible y me pregunto cómo hizo para venderla tan rápido. Ahora hay una mujer que revisa la talla de los zapatos y pregunta si puede probárselos.

—Si lo hace, tendrá que comprarlos. Ese fue el calzado que usó en su primera cita con el príncipe.

—¿Es verdad? —me interroga la mujer, y yo quedo en blanco.

—¿Cómo puede ponerlo en duda? —recrimina Rose—. El periódico lo dice y ellos nunca mienten.

—De acuerdo, yo quiero tener algo de la novia del futuro rey —sonríe entusiasmada—. ¿Cuánto por ellos?

Y es ahí cuando lo entiendo todo: Rose está utilizando la nota en la que salgo con el príncipe para hacerles creer a estas personas que estamos en una relación. ¿Cómo se atreve a inventar algo así? Yo vine a ganar el dinero con honestidad, no a robar a la gente.

—Cien tritens, porque fue un regalo del príncipe a Emily.

—Si es un regalo, ¿por qué lo venden?

—Porque necesitamos el dinero.

—Y si ella —dice y me señala— es la novia del futuro rey, ¿por qué no le pide el dinero a él?

—Somos jóvenes independientes, señora. Nos gusta conseguir nuestro propio dinero y no depender de un hombre. Ahora, ¿va a comprar los zapatos o no?

La mujer no luce convencida, pero aun así rebusca en su monedero y con paciencia comienza a contar cien tritens frente a nosotras. Esto es un auténtico robo.

—Rose, no está bien lo que estás haciendo —le susurro, avergonzada.

—Necesitamos el dinero. Ya vendí mi lámpara por ciento cincuenta tritens a un señor de barba blanca. Fue fácil convencerlo con lo del diario. Todos se están creyendo la historia.

—¿Ciento cincuenta? Eso es una estafa.

La señora me pasa las monedas, interrumpiendo nuestra conversación. Rose le empaca los zapatos y se los entrega.

—Antes de que me reclames —alega una vez estamos solas—, ¿recuerdas cómo consiguió Mishnock muchas de las armas que tiene ahora? Quitándoselas a Lacrontte —repite lo que nos han enseñado en las tutorías—. ¿Y cómo es que Lacrontte tiene tanto

terreno y riquezas? Pues invadiendo otros reinos y quedándose con sus recursos.

—¿A dónde intentas llegar con eso?

—Quiero que entiendas que los grandes acaudalados siempre les quitan un poco a los demás para poder mantener o realzar su patrimonio. Nosotras no tenemos nada y es necesario hacer estas cosas para salir de la pobreza, porque me niego a morir siendo nadie.

Me quedo en silencio, tratando de hallarle el lado bueno a esto. Lado que definitivamente no existe.

—¿Tienen permiso para vender? —interpela una mujer de repente. Es la dueña del puesto adyacente.

—No. ¿Se necesita un permiso? —consulto perdida, como una niña en un tumulto de personas.

—Por supuesto que sí. Se paga para obtenerlo. Nosotros pagamos nuestro permiso y no es justo que vengan ustedes a hacer dinero sin cumplir la ley.

—¡Cállese, señora! —pelea Rose—. Regrese a su negocio y déjenos en paz. Somos amigas del príncipe, así que tenga cuidado con cómo nos habla.

—Yo la conozco —se inmiscuye un hombre en la acera de enfrente, justo donde estaba Nahomi, quien parece haberse marchado—. Ella es hija de los Malhore. Sé que robaron su perfumería y seguro por eso ahora están aquí juntándose con el proletariado. ¿Acaso ya se cansaron de besarles los pies a los acaudalados para que les compren sus fragancias? —cuestiona con burla—. Me alegra que los hayan saqueado para que aprendan un poco de humildad. —Las noticias sí que corren rápido por Palkareth—. Estoy harto de que vengan a preguntar si vendo el maldito perfume Emily. Estoy cansado de bajar el precio de mis productos porque las personas solo quieren las lociones que hace el idiota de Erick Malhore y de tener que limitarme a hacer réplicas de los suyos para poder vender algo.

—¡Le exijo que respete a mi padre! —levanto la voz, enojada.

—¿Qué harás? ¿Poner una sucursal aquí en frente para terminar de acabar con mi negocio? Oh, no pueden porque están en quiebra.

—Es ella. —Nos señala un sujeto de barba blanca que sostiene la lámpara de Rose. Lo acompaña un oficial de la Guardia Civil, así que fácilmente ato cabos—. La joven que dijo que conocía a la novia del príncipe.

—¿Quién de ustedes es Emily? —interroga el guardia.

—Yo, oficial. Soy Emily Malhore —respondo para no generar mayores problemas.

—Pero yo fui la que inventó todo, no ella —dice mi amiga.

—Me da igual, porque tampoco tengo tiempo que perder. Su amiga no la refutó, y al ser ella la protagonista de la nota en el periódico, es a quien le pondré una multa que debe pagar máximo en una semana.

—Sería una injusticia cuando es mi culpa —reclama Rose.

—Ayer tuvimos un ataque y no puedo estar aquí resolviendo problemas de inventos tontos por parte de jóvenes obsesionadas con el príncipe, así que guarde silencio antes de que le ponga una multa a usted también.

Suenan los ruidos habituales del mercado, aunque en este pequeño rincón la sinfonía callejera es otra. Las personas de los puestos cercanos han volcado su atención al terrible espectáculo que ofrezco mientras murmuran o ríen. Todos observan cómo el guardia saca una libreta del bolsillo interior de su chaqueta, escribe la cifra que debo pagar, arranca la hoja y me la extiende. Al leer la cantidad, quiero desfallecer y regresar el tiempo para no haber hecho esa idiotez. Ahora entiendo por qué Nahomi decía que habría problemas.

—¿¡Mil tritens!? —exclamo, estupefacta—. Oficial, es imposible que consiga tanto dinero en una semana.

—No me refute o terminará en la cárcel. Ahora retírense y no se molesten en llevarse nada, esa mercancía queda decomisada.

Mi amiga se resiste a marcharse, por lo que debo tomarla del brazo para que me siga fuera del mercado.

—Bueno, al menos nos dejaron el dinero para que compres algo para la perfumería —comenta resignada—. Es todo tuyo. Te lo debo por hacer que terminaras en prisión.

A medida que caminamos vemos las calles repletas de personas que vienen de la plaza central, como un rebaño guiado por su pastor, y movidas por la curiosidad nos acercamos a preguntar qué sucede, encontrándonos con la espantosa noticia de que hubo un fusilamiento de once soldados lacrontters que fueron capturados cuando intentaban entrar a la bóveda con la reserva de oro del reino. El pueblo camina alegre de vuelta a sus casas después de presenciar el sangriento espectáculo, y aunque comprendo la razón de la efusividad, no puedo compartirla. No soy partidaria de la violencia. Aun así, entiendo que esto es una guerra y que si hoy perdonas a tu enemigo, mañana él no dudará en asesinarte.

Pasamos frente a la plaza donde se escucha al rey Silas, quien se encuentra de pie en el balcón real, unos metros arriba de las personas que aún no se han marchado y que lo miran con devoción. Él se mueve con rigidez, como si su cuerpo estuviera cubierto con yeso, y su mirada es dura, orgullosa, la misma que estamos acostumbrados a verle.

—Sé que entre nosotros hay infiltrados —dice, señalando a la plaza—, así que espero que le hagan saber a Magnus que con Mishnock no se juega hoy ni nunca. ¡Honor y gratitud! —se despide con el lema del reino.

—¿Podemos irnos? —pregunto asqueada por el olor metálico de la sangre en el aire.

—Deja de ser cobarde, Mily. El mundo lo dominan aquellos a quienes no les tiembla la mano —advierte antes de retomar la marcha.

Nos abrimos paso hasta librarnos del gentío y marchamos en direcciones diferentes hacia nuestras casas. Cuando estoy a punto de llegar, veo bajar de un carruaje al Mercader y a Percival con maletines en la mano. Han llegado más pronto de lo que imaginé. Ambos me ven y me sonríen con un aire de seguridad que me asusta.

—Señorita Malhore, es un placer verla —me saluda el hombre de ojos verdes.

—Igualmente —miento, tocando el aldabón tras esconder la multa en la bolsa de tritens.

—No imagina lo felices que nos hizo recibir la carta de su hermana aceptando la propuesta.

—Creo que deberíamos abrir una sucursal en el reino de Cristeners y conseguir a un soltero acaudalado para la señorita Emily —repone Percival—. Así nos convertiremos en la salvación completa para esta familia.

—Si algún día me caso, será porque estoy completamente enamorada y no por librarme de una mala situación —replico. Estos dos me ponen de mal humor.

Mi hermana es quien abre la puerta y me asombra notar que ya tiene a la familia reunida en el comedor; no obstante, nadie parece estar al tanto de la visita, pues muestran su desconcierto al ver ingresar a los inversionistas.

—Buenas tardes. Es para nosotros un placer estar aquí nuevamente —anuncia el Mercader.

—No los esperábamos hoy —confiesa papá, sorprendido—. Acordamos reunirnos cuando yo los llamara.

—Y nos han llamado. —Se acerca a la mesa con agilidad—. Su hija, la señorita Liz, nos envió una carta en la que informa que ya tiene una respuesta a nuestra oferta.

—¿Es eso cierto? —La mirada acusatoria de papá va hacia ella.

—Lo es, papá. Ya he tomado una decisión y quiero compartirla esta noche: acepto el trato del señor Percival Gastrell.

—No lo hemos discutido como familia.

—No tienen por qué hacerlo. Es la mejor decisión que su hija pudo tomar —se jacta orgulloso el recién nombrado—. Tiene un futuro asegurado a mi lado. En Lacrontte vivirá de la mejor manera, no le faltará nada. Por ello, hemos traído los papeles del contrato para no quitarles mucho tiempo y que puedan celebrar.

—No tengo nada que celebrar —susurra papá, y al parecer soy la única que lo escucha.

¿Dónde estará Cedric Maloney y por qué ahora no los acompaña? Recuerdo haber escuchado que fue él quien les habló de nosotros. Es como si su función hubiera sido captarnos para que estos dos hombres

pudieran meternos en líos, y como ya lo lograron, su trabajo aquí terminó. Me pregunto a cuántos más les estarán haciendo lo mismo.

—¿Cómo pudieron volver si la frontera está cerrada? —consulto a ambos sujetos.

—Nunca nos hemos marchado. Ustedes no son el único negocio que estamos concertando.

Extiende el contrato sobre la mesa del comedor, previamente firmado por él y por el Mercader, quien le pasa una pluma a mi hermana para que ella cumpla su parte. Papá la mira como suplicando que no lo haga, pero sabemos que no hay vuelta atrás cuando ella graba su nombre en el papel.

—Por ahora no podemos viajar a Lacrontte dada la tensión por el ataque y por lo que pasó hoy en la plaza con los soldados. Sin embargo, cuando las cosas mengüen, viajaremos para inscribirnos en la ceremonia de compromiso organizada por Aidana Lacrontte. Por el dinero no se preocupen, costearé sus gastos.

—¿De qué se trata el evento? —interroga mi hermana con visible incomodidad ante la mención de ese apellido. Ella en verdad no los tolera—. ¿Quién es Aidana, la esposa del rey Magnus?

—Es la abuela del rey y hace dos reuniones al año para los miembros de las altas casas de la nación. Soy un barón, señorita Malhore, y, por ende, estoy invitado. El rey asiste a cierta hora de la noche a la ceremonia y todas las parejas pasan ante él. Después, según la impresión que demos, decidirá si asiste o no a nuestra boda. No hace falta decir que convencerlo nos daría prestigio, igual que a la sucursal de la perfumería.

Intento procesar la información, pero termino bloqueada ante tantos detalles. Lo único que se queda en mi cabeza es que viajaremos a Lacrontte a una ceremonia en la que estará presente el inclemente soberano enemigo.

—¿Cuál es el siguiente paso? —interviene mamá, preocupada.

—Deben sacar sus permisos generales de viaje, y, como ustedes son visitantes, tendrán que pasar un filtro, así que deben saber muy bien qué van a responder. Les harán preguntas al azar, pero por favor

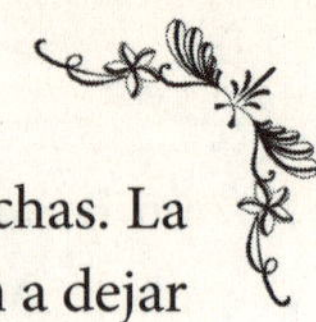

no se muestren temerosos al responder o levantarán sospechas. La realidad es que el permiso de viaje no asegura que los vayan a dejar entrar.

Liz no comenta nada. Parece que está en un trance, aceptando el destino que escogió. Desearía abrazarla, porque es evidente que lo necesita. Espero que entienda que estoy con ella y que, si llega a arrepentirse de esto, yo misma iré a buscarla a Lacrontte o donde sea que se encuentre.

—Voy a ser la envidia en mis tutorías cuando les diga a todos que he viajado a Lacrontte —menciona Mia, visiblemente emocionada. La única Malhore alegre hasta ahora.

El Mercader empieza a darnos una lista larga de indicaciones para el viaje: referirnos a la Guardia Negra como «oficiales», nunca «señores», dejarles claro que no tenemos intención de quedarnos de manera ilegal en el reino y preparar para la ceremonia atuendos blancos, sin ningún tipo de adorno o estampado. Eso será, sin duda, lo más difícil para mí.

—¿Algo más? —sondea mi padre a punto de perder la paciencia.

—Sí, les dejaré dinero para que puedan comenzar a reconstruir su negocio aquí. —Le extiende a papá la hoja rectangular y acartonada de un boleto de cambio en el que reluce el titular del Banco Civil de Mishnock—. Tengo una cuenta allí y puede ir a retirar el dinero cuando guste, pero debe saber que, si su hija no cumple con lo pactado, tendrán que devolverme el total de mi inversión.

—Si solo voy a ganar el cuarenta por ciento, ¿cómo voy a devolverle el total?

—Así funcionan mis negocios. De todas formas, no debe preocuparse porque estoy seguro de que Liz está más que dichosa de contraer matrimonio con un hombre del nivel de Gastrell.

Estamos en problemas. No hay que saber predecir el futuro para intuirlo. Si esto sale mal, no hay manera de que podamos pagar tres millones de tritens. Estaremos acabados.

Percival acomoda su maletín en la mesa y de su interior saca una caja de terciopelo rojo en la que reposa un aro de plata con un vistoso

diamante blanco que cumple el papel principal de la pieza. Toma la mano de mi hermana y le pone el anillo, sellando oficialmente lo pactado esta noche. Ninguno de nosotros sonríe, y cómo hacerlo, si parece que estuviéramos en un sepelio. Hasta me dan ganas de ir en busca de flores, armar una corona fúnebre y ponerla en medio de la sala.

—Ahora que todos estamos felices —habla papá, satírico—, es momento de que nos dejen solos para celebrar, tal como dijeron.

El Mercader lee claramente el mal humor de papá; aun así, decide no comentar nada al respecto. ¿Y qué podría decir si ya nos tiene a su merced? Ambos se limitan a recoger sus pertenencias y salen de la casa con un aire victorioso que me llena de impotencia.

—Papá, espero que no me reclame nada —pide Liz una vez estamos solos.

—¿Qué podría decir si ya has firmado? En verdad ruego que seas muy feliz con todo lo que se aproxima.

—Mírenle el lado bueno —interviene mamá, intentando animar el ambiente—: Lizzie tendrá doble nacionalidad.

Siento un vacío en el estómago al darme cuenta de lo mucho que ha cambiado nuestra historia en estos últimos días y de lo frustrante que es no poder hacer nada para remediarlo. Ni siquiera voy a comentar ante mi familia la multa que me impusieron en el mercado o cómo se burlaron de nuestro nombre, no vale la pena poner más peso en sus hombros. Si hay algo en lo que Nahomi tiene razón es en que estoy en mar abierto, en medio de una tormenta, y todo indica que mi familia también abordó ese barco. Tengo que encontrar una solución urgente, porque no voy a permitir que un saqueo y dos lacrontters nos arruinen la vida.

6

Un mes ha pasado en un parpadeo. En la ciudad continúan reparando edificaciones y calles, los reyes declararon duelo nacional durante una semana y la Guardia Azul ahora acordona cada perímetro de Palkareth para tratar de darles tranquilidad a aquellos que todavía se niegan a salir de sus casas.

La frontera fue reabierta, así que dentro de dos días comienza nuestra travesía hacia el reino vecino y no puedo estar más nerviosa. Cada vez que pienso en ello siento como si el corazón se me subiera a la garganta, el estómago me cosquillea y las palmas de las manos me sudan. Jamás he salido de Mishnock y lo haré justo para pisar suelo enemigo.

Me encuentro esta mañana en el apenas reconstruido negocio familiar ayudando a arreglar los anaqueles para llenarlos con los nuevos perfumes que papá ha creado. Hay un ambiente de completa tranquilidad, hasta el momento en que un Guardia Real vestido con el uniforme del palacio cruza las puertas de la perfumería, lo que enciende en mí el miedo de que venga a arrestarme debido a la multa de mil tritens que no he ido a saldar.

—La familia Malhore es la propietaria de este sitio, ¿cierto? —la voz grave del hombre pregunta directamente a mi madre.

—Está en lo correcto, somos nosotros.

—¿Se encuentra la señorita Lizzie Malhore?

—Soy yo. —Mi hermana se agita ante la mención de su nombre.

—Permítame un instante —avisa el soldado para luego salir apresurado de la perfumería.

Desaparece del alcance de nuestra vista y al cabo de unos minutos vuelve acompañado de otro joven un poco más bajo y fornido, vestido con un uniforme impecable, lleno de medallas. El sujeto mira a Liz, y es imposible no recordar aquellos brillantes ojos grises.

—¡General Peterson! —saluda ella con evidente nerviosismo.

No, no, no. Esto solo significa una cosa: problemas.

—Señorita, por fin nos volvemos a ver —contesta sonriente.

—¿Me buscaba?

—Incesantemente. Vine aquí varias veces la semana pasada, pero siempre estaba cerrado.

—Se encontraba en reconstrucción.

—Entonces hoy es mi día de suerte.

Ambos se miran con detenimiento y en los ojos de mi hermana aparece un brillo inusual. Alrededor se pasea un silencio incómodo, como si estorbáramos en un encuentro privado. Sé que a Liz le llamó la atención este hombre, y eso se vuelve evidente para mi madre por la forma como su hija lo detalla.

—La otra joven Malhore… —Vuelca la vista hacia mí después de unos instantes—. El príncipe estará complacido al saber que la he encontrado.

¿Quiere verme? Imposible. Igual, no creo que pueda mirarlo a la cara después del bochorno que pasé en el mercado por el invento de Rose sobre nuestra supuesta relación. Un momento, ¿se habrá enterado de eso? De ser así, prefiero irme a vivir a Lacrontte con Liz.

—¿Cuál príncipe? —respondo tras segundos de silencio.

¡Vida mía! ¿Por qué soy tan torpe?

—Vaya, entonces conoce a muchos príncipes. —Se ríe de mi idiotez—. Creo que Stefan ya no estará tan feliz al saber que no lo recuerda.

—Sí, claro que lo recuerdo.

—Pero puedo notar que no tanto como él a usted.

Imagino lo que debe pensar de mí: la loca que sacó de prisión, que insinuó que era un mentiroso y que trepó una pared tras escaparse como una criminal.

—Bueno, una de las razones por las que estoy acá es que quiero invitarla a salir, señorita Lizzie —vuelve a dirigirse a mi hermana.

—¿Disculpe? —mi madre irrumpe, confundida—. ¿Ustedes se conocen?

—Así es, señora...

—Malhore, Amanda Malhore. Soy la madre de Liz.

—Es un gusto conocerla. —Extiende una mano hacia ella—. Permítame decirle que tiene una hija hermosa, bueno, dos.

—Tres, querrá decir —resalta, incluyendo a Mia—. Me gustaría saber dónde se conocieron y cuándo.

—El día del festival, en el desfile de los militares. ¿Algo anda mal? No quiero causar problemas.

—En lo absoluto —Liz toma la vocería—. Madre, creo que se me debe permitir hablar con él. ¿No lo cree? —inquiere, mirándola.

—Supongo que sí. Tienes treinta minutos.

En aquel permiso está implícita una clara advertencia que mi hermana entiende a la perfección. Cuando los dos salen de la perfumería, mamá me mira, buscando una explicación que yo no tengo.

—Por favor, dime que no la atrae ese hombre.

—No tengo una respuesta para eso.

—Liz tiene un anillo en la mano, una joya de compromiso.

—Solo van a hablar. Tampoco es como si se fueran a fugar.

—Espero que tengas razón, Emily, porque no quiero pensar en lo que pasaría si llegara a ser así.

Sus palabras resuenan en mi cabeza cuando reanudo mis funciones, con el olor del barniz en la madera gobernando el aire, de tal manera que empiezo a marearme y cuando creo que ese será el único problema que tendré que sortear hoy, una joven entra a la perfumería con un montón de hojas de periódico. Se seca el sudor con un pañuelo antes de acercarse a la vitrina para entregarnos a mamá y a mí un par de pedazos de diario. No dice nada, solo asiente con la

cabeza y sale del local para continuar su recorrido. Paso la mirada de inmediato por el que me ha tocado y me doy cuenta de que no se trata de ningún periódico de Mishnock, sino de Lacrontte. La noticia es de hace dos días y lleva como titular «Brillante victoria de la Guardia Negra». Hablan sobre un enfrentamiento entre ambas fronteras que terminó con más de quinientos soldados mishnianos muertos y otros cien como prisioneros. La nota viene acompañada de una fotografía sin color de quien parece ser el rey Magnus de espaldas frente a los miembros de su ejército, que levantan armas como forma de celebración. De seguro esa joven era una de las personas que estaban protestando en el festival.

Camino por inercia hacia la parte de atrás de la perfumería, pero sin entrar a la bodega en donde está mi padre, y ahí sigo leyendo, como si el periódico fuera algo prohibido en el reino, y quizás lo sea. Me concentro en el horror de la nota, en cómo se alegran de la matanza y en la imagen del soberano Lacrontte. La espalda ancha y las manos empuñadas como si fuera el dueño del mundo.

—¿Qué haces? —papá me asusta cuando aparece de repente y me habla cerca del oído. Carga una caja repleta de perfumes que seguro trae para que yo los acomode en los estantes. La puerta de la bodega está abierta detrás de él. ¿En qué momento llegó? Ni siquiera oí sus pasos.

Doblo el periódico e intento esconderlo como si me hubieran descubierto con la lista de los mejores solteros de Palkareth en las manos.

—Alguien lo dejó aquí —me excuso al verme descubierta.

—Déjame verlo. —Pone las fragancias a un lado y yo despliego la hoja para que pueda leer—. El diario de Mishnock no ha reportado esta noticia.

—Son pocos los ataques que muestran. Se limitan a alabar al rey Silas, así que no creo que escriban sobre el triunfo del enemigo.

—Me gusta que notes esas cosas, mi niña. —Me acaricia la cabeza como a un cachorro—. ¿Recuerdas el día en que conocimos al rey Magnus?

Aquella declaración me hiela como el invierno a los lagos. Comienzo a buscar en cada recoveco de mi mente, pero por más que me esfuerzo no encuentro nada.

—Imposible. Nosotros jamás hemos salido del reino o ¿me equivoco?

—No lo haces. Él vino aquí y lo vimos en una visita al palacio. Cuando se rumoreaba que Mishnock y Lacrontte harían acuerdos de paz —comienza a relatar la historia como si hubiera estado esperando el momento para contarla—. Era nuestra primera prueba de perfumes. Yo estaba nervioso y una pequeña Emily insistió en acompañarme. Mientras esperábamos en el pasillo a que la reina nos atendiera, ellos llegaron para reunirse con el rey. Nunca se me olvidará que me levanté a saludarlos y el ahora rey Magnus, que en ese momento era un niño como de once años, sí, esa era su edad, porque recuerdo que dijo que en pocos días iba a cumplir doce... El asunto es que me dejó muy claro que él era un príncipe. Ahí fue cuando interviniste y dijiste que también eras una princesa.

—Nada de eso está en mi memoria, padre.

—No tendría por qué. Tenías solo cinco años. Usabas un vestido morado y una corona de plástico que tu madre te había comprado. Le enseñaste tu traje y le preguntaste si no le parecía bonito.

No puedo creer nada de lo que me está diciendo. Es imposible que alguna vez haya cruzado palabra con ese hombre. Se siente como si me contara la vida de alguien más y no algo que pasó en la mía.

—Creo que a él no le gustó —continúa—, porque respondió algo así como que lo importante era que a ti te gustara. Luego le tomaste la mano para que tocara tu corona, aun cuando te había dicho que no quería hacerlo. Su padre, atrás, se reía de la escena, pero jamás interfirió y yo estaba muerto del susto, rogando que no lo tomaran como una falta de respeto y terminara en prisión. No sabía cómo reprenderte para que dejaras al príncipe en paz.

—No suena como el rey que es ahora. Parecía amable.

—Lo era, incluso no te retiró cuando lo abrazaste.

—¿Que hice qué? —cuestiono incrédula.

—Un guardia informó que la reina ya estaba lista para recibirnos, así que nos teníamos que ir y cuando te despediste lo abrazaste. Eras una niña muy afectuosa.

¿Qué me sucedía? Tal vez mi cabeza sabía en qué tipo de persona se iba a convertir el rey Magnus y prefirió bloquear el suceso para no vivir con el amargo recuerdo.

—Emily. —Liz se asoma por el arco que divide esta zona de la parte principal del negocio. ¿Regresó tan pronto?—. ¿Puedo hablar contigo un momento?

Asiento y voy con ella sin dejar de pensar en todo lo que papá me contó. ¿De verdad abracé a ese hombre y hablé con él? Mi hermana me zarandea cuando me ve perdida en mis pensamientos como quien intenta despertar a otro por la mañana. El general no se ve por ningún lado y mi madre en silencio nos observa a medida que salimos de la tienda.

—¿Qué ocurre? —le pregunto cuando estamos en la calle.

—Le pedí la tarde libre a mamá, pero antes debemos ir por Mia a casa de su amiga Bessy. Debo contártelo todo, Mily. Él es increíble —comenta fascinada, como pocas veces la he visto—. Tenías que haber visto la manera como me hablaba, como me miraba.

—Te gusta, ¿cierto?

—Creo que sí. Sé que está mal porque estoy comprometida y que es descarado de mi parte decir que me corteja, pero es justo lo que parece.

Una sonrisa nerviosa se le dibuja en la cara mientras detalla lo que vivió con el general. No obstante, también puedo ver en sus movimientos la angustia por el compromiso: frota las yemas de los dedos con afán, frunce el ceño cuando nota que se ha emocionado más de la cuenta y traga saliva con frecuencia.

—No quiero pensar que me equivoqué, Mily, que me apresuré. Nuestra familia necesita el dinero, así que está bien, ¿verdad? —pregunta mordiéndose las uñas a medida que caminamos—. Por favor, dime que hice lo correcto al aceptar la propuesta de Percival.

—Eres la única que puede responder eso.

—Estuvo bien —asegura más para ella que para mí—. Que Daniel me haya buscado no quiere decir que vaya a existir algo entre nosotros, no es seguro, y necesitamos el dinero.

—Supongo que tienes razón. —Puedo notar lo mucho que intenta esconder su agonía—. Tengo una pregunta: ¿cómo pudiste ocultar tu anillo? Ese diamante no es que sea muy discreto.

—Me lo quité en un descuido de Daniel. Suena horrible, lo sé, pero ¿qué habría podido inventarle si veía la joya?

Definitivamente, nada de esto está bien.

—Una cosa más, Emily: me invitó al palacio mañana para una cena y pidió que te llevara.

Abro y cierro la boca tras ser incapaz de articular palabra alguna. Inclino la cabeza y me llevo la mano al cuello, desconcertada. Voy a volver a ver al príncipe, porque, bueno, es su palacio y... un momento: ¿esto quiere decir que de verdad él quiere verme? La idea se instala en mi mente con fuerza y hace levitar mi imaginación con distintos escenarios, aunque la realidad rápidamente me golpea como los frutos al suelo cuando caen del árbol y diluye cualquier emoción que pueda crear esa revelación.

—No podemos ir —concluyo por ambas.

—Quiero verlo, Emily, por favor. Así sea como una despedida.

—Papá no nos dejará ir.

—Entonces escapémonos, busquemos una forma. Te lo suplico.

Jamás la había visto tan desesperada. Ella siempre es la racional, la madura que desaprueba ese tipo de comportamientos, y ahora está rogando que nos fuguemos para ir al palacio.

—Van a vernos, Liz. No es como si la cena fuera a las diez de la noche, cuando nuestros padres están dormidos.

—Inventemos una excusa entonces. Digamos que vamos a casa de tu amiga Rose para una cena. Ella seguro nos cubrirá la espalda.

—No estás pensando con claridad. Papá conoce la situación económica de los Alfort, es obvio que no creerá que van a gastar dinero en una cena para nosotras.

—Entonces digamos que iremos a comer en casa de Nahomi, que nos invitó como despedida porque me iré de Mishnock.

—La estás usando y ella ni siquiera lo sabe.

—Estoy al tanto, pero no encuentro otra manera. En verdad quiero ver a Daniel una vez más —insiste, afligida—. Veámoslo como mi regalo, el último suspiro de libertad antes de mi prisión.

Lo dudo, porque conozco las consecuencias: sé que eso la confundirá más e ilusionará a un hombre que se muestra genuinamente interesado en ella. Además, está el asunto del príncipe. No sé si estoy preparada para volver a verlo, porque cada vez que estoy cerca de él estoy metida en un problema y no quiero más drama.

A pesar de todo, termino cediendo, porque es mi hermana, porque quiero que esto sea algo bonito para recordar, antes de que una su vida a un hombre que no ama y porque debo admitir que, en el fondo, me emociona un poco la idea de conocer más al futuro rey. Ahora tenemos otras cosas en las que pensar, como qué haremos para que nuestra mentira suene lo más verosímil posible ante papá o qué usaremos para asistir a la cena. Y más importante aún: ¿dónde compro un amuleto de buena suerte para llevar al palacio y no pasar otro incómodo momento frente al príncipe?

7

Desde que los rayos del sol me despertaron esta mañana, mi hermana y yo hemos estado preparando todo para esta noche. Lo primero en la lista fue convencer a papá de que Nahomi nos había invitado a cenar. Él no dudó demasiado, ya que es algo que ella podría hacer como amiga de la casa que es.

Salimos de casa una vez logramos nuestro cometido y esperamos en una esquina ubicada tres calles arriba, pues Daniel le informó a Liz que un carruaje pasaría por nosotras, y no podíamos permitir que papá lo viera o estaríamos condenadas a trabajar sin paga en la perfumería por el resto de nuestra vida.

—Estoy muy nerviosa por lo que pueda suceder en esta cena, Mily —avisa mi hermana, mientras aguardamos recostadas contra un muro de ladrillo gastado, lleno de carteles con información militar. Siento punzadas en el corazón y unas ganas inmensas de frotarme los dedos hasta cansarme.

—¿Estás consciente de que no debes darle falsas ilusiones al general? Porque mañana viajamos a Lacrontte para tu cena de compromiso.

—Lo sé, no tienes que repetirlo. Estoy más que consciente de que esto es una despedida.

Esta vez dejó el anillo en su habitación e hizo malabares para que nadie lo notara. No negaré que me preocupa que esté ocultando ese detalle, pero por esta noche voy a respaldarla.

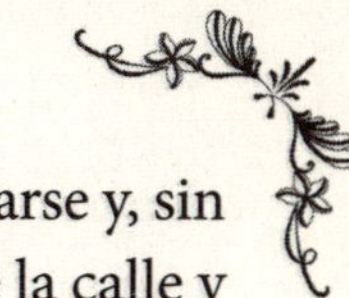

De un momento a otro escuchamos un carruaje acercarse y, sin importar cuán vergonzoso sea, nos hacemos en medio de la calle y agitamos los brazos para obligarlo a detenerse. El cochero tensa las riendas del caballo, sorprendido por nuestra repentina aparición, y frena a centímetros de nosotras, retando el equilibrio del paje que se encuentra en la parte trasera.

—Somos Lizzie y Emily Malhore, las señoritas a quienes transportarán —les informo a los dos sujetos.

—Disculpe, pero tenemos órdenes de recogerlas en la calle Lewintong, casa 721.

—Ya estamos aquí. Les hicimos el trabajo más sencillo.

El hombre nos observa con sospecha por unos segundos antes de ceder y pedirle al paje que abra la puerta para dejarnos entrar. En el interior, mi hermana absorbe fascinada cada detalle. Pasa las manos por los asientos y levanta la cortina para mirar a través del cristal de la ventana.

—Increíble —suspira—. Estoy viendo nuestro vecindario desde la carroza real. Ni en mis mejores sueños pensé que haríamos esto. ¿No te emociona?

—Por supuesto. El príncipe es muy sencillo, parece el tipo de hombre que te llevaría en su carruaje hasta casa pasada la medianoche —contesto irónica.

Al llegar, las altas y pesadas puertas de madera labrada se abren para recibirnos. En el interior, una doncella nos guía por un pasillo con pisos de porcelanato, cubierto parcialmente con una alfombra azul. Las paredes, impolutas, se mezclan con columnas en un corredor que no parece tener fin y que está decorado con sillones y grandes macetas con azucenas que le agregan un olor dulzón al aire. Al cabo de un minuto nos detenemos frente al salón de banquetes y, al entrar, la primera persona que salta a la vista es el general, que en un tono amable se dirige a nosotras.

—Lizzie, Emily, qué alegría verlas.

A pesar de su grato saludo, es obvio que la alegría es provocada por mi hermana, pues avanza entusiasmado hacia ella. Luce un traje oscuro,

elegante. Es la primera vez que lo vemos sin su uniforme y he de confesar que la ropa de civil lo hace ver mucho más joven, apuesto y menos intimidante. En la mitad del salón hay un inmenso comedor rectangular, con un mantel blanco y sillas con espaldar en madera tallada. En el centro de la mesa hay un conjunto de velas que aportan luz cálida a la estancia en contraste con la iluminación fría de los candeleros que cuelgan del techo.

Y, justo al final de la sala, se encuentra el príncipe Stefan.

Está de pie, con las manos apoyadas sobre el respaldo de un asiento. Sus ojos se encuentran con los míos y de inmediato en su rostro se dibuja una sonrisa que me acelera el pulso. Viste un traje azul celeste con bordados en hilo de plata y botones argentados en el borde de la chaqueta. Esta vez no lleva corona y así el cabello le cae finamente sobre la cara, haciéndolo ver mucho más juvenil y fresco.

—Señorita Emily.

Camina hasta mí con las manos en la espalda y se detiene a una distancia prudente. Me sigue resultando intimidante, no solo por su título, sino además por la confianza en sí mismo que suele mostrar y de la que yo a veces carezco.

—Su alteza —saludo, haciendo una reverencia.

—Por favor, llámeme Stefan —pide con voz neutra, caballerosa—. Permítame resaltar lo hermosa que luce usted esta noche.

—Gracias. Y, por favor, usted tampoco me trate con tanta formalidad.

—Como desee, Emily, aunque sin duda estaré saltando entre lo formal y lo informal constantemente.

Estira su brazo, para entrelazarlo con el mío y llevarme hasta el comedor. Uno de los sirvientes se acerca para separar las sillas, indicando mi lugar. Liz se sienta a mi derecha, Daniel frente a nosotras y el príncipe en la cabecera.

—Creímos que nunca las encontraríamos —comienza el general— y confieso que en verdad tenía ganas de volver a ver a Lizzie.

La sonrisa de ella ilumina más el salón. Lo mira con tanta atención que parece que intentara grabarse su rostro para el futuro.

—Debo admitir que también quería verlo.

Esto es muy incómodo, y no solo por el compromiso de mi hermana, sino por el interés que está demostrando Peterson.

—Es imposible pensar que en veintidós años no me haya topado con usted.

—Bueno, Daniel, supongo que este era el momento indicado —interviene el príncipe—. Y si esta es la noche para conocerla, deberías implementar algo que te sirva de ayuda.

—¿Un juego? —cuestiona animado.

—¿Qué propones?

—Equipos. Tú y yo haremos uno, y las señoritas, otro. Hombres contra mujeres. Cada equipo lanzará preguntas sobre lo que quiera saber de los demás.

—Acepto. —Liz me sorprende con aquella declaración—. Empiecen ustedes, por favor.

—Cuéntennos, ¿a qué se debe que ninguna de las dos tenga pareja? Porque creo que no tienen, ¿o me estoy equivocando?

—No tenemos —se adelanta a decir— y supongo que es porque no ha llegado la persona correcta.

No me agrada que mienta de esta manera. Me hace sentir terriblemente culpable, a tal punto que mi apetito amenaza con esfumarse.

—Es nuestro turno —tomo la palabra—, y me gustaría devolverles la pregunta.

—Desde que terminé mi relación hace un año no he estado interesado en nadie —explica Daniel.

—Y yo, aparte de las dos novias que oculto de la prensa, tampoco he encontrado a alguien que merezca el tercer lugar —comenta Stefan, haciendo alusión a aquello que mencionó esa noche fuera de casa.

—Considero que nadie quiere ese sitio —bromeo, siguiéndole el juego.

—Apuesto a que usted primero escalaría una pared a medianoche antes que aceptar la tercera posición.

Desvío la mirada hacia mi plato al sentir en el estómago un cosquilleo que no había experimentado antes. Parece que ese episodio

me va a perseguir toda la vida y, aunque me avergüence, me emociona que lo recuerde.

—¿Hay algo que le guste hacer, señorita Malhore? —pregunta el general—. Si mi percepción sobre usted no se equivoca, parece una mujer aventurera y conozco muchos parajes en el reino que seguramente le resultarían interesantes. Si es que en algún momento me permite enseñárselos.

—¿A cuál de las dos le hablas? —cuestiona el príncipe—. Porque no creo que las hermanas estén dispuestas a compartir al mismo hombre. Aunque quizás tengas suerte.

—No podríamos hacer eso —decimos al unísono.

Hablar al mismo tiempo sí que nos hizo sonar patéticas.

—Y usted, alteza, ¿hay algo en lo que disfrute invertir su tiempo? —tomo la valentía para intervenir.

—Bueno, me encantan el polo y dibujar. Aunque también hago obras sociales, como rescatar a personas de prisión.

Si así va a jugar, yo también puedo responder.

—Y a veces le gusta decir una que otra mentira para tener al pueblo calmado —agrego, mirándolo.

—Emily —me regaña Liz, mientras el heredero ríe.

—Bueno, créame que en esta mesa no soy el único mentiroso.

—Y pese a saber de quién se trata, sigue manteniendo oculta su identidad. ¿Es también una de sus obras sociales?

—De mis favoritas, de hecho. —Me observa con una sonrisa sugerente—. Mi discreción es absoluta, señorita Malhore. ¿Quiere ponerla a prueba y confiarme un secreto?

—No sería secreto si lo digo en frente de todos.

—Eso me obliga a buscar un lugar privado en el que pueda confesarse con plena libertad. Le aseguro que a partir de ahora estaré pensando en uno para llevarla.

—No he aceptado ninguna invitación.

—Hágame el honor, entonces.

—Señorita Lizzie, creo que usted y yo sobramos aquí. —Escucho el tono burlesco de Peterson.

Me paralizo al instante, con el arrebol de un amanecer en mi rostro. No soy capaz de girar a ver a mi hermana y espero que fuera de aquí no comente nada al respecto.

—No fue nuestra intención dejarlos fuera de la conversación —se excusa el príncipe.

—Señorita Liz, ¿qué le parece si hacemos lo mismo? —propone Daniel, restándole incomodidad a la situación—. Quizás sea algo apresurado, pero dentro de unos días tendré que viajar a la frontera para supervisar las nuevas tropas que llegarán, así que quiero aprovechar el tiempo que me queda en Palkareth. Por eso quisiera saber qué hará mañana y si está disponible para un nuevo encuentro.

Liz no responde. El mutismo le cose la boca por segundos que parecen interminables. Es evidente que pide ayuda en silencio.

—Mañana tenemos un viaje familiar —hablo por ella.

—Comprendo. ¿Se me permite saber a dónde?

—Lacrontte, por negocios de nuestros padres.

—No sabía que los Malhore tenían negocios fuera de Mishnock.

—Es algo nuevo —declaro, dispuesta a no revelar demasiado.

Los sirvientes entran al salón como ángeles rescatistas. Traen consigo un aroma a cordero, castañas asadas y setas que impregna la atmósfera. En el transcurso de la velada, mi copa se llena varias veces con vino tinto que me invade la boca con un sabor ligeramente picante, especiado, y al final de la comida presentan ante nosotros una porción de tarta de nueces con caramelo que parece cosquillear mi paladar. No decimos mucho mientras comemos y, aun así, el ambiente jamás se torna tenso. Hay cierta calidez que, por momentos, solo por momentos, parece borrar nuestros títulos.

—¿Me concedería el honor de dar un paseo con usted? —me invita el heredero cuando ya han retirado los platos. Se levanta de la mesa y estira su mano hacia mí con la delicadeza de un ruiseñor.

Automáticamente miro a Liz para saber qué hará ella cuando yo me retire.

—No se preocupen, nosotros también caminaremos un rato —avisa el general, al otro lado de la mesa.

Me escabullo con el príncipe, quien mantiene las manos cruzadas detrás de su espalda mientras avanzamos por los corredores del palacio. Optó por quitarse la chaqueta y admito que su cuerpo delgado se ve bien bajo la camisa blanca, más aún con ese porte recto que siempre tiene. Caminamos por el jardín en esta noche serena, podemos escuchar las cigarras y ver pasear las luciérnagas a la distancia con su característica luminosidad esmeralda. Aquí se levantan grandes paredes de arbustos y enredaderas, caminos de flores multicolores que llevan hasta una fuente que emite un sonido suave, relajante. Este lugar es idílico. Me pesa en el corazón saber que, al estar escondido tras las paredes del palacio, es probable que no vuelva a verlo.

—Gracias por venir hoy. —Él es quien rompe el silencio. El reflejo de la luna ilumina la mitad de su rostro—. Sentí que era el momento idóneo, pues mi madre está fuera y mi padre está ocupado en una reunión de negocios. Sabía que nadie nos molestaría.

—Gracias a usted por invitarnos.

—Lo habría hecho desde hace tiempo, pero ustedes son difíciles de hallar. Y con todo lo que sucedió en el festival, mi mente colapsó. Me alegra saber que usted y los suyos se encuentran bien.

—No me lo recuerde. Fue horrible ver a tantos morir frente a mí, correr para escondernos como pequeños animales asustados y no poder hacer nada para defendernos —confieso.

—Lamento que haya tenido que pasar por eso. No imagina lo frustrante que fue para nosotros vernos imposibilitados. Las tres Guardias hicieron todo lo que estaba a su alcance, pero le aseguro que estamos trabajando arduamente para que algo así no vuelva a suceder —explica como el estudiante que debe excusarse ante su maestro por sus fallas—. Aun así, espero que los trágicos recuerdos de ese día no arruinen este encuentro y, si me permite volver al tema inicial, admito que deseaba volver a verla para darle a mi vida un poco de la chispa que tiene la suya.

—¿A qué se refiere?

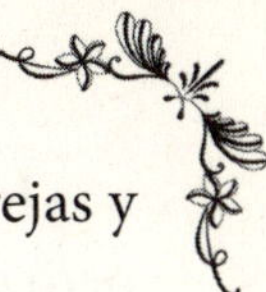

—Bueno, se escapa de casa, va a un bar, termina entre rejas y luego recibe una multa.

Mi mayor temor de esta noche se ha vuelto realidad. Lo sabe, apuesto mi jardín entero a que lo sabe. De verdad debí comprar un amuleto para la buena suerte, porque ahora mismo siento que se me va a caer el rostro de vergüenza.

—¿De qué habla? —Finjo inocencia.

El príncipe sonríe tal como lo hizo aquella noche.

—Una multa por inventar que tiene una relación conmigo y aprovecharse de ello para vender objetos a un precio exorbitante. —Me estudia con la mirada, divertido—. Eso decía el reporte que está junto con su expediente, señorita Malhore.

—Usted no tenía que ver eso —me disculpo. Estoy segura de que en este momento mi cara parece pintada con bermellón—. Tengo trescientos tritens, con eso prometo comenzar a pagar la deuda.

—No se preocupe: he deshecho la multa. Mejor use ese dinero para su viaje a Lacrontte.

—Igualmente, lamento lo que hice. Saquearon la perfumería de mis padres y estaba desesperada. Sé que no tengo excusas, pero esa es la razón.

—Cuánto lo siento, señori... Emily —se corrige—. Si considera que puedo ayudarla en algo, no dude en avisarme. ¿Tienen alguna sospecha de quién pudo haber sido?

—No lo sé, algún mishniano o un lacrontter.

—No creo que los guardias lacrontters se tomen una perfumería, es decir, no imagino que vuelvan a su reino cargando fragancias.

Y tiene razón, sería muy tonto que lo hicieran.

—También lo dudo. Estaban concentrados en llevarse mejores cosas, como lo que ocurrió con los ejecutados.

—Y pudieron hacerlo. Lacrontte tomó la mitad de nuestra reserva de oro. Ya no vale la pena intentar ocultarlo, lo han dicho en el periódico de su reino, haciendo alarde del hurto. A nosotros simplemente

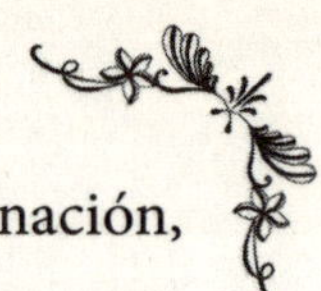

nos ha quedado mantener el silencio para no alarmar a la nación, pero estoy seguro de que ya se corre la voz.

¡Por mi vida entera! Si antes creía que estábamos mal, ahora sé que nos estamos hundiendo en el fango y la única cuerda de rescate la tiene el criminal al que se me dio por abrazar de niña.

—Bueno, esos son asuntos del Estado que ahora no quiero tocar. Si la invité es porque quiero conocerla, por algo me esmeré tanto en buscarla.

—¿Cuánto? —inquiero curiosa.

—¿Me hará confesar?

—Suena como algo que una mujer querría escuchar.

Lo veo bajar la cabeza y clavar su mirada en el suelo. Su nariz respingada y fina le da un perfil maravilloso. ¿Acaso está nervioso?

—Cuando las cosas en el reino se calmaron un poco, le solicité a Daniel que iniciara una pequeña búsqueda para encontrar a la familia Malhore. En especial a una de sus integrantes —enfatiza la última frase, devolviéndome la mirada—. Me enteré de inmediato de que eran los perfumistas del palacio, por lo que pedí que la buscaran en el negocio de su familia.

—Pero estaba cerrado por la reconstrucción.

—En efecto. Si bien me resultó sencillo obtener la dirección de su casa, no quise ser entrometido. Me resigné a esperar, hasta el día en que Daniel trajo la noticia de que su perfumería estaba abierta.

—Suena a obsesión —declaro en broma.

—Claro que no. Suena a ganas de verla.

Me paralizo ante el inesperado cúmulo de emociones que me aparecen en el pecho y me agitan el corazón al escucharlo. Mi mente parece estar en blanco, pues no se me ocurre nada para responderle. Me siento cohibida, aunque enardecida, con una tenue sensación que se pasea por mi cuerpo como la brisa marina al llegar a la playa.

—¿He dicho algo que la ha contrariado? —inclina la cabeza hacia mí como quien va a confiar un secreto.

—En lo absoluto, pero creo que cada vez que nos vemos estoy en las peores circunstancias.

Primero la pelea en la plaza, luego mi encierro, después el festival que terminó en ataque, ahora la multa y la mentira que le ayudo a encubrir a mi hermana.

—Lo que he aprendido en esos encuentros es que usted es una mujer de armas tomar y que me debe un té.

—¿Un té? —Lo miro, buscando en sus ojos el origen de esa deuda.

—Su amiga, la joven eufórica, dijo que si estuvieran en otras circunstancias me lo ofrecería y, bueno, aún lo estoy esperando.

—Lamento el comportamiento de Rose.

—Es muy intimidante. Pensé que, si me quedaba unos minutos más, ella terminaría desnudándose en plena calle.

—Era más probable que fuera usted el que quedara sin ropa.

—¿Disculpe? —Levanta las cejas ante mi comentario.

—Es decir, ella terminaría desnudándolo —corrijo con la mente entumecida—. Pero le aseguro que es inofensiva y es la mejor amiga que se pueda tener. Puedo prepararle el té, si así quiere —propongo.

—¿Me creería si le digo que tengo años de no entrar a la cocina del palacio?

—Ciertamente no me sorprende.

Me guía de vuelta al interior y nos perdemos entre los corredores del primer piso rumbo a la cocina como un par de fugitivos en busca de la libertad.

—¿Me permitiría una indiscreción? —cuestiona mientras andamos, y asiento—. ¿Puedo saber cuándo fue su última relación?

—¿Le resultaría inconcebible si le dijera que nunca he estado en una?

—Curioso, aunque no imposible.

—Bueno, usted está en la lista de solteros, también es difícil creer que el heredero no tenga un prospecto.

—Le doy la razón. Ya los medios en un par de ocasiones han insinuado que me gustan los hombres por no tener pareja a mis veintitrés años. ¿Puede creer que se murmure sobre la sexualidad de una persona por esa razón?

—Lo que ellos no saben es que usted mantiene una relación secreta con dos mujeres.

—Y estoy completamente seguro de que usted también tiene a un hombre escondido en su habitación.

—Por supuesto. Es el rey enemigo. No olvide que soy una espía —replico, haciendo alusión al cargo que me puso la Guardia Civil.

—Ha traicionado a su patria con el soberbio Magnus Lacrontte, señorita, y yo que juraba que era una buena chica.

Nuestra ruta por el pasillo se corta de manera abrupta por una mujer de cabello negro y vestido azul que prácticamente se estrella con nosotros cuando sale de un camino adyacente. Se detiene mientras se arregla la melena y con la sonrisa de quien ve a un viejo amigo le habla al príncipe.

—Alteza, un placer volver a verlo. Ha pasado un tiempo, ¿no?

Él queda estupefacto. Es evidente lo incómodo que se encuentra frente a ella. La observo con detalle, pues su rostro me resulta familiar, y en pocos segundos la identifico: es aquella dama del bar, la que me ayudó a escapar de Faustus, el hombre que quería llevarme. Su nombre… ¿Cuál era su nombre?

—Señora Shelly —la saluda, dándome la respuesta—. ¿Qué hace por aquí?

—Lo de siempre, trabajando —responde con un movimiento de manos que se asemeja al vaivén de las olas. Luego, dirige su atención a mí—. Oye, creo que te he visto, ¿no?

—Sí, en Milicius.

—Claro, eras la chica del escándalo. Veo que seguiste con este trabajo. Ojalá hayas aprendido algunas técnicas de autodefensa, aunque el príncipe es un caballero y estoy segura de que no se propasará contigo. Por cierto, alteza, me alegra ver que ahora lo esté intentando con alguien de su edad, quizás así se sienta más cómodo.

—¿Disculpe? —Su confusión es notable y la mía también—. ¿Tú trabajas con ella? —me pregunta.

—Claro que no. —La mujer es quien responde—. Yo no la manejo, pero sí quisiera saber quién es tu madama porque, hasta

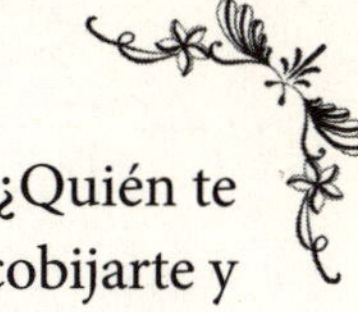

donde sé, soy la única que tiene negocios con el palacio. ¿Quién te representa? —me cuestiona—. Si eres su favorita, puedo cobijarte y hacer que trabajes para mí. Te ofreceré más de lo que te dan. ¿Qué dices?

—Creo que hay un malentendido —logro decir.

—Prometo que te volveré una dama cortesana, igual que la joven que se encarga del rey Silas.

¡Por todos los cielos! El rey engaña a la reina Genevive.

—No diga esas cosas frente a mí —reclama—. No me interesa estar al tanto de las felonías que hace mi padre.

—Lo lamento. No fue mi intención molestarlo. Quiero darle un buen trato a la chica, si es la que más le gusta.

—¿Qué es una dama cortesana? —pregunto, ignorante.

—Son las meretrices exclusivas y de alta clase. Si me convierto en tu madama, te aseguro que tu único cliente será su alteza.

—¿Te dedicas a esto? —cuestiona él nuevamente, dejando a un lado a la mujer—. No voy a juzgarte, solo quiero estar enterado.

—No —aclaro—, aun así, creo que lo mejor será que me retire. Muchas gracias por la invitación, alteza.

Hago una reverencia corta antes de darme la vuelta para caminar lejos de la escena, pero el príncipe me toma de la mano y me detiene.

—Señorita Emily, disculpe si la he incomodado.

—En lo absoluto. Sin embargo, prefiero marcharme.

—Por favor, lamento si la he ofendido. Le juro que no fue mi intención.

—¿Cuñada? —Una voz llega a nosotros en un tono asombrado.

¡No puede ser! Necesito que alguien venga y me rescate, porque si se trata de quien imagino, mi hermana y yo seremos expuestas en el más cruel paredón.

—¡Emily Malhore! —habla nuevamente y es imposible que no me vuelva a ver de quién se trata.

Percival. Lo que me faltaba.

—Señor Gastrell —saludo en un intento por sonar calmada.

—¿Se conocen? —sondea el heredero, aún más confundido.

Si la vida me tiene al menos un poco de piedad, que este hombre no comente nada respecto al compromiso, por favor.

—Por supuesto, voy a casarme con su hermana.

¿Por qué sigo esperando compasión del mundo? Debí marcharme cuando tuve la oportunidad. ¿Ahora cómo voy a salir de esto?

—¿Tienes más hermanas? —inquiere y sé lo que pasa por su cabeza en este momento.

—Una. Se llama Mia, pero es la menor de las tres —revelo, dejándome en evidencia.

—Así que usted va a casarse con Lizzie Malhore —deduce, al tiempo que desvía su atención hacia Gastrell.

Cierro los ojos como una cobarde, en un intento de no mirar la escena que nos ha dejado como las más grandes mentirosas a mi hermana y a mí.

—Efectivamente. ¿Usted la conoce?

—No, aún no he tenido el placer.

A pesar de que miente para cubrirnos puedo escuchar la decepción en su tono.

—Es muy hermosa, se parece a Emily. Seguramente le agradaría si la viera.

La vergüenza parece derretirme como el más fuerte fuego al metal. Esto no puede estar pasándome, no hoy ni ahora. Sin embargo, y de un momento a otro, caigo en la cuenta de algo.

—¿Estaba usted acostándose con esta mujer? —le reclamo a Percival y señalo a Shelly.

—Bueno, esto es incómodo —sostiene ella—. No lo tomes personal, a esto me dedico.

—No. Es decir… sí, pero no es como cree —balbucea como un niño que intenta decir sus primeras palabras—. Es como una despedida a mi soltería.

Lo peor es que ni siquiera puedo discutirle en nombre de Liz porque ella está abajo en una cita con otro hombre.

—Quiero pedirle que por favor no le comente nada a su hermana.

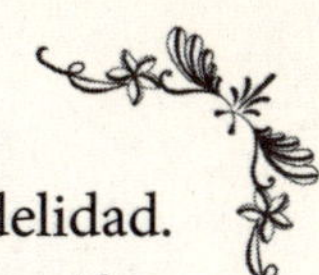

—Es usted aborrecible al pedirme que consienta su infidelidad.

—De acuerdo, puede abrir la boca, pero tenga en cuenta quiénes son los que perderán más aquí.

—Le ordeno que no amenace a la señorita Emily y mucho menos en mi presencia, señor Gastrell. Si ya ha terminado con sus indecorosas acciones, le pediré que abandone el palacio.

—En ningún momento fue mi intención causarle problemas, alteza.

—Pues lo hace. Y me gustaría saber por qué utiliza el castillo como su burdel personal.

—¡Por todas mis fallas y aciertos! ¿Qué es este escándalo?

El hombre de ojos verdes y cabello café que se hace llamar el Mercader sale del mismo corredor acompañado de otra mujer. ¿Qué clase de función teatral es esta?

—Alteza. —Su asombro es evidente al vernos—. Señorita Malhore. Esto tiene que ser una broma.

La joven que ha salido con él camina hasta pararse al lado de Shelly. No puedo creer que también esté acostándose con otra persona cuando en la cena dijeron que tenía novia y, en palabras de Cedric, que era «una de las grandes bellezas de Lacrontte».

—¿Puedo preguntar qué hace aquí? —interroga, mirándome.

—Es mi invitada —responde el monarca y da un paso adelante en modo protector.

—Aparte de los negocios de su padre, no sabía que ustedes se relacionaban socialmente con la monarquía.

—Yo tampoco sabía que ustedes frecuentaban el palacio —contesto a la defensiva.

—Se lo dijimos. Su perfumería no es el único negocio que tenemos en Mishnock.

—¿A qué negocios se refiere? —cuestiona el heredero.

—Vamos a abrir una sucursal de su perfumería en Lacrontte.

—¿Por eso la señorita Liz Malhore va a casarse con Percival? ¿Eso fue parte del trato?

—¿Cómo lo sabe, alteza? Veo que es más cercano a Emily de lo que creía.

—Y nosotros que estábamos pensando en buscarle un prospecto en Cristeners —se burla Percival como el idiota que es—. Aquí mismo tiene la mejor opción.

Siento tanta ira en este momento, y lo peor es que no puedo culpar a nadie más que a mí por todo este lío. Si no hubiera accedido a venir aquí, no tendría marcado en la frente el título de embustera, no estaría siendo sometida a la humillación de estos dos lacrontters y mucho menos alentaría la atracción de un hombre inocente por una mujer comprometida.

—Mañana viajamos a Lacrontte para la cena de compromiso con Liz.

El príncipe suspira abatido y posa los ojos sobre mí en busca de alguna respuesta. No soy capaz de decir nada y simplemente bajo la cabeza. Unas pisadas suenan de repente desde el corredor del que han salido todos, haciendo que él se agite casi con brío.

—Shelly, si se trata de mi padre, dile que por favor no salga. No quiero ver cómo engaña a mi madre.

La mujer obedece y camina hasta el pasadizo que al parecer guarda las habitaciones, pero no logra perderse allí antes de que la figura del rey Silas aparezca adusta frente a nosotros.

—Yo hago lo que me apetece, Stefan —sentencia con frialdad—. ¿A qué se debe esta reunión?

Sus ojos azules, inquietantes como el mar en furia, se pasean por cada uno de los presentes.

—¿Quién es ella? —pregunta al verme.

—Le comenté en la tarde que tendría invitados. Ella es Emily, hija de Erick Malhore.

—¡Oh, el gran perfumista de Mishnock! Escuché que su negocio fue saqueado.

—Infortunadamente, majestad —hablo tras una reverencia—. A pesar de ello, ya hemos arreglado la situación.

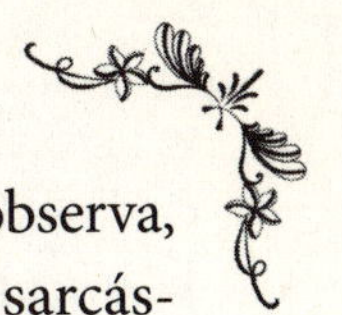

—Menos mal. ¿Qué haría el mundo sin perfumes? —Me observa, detallándome. Y no sé si en verdad se alegra o está siendo sarcástico—. Su padre es un gran hombre, así que supongo que usted también es una buena persona. Es de mi gusto saber que Stefan tiene ese tipo de compañías.

—Muchas gracias, majestad. —Mi voz sale en un hilo. El rey Silas es muy intimidante.

—¿Y ustedes qué? —les pregunta a los dos hombres—. ¿Traigo una mesa para sentarnos a hablar en medio del pasillo o quieren un sofá para continuar la noche con su elección de damas?

—Lo mejor será que nos retiremos. —El príncipe me indica el camino, asqueado.

—Siempre tan mojigato —recrimina su padre.

—La verdad es que no puedo escuchar cómo se regocija al serle infiel a mi madre.

El rey lo mira con desdén, castigándolo por decir eso frente a mí.

—Creo que es mejor que te largues en este momento —le ordena a su hijo con los ojos amenazantes de una bestia que intenta amedrentar a su víctima, y luego se vuelve hacia mí con la mirada suavizada, típica de un gobernante que finge amabilidad—. Señorita Malhore, opino que no está de más comentarle que lo que escuchó aquí no puede decirlo afuera.

—No se preocupe, majestad, no hablo de nada que no sea de mi incumbencia.

—Es mi mayor deseo que aprendas eso de ella —le dice con ironía a su hijo—. Un placer verla, Emily.

Nos vamos lejos de la escena sin mirarnos en ningún momento. Él mantiene su vista al frente, aprieta los labios y camina con los hombros tensionados. No soy capaz de leer la emoción que lo domina, pero, sea cual sea, no puedo culparlo.

—Lamento mucho que haya tenido que presenciar aquello —comenta mientras volvemos al comedor.

—Créame que yo lamento más lo que ocurrió esta noche.

—Hablando de eso —se detiene a encararme—, no soy quién para juzgarlas; por ende, no voy a señalar sus mentiras y tampoco le comentaré nada a Daniel. Aun así, necesito que su hermana sea sincera, porque él está genuinamente interesado en ella y no es justo que lo engañen de esta manera.

—No se preocupe. En verdad me esforzaré en no causarle ninguna otra molestia. Buscaré a Liz y nos iremos.

—No malinterprete mis palabras. No le estoy pidiendo que se vaya o que se aleje.

—Lo entendí perfectamente, pero ya es hora de partir y prefiero dejar la visita aquí.

Asiente con calma antes de volver a caminar a mi lado con su postura noble de las manos en la espalda. A nuestro paso los sirvientes nos saludan con una reverencia y los guardias nos escoltan hasta el salón del banquete, lugar en el que encontramos a Liz y Daniel, sonriéndose como dos enamorados.

—¿Cómo les ha ido? —pregunta Peterson con ojos brillantes—, porque a nosotros nos fue de maravilla.

—Apuesto a que nuestra noche estuvo más entretenida —comenta él con sarcasmo.

Le dedico a mi hermana una mirada de advertencia para que se levante y venga hacia mí. Ella parece no entenderme o simplemente no quiere obedecer y se mantiene pegada al general como la maleza a un cultivo. El príncipe le pide a un guardia que vaya en busca de alguien llamado Atelmoff, quien minutos después aparece en la puerta. Se trata de un hombre mayor, delgado y grácil, con unos ojos azules encerrados dentro de una mirada vivaz, enérgica. Se mueve con gracia y finura, a pesar de un ligero cojeo.

—Alteza —dice inclinándose en una reverencia.

—Ordena que alisten un carruaje para las señoritas.

—¿Algo más? —cuestiona, pero no llega respuesta.

Ambos se observan por unos segundos y, aunque ninguno habla, es evidente que se comunican a través de la mirada. El hombre asiente

de repente, entendiendo algún mensaje que por alguna razón siento que es sobre las mujeres de la madama y su padre.

—Tienes una hermana fabulosa, Emily. —Escucho a Daniel una vez el sirviente desaparece para acatar la orden—. Espero volver a verlas cuando regresen de su viaje.

Escucho el suspiro decaído del monarca a mi lado ante las ilusiones de su amigo. Esto es terrible, como una cascada de problemas que se desborda y nos ahoga. Necesito que Liz entienda el mensaje que le envío y se zafe del brazo del general para marcharnos ahora mismo de aquí y poder encontrarle una solución a todo lo que acaba de pasar.

* * *

—Lo besé, es decir, él me besó y yo le correspondí —confiesa ella, segundos después de empezar nuestro viaje rumbo a casa.

—Prometimos que no alimentarías sus ilusiones.

—No lo hice a propósito, lo juro. Fue algo que fluyó.

—Te informo que el príncipe lo sabe todo y quiere que seas sincera con Daniel.

—¿Por qué se lo dijiste? —reclama enojada—. Era un secreto entre nosotras.

—Yo no abrí la boca. Percival y el Mercader estaban en el palacio. Ellos me vieron con él y le contaron sobre el negocio.

—¿Dices que sabía todo cuando me vio sonreír al lado de Daniel?

—Sí. No imaginas la vergüenza que pasé esta noche.

Liz quiere echarse a llorar debido a la culpa, así que prefiero contarle la situación en la que descubrí a su prometido. No quiero ocultarle nada y tampoco quiero que se mortifique por serle infiel a un hombre que hizo lo mismo.

Nos bajamos de la carroza a pocas cuadras de la casa. Caminamos hasta el umbral y nos tomamos unos minutos para reponernos antes de tocar el aldabón. Papá abre la puerta con un gesto pétreo, enojado

y nos pregunta cómo nos fue. No entiendo qué ocurre. Liz empieza a mentir sobre lo atenta que fue Nahomi con nosotras, pero se queda en silencio cuando vemos a nuestra amiga sentada en una de las sillas del comedor.

Lo que faltaba.

Ella se ríe como si su presencia no significara un lío para nosotras en este momento.

—Si me hubieran avisado, las habría cubierto —dice con la complicidad de una abuela.

—¿Dónde estaban? —pregunta papá—. Y más les vale que sean honestas. Como se hacía tarde y veía que no llegaban, fui a buscarlas a casa de Nahomi y ella me recibió en el umbral con ropa de dormir.

—En el palacio. —Esta vez soy yo quien habla.

—¿Piensan que me voy a creer eso?

—Es cierto. El príncipe nos invitó.

—¿Y para qué las invitaría si no somos nobles? Por favor, no me sigan mintiendo.

—Hay un joven que me pretende. Un general del ejército —explica Liz—. Y sabía que no me dejarías ir a verlo y quería despedirme de él.

—¿A ti te gusta?

—Eso no importa ahora.

—Tienes razón. —La molestia le pinta rosetas en la cara—. Denle las gracias a Nahomi, quien se tomó la molestia de vestirse y acompañarme de vuelta para convencerme de que no las castigara. Y le pedí que se quedara porque quería ver sus caras de mentirosas cuando aparecieran por esa puerta.

—Gracias por todo y discúlpanos por mentir con tu nombre —hablo por ambas.

—Descuida, cariño, yo también fui joven. —Me guiña un ojo.

—No lo esperaba de ti, Emily Ann. Jamás me has mentido —acusa papá y siento que se me forma en el pecho una presión dolorosa. Lo he decepcionado—. Vayan a sus habitaciones ahora. A la

medianoche tenemos que partir a Lacrontte, pero no crean que esto lo olvidaré tan fácilmente. Han perdido mi confianza.

Mi hermana es quien emprende la marcha primero y yo la sigo con el corazón afligido al ver la furia en los ojos de papá.

—No te preocupes demasiado por su enojo —murmura cuando estamos arriba—. No olvides que eres su favorita.

—Eso no es cierto —rebato de inmediato—. Nos quiere a todas por igual.

—Nos vemos en unas horas para el viaje. Te quiero —responde antes de encerrarse en su habitación.

¿Por qué está comportándose así y de dónde viene ese disparate de que soy la preferida de papá? Últimamente no la entiendo, es como si hubieran cambiado a mi hermana por una mujer irracional. Hoy se ha enterado de que Percival le fue infiel, de que el príncipe está al tanto de nuestra mentira y que debe hacer algo para frenar al general, y a pesar de ello, lo único que hace es recriminarme por una percepción errónea que tiene de nuestro padre.

8

Estoy somnolienta. Bueno, todos lo estamos.

Tal como papá lo informó, salimos de casa a la medianoche en un carruaje que nos trajo hasta Menfisse, la ciudad fronteriza con Lacrontte, en un viaje largo y agotador que exprimió nuestras energías y nos dejó con un terrible dolor en la espalda. Ya son las tres de la tarde, no he dormido bien y he comido poco. Quisiera acabar esta travesía lo más rápido posible; no obstante, este es solo el inicio de todo lo que nos espera.

Gastrell se encuentra fuera, ya que, al ser lacrontter, no necesita pasar la entrevista, en cambio nosotros somos guiados hasta una sala provista de oficinas para los extranjeros que desean entrar al reino. Los oficiales tienen bordado en su uniforme un escudo que dice arriba «Ejército de Lacrontte» y abajo «Guardia Negra». En el recinto hay una bandera de Lacrontte, paredes pintadas con un par de frases sobre lo maravilloso que es este reino y un grupo de al menos ocho hombres vestidos con uniforme oscuro, quienes nos piden que mantengamos nuestro permiso de viaje en la mano.

—¿Son todos mishnianos y miembros de una misma familia? —pregunta uno de ellos, y asentimos—. De acuerdo, siéntense alejados uno del otro. Tienen prohibido hablar entre ustedes. Un guardia estará vigilándolos, así que no lo intenten. Si necesitan ir al baño, levanten la mano y un oficial se acercará para guiarlos.

¡Por todos los cielos! Cuanto control. Tampoco es como si fuéramos sospechosos de hurto o representáramos una amenaza para los habitantes.

Pocos minutos después sale una mujer de una de las puertas. Un hombre de la armada se asoma por el marco. No sonríe, no pestañea, solo nos observa como si fuéramos una plaga.

—¿Quién es el siguiente? —vocifera con irritación.

Papá se levanta sin dudar y ambos se encierran en la sala. Siento calor en los pies y sé que mis zapatos no son los responsables, muevo las piernas con ansiedad y aprieto mi vestido para tratar de calmarme. Me sentiría culpable por años si soy yo la que arruina el viaje.

El silencio se mantiene a medida que pasamos frente al guardia, y ahora es mi momento de comparecer. Me pongo de pie y voy hacia la oficina, encontrándome con la mirada temible del oficial, quien observa cada paso que doy y los movimientos que hago.

—Permiso de viaje —ordena antes de señalarme la silla para que me siente.

Lo entrego mientras me acomodo. Lo revisa con cuidado, mirando el sello grabado en la hoja con minuciosidad.

—¿Cómo se pronuncia su primer apellido? —dice después de unos segundos.

—Reemplazando la *h* por el sonido de una *j* y sin mencionar la *e* final.

—¿Es la primera vez que viene al reino?

—Sí, oficial.

—¿Cuánto tiempo va a quedarse en Lacrontte?

—Una semana.

—¿Hacia cuál ciudad viaja?

—Mirellfolw, la capital.

—¿Tiene amigos o familiares en Lacrontte?

—Sí, señor, es decir, oficial. El señor Percival Gastrell, quien llegó con nosotros en el viaje.

—¿Dónde va a hospedarse?

—En casa del barón Gastrell.

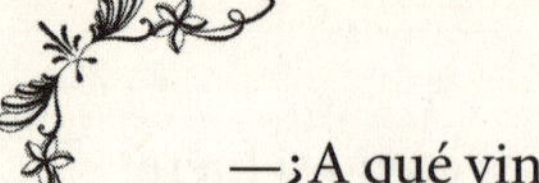

—¿A qué vino?

—Mi hermana va a casarse y viajamos para asistir a la ceremonia de compromiso anual de Aidana Lacrontte.

—¿Cómo se llama su hermana y con quién va a casarse?

—Lizzie Malhore, es quien acaba de pasar y se unirá en matrimonio con el señor Percival Gastrell.

—¿El prometido de su hermana es la única persona que conoce en el reino, o tiene usted algún amigo o novio?

—No, no conozco a nadie más.

—Muchas personas, aunque más bien debería decir mishnianos, vienen aquí para casarse con un lacrontter, obtener la nacionalidad y quedarse a vivir en el reino. ¿Cómo sé que usted o su hermana no harán eso?

—Ella está genuinamente enamorada del señor Percival Gastrell y a mí no me interesa ningún lacrontter, oficial.

—Si le interesara, no me lo diría —murmura, pero logro escucharlo—. ¿Anhela residir o trabajar en Lacrontte? —insiste, cambiando las palabras de su pregunta anterior.

—No, oficial —reitero al ver su sospecha.

—¿Sabe cuántos mishnianos, platers, grencianos y cristenses mienten en esta entrevista para entrar al reino y después nadie reporta su salida?

—Desconozco la cifra, oficial.

—Miles, y me gustaría creer que usted no hará parte de la estadística. Cuéntenme, ¿a qué se dedica en Mishnock?

—Soy estudiante y trabajo con mis padres en la perfumería familiar, aunque en unos años pienso abrir una floristería y vivir de ello.

—¿Tiene pensado vender flores en el reino? —pregunta de repente con una actitud retadora, y yo niego nuevamente—. ¿Con cuántos quinels cuenta en este momento para gastar en el reino?

—Tengo trescientos tritens.

—Es decir, treinta quinels. ¿Y qué va a hacer con eso, comprarse un pan?

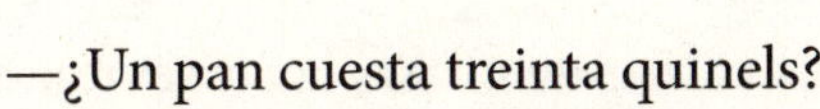

—¿Un pan cuesta treinta quinels?

—Depende de la panadería. —Es el primer comentario que parece hacer con humor—. Pero ese no es el tema.

Me mira con sospecha y el enojo me corroe. ¿Por qué no confía en mí? Yo no quiero quedarme en su reino ni casarme con ningún lacrontter para obtener su tonta ciudadanía. Mishnock es mi patria, el lugar donde quiero vivir toda la vida. Jamás voy a unirme en matrimonio con una persona que se considere superior por estar al otro lado de una línea fronteriza y que nos humille a pesar de vivir con las riquezas que se ha llevado de mis tierras. No pienso dejar mi nación para ser repudiada en un territorio de gente que les escupe en la cara a los míos, que no respeta nuestra vida y que se cree con derecho a juzgarnos por el sitio en el que nacimos.

—Aunque mencionó que se quedará en el reino por una semana, su permiso de viaje expira en un mes, así que tiene hasta entonces. Recuerde que si llega a exceder este tiempo, será multada y no se le permitirá ingresar por muchos años. Por ahora, bienvenida a Lacrontte, señorita Malhore, reemplazando la *h* por el sonido de una *j* y sin mencionar la *e* final. —Pone un sello en mi permiso de viaje, lo cierra y me lo entrega.

Estoy segura de que jamás volveré a experimentar un descanso similar al que siento en este instante al verlo sellar mi documento.

—¿Cómo les fue? —pregunta Percival cuando salimos de las oficinas y nos encaminamos a la estación de transporte.

—Nos dejaron entrar, así que creo que bien. —El tono de papá es rudo. En verdad no lo tolera.

—¿Qué son? —Mia interrumpe, señalando un extraño objeto que tenemos en frente.

—Son tranvías funiculares. Es el medio de transporte usado por los plebeyos y algunos nobles en Lacrontte. Lo vamos a usar para viajar hasta Mirellfolw.

Se trata de vagones rectangulares pintados de rojo y dorado con el escudo Lacrontte en sus costados. Están divididos en dos secciones:

la primera tiene grandes ventanas y filas de sillas, y la otra es una zona abierta con barras de metal alrededor y asientos sin ninguna protección hacia la calle.

Compramos los boletos y emprendemos un viaje de un par de horas más hasta llegar a la capital. El clima en Lacrontte es mucho más frío que en cualquier parte de Mishnock. Las ciudades tienen un tinte lúgubre, con edificaciones de tonos grises y objetos extraños como carruajes sin caballos, kilómetros de suelo oscuro y sin adoquines e innumerables astas que izan la bandera negra y dorada del reino. Mirellfolw es todo lo contrario de Palkareth: no hay colores ni flores, solo templos gigantes con leones y águilas de piedra. En lo alto de una torre, un reloj marca las ocho de la noche, cosa que nos hace correr a casa de Percival para arreglarnos.

Voy con Mia hasta la alcoba que compartiremos esta semana y me visto con el traje blanco, largo y de falda ancha de tul que empaqué para esta noche. Tiene un escote en forma de *V*, además de mangas vaporosas que inician justo debajo de los hombros y acaban antes de llegar a las muñecas, dejando mi clavícula descubierta. Decido atarme el cabello con un broche y guardar mi identificación en una bolsa. Después de ayudar a peinar a mi hermanita, nos reunimos con el resto en la sala. Todos con atuendos impolutos que nos hacen lucir como una familia de fantasmas.

—Mi amiga Bessy y yo pensamos que, si haces que el rey Magnus se enamore de ti, podrías convencerlo de que ya no nos ataque —propone mi hermanita cuando entramos al lugar de la ceremonia.

—Eso es tan improbable como que me dejen de gustar las flores.

—No pierdes nada con intentarlo.

—¿Quieres que me case con un hombre tan desalmado?

—Yo no hablé de matrimonio.

Un montón de ojos se posan sobre nosotros a medida que caminamos hasta nuestros lugares, borrando la respuesta que había preparado para Mia. ¿Cómo a dos niñas se les ocurren esas cosas?

Liz y Percival se dirigen hacia el otro lado del salón, donde están las parejas que pasarán frente al rey. Ambos ocupan el último punto

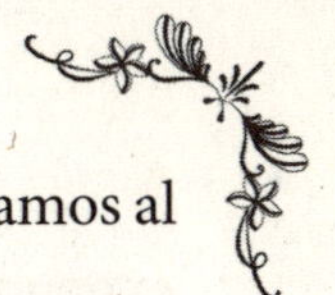

en la fila destinada a los prometidos, y el resto de nosotros vamos al sitio que nos corresponde, a la vista de los presentes.

—Bien —dice en voz alta una señora de vestido azul brillante sentada al frente, tiene el cabello oscuro y se mueve con la armonía de una campana de viento—, me alegra que ahora estemos completos, porque me avisan que mi nieto ya llegó. Procederé a explicar rápidamente las reglas del encuentro.

Todos en la sala se emocionan al escucharla; murmuran y sonríen, mientras cada pareja busca a su familia con la mirada, y estos a su vez se arreglan la ropa con esmero.

—Todos los inscritos pasarán detrás de estas cortinas. —Señala la tela blanca que está a su espalda—. Así tendrán un poco de privacidad. Sin embargo, nosotros podremos escuchar su conversación, lo que ayudará a que sus parientes estén al tanto de todo.

Un hombre con el típico uniforme del reino, peinado perfecto y zapatos lustrados hace acto de presencia en la sala y con postura firme se dirige a nosotros.

—Pónganse de pie e inclínense para recibir a su majestad, el rey Magnus VI Lacrontte Hefferline —ordena, e inmediatamente todos obedecen en cadena.

Me levanto junto con Mia e inclinamos nuestro cuerpo en una reverencia que se extiende más de lo usual. Nos mantenemos estáticas mientras escuchamos cómo se abren las puertas y suenan unos pasos.

Un hombre camina en medio de la fila de sillas. No puedo verle el rostro, pues no se me permite levantar la cabeza, pese a ello, puedo detallar parte de su atuendo. Usa un traje oscuro y una capa negra cuyo revés está forrado por una tela roja. Sus botas se pierden bajo el pantalón recto que utiliza y su mano está repleta de anillos de oro. Lo único que alcanzo a ver cuando me yergo es el cabello rubio oscuro, que se pierde detrás de las cortinas blancas antes señaladas por la anfitriona del evento. Ni siquiera fue capaz de saludar a los presentes. Me parece una total falta de respeto de su parte.

—Parece que el rey hoy no está de buen humor —comenta su abuela con jocosidad.

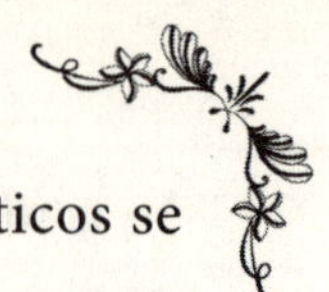

—¿Y cuándo lo ha estado? —Los murmullos sarcásticos se extienden entre los invitados.

—Solo pasarán diez parejas, no tengo tiempo para más —habla el soberano desde el otro lado.

Su voz es grave, profunda y autoritaria. Varonil, muy varonil.

—Pero hay treinta parejas.

—Solamente diez, no volveré a repetirlo. Y que sea rápido, tengo otras cosas que hacer.

La mujer sonríe. Es evidente que se encuentra apenada por el comportamiento del rey y es muy molesto que sea su propio nieto quien la ponga en esa situación.

—Al parecer tendremos que hacer un sorteo para elegir a las parejas afortunadas. —Se apresura a retomar el control—. Que sea el azar el que decida su suerte. Además, me comprometo a asistir a las bodas de todos los que no sean escogidos para pasar adelante.

Le pide a un guardia que escriba en papeles los números del uno al treinta y los ponga en un pequeño cofre, para que sea más justo. Una vez se lo entregan, comienza a sacar nombres. Esto es ridículo, es demasiado trabajo para tratar de impresionar a una persona.

—Según el orden en que están ahora, pasan al frente los prometidos número veintiséis.

—Estuvo muy cerca —murmura mi madre—. Pudieron ser Liz y Percival.

La pareja se levanta de su puesto y, tomados de la mano, cruzan la cortina, no sin antes dirigir una mirada temerosa a sus familiares.

—Buenas noches, majestad —se les escucha a lo lejos—, somos Romen y Glenda de la...

—¿Les he preguntado su nombre? —interrumpe el rey a quemarropa.

—No, majestad.

—¿Entonces por qué me lo dice?

—Lo lamento. No quisimos ofenderlo, solo queríamos presentarnos como es debido.

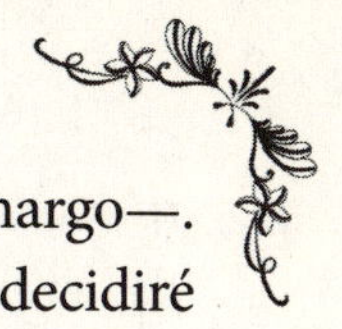

—No estoy aquí para conocernos. —Su tono es duro, amargo—. Les haré una serie de preguntas y, según lo que me respondan, decidiré si voy o no a su matrimonio. ¿De acuerdo? —No hay respuesta del otro lado—. Primera pregunta: ¿en su boda habrá vino tinto o vino blanco?

—Tendremos el licor que usted desee.

—No, no es mi matrimonio. ¿Vino tinto o vino blanco?

El hombre se toma unos segundos para pensar su respuesta y aumenta la ansiedad en cada uno de los presentes.

—Vino blanco, majestad —contesta al fin.

—Con eso me basta para rechazarlos. Prefiero el vino tinto sobre el blanco. Siguiente pareja.

Pero ¿que es esa tontería? Es la excusa más barata que he escuchado.

—Le prometemos que serviremos tinto —replican de inmediato en un intento por complacerlo.

—Iban muy bien. En verdad los vi y dije: «qué pareja tan… tan», lo que sea que sean ustedes, pero lo arruinaron. —Puedo escuchar la ironía en su voz. Es incapaz de decir un halago—. Así que… siguiente pareja.

La tensión puede sentirse en cada respiración. Muchos frotan sus manos y cierran los ojos a medida que se hacen los sorteos. Algunas familias ya han abandonado el salón con enojo o tristeza después de que los suyos tuvieran una presentación infructuosa ante el rey Magnus, quien les hizo preguntas absurdas con el único objetivo de que fallaran. Ni siquiera yo logro escaparme del agobio: cada vez que mencionan un número, el corazón se me acelera con la esperanza de que sea el turno de Liz.

—Siempre es lo mismo, no sé ni por qué nos esmeramos en venir —refunfuña la mujer que se encuentra al lado de Mia.

—Ahora los afortunados son los prometidos número treinta —anuncia la abuela con la vergüenza en el rostro por el comportamiento de su nieto.

Mi hermana y el barón se levantan sin hablar ni mirarse. Ambos caminan incómodos hacia su prueba, tanto así que cuando él intenta

rodearle la cintura ella se aparta y avanza veloz hasta perderse detrás de las cortinas blancas, dejándolo atrás.

—Un placer verlo, majestad. Soy Percival Gastrell y ella es mi prometida...

—Si no le he pedido que se presente, entonces mantenga la boca cerrada. —Le frena el discurso con desagrado—. Dígame más bien de dónde ha sacado a esta joven. Porque es evidente que usted le triplica la edad.

—Tampoco es tanta la diferencia. Solo la doblo en años.

—¿Qué edad tiene?

—Veintidós, señor. —Escucho por fin a Liz.

—Puede llamarme deidad, divinidad, majestad, soberano, rey, pero nunca señor.

—No era mi intención ofenderlo.

—Aquí ya tienen un punto menos. Si llegan a tres fallas, se van —sentencia con rudeza—. ¿Cuál es su edad, señor Gastón?

—Soy Gastrell.

—Me da igual y sigo esperando una respuesta.

—Cincuenta y cuatro, majestad.

—Fácilmente puede ser su padre, así que mejor confiese de dónde la sacó.

—Es de Mishnock —revela después de unos segundos de silencio.

Los presentes nos miran por segunda vez en la noche y los gestos despectivos no se hacen esperar. Los músculos del cuello se me tensan y la piel se me eriza por la furia que me causa ver la expresión en sus rostros. No somos una peste de la que tengan que huir, solo somos personas que nacieron en un trozo de tierra con otro nombre.

—¿En serio? ¿Una mishniana? ¿No había suficientes mujeres aquí como para que tuviera que fijarse en una del reino enemigo?

—El corazón no entiende de guerra ni nacionalidad, majestad.

—Un lacrontter de verdad jamás se fijaría en una mishniana; preferiría cortarse el brazo antes que hacer algo semejante.

—Tampoco es como si las jóvenes de Mishnock quisieran casarse con él —murmura mi padre, harto de escuchar las groserías que suelta ese hombre.

—Señorita —la voz del rey interrumpe a la distancia a papá—, ¿cuánto tiempo lleva saliendo con este cazador de juventud?

—Un mes, majestad.

—¿Un mes y ya van a casarse? Eso suena un poco sospechoso.

—Así es el amor en ocasiones. —Su voz comienza a quebrarse, mostrando cierta duda al hablar.

—¿Está segura de que es amor? ¿No lo hará solamente para obtener la ciudadanía?

—Yo lo quiero.

—Es decir que no lo ama —contraataca—. ¿Usted de corazón desea perder su juventud al lado de este anciano?

—Es mi deber —contesta mi hermana y con esa declaración todo se va a la basura.

—¿Por qué dice que es su deber? Sabe que tiene derecho al libre albedrío, ¿no? Desconozco cuáles sean los deberes establecidos por el imbécil de Silas Denavritz, pero no creo que casarse por obligación sea uno de ellos. Ahora bien, volveré a preguntarle y esta será su última oportunidad para arrepentirse de algo que evidentemente no quiere hacer. ¿Desea casarse con el anciano?

—No.

De inmediato dirijo la atención a mi papá, quien cierra los ojos, no con angustia, sino con alivio. Acaban de quitarnos un peso de encima a ambos.

—Lo imaginé. Salgan ambos de mi vista, y tú, regresa a tu reino y busca a alguien de tu edad.

—Ella sí se quiere casar conmigo —persiste Gastrell.

—Usted está viejo, pero no lo suficiente como para usarlo de excusa y decir que no ha escuchado lo que ella ha dicho, así que cállese y lárguese de mi vista.

—Está nerviosa, por eso ha dicho semejante barbaridad. Usted la intimida y quién soy…

Lo siguiente que se escucha en un golpe seco y fuerte que me causa escalofríos. Estoy segura de que el rey ha clavado sus puños sobre la mesa.

—Tiene cinco segundos para desaparecer, y ya voy en cuatro, tres...

Percival sale a trompicones detrás de la cortina y con zancadas llenas de odio y rabia llega a nosotros.

—¡Todos ustedes —grita y nos señala con furia—, afuera, ahora mismo!

Nuevamente, estamos bajo la mirada de la sala entera, que se ha sumido en un silencio sepulcral. Es de las cosas más incomodas que he vivido. Mi hermana quiere romper en llanto y no cesa de pedir disculpas, mientras mamá la abraza para reconfortarla. A pesar de que se me hunde el corazón al verla tan mal, me alegra que haya decidido poner fin a un compromiso que nunca la haría feliz.

—Esto fue una humillación pública. Soy un barón, tengo una reputación que mantener y su hija la dejó por los suelos.

—Lo lamentamos como familia, aunque estoy seguro de que podrá reponerse —defiende papá.

—No se haga el gracioso, Erick. Acordamos esta unión y ella tiene que cumplir así usted no esté de acuerdo.

—En verdad lo siento —se excusa Liz—, pero no puedo casarme, yo no lo amo.

—Tenemos un trato y se van a hundir si no lo cumplen.

—Todos los Malhore sabemos nadar —objeta Mia, al no entender el contexto de la frase.

—Señor Gastrell —interviene mamá—, para nosotros lo más importante es la felicidad de nuestras hijas, y no se preocupe, que pagaremos la deuda.

—No se inmiscuya en este asunto. Lizzie, te voy a dar la última oportunidad de razonar y retractarte de lo que has dicho.

—No deseo casarme, en verdad me disculpo por las molestias causadas.

—¿Una disculpa? ¿Crees que eso arreglará mi imagen en Mirellfolw? —Se acerca a ella con los ojos hirvientes como la lava de

un volcán y agresivamente le arrebata el anillo de la mano—. Me has deshonrado.

—Usted le fue infiel en Mishnock —levanto la voz al ver su actitud—, así que no tiene derecho a reclamar honra.

El dorso de su mano impacta en mi mejilla derecha con fuerza. Mi padre lo toma de la solapa de la camisa y lo empuja lejos, para luego propinarle un puñetazo en la nariz.

—¿Cómo se atreve a pegarle a mi hija? —reclama enfurecido.

Mamá suelta a Liz y viene hacia mí, Mia llora, la mejilla me arde y un par de guardias lacrontters llegan a la escena cuando papá intenta darle otro golpe a Gastrell, quien no cesa de gritar que no nos permitirá quedarnos en su casa. A decir verdad, prefiero dormir en el suelo frío de este reino que estar un minuto más con este grotesco individuo.

—Se supone que ya debería estar aquí. —Se escucha una voz a nuestra espalda antes de que podamos partir a buscar el equipaje.

Me giro con el dolor palpitando en el rostro para ver de quién se trata, aunque lo cierto es que ya mi cabeza hace uso de mi memoria y me señala al dueño de aquel tono militar. El rey Magnus. Está rodeado de un grupo numeroso de guardas que no permiten ver más que algunas hebras de su cabello mientras bajan las escaleras de la entrada al evento.

—Creo que están una calle más abajo, por seguridad —responde alguien de su séquito.

Gastrell se agita como si hubiera oído a su salvador y empieza a llamarlo, pero el personal de la Guardia Civil lo agarra del brazo para que no se le ocurra acercarse.

—Haz que venga aquí ahora o tendré que volver adentro. Mi abuela y su ridícula cena, creí que jamás terminaría. —La voz grave del soberano de Lacrontte retumba a pesar de la distancia—. Francis, recuérdame por qué vine a esta tontería.

—Usted lo ha dicho, majestad, por su abuela.

—Pues consígueme otra, porque no pienso asistir a ninguna ceremonia de compromiso más.

Algunos de sus custodios se separan del grupo y corren calle abajo para buscar lo que espera el rey, que para mí no podría ser otra cosa que su transporte. Mia me jala la falda del vestido para capturar mi atención y me susurra que es mi momento de poner en marcha el plan que ha creado con su amiga para conquistar al rey enemigo. Esta demente cree que voy a acercármele a ese hombre.

—Tuve que soportar a una mishniana —continúa hablando—. ¿Qué les pasa a los lacrontters de hoy? ¿Acaso no recuerdan que son el enemigo?

—Eso no importa cuando hay amor.

—Francis, no me salgas con esa estupidez porque te despido. ¿Quién cae tan bajo como para relacionarse con alguien de ese reino?

Los oficiales nos piden que nos marchemos antes de que el rey nos vea, bajo la excusa de que le desagrada estar cerca de plebeyos, así que nos empujan por la espalda como un arriero a su ganado. Percival se resiste, aunque la lucha le dura poco cuando lo amenazan con la prisión y no le queda otra más que obedecer como todos nosotros.

Después de buscar las maletas y dar con un hostal, papá y yo nos aventuramos por las calles de Mirellfolw para encontrar una casa de cambio. La ciudad está repleta de faros y todo tipo de luminarias, tanto así que parece una fecha festiva. Los aparadores de las tiendas por las que pasamos parecen salidos de un cuento de fantasía. En sus vitrinas se puede ver fina joyería, vestidos extravagantes y la más grande colección de perfumería que haya visto en mi vida.

—Algún día nuestro negocio será así de grande —promete papá, mirando aquellos frascos cubiertos con láminas de oro y pedrería.

—Somos los más famosos de Mishnock —le recuerdo para animarlo.

—Nos falta serlo del mundo entero. Te juro que hasta el rey Magnus usará nuestras fragancias.

La casa de cambio a la que llegamos esta más llena de lo que esperaba. Un montón de personas están en la caja y a mi alrededor todos cuentan sus monedas con apremio, parece que quisieran marcharse lo más rápido posible, pues nadie habla con nadie y lucen nerviosos.

—¿Por qué se comportan así? —le susurro a papá.

—No tengo la menor idea —musita mientras llega al frente.

—Antes de cambiar, mire el listado, identifique su moneda, vea a cuánto equivale un quinel, saque su cuenta y, finalmente, díganos cuánto va a querer —habla el hombre detrás del mostrador sin siquiera mirarnos.

Desvío la vista al letrero que señala, en el cual se exponen las monedas de los distintos reinos junto a su valor de canje, y vaya qué me impresiona notar cuán diferente es cada uno y la gran variedad que existe.

¿A CUÁNTO EQUIVALE UN QUINEL EN SU MONEDA?

3 CRONNERS

5 VIELLES

7 FIORNES

10 TRITENS

12 CALERS

15 GRENERS

17 PLATINES

No conozco la mayoría de los nombres en la lista, solo sé que el triten es de Mishnock y que necesitamos diez para obtener un quinel.

—Nunca los había visto por aquí. ¿Son nuevos? ¿Llegaron hoy? —sondea uno de los sujetos.

—Sí, hace unas horas —informa papá, sacando las monedas de su bolsillo.

—¿Qué tal la caminata? Es dura la primera vez. Ya yo lo he hecho un par de veces, por lo que tengo práctica.

—¿Caminata?

—Por el bosque Ewan, ¿o acaso pagaron viaje para entrar con más comodidad?

—Cállate, Emmel, pueden ser soldados infiltrados de la Guardia Civil.

—Dudo que lo sean, este tiene cara de setenta años.

—Tengo cincuenta —se defiende papá— y soy mishniano.

—Pero eres ilegal, o ¿no?

—No, vine por negocios.

—De seguro eres un noble de Mishnock.

—¿Cómo entraron al bosque Ewan si está prohibido para civiles? —cuestiono intrigada.

—Miren la inocencia de una niña adinerada —se burla, y el resto de los presentes ríen. ¿Qué les sucede?—. Cómo odio a los millonarios.

—No les hagas caso —habla otro hombre a nuestra izquierda—. Lo hacemos de manera ilegal. Le pagamos a un guía que tiene tratos con los guardias que custodian el bosque, así que nos dejan entrar. Y bueno, caminamos días enteros hasta llegar a la frontera de este reino.

—¿Es difícil? Me refiero a cruzar —interrogo, fascinada por la historia.

—Es la parte más complicada, porque burlar al ejército lacrontter es casi imposible. A algunos los atrapan y los devuelven a Mishnock, otros son acribillados, y ni hablar de los que ni siquiera alcanzan a llegar y se quedan a medio camino del bosque porque no pueden dar un paso más.

—Todo ese sufrimiento para llegar aquí.

—Este es el reino de las oportunidades. Solo hay que saber adaptarse y tener mucha paciencia, porque a los lacrontters les han enseñado a detestar a los mishnianos y la prensa es la principal alentadora de ese odio.

Toma un diario que reposa en el mostrador y nos lo pasa. Es el *Lacrontte Global*, que hoy tiene como titular «El rey lo hizo de nuevo»:

> DESPUÉS DE TODOS ESTOS AÑOS, ENTERARNOS DE UN NUEVO ATAQUE COMANDADO POR NUESTRO SOBERANO AL REINO ENEMIGO ES TAN HABITUAL COMO CAMINAR HASTA CASA.
>
> DESDE QUE EL REY MAGNUS VI INICIÓ SU MANDATO, LACRONTTE PARECE TENER CAMINO LIBRE POR MISHNOCK; SIN

EMBARGO, ESTA VEZ NO SOLO LOGRAMOS RECALCARLES NUESTRA SOBERANÍA, SINO TAMBIÉN HURTAR LA MITAD DE LA RESERVA DE ORO DE LA YA CASI VENCIDA NACIÓN DEL SUR.

AHORA ES SENSATO PREGUNTARSE QUÉ SIGNIFICA ESTO PARA NOSOTROS. SENCILLO: LOS IMPUESTOS NO SUBIRÁN, NUESTRO CAPITAL AUMENTARÁ Y, SI TENEMOS SUERTE, PARTE DE ESE DINERO SE INVERTIRÁ EN PLANES Y ESTRATEGIAS QUE AYUDEN A MEJORAR LAS DEFICIENCIAS DE LA NACIÓN. ¿SALUD PÚBLICA? ES UN SUEÑO PARA MUCHOS Y ESPERAMOS QUE LA CORONA LO CONVIERTA EN UNA REALIDAD CON LO RECIÉN OBTENIDO.

POR EL MOMENTO QUEDA ABIERTA UNA DUDA: ¿QUÉ REINO VIENE AHORA: PLATE O GRENCOWCK? PODEMOS APOSTAR A QUE EL GOBIERNO NO SE DETENDRÁ HASTA BAJAR LA BANDERA DE CADA PUEBLO ADVERSARIO Y EXTENDERLA COMO ALFOMBRA A NUESTROS PIES.

—Demasiado halagador para un periódico que se supone que debe ser imparcial, ¿no? —comenta papá cuando terminamos de leer.

—Es el único periódico que entra a la casa real, por ello escriben todo lo que el rey quiere leer.

De repente, vemos por el ventanal del local que empieza a crearse afuera un tumulto de uniformados que parecen aves caídas del cielo tras una descarga eléctrica. Su presencia pone a todos los que están adentro en alerta, incluyendo al hombre con el que habla papá. ¿Qué está pasando ahora?

—La Guardia Civil. —Escucho decir a alguien antes de que las luces del local se apaguen y todos empiecen a agacharse y esconderse como pequeños ratones.

Una luz fuerte me ilumina el rostro, por lo que debo levantar la mano para cubrirme. Entrecierro los ojos para distinguir al uniformado que sostiene la lámpara, pero me es imposible. Alguien toca el cristal y grita que abran la puerta o clausurarán el sitio.

—Ni se te ocurra —le pide alguien al hombre detrás del mostra-

dor.

—Lo siento. Tienen que entender que este negocio es el sustento de mi familia.

Se oyen los pasos a medida que se acerca a la entrada, pero es detenido antes de llegar por quienes aún se encuentran agachados. Cae al suelo y las manos de los demás lo agarran. Es todo muy caótico, como cuando se intenta poner barricadas desesperadamente a la orilla de un río a punto de desbordarse.

—Voy a contar hasta tres —se escucha nuevamente desde afuera—, de otra forma tiraremos la puerta.

—Van a entrar y de eso no van a salvarse. Déjenme abrirles antes de que causen daños que me costarán más de lo que gano aquí.

—¡No cruzamos ese maldito bosque para acabar allá otra vez!

Patean la puerta con fuerza antes de que alguien más pueda replicar. Mi padre me esconde detrás suyo para protegerme de los vidrios rotos que vuelan por el lugar. Me arrodillo y me cubro las orejas con las manos cuando los guardias entran y empiezan a cazar entre gritos a los que estamos dentro como si fuéramos venados.

Algunos hombres corren hacia la parte de atrás, al parecer buscando otra salida, pero cuando las luces vuelven a encenderse, me doy cuenta de que ya han sido devueltos al centro por los custodios de Lacrontte. Muchos otros saltan por la ventana rota, clavándose pedazos de vidrio en las piernas o brazos y forcejeando afuera con los uniformados que luchan por no dejarlos ir.

—Nadie intente un movimiento estúpido porque tenemos orden de disparar a quien quiera escapar. Quiero que todos los presentes se arrodillen contra la pared con las manos sobre la cabeza.

Ahogo un grito cuando veo a un oficial apuntarle a papá mientras le ordena que obedezca. Él, a pesar de todo, se muestra tranquilo. Dobla sus rodillas y me susurra que levante las manos. Las pulsaciones de mi corazón se intensifican y el miedo me nubla la mente. No quiero que lo hieran, no soportaría ver a mi padre morir.

Los guardias comienzan a preguntar por nuestras identificaciones y ellos mismos las toman después de indicarles dónde están.

Cuando llega mi turno, el uniformado agarra mi bolso y saca el cartón color vino que cubre nuestro permiso de viaje firmado y sellado por la Guardia en la frontera. Lo revisan en detalle por unos segundos mientras veo a sus compañeros sacar esposados a un grupo de hombres que lloran de rabia y pelean para no ser devueltos a sus reinos de origen, o puede que quizás corran un destino peor, dado el historial violento de los lacrontters.

—Levántese, señorita. Por ahora puede irse —dice el uniformado al devolverme el papel.

No quiero volver a pisar este reino, ni por todos los tritens del mundo. Esta noche ha sido una pesadilla dirigida por el enemigo, en la que pasé de un viaje familiar a estar frente a militares que rastrean como sabuesos a quienes no tengan una identificación que diga Lacrontte como lugar de nacimiento. A decir verdad, prefiero mi vida aburrida antes que soportar la presión en el pecho, esperando que no me humillen o me hieran.

9

Ayer fue uno de los días más horribles de mi vida y hoy parece que será igual o peor. Después de salir de la casa de cambio, regresamos al hostal agotados y tan nerviosos como si hubiéramos presenciado una masacre. Papá me pidió no contar nada, especialmente a mamá para no angustiarla, por lo que me esmeré en ocultar mis manos temblorosas cuando llegamos y me fui a dormir aún con el pulso acelerado.

Al amanecer nos embarcamos en el tortuoso viaje de regreso a Mishnock, que nos tomó todo el día y horas del siguiente, sin saber que al llegar el Mercader nos estaría esperando en el umbral, como un cazador tras su presa.

—Buenas noches, familia Malhore —nos saluda fríamente mientras bajamos del carruaje—. Tardaron más de lo que creí.

—No esperábamos verlo esta noche —dice papá, entregándole las llaves a mi madre para que abra la puerta—. Son casi las dos de la mañana.

—Necesitaba hablar urgentemente con ustedes sobre la manera y el plazo que tienen para devolverme el dinero. ¿Puedo pasar?

—No. Lo que quiera decirnos puede hacerlo aquí —repone papá con vehemencia.

—Como desee. —La molestia en el tono del Mercader es clara—. Percival me envió una carta en la que me informa que la señorita Liz dejó muy claro frente al rey que no quería casarse.

—Es cierto, ya no habrá boda.

—Siendo así, tienen un mes para saldar su deuda. De otra forma, vendré a cobrarles a mi manera.

—¿Cómo pretende que en un mes consigamos tres millones de tritens?

—Ese no es mi problema. Si no llega a tener el dinero listo, me veré obligado a saquear de nuevo su perfumería.

Me quema el pecho, mis músculos se tensan y el corazón me golpetea de prisa al escuchar cómo, con tal descaro, revela su bajeza. Mamá detiene a papá cuando, iracundo, intenta abalanzarse sobre el Mercader, quien da pasos atrás con mofa, disfrutando lo que causa.

—¿Fue usted quien nos robó? ¿Cómo se atrevió a hacerlo?

—Tienen un mes a partir de hoy. De otra forma, prenderemos fuego no solo a su perfumería, sino también a esta casa. —Se mira las uñas con parsimonia—. Sé que nadie quiere llegar a esos extremos. Ya conocen mi dirección de correo, así que cuando lo tengan, no duden en escribirme.

—Tendrá el dinero para abrir la perfumería que tanto anhela.

—¿En verdad cree que yo quiero vender fragancias de mishnianos en Lacrontte? Lo consideré más inteligente, señor Malhore; eso es solo una fachada. —Sonríe—. No les quito más tiempo, que tengan buena noche y no olviden que el reloj ya avanza en su contra.

No se molesta en ocultar la satisfacción que experimenta tras soltar la amenaza. Inclina la cabeza hacia el frente como despedida y se aleja calle abajo con la sombra de su cuerpo siguiéndoles el paso a sus pisadas fuertes, como las de un león que ruge después de haber acabado con su víctima.

—¿Qué vamos a hacer? —La angustia de mamá se extiende hasta cada uno de nosotros a medida que entramos en casa—. Podemos vender mis joyas o lo que haga falta para no perder nuestro patrimonio.

—No, no te desharás de nada, Amanda. Él no le hará nada a esta casa, lo prometo —responde papá, agobiado—. Iré a la perfumería. Ustedes mejor vayan a dormir.

—Es de madrugada. ¿Qué harás a esta hora? —Mamá no puede ocultar la sorpresa.

—Necesito reflexionar y ese es mi lugar seguro. Les garantizo que voy a encontrar una solución.

Nadie refuta. Nos limitamos a ver cómo papá toma su abrigo y sale de casa. Desearía tener mucho dinero y arreglar esto de una vez, pero el mundo es injusto: algunos deben estar debajo para ser la base de la riqueza de otros, y ahora somos nosotros uno de los tantos cimientos con los que el Mercader asegura su fortuna. El caos se ha convertido en una avalancha que tumba puertas y ventanas, que arrasa con nuestra casa y nos hunde, nos sepulta.

Mamá se va a la cocina en silencio, con ojos rojos y hombros caídos, Liz le sigue el paso como si su compañía pudiera reconfortarla, y yo me voy con Mia hasta la habitación. Voy hecha pedazos, a pesar de cuán fuerte intente verme. Me río en la cara de los que dicen que el dinero no es tan importante, porque en este momento el dinero es el único salvavidas que podría rescatarnos.

* * *

No he dormido nada. Me mantuve en vela hasta que fue tiempo de levantarme y arreglarme para ir a tutorías. Bajo a desayunar en compañía de mi hermana menor y en el comedor encontramos a mamá, que parece una flor de pétalos marchitos.

—Buenos días, niñas. —Nos sirve el desayuno con los ojos hinchados—. ¿Cómo amanecieron?

La puerta se abre antes de que podamos responder, y papá, agotado, entra en escena. Deja su abrigo de lado y toma asiento en el comedor, frente a nosotras. No puedo creer que haya pasado toda la madrugada en la perfumería. Si pudiera ponerlo en los libros, lo haría, para que siempre sea recordado como el ejemplo perfecto de lo que es ser un padre.

—Buenos días.

—¿Qué estuviste haciendo toda la noche, Erick? —le pregunta mamá mientras le sirve una taza de café.

—Perfumes. Comencé a trabajar en dos fragancias nuevas, a las que les haré mucha publicidad: pagaré anuncios en el periódico, repartiré volantes y lo que haga falta.

—Con la venta de dos perfumes no reuniremos tres millones de tritens en un mes. Permíteme ayudar con mis joyas.

—He dicho que no. Lo estuve pensando y voy a pedirle un préstamo al rey Silas. Tenemos negocios con él y sabe que pagaremos. Además, es la única persona que puede prestarnos al menos dos millones. Hoy mismo pediré una cita.

Mamá se limita a asentir, aceptando el plan de papá, al igual que nosotras.

Mia y yo desayunamos rápido para luego huir rumbo al edificio de tutorías, en un intento por dejar atrás la tensión en el ambiente. Hoy está soleado, con una fila de nubes en el cielo que parecen marcar un camino que me lleva lejos de casa. Quiero creer que los textos de historia que el señor Field nos hace leer cada mañana podrán distraerme de las preocupaciones que se me pegan al cuello como el salitre a la pared de los pozos de agua salada, pero lo cierto es que, por más interesante que esté el capítulo, seguiré buscando en mi mente una forma de conseguir dinero.

Dejo a Mia en su salón mientras come quecses, los pequeños cubos de pan tostado con miel típicos de Mishnock. Después me dirijo a la segunda planta, al lugar de mis clases. Un salón pequeño de ladrillos blancos, estantes con libros y un solo ventanal que da vista al patio del edificio. Allí encuentro a Rose, que abre los ojos en señal de sorpresa al verme.

—Te imaginaba aún en Lacrontte, ¿qué haces aquí?

—Historia larga que prefiero no contar —aviso mientras tomo sitio.

—¡Miren qué hermoso! Ya está reunido el dúo de estafadoras de Palkareth: la que se ha acostado con media ciudad y su amiga, la que no es capaz de conseguir nada por sí sola y tiene que inventar ser la novia del príncipe.

Las palabras de Phetia Tielsong, nuestra compañera, nos llegan como dardos a los oídos. Ella es como un ave carroñera que se esconde bajo el rostro de una tierna joven de mejillas rosadas que se asemejan a un par de peonías.

—¿Cómo se enteró? —le pregunto a Rose en un susurro.

—No lo sé. Quizás su papá le dijo, ya sabes que es jefe de la Guardia Civil.

Todos en Palkareth tienen una imagen errada de mi amiga, lo cual a mí me tiene sin cuidado: ha sido mi compañera toda la vida y los rumores tontos no harán que me separe de ella.

—Confiésanos, Emily, ¿qué se siente fingir ser novia del príncipe, que ni en mil años te haría caso?

—¿Que no le hace caso? —replica Rose, indignada—. La invitó a cenar en su palacio. ¿No crees que eso es fijarse lo suficiente en ella?

—Solo quiere molestarnos, no le des lo que quiere —le digo.

—Todos a sus lugares. —La voz del señor Field nos sorprende. Deja sobre su escritorio el maletín del que siempre saca lo que para mí es su más grande método de tortura: ejercicios de matemáticas—. Señorita Malhore —me mira, incrédulo—, según el permiso que su padre presentó, usted estaría ausente por una semana debido a un viaje a Lacrontte. ¿Qué hace aquí?

—Extrañaba mucho mi patria, al parecer —contesto sin saber bien qué decir.

—Seguramente no los dejaron ingresar. —Escucho a la insoportable a mi espalda.

—Cuando le dé la palabra puede hablar, señorita Tielsong, antes no. Joven Malhore, ¿volverá a ausentarse pronto? —pregunta, y niego con la cabeza—. De acuerdo. Me alegra que esté aquí para poder explicarles a todos en qué consistirá el proyecto final.

Se pasea por la sala con la mirada intimidante que siempre trae consigo. Sus gruesos lentes esconden unos ojos negros, profundos y cargados de ojeras. Tiene nariz aguileña, cabello corto, complexión delgada y postura encorvada con la que da la impresión de estar cansado todo el tiempo.

—Como saben, quedan pocos meses para que culminen totalmente su ciclo de tutorías y pensé que no habría nada mejor para cerrarlo que un proyecto basado en los distintos reinos. Fue una gran idea que se me ocurrió anoche.

—Como si no lo hicieran todos los años —murmura mi amiga.

En efecto, cada año el proyecto final consiste en asignar una nación a cada estudiante para que realice una investigación exhaustiva sobre esta. Liz hizo el suyo sobre Cristeners.

—Ya he designado el reino que tendrá cada uno de ustedes y no está de más aclarar que quiero un informe detallado, ilustraciones, historias, estadísticas y mucho más. ¿Entendido? —Comienza a repartir las naciones, repitiéndolas entre los estudiantes, pues no hay veintiséis reinos para todos—. Emily Malhore, su nación es Mishnock.

—No me parece justo que le toque esa —reclama Phetia.

—Al señor Field no le interesa lo que a ti te parezca, así que guarda silencio —discute Rose.

—¿Cuál es la causa de su discrepancia? —cuestiona el tutor.

—Ella conoce al príncipe Stefan y eso le daría ventaja sobre el resto que tiene que leer e investigar, a ella únicamente le restaría preguntarle cualquier cosa.

¿Ahora sí cree que lo conozco?

—Eso también es investigación, se llama entrevista —me defiendo.

—Todos deberíamos tener las mismas posibilidades y no creo que nadie aquí se pueda reunir en privado con los demás soberanos. Por ejemplo, se me asignó Lacrontte y sé que el rey Magnus no me concederá un espacio para hacerle preguntas sobre su pueblo.

—No tengo problema en cambiar. Puedo hacer el proyecto sobre cualquier reino —le digo.

—De acuerdo, entonces toma Lacrontte, de ese modo veremos quién lo hace mejor. Espero que no inventes ser la novia del rey Magnus para poder acercarte a él.

Ella en verdad me desagrada mucho. Ruego que el día que lave su ropa llueva y no pueda secarla.

El resto de la mañana se pasa entre indirectas de Phetia y muchas más tareas por parte del señor Field, que escribe y borra en el pizarrón sobre poesía épica y sobre las relaciones internacionales del reino, hasta que por fin acaba el horario.

—Señorita Alfort, necesito hablar con usted a solas —la llama el maestro cuando caminamos hacia la puerta.

—¿Sobre qué? —Se detiene, sosteniéndome de la mano para que aguarde con ella.

—Prefiero comentárselo en privado.

—Puede hablar frente a Emily, es mi amiga.

—De acuerdo. Señorita Alfort, se registra que sus padres deben tres meses de tutorías y esto hace imposible que usted siga recibiendo clases.

—Ya voy a terminar el curso. Me gradúo este año. No me puede pedir que lo abandone cuando solo restan un par de meses. ¿Qué puedo hacer?

—Buscar el dinero y pagar.

—Es injusto. No tengo cómo hacerlo.

—Lamentablemente, eso no es nuestro asunto. La educación es privada, señorita Alfort.

—Tampoco es como si necesitara su certificado de tutorías.

—Lo necesita. Es requisito para dedicarse a algún oficio.

—¿Qué oficio? ¿Un maestro que predica el amor por su profesión, pero cuando una estudiante no tiene cómo pagar las clases la desecha sin darle importancia?

—Tengo cuentas que pagar. No me atribuya la culpa por un deber que sus padres no son capaces de suplir.

—No se le ocurra hablar de ellos así. Si no conoce nuestra situación, entonces cállese la estúpida boca.

—No se moleste en venir mañana. Se ha ganado una suspensión por ese comportamiento.

—Púdranse usted y su escuela, señor Field.

Sale a trompicones del salón, resoplando indignada por el trato al que ha sido sometida.

—Busque mejores compañías, señorita Malhore —dice cuando estamos solos—. Sus padres se esfuerzan en darle lo mejor, no lo arruine departiendo con esa clase de jovencitas.

Prefiero reservarme cualquier comentario para no iniciar una discusión, pues un educador no debería referirse a sus estudiantes de esa manera. Salgo al pasillo para ir en busca de Mia, encontrándome con el río de personas que bajan las escaleras con presura tras finalizar la jornada. El ambiente está impregnado de un olor a sudor mezclado con el aroma del extracto de verbena con el que limpian el piso, que ahora está resbaloso. Afuera del edificio encontramos a Rose, que no para de despotricar sobre lo insufrible que es el señor Field.

—Necesito que me acompañes a un sitio sin Mia.

—¿Por qué no puedo ir? —discrepa ella— ¿Verán a sus novios? ¿Harán cosas indebidas?

—Yo no tengo novio, Mimi —le recuerdo.

—¿Entonces harán cosas indebidas?

—Esa cabeza tuya vuela mucho para tener diez años. Es mejor que no preguntes ni imagines ese tipo de cosas.

—Denme una respuesta o las acusaré con mamá.

—Te daré siete tritens si te quedas callada —propone Rose.

—Que sean quince.

—Tenemos un trato. Ahora, si te pregunta, simplemente respóndele que estamos en la biblioteca haciendo un trabajo.

Nos apresuramos y la dejamos en casa sin que nadie lo note, para luego adentrarnos en el norte de la ciudad, muy lejos de nuestra calle. Escaparme de mis padres ahora parece una parte esencial de mi rutina.

El sol me azota en el camino y siento que me derrito cual chocolate en la palma de la mano. Esto parece una travesía interminable, hasta que llegamos a la zona noble de Palkareth y nos detenemos frente a una casa colosal con molduras de yeso que parecen bordadas en un lienzo. Cada línea y cada curva es tan perfecta que podría quedarme a detallarlas durante horas. Tiene, además, cumbreras mucho

más altas que cualquier vivienda de mi vecindario y torres de mármol en la entrada que solo recuerdo haber visto en Lacrontte.

—Aquí vive mi Cedric —me hace saber mientras llama a la puerta.

—No se te ocurra dejarme sola como la vez pasada.

—Hoy estarás dentro de la casa, lo prometo, y solo será un momento. Una cosa más: serás tú quien hable, preséntate y di que vienes de parte de la perfumería.

—¿Para eso me pediste que viniera contigo?

—Después te explico. Nada más hazlo.

El personal que atiende la vivienda nos recibe y, después de anunciarme como si fuera yo quien viniera a ver al oficial Maloney de parte de los Malhore, nos deja pasar. Me limpio el sudor del cuello y de la frente a medida que entramos a la sala decorada con muebles azules y tapetes teselados. Tiene los mismos revestimientos de yeso de afuera, solo que ahora los ornamentos decoran las esquinas de los techos.

—Mi suegra es muy clasista —murmura cuando la doncella va en busca de su novio—. Me odia por ser pobre. En cambio, tu apellido tiene renombre.

—Esa es una excusa muy rebuscada. Sé sincera.

—Bien, pero lo primero sí es cierto. El asunto es que tengo prohibida la entrada, así que, si inventábamos que veníamos de parte de tu padre o de la perfumería, no tendrían por qué negarme el ingreso, ya que solo soy tu acompañante.

—Eso suena a que estamos metidas en problemas.

—No si mi suegra no me ve.

El chico de piel bronceada baja las escaleras unos minutos después con ropa informal y sin ningún tipo de calzado.

—Señorita Malhore, un placer tenerla por aquí. —Me extiende la mano, ignorando completamente a Rose, mientras la mujer que abrió la puerta se mantiene a nuestro lado y observa a mi amiga con desconfianza. ¿Qué le ocurre? Ni que Rose tuviera en la mano una soga y sedantes para secuestrar a Maloney—. Glena, ve a la panadería por algo recién hecho.

—No puedo retirarme si la señorita Alfort se encuentra aquí, son órdenes de su madre.

—Mi visita es con la joven Malhore y debo atenderla como se merece, así que necesito brindarle algo de comer y ella quiere pan, pan dulce para ser específico. ¿Cierto, señorita Malhore?

Miro a Rose por un par de segundos, no muy convencida de lo que harán una vez la doncella se retire. Al final, asiento, aunque todavía con duda. A la mujer no le queda otra opción más que marcharse, y es ahí cuando Rose aprovecha y se abalanza sobre él. Bueno, al parecer sí quiere secuestrarlo.

—No me toques. —La esquiva cuando intenta abrazarlo—. ¿A qué has venido?

—A verte, es obvio.

—Mi madre está en la huerta, sabes que ella te detesta y Glena puede informarle cuando regrese.

—Entonces no perdamos el tiempo que tenemos y vamos a tu habitación.

La actitud de él es distante y grosera hacia ella, por lo que me pasmo como un cervatillo cuando le da a Rose un beso rápido de repente.

—Ya regresamos —él se gira a verme—, puedes sentarte donde quieras.

Suben a la segunda planta, casi desnudándose en cada escalón. ¿Por qué Rose siempre me hace estas cosas? Seguro estaré aquí quién sabe hasta cuándo, rodeada por los lujos de una familia ajena, cuando debería estar buscando un trabajo para que no quemen mi hogar.

—¡Hola! —Una mujer de cabello corto oscuro y muy parecida a Cedric entra por las puertas de cristal que parecen conducir al patio y se acerca a mí con cautela—. Te he visto en la perfumería de los Malhore. ¿Eres una de las hijas de Erick y Amanda?

—Sí, señora…

—Maloney. Fevia Maloney. —Me extiende la mano—. ¿Viniste a cobrarme? Porque si es así, yo había quedado con tu padre en que le pagaría cuando tuviera el dinero. No comprendo la razón para enviarte, si yo siempre saldo mis deudas con él.

—No he venido a cobrarle, señora Maloney.

—¿Entonces? —Contrae el ceño, buscando una explicación.

—Su hijo Cedric es…

—¿Eres novia de mi Cedric? —Me interrumpe con emoción mientras se sienta a mi lado—. ¡Por todos los cielos! Siempre tuve fe en que conseguiría a una buena muchacha. —Da palmadas en el aire, entusiasmada—. ¿Desde cuándo son novios? Avísales a tus padres que los invito a cenar mañana. De ser así, Erick no tendría razón para cobrarme porque somos familia.

—No soy novia de Cedric, señora Maloney.

Su gesto decae. Toda la historia que armó en su cabeza se derrumba al escucharme.

—¿Entonces qué ocurre? ¿Mi hijo te hizo algo? ¿Te debe dinero?

—No, yo vine a traerle un perfume que compró.

La puerta principal se abre de la nada. Se trata de la doncella con la cesta repleta de pan y algunas gotas de sudor que le recorren el rostro. No me sorprendería que haya corrido hasta la panadería para volver lo más pronto posible. Impaciente, comienza a buscar a Rose, moviendo la cabeza en todas las direcciones y al no encontrarla expone mi mentira con una pregunta.

—¿Dónde está?

—¿Dónde está quién? —cuestiona la madre de Cedric.

—La señorita Alfort era su acompañante, pero dijeron que quien venía a ver al joven Cedric era ella. —Me señala.

Bueno, fue una buena charla con la señora Fevia mientras duró la calma.

—¿Ayudaste a entrar a esa mujer a mi casa? —reclama indignada. Se levanta y va furiosa escaleras arriba—. No lo puedo creer. ¿Cómo se atrevió a meterla bajo mis narices?

Me apresuro a ir tras ella, apenada por los problemas que estoy causando y con temor de que pueda hacerle daño a Rose. En el segundo piso se detiene frente a una de las tantas puertas blancas y con ira toma el pomo, encontrándose con lo evidente: está asegurado.

—¡Abre la puerta, Cedric Maloney, antes de que yo misma te asesine!

Comienza a golpear la madera con fuerza. Sin embargo, ni siquiera con su rabieta consigue una respuesta del otro lado. Entre gritos, le pide la llave a su doncella, que corre a traerla, y con las manos temblorosas logra abrir. Dentro, encontramos a Cedric y a Rose, que se visten con prisa. La señora Maloney da zancadas hasta su hijo y le da una sonora bofetada.

—¡Me das asco! ¿Cómo te atreves a caer tan bajo? Quiero que se largue de mi casa en este instante. —Pasa las manos por su cabello, casi rugiendo como una leona, y apunta a mi amiga—: No te quiero cerca de Cedric. Donde vuelva a verte aquí, juro que hago que vayas a prisión.

—No me amenace. Su hijo ya está grande para tomar sus decisiones y yo no lo he obligado a nada.

—Ella y yo no tenemos ningún tipo de relación —apela Cedric, ganándose la atención de todas.

—Las náuseas que me produce pensar en lo que has hecho con esta mujer me sobrepasan. Yo no te crie así.

—Aunque le moleste, yo valgo tanto como su hijo. —Rose va hasta ella, encarándola.

—Por supuesto que no y tampoco te atrevas a dar un paso más hacia mí. Solo lárgate. Y sobre ti —se gira a verme—, tu padre estará al tanto de las amistades que tienes, porque estoy segura de que Erick no permitiría que te juntes con alguien así. Eres bienvenida aquí. Ella no.

—No se preocupe, señora Maloney —contesto, indignada—. Mi padre conoce a Rose y, más importante aún, la respeta.

Tomo a mi amiga del brazo y la arrastro conmigo cuando pretende alegar. No volveré a un lugar donde tratan a una persona de esa manera únicamente por su condición económica. Me niego hacerle eso alguien que amo y que me ama de vuelta.

—Esa mujer te detesta —comento cuando estamos fuera—. No deberías arriesgarte a venir por Cedric.

—Lo sé y aun así no me importa. Ella no nos va a separar. Es el hombre que quiero y el que me ayudará a obtener una mejor posición social. ¿Se te olvida cómo me trató el señor Field por no tener dinero para pagar sus estúpidos meses de tutorías? No quiero volver a ser humillada por ser pobre.

—Entiende que así Cedric siga contigo, esa mujer nunca te va a aceptar y te hará la vida imposible siempre. No es justo que tengas que aguantar eso por un hombre.

—Lo dices porque no has tenido que pasar por todo lo que yo he vivido. Muchas veces no he tenido nada que comer, y estoy cansada de eso.

—¿Por qué no me has contado esas cosas? Soy tu amiga, puedo ayudarte.

—Porque es humillante.

Me parece que el corazón se me encoge al escuchar lo que me ha ocultado. Hubiera podido llevarle comida, o buscar una solución entre las dos, tal como ella se esforzó por mí cuando la necesité.

—Cedric me dio dinero. Con eso pagaré los malditos meses que le debo al señor Field. ¿Entiendes por qué me aferro a él? Me dará todo lo que necesito, por eso no me importa tener que aguantar algunos insultos de su madre.

—Rose, yo lo siento tanto por…

—No, no te atrevas a sentir lástima. Solo vayamos a casa y olvidémonos de esto.

Caminamos hasta separarnos en la calle Lewintong, cada quien yendo a su destino. Me siento tan cansada que una vez llego a mi habitación y toco el colchón, me quedo dormida, buscando aquel sueño perdido por el viaje y el drama familiar. El problema es que mi mala suerte sigue y de inmediato siento unos golpes y pasos que avanzan hacia mí, interrumpiendo mi descanso.

—¡Emily, despierta! —La voz de Mia retumba en mi cabeza.

La vida no me da tregua. Voy a enloquecer.

—El príncipe está en la sala —susurra.

—¿Qué? —es lo único que logro articular. Mi cabeza aún no está activa.

—¿Ahora no escuchas, Mily? El príncipe está en nuestra casa, está preguntando por ti y tú luces como un espantapájaros.

Salto de la cama, pero las piernas se me enredan en las cobijas y me envían directamente al piso.

—Confirmado. Eres un espantapájaros torpe.

—¡Cállate! —Le lanzo una almohada que le da justo en la cara.

—¡Ah, y ahora también eres violenta!

—¿Cuánto tiempo ha pasado desde que me dormí?

—No lo sé, no tengo la tarea de contabilizar tus minutos de sueño. Si te sirve de algo, ya son las cuatro de la tarde.

Creo que me pasé un poco con la hora.

—¿Qué hace aquí? ¿Le dijiste que estoy? No puedo verlo, Mimi.

—¿Por qué no? Ustedes son novios y las parejas se visitan. Además, mamá fue quien lo recibió y me pidió que viniera por ti, ya no podemos fingir que no estás.

—Ya basta de decir que es mi novio.

Sin otra opción, corro al cuarto de baño para asearme y cepillar mi cabello en un intento por lucir decente de forma natural. Cuando me miro al espejo y el reflejo no parece el de una persona que ha estado en prisión, bajo las escaleras para encontrarme con el príncipe. Lo encuentro en el sillón en el que suele sentarse mi padre por las mañanas, con un guardia a cada lado. Tiene en sus manos una taza de té, que seguro le dio mi madre. Mira la taza con sospecha, removiendo con una cuchara el contenido en busca de algo extraño. ¿Acaso piensa que podemos envenenarlo? Aclaro la garganta con delicadeza para llamar su atención y lo logro. Se levanta al notar que lo miro y toma, como de costumbre, su postura erguida.

—Señorita Malhore, quería sorprenderla, pero el sorprendido fui yo. —Sonríe apenado mientras deja la taza en la mesa adyacente—. Tiene usted una casa hermosa.

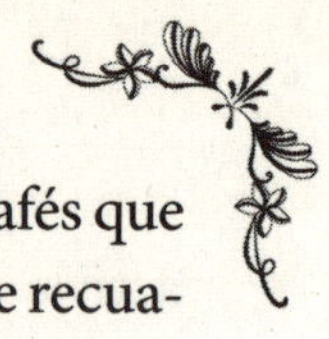

Pasea la mirada por todo el espacio, desde los muebles cafés que están junto a la puerta y el gran ventanal hasta la mesa llena de recuadros familiares que hay del otro lado de la pared.

—Alteza. —Le ofrezco una reverencia.

—Creí que esos formalismos estaban extintos entre nosotros.

—Después de lo que sucedió esa noche, prefiero retomarlos. Le mentí.

—¿Se comporta de esa manera por una mentira? Entonces yo diré alguna para estar en la misma posición. Siempre uso los perfumes que su padre presenta para nosotros en el palacio.

—¿No lo hace? —cuestiono sorprendida.

—No utilizo perfumes. No me gustan.

—¿No considera osado revelar aquello en casa de perfumistas?

—A veces hay que atreverse un poco.

—Tengo una pregunta: ¿cómo supo que ya habíamos regresado de Lacrontte?

—Vi a su padre en el palacio esta mañana.

La cita que iba a solicitar con el rey, claro.

—¿Le incomoda mi visita? —Frunce el ceño con duda.

—No, solo que no estaba preparada para darle la cara.

—Puede conservar su rostro, no es mi intención quitárselo —bromea, y admito que me cuesta entender su chiste. Sabe bien cómo aligerar el momento—. Luce espléndida esta tarde.

Si supiera todo lo que hice para verme medianamente bien antes de bajar a su encuentro.

—Gracias, alteza.

—¿Alteza? Creo que ese no es mi nombre. Si desea que la llame Emily, espero el mismo trato.

—Stefan.

Como un pájaro que cae del cielo irrumpe Mia y se acerca a la mesa que se encuentra a un lado del sillón. ¿Ahora qué piensa hacer? Ruego para que no se le ocurra abrir la boca para soltar una de sus imprudentes intervenciones.

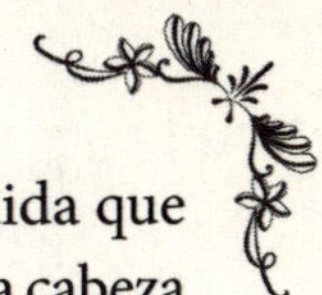

—Lo mejor es que me lleve esto —informa Mia a medida que toma un florero de porcelana—, y así evitar que me lo lance a la cabeza como hizo arriba con una almohada.

Desvío la mirada como mecanismo de defensa en el momento en que veo al príncipe apretar los labios para no reírse del comentario, haciendo que el calor brote de mi piel y se aloje en mis mejillas.

—Así que es aficionada a lanzarles cosas a las personas.

—Por favor, disculpe esa interrupción.

—Prometo no volver a mencionarlo si acepta una invitación. Aunque será muy aburrido si lo comparamos con sus exóticos pasatiempos. Aun así, me gustaría que me acompañara a un juego de polo en la tarde.

—Si vuelvo a pisar los pasillos del palacio solo pensaré en aquella noche.

—El juego tendrá lugar en los jardines. Le aseguro que no tendrá que enfrentarse a los corredores.

—Tiene un buen poder de persuasión.

—Siempre que algo me interesa.

—Creo que alguna vez mencioné que no me gustan los caballos.

—Es un buen día para no ser un caballo, entonces.

—¿Alguna vez algo se le escapa?

—No, no he sido educado para eso. —Me mira directamente a los ojos, cautivante—. La invitación se extiende también a su hermana Liz. El general Peterson estará allí y creo que ambos se deben una conversación.

—Ella ya no está comprometida.

—Estoy al tanto. El Mercader lo ha comentado. De otra forma, no le pediría que la llevase, ya que eso implicaría ponerla en una posición incómoda y esa no es mi intención. Lo que sí desearía es aplacar la intensidad de Daniel, que no ha parado de hablar de su hermana en estos días.

—Todo sea por ayudar a un amigo.

—Seis de la tarde, señorita… Emily —se corrige—. A esa hora pasará un carruaje por ambas.

—¡Mira, mamá, otro espantapájaros! —grita Mia desde el otro lado de la estancia.

El heredero y yo giramos de inmediato para encontrarnos con Liz envuelta en una bata de baño, el cabello mojado y goteando a los costados. Abre los ojos de par en par al ver al príncipe en la sala e intenta regresar por la escalera para huir, pero se detiene cuando se da cuenta de que es demasiado tarde. Mi hermana siempre intenta mostrarse elegante y esto claramente se sale de su línea.

—Buenas tardes, señorita Malhore —saluda el príncipe, esforzándose por mantener la compostura.

—Alteza, bienvenido.

—Me alegra volver a verla, justo la estaba mencionando.

—¿Disculpe?

—Me gustaría que asistiera con su hermana esta tarde al palacio. Prometo que le tendré un obsequio.

—¿Un obsequio? No es necesario.

—Es un regalo cualquiera llamado Daniel Peterson.

El rostro de Liz se ilumina al escuchar el nombre del general. Su mirada se desvía hacia mí y luego va hasta mamá. Ya no es capaz de ocultar lo mucho que le gusta, se lee en su mirada, en sus expresiones. ¿Seré yo igual de evidente cuando llegue mi momento?

—Antes de que intenten excusarse, les informo que he pedido la autorización de su madre y ella ya aceptó —comenta Stefan.

—Hay que seguir con la vida —dice mamá, encogiéndose de hombros—. Libérense del revuelo al menos por unas horas.

—Le pondré un moño en la coronilla —bromea el príncipe, refiriéndose a su amigo.

—De preferencia, rojo —remata Liz con una enorme sonrisa.

* * *

La despedida de Stefan es más larga de lo que esperaba, ya que debe besar cuatro manos de mujeres Malhore y media docena más de

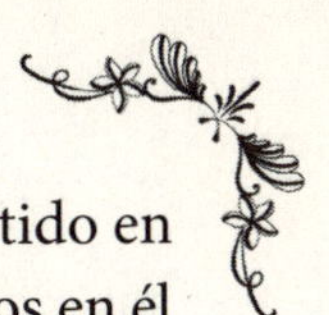

señoras que se acercan a saludarlo. La entrada se ha convertido en una pequeña plaza de personas incrédulas que clavan sus ojos en él como si fuera el único pez del mar. Más guardias esperan fuera para flanquearlo hasta su carruaje, resguardándolo de las damas que pululan a su alrededor y lanzan una ronda de preguntas indiscretas en las cuales me incluyen. Mi naturaleza tranquila no soporta ser el centro de miradas o murmuraciones por lo que no negaré que me encuentro algo incómoda.

—Señorita espantapájaros —me habla mientras el paje le abre la puerta—, intentaré hacer mi mejor esfuerzo en el juego de polo y, si tengo suerte, ansío que me permita enseñarle algunos trucos para que no les tema a los equinos.

—¿Por qué me llama de esa manera?

—¿Vamos a fingir demencia? —Sonríe con burla—. Su hermana mencionó que Liz era *el otro* espantapájaros, por lo que apuesto a que el primero era usted, o ¿me equivoco?

Asiento, apenada. ¿En qué momento la confianza creció tanto entre nosotros? Es absurdo tener al futuro rey en casa y que se sume a las burlas que mi hermana me hace. Se siente como una de esas cosas que ocurren solo una vez en la vida.

—Me agrada mucho esa pequeña, aunque he de confesar que no es mi Malhore favorita.

—¿Ya tiene su preferida?

—Sin lugar a dudas, y puedo apostar que ya usted eligió a uno de los herederos Denavritz como su predilecto. Espere… el único soy yo. Qué afortunado.

Un burbujeo me recorre el estómago, las manos y los pies, como un banco de peces que nadan rápido a lo largo de un río y crean pequeñas ondas en el agua. Las orejas y las mejillas se me acaloran y sonrío nerviosa, luchando por mantenerle la mirada y ocultar de alguna manera la sensación de efervescencia que me cosquillea en la nuca y me baja por la espalda.

—Quién pensaría que el príncipe de Mishnock es tan sagaz.

—Por favor, guárdame el secreto. Hasta las seis, espantapájaros.

Me gusta, es decir, me gusta la manera en que me mira, como si sus ojos pudieran sonreír. El saber que quiere verme y que viene en persona a invitarme me produce un hormigueo suave en la piel, como el de una pluma al rozar el cuerpo.

Mi mente vuela rápido cuando lo veo partir. Quiero verme perfecta, vibrante, como una flor cuando recién abre sus pétalos. ¿Cómo me voy a peinar? ¿Qué vestido usaré? Y lo único importante: ¿qué nos espera cuando volvamos a reunirnos?

10

Al llegar las seis de la tarde se estaciona un carruaje real frente a mi casa y el paje abre la puerta para nosotras, invitándonos a abordar. Afuera el cielo está despejado, como si las nubes hubieran huido para no manchar con su blanco las tonalidades amarillas y anaranjadas que pintan el atardecer. Las flores en los jardines delanteros del vecindario bailan como los holanes de un vestido al caminar entre las corrientes de aire, y es esa misma brisa la que se cuela por las ventanas de la carroza y nos mueve el cabello con tal fuerza que nos vemos obligadas a atarlos con un lazo.

A medida que avanzamos, mi hermana se frota los brazos emocionada, mientras yo me aliso la falda en un intento por distraer mi mente y erradicar el cosquilleo que siento bajo la piel al saber que veré otra vez al príncipe.

Cuando llegamos al palacio, los guardias nos llevan hasta los establos, donde un campo abierto ha sido adecuado para el juego. Me siento perdida en medio de este mar de rostros desconocidos y miradas lejanas. El lugar está lleno de mesas y carpas blancas que rodean la pista y protegen de los rayos de la tarde a los nobles de Palkareth. Además, se escucha una rítmica melodía de flautas y violines que tocan los músicos desde un escenario de madera. Se respiran la canela, la miel y el jengibre que destilan los largos bufés que se encuentran a un costado y se aprecia a los meseros que van con platos y copas.

—Las hermanas Malhore.

El general Peterson se acerca a nosotras como un salvador de sonrisa entusiasta y actitud tranquila, poco propia de un militar. Los ojos grises le brillan cuando su mirada se une a la de mi hermana y noto de inmediato un ligero roce de manos entre ellos.

—No creí volver a encontrarlas tan pronto. Supuse que su viaje sería más extenso. —Habla en plural, pero es obvio que se dirige exclusivamente a ella.

—Y yo tenía entendido que en este momento ya usted estaría en la frontera, tal como lo dijo en la cena —responde ella.

—Tengo un viaje pronto, aunque no es importante mencionarlo ahora. Mejor cuéntenme cómo les fue en Lacrontte.

—Depende de cómo miremos el asunto —comento por lo bajo.

—Muy bien, en mi concepto. —Liz controla la situación—. ¿Tú jugarás polo?

—Solo si apuestas por mí.

—¿Se hacen apuestas?

—Por supuesto. Es una tradición apostar por alguno de los dos equipos que se enfrentan en el juego, tanto así que no se recibe solamente dinero, sino también objetos valiosos e incluso propiedades —explica con una emoción casi tangible.

—Quién diría que el palacio en su interior es una casa de apuestas —digo asombrada una vez más por todo lo que se oculta aquí.

—Lo hacemos para volver el juego más entretenido. Stefan es nuestro jugador estrella y estoy seguro de que te ha invitado para presumir de sus habilidades.

—No da la impresión de ser alguien presumido.

—En la conquista siempre intentas mostrar tus mejores aspectos. Eso te hará más atractivo a los ojos de la otra persona.

—¿Insinúas que él está…? Bueno, tú sabes.

—¿Acaso no es obvio? Aparte de los militares que se encuentran cuidando el evento, ustedes son las únicas dos plebeyas presentes.

Me cuesta creerlo o, más bien, me niego a hacerlo. Es raro que, después de darse cuenta de lo mentirosa que fui, el príncipe se interese

en mí. Aun así, me haría mucha ilusión si fuera cierto, porque en el fondo él tampoco me es indiferente.

Una fila de caballos con las colas trenzadas sale de repente a la pista, y entre los jinetes reconozco a Stefan, que con el uniforme de polo luce como el joven amigable y accesible que muestra ser en ocasiones. Daniel grita su nombre y este se vuelve en nuestra dirección. Sus ojos me hallan de inmediato y sonríe a la distancia mientras baja del animal para venir al encuentro. En la mano sostiene un taco, que luego extiende hacia mí para que agarre el otro extremo. Cuando lo tomo, levanta el brazo y me hace girar como a una bailarina en una caja musical.

—Luce hermosa, señorita espantapájaros.

—¿Cuándo va a dejar de llamarme así? —indago una vez regreso a la posición inicial.

—Creo que ahora, porque ciertamente no se ve como uno.

—Gracias. —Le ofrezco una reverencia.

—Por favor, no haga ese tipo de cosas, a menos que sea estrictamente necesario. Señorita Liz —se gira hacia mi hermana—, le he fallado, no le he puesto el moño rojo.

—¿Soy un obsequio? —inquiere Daniel.

—Estaba exhausto de escucharte hablar de ella y pensé que la única manera de librarme de eso era reuniéndolos.

—Bien, entonces prefiero que nos retiremos para que Liz pueda abrir su regalo —dice Daniel sonrojándose.

—Podrías haber omitido los detalles —contesta el príncipe.

—No es lo que supones, pervertido.

—Venga conmigo —invita el príncipe cuando estamos solos—. Quiero presentarle a alguien.

Caminamos en medio de los presentes, hasta llegar a una de las mesas donde reposan los reyes Denavritz acompañados de una familia de pelirrojos que discuten entre sí. Deduzco que se trata de los soberanos por sus coronas y atuendos elegantes, además de los guardias reales vestidos de blanco y rojo, lo cual indica que son sus custodios personales.

—Emily, ellos son Handrus y Seiona Griollwerd, reyes de Plate, y sus hijos, los mellizos Angust y Aphra.

Los dos jóvenes de cabello cobrizo, ojos negros y llamativas pecas en el rostro me dedican su atención. Tienen una mirada divertida, casi pícara, como si hubieran estado esperando que alguien llegara para hacer travesuras. Me regalan la sonrisa más grande que hasta el momento le he visto a algún noble, se levantan de sus puestos y me saludan con un par de besos en las mejillas. Él usa una camisa blanca con volantes y mangas abultadas. Un traje tan elegante como extravagante que viene acompañado de un pantalón oscuro. Lo que en realidad me sorprende es que su hermana está vestida igual.

—Hola —habla el joven. Su voz es enérgica, entusiasta—. Soy el amor de tu vida, pero por ahora me presento como Angust Griollwerd, pintor de tiempo completo y príncipe heredero en mis ratos libres.

—Soy Emily Malhore, estudiante y… creo que eso es todo —me presento, tratando de imitar su discurso.

—Yo soy Aphra, escritora de aventuras épicas y poesías hil…

—Eres princesa de Plate y punto —la interrumpe su padre.

Nunca había visto a una mujer vestir algo diferente de un vestido y mucho menos imaginé verlo en una heredera real. ¿Qué se sentirá llevar algo tan liviano? Debería probarme alguno de mi padre y descubrirlo.

—¿Podemos saber qué lugar ocupa en la vida del príncipe? —pregunta la reina Seiona.

—Soy su amiga —contesto nerviosa.

—Eso quiere decir que continúas soltero, Stefan.

—Por el momento. —Me mira de reojo.

—Señorita Emily —dice la reina Genevive con una sonrisa—, nos volvemos a ver.

Se pone de pie y se ajusta los guantes blancos antes de alisar el vestido rosa que porta. Es como una flor de cerezo, hermosa y delicada. Se inclina hacia mí y me abraza, impregnándome del olor a naranjo de su perfume. Lo reconozco enseguida. Es la fragancia que eligió en nuestra última presentación en el palacio. Detrás de ella, su

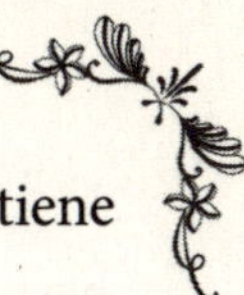

majestad parece desaprobar el gesto de cercanía que su esposa tiene conmigo, pues la mira con reproche y desdén.

—La hija de Erick, ¿no? —pregunta el rey Silas, cuando se da cuenta de que lo he visto—. ¿Cuántos perfumes ha traído?

—¿Disculpe? No sabía que debía traer algo.

—Padre, no —interviene Stefan entre dientes.

—Todos los que estamos aquí vamos a apostar algo, y si su familia es perfumista, supongo que trajo perfumes. Eso no es una ofensa, a menos que a ella la avergüence.

—En verdad lo lamento, majestad, no estaba al tanto.

—Eso quiere decir que no apostará nada.

—¿Por qué tiene que comportarse de esa manera? —le reclama su hijo.

—¿Vas a apedrearme por preguntar por un par de fragancias?

—Lo mejor será que nos retiremos.

Me toma de la mano para llevarme lejos, pero su madre nos detiene antes de partir.

—Hijo, permíteme invitarla a que se quede con nosotros, así al menos podré remediar el mal rato que la estamos haciendo pasar.

—¿Crees que esta es la mesa que le corresponde? —inquiere el rey de Plate.

—Su lugar será en cualquier mesa a la que yo la invite, querido Handrus. Entonces, ¿se queda?

Stefan me mira, preguntándome en silencio si deseo quedarme con ellos. No hay forma en que yo pueda sentirme cómoda aquí y como puedo se lo advierto con la mirada.

—¡Stef! —grita una voz chillona al fondo, robando nuestra atención. Todos giramos en la misma dirección y veo a una chica de cabello trenzado y ojos tan oscuros como los de un gorrión que lleva un pomposo vestido color salmón y corre hacia nosotros—. Te he estado buscando en cada rincón. En tu habitación, en la oficina, en los establos y en cada pasillo. Pensé que te escondías de mí.

—Jamás haría eso.

—Lo sé. Soy demasiado especial para ti.

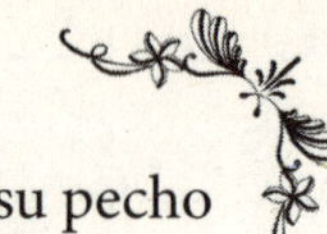

Lo rodea en un abrazo fuerte y apoya la cabeza sobre su pecho hasta que nota mi presencia. Vaya, ni en un año podría imaginar tener ese nivel de confianza con él. ¿Será su amiga o alguna familiar?

—Mi querida señorita Valentine, siempre es un gusto tenerla cerca —comenta el rey, ahora sí cortés—. ¿Vino su padre con usted?

—No. Papá está en Lacrontte por negocios. —Camina hasta la reina y la aprieta fuerte contra sí—. Mi querida.

—Valentine, tenía mucho tiempo sin verte.

—Estuve aquí ayer.

—Lo sé.

—¿Quién es? —pregunta al príncipe, señalándome.

—Emily Malhore. —Le extiendo la mano.

—¡Oh, cariño, un placer! —saluda, dándome besos por toda la cara—. Soy la señorita Valentine Russo, para servirte a ti y a tu comarca. Deberíamos sentarnos juntas para disfrutar el juego. Las amigas de Stefan son mis amigas.

—Muchas gracias, pero prefiero declinar.

—Insisto, corazón. Entre chicas la pasaremos mejor.

Su actitud es arrolladora. No parece una mala persona. Es amable y creería que tiene mi edad. Puede ser mejor compañía que el rey, que únicamente abre la boca para hacer comentarios venenosos.

—Mi hermano y yo invitamos a Emily a sentarse con nosotros. —Se adelanta la princesa de Plate como una heroína—. Esta es una mesa de adultos y alguien joven no nos caería mal. Claro, solo si ella quiere.

—Creo que no es mala idea —Stefan la secunda—. Liz y Daniel tardarán en aparecer y no quiero que estés sola por ahí.

Acepto porque no sé qué otra cosa podría hacer. Un mesero pone una silla para mí y tomo lugar. Desde esta posición tengo una vista privilegiada de cada rincón del patio y puedo ver cómo la joven Russo arrastra del brazo al príncipe hasta la cancha para el inicio del primer tiempo de juego.

—¿Hace cuánto sales con Stefan? —me pregunta Angust.

—No salimos, apenas nos estamos conociendo.

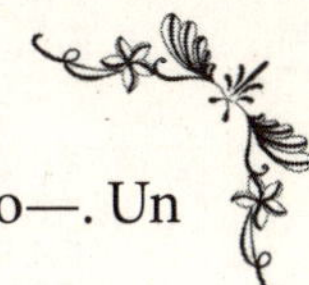

—Es decir, ¿nunca lo has besado? —cuestiona, y yo niego—. Un punto para mí.

—No caigas en sus mentiras; mi hermano consigue novia cada fin de semana —acusa su hermana.

—Eso no es cierto —se defiende—. Bueno, sí lo es, pero prometo serte fiel de lunes a viernes; los dos días restantes sí requiero mi libertad.

—¿Puedo preguntarles algo indiscreto? —intervengo para desvelar aquello que sigue en mi mente desde que los vi, y para mi fortuna, asienten—. ¿Qué se siente usar pantalón? ¿En Plate las damas los usan?

—Ojalá lo hicieran —contesta ella—. Tienes que probarlos. Son extremadamente cómodos y es una injusticia que tachen de incorrecta a una mujer que los lleva.

—Si alguien me viera con uno, me tacharía de loca.

—Loco es quien emplea su cordura para crear e imponer reglas absurdas. Como esa o la de los perfumes. ¿No te parece arbitrario que alguien les haya puesto género a los olores?

—Así le enseñaron a papá. Olores suaves y dulces son femeninos y los fuertes son masculinos.

—¿Y quién lo instruyó? ¿Una momia? —inquiere Angust—. Yo soy suave como el algodón y Aphra es dura como el yeso.

Los mellizos son como dos perlas de mar, fascinantes, aunque difíciles de encontrar. Son distintos de cualquier persona que conozco, ven el mundo de otra forma y no se comportan como se espera de un par de herederos. Lo curioso es que parece ser de familia, ya que sus padres demuestran tener una línea de pensamiento similar.

—¿Conoce Plate, señorita Malhore? —se suma a la conversación la reina Seiona.

—No, majestad. El único lugar al que he viajado es a Lacrontte.

—¿Su padre tiene franquicias de la perfumería allá?

—Claro que no —interviene el rey Silas—. Su fama no cruza la frontera de Mishnock.

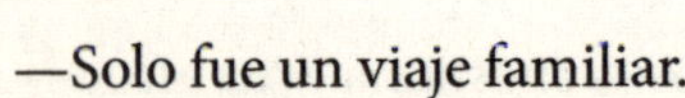
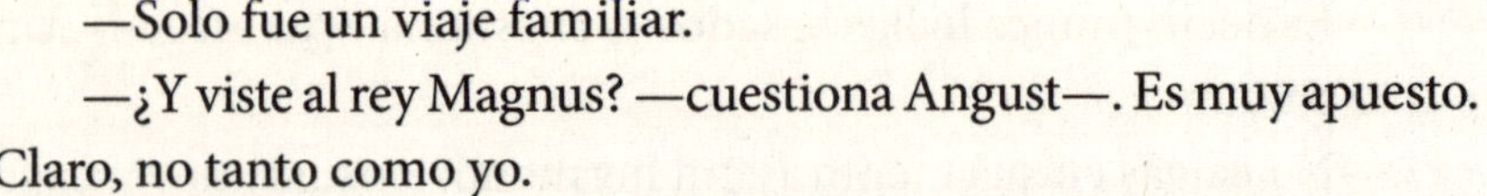

—Solo fue un viaje familiar.

—¿Y viste al rey Magnus? —cuestiona Angust—. Es muy apuesto. Claro, no tanto como yo.

—Deja de hacer ese tipo de comentario sobre otro varón —le advierte su padre—. Un hombre no se puede referir a otro de esa manera.

—Es de las cosas más tontas que le he oído, padre. Yo le daría un beso si tuviera la oportunidad.

—¡No vuelvas a decir algo así! —gruñe encolerizado—. Si no corriges esa actitud, lo haré yo. Ya tienes veinticinco años, compórtate como tal.

El príncipe Griollwerd no le da importancia a la reprimenda de su padre. Parece tan acostumbrado que prefiere sonreír antes que refutar.

—Ahí viene la que te quiere robar a Stefan. —Señala Angust con la cabeza, en la misma actitud divertida.

Veo a la señorita Russo pelear con su vestido a medida que sube hacia nosotros. Se para frente a la mesa y me invita a irme con ella. Insiste sin importar cuánto decline yo, por lo que al final la sigo para ser cordial. Me lleva hasta su sitio, donde nos espera una chica morena de cabello ondulado que luce como si fuera la princesa de algún reino lejano.

—¿Tú qué pintas aquí? —me pregunta la señorita Valentine, cambiando su actitud agradable por un tono autoritario.

—¿Disculpe? —inquiero confundida.

—Soy la futura reina de Mishnock, y ¿tú quién eres?

Mi corazón sufre un colapso. ¿Stefan me mintió cuando dijo que no tenía pareja? Juro que, aunque traté de no hacerme ilusiones, algo dentro de mí cae en picada y se quiebra cual jarrón contra el suelo.

—Soy amiga del príncipe.

—Claro, recuerda tu título. Solo eres su amiga.

—Cálmate un poco, Val —media la otra joven, tomándola de los hombros.

—Me he esforzado mucho para estar en la vida de Stefan y tener una relación con él, así que no puedo permitir que se me escape ahora. Lo entiendes, ¿verdad?

No sé qué decir. Yo no venía a discutir por el príncipe y mucho menos con su novia.

—Lo comprendo. No tiene que preocuparse por mí.

—No me desagradas, Emily. —Me da palmadas en la espalda—. Y si ya cada una conoce su posición, no hay razón para llevarnos mal.

Ceder a su ahínco fue lo peor que pude hacer. Continúa hablando, pero prefiero ignorarla y mejor concentrarme en el juego de polo que ya va en su segundo periodo, aunque parece que ni siquiera eso podré hacer, pues la otra joven decide platicar.

—Creo que no me he presentado, soy Amadea Maloney.

No puede ser. Ese apellido.

—¿Hermana de Cedric Maloney?

—¿Conoces a ese tonto?

—Es novio de mi mejor amiga.

—¿Phetia Tielsong? Mujer, tienes que conseguir mejores amistades.

Imposible. ¿La insoportable de las tutorías?

—¿Phetia es novia de Cedric?

—¿Entonces de qué novia hablas? Es la única que le conozco y la detesto. Me da igual que sea tu amiga.

Esto lo tiene que saber Rose. Ya sabía yo que ese hombre no le convenía.

—Disculpe la interrupción. —Un guardia se hace a nuestro lado y nos saluda inclinando la cabeza—. ¿Quién de ustedes es la señorita Malhore?

—Soy yo —contesto ilusionada, esperando que me ayude a librarme de la chica Russo—. ¿Qué sucede?

—El señor Erick Malhore la busca. —Señala detrás de mí—. Dice ser su padre.

Me giro y lo veo a lo lejos. Está dentro del palacio, asomado por el cristal de uno de los inmensos ventanales. Carga su maletín y

tiene una expresión entristecida que intenta ocultar bajo una sonrisa cuando me llama con un sutil movimiento de manos. La luz del atardecer que golpea el vitral lo ilumina, creando una pintura colorida que cae a sus pies. ¿Acaso ya se reunió con el rey Silas? Busco a su majestad con la mirada y lo encuentro en la misma mesa con los reyes de Griollwerd y su esposa. No parece haberse movido de ahí.

—Ve tranquila. Le diremos a Stefan que el permiso que te dio papá ya expiró.

La mofa de la llamada señorita es venenosa. Ella es igual o peor que Phetia.

—Me retiraré un momento. Gracias por su nada hipócrita amabilidad —le devuelvo la burla.

Cruzo la zona del campo hasta llegar a él, dejando atrás la música, el ajetreo y las risas.

—Cariño, ¿qué haces aquí? —indaga papá después de abrazarme.

—El príncipe me invitó.

—No sabía que eran tan cercanos.

—A veces ni yo misma me lo creo. Dígame usted, ¿ya tuvo la reunión para pedir el préstamo?

—El rey ni siquiera se presentó y esta fue la hora que se me designó. Envió a su consejero y al final el hombre dijo que se había negado porque sus negocios con el Mercader no le permiten ayudar a quienes tienen deudas con él. No me sorprende, la verdad.

—Entonces, ¿qué haremos?

—Vender perfumes. Necesitaré mucha ayuda en el negocio, ¿vienes conmigo?

Cuando le confieso que estoy con Liz, la cara le cambia drásticamente.

—¿El hombre que mencionaron aquella noche tiene algo que ver? —cuestiona, y lo confirmo—. ¿Existe algo entre ellos?

—Eso debería preguntárselo a ella.

Me pide que la busque. Es notable el miedo que siente ante la idea de que vuelva a equivocarse de prospecto. Lo que desconoce es que

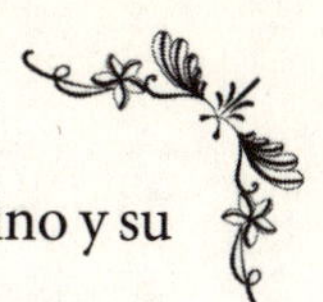

Daniel es diferente. A ella sí la atrae, su acercamiento es genuino y su edad es similar.

Salgo y busco a mi hermana. Me cuesta hallarla en medio del agite por el juego de polo, pues todos están pendientes y eufóricos por saber si perderán o no lo que apostaron. Al final, la veo: se encuentra en una de las mesas más alejadas del campo, en compañía de Peterson. Me acerco e interrumpo su conversación para explicar lo que sucede, y aunque querría que fuera Liz la única en levantarse, él insiste en venir con nosotras.

—Señor Malhore —saluda a papá con un apretón de manos cuando estamos frente a él—, es un placer conocerlo. Soy Daniel Peterson. General. Y si usted me lo permite, prospecto de su hija.

—Aunque preferiría que ninguna de mis hijas fuera cortejada, me alegra saber que usted tuvo la decencia de esperar hasta que Liz rompiera su compromiso. Eso demuestra que es un caballero.

Bueno, todo había estado muy calmado para ser un día de mi vida. ¿Por qué tuvo que decir eso?

Daniel sube las cejas y mira a mi hermana, que de inmediato aparta el rostro, cual niña después de un escarmiento.

—Gracias por el reconocimiento, señor. Yo solo trato de ser un hombre honesto y aprecio que a mi alrededor también lo sean. —Oculta nuestra mentira, a pesar de la evidente indirecta—. Cumplí con mi deber de traerlas hasta su padre —me habla solo a mí, como si Liz hubiera desaparecido—, ahora es momento de retirarme.

—Gracias por todo. —Liz lo toma del brazo cuando se mueve—. Espero que podamos hablar pronto.

—Estaré bastante ocupado, señorita Malhore. Tenga un buen día. —Su tono vuelve a ser militar.

Se zafa con disimulo y marcha lejos de nosotros.

—Por la actitud que tomó supongo que no sabía nada. —Es papá quien rompe el silencio.

—Solo vámonos —dice mi hermana.

Liz toma la delantera por el corredor mientras nosotros la seguimos. Está enojada, no sé si con papá o consigo misma, pero la fuerza

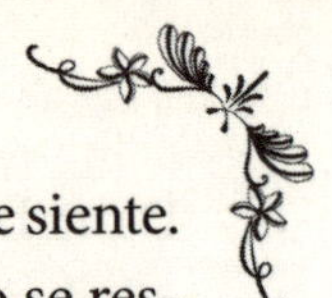

de su marcha y la tensión de sus hombros dan cuenta de lo que siente. A nuestra espalda se oye el rechinar de unas pisadas cuando se resbalan en el suelo pulido. Liz se detiene, esperanzada de que sea Daniel quien haya regresado para permitirse una plática; sin embargo, el autor de la prisa no es su militar, es el príncipe. Está despeinado, con las botas manchadas del verdín y con líneas de sudor que le bajan por el cuello y que intenta quitarse con un pañuelo.

—Buenas tardes a todos… o noches, mejor —saluda, mirándome—. Acabó el tercer tiempo y no la vi. ¿Se marcha?

—Sí. Debí despedirme, lo siento.

—No, no se disculpe. ¿Por qué se van tan pronto? Señor Malhore —dirige la vista hacia papá—, usted también está invitado.

—Es muy amable, alteza, aun así, debo retirarme.

Sus ojos vuelven a mí, decaídos. Es un descarado. No quiere que me vaya cuando su prometida debe estar ahí afuera, esperándolo.

—Alteza —aparece un custodio tan agitado como llegó él hace un rato—, disculpe la interrupción. Tengo un mensaje urgente de parte del rey. —Sin quitarnos o, más bien, sin quitarme la mirada en ningún momento, el príncipe le indica con la mano que hable—. Ya va a iniciar el cuarto tiempo y su padre solicita su presencia.

—Dile que no estaré disponible, que pidan un cambio de jugador.

—Usted es la estrella —le recuerdo.

—Y usted es mi invitada. Si no hay manera de que se quede, entonces pienso acompañarla hasta la salida, mandarle a preparar un carruaje y esperar hasta el momento en que esté listo. Si me lo permite, por supuesto.

—Es su palacio, puede hacerlo.

—No. Lo haré solo si así lo quiere.

Aprieto mi vestido, molesta. No me atrevo a volverme y ver la cara de papá o de Liz. Me gustaría que no estuvieran aquí para poder hablar con libertad y pedirle a Stefan que deje de cultivar un interés en una mujer cuando tiene un compromiso con otra, pero, dadas las circunstancias, solo me resta fingir calma.

—Adelante —acepto, sin abandonar la seriedad.

Al escucharme, una sonrisa le adorna los labios por primera vez desde que apareció. No hay duda de que es un vil desvergonzado.

—Entonces, déjenme guiarlos.

Pasa a mi lado y nuestros dedos se rozan. Me enoja que el contacto me provoque una sensación de electricidad, un hormigueo que debo aprender a erradicar, pues él está comprometido con la señorita Valentine y no es correcto guardar tales emociones por un hombre que tiene pareja. Lo mejor de ahora en adelante será tomar distancia, porque existe una atracción que, aunque sea leve, está ahí y no voy a fallarles a mis principios tonteando con un hombre comprometido.

11

—¡Señorita Malhore! —me gritan.

Levanto la cabeza, desconcertada y encuentro a mi tutor junto a la puerta, mirándome con desaprobación. El señor Field lleva hablando toda la mañana, pero mi mente sigue puesta en lo que sucedió ayer en el palacio y, por supuesto, en la deuda familiar, por lo que no he logrado anotar nada de la clase. Como si fuera poco, hoy mi única compañía no está, pues, aunque Rose trajo el dinero para pagar los meses de retraso, le prohibieron la entrada debido a la suspensión. La extraño como nunca.

—¿Se encuentra usted en Palkareth o su mente está en otra ciudad?

—Aquí —replico dubitativa.

—¿Segura? Yo creo que usted se encuentra aún en Lacrontte. Aterrice, ya está en Palkareth.

—Lo interesante de la imaginación es que puede llevarte a cualquier lugar sin necesidad de moverte un centímetro, señor Field.

—Se encuentra muy poética esta mañana. Me pregunto si sabe de lo que hemos estado hablando toda la clase. ¿Acaso le parece aburrida la tutoría?

—Nunca nada será aburrido si tiene el público indicado.

—Deje la lírica a un lado, señorita Malhore. Si es verdad que estuvo tan atenta, entonces será capaz de responder la pregunta que le he formulado.

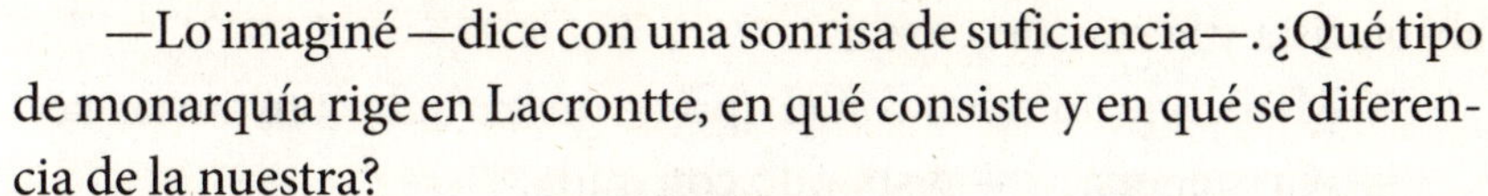

—Puede repetirla, por favor —pido, perdida.

—Lo imaginé —dice con una sonrisa de suficiencia—. ¿Qué tipo de monarquía rige en Lacrontte, en qué consiste y en qué se diferencia de la nuestra?

¡Vida mía! ¿De qué me está hablando?

Intento concentrarme y recordar lo aprendido. Hay tres tipos de monarquías, la de Mishnock es bigubernamental, y siempre nos han dicho que el régimen del reino enemigo es el peor de todos, así que debe ser…

—Absolutista —respondo por descarte.

—Respondió una de tres preguntas, continúe.

—Consiste en que el rey tiene el poder absoluto.

—Profundice, para que no suene como redundancia.

—Quiere decir que no hay división de poderes. El monarca ostenta los poderes ejecutivo, legislativo y judicial, razón por la cual ejerce su voluntad sin rendirle cuentas a nadie. En conclusión, su palabra es la primera y la última.

Phetia es quien contesta.

—Excelente, señorita Tielsong. El único detalle es que no le he dado la palabra. —Me señala—. Continuamos con usted, joven Malhore. Falta la última pregunta.

Miro hacia abajo como si la porcelana de cuadros de colores café y crema que cubre el piso tuviera la respuesta. Pongo las manos a los costados de mi escritorio cuando por fin me atrevo a levantar la vista para enfrentar los ojos cansados del señor Field.

—Se diferencia de la nuestra en que esta es una monarquía bigubernamental, por ende, sí hay división de poderes, pero no totalmente. El rey y la reina Denavritz tienen la facultad de ejercer el poder ejecutivo y parte del legislativo y el judicial; sin embargo, no de forma completa, ya que existe un parlamento que se encarga en su mayoría de los dos últimos.

—En síntesis.

—Los reyes tienen voz y voto dentro de los poderes legislativo y judicial, aun así, no cuentan con el control absoluto de ellos. Por eso

es bigubernamental, pues combina dos modelos de monarquías: la absolutista y la constitucional.

—Mencione un reino con el tipo de monarquía constitucional.

—¿Cristeners…? —respondo con duda.

—¿Por qué desconfía de sus conocimientos si conoce la respuesta? Debe confiar en su criterio. ¿Cuántas personas incultas no venden su vago cocimiento como un credo solamente por la confianza que transmiten al hablar? En cambio, usted sabe del tema, pero duda. Es irrespetuoso con usted misma, señorita Malhore —declara con rigidez, volviendo a su escritorio—. Pueden guardar sus cosas y retirarse, hemos acabado la jornada.

Mientras mis compañeros se escapan por la puerta azul, Phetia va como un colibrí de flor en flor, tocando cada uno de los cuadros que hay en la pared izquierda para acercarse con cuidado al tutor, quien se encuentra frente al gran tablero negro.

—Señor Field, estoy desesperada —habla con dramatismo—. No encuentro información sobre Lacrontte. He recorrido las librerías de Palkareth y no hay nada, salvo lo que ya sabemos.

—Bueno, le quedan las librerías de Lacrontte —responde sin siquiera mirarla.

—Es usted el tutor, debe ayudarnos.

—Ya lo hice. —Toma el borrador y elimina con él lo que escribió—. Ahora retírese, necesito hablar con su compañera.

El polvo blanco acumulado en el fieltro se extiende por el aire cuando lo golpea contra la esquina inferior del pizarrón. Creo que busca asfixiarme por no prestarle atención en clase. Suena a algo que él sin duda haría.

—Lo lamento —se excusa al escucharme toser—, la costumbre.

—¿Sobre qué desea conversar? —Agito las manos en el aire para ahuyentar el polvo.

—Su amiga, la señorita Alfort —explica, después de seguir con la mirada a Phetia para asegurarse de que no se quede a oír la conversación—. Cuando inició el año escolar nos manifestó que su familia se había cambiado de residencia y nos proporcionó entonces una nueva dirección a la cual hemos enviado múltiples misivas, que jamás han respondido.

—Imposible, yo lo sabría. Rose sigue viviendo en la misma casa desde que nos conocimos a los cinco años. ¿Necesita que yo les dé el aviso?

—No, requiero que me confirme si esta es la dirección de su casa o no.

Se aproxima a su escritorio lleno de manchas oscuras como resultado de las incontables veces en que ha volcado por accidente su tintero. Hay pilas de papel, libros y una campanilla que toca cada vez que hay cambio de clases. Abre una de las gavetas y revuelve su interior en busca de algo.

—Todos estos meses hemos enviado correos a sus padres para que sufraguen las tutorías que no habían cubierto y parece que nunca les llega la información o simplemente omiten el pedido.

Me pasa una hoja en la cual se lee «Calle Relheg, casa 403», pero ella vive en el 932 de mi vecindario. ¿Qué hago? Si Rose ocultó su lugar de vivienda es por alguna razón importante. ¿Debería encubrirla?

—No recuerdo su dirección —miento.

—Espero que no se ofenda, pero me resulta imposible creerle. Sé cuán unidas son y no esperará que piense que nunca la ha visitado.

—Lo he hecho, solo que desconozco el número exacto de su domicilio.

—Eso quiere decir que sí vive en Relheg.

Vuelvo a dudar, porque ni siquiera sé dónde queda ese sitio.

—Sí, es decir, no estoy segura.

—Siento que me miente, señorita Malhore.

—Intentaré ir a su casa y le confirmaré el dato. —Me levanto y voy a la puerta, temerosa de que pueda ver la mentira en mi cara—. Ya debo retirarme, mi hermanita debe estar esperando que pase por ella a su salón. Buenas tardes, señor Field.

Salgo del edificio de tutorías con Mia de la mano y con un extraño escalofrío. ¿Qué oculta Rose? ¿Por qué mintió y ni siquiera yo sé algo al respecto?

Cuando pisamos el asfalto exterior, me detengo en seco al reconocer al príncipe Stefan de pie sobre la calle junto a sus custodios. Docenas de personas forman un círculo alrededor, manteniendo cierta distancia como muestra de respeto.

—Vino por ti, Mily —asegura mi hermana mientras me jala del brazo.

Su mirada recae sobre mí y todos se giran a verme. Se abre espacio entre la gente y llega hasta nosotras, convirtiéndonos en el centro de atracción. Está vestido con uno de sus habituales trajes, esta vez gris, tan protocolario que dista de su rostro amable y comportamiento sencillo.

—Señoritas —nos saluda con una inclinación de cabeza que hace que el cabello azabache le caiga en la frente.

—¿Está aquí por mi hermana? —se adelanta Mia.

—No puede estar más acertada.

—Es porque es su novia, ¿verdad? —Se vuelve hacia sus compañeras sin permitirle al príncipe responder—. ¿Ven? Les dije que él era mi cuñado y no me creyeron. ¿Cierto que sí lo es? —Regresa su atención a Stefan—. Dígaselo.

La vergüenza me carcome. ¿Por qué no puede permanecer callada al menos dos minutos?

—¿A qué debemos su presencia por aquí? —sondeo para cambiar el tema.

—Ya la pequeña Malhore lo ha respondido. Por usted. —Una sonrisa discreta aparece mientras habla—. Parece que encuentro cierta fascinación en tenerla cerca.

—Aparte de ello, ¿hay algún otro motivo? —Me mantengo imperturbable, intentando no dejarme llevar por su palabrería.

—En realidad sí, deseo hablar con su padre en un lugar diferente a la perfumería, por lo cual pensé en su casa. No quería llegar de sorpresa y se me ocurrió que una buena estrategia sería presentarme en compañía de ustedes para no resultar tan invasor.

—¿Lo intimida mi padre?

—Un poco, sí.

—No es tan malo —interviene Mia—. Yo le hablaré bien de usted para que lo acepte en la familia si nos lleva en el carruaje.

—Por supuesto, es todo suyo.

Subimos al coche bajo la vista de todos, y antes de que la puerta se cierre por completo, veo una mirada que resalta sobre las demás: viene del rostro enojado de Phetia Tielsong. No pienso negar que me llena de satisfacción saber que tendrá que reservarse cualquier burla de ahora en adelante. Aspiro a que después de esto por fin me deje en paz. El viaje a casa resulta silencioso. El príncipe y yo nos miramos algunas veces, pero ninguno dice una palabra, supongo que nos sentimos intimidados por Mia, quien nos observa de manera intercalada. No digo una sola palabra, pues la molestia sigue dominándome cada vez que recuerdo que me ocultó su relación.

—Mañana todos me envidiarán porque viajé en la carroza del príncipe —comenta Mimi mientras entramos a casa—. Buenas tardes, familia. Ya estoy aquí para hacerlos felices.

En la mesa del comedor se encuentran mis padres, rodeados por la diversidad de flores que toman del jardín para llenar los jarrones que hay en la sala y colorear con sus tonos la estancia. Tienen frente a ellos un plato de pollo con verduras y copas de vino, cuyo olor dulzón a ciruelas es fácil de reconocer. Ambos se levantan al ver al heredero y con una reverencia tratan de ocultar su sorpresa.

—Alteza, no esperábamos verlo aquí —dice mamá.

—Fue por nosotras a la tutoría —explica mi hermana—, porque es novio de Emily.

—¿Es eso cierto? —nos pregunta mamá.

—En lo absoluto, madre, son solo inventos infantiles que no deben repetirse. El príncipe tiene pareja, así que no debe preocuparse.

Inmediatamente siento los ojos de Stefan sobre mí. Si cree que no estoy al tanto y que puede engañarme con su amabilidad, está muy equivocado. No pienso interferir en una relación de ninguna manera.

—¿A qué debemos el honor? —Ahora es papá quien interviene.

—Me gustaría hablar con usted en privado.

—Puede hacerlo frente a todos.

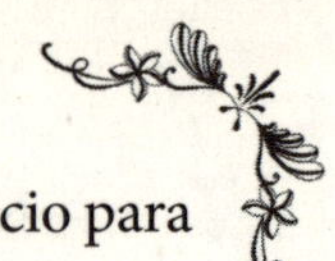

—Si así lo prefiere... Sé que ayer usted estuvo en el palacio para una cita que tenía con mi padre y que él no se presentó.

—¿Cómo lo sabe?

—Quien lo atendió fue Atelmoff Klemwood, el consejero real. Él me puso al tanto de la situación y por eso estoy aquí. Dentro de unas horas emprenderé un viaje y no quiero marcharme sin ofrecerles mi ayuda. —Saca de su chaqueta un volante de pago que le pasa a papá—. Son dos millones de tritens que espero que lo ayuden a saldar su deuda con el señor Heinrich.

—¿Así se apellida el Mercader? —sondea papá, y él lo confirma—. Es un gesto muy generoso de su parte, alteza, pero no queremos que tenga problemas con su majestad.

—No lo sabrá. Eso es parte de mi patrimonio como heredero.

—Prometo que se los devolveremos lo antes posible, entonces.

—¿Devolver? Nunca hablé de un préstamo.

—Es imposible que aceptemos tanto dinero como regalo.

—Comprendo su orgullo y si lo pone de esa forma, le pediré que lo vea como una inversión. Creo en su negocio, es la perfumería con mayor prestigio en Palkareth y no quiero que acabe de esta manera. Por favor, acepte y cerremos el trato. —Le ofrece la mano.

—Está bien, aunque... igual, procuraré pagárselos.

Mamá suspira aliviada, Mia no deja de sonreír y yo no puedo concebir la idea de que el príncipe le haya ofrecido a nuestra familia dos millones de tritens no reembolsables. No sé en qué momento mi vida cambió de tal manera que ahora al heredero se le hace normal visitarnos y a nosotros recibirlo, aunque lo que más me cuesta asimilar es que sea yo la razón por la cual lo vemos tan seguido sentado en nuestra sala y no solo en el balcón real de la plaza cuando da sus discursos.

—Ahora, si usted me lo permite, me gustaría que me dejara hablar con Emily a solas.

—Los únicos lugares privados en esta casa son las habitaciones, y entenderá que no puedo dejarlo subir con mi hija.

—Acepto sus reglas.

—Iremos arriba y ustedes tendrán este espacio para conversar.

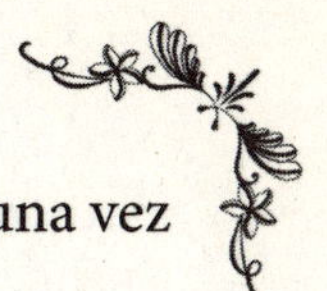

Toda mi familia sube, cumpliendo su parte del trato, y una vez estamos solos, el príncipe dispara sin tapujos.

—¿Puedo hacerle una pregunta directa y esperar total franqueza de su parte?

—Es lo mínimo que le debo tras lo que ha hecho.

—Usted a mí no me debe nada, así que no está obligada a hacerlo por el préstamo. Simplemente, quiero saber por qué inventó que yo tenía pareja.

—Aquí la pregunta más bien es por qué me ocultó a su prometida —replico molesta ante su desfachatez.

—¿A quién? —Abre los ojos de par en par, confundido.

—La señorita Valentine me dijo que ella era la futura reina.

Stefan se ríe, haciéndome enojar aún más, no solo con él, sino también conmigo misma, porque aunque quiero mantenerme seria frente a su descaro, una chispeante sensación me recorre la piel cuando escucho su risa.

—No recuerdo haberle propuesto matrimonio.

—Entonces, ¿por qué dijo ella eso?

—No lo sé, quizás quiso importunarla. Ella siempre me ha mostrado su interés, solo que no he podido corresponderle.

—Le ruego que no intente engañarme.

—Desde que nos conocemos, jamás le he mentido, ¿por qué comenzaría a hacerlo ahora?

No sé si creerle, pero supongo que tampoco debería confiar ciegamente en una persona que acabo de conocer. ¡Por todos los cielos! Le estoy reclamando por cosas que no me competen. ¡Qué vergüenza!

—Considero que una dama que vaya por ahí autoproclamándose reina no podría ser mi tipo de mujer —asegura, sereno—. ¿He resuelto todas sus dudas?

—Disculpe el interrogatorio. —Bajo la mirada, apenada.

—Me alegra que pregunte. No sería de mi agrado que pensara que estoy comprometido, cuando mis intenciones con usted son otras.

Levanto la vista de golpe para descubrir que me mira fijamente. Se dibuja en la esquina de su boca una sonrisa y el rubor me sube por

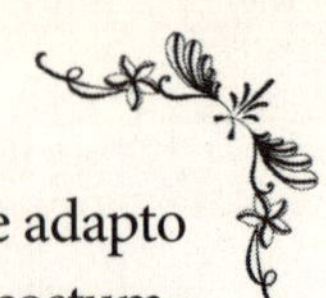

el rostro a paso apresurado, dejándome expuesta. Aún no me adapto a la idea de que el príncipe me esté cortejando; es más, no me acostumbro a saber que le atraigo a un hombre porque nunca me he esmerado en coquetear. Toda mi vida me he encerrado en una burbuja en la que esas cosas no tienen cabida, no es algo a lo que le haya dado importancia. Sabía que en un futuro sucedería y estaba dispuesta a esperar pacientemente, pero jamás creí que ese momento llegaría tan pronto.

—¿Quiere algo de tomar? Creo que no he sido muy hospitalaria —propongo para desviar la atención.

—Le ruego que no intente huir de mí, y si quiere hablar de algo más, hágamelo saber, que mi intención nunca será incomodarla.

—No recibo bien los halagos.

—Aún no le he dicho ninguno.

—¿Pretende hacerlo? Si es así, le rogaré que lo descarte.

—Tendré que hacer un esfuerzo grande porque se me ocurren muchos cuando la veo.

—Admito que no deja de sorprenderme su elocuencia —confieso, reprimiendo una sonrisa.

—De acuerdo. Disparemos en otra dirección. Puede intervenir con cualquier otro tema.

—¿Sobre lo que sea? —pregunto, y asiente.

Pienso en algo que sirva como cambio de tema. Solo hay una cosa que lo involucra y que funcionaría para aligerar el coqueteo: la migración masiva de mishnianos a Lacrontte. Aunque no sé qué tan oportuno sea mencionarlo.

—¿Puedo ser sincera?

—Es mi mayor deseo.

—A veces siento que la monarquía nos oculta muchas cosas.

—Bueno, hay cosas que es mejor no revelar porque únicamente causarían pánico social y, como una vez le comenté, nuestro compromiso es proporcionar paz.

—No quiero juzgarlo…

—Si dice *pero* ya lo está haciendo —se adelanta, interrumpiéndome.

—Entonces lo sustituiré por *sin embargo*.

Ríe con una naturalidad que poco le he visto, y he de confesar que luce mucho mejor con ese gesto.

—Cuando viajé a Lacrontte, me enteré de que muchos mishnianos usan el bosque Ewan como ruta para llegar al reino enemigo y se comenta que ustedes están al tanto de la situación.

—Lo estamos y, aunque nos esforzamos, no es algo que podamos controlar. Vivimos en medio de una guerra que nos marchita cada día y de la que muchos quieren huir. Nuestro ejército no da abasto, por lo que no podemos dejar militares fuera del campo de batalla para cuidar un bosque. Suena irresponsable, lo sé, aunque… —Se queda callado, como si hubiera hablado de más—. Lo siento. Ese no es un tema que pueda tocar ahora. Aun así, podemos pactar algo —toma mi mano y la cubre con la suya—: prometo mantenerla informada de todo aquello que pueda revelar, bajo la condición de que se lo reserve para usted misma.

—¿Es decir que no podré luchar contra algo que me parece injusto?

—Puedes hacerlo a través de mí, estaré encantado de luchar por ti.

Me tutea, por fin.

—¿Hasta qué punto?

—El que decidas. Estoy dispuesto a meterme en todo tipo de problemas.

—¿Crees que vale la pena arriesgarte por mí?

Me tomo la libertad de hablarle sin formalidades también.

—Tendremos que averiguarlo.

Intento mantenerme calmada, a pesar del descontrol que me causa la proximidad en la que nos encontramos. Me esmero por ocultarlo, pero no puedo negar que Stefan me gusta mucho más de lo que debería, y eso me intimida un poco.

—¿He dicho algo que te ha disgustado? —inquiere ante mi silencio.

—Que me atemoriza.

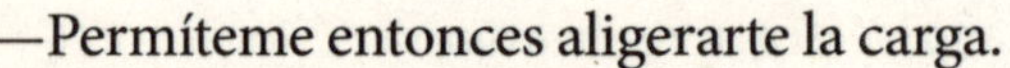

—Permíteme entonces aligerarte la carga.

—No soy capaz de preguntarlo.

—Presiento que sé de qué se trata.

—Entonces, por favor, no me expongas.

—¿Por qué te asusta? Pensé que era muy obvio. Tal parece que tengo que esforzarme un poco más.

Nunca he sentido algo parecido por nadie, no sé cómo reaccionar, qué decir ni cómo comportarme. Encuentro fascinante este momento.

—Pretendo cortejarte hasta donde me lo permitas.

Eso, sin duda, es algo que quería escuchar en algún punto de mi vida. Lo que no esperaba era que viniera de su parte, es decir, nunca le he atraído a ningún joven y ahora le gusto justamente al príncipe.

—Gracias —respondo con torpeza.

—¿Gracias? —Sus carcajadas resuenan en cada esquina—. Bueno, eso no era lo que esperaba escuchar.

—Lo siento, desconozco cómo debo comportarme en esta situación.

—¿En cuál? ¿La de gustarle a alguien? Yo tampoco.

—Tú les has gustado a muchas personas.

—No a alguien que a mí también me atraiga.

—¿Estás asegurando que eres de mi interés?

—¿Y no lo soy?

—Pueden tildarte de soberbio o vanidoso.

—Quizás confiado. Lo cierto es que me estoy jugando todas mis opciones.

—¿Y si nos equivocamos? Es decir, no soy del total agrado de tu padre.

—Aprenderemos a sortear su actitud. No nos hundamos antes de haber zarpado. El éxito conlleva decisiones grandes con riesgos desconocidos.

—Ya conocemos los nuestros: triunfar o fracasar.

—Sigue siendo incierto. No te devanes la cabeza pensando en ello, por ahora solo aclárame una duda: ¿serías capaz de disculpar un arrebato de mi parte?

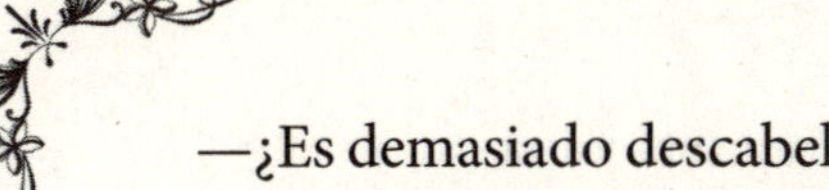

—¿Es demasiado descabellado?

—Eso no responde mi pregunta.

—No lo sé, depende de qué se trate, es decir, si es algo demasi…

Se me cortan las palabras en el aire cuando lo veo acercarse, tomar mi nuca y acabar con el espacio entre nosotros al posar sus labios sobre los míos. El beso es dulce, pero arrebatador, rápido y peligroso. Siento adrenalina por el temor de ser descubiertos. Se mueve con agilidad contra mi boca, llevándome a su ritmo. Cierro los ojos, experimentando, viviendo y adaptándome a la acción. Siento una y mil cosas, el cosquilleo en el estómago y las caricias de sus dedos en la parte trasera de mi cuello, que me erizan la piel. Mi primer beso. ¿Es así como generalmente se siente? Porque sinceramente parece que voy a desfallecer entre sus manos.

—¿Eres capaz de disculparme por esto? —pregunta una vez se separa, manteniendo su frente unida a la mía.

—No tengo remedio.

—Puedes abofetearme por tal atrevimiento.

—Sería hipócrita de mi parte cuando yo también lo he disfrutado.

Me observa, me detalla. A pesar de que sus iris han desaparecido tras la dilatación de sus pupilas, aquellos ojos siguen siendo brillantes y profundos.

—Definitivamente, eres hermosa —comenta de repente.

Unos pasos resuenan en la escalera e instintivamente nos soltamos de las manos, sobresaltados. Es papá quien baja y se reúne con nosotros en el primer piso.

—Lamento interrumpirlos. Ya es momento de volver a la perfumería y debo atravesar la sala para llegar a la puerta.

—Lo entiendo perfectamente —contesta el príncipe—. Pienso que es momento de retirarme también. Fue un gusto estar aquí esta tarde.

—No fue mi intención arruinar su conversación. Aunque quizás sí… un poco.

—No se preocupe, creo que tuvimos el tiempo suficiente. Además, le aseguro que no será la última vez que me vea por aquí.

—¿Algún asunto en especial? —pregunta papá.

—Espero no sonar atrevido, pero sí, tiene nombre propio.

—¿Amanda Malhore, mi esposa? —inquiere, dispuesto a no permitir que me incluya en esa frase.

—Su descendiente.

—Oh, entiendo: Lizzie.

—Le rogaré que no me haga las cosas más difíciles.

—Es mi deber como padre ejercer cierta presión sobre los pretendientes de mis hijas y en este momento estoy en una posición social que me pone en desventaja: es usted el príncipe y yo su súbdito, por lo que intento usar lo que tengo a la mano.

—Emily Malhore, ese es el nombre que no deja de rondarme la cabeza.

—Es un nombre muy bonito, por eso se lo pusimos.

Stefan ríe, decidido a no dejarse intimidar por mi padre.

—¿Es usted muy sobreprotector? —le pregunta francamente.

—En este momento no me importa su título de heredero y lo estoy tratando como a un igual para que entienda a qué se enfrenta si hace sufrir a mi hija. ¿Qué opina?

—Que puede ir preso por la manera en la que me está hablando, pero eso no es lo que diré porque necesito que me permita visitar a Emily. No lo tome como una amenaza.

—Sonó como una.

—Me disculpo, señor Malhore, no pretendo hacerle daño a su hija, lo juro.

—Eso no es algo que usted pueda asegurar. Ni siquiera sabe qué comerá mañana, como tampoco puede predecir que todo saldrá bien entre ustedes.

—Parece que dudar viene de familia —dice, mirándome.

—Emily es la luz de mis ojos y no quiero que un corazón roto apague su brillo.

—Puedo jurar que su hija es capaz de enfrentarse a una decepción amorosa si se diera el caso. Confíe en la fortaleza que en poco tiempo le he podido conocer.

—No confío en la mía si llegan a hacerle daño y no crea que es una amenaza.

—Sonó como una —le devuelve la frase.

—Una llana advertencia de un padre. Puedo apostar a que el rey Silas lo protegería igual.

—Sin duda —dice con tristeza—. Entonces, ¿cuento con su aprobación?

—La última palabra la tiene mi hija.

Ambos se giran a mirarme y me siento en el paredón. ¡Por todas las flores del mundo, qué posición tan incómoda!

—Lo deseo, padre.

—¿En qué sentido? —tantea con sospecha, tergiversando mi respuesta.

—Papá, por favor —ruego entre dientes, completamente avergonzada.

—De acuerdo. Tienen mi aprobación.

Mamá baja las escaleras de repente como si estuviera escuchando la conversación y esperara el momento oportuno para irrumpir. Al menos puedo decir que su presencia me salva de alguna pregunta incómoda. Saluda al príncipe y abre la puerta para marcharse con papá hacia la perfumería.

—¿Nahomi? —pregunta mamá cuando pisa la entrada—. ¿Qué haces aquí?

—Estoy esperando a que Emily regrese de sus tutorías.

La voz de mi anciana amiga se escucha desde el otro lado. Se encuentra sentada en el umbral, mirando hacia la nada, tan arreglada como siempre.

—Ya está en casa, son casi las dos de la tarde.

—Alteza. —Se levanta al ver a Stefan—. Ha crecido mucho.

—Bueno, supongo que es parte del desarrollo de un ser humano.

—¿Ya se casó? —le pregunta.

—No ha llegado el momento.

—Entonces ya su padre dijo que no.

—¿Es tu abuela? —Se gira hacia mí sorprendido y niego con la cabeza—. Porque es muy peculiar.

—Es una gran persona, solo que vive a su manera.

—Interesante. —Va hacia su carruaje, pero se detiene en el primer escalón de abordaje y me susurra—: ¿Me permites darte un beso de despedida?

—Puedo sentir los ojos de mis padres en la espalda, no lo considero conveniente por ahora.

—De acuerdo, nos vemos luego, señorita espantapájaros. Señores Malhore, ¿desean que los lleve a algún lugar?

—No se preocupe, nos gusta caminar hasta la perfumería —explica mi madre.

—Insisto, por favor.

—Creo que es buena idea, puedo preguntarle algunas cosas en el camino —interviene papá—. ¿Es posible agredirlo si alguna respuesta no me gusta?

—Todo es posible en esta vida, señor Malhore.

Finalmente, suben y la carroza avanza lejos de mi calle, dejando a su paso solo el recuerdo de aquel beso robado en la sala.

—Emily, ¿crees que eres infiel? —me pregunta Nahomi, devolviéndome a la realidad mientras pasa al interior.

—¿Infiel? Por supuesto que no.

—Yo opino que lo has sido.

—No tengo novio o quizás sí, bueno, no lo sé, así que no habría razón para serle desleal a alguien.

—Él no dijo que no por ti, se negó por su padre —insiste, sentándose en el sillón.

—¿De qué estás hablando?

—El príncipe no va a casarse —reafirma—. Quince de agosto, Emily.

—Hoy es veintiuno de julio, Nahomi.

Está desvariando más que nunca.

—El quince de agosto el amor de tu vida te verá a los ojos finalmente.

—¿Te encuentras bien? ¿Tomaste o comiste algo extraño?

—Escúchame, no te reencontrarás con él, aunque algunos digan que debe ser así, y ¿sabes por qué?

—¿Quiénes dicen? ¿Escuchas voces? —inquiero preocupada.

—Reencontrarse es volver a reunirse con una persona, pero él ya no es el mismo que una vez viste. Tendrás que conocerlo de nuevo. ¿Estás lista para eso?

¿Qué se supone que responda a eso? Nahomi necesita ayuda.

—Voy a prepararte un té. ¿Quieres dormir? Parece que no lo has hecho.

—Quince de agosto, Emily. No lo olvides. Quince de agosto.

12

Después de los extraños comentarios que hizo ayer, no permití que Nahomi pasara la noche sola en su casa, por lo que compartí con ella mi habitación. No se veía bien y no paraba de repetir que el quince de agosto me reencontraría con el supuesto amor de mi vida.

Al regresar de tutorías la encuentro en el sofá, vestida con la ropa de mamá y con el cabello gris recogido con una de mis cintas. Las arrugas en las comisuras de sus labios aparecen mientras le sonríe a Liz con la ternura propia de una abuela y el color caramelo de sus ojos brilla como hojas secas mojadas con la lluvia. ¿Por qué observa con tanta devoción a mi hermana?

—Nahomi —pregunta Liz después de soportar su mirada más tiempo del prudente—, ¿sucede algo? —Ella niega con la cabeza—. Siempre me he preguntado cómo te apellidas.

—¿Para qué quieres saber eso?

—Curiosidad. Es decir, vives sola en una casa gigante, no tienes hijos o familia y desde que conociste a Mily pasas el fin de año con nosotros.

—Vengo de muy lejos. Nací cerca del mar y ahí quiero morir.

—¿En qué lugar, específicamente?

—Te lo diría, pero van a llamar a la puerta y prefiero no empezar algo que van a interrumpir.

Unos golpes en la madera cumplen su predicción. A veces me asusta un poco.

—¿Cómo sabías eso? —indaga mi hermana mientras voy a la entrada para abrir. No responde, solo se encoge de hombros.

—Buenas tardes —saluda un joven de cabello café rizado y ojos miel—. Oficial Willy Mernels.

—¿Qué desea? —Me asusto. Viste el típico uniforme de la Guardia Civil, con quienes no quiero problemas.

—Vengo con un mensaje para la señorita Liz Malhore, de parte del general Daniel Peterson.

Mi hermana trastabilla al levantarse y corre hasta la puerta para recibir al joven que sirve de mensajero.

—Soy yo. ¿Qué tiene que decirme?

Él le entrega dos sobres, ambos firmados a mano y con un sello personal.

—Todo lo que necesita saber está dentro. Igualmente, le informo que se me pidió aguardar mientras usted lee, debido a que quizás quiera enviar una nota en respuesta.

—De acuerdo, pase —lo invita, emocionada.

El militar camina al interior y se mantiene estático cerca a la puerta mientras Liz rasga el sobre con urgencia. Lo que encuentra es una invitación a la fiesta de cumpleaños de Daniel, que tendrá lugar dentro de unas semanas, y en el otro envoltorio, un boleto de cambio junto a una carta.

—¿Viniste desde tan lejos para entregar el correo? —le pregunta Nahomi.

—La base no está muy lejos de aquí, mi señora.

—Oh, ya entiendo. —Le guiña un ojo como si entendiera algo—. ¿Cómo te llamas, niño?

—Willy, mi señora.

—Yo tuve un novio que se llamaba igual. ¿De casualidad no eres tú?

—No lo creo —responde secamente.

—Pienso que eres tú. ¿Ahora eres novio de Emily?

—No conozco a nadie con ese nombre.

—Es la que te abrió la puerta. ¿Acaso se te olvidan las cosas?

—No estaba al tanto del nombre de la señorita.

—Naho, déjalo —medio para salvar al desconocido—. Solo vino a entregar algo.

—Así que todavía no son amigos. —Se gira hacia él—. ¿Has ido al mar de Hilffman?

—Allí no hay mar, mi señora —contesta con la paciencia propia de un militar.

—Claro que sí. Yo estuve ahí la semana pasada. Puedes sentarte.

—No se me permite. Siempre debo estar en guardia.

—Aquí no se encuentra ninguno de tus superiores. ¿Acaso eres nuevo? Ellos son los únicos que cumplen estrictamente las reglas.

—Llevo un año. Aun así, prefiero obedecer, aunque nadie me esté viendo.

—¿Puedo preguntar dónde está el general? —mi hermana irrumpe la conversación.

—En una base militar cerca de la frontera.

—Por favor, entréguele esto. —Le extiende un papel doblado—. ¿Sabe cuándo volverá?

—No tengo esa información, señorita. ¿Algo más? —pregunta, y ella niega con la cabeza—. Entonces, que tengan un buen día.

Se despide de Nahomi con una leve venia antes de salir de la casa. Acto seguido, Liz se desborda entre gritos a medida que salta como si estuviera sobre su colchón.

—Creí que estábamos mal, que todavía seguía enojado por lo del juego de polo, pero, escuchen esto:

Querida Liz:

Nada me gustaría más que estuvieras conmigo en una noche tan importante para mí como la de mi cumpleaños. Hablé con Stefan y él me explicó las razones de tu compromiso. Tenemos que resolver ese asunto y darnos la oportunidad de mediar por el bien de ambos, pues no quiero que se pierda tan fácil lo que hemos construido.

Puedes canjear el boleto en el banco, ya todo está preparado. Te darán el dinero necesario para que puedas alquilar un carruaje y venir hasta Coldtenhew. Si no tienes dónde quedarte después de la fiesta, no te preocupes, el evento tendrá lugar en una villa que cuenta con múltiples habitaciones para invitados y, por supuesto, una queda reservada para ti.

Irremediablemente interesado,

Daniel Peterson Crett

—A veces, por más disposición que tengan los amantes, hay obstáculos que no pueden vencer —declara Nahomi.

—¿Lo dices por algo en concreto? —Liz guarda la hoja para mirarla.

—Experiencia. Se aprende viviendo y observando.

—¿Alguna vez te casaste, Naho? —Me acerco a ella.

—Por supuesto. Tuve una gran familia.

—¿Y qué les pasó?

—Se los llevó el mar. —¿Murieron ahogados? ¿A eso hará referencia? Quisiera ahondar en su pasado, pero sus ojos cristalinos y nostálgicos me advierten que es hora de detenerme—. Tuve una hija y tú me la recuerdas: sus ojos eran como el chocolate, dulces y oscuros, podía ver todo a través de ellos. —Se queda en silencio unos segundos, baja la cabeza y junta las manos para luego levantarse con la fuerza de un cañón que apunta al cielo como si la pena no la hubiera invadido—. Creo que el momento de partir ha llegado.

Me resulta intrigante su amor por el mar, a pesar de que le arrebató a su familia. Supongo que por eso es donde se pierde su mente, quizás así puede revivir sus mejores recuerdos; al fin de cuentas, ha insinuado algunas veces que es posible sentir la energía de los demás.

La acompaño a la puerta con el propósito de llevarla a su casa, pero solo es cuestión de pisar el umbral para ver a Rose venir en

nuestra dirección con libros en las manos y una capota que la protege de la violenta luz del día.

—¿A dónde vas? —grita a la distancia, apresurando el paso—. No te vayas, vine a visitarte.

Nahomi me toca el brazo y me da unas palmadas suaves que se traducen en despedida. Decide marcharse sola, a pesar de que insisto en llevarla. Vigilo su camino hasta que la pierdo de vista. Rose llega por mi izquierda y me sigue a la sala, donde mi hermana continúa admirando la carta de Daniel.

—Hola, Liz, justo a ti te buscaba —la saluda—. Necesito que me prestes tu investigación sobre Cristeners y a cambio le traje a Emily todos los libros sobre Lacrontte qué encontré en la biblioteca.

Deja a un lado del comedor tres textos color vino con un grabado en el lomo que ostenta el nombre del reino enemigo.

—Lo imaginé desde que Emily comentó que te había tocado ese —contesta mi hermana, molesta por la presencia de Alfort.

No es un secreto para nadie que a mi hermana no le agrada Rose, por ser una mujer que se deja llevar por las habladurías y que no se queda callada. Esto muchas veces ha resultado una pesadilla, ya que me obligan a tomar bando en sus pleitos. Necesito que ambas dejen de lanzarse flechas o terminarán por atravesarme.

—¿Estás sola en casa? —pregunta cuando mi hermana va en busca de su proyecto y yo asiento—. Excelente, así te puedo contar que fue de gran ayuda no ir estos dos días a clases porque pude despedirme de mi Cedric.

—¿Despedirte? ¿Terminaron?

—Claro que no. Ya se fue a la frontera. Recuerda que es un militar.

—Ay, Rose, no sé cómo decirte esto sin que lo tomes mal, pero debo contártelo.

—Si es algo malo sobre Cedric, prefiero no saberlo —dice, deshaciendo el nudo que sujeta su capota.

—¿Cómo no vas a querer? Es necesario para que entiendas el tipo de hombre que tienes a tu lado —insisto—. Conocí a su hermana y me dijo que la novia de Cedric es Phetia.

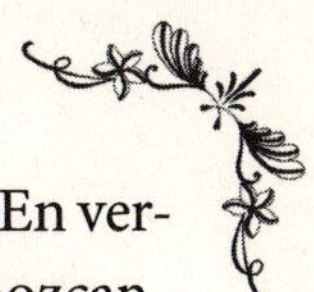

—¿Tielsong? —Entrecierra los ojos y arruga la frente—. ¿En verdad crees que él se fijaría en ella? No creo que siquiera se conozcan.

—No estoy segura, Rose. Su padre es jefe de la Guardia Civil.

—Eso no tiene nada que ver —continúa incrédula, como si esperara que en cualquier momento yo dijera que se trata de una broma—. La Guardia Civil y la Guardia Azul son dos entidades diferentes.

¿Cómo puede cegarse de esa forma? Nunca le he mentido, y aunque Cedric no me agrade, sabe que sería incapaz de inventar algo para separarlos.

—Aquí lo importante es que te está usando, porque te esconde de su familia y a ella sí la presenta como su pareja.

—Lo siento, Emily, pero eso no es verdad. Él me adora.

—Aquí está. —El regreso de Liz nos interrumpe—. Me habría gustado que a Emily le tocara investigar sobre Cristeners para así no tener que facilitarte un trabajo que deberías esforzarte en hacer sola.

—¿Te cuesta tanto ayudar sin criticar? —Rose se defiende del ataque.

—No. Me gusta llamar las cosas por su nombre y tú eres una oportunista. No me cabe en la cabeza que Emily sea tu amiga.

—Eso no es de tu incumbencia.

—Ni siquiera le has devuelto sus aretes de plata y comienzo a pensar que nunca lo harás.

—¿Me estás llamando ladrona?

—Es lo que pareces.

—Basta, Liz, estás cruzando la línea —le advierto.

—Si no los he devuelto, es porque se me olvidó traerlos. Eso no significa que vaya a quedarme con ellos, así que exijo que me respetes —replica Rose crispándose.

—Se le brinda respeto a quien se lo merece y tú no te lo has ganado.

—Me irrita que te juzgues una santa cuando casi te desmayas en el desfile porque un general te dio una estúpida flor.

—¿En serio vas a hablar de reputación? ¿Tú, Rose Alfort? No creo siquiera que conozcas esa palabra.

—Deténganse ambas —pido exasperada.

Me paro en medio al ver que se acercan con la intención de golpearse. ¿En verdad pretenden irse a las manos?

—Creo que mejor me voy, nos vemos después —informa mi amiga.

Para no hacer el lío más grande, acepto su despedida. La llevo hasta la puerta y, bajo el marco, vuelvo a preguntarle por alguna vacante a la que pueda aspirar y la respuesta que me da no era la que esperaba escuchar: Milicius.

—¿El bar? No, ahí está ese hombre Faustus y no quiero encontrármelo nunca. Intentó propasarse conmigo —susurro.

—¿Que hizo qué? —Abre los ojos e inclina su cuerpo hacia atrás—. Es un maldito idiota. Cuando lo vea le torceré de un golpe la nariz de águila que tiene, te lo juro. No tenía por qué faltarte al respeto y lo va a pagar.

—Tú también deberías mantenerte alejada de él, Rose. Podría vengarse.

—A mí no va a hacerme nada. Y tranquila, nada te pasará si eres mesera. Podemos ir en la noche para que te den un espacio.

—Antes de que te vayas, ¿podrías decirme cuál es la calle por si me animo a ir?

—Relheg, pero no vayas sin mí. Es muy peligroso, y lo sabes.

¡Por todas las flores del mundo! Ese es el sitio de la dirección que el señor Field me pasó ayer. ¿Por qué dijo que su casa quedaba allí si es consciente de lo peligroso que es y de la mala reputación que tiene ese lugar? ¿Qué esconde ahí o a quién?

13

Han pasado semanas y el príncipe todavía no ha regresado de su viaje. La ciudad se ha quedado en manos de la reina Genevive, la única integrante de la familia real que no partió con el rey y los Griollwerd. En este tiempo las ventas de la perfumería se han incrementado, y es que aquella aparición en el periódico, en la que me relacionaban con el príncipe, ha hecho que las personas se interesen en comprar el perfume con mi nombre, para ver si así obtienen un poco de la suerte que ellos creen que tengo.

—Mily, abre la puerta —la voz de Liz suena urgente del otro lado de mi habitación—. ¿Estás vestida? ¿Puedo pasar?

En estos días mi hermana ha ahorrado todo su pago de la perfumería para comprarle un obsequio al general Peterson, incluso fue a cambiar su boleto para costear el viaje y ahora lo único que le falta es la aprobación de papá, que no se ha atrevido a pedir.

—Mañana es la fiesta de Daniel. Dime que se te ocurrió algo para que me dejen ir.

—¿Por qué esperaste hasta el último día?

—Porque si me dice que no, lloraré desde hoy y no desde los días anteriores —suspira, lanzándose a mi cama.

—¿Tienes alguna idea que no incluya mentir?

—Ninguna. ¿Qué podría decir para que no piense que voy a quedarme toda la noche en un lugar que no conoce y con un hombre al que apenas distingue?

Juro que he intentado idear una estrategia para ayudarla. No es mi culpa que nada me haya llegado a la cabeza.

—Así que quieres ir a ver a tu general.

Liz se levanta de golpe y yo me giro hacia la puerta, sorprendida por la voz infiltrada. Mia está de pie en el marco con una mirada traviesa que transmite terror.

—¿Por qué escuchas conversaciones ajenas? —le reclama—. Eso es de muy mala educación.

—¿Dónde es la dichosa celebración? —pregunta, omitiendo la reprimenda.

—En Coldtenhew, pero no me cambies el tema.

—Si mis diez años de vida no me fallan y las múltiples visitas me dan la respuesta, estoy muy segura de que una vez la abuela Clarise nos dijo que la villa Coldtenhew está a quince minutos de su pueblo.

Liz y yo nos miramos considerando la posibilidad. ¿Es una idea brillante o una locura?

—Explícate —ordena Liz, reavivando la esperanza.

—Podemos decirle a papá que queremos visitar a la abuela y luego, cuando estemos allá, nos fugamos a la fiesta.

—¿*Nos* fugamos? —Liz levanta una ceja al ver que Mia se incluye.

—Yo fui la de la idea, así que deben llevarme. De otra forma, le diré a papá.

—Yo ni siquiera iré, la invitación fue solo para Liz —le recuerdo.

—Entonces no pienso ayudarlas y saben que me necesitan para convencer a papá.

—Papá sospecharía si de un momento a otro queremos ir a casa de la abuela —razono lo evidente.

—Claro que no, y más si soy yo quien se lo pide. Además, no se va a negar a que visitemos a su madre: ha pasado todos estos días pidiéndonos que no nos preocupemos por la deuda familiar y eso en verdad nos ayudaría a olvidarnos del problema.

Mia baja las escaleras para dirigirse a la sala, donde nuestros padres ya se preparan para marcharse a la perfumería. Liz y yo aguardamos arriba, al pie de los escalones, pendientes de lo que sucederá,

mirando cómo ella se detiene frente a él con un gesto triste y los ojos brillosos.

—Papá —inicia con la actitud más lastimera que he visto—, extraño a la abuela y me gustaría que por favor me dejara ir a verla.

—¡Hija! —suspira mamá conmovida ante la petición, mientras papá la mira con desconfianza—, eso es hermoso.

—¿Desde cuándo extrañas a tu abuela? —cuestiona él con sospecha.

—Bueno… —agacha la cabeza—, tenemos mucho tiempo de no ir a visitarla.

—Es cierto, Erick —apoya mamá—. Es tu madre, debemos ir a verla.

—De acuerdo. Viajaremos a fin de mes.

Veo a Liz palidecer a mi lado ante el fallido plan, por lo que decido convertirme en la mejor actriz que haya nacido en Mishnock.

—Hagámoslo ya. Viajemos mañana. Todo este lío nos está causando mucha tristeza y nos haría bien pasar el fin de semana con la abuela.

—¿Mañana? —cuestiona confundido—. No podemos marcharnos de la nada. Tengo responsabilidades.

—Podemos ir solo las tres y así ustedes siguen a cargo de la perfumería.

—Niñas, en este momento no puedo pagar un viaje, tendríamos que alquilar carruajes y no cuento con ese dinero.

—Tengo dinero guardado, puedo pagar un viaje con eso.

—Yo también tengo unos ahorros —Liz me apoya—. Y sé que me alcanzarán para costear el carruaje de regreso.

—Volveremos el domingo por la noche y el lunes por la mañana estaremos listas para ir a las tutorías —aseguro para que no dude de nuestra idea.

—¿Por qué tanto afán? —replica desconfiado.

—Extrañan a su abuela, Erick —nos apoya mamá, inocente—. Nada más serán dos días y sabes que mi querida suegra las cuidará bien.

Él continua con la duda, mirándonos con ojos entrecerrados, hasta que finalmente cede por los nuevos ruegos de Mia.

—Está bien, viajarán mañana al amanecer.

Usar a la abuela Clarise como excusa me hace sentir culpable. Espero que este sacrificio valga la pena y no terminemos en graves problemas.

* * *

El carruaje que alquilamos nos espera fuera de casa muy temprano en la mañana. Papá nos ayuda a subir el equipaje.

—Pórtense bien, niñas —nos pide mamá después de arrastrar a una Mia somnolienta hasta su asiento—. No sean un dolor de cabeza para su abuela y obedézcanla. Díganle que la extrañamos y que iremos a verla cuando podamos.

Mi madre y la abuela tienen una relación muy estrecha, pues la abuela fue quien la ayudó, protegió y acogió cuando se fue de su casa en malos términos con sus padres ante la negativa de estos a emparentarse con Erick Malhore, quien en ese entonces era un plebeyo sin ningún futuro brillante. Y aunque mamá no era una gran acaudalada, sus padres tenían cierto renombre, les habían otorgado el título de «señores», y no pensaban permitir que su única hija se casara con alguien económicamente inferior. Sin embargo, mamá lo amaba, lo ama, y no estaba dispuesta a dejarlo por más que se opusieran. Desde entonces no ha vuelto a ver a su familia y ellos se olvidaron por completo de ella.

—Las amo —se despide papá—. Tengan un buen viaje y, por favor, envíen una carta cuando lleguen.

El miedo de que por algún motivo las maletas se abran y se descubran los vestidos de fiesta que escondimos debajo de la ropa de campo no desaparece hasta que nos alejamos en la carroza.

El viaje hasta casa de la abuela resulta largo y agotador, aún más porque Liz no deja de hablar del general Peterson durante todo el

camino. Al llegar, me duele la espalda como si hubiera cargado una estatua de alabastro por horas. Mia se lanza al pastizal con dramatismo y Liz corre a bajar el equipaje, pendiente de que el elegante vestido que ha traído no se quede en el carruaje. La abuela Clarise se encuentra en el portillo celeste junto a sus múltiples plantas, consternada al vernos llegar. Su vivienda está rodeada por pequeños muros de mampostería y un camino de piedritas blancas bordeadas de flores amarillas, las cuales dan paso al umbral.

—Mis niñas Malhore —saluda, dándonos un sonoro beso a las tres—. No esperaba verlas aquí. ¿Van a quedarse muchos días? ¿Cómo están sus padres y las cosas en Palkareth?

La abuela Clarise es robusta, con el cabello como ondas de agua clara, sonrisa maternal y una mirada apacible en los ojos cansados, caídos tras años de amaneceres. Su gesto añorante es un claro reflejo de la soledad que la acompaña y de lo mucho que nos extraña.

—Solo por el fin de semana —comienzo a responder las preguntas—. Ellos se encuentran bien y la ciudad está un poco agitada.

Nos adentramos en la casa mientras ella comienza a proponer planes para estos dos días, haciéndome sentir todavía peor por haberla tomado como excusa. El interior es acogedor. En la sala hay un comedor campestre, con un mantel de cuadros rojos y blancos, acompañado por unas sillas de madera oscura. La cocina está iluminada por la luz natural que entra por la ventana frente al fregadero, rodeado de estantes pequeños, tazas coloridas y cortinas de flores y encaje. Podría quedarme aquí toda la vida sin extrañar el ajetreo de Palkareth.

—Hay tantas cosas que podemos hacer. ¿Recuerdas que querías aprender a bordar, Liz? Podemos seguir con las clases esta misma tarde. Y para ti, Emily, tengo una nueva receta de galletas que podemos preparar en la noche. Seguramente va a gustarte.

—Ay, abuelita, no creo que podamos hacer todo eso hoy —inicia Mia, imprudente—, porque hay un grupo de personas que se irán a una fiesta en la noche.

En el rostro de mi abuela se evidencia la confusión. Nos mira buscando una explicación que tarda en llegar ante el enojo de Liz por la revelación inapropiada.

—¿Hay algo que quieran decirme? —pregunta finalmente.

—Por favor, no te enojes —inicia Liz contra el paredón—. Hay un chico que me atrae y hoy es su fiesta de cumpleaños. Sabía que papá no me permitiría venir, así que nos pareció buena idea visitarte para salir desde aquí.

—¿Es decir que no pasarán tiempo conmigo?

—Claro que sí, pero será mañana. Esta noche quiero ir al evento.

—¿*Quieres*? Debes decir *queremos* —corrige Mia—. El trato consiste en que iremos todas.

—¡El amor es tan precioso! —suspira la abuela con ojos brillantes—. No puedo creer que hayan crecido tan rápido y ahora piensen en parejas. ¿Puedo saber cómo se llama? Necesito toda la información.

—Daniel Peterson, es un general de la Guardia Azul. —Su voz denota orgullo cuando lo nombra.

—¡Un general de la armada! Suena a que es alguien muy varonil. ¿Y tú, Emily, tienes un prospecto del que quieras hablar?

Sonrío y las mejillas se me enrojecen al recordar a Stefan y ese beso que nos dimos a escondidas en casa.

—El príncipe. —Mi voz es tímida, apenada.

—¡¿El príncipe heredero de Mishnock?! ¡¿Stefan Denavritz Pantresh?!

Asiento, pues se me hace imposible responder con palabras. Para mí también es una locura pensar que empiezo a relacionarme con él.

—Yo también fui joven y un gran acaudalado me pretendió. Aun así, escogí a su abuelo, que en paz descanse. Si no, muy seguramente viviría en una mansión en Palkareth.

—Entonces, ¿nos dejarás ir a la fiesta del general? —pregunta Liz, entusiasmada.

—Por supuesto. ¿A qué hora van a regresar?

—¿Diez de la noche está bien?

—Las once me parece una hora perfecta. —Guiña el ojo con complicidad.

* * *

Las tres Malhore nos encaminamos hasta la villa Coldtenhew, pidiendo indicaciones a todos aquellos que encontramos en el camino. La caminata se torna extensa y mucho más por las paradas que debemos hacer por Mia, quien se cansa cada medio metro. Cuando por fin llegamos, son casi las siete de la noche y el lugar ya se encuentra repleto de carruajes e invitados con vestidos pomposos que nos hacen ver a nosotras como jóvenes cubiertas de andrajos. Nos acercamos a la entrada, donde dos hombres inspeccionan las invitaciones antes de permitir el ingreso, y cuando por fin llega nuestro turno, uno de los señores nos detiene.

—La invitación solo tiene un nombre —señala con voz rígida—. ¿Quién de ustedes es la señorita Liz Malhore?

Siento que la sangre se me hiela en las venas. Caminamos tanto para no poder ingresar.

—No voy a entrar sin ustedes —declara mi hermana.

—Oye —susurro, llevándola lejos del guardia para que no pueda escucharnos—, hicimos todo esto para que pudieras ver al general Peterson, así que ahora no vas a arrojar a la basura nuestro esfuerzo. Entrarás allí y disfrutarás la noche con Daniel.

—¿Y ustedes? —inquiere preocupada, como la hermana mayor que es.

—No te preocupes. Regresaremos a casa, así tenga que arrastrar a Mia todo el camino. Seguramente el general te llevará a casa o te enviará en un carruaje, así que no debes temer por regresar sola.

—¿Estás segura? —insiste con duda.

—Como nunca en la vida. Diviértete.

Con las piernas doloridas nos vamos de vuelta por un camino de ripio cercado con espigas de trigo a la derecha y kilómetros de campo

verde a la izquierda, bañados con los dorados rayos de la tarde. Mi hermana no para de quejarse, suena como el canto molesto de un grillo por la noche, únicamente se detiene cuando después de recorrer algunos metros escuchamos que gritan mi nombre. Nos giramos al llamado y quedo estupefacta al encontrar al príncipe fuera de la villa. Me sonríe a la distancia y se acerca a nosotras con agilidad, haciendo que mi corazón bombee mucho más rápido.

—Alteza… digo, Stefan —suspiro más emocionada de lo que pretendía dejar ver—. ¿Qué haces aquí afuera? ¿Este es el viaje al que te referías hace unos días?

—Bueno, es el cumpleaños de mi mejor amigo. No podía perderme la fiesta. —Me mira como quien ha encontrado un tesoro que ni siquiera estaba buscando—. Respondiendo a tu pregunta: estoy aquí porque tu hermana me ha informado que no les han permitido el ingreso y no podía dejar que las trataran con tal irrespeto.

—Es un evento privado, así que entendemos las razones. No nos sentimos ofendidas.

—Yo sí —replica mi hermana—. Fue un desplante inaceptable.

—Estoy de acuerdo con la pequeña. Para repararlo, permítanme llevarlas conmigo.

—Creí que jamás lo diría —señala Mia, caminando de regreso.

Nos adentramos en la fiesta, donde se nos entrega una pequeña libreta, acompañada de una pluma, y es así como me entero de que el evento seguirá una línea clásica. El jardín de la villa está decorado con diminutas luces amarillas que, extendidas como una manta, simulan ser un cielo estrellado. Hay mesas alargadas en las que departe la mayoría de los invitados y otras que parecen flotar solitarias como pequeñas islas redondas. Los músicos animan la fiesta desde las escaleras que salen de la mansión hacia el campo de fiesta y en medio hay una pista rectangular de madera sobre la que ya muchos bailan.

—Anótame —susurra Stefan a mi oreja al verme distraída, refiriéndose a la libreta—, quiero ser el primero.

—¿Uno o dos? —le sigo el juego.

—¿Todos te parece demasiado?

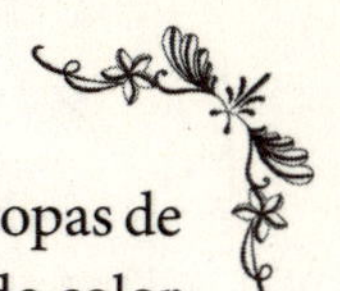

Stefan luce como el primer rayo de luz que atraviesa las copas de un árbol en el alba. Es cautivante. A pesar de estar vestido de color marfil, la expresión radiante en su cara les da color a sus palabras y movimientos.

—Debes dejar espacios para otros, de lo contrario se creerá que estás cortejándome.

—Es lo que pretendo hacer toda la noche.

El objetivo de este tipo de bailes es el cortejo. Anotas los nombres de aquellos jóvenes que te hayan pedido bailar y, de esa forma, haces una lista de turnos. Mamá aún conserva sus libretas y no hubo baile en el que no figurara el nombre de papá.

—Luces muy hermosa esta noche. —El príncipe me adula con la mirada y lleva las manos a la espalda mientras caminamos sin saber que ese detalle es como una chispa en una pastura seca.

Nos guía hasta la mesa donde se encuentra su madre, bajo la mirada atónita y los murmullos de los invitados.

—Querida Emily —la oscuridad en los iris de la reina Genevive se ilumina cuando se levanta para saludarme con un beso en la mejilla—, un gusto volver a verte. ¿Quién es la jovencita?

—Mia Malhore, majestad. Futura cuñada de su hijo.

—Ya veo —comunica sorprendida—. Un placer. Soy la suegra de tu hermana, entonces.

¿Cómo es que esta niña no se resiste a hablar más de la cuenta? Seguramente el carmín ya se ha adueñado de mi piel y mucho más cuando Stefan me mira de reojo con picardía.

—Iré a lo que he venido —informa mi hermana antes de caminar a la zona de banquetes.

—Me siento afortunado de tenerte aquí esta noche —confiesa Stefan mientras tomamos asiento—. Creí que iba a ser un evento aburrido. Sé que es una fiesta en honor de Daniel, pero debo cumplir con el protocolo y hacer lo necesario por complacer a los demás, por lo que me reconforta saber que eso incluye el tener que complacerte a ti.

—Qué galán —murmura la reina Genevive—. Me alegra saber que Atelmoff te ha enseñado algunas cosas.

—Madre, por favor. No me exponga de esa manera.

La reina me mira con complicidad, atendiendo la solicitud de su hijo. Cuando intento agradecerle a Stefan por el rescate, el maestro de ceremonias interrumpe para anunciar la llegada de la familia real de Plate. En el acto, todos dirigimos nuestra atención a la entrada, por donde caminan los reyes Griollwerd, un despampanante Angust en un traje verde y una inigualable Aphra, que luce el mismo atuendo de su hermano. Las murmuraciones, señalamientos y burlas sobre el estilo que ha adoptado la heredera de Plate se hacen presentes; sin embargo, a ella parece no importarle. Caminan frente a las reverencias de los invitados y, finalmente, se dispersan entre la multitud. Los reyes van a la mesa del monarca Silas y los hermanos vienen hasta donde nos encontramos.

—Siempre tan coloridos e inusuales —saluda Stefan.

—¿Te gusta? —Angust presenta sus prendas con orgullo—. Tengo uno rojo que te quedaría genial.

—Hola. —Aphra toma lugar y bebe con desespero una copa de vino—. Odio mi vida.

—Cariño, no digas eso —pide la soberana mayor—. ¿Ocurrió algo?

—Lo que siempre ocurre en la política cuando no eres hombre: propones algo y le restan valor porque viene de la boca de una mujer. Puedo jurar que es la misma razón por la que está usted en esta mesa y no en la de su esposo, así que mejor hablemos de algo más.

—No te pongas así. —La abraza su hermano—. De todas formas, tú no quieres ser reina.

—¿De una monarquía parlamentaria? Si eso es igual a no ser nada. —Toma otra copa—. Me siento impotente cuando no toman en cuenta mis estrategias para la mejora de Plate. Estamos hundidos y prefieren desechar mi solución, aunque sepan que es la mejor. ¿A usted el rey Silas la deja proponer algo?

—Nunca soy invitada a las reuniones políticas, ese no es mi lugar.

—Querida Genev… —La besa Angust en cada mejilla—. Tu lugar es cualquiera donde quieras estar.

—Por eso me iré de casa —continúa su hermana—. Quizás me convierta en beguina.

—¿Vas a renunciar a tu título? —pregunto sorprendida.

—Es todo lo que he soñado desde que tuve consciencia de que era una princesa. En Cromanoff, un grupo de teatro compró uno de mis escritos para llevarlo a las tablas. Eso es lo único que le agrega emoción a mi vida en estos momentos.

A unos metros veo a una joven que se acerca a la mesa. La reconozco. Es la señorita Valentine, la que inventó ser la pareja de Stefan. Cuando llega, hace una reverencia frente a los nobles, pasando de mí por completo. Poco me molesta que me ignore, pues no estoy interesada en interactuar con una persona tan maleducada.

—Stefan, cariño —lo saluda—, vine a llevarte a la pista. Mi querido Silas se ha puesto contento cuando le dije que te invitaría a bailar.

Siento cómo se tensa al escucharla. Mira a la reina en busca de ayuda y ella solo hace un gesto con la mano para que la acompañe. ¿Lo asusta su padre? Entiendo que el rey es intimidante, pero no creí que él también lo viera de esa forma.

—Si me disculpas, Emily —se excusa, levantándose de la mesa—. Espero que me permitas la siguiente pieza.

—Por supuesto —aseguro con una sonrisa.

—No te molestes, yo puedo entretenerla toda la noche —comenta Angust.

—Vendré por ti cuando termine esta canción —insiste Stefan, ignorándolo.

Mia regresa de la mesa de banquetes con platos rebosantes. La brisa que da entrada a la noche pasea el olor dulce de la mermelada que decora algunos postres y el olor a mar de los canapés de gambas. Se sienta en el lugar que Stefan dejó libre sin dejar de mirar a las personas que se mueven como olas a nuestro alrededor y dejan obsequios para Daniel, quien presenta a Liz a sus invitados.

—Se acabó la crema de chocolate, tuve que esperar a que trajeran más —explica antes de que pueda preguntarle.

—¿Quién es esta niña que se trajo todo el banquete? —pregunta Aphra.

—Es mi hermanita, que ha prometido comportarse —sentencio a modo de advertencia.

—Así que eres mi cuñada —la saluda Angust—. Un gusto, soy el futuro esposo de Emily.

—¿Quién es usted? ¿Tiene dinero? Porque solo aceptaré que mi hermana se case con alguien de muchísimo dinero.

—Bueno, en eso me gana mi gran rival. Plate es un reino pequeño y Mishnock está mejor económicamente, pero si buscas a alguien de mucho poder, Stefan tampoco es el ideal. Así que ambos perderemos el amor de nuestra adorada.

—Hablando de él, ¿para dónde se fue? —pregunta Mia buscándolo con la mirada.

—Bailando con su amiga la señorita Valentine —musito con la esperanza de que no comente nada más.

—No dejes que te lo roben, Emily. Eres muy lenta —dice Mimi, haciendo que me sienta peor.

—No te preocupes, Valentine no se lo quitará —dice la reina Genevive—. Él está muy interesado en tu hermana.

—Pues no parece —replica Mia, lo que me lleva a golpearla debajo de la mesa, apenada—. ¿Por qué te vistes de hombre? —le pregunta sin filtros a la princesa. ¿Por qué mis padres la hicieron tan imprudente?

—¿Quién dijo que me visto como hombre? —responde Aphra con paciencia.

—Pues yo. Ese traje no es lo usual.

—El pez no puede juzgar la vida en el océano cuando solo conoce un charco.

—¿Qué significa eso?

—Eres joven, tienes tiempo de cambiar esa mentalidad. —Le toca la punta de la nariz con delicadeza.

Entiendo que mi hermana no pueda comprender la visión que ellos tienen sobre el mundo, porque hemos sido criadas con otros

métodos, incluso yo, que soy mayor, apenas estoy conociendo a través de los Griollwerd otras versiones del mundo.

* * *

Pasa el tiempo y junto a él las piezas de baile, pero Stefan no regresa. Después de que por fin logró escapar de la señorita Valentine, siguió bailando con muchas otras jóvenes. La reina y los príncipes de Plate se marchan cuando los solicitan en la mesa de monarcas y rápidamente su compañía es reemplazada por el señor de cabello oscuro y ojos azules al que presentaron como Atelmoff.

—Buenas noches, señoritas. —Se acomoda en la silla a mi lado—. Así que es usted la mujer que se ha colado en los sueños del príncipe.

—¿Cómo? —El desconcierto me consume.

—Stefan me ha enviado para hacerle compañía mientras él regresa. —Evade mi pregunta.

—Muchas gracias. Aunque no debió molestarse.

—¡Ay, no sea tímida! Soy asesor, amigo y confidente de Stefan. Ya lo he escuchado hablar mucho sobre usted.

Sonrío nerviosa y evito mirarlo.

—Malhore es su apellido, ¿cierto, Emily? —arremete de nuevo, y yo asiento—. Atelmoff Klemwood. —Me extiende la mano—. Para los allegados, Amoff, y para los enemigos también.

—¿Tiene usted enemigos?

—La pobreza. —Saca una pequeña libreta del bolsillo interno de su chaqueta y empieza a anotar cosas—. Bueno, ya tiene un amigo en el palacio. Si alguna vez desea ver al príncipe, puedo ayudarla a entrar a escondidas hasta su habitación. También conozco muchos secretos que pueden servir para conquistarlo, los cuales puedo revelar por una módica suma de dinero.

Es evidente que Atelmoff se comporta como si nada estuviera sucediendo e intenta aligerar el ambiente para que olvide el descuido de Stefan, pero yo soy incapaz de ignorar la escena.

—Mily, ¿cuándo nos vamos? —pregunta Mia en un tono agudo—. Ya tengo sueño.

—Por favor no se vayan, la noche es joven y Stefan desea hablar con usted. Justo por eso estoy aquí, soy su distracción para que aguarde por él. Tenga presente que es en extremo amable y no se niega a la propuesta de nadie: si lo invitan mil mujeres, con todas ellas bailará. Puede verlo usted misma.

—Considero innecesario quedarme. Mi hermanita está cansada y yo soy su responsable. El príncipe y yo podemos hablar cualquier otro día.

—Insisto, Emily. En verdad está interesado en tener un momento con usted.

La canción acaba y lo veo sentarse en la mesa real, donde ya los Griollwerd y sus padres se despiden. Esperar más no vale la pena. No me molesta que comparta su tiempo con otros, lo que me afecta es que ni un segundo en su reloj lleva mi nombre.

—Mia, aguarda aquí. Le avisaré a Liz que nos vamos. —Me levanto, haciendo caso omiso a los pedidos del consejero real.

Mi hermana mayor está en la mesa justo al lado de la de los monarcas, por lo que debo adoptar una actitud de fingida tranquilidad antes de acercarme.

—Buenas noches —saludo al llegar.

—¡Emily! —Se sorprende Liz, haciendo que Stefan me encuentre. Siento su mirada sobre mí y por el rabillo del ojo veo movimiento; aun así, decido ignorar lo que sea que esté haciendo—. ¡Por mi vida! Discúlpame no haber estado con ustedes más tiempo en la fiesta, es que estuve ocupada con los Peterson.

—Descuida, no hay problema. Solo venía a informarte que ya nos vamos. No te preocupes, tú puedes quedarte.

—No, por favor. No me dejen sola aquí.

—Mia quiere dormir.

—Puedes dejarla en una alcoba —propone el general—. Yo mismo las llevaré y luego puedes venir a sentarte con nosotros.

El príncipe me llama cuando nos movemos después de aceptar, creando un golpeteo en mi pecho, pero me escabullo rápido con Daniel

hasta una de las habitaciones de la villa porque no quiero hablar con él ni escuchar sus explicaciones. Dejo a Mia en la cama para que descanse. Sin embargo, mi intento de fuga es en vano, pues cuando salgo, ya me está esperando en la puerta.

—¿Por qué huyes de mí? —pregunta, apoyado en la pared exterior.

—Usted lo ha hecho primero.

—¿Volvimos a las formalidades?

—Lo considero necesario.

—Parece que cada día damos un paso adelante y dos atrás.

—Hola, Stefan —saluda Mia a mi espalda—. ¿Por fin recordaste que mi hermana existe?

—Veo que no solo te he dado la peor imagen, sino que he manchado también mi nombre con tu hermana.

—No debe preocuparse, alteza —suelto con indiferencia—. ¿Algo más que quiera decir? Porque quisiera retirarme a descansar.

—¿En verdad estás enojada conmigo?

¿Cómo no estarlo? Sale y me invita a quedarme. Quizás idealicé demasiado el gesto y solo era cortesía, pero no. Yo no soy tonta. Ha demostrado interés y he creído en su palabrería, por eso ahora su comportamiento distante me pesa, me molesta.

—¿Tienes aún tu libreta? —pregunta, y se la entrego. Escribe rápidamente su nombre en la primera hoja y me la devuelve—. Eso significa que me debes un baile.

—Será en otro momento. Ahora debo ir a descansar.

—Sal y habla con él, porque con sus murmuraciones no me dejan dormir —protesta mi hermana.

—Por favor. —Aprovecha él para insistir.

Iniciamos una caminata a unos metros de la alcoba. Los invitados han empezado a escasear, dejando espacios vacíos en las mesas. En lo alto del cielo la luna lucha por brillar por encima de las luces cálidas del jardín, que ahora titilan. La brisa que mueve mi cabello como una cometa en el aire es fresca y la hierba me pica en la piel de los tobillos. Nos sentamos en el césped de la villa en completo silencio y, aunque no comenta nada, puedo sentir su mirada sobre mí.

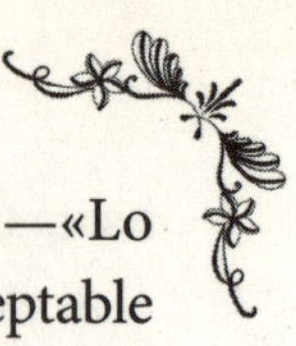

—Debo empezar diciendo que soy un completo idiota. —«Lo eres», pienso, pero no lo digo—. Mi comportamiento fue inaceptable y es que… Bueno, no tengo excusa. Solo debo expresarte cuánto lo siento.

—No tiene por qué disculparse.

—Claro que debo. Fui yo quien pidió que te quedaras para luego hacerte a un lado. En verdad lo lamento. El asunto es que debía mostrarme educado e interesado en los amigos de la familia y, por ende, en sus hijas, por eso bailé con distintas damas.

—No se castigue. Admito que me distraje un rato con la compañía que me envió.

—¿Compañía? No he enviado a nadie. ¿De qué me hablas?

—Atelmoff, dijo que venía de tu parte. —Y de repente vuelvo al tono de confianza. Es inevitable.

El príncipe sonríe apenado. Baja la cabeza y hurga en el pasto, arrancando pedazos verdes con un gesto de incredulidad. Es increíble verlo cuando deja de ser el monarca seguro que es ante los demás y me enseña su lado más natural, como si fuera un niño tímido que trata de desviar la atención de sí mismo.

—Lo hizo para ayudarme y yo lo he dejado en evidencia. Reitero mis disculpas. Él pensó en algo para hacerte sentir cómoda en mi ausencia y, sin importar cuánto me apene, debo confesar que no fue mi idea. —Su declaración me embarga en la decepción absoluta, porque a pesar de todo me había parecido un buen detalle—. Puedo sentir tu rechazo. Mereces mi atención y estoy dispuesto a brindártela.

—No pretendo sonar exagerada, pero esta noche no demostraste lo que predicas. Solo recordaste que estaba aquí cuando me viste acercarme a la mesa.

—Me disculparé cuantas veces haga falta, porque me importas muchísimo, Emily Malhore.

Se inclina con cautela, sin dejar de mirarme. El azul de sus ojos me recuerda a las flores muscari: atrayentes e intensas. Pone las manos

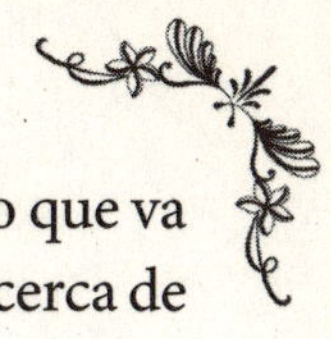

en mis hombros y se acerca despacio. Por un segundo pienso que va a besarme, pero entonces sus labios caen en mi mejilla, muy cerca de mi boca.

—El cielo está hermoso —contesto para desviar la atención de mi rostro, que seguramente parece pintado con bermellón.

Levanta la cabeza, haciendo que su cabello oscuro caiga hacia atrás. Su mirada se ilumina, mientras contempla la inmensidad que reposa sobre nosotros.

—Sin duda. Aun así, no puedo fijarme en el cielo mientras tú estés a mi lado.

—¿Se atreve a afirmar que ha encontrado algo más majestuoso que el firmamento? De escucharlo, los estudiosos de las estrellas estarían muy enojados.

—Estoy seguro de que si estuvieran en mi posición, no encontrarían argumento alguno para objetar.

Quiero reprimir el desenfreno de emociones que Stefan me causa, como si fuera una tormenta que, a pesar del miedo que provocan los rayos y las centellas, disfrutas ver por la ventana. Y aunque intento no ser tan obvia, lo cierto es que mi mente ya me grita lo mucho que me gusta este hombre.

—¿Nos encontramos en buenos términos, Emily? —pregunta ante mi silencio—. Debo continuar el viaje con mi padre y no me gustaría irme sin saber si he reparado mi error.

—Me complace informarle, entonces, que puede viajar tranquilo.

—No creo poder llevar una vida tranquila después de conocerte.

Las palabras se me atascan en la garganta debido a los estruendos, pasos, disparos y gritos que comenzamos a escuchar de repente. El príncipe es el primero en reaccionar, mirando a cada lado. Se levanta e intenta protegerme con su cuerpo. No entiendo qué pasa, lo único cierto es que el escándalo me abruma, me asusta y me hace pensar en mis hermanas. Lo que sea que esté ocurriendo tengo que enfrentarlo con ellas.

—Necesito ir por Mia.

—Aún no sabemos qué sucede, no es buena idea que te muevas.

Intento protestar, pero los reclamos se desvanecen en el momento en que veo a sujetos con el uniforme negro y dorado del ejército de Lacrontte entrar con armas en las manos.

¡Por mi vida! Esto no puede estar pasando ahora.

14

Los hombres avanzan y se despliegan por todo el lugar. Apuntan a los invitados que aún están presentes y les disparan a los guardias mishnianos. En cuestión de segundos se desata un enfrentamiento violento que me hiela la sangre. La gente se tira al suelo, los lacrontters gritan incesantemente el nombre del rey Silas, preguntando dónde está, pero nadie sabe darles una respuesta. Soy testigo de cómo el lugar es acordonado por fuera y por dentro. Algunos lacrontters vuelcan mesas mientras buscan en cada rincón, otros van hasta las habitaciones, tiran las puertas y sacan a quienes están dentro. La mano empieza a temblarme cuando pienso en la manera de ir por Mia. Ella es una niña y no quiero que le hagan daño. Estas cosas la asustan y debo estar a su lado para que entienda que no permitiré que la lastimen.

—Tenemos que salir de aquí —susurra Stefan, tomando mi mano para ayudar a levantarme.

—No puedo dejar a mis hermanas aquí.

—Pensaremos en algo cuando estemos afuera. Lo mejor es huir y buscar ayuda.

Se gira para hallar alguna salida alterna, pero nos atrapa la mirada de un soldado enemigo, que grita mientras se acerca.

—Si se mueven un centímetro voy a dispararles —amenaza a la distancia—. ¡Encontré al príncipe Stefan! —vocifera a sus compañeros,

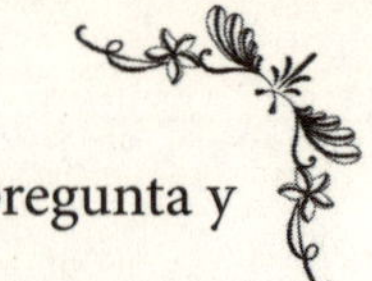

quienes también se acercan—. ¿Dónde está su padre? —pregunta y nos apunta.

—Se ha ido hace más de una hora, y antes de que pregunten hacia dónde, les digo que no lo sé.

—Tiene tres segundos para darme una ubicación o nos llevaremos como rehenes a todos lo que aquí se encuentran.

—Aunque quisiera hacerlo, no puedo. No tengo la menor idea de dónde está.

—Esa no es la respuesta que el rey Magnus quiere escuchar.

—Pues es la única respuesta que tengo. Si necesitan llevarse a alguien, aquí estoy yo, no hay por qué involucrar inocentes. En este momento soy el premio mayor.

—El rey Magnus no nos ha enviado por usted, vino él mismo por los reyes y no se piensa mover hasta tenerlos en sus manos. Camine, lo llevaré frente al rey. Tú —señala a un compañero—, vigílala a ella. Nadie puede salir de aquí.

—Por favor, señor, permítame ir en busca de mi hermana. Solamente tiene diez años y se va a asustar si ve a alguien armado —ruego sin pensar.

—No podemos autorizar ningún movimiento. Le aseguro que a su hermana no le ocurrirá nada si coopera.

—Ya me tienen a mí. Ellas no representan ningún peligro —interviene Stefan al notar que el hombre duda ante mi pedido—. Solo busca protegerla, no van a escaparse.

Los hombres del ejército continúan sacando personas de las alcobas y es así como de un momento a otro aparece Liz envuelta en una sábana blanca, acompañada de un Daniel sin camisa. Ambos se arrodillan en el césped junto al resto, como si fueran unos criminales que pretendían escapar de la justicia. La ira me consume como las flamas a la leña. ¿Cómo supieron de esta fiesta y que el rey Silas estaría aquí? ¿Cómo lograron entrar al reino? No entiendo nada.

—Se lo ruego —insisto nuevamente—. Será un momento. Entiendo que deben cumplir órdenes, pero me asusta pensar que le pueden poner una mano encima a mi hermanita.

—Le doy un minuto para que vaya por ella —autoriza al fin—. Un oficial la custodiará, así que no intente pasarse de lista.

El hombre me permite levantarme después de aceptar sus términos y uno de sus compañeros me escolta a la habitación donde Mia dormía. Al entrar, la encuentro asustada en un rincón de la alcoba. Con duda se levanta y camina tras de mí, toma mi mano con fuerza mientras el hombre nos apunta, guiándonos hasta el centro del lugar, donde ya todos están sometidos. Nos arrodillamos y vemos cómo ellos se pasean por delante y por detrás, vigilándonos. Son demasiados para contarlos, quizás ochenta, aunque pueden ser más. Hacen crujir el suelo con las pisadas de plomo de sus botas oscuras. Me recuerdan a una pantera al acecho por la mirada felina, concentrada, y la agilidad de sus movimientos. Parece que ya conocieran a fondo este sitio, como si tuvieran un mapa de la villa grabado en la cabeza y lo siguieran al pie de la letra.

—Denme el reporte. —Vuelvo a escuchar aquella voz grave y rasgada que se asemeja a un rugido.

—Negativo, majestad —responde uno de los militares enemigos—. El objetivo no se encuentra aquí, al parecer se fue mucho antes de nuestra llegada.

—Siempre huyendo como la rata que es.

Lo veo caminar nuevamente con una casaca negra que le cubre el rostro a los costados por lo que no logro detallarlo. No obstante, su voz lo dice todo. Se trata del rey Magnus Lacrontte. Se para en medio del jardín y se lleva las manos a la cabeza para bajar la capucha, dejando al descubierto el cabello rubio que brilla bajo los faroles como el sol al tocar el agua. Un hombre con algunos centímetros de estatura menos aparece detrás de él, tiene el pelo más claro y una mirada que, a pesar de no ser dura, tampoco es gentil. Sonríe como si estuviera escuchando el mejor de los chistes mientras estudia su alrededor con el mismo orgullo con el que un pintor ve el resultado de su obra en el lienzo. Lo reconozco, lo he visto algunas veces en el periódico: es el rey Gregorie Fulhenor, rey de Cromanoff.

—Qué bonita fiesta, me pregunto por qué no me invitaron —comenta de forma ácida el soberano de Lacrontte.

—A ti no te gusta juntarte con los plebeyos —le responde su acompañante.

—Ah, es cierto, pero hubiera podido hacer uso de mi humildad y rodearme del proletariado solo para celebrar... Espera, ¿qué estamos celebrando?

—El cumpleaños del general Daniel Peterson.

—Qué increíble. —Puedo escuchar el sarcasmo en su voz—. ¿Y dónde está el homenajeado? Creo que es mi deber darle un regalo.

—A tu izquierda, primo.

El rey Magnus gira hacia donde se encuentra Daniel, justo al lado de mi hermana, quien carga un gesto de angustia y vergüenza en el rostro. ¿Qué está tramando ahora? La vista se me distorsiona por el mareo que me causa la tensión, mientras ruego en silencio que no le haga daño al general y mucho menos se le ocurra tocar a Liz.

—Peterson, al parecer ha tenido una noche mágica —comenta con burla al verlo sin camisa y con Liz cubierta únicamente por la tela blanca—. Señorita, como se llame, vaya a vestirse, por favor, ¿o acaso ese es el estilo de ropa que utilizan las mishnianas hoy en día?

Es evidente que no la recuerda y no podría estar más aliviada.

—Lo dudo. Más bien parece que hemos interrumpido una velada romántica —dice su primo.

—Lo siento tanto, general. —Se lleva las manos al pecho con una lástima actuada—. Detesto que me interrumpan en esos momentos. ¿Tú también, Fulhenor? —le pregunta a su aliado.

—Es de las peores cosas que pueden sucederme.

—Por ello, dejemos que la joven se ponga algo de ropa. —Chasquea los dedos hacia uno de sus guardias, quien ayuda a levantar a mi hermana y la custodia hasta la habitación. Daniel intenta levantarse, pero es devuelto al suelo por otro lacrontter, que lo mantiene sometido—. No te preocupes, Peterson. Él no le hará nada, en mi Guardia están prohibidas ese tipo de inhumanidades y, si llegase a ocurrir, le

volaríamos la cabeza. Es más, dejaría que tú mismo lo hicieras como muestra de mi buen corazón.

—Gracias —responde el general con ironía.

—Cada vez que necesites un favor, ya que estás sometido a mi voluntad y cualquier paso en falso podría hacer que te dé un disparo, puedes pedirme ayuda —replica en la misma tónica—. Por cierto, supe que los reyes de Plate estuvieron aquí. ¿Son un nuevo enemigo que agregar a mi lista?

—Creo que los Griollwerd ya estaban en tu lista negra, Magnus —le responde el monarca Fulhenor.

—Ah, ¿sí?

—Bueno, para ti todos son enemigos, ¿no?

—Tienes razón, Gregorie. Por eso eres mi Lacrontte favorito. —Lo apunta—. ¿Denavritz? ¿Dónde está mi buen amigo Denavritz?

—Lo hemos capturado para usted, majestad —habla un guardia, poniéndoselo enfrente.

—¿Por qué haces esto, Magnus? Era la fiesta de Daniel, no había razón para arruinarla de esta manera —le reclama Stefan.

—Diría que lo siento, pero no soy un hombre mentiroso.

—¿Qué es lo que quieres? Ya te han dicho que mis padres no están. Rey Gregorie, usted es el más sensato de los dos, aquí hay personas inocentes que no merecen vivir esta pesadilla.

—No me desagradas. Sin embargo, tampoco me importa demasiado lo que digas —responde el rey Gregorie—. Primo, podemos llevarnos a todos para presionar a Silas.

—No creo que aquí haya alguien importante por quien el anciano quiera luchar, y todos sabemos que si me llevo a Denavritz le estaría haciendo un favor. Y tú —se inclina para mirarlo fijamente—, ¿entregarías a tu padre a cambio de alguien?

—No hay nadie que me importe lo suficiente.

—Es decir que sí existe la posibilidad, solo que ese alguien aún no ha llegado a ese nivel de importancia —deduce con audacia—. ¿Está aquí?

Stefan no responde a las provocaciones del rey Magnus. Se limita a enfrentarlo con mirada de yeso, como la de un soldado que ve la muerte acercarse y aun así decide pelear.

—¿Cómo es? —insiste—. Dame una descripción física, intentaré adivinar.

—Tiene cabeza y dos ojos.

—Cuando lo encontré estaba acompañado de una joven —anuncia el guardia que nos descubrió.

Mi corazón comienza a bombear fuerte, el miedo me embarga ante la posibilidad de que me rapten y me lleven a Lacrontte.

—Era solo una sirvienta —defiende Stefan.

—No estaba vestida como una —asegura el sujeto.

—Ofrece otro tipo de servicios.

—Ya veo que no puedes conseguir algo por tu propia cuenta. Esta fiesta estuvo más animada de lo que creí.

Liz regresa vestida en compañía de su custodio, quien inmediatamente retoma su posición.

—Tú, ven aquí. —Señala al hombre.

Otro de sus soldados le pasa un arma y con esta el rey Magnus le apunta a su propio soldado. ¿Acaso está loco?

—¿Te hizo algo? —pregunta a mi hermana—. Puedes decirlo, es el momento.

—No, señor.

—No me digas «señor», lo detesto. Ese título es tan simple que cualquiera puede ocuparlo. Ahora bien, ¿cerró los ojos mientras te vestías?

—Se dio la espalda, majestad.

—Es que eres un imbécil, ¿cómo das la espalda? Pudo haberte golpeado con algo en la habitación —le grita a su guardia.

—Solo quise darle su privacidad —se defiende el soldado.

Lo veo respirar profundo, para contener su furia. Se vuelve hacia Daniel, aún con el arma en la mano y dirige el cañón ahora al piso.

—Parece que no vamos a volar cabezas… por ahora. Considero apropiado implementar algún juego para reponer la ausencia del

idiota mayor, es decir, tu padre, Denavritz —dice mirando a Stefan como un halcón a su víctima.

—Propongo tiro blanco —dice el rey Gregorie.

—Es una excelente idea. Necesitamos un blanco, ¿quién podría ser?

Busca una víctima entre la multitud y se detiene una vez sus ojos caen sobre Daniel.

—Nadie más idóneo que el homenajeado. El general será nuestro blanco, y como yo soy el invitado, por regla de cortesía se me permite disparar primero. Daniel Peterson, pase al frente por favor.

Uno de los soldados lo hostiga, empujándolo con la punta del rifle para que se levante y se arrodille frente al rey. Una vez lo hace, el rey lo mira como si se tratara de un pordiosero a la vez que lo señala con el cañón. Magnus Lacrontte significa muerte, destrucción. Eso es lo que por años nos han enseñado en tutorías y, a pesar de haber vivido tantos ataques, me faltaba verlo en acción para que el concepto que rodea su nombre nunca se me olvide.

—Hagamos este juego un poco más entretenido para darte a ti la oportunidad de salir ganador. —Daniel no responde, solo lo observa con la indignación de quien ha sido despojado de todo y aun así se le exige ser feliz—. Voy a pensar en un número y si adivinas cuál es, te disparo, pero si fallas, tienes la oportunidad de dispararme a mí. ¿Ves lo fácil que es? Porque de tantos números tú nada más tienes que errar en uno, en cambio, puedes librarte escogiendo cualquier otro. ¿Entendiste las reglas del juego? Si es así, responde: «Lo comprendí, rey Magnus».

—Lo comprendí, rey Magnus —repite Peterson de mala gana.

—De acuerdo, entonces escoge un número del uno al uno.

El rey Gregorie ríe al escucharlo. Es una completa burla lo que ha hecho.

—Uno —responde, al no tener otra opción.

Puedo ver la preocupación en el rostro de Liz. Tiene el ceño fruncido y su cuerpo tiembla. ¿Cómo alguien puede ser tan frío para que no le importe acabar con la vida de una persona frente a sus seres queridos?

—¿Quién lo diría? Has acertado.

—Magnus, por favor, detente —interviene Stefan—. Aquí se encuentra su novia. ¿Cómo crees que se sentirá al ver que le disparas?

—Sencillo. Que desvíe la atención de la escena. —Abre los brazos como el águila sus alas después de capturar a su presa—. En la vida hay solución para todo.

—Deberíamos tenerla en cuenta, primo, por si necesitamos presionar al general.

—Es una buena opción. Aun así, prefiero esperar a que el interés amoroso de Denavritz se vuelva más importante para él. Eso me resultaría más estimulante.

Levanta la pistola y apunta al pecho del general sin ningún tipo de piedad frente a los pedidos de Stefan, pero, para sorpresa de todos, le dispara justo en un hombro.

—Exactamente donde lo quería. Merezco un fuerte aplauso, ¿no lo creen?

Todos obedecen al instante y aunque intento negarme a hacerlo, el cañón del arma que sostiene el guardia a cargo de nosotros me obliga a unirme al teatro. El rey Magnus se acerca luego a Daniel y le mete la mano en la herida. Él cierra los ojos, sufriendo por los movimientos bruscos de su verdugo, quien, al parecer, busca la bala, y una vez la obtiene, la saca y se la lanza en el rostro.

—Feliz cumpleaños, general.

—¡Es usted despreciable! —El grito de indignación de Liz me eriza la piel.

¿Por qué tuvo que intervenir justo ahora? ¿Acaso no ve frente a quién estamos?

—Yo le permití que fuera a cambiarse y así me lo agradece —comenta indignado—. Si va a insultarme, esfuércese un poco para la próxima ocasión.

—¡Lo odio!

—Alguien anote, por favor. —Se gira hacia su personal—. Debo llamar al boticario y solicitarle unas gotas para conciliar el sueño,

porque después de saber que una mishniana promedio me odia, no podré dormir.

—¿Va a hacerle algo? —pregunta Mia en voz baja, aterrorizada.

—No, claro que no. —Lucho por mantener la calma—. Cierra los ojos por un momento, yo te diré cuando abrirlos, ¿sí? —pido, y ella obedece.

—¿Por qué se aprovecha de inocentes? —le reclama Liz nuevamente.

—Lo mejor será que cierre la boca en este instante, porque no tengo demasiada paciencia para perderla con usted. —Se acerca a ella y la mira desde arriba.

—¿O qué? ¿Me golpeará?

—No está dentro de mis aficiones golpear mujeres, pero sí disparar. Le juro por todo el oro que poseo que, si dice una palabra más, la próxima bala que dispare esta noche será para usted. —Entrega a uno de sus guardias el arma con la que hirió a Daniel y comienza a pasearse por la mesa de banquetes, detallando la comida, la torre de copas de champaña y los jarrones con flores. Toma una de las margaritas y la aprieta hasta deshacerla con los dedos como si fuera barro pegajoso—. Debes mejorar el menú para próximas fiestas si quieres que asista —le habla a Peterson—, no hay nada aquí, al menos nada que valga la pena.

—Dígame qué quiere que sirva, así lo tendré en cuenta —contesta entre dientes, soportando el dolor mientras la herida convierte su pecho en un mapa del color del uniforme de nuestro ejército.

—La cabeza de Silas y Genevive, si no es mucho pedir.

—¿No le interesa también la de Stefan?

Se gira a mirarlo, dudando.

—No mucho —sonríe—. Ahora, de vuelta a lo importante, ustedes acabaron con la vida de once soldados del ejército lacrontter y esas familias piden venganza, así que, como forma de pagarles lo que ustedes les han hecho, me llevaré a todos los custodios mishnianos que aún quedan en pie. ¿Cuántos tenemos?

—Solamente veintiséis.

—Esperaba más. Aun así, supongo que peor sería no llevar nada. Buenas noches a todos, no les quito más tiempo para que sigan celebrando. En un próximo evento, por favor no duden en invitarme. No vendré, pero me resultará más fácil ubicarlos en caso de querer secuestrar a otros soldados. Tengan un poco de consideración conmigo.

—¿Qué piensas hacer con ellos? —interroga Stefan.

—¿Qué crees? Supongo que voy a venderlos en el bazar de Lacrontte o, mejor aún, dejaré que el pueblo decida la manera como morirán. Sí, eso es lo justo.

—Por favor, déjalos. Tienen familia, Magnus.

—Rey Magnus para ti —sentencia subiendo la voz—. ¿Crees que los once soldados que ustedes asesinaron no tenían familia? Esto es una guerra y cada pecado se paga con uno peor. Que tengan una excelente noche.

—¡General! —grita el rey Gregorie—, no le importa si me llevo algunos de sus obsequios, ¿verdad?

No responde, el dolor lo consume. Su ego ha sido pisoteado frente a sus seres queridos en el día de su cumpleaños. Yo no podría resistir con tanta fortaleza. A la primera amenaza de armas de fuego me habría deshecho como el papel en el agua. El soberano de Cromanoff se acerca a la mesa y toma algunas cajas, las sacude en el aire para saber su peso, pega la oreja para intentar adivinar a través del sonido de qué se trata y, pasados un par de segundos, escoge una. Luego les dice a los guardias que tomen todo.

Caminan en retirada, llevándose a los soldados que tomaron como prisioneros y dejando un panorama tétrico: las bombillas reventadas, el olor a alcohol de las botellas rotas que ahora nutre la tierra, las huellas de sangre sobre los manteles que amenazan con volar por los aires debido a la brisa, que ha dejado de ser fresca para convertirse en gélida, igual a la que sentí al visitar el reino enemigo. Odio aguantar ataques como si fueran parte de mi rutina, acostumbrarme a la muerte y solo agradecer que nunca llame a mi puerta, darme cuenta de lo tonta que soy al esperar que las cosas cambien y tener que hacerme la valiente mientras transito ríos de sangre. Detesto sentir alivio cuando estos

hombres dejan de apuntarnos y marchan tras su líder, porque no debería ser así. Mi vida no tendría que pender de un hilo gastado que está en poder de alguien más, en vez de pertenecerme.

Los padres del general y Liz corren hacia él para socorrerlo y es entonces cuando él se permite quejarse hasta las lágrimas.

—¡Maldito Magnus Lacrontte y toda su generación! —Un alarido desgarra su garganta.

—Quédate aquí, Mimi, y mantén los ojos cerrados —ordeno mientras me levanto.

Stefan revolotea por el lugar en busca de ayuda, pero no hay nada ni nadie en los alrededores. Se han llevado a todos los guardias y solo aquellos que han sido acribillados yacen en el suelo, como un recordatorio de lo vivido. Intento no mirar a medida que avanzo. Escucho al príncipe ordenar a los meseros que los arrastren lejos del centro. Está desesperado, agobiado, y yo también. Mi corazón late fuerte ante la bruma. Necesito salir de aquí cuanto antes, no soy capaz de sentir un minuto más el olor a pólvora o pisar la sangre derramada. Me asquea y me aterroriza. Voy tras mi hermana mayor, manteniendo en mi campo de visión a Mia, quien aún está de rodillas, con el rostro cubierto con las palmas. Liz está a un lado de Daniel, atormentada al verlo herido. Me aproximo para levantarla del suelo, pero me detiene en el momento en que toco su hombro.

—Dame un segundo, ¿sí? —Aleja mi mano como quien rechaza una limosna.

—Debemos marcharnos.

—Lo mejor será que ustedes se vayan solas —dice sin volverse—. Fue nuestra primera noche, Emily, sabes de qué hablo y no voy a dejarlo desamparado.

—No quiero dejarte aquí, ¿qué sucedería si los lacrontters regresan? Ese hombre ya te amenazó.

—Ese no es ni siquiera un hombre. Es una aberración que no conoce la piedad.

—Justo por eso debemos retirarnos. Te tiene entre ojos, no quiero que nada te pase.

—Iré en la mañana. Debo estar con él, entiéndeme.

Los familiares de Daniel ponen en pie las mesas tiradas y levantan al general para acomodarlo sobre una de ellas como una camilla improvisada. Liz corre para no apartarse ni un segundo de su lado y es cuando entiendo que nada de lo que le diga la hará cambiar de opinión. Va a quedarse y la respeto por ello, aun cuando no quiero que lo haga. Ese hombre o alguien de su tropa podría volver para terminar lo que ha empezado y jamás me perdonaría que le sucediera algo por dejarla sola aquí.

Debo buscar la forma de regresar con Mia, y a pesar de que me atemoriza encontrarme a los soldados lacrontters en el camino, también pienso en la abuela y en lo preocupada que debe estar en este momento.

—Emily —me llama Stefan—, considero que lo más apropiado es que se queden aquí esta noche. No contamos con guardias que las guíen hasta casa, así que lo prudente será que aguarden en la villa por seguridad.

—Mi abuela…

—Estoy seguro de que entenderá. Hazme caso. Los lacrontters siguen allí afuera y ya sabemos de lo que son capaces.

Siempre me he regido por la premisa de no guardar rencores, pero Magnus Lacrontte y los suyos encabezan el listado de los seres que más desprecio. Nuestro reino tambalea a la orilla de un abismo y aunque todo el pueblo corra en dirección contraria para evitar caer, si no hacemos algo eficaz para detener a su ejército, hasta el aleteo de una mariposa podría echarnos cuesta abajo. ¿Cuándo decidirá el rey Silas tomar acciones contundentes y no solo escapar en cada enfrentamiento?

—Nos quedaremos hasta el amanecer.

15

Liz y yo estamos oficialmente castigadas desde que regresamos de casa de la abuela. Durante nuestra ausencia, ella corrió agobiada a la oficina de correos para informarle a papá que no habíamos regresado en toda la noche. Así que cuando llegamos de vuelta a Palkareth, nuestro engaño fue desmantelado y no hubo manera en que pudiéramos salvarnos de la reprimenda. Quisiera decir que me pasé la noche preocupada al recibir mi primer castigo, pero no, algo más ocupó mi mente, recordando lo que habíamos vivido. Comencé a pensar en cómo mis lágrimas han ido desapareciendo después de ver caer a mi pueblo tantas veces. Entendí que, sin importar cuánto temo los ataques, puedo recorrer con normalidad las calles al día siguiente, porque he sido tan expuesta a la violencia que he aprendido a adaptarme a ella. A pesar de despreciarla tanto, ya no me traumatiza como antes o como le pasa a Mia.

Han pasado días desde el rapto de guardias en la fiesta del general Peterson y desde entonces las familias y allegados de los secuestrados han levantado sus voces en protesta, exigiéndole al Gobierno que actúe para rescatar a sus seres queridos. Todos sentimos la desesperación e ira de esas personas, e incluso personas ajenas a los soldados se han sumado a su causa para aumentar la presión. En este tiempo no he visto a Stefan. El pueblo, el periódico y hasta mi

tutor los acusan de huir para no dar respuesta a las peticiones de justicia que se hacen en las manifestaciones.

—¿Cuántas casas nos faltan? —pregunta Rose, quien me acompaña a vender los perfumes que se me asignaron como parte del castigo impuesto por papá. En dos días se cumple el mes de plazo que tenemos para pagar la deuda y aún nos falta una cuarta parte del dinero, por lo que debemos recoger todo lo que podamos hoy.

—Faltan un par de casas solamente. La de los Russo y una a la que no eres invitada.

—¿Los Maloney? —Brinca emocionada.

—Sí, aunque te advierto que esperarás fuera. No quiero meterme en más problemas. La señora Fevia fue a quejarse con papá porque te ayudé a entrar.

De repente me vuelvo de forma brusca y detengo el paso, pues siento algo extraño en la espalda, como si alguien me observara. Barro la calle con la mirada, pero no parece haber nada más que carruajes que se mueven a gran velocidad.

—¿Ocurre algo? —cuestiona mi amiga, mientras se gira al ver mi comportamiento, y yo niego con la cabeza, restándole importancia a aquella sensación. Quizás el cansancio me está haciendo imaginar cosas—. En fin, sabes bien que Cedric regresó para contribuir con el control en las marchas y por eso no lo he visto. Esta puede ser mi oportunidad, si es que está en casa.

Arribamos a la calle noble de Palkareth, con las viviendas de estilo palaciego de las que podría salir un futuro rey de Mishnock. Toco la puerta de mi destino y una doncella de rostro aniñado, ojos de gato y sonrisa nula es quien nos recibe. Se apoya en el marco y suspira, como si estuviera cansada de atender visitantes.

—La señora Russo, por favor. Dígale que venimos de parte de la perfumería Malhore.

—La baronesa —me corrige— no se encuentra en casa en este momento.

—¿Hay alguien más con quien pueda hablar?

—Su hija.

Necesitamos hacer las últimas ventas del día a como dé lugar y si no está la madre, tendré que convencer a la primogénita de comprar.

—Está bien por mí. Le dejaré el recado a ella.

Nos hace pasar a la sala, donde casi resbalo con la porcelana pulida del piso. Caminamos hasta el sillón de cuero color crema en el que nos piden aguardar y que chirría cada vez que nos movemos. El sol que pasa por los ventanales nos golpea el rostro. Acomodo la canasta con los perfumes en mis piernas después de rechazar el ofrecimiento de la doncella de dejarla en la mesa labrada que hay frente a nosotras y que está decorada con dos jarrones de cristal llenos de lavandas que aromatizan el aire.

—Señorita Valentine —hablo, intentando ocultar mi desagrado cuando la veo bajar las escaleras y llegar hasta nosotras.

—¡Elisa! No creí volver a verte —saluda un tanto despectiva.

—Es de humanos equivocarse —replico, dispuesta a no dejarme intimidar—. Y soy Emily.

—¿Has venido a visitarme? —Omite mi corrección—. Bueno, eres amiga de mi futuro esposo, supongo que debemos conocernos mejor.

—No, mis intereses aquí son otros. Volveré cuando esté su madre.

—¿Eres la futura esposa de quién? —pregunta Rose.

—Del príncipe Stefan Denavritz. —El orgullo resplandece en su voz.

—Él es novio de Emily.

La mujer me mira de inmediato, confundida o enojada, no logro descifrarlo. Ladea la cabeza y empieza a golpear el suelo con su zapato, esperando una confirmación de mi parte. ¿Cómo se le ocurre decir eso? Necesito salir corriendo de aquí para no soportar los reclamos injustificados que, estoy segura, se avecinan.

—¿Eres su pareja? —me pregunta, enarcando una ceja.

—Sé que usted no lo es —refuto. Se equivoca si cree que su presión me doblegará.

—¿Qué te hace creer eso?

—Él me lo ha dicho y no creo que Stefan sea mentiroso.

—Bien, no lo soy, pero tú tampoco, o ¿sí?

—Nos estamos conociendo.

—¿Te atrae? —interroga.

—No tengo por qué contestarle eso.

—Es decir que sí te atrae —afirma con una sonrisa—. ¿Tú le gustas?

—Se han besado. ¿Usted qué cree? —interviene Rose, revelando una confidencia.

—¿Eso es cierto? —me pregunta directamente.

—No tendría por qué haberse enterado, pero sí, es verdad.

Suspira profundo, pasando las manos por su vestido repetidas veces, como quien busca espantar un millón de hormigas que corren de arriba abajo.

—No me gusta perder.

—Esto no es un desafío.

—Entonces, ¿por qué me siento como una perdedora?

—Señorita Valentine, yo no he venido a esto.

—Le ofrezco una disculpa. —Arregla su cabello, aun cuando está perfectamente peinado—. Conozco a Stefan desde hace mucho tiempo, su padre y el mío tienen negocios, para mí era obvio que debíamos relacionarnos. No había nadie más idóneo, aunque tú no tienes la culpa, supongo.

La joven se acomoda en el sofá frente a nosotras, al parecer abatida por la información revelada.

—No era mi intención incomodarla. Solo venía a ofrecerle un producto a su madre, pero, al estar ausente, he solicitado una reunión con su hija sin saber que era usted.

—De acuerdo, te creo. No hay en tu rostro malicia alguna. Deja el perfume en la mesa, porque supongo que eso vienes a ofrecer.

—Está en lo correcto. Son las nuevas creaciones del gran perfumista Erick Malhore —comienzo a recitar el parlamento promocional que llevo repitiendo todo el día.

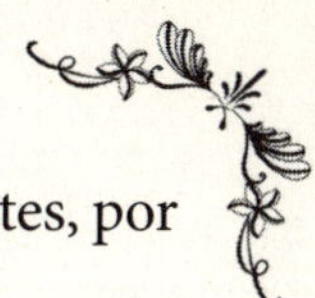

—Dime el precio, lo pagaré para que te retires cuanto antes, por favor —corta mi discurso sin una pizca de prudencia.

—No es necesario, señorita.

—Sí es necesario, tus padres lo necesitan —murmura mi amiga. Saca el perfume de mi cesta y lo deja en el tablero del mueble—. ¿No desea dos?

—Díganme el valor y listo.

—Doscientos tritens.

La señorita Valentine se para, camina hasta la puerta de lo que parece una oficina y, después de perderse de vista unos segundos, trae un volante de cambio por la cifra indicada, firmado por el barón Dominic Russo.

—Muchas gracias por su compra, señorita Russo. Reitero mis disculpas por las molestias causadas.

—Espera —llama cuando nos acercamos a la puerta—, discúlpame por mi actitud.

—Despreocúpese y nuevamente muchas gracias.

—¿Te gustaría venir algún día a cenar? —pregunta de la nada, sorprendiéndome.

—¿Disculpe?

—Creo que debo redimirme y en mi familia siempre se pagan las afrentas con una cena. ¿El jueves te parece bien?

¿Qué le pasa a esta mujer? Un día pretende humillarme y ahora me invita a comer. La disculpa es suficiente.

—No lo sé, quizás no sea conveniente —respondo con palabras entrecortadas.

—¿Por qué no? Puedes traer a tu amiga, yo también invitaré a una, Amadea, no sé si la recuerdes. Así nos sentiremos más cómodas.

—De acuerdo, aceptamos —se adelanta Rose por mí.

—Excelente, nos vemos el jueves.

Asiento con la cabeza, aunque me cuesta trabajo. No puedo creer que Rose haya accedido sin tenerme en cuenta. Me exaspera que se apropie de decisiones que me corresponden únicamente a mí.

—¿Por fin iremos a visitar a Cedric? —inquiere al salir.

Le doy una mirada de advertencia para que deje el tema ahí. No vamos a verlo a él, esto es un negocio con su madre, pero ni siquiera debemos esforzarnos en llamar a la puerta, pues cuando nos acercamos vemos al sargento Maloney bajar de un carruaje acompañado de Phetia Tielsong e, inmediatamente, a Rose se le desfigura el rostro. Toma impulso y corre hasta ellos con enojo. Sus pasos son como impactos de piedra sobre cristal delgado: violentos y letales. Al llegar, lo toma del brazo y lo obliga a encararla con un movimiento brusco.

—¡¿Qué se supone que haces con ella?! —La escucho gritar a distancia.

Me aproximo con rapidez para evitar que haga alguna tontería que pueda meterla en problemas. Al llegar me dan la bienvenida el rostro pálido de Cedric y una Phetia consumida en furia.

—No me digas que te has metido con esta mujer. —Phetia lo empuja, molesta.

—Ni siquiera la conozco —asegura él—. Solo la he visto cuando acompaña a Emily, la amiga de Amadea. Quizás se encaprichó conmigo. Lo único seguro es que jamás te he sido infiel.

—¿No pudiste inventar algo mejor? —protesta Rose con una sonrisa incrédula ante sus mentiras.

—¡Cállate de una vez! Y es mejor que desistas de este comportamiento infantil y de los intentos de dañar mi relación con tus fantasías de niña enamorada. Nunca hemos tenido nada y jamás lo vamos a tener —continúa él, escudándose en mentiras.

—¡¿Cómo te atreves?! —reclamo, indignada por su descaro al negarla—. Eso no es cierto. Compórtate como un hombre y admítelo.

—Ya déjalo, Emily —me detiene ella con repentina calma. Agarra un frasco de la cesta y se lo extiende—. Trajimos los diez perfumes que nos pidió, serían dos mil tritens.

Es mucho más de lo que pensábamos vender. Rose claramente juega a sacarle dinero con la ventaja que le otorga el miedo de Cedric por ser descubierto frente a su novia.

—Esos perfumes cuestan cien tritens. Mi padre compró uno. No pretendan estafar a mi novio.

—Estos son otros, cariño —media él.

Mi amiga no puede ocultar la cara de asco que le produce escuchar aquel apodo, pero se mantiene en silencio, procesando la escena, al igual que yo. Cedric entra a casa, deja la puerta abierta y sube las escaleras para huir a su habitación. Phetia parecía calmada; sin embargo, una vez su novio se pierde de vista, ruge.

—Ni se te ocurra meterte con Cedric, trepadora.

—Yo puedo enredarme con quien me plazca.

—Estás obsesionada con él, es obvio. Él nunca te hará caso.

—¿Qué te hace pensar que no? —la reta.

—Es casto. Ambos estamos esperando hasta el matrimonio.

Rose ríe en carcajadas agudas que retumban entre los edificios como campanadas de la iglesia, lo que aumenta la ira de Phetia.

—Eres muy inocente para estar con alguien como Cedric, Phetia.

—No lo conoces.

—Y al parecer tú tampoco. No hay razón para llevarnos mal. Al fin de cuentas, la mano que te acaricia las mejillas es la misma que ha tocado la mía.

—¡Eres una furcia!

—Me ofendería, pero siempre he pensado que ese insulto suena muy elegante.

La mano de Phetia se mueve antes de que alguien pueda reaccionar y en un segundo ya ha tomado a Rose del cabello, sometiéndola con rudeza e intentando enviarla al suelo. No puedo creer que se pongan a pelear por ese idiota. Trato de separarlas hasta que oigo el quiebre de unos vidrios, siento el olor almizclado de un perfume y veo sangre y un líquido ámbar que se deslizan por el cabello de Phetia junto con pequeñas esquirlas que caen al suelo. Rose le ha quebrado el frasco en la cabeza.

—¿Qué has hecho? —cuestiono alarmada.

La joven Tielsong suelta su agarre y se separa, tocándose la cabeza con afán para palpar su herida. Sus ojos son brillantes, acuosos.

—¡Eres una salvaje! ¡Has intentado asesinarme! Mi padre es jefe de la Guardia Civil, ¿lo olvidas? Te juro que iras a prisión por esto.

—Tú me agrediste primero.

Sus manos están manchadas de sangre, está asustada, yo lo estaría. Corre hacia casa de los Maloney y grita por ayuda. La doncella sale al rescate. Cuando Cedric regresa, llamado por el alboroto, camina a pasos agigantados hasta nosotras y enfrenta a Rose como un animal salvaje.

—¡Lárgate! —brama, dándole el volante de pago—. No quiero volver a verte.

—Púdrete, Maloney.

—Pues mira qué casualidad, porque te deseo lo mismo.

No responde, la ha herido lo suficiente como para dejarla sin palabras. Maloney es un idiota. Desearía que perdiera lo que tanto lo enorgullece: su puesto en la Guardia Azul, y así ver qué otra cosa usaría para deslumbrar a las mujeres y luego jugar con ellas a su antojo. Tomo a Rose de la mano y la obligo a alejarnos del lugar. Espero que Phetia también se dé cuenta de que ese hombre no vale la pena.

—¿Quieres un abrazo? —propongo al ver su tristeza cuando ya hemos avanzado.

—Quiero dinero. Es lo que necesito y lo voy a conseguir. —Su aflicción se convierte en odio—. Cedric va a pagarme esto, lo juro. Escribe lo que te digo, Emily, lo verás sufriendo. Dejaré a un lado mi apellido si no cumplo mi propósito.

—¿Qué vamos a hacer? Phetia va a denunciarte con su padre.

—No lo sé. Creo que voy a esconderme por algunos días mientras pienso cómo resolver esta situación.

—¿A dónde irás? ¿Tienes familia afuera? Puedes ir a casa de mi abuela Clarise, si quieres.

—No voy a salir de Palkareth. Lo resolveré aquí, ya verás. Ni Tielsong ni su padre podrán tocarme una hebra.

—¿Por qué estás tan segura? Es el jefe de la Guardia Civil.

—Y yo soy Rose Alfort. Nací para grandes cosas, Emily —asegura, confiada—. Es mejor que no sepas nada, así si te interrogan no tendrás que mentir. No te ofendas, pero eres muy blanda, te doblegarían muy fácil y terminarías dando mi ubicación.

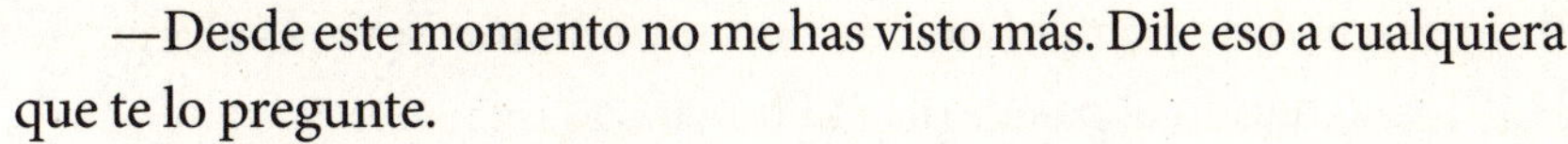

—Nunca te traicionaría.

—Desde este momento no me has visto más. Dile eso a cualquiera que te lo pregunte.

—¿Incluso a tus padres?

—Especialmente a ellos.

* * *

Desde ayer no he visto a Rose ni he sabido nada de ella. Hoy tampoco asistió a clases, y me alegra, pues en la puerta del edificio de tutorías ya me estaba esperando el jefe Tielsong para interrogarme y, a pesar de que dije justo lo que habíamos acordado, no me creyó del todo. La verdad, me atemorizan las consecuencias que ese acto impulsivo pueda traerle, pero me asusta más la determinación de vengarse que le vi en la mirada. No parecía ella, era más como un jaguar dispuesto a esperar el momento idóneo para clavar sus colmillos en la presa.

Hoy estoy a cargo de la perfumería con papá, quien continúa trabajando sin descanso en la bodega para cumplir con la demanda de fragancias que él mismo se esmeró en conseguir. Nahomi es quien me hace compañía al frente, aunque más son las veces que se pierde en su cabeza que las que habla conmigo.

—Se dice que ya llegó tu novio. —Menciona el rumor que circula en Palkareth, después de permanecer minutos en silencio.

Y es cierto. También se comenta que el rey Silas y los Griollwerd no lo acompañaron de vuelta. Ahora las personas han comenzado a aglomerarse a las afueras del palacio para obtener una respuesta o, al menos, lograr que escuchen sus quejas. No quiero pensar que el rey está huyendo de los reclamos de un pueblo herido por una guerra a la que él no ha sabido hacerle frente, pero es lo que parece, porque es su responsabilidad regresar, escuchar a su gente, buscar una solución y no solo usar su poder para acostarse con mujeres que no son su esposa.

—Él no es mi pareja. —Le doy una mirada desaprobatoria mientras organizo perfumes detrás del mostrador.

—El amor está cerca, mi niña. Es un presentimiento de anciana. Prométeme que no te olvidarás de mí y que me llevarás al mar de Hilffman cuando el palacio sea tu hogar.

Otra vez con lo del inexistente mar de Hilffman.

De repente, un trío de guardias se para fuera del local y un carruaje real se estaciona en nuestra calle, lo cual indica que una persona importante se acerca. Mi corazón da un vuelco, como el de un niño que acaba de recibir el obsequio que tanto ha esperado. No voy a ocultarlo: lo único que deseo es que sea Stefan. El paje abre la puerta de la carroza y de esta se baja un muy imponente Atelmoff que diluye la esperanza de que se tratara del príncipe cual pintura en aguarrás.

—Atelmoff. —Intento esconder mi decepción mientras cruza las puertas de la perfumería.

—Señorita. —Inclina la cabeza como saludo.

Nahomi vuelve a la realidad en un instante y se levanta de su lugar apresurada, observando atónita al caballero que poco a poco se acerca a mí.

—Señora —le lanza un beso con las manos.

Ella lo mira, más bien lo detalla, como si fuera una gema majestuosa de escaso hallazgo. Atelmoff es un hombre muy galante, por lo que no se me hace extraño que le parezca atractivo.

—¿No habla? —me pregunta en un susurro cuando llega a la vitrina.

—Al parecer ha quedado absorta con su belleza.

—La entiendo. ¿Quién no? Y antes de que pregunte cómo he estado, confieso que mi vida es excelente. Vivo en el palacio, ¿qué más puedo pedir?

—Me alegra. Entonces, espero no ser indiscreta, pero quisiera saber a qué se debe su visita.

—Asuntos del trabajo. Estoy aquí porque el príncipe quiere verla y me ha enviado a buscarla.

Mi sonrisa desaparece.

—Me da vergüenza decir esto, pero no puedo ir, estoy castigada.

—No parece el tipo de chica que se mete en problemas.

—Últimamente, salto de inconveniente en inconveniente.

—¿Hay alguna manera en que pueda ayudarla a obtener el permiso?

—Convenciendo a mi padre. Está en el taller, al fondo de la perfumería.

—Soy muy buen persuasor. Veamos si puedo con él.

Voy en busca de papá y lo pongo delante de Atelmoff, quien con una sonrisa intenta convencerlo de dejarme ir al palacio, pero él se mantiene en la misma posición. Estoy castigada y no tengo derecho a ninguna salida social.

—¿Y si le digo que es una orden del palacio? No puede ir en contra de los monarcas —insiste el hombre de ojos azules.

—Si lo pone en esos términos, mucho menos va a lograr que acepte.

—Prometo que yo mismo se la traeré a la hora que usted disponga.

—Erick, no seas tan rígido. Emily merece ver al amor de su vida —interviene Nahomi, quien se había mantenido al margen.

—Si me haces pensar que mi hija va a estar en una situación romántica con un hombre, es aún peor.

—Solo la reprenderá, nada más. Puedes estar tranquilo —contesta ella.

—¿Por qué Stefan tendría que reprender a Emily?

—No le ponga cuidado, papá. Es uno más de sus desvaríos. Por favor, prometo que me comportaré y llegaré temprano.

—Bien, tienes hasta las siete, ni un minuto más, pero sí todos los minutos menos que quieras.

Mi corazón parece galopar como un caballo enfurecido y de inmediato mi mente viaja hacia las frases de Nahomi: «15 de agosto, el amor de tu vida te verá a los ojos». Era a esto a lo que se refería. Hoy veré al príncipe.

16

La aglomeración de personas a las afueras del palacio continúa y aunque aún son pocas, se mantienen en pie bajo el inclemente sol. El carruaje nos lleva hasta la entrada trasera, justo por los jardines, y desde ahí avanzamos por los corredores sin interrupciones. Mis manos muestran un ligero temblor, acompañado de un vacío en el estómago por saber que estoy a pocos metros de verlo nuevamente. ¿Estará el príncipe tan emocionado como yo?

—Tranquila. Stefan está más nervioso —dice Atelmoff al ver las reacciones de mi cuerpo.

—¿Cómo puede asegurar eso?

—Espero que me permitas tutearte. Lo cierto es que no ha parado de hablar de ti. —Detiene el paso un segundo y reflexiona—. Yo no debería estar diciéndote esto.

Noto que la presencia de guardias se ha intensificado. Si antes los custodios eran como árboles al lado de un camino, ahora parece que el palacio se hubiera convertido en un completo bosque. Ascendemos hacia la segunda planta y paramos frente a una puerta de caoba tallada. Haber llegado hasta aquí me causa conflicto, pues sé que un plebeyo tiene prohibido adentrarse en estas zonas.

—¿Qué es este lugar?

—La habitación de Stefan —responde con naturalidad.

—No, no, no. —Retrocedo dos pasos—. No voy a entrar ahí. Es un sitio muy personal.

—Él lo ha pedido.

—De ninguna manera. Es una libertad que no pienso atribuirme.

Mamá no me ha dado consejos sobre cómo manejar esta situación, pero estoy segura de que la norma general sería: «Jamás entrar a la habitación del heredero». La mano de Atelmoff aparece de repente sobre mi espalda y con suavidad me empuja lo suficiente como para hacerme trastabillar y avanzar hacia dentro. Mis pasos son torpes y la boca se me seca en segundos cuando lo veo sentado en la silla de su escritorio, mirándome directamente a la cara.

—¡Emily! —dice con una gran sonrisa al notar mi presencia.

Se levanta a tropezones y se acerca aceleradamente para luego detenerse a pocos centímetros de tocarme e intenta recomponerse del arrebato acomodándose sin necesidad la camisa. Mi cuerpo vuelve a ebullir al notar que lo pongo tan nervioso como él a mí.

—Ruego que me disculpe por tal comportamiento —clama, apenado por el sobresalto que ha fallado en ocultar.

—¿Estás emocionado? —pregunto, enlazando los dedos delante de mi cuerpo.

—Incluso más de lo evidente. Luces hermosa, por cierto.

—Debo decir lo mismo de ti.

—¿Eso fue un halago? Creo que debo registrarlo en los libros de historia.

—Ahórrale la vergüenza a Mia de tener que estudiar cómo su hermana adulaba al príncipe —le sigo el juego—. ¿Cómo estuvo tu viaje?

—La mayor parte del tiempo fue una pesadilla. Por lo general los asuntos del reino son así. Sin embargo, y si no te causa demasiada molestia, me gustaría hablar de cualquier otra cosa. De nosotros, por ejemplo.

—¿Ya está confirmado que hay un *nosotros*?

—¿No es obvio? Aunque de ser necesario, estoy dispuesto a hacer un comunicado en la plaza para anunciarlo.

—Prefiero la privacidad.

—¿Cómo la de una cena? Estuve pensando en ello. Sé que mi

padre no es el ser más amable, pero cuando regrese, quiero invitar a tu familia a cenar al palacio. Claro, solo si así lo deseas.

Confirmar lo nuestro delante de nuestros padres. Eso es lo que significa. Me atemoriza la idea, no voy a negarlo. Y es que cómo se supone que le haga frente a esto cuando apenas estoy acostumbrándome a estar en una relación.

—No quiero imaginar las preguntas que hará papá.

—Estaré preparado para responderlas.

—Acepto entonces. Todo parece indicar que ya superamos la etapa del cortejo.

—En lo absoluto. Tengo pensado seguir haciéndolo.

Me acerca a su cuerpo y me rodea la cintura con sus manos. Su rostro busca lugar entre la curva que forma mi cuello y baja lentamente para acariciarme con la punta de su nariz, haciendo que el calor de mi cuerpo se eleve como solo él puede provocarlo. Siento su respiración cálida recorrerme la piel. Continúa su excursión dándome un fugaz beso en el hombro y mi piel responde a su atención erizándose al instante. En un movimiento bien calculado, toma mi rostro entre sus manos y pone sus labios en los míos con suavidad. Reafirma su agarre en mi cintura, como si temiera que fuera a escaparme, y en cuestión de segundos su beso pasa de ser lento a salvaje, en un intento por dejar una marca, reclamar su derecho a ser el único que puede poseerlos. No sé si es correcto, pero me gusta la devoción que no teme mostrar y que, aunque me avergüence admitirlo, me enardece.

—Alteza, la visita lo espera. —Escuchamos un fuerte llamado en la puerta que nos obliga a separarnos.

¿Una visita? ¿En este momento? Solo puede ser la persona más inoportuna del mundo.

—Claro, comprendo. —Su cuerpo se pone rígido—. No creí que llegaría tan pronto. Emily, ¿podrías quedarte con Atelmoff unos instantes?

—Por supuesto —acepto, al ver su incomodidad.

—Mandaré a un guardia para que te lleve con él. Por cierto, si ves algo o a alguien inusual en los corredores del palacio, no te asustes, todo está controlado. Lo prometo.

—¿A qué te refieres?

—Tenemos visitantes que han llegado de incógnito, así que si te topas con uno, te rogaré que guardes discreción y que no le digas a nadie lo que veas aquí dentro.

—Lo prometo —aseguro mientras me invade la sensación de que algo no anda bien.

* * *

Una vez que el príncipe se marcha, un guardia me guía hacia un pasillo donde Atelmoff me espera. En el camino comprendo a qué se refería Stefan: el palacio está habitado por hombres como estatuas negras que cubren cada pasillo. Aquel escudo bordado en hilos dorados les enmarca el pecho y representa a los despiadados seres que frecuentan las pesadillas de la mayoría de los mishnianos: el ejército lacrontter. A medida que paso delante de ellos me examinan con cuidado, como si intentaran descifrar si represento una amenaza o no. Me intimidan, no lo niego. Cada vez que he estado cerca de algún miembro de la Guardia enemiga un arma me apunta a la cabeza, y verlos aquí, en alerta, a pesar de estar tranquilos, me genera una presión en el pecho que solo siento como un mal augurio. Otra cosa que noto mientras camino es el perfecto equilibrio de la exhibición: por cada lacrontter hay un guardia mishniano y ningún soldado mira al otro o siquiera se rozan, pues mantienen mínimos centímetros de distancia entre ellos. Todos tienen la atención al frente, rectos y vigilantes.

—Nos volvemos a ver —saluda Atelmoff cuando llego a él—. Por la palidez en tu cara, supongo que ya viste a nuestros huéspedes.

—¿Por qué están aquí? ¿No les aterra que puedan atacarnos?

—Pusimos reglas para hacer este encuentro posible. Solo la mitad de cada guardia tiene armas.

Mi expresión debe indicarle que no entendí nada, pues profun-

diza su explicación.

—Están formados por parejas y en cada una solamente un hombre tiene un arma. Si en el primer par el solado mishniano tiene una pistola, en el segundo es el lacrontter quien la porta.

—Sigue sin parecerme seguro.

—Fue difícil ponernos de acuerdo con el ejército de Magnus, pero, como te comenté, tengo un gran poder de persuasión.

—¿Y si nos atacan desde afuera? Es posible que tengan soldados listos para atacar.

—Esa posibilidad ya fue evaluada. El palacio está cerrado, nadie puede salir ni entrar y en los alrededores se ubicó la misma cantidad de hombres de ambos reinos vestidos de guardias reales mishnianos para no levantar las sospechas del pueblo, pues, como imaginarás, nadie puede saber que están aquí.

—No confío en ellos.

—Ellos tampoco en nosotros. Hicieron un barrido previo por todo el castillo. Revisaron hasta debajo de las alfombras para descartar que tuviéramos hombres escondidos.

—Eso quiere decir que el rey Magnus está aquí, ¿cierto?

—Así es. Debe estar reunido con Stefan en este momento. Es una de las razones por las que estás conmigo: no puedes salir del palacio hasta que los lacrontters hayan partido.

No estoy tranquila sabiendo que ese sujeto se encuentra cerca. Es una bestia hecha persona, un ave de rapiña hambrienta que no sabes cuándo descenderá del cielo para atraparte en sus garras.

—Magnus es bastante paranoico. —Ríe como si recordara el motivo de aquella conclusión—. Exigió que la reina estuviera presente por si intentan incendiar el palacio, para que de esa forma no se queme únicamente él, sino también ella y Stefan. Dos cabezas por la suya. Es bastante peculiar.

—No creo que esa sea la palabra que lo define. Es despreciable.

Atelmoff ríe a carcajadas, como si hubiera dicho lo más tonto del mundo.

—Querida, no te lo había dicho. Te ves hermosa hoy —halaga

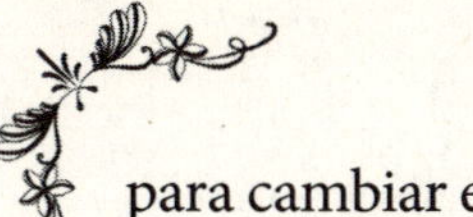

para cambiar el tema.

—Debo decir lo mismo de ti. —Bajo la guardia. Es imposible no hacerlo, pues su humor es ligero. Es de ese tipo de personas que te hacen sentir cómoda en cualquier situación o momento.

—Basta. —Golpea mi hombro suavemente, juguetón, olvidándose de lo que hemos venido hablando—. Aunque es cierto.

—¿Viajaste con Stefan? —Trato de seguir el rumbo de su conversación.

—Por supuesto. Soy su mano derecha, estoy con él en casi todo momento.

—¿En casi todos?

—Claro, cuando se está duchando prefiero dejarlo solo.

—¿Es posible hacerte una pregunta indiscreta? —digo entre risas leves.

—Todas las que se te ocurran.

—Cuando pasó lo del ataque en la fiesta de Daniel, no estabas ahí, ¿cierto?

—Así es. Me había marchado con el rey Silas. Soy el consejero real, así que es mi deber seguirlo. —Me gustaría preguntar más, pero no quiero inmiscuirme en asuntos que no me conciernen—. Parece que te mueres por saber algo más —añade, como si leyera mis pensamientos.

—Bueno, es que entonces no entiendo qué haces aquí si el rey sigue en Rihelmont.

—Stefan me necesita para cumplir la tarea que se le ha asignado. Incluso mandarte a llamar fue mi idea para ayudar a calmar sus nervios. Lo que no creí fue que Magnus llegaría tan rápido a interrumpir su momento.

Seguramente parezco una indiscreta, así que prefiero permanecer en silencio y aguardar.

* * *

—¿Crees que aún se tarden? —consulto después de ver el sol ponerse, dando entrada al anochecer.

—Lo más probable es que la reunión haya terminado. Ve a buscarlo, debe estar en la oficina de la izquierda. Si ves que no hay guardias en la puerta, es porque ya se ha acabado; de lo contrario, no se te ocurra acercarte.

—¿Cuál es exactamente? —pregunto ante la existencia de montones de oficinas.

—La cuarta puerta.

Asiento y me levanto hacia la dirección que me ha indicado. Al llegar, noto que, efectivamente, no hay ningún custodio afuera, así que, presa de la impaciencia, abro la puerta para entrar a paso ligero, pero me detengo cuando mis ojos se cruzan con los de alguien más. Un hombre joven, caucásico, de cabello rubio oscuro, labios rojizos, pómulos pronunciados y llamativos iris esmeralda me observa con una expresión indescifrable entre enojo y fastidio. Es atractivo, aunque intimidante y me resulta imposible sostenerle la mirada. Siento que mi cuerpo arde bajo sus ávidos ojos. Está recostado, con las manos reposadas en los brazos de la silla, tranquilo, y yo, sin embargo, siento como si hubiera entrado a una cueva de víboras. Su mirada es gélida y su porte transmite firmeza, seguridad. Ardo mientras busco alguna palabra que me salve de su ataque silencioso.

—Disculpe, señor —susurro, haciendo una torpe reverencia.

Él no responde, se limita a mirarme en blanco, como quien mira a un animal insignificante. Lo detallo en silencio y con rapidez: el traje negro, ese tono de cabello, los anillos y sus facciones marcadas arrojan en mi cabeza a una sola persona. Estoy segura de que se trata del rey Magnus Lacrontte. A su espalda se encuentra un grupo de sus guardias personales, pero no hay rastro de Stefan o de la reina Genevive, e incluso ningún soldado mishniano lo vigila. Salgo a paso apresurado sin darle la espalda, cierro la puerta a trompicones y, una vez me vuelvo, choco con un pecho firme que me sostiene de los brazos. De la boca me sale una gran cantidad de aire, por el alivio que me causa ver al príncipe, que me sonríe.

—Estaba buscándote —asegura con suavidad.

—Yo hacía lo mismo. Debo irme.

—Por favor, espérame un momento. Tengo que avisarle al rey Magnus que la salida ya se encuentra despejada. Después de eso podremos hablar.

Me lleva hacia un sofá en el pasillo antes de perderse en la oficina de la que minutos más tarde sale el rey enemigo. Al verme, camina hacia mí, mientras mis pensamientos ebullen y las manos se me humedecen. Se inclina para encararme y entonces sus labios se mueven.

—Antes de entrar a un sitio, debes llamar a la puerta… señorita. —Su tono es firme, dominante.

Su fragancia me invade los sentidos. Es un olor penetrante y fino que me recuerda la tierra, la madera y el musgo, y me resulta altamente seductor.

—Lo siento, majestad. No fue mi intención incomodarlo —balbuceo con un hilo de voz.

—Ten más respeto por la persona que tienes enfrente y no te atrevas a dirigirme la palabra si yo no te la he concedido. —Abro y cierro la boca, como un pez luchando por su vida. Conozco su carácter y lo último que deseo es terminar mi vida en este pasillo—. Si estuviéramos en Lacrontte, ya te habría enviado a la horca por tal atrevimiento.

—¿Me está amenazando? —Soy una marinera inexperta enfrentándose a su primera tormenta.

—¿Crees acaso que estoy jugando?

—No, y por eso es un alivio para mí que no estemos en Lacrontte.

Mi boca está fuera de control y suelto esa tontería sin pensar en las consecuencias. Estoy presa bajo sus ojos verdes, que se oscurecen debido a la ira reprimida.

—Insolente, eso es lo que eres. Por tu bien es mejor que no intentes hacerte la graciosa conmigo.

—No era mi intención…

—¿Acaso debo repetirte que únicamente puedes dirigirme la palabra cuando yo te la conceda? Soy un rey, no tu maldito amante.

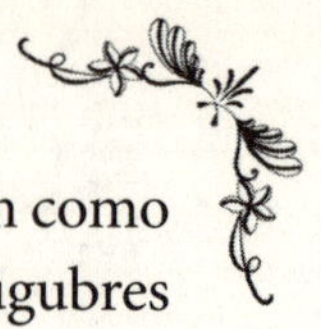

Su aliento roza mi rostro, no como una acaricia, más bien como un viento amenazante, de esos que te arropan en las noches lúgubres y tenebrosas.

—¿Sucede algo, majestad? —La voz de Stefan llega desde atrás.

Estoy tan acorralada que ni siquiera soy capaz de moverme para buscarlo con la mirada y rogarle que me rescate. Me hallo petrificada, respirando exclusivamente el aroma que desprende el cuerpo del hombre que tengo enfrente. El rey al que me han enseñado a odiar y temer toda mi vida.

—¿Quién es esta mujer? —pregunta sin dejar de mirarme.

—Es la costurera del palacio —inventa para proteger mi identidad.

—Deberías enseñarles modales a tus sirvientes, porque es evidente que no tiene ni una pizca de decencia. Aunque, ¿qué se puede esperar de ti si eres un maldito Denavritz?

—Estás invadiendo su espacio personal. Quizás por ello ha tomado esa actitud. —Stefan trata de defenderme.

El rey Magnus sabe que estoy asustada, puedo verlo en sus ojos, así como noto el placer que le causa infundir terror.

—No durarías ni siquiera un día entero en Lacrontte, y no por tu osadía, porque veo que la tienes, sino porque yo mismo me encargaría de acabar contigo —me susurra prepotente—. No tolero a nadie con este nivel de desfachatez.

Se yergue por fin, plantándose fastuoso y concediéndome la posibilidad de respirar con libertad. Si no lo hacía en los próximos segundos, hubiera comenzado a temblar.

—No quiero que ninguno de tus hombres se atreva a seguirme porque te garantizo que responderé violentamente —advierte a Stefan.

—Yo siempre cumplo mi palabra, majestad.

Se echa a andar con sus guardias creando un escudo humano delante y detrás de él. Su capa golpea el piso bruscamente ante la contundencia de sus pasos, que resuenan en el mármol.

—Emily, estás pálida. —Stefan se sienta a mi lado, me toma el rostro para examinarlo—. ¿Qué te ha dicho?

—Nada, solo se despidió —miento sin tener motivo.

Me siento débil por el enfrentamiento silencioso al que fui sometida. El corazón me late fuerte y amenaza con dejar mi pecho en cualquier instante.

—¿Segura? Confía en mí, por favor. Sé sincera y dime si te ha hecho algo.

—Estoy bien, solamente un poco aturdida por tenerlo tan cerca.

No puedo creer que tuve a centímetros a la persona más sanguinaria y cruel, aquella que ha cometido tantas atrocidades. Al que vi dispararle a Daniel y ultrajar su orgullo con vehemencia.

—De acuerdo, vamos. —Intenta levantarme.

—¿Qué hacía aquí si es el enemigo?

—Buscaba mediar. Mi padre se ha quedado en Rihelmont debido a la ira de los pobladores. Me ha dejado a cargo de la situación, pues ahora no tiene tiempo de enfrentar los reclamos del pueblo. Hay asuntos más importantes para él.

—Espero que no te ofendas, pero ¿qué puede ser más crucial que responder a la angustia de un pueblo que llora el rapto de sus seres queridos?

—La economía. Sabes que Lacrontte se llevó la mitad de nuestro oro y él está buscando alguna forma para aplacar la crisis.

—¿Qué tiene que ver Rihelmont en esto? Es solo una ciudad mísera por las consecuencias de la guerra. Allí nada más hay bases militares.

—Grandes bases militares —corrige—. Por ahora no puedo contarte demasiado, es algo que sabrás en su momento.

—¿Están pensando en atacar a Lacrontte para recuperar el oro? —pregunto con el sentimiento propio de una víctima al ver que se acerca su cazador. Es el único plan que tiene sentido en mi cabeza.

—Por supuesto que no —se defiende, aunque sus ojos dicen otra cosa—. Aquí lo único cierto es que me he reunido con el rey Magnus para intentar negociar por la vida de los guardias que se ha llevado. Estoy intentando solucionar el problema que aqueja a la ciudad, por eso él estuvo aquí.

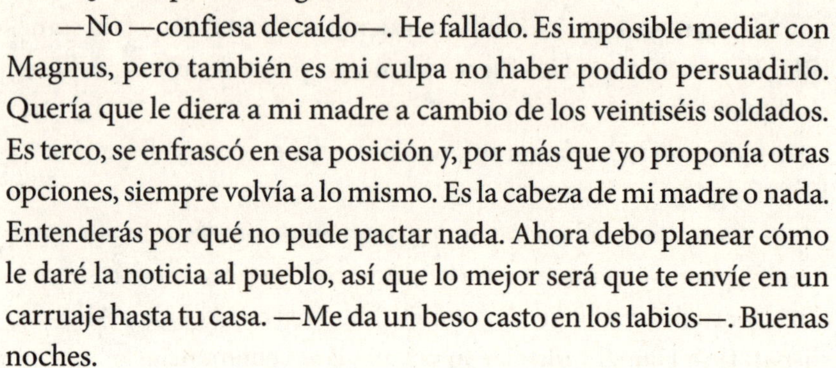

—¿Y has podido llegar a un acuerdo con él?

—No —confiesa decaído—. He fallado. Es imposible mediar con Magnus, pero también es mi culpa no haber podido persuadirlo. Quería que le diera a mi madre a cambio de los veintiséis soldados. Es terco, se enfrascó en esa posición y, por más que yo proponía otras opciones, siempre volvía a lo mismo. Es la cabeza de mi madre o nada. Entenderás por qué no pude pactar nada. Ahora debo planear cómo le daré la noticia al pueblo, así que lo mejor será que te envíe en un carruaje hasta tu casa. —Me da un beso casto en los labios—. Buenas noches.

17

La luna colorea el cielo de Palkareth y las preocupaciones adornan mi cabeza mientras camino hacia Milicius, el lugar al que juré jamás volver en busca de una vacante, pero al que tuve que recurrir después de pasar toda la tarde buscando trabajo en otros lugares. Nos reunimos con el Mercader por la mañana y, a pesar de que mi madre ofreció sus joyas como método de pago para completar el dinero que nos hacía falta, no pudimos llegar a ningún acuerdo. Amenazó con llevarse a Liz como forma de pago, y por fortuna apareció Daniel para detener su ataque de locura. Yo no entendía qué hacía el general ahí hasta que Mia me reveló un gran secreto: mi padre había escuchado por accidente cómo Mía le contaba a mamá la manera en la que sacaron a mi hermana en la villa y por ello papá lo mandó a llamar. No quiero imaginar la conversación que tuvieron esos dos.

Me desconecto de mis pensamientos cuando la música me retumba en los oídos a medida que me acerco al bar y, una vez mis ojos se posan sobre aquella placa de metal con el nombre Milicius, siento un sacudón en el cuerpo. Cruzo las puertas de madera con cautela, vigilando que Faustus no se encuentre escondido en un rincón; para mi buena suerte, parece ausente esta noche. Me aproximo a la barra donde aquel hombre que Rose llamó Ralph me recibe como la primera vez.

—Si no tienes dieciocho, es mejor que salgas de aquí.

—Los tengo, el mes próximo será mi cumpleaños número diecinueve.

—Bien. —Se pasa un pañuelo sucio por la frente llena de sudor y marcada por las líneas de expresión naturales de la edad—. ¿Qué te sirvo?

—Un trabajo con buena paga, por favor.

El hombre me observa con amargura, procesando lo que he dicho. Se queda a la espera de que pida algo de tomar y que aquella respuesta sea solo una broma, pero me mantengo inmóvil, debo ser fuerte para lograr lo que quiero.

—No busco personal ahora, y menos mujeres.

—¿Por qué no? Yo podría ayudarle a organizar su negocio. Ayudaré a limpiarlo, a tomar pedidos… Lo que requiera.

—¡Porque no! ¿Va a tomar algo? De no ser así, le pediré que se retire.

—Por favor, señor. En verdad lo necesito —insisto—. Vengo de parte de Rose Alfort. Ella es mi amiga y usted la conoce. Le aseguro que estaré disponible en cualquier horario, piénselo bien.

—Última advertencia —dice impaciente—. Le sirvo algo o se va. Nadie se queda sin consumir.

—De acuerdo, me voy, pero antes dígame dónde puedo conseguir un empleo —intento, al confirmar que aquí no lograré nada.

—Así que necesitas un trabajo —grita una voz familiar desde la distancia.

Giro y busco entre las personas que se mueven ebrias en sus sillas como las hojas de un árbol contra el viento, entre quienes levantan sus jarras llenas de cerveza y los que hacen apuestas con cartas sobre el suelo. Para mi sorpresa, la intervención no viene del interior del bar, sino desde la puerta de entrada. Se trata de la mujer de cabello negro y mirada oscura a la que recuerdo como Shelly, quien me salvó de Faustus y a quien luego encontré en el palacio.

—Sí, señorita. ¿Sabe de alguna vacante? —Mi esperanza se reaviva como una chispa mientras camina hacia mí.

—Mi ofrecimiento sigue en pie, con todos los beneficios que mencioné.

—Lo siento, pero no soy meretriz, todo fue una confusión en el palacio.

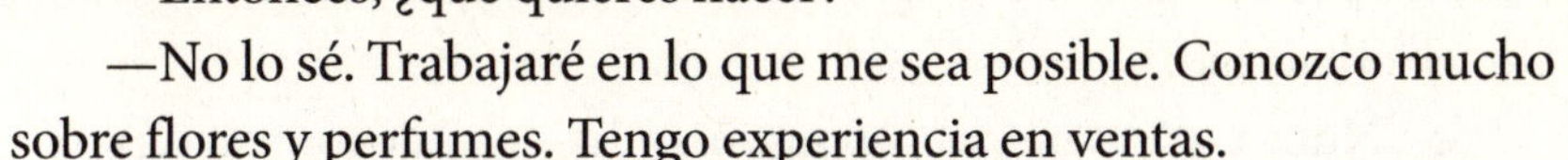

—Entonces, ¿qué quieres hacer?

—No lo sé. Trabajaré en lo que me sea posible. Conozco mucho sobre flores y perfumes. Tengo experiencia en ventas.

—Eso no nos deja muchas opciones. Aun así, te ayudaré. ¿Recuerdas cuando te dije que este era un mundo dominado por hombres? —cuestiona, y asiento—. Jamás dejará de serlo y por eso las mujeres debemos ayudarnos tanto como podamos.

Vuelve hacia la puerta del bar sin molestarse en mirar a los hombres que la llaman incesantemente.

—¿A dónde vamos? —consulto una vez echo a andar tras ella.

—A casa. Probablemente, alguna de mis chicas tenga un cliente florista, perfumista o que necesite vendedoras. No hay que descartar nada.

El borde de su vestido verde está manchado por la suciedad de la calle sobre la que se arrastra. Vacilo entre advertirle o levantarlo yo misma, pero me bloqueo en el proceso cuando se vuelve a mirarme.

—¿Me recuerdas tu nombre, niña?

—Soy Emily. Y usted es la señorita Shelly…

—Brecshart. Shelly Brecshart, y por favor no me digas «señorita».

—Lo siento. ¿«Señora» está bien para usted?

—Madama Brecshart me agrada más.

Llegamos rápidamente a una casa de ladrillo rojo, con ventanas circulares y dos ramilletes de lavandas a cada lado de la puerta. Me agrada, es decir, todo lo que tenga flores me gusta.

—Ha llegado la reina de este palacio —vocifera cuando cruzamos la entrada.

Para mi sorpresa, el interior es gigante. La sala parece infinita, los objetos que la decoran simulan tener gran valor, aunque basta con observarlos con cuidado para saber que no lo tienen. El lugar está lleno de mujeres que van y vienen. Unas son jóvenes, como Liz, y otras un tanto mayores, como Shelly. Usan vestidos similares, con olanes, y llevan corsés y cintas negras como gargantillas. Algunas tienen el cabello lacio y otras tienen ondas, pero todas tienen algo en

común: portan al lado derecho del pecho una camelia que combina con el labial rojo.

—¿Nueva compañera? —pregunta una—. ¿Puedo instruirla?

—No trabajará con nosotras, pero necesita nuestra ayuda. Reúne a las chicas que estén disponibles, por favor.

El sitio huele a alcohol, tanto que siento que podría embriagarme con solo respirar. Hay luces cálidas en el techo que me recuerdan mi estancia en las celdas de la base central. Parece que con ellas quisieran ocultar a los hombres que se mueven por aquí y camuflan sus conversaciones con la música que toca en un rincón un joven con un laúd.

—Nos hacemos llamar Las Temerarias de Mishnock —avisa Shelly al ver mi estupefacción.

—Es un buen nombre —adulo, y soy sincera al hacerlo.

—El mejor, querrás decir.

Algunas chicas comienzan a aglomerarse en un rincón de la sala, tomando asiento en el sofá o en las múltiples sillas dispuestas en la estancia.

—No estamos todas, pero serán suficientes —inicia la madama—. Les presento a…

—¡¿Qué haces aquí, Emily?! —alguien pregunta en un grito que me causa escalofríos.

La sala entera se vuelve hasta una de las alcobas que componen la casona y de la cual sale alguien muy familiar para mí.

—¿Rose?

Me pasmo al verla caminar con naturalidad hacia nosotras. Es la única que usa una bata de dormir y, por su aspecto desaliñado, parece que alguien acaba de despertarla.

—¿Se conocen? —cuestiona Shelly.

—Sí, es mi mejor amiga —comento en voz baja, aún conmocionada—. ¿Aquí es donde has estado estos días? —le pregunto directamente.

—¿Por qué has venido? ¿Cómo entraste a este sitio?

—Yo la invité —explica la madama—. ¿Algún problema?

—Ella no debería estar aquí —advierte Rose.

—¿Trabajas con Shelly? —inquiero confundida.

—Creo que deberían hablar en privado —propone la señora Brecshart—. Vayan a tu habitación, Rose.

Ella no lo piensa dos veces. Se da la vuelta y se apresura de mala gana al lugar del que ha salido. Me mantengo impávida, aún procesando lo que acaba de ocurrir, hasta que un grito me hace despertar.

—¿Vas a venir o no? —llama, apoyada en el marco de la puerta de *su* habitación… ¿Su propia habitación?

—Buenas noches a todas —me despido antes de retirarme a la alcoba.

—No debiste venir a esta casa —me reprocha cuando llego a ella, cerrando la puerta con seguro—. ¿Qué haces aquí? ¿Cómo conoces a Shelly?

—En el bar, me rescató de Faustus cuando intentó llevarme, tal como te conté. Y, bueno, ahora iba a ayudarme a conseguir un trabajo. —Me mira como si dudara entre creerme o no. Al final solo asiente—. ¿Y tú desde cuándo trabajas con la madama?

—¿Acaso importa?

—No seas hostil, solo quiero estar al tanto, porque parece que no conozco a mi amiga.

—Eso no es relevante. Aquí lo indispensable es que no le digas a nadie. ¿Entendiste?

—Nunca revelaré nada que no quieras que se sepa. Lo único que busco es entender la situación.

—No hay nada que comprender. —Se pasa las manos por la cabeza tan rápido que lo único que hace es despeinarse más—. Comencé con esto porque necesitaba dinero, las deudas estaban consumiendo a mi familia, la herrería de papá es mísera y no aporta lo suficiente. Mamá ya no sabía cómo alargar los pocos tritens que nos quedaban. Estaba harta de comer avena o sopas que prácticamente eran agua con sal. Eso no era vida y debía hacer algo por mi cuenta. Pero tú qué vas a saber de eso. Nunca vas a entender todo lo que he vivido.

—Te comprendo, en verdad lo hago.

—Entonces, ¿por qué te sorprendiste al verme aquí?

—Porque no esperaba encontrarte, pero no porque te juzgue. Llevo casi tres días sin saber de ti, y que aparecieras de repente me asombró. Mi reacción hubiera sido la misma sin importar el lugar, lo juro.

—No mientas. Te desconcertó ver a lo que me dedico.

—¿Por qué quieres hacerme quedar como la villana?

—Estás exagerando. No todo se trata de ti.

Paso por alto aquel comentario amargo debido a la duda que me golpea como un vendaval. Me avergüenza hacer la pregunta; no obstante, necesito saberlo. Necesito entender si por eso la gran señora Maloney la trataba de esa manera y si por ello también aguantaba los desplantes de su hijo.

—Cuando Cedric te daba dinero era por…

—¡Cállate, no se te ocurra insinuarlo!

—Solo es una duda, no te ofendas.

—Me molesta porque conozco tu mentalidad moralista. Tu visión de una vida rosa y lo juzgona que eres.

—¿Por qué me hablas así?

—No lo sé. —Se sienta en la cama, decaída como un ave con un ala herida—. Supongo que no quería que lo supieras. Esta es una parte de mi vida que deseaba reservar exclusivamente para mí.

—¿Te avergüenzas?

—No, pero muchas personas sí. ¿Crees que Cedric me tomaría en serio si le cuento esto? —discute más con ella que conmigo.

—Maloney es un tonto que no te merece. Eres demasiado valiosa para estar con ese idiota.

—Entonces el mundo entero es una idiotez, porque muchos piensan que son superiores solo por la labor que desempeñan, su origen o su color de piel, y eso siempre me deja en desventaja —habla con la furia de un volcán—. La vida no es de ensueño, la mayoría del tiempo es una pesadilla.

—Esas personas de las que hablas no valen la pena.

—Es tan fácil decirlo cuando no lo vives, ¿verdad? —recrimina molesta—. Imagina lo difícil que es pedir un trabajo y que te digan que no pueden contratarte porque detrás del mostrador se ve mejor

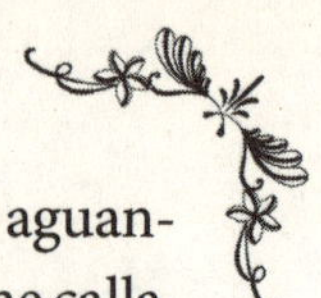

alguien de piel clara. Una sarta de estupideces que tengo que aguantar cada día. —Intento decir algo, pero ella levanta un dedo y me calla. Sus ojos negros, acuosos, semejantes al reflejo de la luna sobre el agua, arden en furia y se le marca la mandíbula al intentar contener la ira—. ¿Sabes cuántos hombres vienen aquí buscándome, Emily? Hombres que jamás me mirarían en público por temor a la crítica o el señalamiento, porque les da vergüenza admitir que les gusta alguien como yo, y eso es lo que más odio. Tener que venderme como un espécimen extraño, cuando soy una mujer como cualquier otra. Esos sujetos salen de aquí y regresan a sus casas con sus esposas e hijos a mantener una vida perfecta, trabajos ideales que les brindan tranquilidad y el respeto de la sociedad. Lo odio. Odio que me quieran hacer sentir que no valgo nada. Pero ¿sabes qué disfruto en medio de mi desdicha? Poder rechazarlos. Darme el lujo de verles la cara indignada cuando les digo que no, presenciar cómo le ruegan a Shelly para que me persuada. Me hace sentir increíblemente poderosa y esa es la sensación que quiero experimentar toda mi vida.

Cada palabra que dice duele más que la anterior, quiebra mi fortaleza. Ella no merece pasar por eso; en realidad, nadie lo merece. Su mirada demuestra tenacidad, fiereza, pese a las lágrimas que se le acumulan en el borde de los ojos. Me acerco despacio y la abrazo. Sus lamentos caen sobre mi hombro como la lluvia en un campo, mientras me rodea, estremeciéndose de dolor e impotencia.

—Te quiero, Rose. Eres la persona más valiente que conozco —susurro con sinceridad.

—No tendría que serlo si la sociedad no me obligara a seguir en pie.

—Podemos denunciar a todas esas personas que te han negado un trabajo. Puede que, si buscamos a otros a los que les haya pasado lo mismo, ellos también testifiquen.

—Una sanción no les cambiará la mentalidad, solo hará que nos odien más.

—Lo importante es que pagarán. Verán las consecuencias que trae segregar a alguien.

—Ahora no puedo hacer nada de eso. —Se levanta y seca sus lágrimas, haciendo apremio de su orgullo—. ¿Recuerdas que golpeé a alguien? A un caucásico. Tengo todas las de perder si no pienso bien mis movimientos.

—Ese día afirmaste que ni Phetia ni sus padres podrían tocarte un pelo, ¿a qué te referías con eso?

—Lo verás en su momento. Por ahora, lo mejor será que no vengas a visitarme. Si frecuentas este sitio, las personas sospecharán y podrían encontrarme.

—Si así lo quieres, acataré, pero sabes que puedo ayudarte aun a la distancia. Nada más envía una carta, puede ser a nombre de Shelly y yo sabré que se trata de ti.

—Lo que haré no puede involucrarte, Emily.

—Bien. Convenceré a Liz para que me dé su proyecto, lo terminaré por ti y le diré al señor Field que estás enferma. Por cierto, él me habló de una dirección nueva que le diste al empezar el año, ¿es la de esta casa?

—¡Por Dios! —Camina de un lado a otro alarmada—. Tengo que quitársela.

—Yo lo haré por ti.

—No, sería demasiado sospechoso. La Guardia Civil no ha venido aquí aún, eso quiere decir que no la ha entregado. Necesito hacerlo esta noche, ¿sabes dónde la tiene?

—En el escritorio del salón de clases. Nada asegura que todavía esté allí.

—Estará. Si no, buscaré la forma de obtenerla, así tenga que entrar a su casa.

—¿Por qué le diste esa dirección?

—Mis padres no saben que sigo yendo a clases. Cuando comenzó este año, me dijeron que no podían pagar las tutorías, así que yo misma me inscribí con el dinero que gano y me inventé un trabajo. Ya entenderás por qué no podía poner mi dirección.

—Sigo sin entender. Con el trabajo del que les hablaste, podías haber justificado el pago de las tutorías.

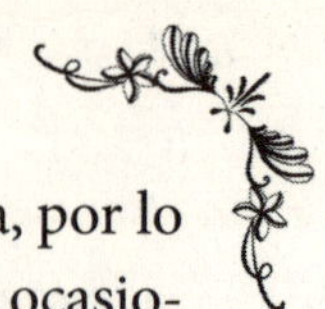

—Ellos están convencidos de que trabajo durante el día, por lo que no tendría tiempo de estudiar. Eso explicaría por qué en ocasiones llevo tanto dinero. Yo soy quien ha pagado todo este año, Emily, el arriendo, la comida, los impuestos y mis gastos personales. Por eso casi nunca tengo dinero, lo que gano se va en la casa. Pero no pienses que soy estúpida, también estoy ahorrando para irme de Mishnock a Lacrontte o Cromanoff. No me quedaré en este reino de miseria. Te dije que saldría adelante, seré la mujer más exitosa que jamás hayas conocido y lo voy a lograr, aunque tenga que pasar por encima de todos.

—Prometo visitarte cuando lo consigas. Siempre seré tu amiga, Rose. Podrás contar conmigo eternamente.

—¿Cuál es tu sueño, Emily? —pregunta, omitiendo mi comentario.

—Ser florista.

—Esa es la diferencia entre ambas: tú sueñas con algo común como vender flores, mientras que yo pienso en grande, en gobernar naciones, en tener un pueblo a mis pies que me idolatre, y te juro por mi vida que voy a conseguirlo.

—No hay sueños ordinarios o sencillos, hay sueños y punto. Que desees ser soberana equivale a que yo desee tener una floristería, porque es mi meta y no es más grande o pequeña que la tuya.

—Como digas. Por el momento, lo más sensato es que te marches, es muy tarde y debes volver sola.

Tiene razón. Me despido de ella en un abrazo que no quisiera que acabara y vuelvo a la sala, donde ya las chicas se han dispersado y solamente quedan algunas merodeando o hablando con distintos sujetos.

—Niña Malhore —me llama Shelly cuando estoy cerca de la puerta. Me giro hacia ella. Está recostada sobre una barra de lo que parece ser la cocina—, espero que hayas podido entender a Rose.

—Siempre lo hago. Es una de las personas a las que más amo en la vida.

—Respecto al trabajo que me pediste. Lo comenté con las chicas y una conoce a un joyero al que puede persuadir de darte trabajo. Dijiste

que tenías experiencia en ventas, ¿verdad? —cuestiona y asiento—. Pues ven aquí mañana a esta misma hora y ella te presentará con él.

¡Una cosa buena, por fin una cosa buena! Empiezo a agradecerle después de aceptar la cita. ¿Debería tener una carta de recomendación? ¿Y es válida si quien la hace es mi padre? Varias preguntas se pasean por mi cabeza mientras salgo de la casona y me encamino calle arriba con el aire gélido que me golpea el cuerpo. Mi vestido se mueve y amenaza con exponer más de lo debido, por lo cual lo aprieto fuertemente para evitar que se levante. Paso frente a Milicius, que sigue atestado de personas que beben y cantan como si fuera una fecha festiva. Hay hombres con trajes de la Guardia Azul sentados fuera y todos parecen haber perdido la consciencia gracias al alcohol. Ignoro sus comentarios a medida que avanzo, intentando salir con rapidez, hasta que de repente me tiran del pelo con violencia, tumbándome hacia atrás.

—Te dije que te haría pagar el desplante que me hiciste. —La voz me hace temblar, pues la reconozco de inmediato. Siento que caigo en una pesadilla que pensaba que había acabado—. ¿Crees que se me olvidó que pagué por algo que aún no me has dado?

—Faustus. —Mi voz no responde cuando pronuncio su nombre.

—Lo sabía. —Me rodea la cintura con el brazo libre—. Así como yo no te he olvidado, tú a mí tampoco.

Lo rasguño con la intención de liberarme aunque sobrepase mi fuerza, pero rápidamente me atrapa y me arrastra por la calle. Pataleo, lucho con el corazón acelerado, con la respiración quemando mi pecho y con los ojos inundados, pero, tal como pasó una vez, todos alrededor están demasiado ebrios para reaccionar.

—No entiendo a qué se debe tanta resistencia, ya debes estar acostumbrada —me susurra al oído y es entonces cuando tomo el valor de gritar.

Clamo por ayuda tan alto como puedo, rogando, implorando que mi voz despierte a alguien de su trance. Lo golpeo y forcejeo, dispuesta a toda costa a no permitir que me lleve, que me ultraje o me toque. Miro con horror e impotencia alrededor. Todos están tan perdidos

en su mundo que por más que levante mi voz nadie se percata de mi miedo. Cuando por fin logro que una de esas miradas desorientadas se cruce con la mía, Faustus lo ahuyenta.

—Ni se te ocurra intervenir. Esto es algo entre nosotros. —Lo señala amenazante.

El sujeto se preocupa, duda, se mueve un poco, pero al final decide no actuar y me parte el corazón comprender que no hará nada para ayudarme.

—Por favor, señor —suplico en vano, pues él decide girarse, aparentando no haber visto nada.

—Será rápido, ya verás.

Cierro los ojos presa del miedo sin dejar de gritar un solo instante, guardando hasta el último momento la esperanza de que alguien me escuche. Lanza mi cuerpo al suelo y en medio de mi turbación siento que sus manos se alejan. Lo escucho quejarse a mi espalda, rabiar, pero no me detengo a inspeccionar, sino todo lo contrario, me muevo apoyándome en las rodillas. Quiero correr, pero antes de alejarme, me agarra la pierna izquierda con fuerza para evitar que escape. Desesperada, me giro para intentar patearlo y es entonces cuando veo a otro hombre sobre él, forcejeando.

—Ella es una meretriz, no hay que defenderla. —Pelea con el sujeto, que ahora lo somete en el piso.

—Suéltela o tendré que dispararle —amenaza el otro, ignorando su comentario.

La luz que sale de Milicius ilumina escasamente su rostro. Lo reconozco. Es el soldado que le llevó la carta de Daniel a mi hermana hace unas semanas.

—Yo pagué por sus servicios, ahora tiene que cumplirme.

—No es cierto —balbuceo en mi defensa—. Yo solo iba a casa y él me tomó sin autorización. Lo juro, solo quiero llegar con mi familia.

—Le creo —asegura, y la tranquilidad vuelve a mi cuerpo.

Faustus todavía me mantiene agarrada del tobillo, pero a la segunda advertencia del soldado decide soltarme. Me impulso con las piernas para alejarme. Mis latidos desbocados dan cuenta del

terror que siento, la boca seca y el dolor en la garganta demuestran cuánto he luchado para que alguien notara mi presencia.

—Está libre, ahora suéltame —protesta Faustus. Su cara está contra el pavimento, sometido bajo la rodilla del joven que lo mantiene doblegado—. ¿Quién te crees? Soy un veterano de la Guardia Azul, niño.

—De ser así, señor, esta no es la manera en que se comporta un exmilitar. Me presento, Willy Mernels, miembro de la Guardia Civil. —Su voz es firme, marcial.

—Claro. Eres solo un peón más. Me debes respeto. Ustedes solamente cuidan la ciudad; yo luché en la frontera. Anda, quítate si tienes consideración por los héroes de tu patria.

—No se atreva a llamarse de esa forma después de lo que intentaba hacer —acusa el chico con ira y me mira fijamente con ojos preocupados—. ¿Le ha hecho algo, señorita?

—No, llegaste a tiempo. —Mi respiración está agitada y mi voz sale débil a medida que me pongo en pie.

—Levántese —le ordena a Faustus—. Debe ir a rendir cuentas por intento de secuestro.

—E intento de violación —añado, haciendo uso de todo mi valor para decir aquellas palabras.

El rostro de Willy se tiñe de asombro al escucharme. Parece que dirá algo, pero de su boca no sale ningún sonido. Obliga a Faustus a levantarse, aunque opone resistencia. Por fortuna, su contextura delgada y su ebriedad lo hacen blanco fácil para Mernels, quien lo supera ágilmente.

—Nada iba a suceder. No exageres, como si jamás lo hubieras hecho, ramera.

Mi mano empuñada va directamente a su nariz, con el brío de un caballo salvaje, aprovechando el estado inmóvil en el que se encuentra. Después nos encaminamos hasta la base civil, donde rápidamente se nos toma la declaración. Debo seguir teniendo la inocencia de un cachorro para pensar que las leyes de Mishnock iban a admitir mi denuncia de agresión sexual contra Faustus, pues lo único que hizo el

guardia fue registrarlo como intento de secuestro, a pesar de suplicar para que me creyeran y de tener a uno de los suyos como testigo.

* * *

No sé cuánto tiempo ha pasado, pero las lágrimas no paran. Estoy sentada en el otro extremo de la sala con las piernas pegadas al pecho y la cabeza gacha mientras suelto entre jadeos toda la impotencia que siento. Hace unos minutos un guardia fue enviado hasta casa para traer a mi padre, pues me niego a irme si no es él quien me acompaña. No me siento segura en las calles que me vieron crecer, en la ciudad que es mi hogar y todo por culpa de un hombre que cree tener derecho sobre mí. Willy se ha quedado conmigo en cada momento y pese a que Faustus está en uno de los calabozos, yo no siento que haya habido justicia. Odio este sistema. Odio que un guardia civil tenga que aprobar un caso para que sea llevado ante los jueces.

—Señorita, no pierda la fe. En el tribunal lo gritaremos, obligaremos a los jueces a investigar para que se den cuenta de que fue más grave que un intento de secuestro —dice el oficial Mernels mientras me entrega un cuenco de madera con agua, que yo rechazo—. Yo tengo tres hermanas y no imagino cómo me pondría si algo así les sucediera.

—No me escuchan y no me siento protegida.

—Recibirá el respaldo que merece. Seguramente el tribunal pedirá que se investigue su caso a fondo. —Su tono es tranquilo. Aun así, no soy capaz de calmarme.

—¿Y si no? ¿Si jamás me oyen y ese hombre queda impune? ¿Cómo me voy a sentir segura ahora? Nunca más volveré a caminar sola.

—Lo hará, se repondrá y adaptará. —Se quita el silbato que descansa en su cuello, atado a una cuerda negra, y me lo extiende—. Mire, se lo obsequio.

—¿Para qué quiero eso?

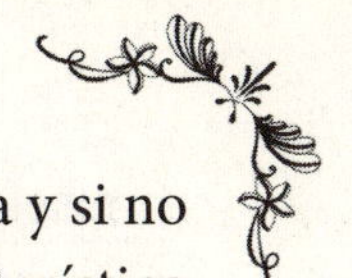

—Digamos que siempre estaré a un silbido de distancia y si no lo estoy, seguramente alguien más sí. Tiene un sonido característico y algún guardia civil que esté por la zona vendrá en su rescate, o cualquier otra persona.

Sonríe, intentando animarme. Es educado y muy caballeroso. Se esmera en mantener cierta distancia entre nosotros, aunque nunca aparta su mirada de mí, atento a cualquier cosa que pueda necesitar.

—Muchas gracias. —Lo tomo con cuidado—. ¿Seguro que no lo necesita, Willy? ¿Lo puedo llamar solo Willy?

—Por supuesto, y no se preocupe, en la base me darán otro.

—¿Dónde está mi niña? —Escucho la voz que tanto anhelaba oír.

Corro a los brazos de papá cuando lo veo cruzar la puerta e inmediatamente mis lágrimas mojan su camisa. Me abrazo con fuerza a su cintura, escondiendo mi rostro en su pecho como si volviera a ser esa niña que temía no verlo más cada vez que salía. Ruego en silencio que me proteja, que no permita que nadie me lastime, que pelee por mí.

—¿Qué te hicieron, mi amor? —susurra, acariciándome el cabello.

—Papá, yo solo quería llegar a casa.

Willy toma el liderazgo y le explica los hechos ante mi imposibilidad de hablar. Papá se mueve agresivo hasta el recibidor, donde comienza a gritarle al oficial que admitan mi segunda acusación, cosa que no sucede.

—Yo no tuve una hija para que alguien más se creyera con derecho a tocarla sin su consentimiento —reclama iracundo, haciendo que las venas en su cuello salten debido al esfuerzo de su garganta.

—Si vuelve a gritar, le juro que usted acompañará al acusado en uno de los calabozos. Limítese a saber que la audiencia será el próximo martes a las nueve de la mañana, así que por favor sean puntuales —le responde el guardia, ignorando el reclamo de papá.

—¿Se está burlando de nosotros? —cuestiona molesto—. ¿Del dolor de mi hija?

Papá se lanza para tomar al hombre del cuello y golpearlo. Sin embargo, Willy lo detiene antes de que cometa tal tontería y le

aconseja volver a casa, pues lamentablemente así es el procedimiento. ¿Cómo pueden llamarle «justicia» a algo que no lo es?

Camino anclada del brazo de mi padre, aún sin poder controlar mis lágrimas. Él me brinda su abrigo mientras la noche nos guía, decepcionados y afligidos. Mamá nos espera en el umbral y corre a abrazarme cuando nos ve llegar. Lo sabe, supongo que el soldado que enviaron hace un rato lo dijo en frente de ambos. Ella no me dice nada y tampoco es necesario, simplemente me lleva hasta su habitación, porque sabe bien qué es lo que necesito, casi como si leyera mi mente. Me meto bajo las cobijas en la cama de mis padres, en completo silencio. Mia se abraza a mi derecha, Liz a mi izquierda y papá y mamá en cada punta. Todos dispuestos a confortarme. El refuerzo Malhore es algo que desde hace mucho tiempo había dejado de solicitar. La última vez que usé este recurso fue cuando tenía once años en una noche de tormentas, y hoy estoy aquí, de vuelta, con una turbación mucho peor. Este instante me recuerda que no estoy desamparada, que hay un soporte que me mantendrá en pie cuando no tenga fuerzas, por lo que me permito llorar una vez más, no solo por mí, sino también por todas aquellas personas que han pasado su dolor solas, en silencio.

18

Estos días han sido difíciles mientras intento reponerme de lo sucedido, lo cual no me ha resultado sencillo. Falté a clases por tres días: no quise salir de casa ni un segundo y solamente me quedé en el jardín, esperando el valor que me habían arrebatado esa noche. Hasta que una mañana tomé la decisión de no permitir que Faustus controlara mi vida aun a la distancia y me arriesgué a hacer algo que me ayudara a sentirme mejor conmigo misma, que me diera coraje, y eso fue hablar. Quería quedarme en silencio, no lo negaré, deseaba olvidar ese suceso y actuar como si nunca hubiera pasado, pero habría sido injusto conmigo. Quería hacer por todos lo que la justicia no había hecho por mí, así que practiqué con mamá un discurso sobre mi vivencia y le pedí permiso al señor Field para recitarlo en clase. Me habría gustado que Rose estuviera presente para que viera mi fortaleza, que no soy la joven débil que ella piensa. Hablar me ayudó, y a pesar de que al principio al tutor no le pareció buena idea, ya que no quería alarmar a los demás con lo que él consideraba un caso aislado, mamá lo convenció de lo contrario. Y cuando estuve ahí, frente a la clase, relatando cada minuto de ese momento, me sentí con la fuerza del sol de verano, aguerrida y útil porque mi testimonio podría ser de ayuda para alguien de la sala.

Y ahora es jueves y me encuentro aquí, de pie en el umbral de la casa de la señorita Valentine, con las manos cosquilleándome

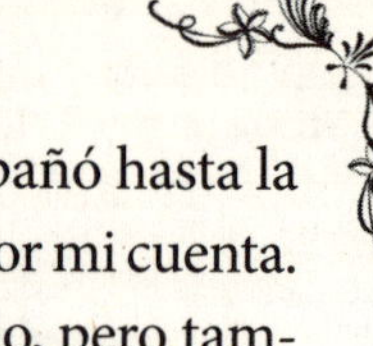

nerviosamente mientras toco el aldabón. Liz me acompañó hasta la calle de nobles y a partir de ahí caminé hacia la vivienda por mi cuenta. Admito que recorrer ese pequeño trayecto me dio miedo, pero también me hizo creer que, a pesar de todo, podría volver a intentarlo.

—Bienvenida. Ya la señorita Valentine la espera —informa la doncella que abre la puerta.

Toma el abrigo que traigo para después guiarme hasta el comedor, donde se encuentra la joven Russo, junto a una mujer que parece ser su madre y dos niños.

—Emily, es un placer volver a verte —saluda con una sonrisa—. ¿Ves? Ahora sí he recordado tu nombre. Te presento a mis dos hermanos, Thomas —señala a un pequeño que levanta la mirada al escuchar su mención y que de inmediato la devuelve al plato frente a él— y Taded. —Este último inclina la cabeza en un gesto amable—. Madre, permíteme presentarte a la señorita Malhore —continúa Valentine—. Emily, ella es la baronesa Anabella Russo.

—Hola, Emily. —Curva los labios con una expresión agradable—. Creo que nunca te he visto. ¿Cuál es el título de tu familia?

—Soy plebeya, baronesa.

—Es hija de los perfumistas, mamá. —Su hija me rescata del incómodo momento que crea la mujer debido a la expresión desdeñosa que aparece en su rostro—. He visto varios frascos vacíos de los perfumes que hacen sus padres en tu tocador.

—Pues algo tengo que usar —replica caprichosa.

Me siento a la mesa, al lado del hermano que me han presentado como Taded, admirando con disimulo la alacena de madera blanca que está en un rincón de la estancia, el espejo de marco labrado que hay en la pared frente a mí y en el que veo lo pálida que luzco en contraste con el papel tapiz que hay tras de mí.

—Escuché que tienen una deuda grandísima con el Mercader —menciona la mujer.

—Ya la hemos saldado casi en su totalidad.

—Madre, esos no son temas que deban tocarse.

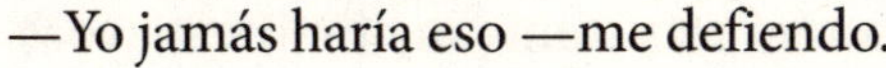

—Solo digo que hay que tener cuidado… Puede tomar algo de aquí para pagar el adeudo.

—Yo jamás haría eso —me defiendo.

—Eso lo sabremos cuando te vayas y verifiquemos que no hace falta nada en la casa. —Se levanta—. Llévame la comida a mi habitación —le ordena a su doncella—. Y sírvele mucho a la invitada, seguramente jamás ha probado platillos similares.

Se retira de la mesa, pavoneándose como toda una señora de las altas casas: presumida y déspota. Solo quiere llamar la atención. Es insoportable.

—Discúlpala, por favor. Es la edad. —La vergüenza inunda las mejillas de la señorita Valentine.

—¿Desde cuándo eres amiga de Valentine? Jamás te había visto y ella no recibe muchas visitas —habla el niño amable.

—Tan solo somos conocidas.

—¿No somos amigas? Yo creía que sí —interviene ella, ladeando la cabeza mientras me observa con la ternura de un cervatillo.

—Bueno, sí lo somos. Es decir, no sabía que nos llevábamos bien.

—Ahora lo sabes. Tocando otro tema, ¿no venías con una acompañante?

—No pudo asistir, tenía algunas co…

—También podemos ser amigos si quieres —irrumpe su hermano—. Soy bueno para guardar secretos.

—No lo eres —se queja el otro, el mayor, quien no ha hablado hasta ahora—. Y no interrumpas a las personas cuando hablan, es de muy mala educación.

—¿La he ofendido, señorita amiga de mi hermana? —pregunta preocupado, y niego—. ¿Lo ves, Thomas? No ha pasado nada.

—Al menos apréndete su nombre si quieres que sea tu amiga. Se llama Emily, es hija de perfumistas, no consideraba a Valentine como su allegada hasta que ella la obligó a hacerlo. Se ha quedado observando los artilugios de la casa por un tiempo mayor al promedio, lo cual significa una de dos cosas: está detectando qué puede robarse o

quedó maravillada debido a que nunca ha visto algo semejante, ya que es una plebeya y no tiene acceso a ese tipo de cosas.

—¿Por qué siempre te comportas como un hombre mayor? —se queja su hermana—. Tienes once años.

—Ya lo ha dicho el rey Magnus y es buen momento para citarlo: «La edad no define tu inteligencia».

—¿Vas a empezar a hablar del rey Lacrontte? —reclama Taded—. Eres muy aburrido.

¡Por todas las flores del mundo! Nunca había presenciado tantas discusiones en una simple cena, ¿serán acaso familiares del Mercader, el experto en arruinar reuniones?

Después de terminar la comida en medio de una riña incesante, Valentine me lleva a su habitación, un mundo diferente para mí. Las paredes están pintadas de lila y se iluminan como una amatista por la luz de la lámpara enjaulada que hay en el techo. Una enorme cama cubierta por un mosquitero blanco se adueña del lugar y sábanas en tonos pastel la visten por completo. Una alfombra mullida de terciopelo descansa a los pies de un baúl de madera café y un tocador repleto de cremas, joyas, perfumes y cosas sin sentido termina el conjunto.

—¿Te gusta leer? Tengo libros increíbles. Aunque también puedo enseñarte las cosas extrañas que traigo de mis viajes mientras esperamos a Amadea —propone, descalzándose.

—¿Viaja mucho? —pregunto intrigada. No conozco a muchas personas que puedan permitírselo.

—Por supuesto, tanto que ya Palkareth me resulta aburrida. La vida en otros parajes es extraordinaria. Se siente como si fueras un escalador expectante por descubrir lo que hay en la cima de la montaña.

Ahora me siento más pobre de lo que soy.

—¿A qué se dedica su padre, señorita Valentine? —La intriga me gana: quiero saber qué les permite darse tantos lujos.

—Dejémonos de formalidades, somos amigas. Dime Val, si quieres. Papá es banquero. Él guarda las riquezas de muchos nobles de Mishnock y las del rey Silas. Tenemos sedes en cada esquina de

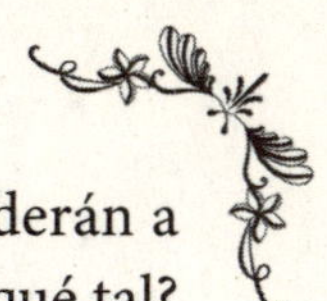

Mishnock y algunas pocas en Lacrontte. Pronto lo ascenderán a conde. Mamá muere por que llegué ese día. ¿Y tu familia, qué tal? —Habla tan rápido que no me permite intervenir—. Si oficializas tu relación con Stefan, serás princesa y tus familiares se convertirán en nobles. Tienes el futuro asegurado.

—No es algo que nos importe demasiado, es decir, el conseguir un título.

—Eso nunca está de más. —Se emociona como si imaginara esa posibilidad siendo suya—. Al tener un rango pueden invitarte a las mejores fiestas, incluso fuera de Mishnock. He asistido a algunas en Lacrontte y Cromanoff, también he visitado los viñedos de Cristeners. Podría invitarte al próximo evento, ¿irías?

—Siempre y cuando tenga el permiso de mis padres.

—¿Aun si es fuera del reino?

—Bueno, ahí la situación se complica un poco. No nos es tan fácil permitirnos un viaje de un momento a otro.

—¿Por trabajo? —cuestiona, quitando los broches que sostenían su peinado, y yo asiento—. ¿Es decir que irán al bazar de Lacrontte este fin de semana?

¿Bazar de Lacrontte? Sacudo la cabeza como lo haría un niño ante su sonajero, mientras recorro cada recoveco de mi mente en busca de algo que me recuerde dónde he escuchado sobre ese evento.

—Es una feria para artesanos, orfebres y todo tipo de creadores de cualquier reino, se pueden dar a conocer y conseguir contratos extranjeros. Fue creado por la exreina Elizabeth, la madre de Magnus. ¿En verdad no sabías nada?

—No, pero me alegra saberlo. Se lo diré a papá, quizás logremos ir.

¡Por supuesto! En el cumpleaños de Daniel, el rey Lacrontte bufó que vendería en un bazar a los guardias mishnianos que se llevaba. Debe ser el mismo.

—¿Necesitas quién los financie? —dice emocionada, como si un plan se hubiera creado en su mente.

—¿Disculpa?

—Lo que escuchaste. Muchas personas que asisten al bazar tienen un patrocinador. Papá habla de eso todo el tiempo. —Me toma de las manos y me lleva hasta la cama con ella—. Cuando no pueden costear el precio del viaje o necesitan comprar gran cantidad de materiales para producir sus objetos, buscan a alguien que los apoye económicamente, y este, a su vez, también se beneficia. Puedo decirle a papá que los financie, él jamás me dirá que no, soy su niña.

Ir a ese bazar en Lacrontte nos ayudaría a reunir el dinero restante de la deuda, pero falta solo un día y no creo que podamos hacer los perfumes necesarios para abastecer la demanda del público al que enfrentaremos.

—Coméntalo esta noche con tu papá, y si acepta, haré que mañana mismo se reúnan para pactar. Mi padre no dirá que no, solo debes convencer al tuyo.

—De acuerdo. Gracias por el aviso.

—Ahora, ¿puedo sincerarme contigo, respecto a algo que tiene que ver con Stefan? —duda, mordiéndose las uñas—. No sé cómo decírtelo, porque es evidente que eres una joven amable.

—Dilo, no te preocupes.

—No le agradas ni un poco al rey Silas. —Cierra los ojos, como si la avergonzara revelar aquello—. Cuando en la fiesta de Daniel invité a bailar a Stefan y no lo solté por un buen rato, fue porque su padre me pidió que lo hiciera. Yo no pretendía interrumpir, pero… Bueno, no tengo excusa, fui su cómplice, al fin de cuentas.

Lo imaginaba. La manera cómo me habla y las indirectas llenas de sarcasmo que lanza sobre nuestro negocio familiar son claras. Es obvio que no le caigo en gracia por mi posición social.

—Stefan es un caballero muy protector —continúa—. Seguramente no dejará que su padre te haga daño.

—¿Acaso el rey te ha dicho algo de lo que deba preocuparme?

—No, no. No estoy insinuando eso, solo digo que Stefan siempre estará de tu parte.

El sonido de la perilla de la puerta nos sobresalta. Cuando la puerta se abre, la luz blanca de la habitación brilla sobre la piel

morena de Amadea, quien luce fresca en un camisón de dormir amarillo.

—¿Preparadas para pasar toda la noche despiertas? —pregunta, adentrándose.

—Esperen, ¿vamos a pasar la noche aquí?

—Claro, ¿no te lo habían dicho?

—Mi padre vendrá por mí a las diez. Creí que únicamente era una cena.

—¿A las diez? Pero si ya son las ocho y cuarenta.

—Quédate, yo prometo enviarte en uno de los carruajes de la familia —propone Valentine viendo mi expresión.

—Paso por esta vez. Tampoco traje ropa de cama o cepillo de dientes. No estoy preparada para pasar la noche. Será en otra ocasión.

Amadea se acomoda a mi lado, jugando con los cojines de la cama. Parece a punto de explotar en palabras, sedienta de información.

—De acuerdo, entonces aprovechemos el tiempo que nos queda. Emily, eres amiga de la chica Alfort, ¿no es así?

—¿Ocurre algo con ella? —respondo a cambio.

—La odio. Desde que le reventó un perfume en la cabeza a Phetia, mamá la trata mejor que a mí, la convirtió en su consentida y me desplazó.

—Espera —pide Valentine—, ¿tu hermano tiene dos novias?

—No me sorprendería si tuviera más de dos. Es un mujeriego empedernido. Por cierto, ¿supieron lo del último ataque de Lacrontte en la fiesta del general Peterson?

El estómago me da un vuelco de inmediato al notar el rumbo que lleva la conversación. Intento hablar de otra cosa para no tener que revivir esa noche, sobre los príncipes de Plate, por ejemplo. Pero ellas le restan importancia y continúan narrando un suceso que les resulta mucho más interesante.

—Sí, en la sastrería dijeron que el rey Magnus sacó a su amante completamente desnuda porque la encontró pasando la noche con Daniel —susurra Valentine con emoción.

Detesto saber que el nombre de mi hermana está en boca de toda Palkareth y como si eso no fuera lo suficientemente malo, le han otorgado el título de amante del rey Lacrontte.

—Val, ¿sabes que esa mujer de la que hablas es la hermana de Emily?

Ella palidece y me mira como una niña a la que han descubierto jugando con las joyas de su madre. Los ojos quieren abandonar sus órbitas mientras agacha la cabeza, apenada.

—Ella no es amante del rey Magnus. Lo odia más que a cualquier otra persona en el mundo y tampoco estaba completamente desnuda —la defiendo—. Ser pareja de ese hombre sería lo último que mi hermana haría, lo aborrece incluso más que yo. Y sabe que unir su vida a él es condenarse a un calvario sin salida.

Todavía recuerdo la cacería en la que convirtió la villa, la sangre que cubría el pastizal como vino tinto derramado y los cuerpos de inocentes asesinados por su ejército, que debí esquivar como si se trataran de obstáculos en un camino y no de personas.

—Magnus no es tan malo —dice Amadea como si lo conociera—. ¿No te parece absolutamente precioso, Emily?

—¿Las atrae a pesar del daño que le ha hecho a nuestro pueblo?

—No es tan grave. Jamás he sufrido por causa de un lacrontter.

—Pero muchos otros sí.

—Las opiniones se construyen con base en experiencias. A mí no me ha dado motivos para odiarlo, así que me sigue gustando.

Cada quien vive en su propia burbuja, que tarde o temprano será reventada, quizás no con la misma aguja, pero lo que resultará en común es el dolor que sentiremos al caer a una realidad que no estábamos preparados para enfrentar. Se cree que es el rey quien lleva el peso de su pueblo, pero considero que los proletarios, como nos llaman, somos los que cargamos con la mayor parte y a quienes nos resulta más difícil reparar la suela gastada de nuestros zapatos tras recorrer un camino sin oportunidades.

—¿Tu hermano está en la línea directa de fuego? —pregunto a Amadea.

—Claro que no. De ser así ya le hubiéramos pedido que se retirara. No permitiremos que la guerra afecte a nuestra familia.

Verídico. ¿Por qué habría de preocuparse el pájaro si el mar está contaminado y por qué habría de molestarse el pez en pensar que la lluvia torrencial no les permite a las aves buscar comida?

—¿Y no te duelen las personas que pierden a sus familiares?

—Magnus no asesina inocentes. Todos los que mueren son soldados que se ofrecieron a batallar.

Omito su comentario al notar que será una pérdida de tiempo tratar de hacerlas entrar en razón. Pasa la noche y seguimos variando los temas hasta que papá viene a recogerme. Debo admitir que nunca hubiera imaginado que me llevaría tan bien con estas chicas después del mal rato que me hicieron pasar en el juego de polo. Valentine y yo salimos a la calle y el frío me abraza haciéndome tiritar un poco. Dejamos a Amadea en la habitación, mientras me reúno con mi padre en el umbral.

—Señor Malhore. —Le extiende la mano—. Tiene una hija estupenda. No dude en escribirnos si se decide. Ya tenga por hecho que cuenta con un patrocinador.

Él asiente, extrañado, pero no comenta nada al respecto y simplemente se despide como si hubiera entendido el mensaje. Al caminar, le cuento lo que sé sobre el bazar y el plan de Valentine para financiar nuestro viaje. Al principio se resiste, exponiendo las dudas que yo también tuve, y cuando creo haberlo convencido de que se arriesgue a ir con mamá, me toma por sorpresa al pedirme que sea yo quien lo acompañe mientras espero el juicio contra Faustus.

—Quiero que entiendas que después de la frontera hay más vida, hay más mundo, en el que obviamente habrá maldad y quiero que estés preparada para enfrentar lo que sea.

Tiene razón, siempre la tiene.

—¿Eso quiere decir que iremos al bazar de Lacrontte?

La emoción es notable en mi voz y en el apretón que le doy a su mano. Con esas ventas podremos pagar la deuda, quitarnos esa carga de encima y continuar con nuestro ritmo de vida normal.

—Solo si el barón Russo acepta patrocinarnos.

* * *

Valentine tenía razón. Su padre aceptó financiarnos. Costeó los gastos de nuestro viaje y de la estancia en el reino enemigo y con un poco de influencia ayudó a que la renovación de nuestros permisos de viaje estuviera lista para el viernes al final del día. Entonces, mi padre y yo emprendimos el largo camino hasta Mirellfolw, el lugar al que había prometido no volver jamás.

Organizamos nuestro puesto lo más rápido posible, pues llegamos retrasados a la inauguración y nos perdimos el discurso de apertura del rey. Lacrontte ha implementado un sistema que consiste en pintarles a los visitantes la palma de la mano con el color predominante de su reino para clasificarnos y ubicarnos como si fuéramos una peste que se debe vigilar para que no se salga de control. Así que un oficial nos deja las palmas de un azul oscuro.

Estamos en nuestro puesto, en medio de los muchos otros que adornan hoy el centro de la ciudad bajo una inmensa carpa blanca. La ubicación de las tiendas crea caminos delgados como los de un laberinto. Algunos vendedores hablan fuerte para atraer clientes y otros los toman de la mano para llevarlos a sus puestos casi por obligación. Las personas tropiezan con mesas y letreros colgantes de baja altura mientras recorren el sitio cual banco de peces en un estrecho de mar, percibiendo los diversos olores de comida, esencias y perfumes que se mezclan en el ambiente.

—Hola, soy Ellen y ella es mi amiga Ellie —saluda una rubia de mirada de gacela, quien se acerca a la mesa junto con una joven de cabello castaño y de mejillas de conejo—. Necesito que hagan una fragancia para mí.

Su acompañante saca de una pequeña bolsa de terciopelo rojo un envase cuadrado de vidrio transparente cubierto con delgadas láminas doradas y cristales blancos incrustados en el frente. En su interior aún hay un poco de líquido ámbar. Noto que es una loción masculina cuando me lo acercan.

—¿Necesita una fragancia parecida a esta? —inquiere papá, recibiéndolo.

—No, requiero que tenga el mismo olor, que la repliquen. ¿Pueden tenerlo para mañana?

—Lo siento, pero nuestro negocio crea fragancias originales, no copias de trabajos de otros perfumistas.

Aquellas piedras y el metal de protección dan cuenta de lo costoso que es aquel perfume. Debe pertenecer a un duque o a alguien de mayor rango y, sinceramente, lo último que queremos es meternos en problemas.

—¿Se hacen llamar perfumistas y no son capaces de hacerlo? —Cruza las manos en el pecho, molesta—. Pagaré lo que me pidan. El hombre que lo hacía murió y es un regalo para mi padre, que es quien lo usa.

—¿Son de la nobleza? —les pregunta y ellas niegan con la cabeza—. Entonces, ¿de dónde sacaron esto? Mis años de experiencia me dicen que un frasco tan lujoso solo lo puede comprar un noble.

—Está bien. Les diremos la verdad. —Se inclina sobre la mesa como si fuera a decir el más grande secreto de Estado—. Mi tío tiene un amigo que conoce al hermano de la novia del sobrino del hombre que saca la basura en el palacio real.

La expresión en su rostro me dice que espera alguna reacción de asombro de nuestra parte ante lo que considera una gran hazaña, así que se la ofrezco, aunque no entiendo el contexto.

—¿Ahora comprenden lo increíble que es? —me pregunta, orgullosa.

—Tienen muy buenas influencias —digo con un tinte irónico.

—Eso no es todo —continúa, complacida por mi respuesta—. En ocasiones ese encargado se queda con algunos de los artículos en desuso.

—Te refieres a la basura.

—No, son artículos en desuso y los vende a bajo costo. Ese perfume que tienes en la mano es nada más y nada menos que los restos

de la loción que usa el mismísimo rey Magnus VI. ¿Ven lo magnífico que sería que ustedes se convirtieran en los artífices de la réplica de la fragancia de su majestad?

Papá vuelve a negarse y ellas a insistir hasta que lo hacen dudar. Él empieza a hacer pruebas con la fragancia, rocía un poco sobre la cara interna de su muñeca para que el flujo de la sangre aumente la temperatura y las notas se intensifiquen. Tarda algunos minutos antes de nombrar los primeros ingredientes que puede identificar.

—Bergamota, puede ser de tipo Calabria, y quizás cedro, pero no estoy seguro. Creo que es algo más, un ingrediente que nunca he utilizado.

Las dos jóvenes continúan negociando hasta que obtienen la respuesta que querían escuchar. Papá toma el pedido por una cantidad estimada de mil quinels. Cuando oigo la cifra pienso en que con eso hubiéramos podido comprar suministros para poner otro puesto de perfumes igual a este al otro extremo del bazar. Solo espero que al hacer esto no terminemos en prisión.

* * *

La tarde pasa rápido y las ventas no han parado ni un segundo. Me duelen los pies por todo el tiempo que he estado parada y agradezco cuando el sol empieza a caer, pues eso indica que se acercan las últimas horas de comercio por hoy. Papá sigue concentrado en el perfume del rey Magnus y está con lista en mano dispuesto a comprar lo que necesita para elaborarlo. Le pido que me compre las semillas de las flores típicas de Lacrontte para agregarlas a mi jardín y es ahí cuando me cambia el rumbo de la conversación.

—Creo que es mejor que vayas tú, mi niña, y así escoges todo lo que quieres.

—No quiero caminar por ahí sola. Me da miedo que vuelva a ocurrir lo que… bueno, usted sabe a lo que me refiero. —No soy capaz de mencionarlo sin que un escalofrío me recorra la espalda.

—Emily, recuerda lo que te dije cuando me propusiste volver aquí. No quiero que seas una joven con miedos que se rinde sin intentarlo. —Me toma de los hombros para encararme—. Hazlo paso a paso y empieza por buscar semillas en algunos de los puestos. Y si no están, regresa. No pido que te alejes mucho, nada más explora los locales del evento.

Dudo que pueda hacerlo, porque los recuerdos de esa noche siguen cegándome como la neblina en la madrugada. Me toco el cabello por reflejo y, aun cuando nadie lo está jalando, siento que podrían hacerlo en cualquier momento y eso me llena de angustia, como si una flecha me atravesara.

—No dejes morir a esa niña valiente que sé que eres —pide cuando nota mi indecisión.

Intento revivir el valor que tuve para hablar frente a la clase, cuando les transmití un mensaje de lucha que yo misma debo creer. Si no lo hago, no estaría siendo fiel a las palabras que expresé.

—Puedo hacerlo —recito más para mí que para él.

—Confía. El sitio está lleno de personas y más de una te ayudará si llegas a necesitarlo. —Me abraza y ese simple tacto desvanece el peso en mi espalda—. No permitas que el mundo te consuma, eres tú quien debe ir y dominarlo.

Asiento enérgica y tomo el silbato que me obsequió el joven Willy. Lo agarro con fuerza, esperando que me transmita la valentía que por momentos se me escapa. Parece como si fuera a enfrentarme contra un oso hambriento. Confrontaré mis miedos internos. Comienzo a pasear por el bazar, admirando la belleza de los diferentes puestos, donde veo orfebrería, joyería, cuadros, tejidos, comida típica de distintos reinos, como los *quecses* de Mishnock, y plantas medicinales, como la quina; sin embargo, por más que busco, no encuentro ninguna floristería. Parece que nadie con ese oficio se animó a venir a Lacrontte.

Me acerco a uno de los tantos guardias que custodian el evento para saber dónde puedo comprar semillas de flores. En un momento estoy haciendo la pregunta y en el otro varios de ellos me rodean

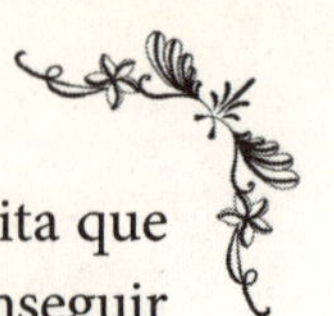

como si hubiera insultado a una nación entera. Uno me grita que estoy infringiendo la ley 7021. ¿Solo por preguntar dónde conseguir semillas? Este tiene que ser el chiste principal de la obra de un bufón. El guardia me toma del brazo e intenta moverme para que vaya con ellos a la base civil, pero me congelo porque empiezo a revivir esa noche en mi cabeza. Vuelvo a ver a Faustus arrastrarme como un caimán que lleva a su presa hasta el fondo del pantano, otra vez escucho sus insultos y mis suplicas desesperadas. No voy a ir con ningún hombre a ningún lado, así sea la autoridad.

—Quiero ver a mi padre, necesito informarle sobre esto —pido con la voz baja como una brisa ligera cuando quisiera sonar como un ventarrón—. Tengo derechos.

—Sus derechos los determinamos nosotros y en este momento es una prisionera que no tiene autorizado nada.

—¿Prisionera? —replico, desconcertada—. Eso no es justo. No entiendo de qué me están acusando, díganme cómo los ofendí.

Nadie me responde y el miedo renace. Empiezo a hiperventilar y espero a que, tal como dijo papá, alguien intervenga, pero nadie lo hace. En cambio, cada uno de los presentes se hace a un lado, permitiendo que me lleven fuera del bazar. En minutos llegamos a una base de paredes blancas y luz fría que podría enloquecer a cualquiera. Varios guardias están reunidos detrás de una barra de concreto en la que un aviso pintado dice «Guardia Civil de Lacrontte». Me piden mi identificación para hacer el papeleo, pero me resisto a dar cualquier dato. No van a encarcelarme o ficharme sin decirme qué hice mal.

—En Lacrontte las flores están prohibidas, señorita —explica uno de ellos al ver mi resistencia—. El rey así lo exige y nosotros cumplimos.

—Eso es ridículo. Son solo plantas. Es decir, son necesarias para el proceso de polinización. Entonces, ¿cómo van a tener árboles?

—¿Cree que somos estúpidos? Claro que hay flora, pero son cultivos controlados. Muchos lacrontters tienen jardines, lo que no pueden hacer es decorar sus fachadas con flores.

Mi cara debe mostrarles lo absurdo que me suena aquello, pues su actitud se vuelve aún más seria cuando ven que quiero reír. No voy a dormir en un calabozo por esto. Me niego. Les pido que vayan por mi padre. Él es el único que puede ayudarme a buscar una salida, pero se niegan, así que sin otra alternativa hago sonar el silbato que llevo en el cuello. Es ahí cuando las cosas empeoran, pues al ver el escudo grabado a un costado del objeto me acusan de sospecha de espionaje. ¡No, otra vez no con la ilógica acusación de que soy espía!

—Camine. Tendremos que ir al palacio, esto es un delito del que se encarga el rey.

Quiero echarme a correr, quiero gritar y, si es posible, desaparecer.

Este reino solo me trae problemas.

19

Cuando veo a los guardias reales abrir las rejas doradas que rodean el palacio, la angustia empieza a gobernarme, me duele el tórax y se me dificulta respirar, como si estuviera en un barco a la deriva enfrentando una tormenta. De ahí me guían por un puente que divide la entrada de la casa real y desde el cual puedo ver la mansión Lacrontte, de tres pisos y colores crema, gris y blanco. Tiene varias torres, todas coronadas con la bandera del reino y rodeadas por grandiosas zonas verdes que forman caminos de espirales en los que no hay ni una sola flor.

—Por favor, díganme qué piensan hacer conmigo. No soy una espía, lo juro.

Al llegar a las escaleras del umbral, un hombre mayor se acerca a nosotros con las manos enlazadas sobre el estómago y un rostro inexpresivo. Es de caminar lento, movimientos pausados y, por la manera tan atenta como me mira, puedo apostar a que ya se ha formado una opinión sobre mí.

—Buenas noches. ¿Qué tenemos aquí?

—La señorita es mishniana —dice el custodio—. Y tiene un silbato de los oficiales civiles de Mishnock.

—¿Por un silbato me hacen perder el tiempo?

—Ellos dicen que soy espía —me defiendo—, y le juro que no es así, señor…

—Modrisage. Soy Francis Modrisage, consejero del rey Magnus Lacrontte.

—La orden real dictamina que cualquier sospechoso de espionaje debe ser traído al palacio —discrepa el custodio.

—Pero cuando hay evidencia concreta, no por un silbato. Aun así, investiguemos. Pasen. —Se da la vuelta y entra al palacio. No puedo creer que vaya a pisar la morada de mi verdugo—. ¿Cuál es su nombre, señorita?

—Emily Malhore, señor.

Intento mantener la calma aun cuando el ambiente y la incertidumbre no me ayudan. Me muerdo el labio inferior para no llorar y aprieto en un puño el silbato que me cuelga del cuello, el mismo que detonó todo este teatro. Al verme, el señor Modrisage se detiene y me pide que no tema, pero es imposible que no lo haga. Asegura que nada va a pasarme, que no me encarcelarán y que solo hará un reporte para dejar constancia del suceso.

Me quedo en el corredor principal con los custodios mientras él va por papel y pluma. Respiro profundo para poner fin a mi agitación y miro alrededor para tratar de disolver los trágicos pensamientos que se pasean por mi mente como fantasmas. El palacio Lacrontte es como una caja musical brillante llena de minuciosos detalles. Hay múltiples candelabros que le dan vida a la estancia, además de pequeñas estatuas doradas de figuras humanas que sostienen lámparas, cuya luz se refleja en el piso pulido. Hay puertas y ventanales intercalados entre las paredes talladas. Pero es el techo el que se roba mi atención: tiene pintado un fresco en tonos ocres, rojizos y azules que muestra ángeles de rostros atormentados en una escena de guerra, con lanzas, espadas y escudos frente a un público que mira el enfrentamiento con emoción.

—Pasaremos ante el rey Magnus —el consejero me habla de repente. No noté en qué momento regresó.

—No quiero estar frente a ese hombre, señor Modrisage. —Le suplico como un hijo a su padre.

—No se preocupe. Seré yo quien le explique todo. Aun así, él debe estar al tanto. Se toma muy en serio las sospechas de espionaje,

pero estoy seguro de que solo nos tomará cinco minutos, después podrá irse.

—¿Le puedo pedir un favor? —cuestiono y acepta—. Podrían mandar a buscar a mi padre. Está en el bazar, en nuestro puesto de perfumes.

Imagino lo preocupado que debe estar papá al ver que no regreso. Ya debe estar buscándome con la zozobra que le quema el alma. Merece saber lo que ocurre. Me pide su nombre y la ubicación de nuestro puesto en el bazar para luego asignarles a un grupo de guardias que lo encuentren y lo traigan al palacio. Antes de pasar frente al rey, me informa que tendrán que cubrir mi vestido de margaritas amarillas con otra prenda. Supongo que debido al rechazo que siente su monarca por las flores.

Lo sigo hasta la segunda planta bajo la mirada atenta de custodios, quienes me observan como un estudioso de los animales a una nueva criatura. Es evidente que no están acostumbrados a ver a extraños en esta parte del palacio. Me siento como en una excursión por la casa real a medida que recorro el piso de mármol que brilla bajo los faroles que alumbran el largo y ancho pasillo hasta detenernos frente a una puerta café con una placa encima que anuncia que se trata de la sastrería.

—Remill, necesito tu ayuda —anuncia el señor Modrisage cuando entra.

Se trata de un salón amplio, un taller de costura en el que hay mesas largas, máquinas de coser enfiladas metódicamente, paredes llenas de telas, hilos, cadenas, botones, cierres y, además, grandes maniquíes en diferentes esquinas que portan trajes, abrigos y capas de hombre en un solo color: negro.

—Aquí estoy, Francis. ¿En qué puedo ayudarte? —Se escucha una voz detrás de un biombo—. ¿Se le descosió alguna pieza al rey? No me digas eso porque no quiero terminar en la horca.

¿De qué habla? ¿Por qué toman a la ligera temas tan serios como la muerte? ¿Tan acostumbrados están a ella como nosotros en

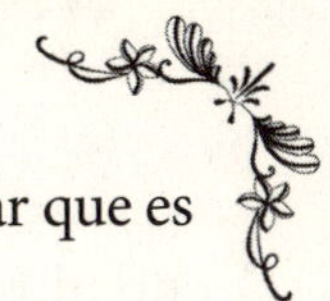

Mishnock? Si se trata de un chiste local, me atrevo a confesar que es el peor tipo de humor que he escuchado jamás.

—Si sales de donde estás, entenderás de que se trata.

Escuchamos unos pasos que se acercan y finalmente aparece el sastre encargado de vestir al soberano de Lacrontte.

—¡Por todos mis alfileres!, ¡cuántas flores! —exclama, sorprendido, y se paraliza al verme—. ¿Acaso eres suicida?

Es un hombre delgado, con lentes redondos y cabello negro canoso. Tiene las mangas de la camisa recogidas hasta los codos y lleva en su muñeca una almohadilla llena de agujas. Me mira constantemente, como si no pudiera creer lo que ven sus ojos… Mi vestido de flores. ¿Qué le pasa a esta gente?

—¿Pasará frente al rey? —inquiere, y Francis lo confirma—. Ya comprendo la situación. Espera, eso quiere decir que por fin haré algo diferente. —Se emociona de repente—. Aguardé por este momento tantos años. Tengo muchas ideas recopiladas, puedo hacer un vestido de gasa con un hermoso escote de encaje y tal vez también algún accesorio para el cabello.

—Remill, no hay tiempo para nada de eso. Está a pocos minutos de ser llamada, solo ponle algo encima y listo.

—Entonces, ¿para qué la traes aquí? ¿Por qué simplemente no le pusiste una sábana?

—¿Qué tienes para cubrirla? —continúa Francis, dispuesto a no alargar el drama.

—Nada, todo lo que hay es ropa del rey Magnus. Trajes oscuros y casacas.

—Pues ponle una de esas.

—¿Lo dices en serio? —comenta, incrédulo—. ¿Cuánto mides, niña?

—Uno cincuenta y cuatro, señor —contesto, saliendo de mi estupor.

El sastre me guía hacia un lado, donde hay un espejo largo de tres lunas que dan una visión completa del cuerpo, y me sube a una tarima circular para tomar las medidas que necesita. Busca la capa

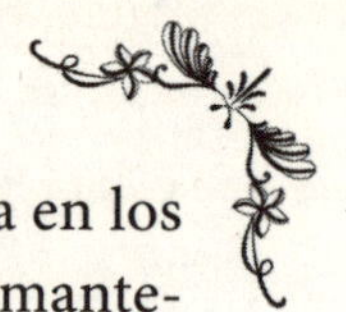

y, cuando me la pone, siento todo el peso de la gruesa tela en los hombros. Es más pesada de lo que parece y batallo para mantenerme erguida. El sastre comienza a medir y a doblar la tela hasta dejarla del largo perfecto y luego se la lleva a la mesa para cortarla.

—¿Te resulta muy pesada para solo tenerla atada? —pregunta cuando vuelve a medírmela.

—Como vasijas de plomo.

—De acuerdo, te pondré un gancho.

Rebusca entre los cajones y trae un broche dorado de alas, que tiene en el centro enmarcadas las letras *M* y *L*, que a su vez están adornadas por una corona.

—El rey odia este diseño y hay cientos de estos. Los hicieron antes de que él los aprobara —explica, uniendo ambos lados de la capa con el pasador.

No recuerdo haberme vestido nunca de negro, por lo que me decepciono cuando me veo al espejo y noto que el único toque de color existente lo da ese broche sobre mi pecho. El nerviosismo me cosquillea en la piel como el caminar de un grupo de hormigas al ser consciente de que me acerco de nuevo al rey Lacrontte y su mirada de piedra.

—Solucionado. Ahora lo peor que puede pasar es que te decapite por usar su ropa.

—¡¿Qué?! —me sobresalto e intento quitarme la capa, pero me tiemblan las manos—. No, no quiero morir.

—No va a pasar —me asegura Francis—. Gracias por tus comentarios, Remill.

A medida que volvemos al primer piso, me explica que por protocolo no se usará mi nombre y será reemplazado por el número de mi reporte, que en este caso es el treinta y cinco. Pasamos entonces a la sala del trono. Un sitio revestido con paredes de yeso, imponentes columnas de mármol, cortinas de color vino que le dan un aspecto sombrío al lugar y un trono que no puede ser de otro material que oro macizo. Está dispuesto sobre un nivel elevado y antecedido por escaleras. El salón tiene ventanales arqueados en el muro derecho, por medio de los que se cuela toda la luz de la luna llena. Camino con

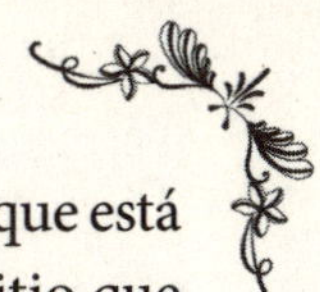

desgano y solo me detengo al llegar a un escudo de Lacrontte que está pintando en el centro de la sala. Es tanta la belleza de este sitio que por un momento parezco olvidar a lo que he venido.

Francis me oculta detrás de su espalda después de entregarle el reporte al rey Magnus, quien viste uno de sus habituales trajes negros. Algunos mechones de cabello le caen hacia adelante mientras los demás están sostenidos por la corona de oro y rubíes que le adorna la cabeza. Sus pies descansan sobre el suelo y sus manos cargadas de anillos sujetan la hoja que lee ávidamente. No negaré que es apuesto, pero de una forma que no atrae, sino que aleja, como una criatura majestuosa aunque peligrosa, que es mejor admirar a distancia.

—Déjame verla —le pide a su consejero sin levantar la vista y este se hace a un lado, exponiéndome.

Alzo la capa para no tropezar y doblo las rodillas en una reverencia. El soberano de Lacrontte por fin levanta la cabeza y sus ojos verdes me atraviesan. Son como esmeraldas filosas y brillantes. Me observa por unos segundos y temo que me recuerde y cumpla con la amenaza que lanzó en el palacio de Mishnock, pero luego entiendo que afortunadamente no me detalla a mí, sino que se fija en el atuendo que tengo puesto.

—Buenas noches, majestad. Mi nombre es Em…

—Francis —me interrumpe con la delicadeza de un hacha para desviar su atención hacia el señor Modrisage—, ¿qué tiene puesto esta mujer?

—Una capa, majestad —responde imperturbable.

—¿Pasaste de consejero a bufón del palacio? —le reclama con calma, pero con la voz plagada de ironía—. ¿Por qué está usando una de mis prendas?

—Necesitábamos cubrirla con algo y solo pudimos darle una de sus capas debido al poco tiempo del que disponíamos.

—¿Acaso estaba desnuda?

—Peor: ¡tenía un vestido de flores amarillas!

Me sigue resultando ridícula su aversión a las flores. ¿Qué le sucedió para que las aborrezca de una manera tan drástica y absurda?

—Mas vale que esto no vuelva a suceder. —Cierra los ojos y se masajea la sien, cansado—. Vayamos al grano, acusada número treinta y cinco. ¿De dónde saco ese silbato?

—Fue un obsequio.

—¿Tengo que preguntar de quién o me lo va a decir?

—Un amigo de la Guardia Civil de Mishnock.

—¿Y a usted le pareció buena idea viajar a territorio enemigo con eso?

—No creí que causara problemas.

—Pues ya ve que se equivocó. Francis, tráemelo.

Le pide a Francis que le lleve el silbato, así que me lo quito del cuello y se lo entrego. El rey saca un pañuelo de su bolsillo y con él lo agarra para estudiarlo. ¿Por qué no permite que me marche y ya? Se suponía que esto solo era algo de rutina.

—La dejaré ir, acusada, porque no hay suficiente material para hacer una acusación formal —dice después de un rato y la sensación de alivio me invade como una marea fuerte—, pero esto me lo quedo.

—¡No! —digo más alto de lo que pretendía.

Francis me regaña con la mirada al ver mi irrespetuosa negativa. ¿Qué más podía hacer? No quiero perder el silbato, ya se ha convertido en un símbolo de valentía para mí después de lo que ocurrió con Faustus. Puede que sea por las palabras del joven Willy al entregármelo, «estaré a un silbido de distancia», pues cuando lo aprieto siento que, de necesitarlo, alguien vendrá en apoyo.

—¿Disculpe? —Levanta una ceja al escucharme—. El que no se quiera deshacer de él aumenta las sospechas sobre usted.

—Es algo especial para mí, no podría explicarle por qué, pero no me resistiría a perderlo si no fuera importante.

No quiero tocar el tema de lo que sucedió esa noche, porque solo de pensarlo me atormenta, como las pesadillas a un niño. Además, estoy segura de que eso no es algo que él quiera escuchar.

—Le daré cualquier otra cosa, como este pasador. —Me señalo el pecho para negociar.

—Ese broche es mío.

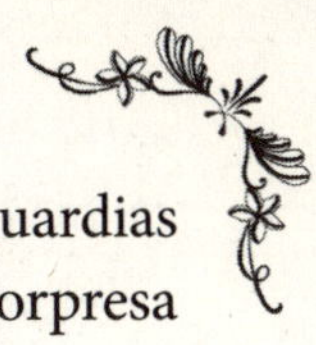

—Pero a usted no le gusta. —Siento las miradas de los guardias que custodian la sala del trono, algunos tratan de ocultar su sorpresa ante mi osadía y otros la demuestran con naturalidad.

—Aun así, no deja de ser mío. A propósito, ¿quién le reveló esa información? ¿Fue Remill?

—No —miento para no meterlo en problemas. Me agradó y no quiero que lo despidan por hablar de más.

—¿Entonces?

—Soy vidente.

—No me diga —se burla de mi idiotez—. Así que puede adivinar cosas, ¡qué coincidencia!, porque a mí me encantan las adivinanzas. Parece que nos vamos a llevar muy bien, número treinta y cinco.

Por un momento creo que va a reírse, que no puede estar diciendo algo así en serio, pero vaya que soy ingenua porque ese rostro lleno de maldad no se suaviza nunca. Su mirada, a pesar de ser fría y dura como el yeso, brilla como turmalinas recién pulidas. Parece que tiene algo en mente que lo divierte y que se escapa de mi comprensión.

—De acuerdo. Esto es suyo si logra sorprenderme con algo que usted no tendría por qué saber. —Alarga el silbato en mi dirección. Parece que lo va a lanzar al piso, pero no, solo lo sostiene de la cadena y las luces de la sala del trono iluminan el pedazo de aluminio como si se mofara de mí.

Es evidente que no me cree, y cómo lo haría si es la mentira más tonta que se me pudo ocurrir; sin embargo, una idea me llega a la cabeza con la velocidad de una bala.

—Adivinaré los ingredientes de su perfume.

—¿Seguirá con lo de la clarividencia? —cuestiona, y sé que no le ha causado ni una pizca de gracia mi plan, pues el placer que había en su mirada por verme expuesta desaparece.

—¿Teme que pueda acertar?

—Está bien. —Confiado, se recuesta sobre el respaldar—. Dígame las notas.

Me quedo un momento en silencio para que crea que estoy pensando.

—Bergamota. Bergamota Calabria, para ser exacta.

Esperaba ver sorpresa en su rostro, y lo que sucede es lo contrario: se queda impávido. Quería que demostrara algo de asombro, algún sentimiento, pues empiezo a creer que solo es capaz de sentir enojo y proyectar indiferencia.

—¿Y qué más? —exige con la misma actitud imperturbable.

Me quedo sin recursos. Papá no me contó cuáles eran los demás ingredientes, pero recuerdo haberle escuchado decir que quizás contenía cedro. Aunque también mencionó que no estaba seguro de que se tratara de eso, así que me decido por algo más genérico y seguro. Cualquier error podría costarme la vida.

—Madera —respondo, confiando en que eso sirva para engañarlo.

—¿De qué tipo? —contraataca.

Aun cuando sus expresiones no reflejan nada, me parece que está disfrutando al ver cómo me quedo en silencio, pues en realidad no tengo idea de cuál puede ser.

—Parece que se le agotó la imaginación y a mí un poco la paciencia, acusada. Retírese y ya no me haga perder el tiempo, porque una de las cosas que más odio es que intenten verme la cara de estúpido.

Se acabó mi oportunidad.

Resignada, me reverencio para marcharme y cuando desvío la mirada hacia la puerta veo a Francis caminar hasta un guardia que se encuentra allí. No sé muy bien lo que hacen ni escucho lo que conversan, pero noto cómo le pasan el frasco de perfume que Ellen y Ellie nos llevaron esta tarde y una hoja de papel que me paraliza cual estatua.

—Majestad —interviene, desdoblando la hoja—, los guardias han encontrado al padre de la acusada y este les ha dado una nota que quiere que le leamos. —Se acerca y le devuelve el frasco con los restos de su fragancia—. ¿Tengo su autorización para leerla? —cuestiona y el rey asiente.

No, no, por favor, que no sea lo que estoy pensando, porque si ya el cielo me había enviado una soga para salir de la arena movediza, eso le daría un sablazo y me terminaría de hundir.

—Buenas noches, majestad —inicia—. *Quiero decirle que si hay alguien que merece estar en juicio, soy yo. Mi hija no aceptó replicar su perfume, sino que fue una decisión propia y, de verdad, lo lamento. No quería que las cosas llegaran a esta instancia, por eso le regreso la muestra, para rogarle que me tome a mí en el lugar de mi hija.*

¿Por qué ha dicho eso? Ha empeorado la situación para ambos. Eso era lo último que necesitábamos. Ahora no solo estaré metida en un lío, sino que él también.

—Esto tiene que ser una broma—recalca el rey Magnus, anonadado tras escuchar el mensaje de mi padre.

Un atisbo de sonrisa aparece en su rostro, pero desaparece en milésimas de segundo. Aquella acción fugaz me permitió ver dos hoyuelos en sus mejillas. Todo sucedió tan rápido que no estoy segura de si fueron reales o si toda la presión y la angustia me están haciendo ver cosas.

—Debo darles mérito por algo. —Se pasa las manos enfundadas de anillos por la barbilla mientras me mira—. Nunca me había entretenido tanto con un reporte de sospecha de espionaje. ¿Por qué tiene estas cosas? —dice, refiriéndose al perfume—. ¿También hurgan en la basura?

Mi indignación se hace presente con la furia del fuego que se mezcla con el alcohol, pero antes de seguir contestando impertinencias, empiezo a relatarle lo que sucedió esta tarde porque no pienso ser la única involucrada en este lío y, sobre todo, necesito salir viva de aquí.

—¿Sabe cuál es una de las premisas en las que creo fervientemente, acusada? *Sacrifica a otros para salvarte a ti mismo*, así que haremos un trato. Me dirá quién les vendió a esas jóvenes el perfume mientras Francis va en busca de ellas y yo le devolveré su amado silbato. Debe haber un sentenciado. Usted o alguien más, me tiene sin cuidado, lo único importante es impartir justicia.

—Dijeron que era el encargado de la basura del palacio, pero no puedo asegurarlo. ¿Lo va a asesinar? —me atrevo a preguntar—. No quiero que le haga nada, majestad.

—Eso no es de su incumbencia —sentencia y empieza a bajar las escaleras del trono—. Desaparezca de mi vista si no quiere que la incluya en la sentencia.

Se detiene frente a mí, obligándome a elevar la cabeza para mirarlo a los ojos. Tras unos segundos le pide a uno de sus guardias un par de guantes que se apresuran a traerle: son dos piezas de cuero negro que se ajustan perfectamente a sus manos.

—Es usted exasperante y esas son cosas que no tolero de nadie, ¡mucho menos de una mishniana! Así que le sugiero que acate esta orden sin rechistar.

El rey Magnus se ajusta los guantes, abriendo y cerrando los puños, para después abrochar el botón que adorna el cuero a la altura de sus muñecas.

—¿Puedo tocarla? —pregunta de repente y mis ojos se abren ante el cambio de tema.

Parece que me ve el pecho, seguramente mira el broche que sostiene la capa. No va a dejar que me marche con él y la verdad es que no me importa. Que lo tome y listo. Lo único que quiero es salir de aquí, así que asiento para acabar de una vez con todo esto.

Su mano izquierda sube hasta mi cabeza y me levanta el mentón mientras lleva la derecha a mi cuello y lo presiona, apretándolo con suavidad. Percibo el frío del cuero contra mi piel a medida que afirma su agarre y el miedo amenaza con derrumbarme cual avalancha en la ladera de una montaña. Esto no fue lo que pensé que ocurriría. Me clavo las uñas en las palmas para infundirme valor en espera de lo que parece inevitable: que cierre por completo la mano y me corte el aire, pero esto nunca sucede y, para mi sorpresa, soy capaz de respirar con total libertad.

—Si no quiere que lo próximo que sienta contra su cuello sea la soga que la condena a una muerte pública en el coliseo de Lacrontte, será mejor que respete la autoridad que represento y obedezca de una maldita vez mis órdenes —dice despacio, suave, aunque letal.

Levanta el silbato sin soltarme, ofreciéndomelo. Los dedos me pican mientras extiendo la mano para tomarlo. Sus guantes vuelven

a rozar mi piel cuando se aleja apresurado como quien se ha quemado en una hoguera. Quiero discutir cuando me libera, pero sé que ya he abusado de mi suerte al jugar con la paciencia de este hombre y no quiero que se arrepienta de dejarme ir.

Cruzo la puerta con la misma desesperación de quien lucha por encontrar la salida de un laberinto. Afuera veo a papá y me lanzo a sus brazos como si no lo hubiera visto en años, cargando el mismo sentimiento que me ha perseguido estos días, el miedo. Inhalo y exhalo agitada. No sé cómo me he librado del rey Magnus y tampoco quiero dedicarme a averiguarlo. Salgo del palacio aún con el peso de mil rocas en los hombros. Me llevo las manos al cuello para masajearlo y entonces lo noto: el broche y la capa se han quedado conmigo como si aquello de lo que debo mantenerme alejada me estuviera persiguiendo.

20

Mi vida se ha convertido en una especie de caldero humeante en el que hierven los problemas, la zozobra, las injusticias y el peligro, que logré apagar al salir ilesa de las garras del enemigo. No soy capaz de describir la sensación de paz que tuve al cruzar la frontera, pues, a pesar de que vivo en una nación en guerra, prefiero sortear mi supervivencia aquí que en tierras extrañas.

Estoy en mi habitación con Valentine, quien se quedó en casa al terminar la reunión que tuvimos con su padre sobre los resultados del bazar de Lacrontte y en la que reclamó su parte de las ganancias. Además, acordamos que él se encontraría con el Mercader para entregarle el dinero restante.

—Este lugar es primaveral —elogia Valentine al entrar a mi habitación—. Al parecer te gustan mucho los colores pastel.

La señorita Russo recorre mi alcoba con la mirada, desde la alfombra floral que oculta la mayor parte del piso, pasando por la acolchonada silla azul a un lado de mi cama y el caótico tocador blanco al que ahora le faltan muchas de las cosas que vendí en el mercado con Rose, hasta detenerse en mi mesa de noche para admirar mi pequeña colección de bolas de cristal. Debo confesar que no es desagradable pasar tiempo con ella, el problema es que mi mente está centrada en resolver el asunto del juicio, en buscar más testigos que puedan hacer peso en el tribunal.

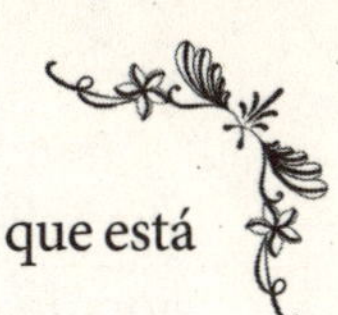

—¿Estudiaste danza clásica? —pregunta por la bailarina que está en el interior de una pieza.

—No, fue algo que siempre quise hacer cuando era niña, pero mis padres no podían costearme las clases.

Recuerdo cuando descubrí el *ballet*. Tenía cuatro años y por la ventana de nuestra recién inaugurada perfumería vi pasar a un par de niñas tomadas de la mano de su madre con unas faldas esponjosas de color rosa que me recordaban al papel de las magdalenas. Había olvidado el suceso hasta que un día, recorriendo las calles con mamá, vi de nuevo a aquellas niñas bailar en un salón y me quedé observándolas a través del cristal. En ese momento no lo supe, pero mamá me veía unos pasos atrás y le pidió a papá que me inscribiera en las clases. El problema era que apenas estaba comenzando el negocio familiar y solo teníamos lo justo para vivir. Aun así, él fue a la academia a pedir plazos largos para pagar las lecciones, con tan mala suerte que la directora no aceptó.

Fue triste, aunque el *ballet* me llevó a algo que amo más. Un día, volví a quedarme en la ventana mirando lo que se me había escapado. La brisa soplaba fuerte y levantó mi vestido, así que, cuando desvié la vista para acomodarlo, encontré un sembrado de margaritas que crecía en medio del asfalto. Me acerqué para tocarlas, eran suaves como mi piel y coloridas como un atardecer. Fue allí cuando me enamoré. Me despedí de la danza y fijé mi atención en lo que tenía a mi alrededor: flores. Especialmente, las de cerezo, porque me recuerdan a las bailarinas.

—Puedo enseñarte si quieres. Tomé clases por muchos años y las odiaba. Todavía recuerdo los conceptos y movimientos básicos. —La propuesta me enternece—. Pero si no quieres, está bien.

Vaya, quizás una de esas niñas a las que miraba desde la calle era Valentine.

—Muchas gracias, aunque creo que ya desistí.

—No pasa nada. Mejor cuéntame cómo te fue en Lacrontte. —Se sienta en el banco del tocador, dejando atrás la colección.

La joven que tengo enfrente dista de la muchacha antipática que conocí en el juego de polo y, sinceramente, ahora sí me agrada. Parece

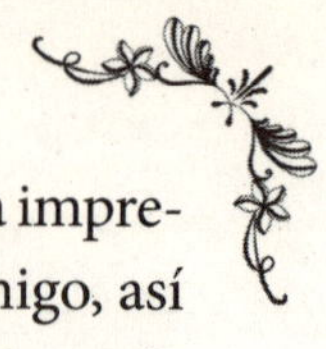

que haber ido a esa cena de redención valió la pena, pues da la impresión de ser una buena amiga. Recuerdo lo que se vino conmigo, así que voy por la maleta que he dejado guardada a un lado del armario y saco la capa que nunca me pidieron devolver.

—¿Una capa? —Mira la prenda sin entender nada—. ¿Qué tiene de especial?

—Le pertenecía al rey Magnus y me la han obsequiado a mí.

—¡¿Estás bromeando?! —Se levanta de golpe y salta a tomar la prenda—. ¿Cómo la conseguiste?

Le cuento la historia y mi idea de regalársela por lo mucho que le gusta ese hombre y también como agradecimiento por convencer a su padre de financiarnos para ir al bazar.

—¡No puedo creer que tenga algo del rey Magnus! Nunca lo lavaré. Casi siento como si él me tocara.

Cuando Valentine menciona esa palabra el recuerdo de su mano sobre mi cuello vuelve a mi memoria. La forma en la que me miraba desde arriba es algo que jamás podré olvidar. A pesar de todo y del destello de sus ojos verdes en ese recuerdo, hay algo más en el fondo de mi mente, un suceso al que sé que tendré que enfrentarme mañana.

—Val, si te pido me acompañes a un lugar, ¿vendrías?

—Por supuesto, para eso están las amigas. ¿A dónde?

—Se trata de un sitio que seguramente nunca has visitado.

Tras la conversación, Val deja la prenda guardada en mi armario y emprendemos el camino hasta el reconstruido edificio de piedra caliza con ventanucos de marcos cobalto de la base central de la Guardia Civil, donde preguntamos por Willy y allí nos dicen que se encuentra unas calles más arriba, patrullando esa zona.

Caminamos hasta el sitio y lo encuentro sin problemas. Está de pie en la acera, creando una línea de guardia junto a varios hombres más que mantienen cierta distancia entre sí.

—Hola —lo saludo cuando llegamos a él.

—Emily, no esperaba verte por aquí. ¿Sucede algo?

—¿Puedes hablar? Es decir, ¿no te regañan si nos ven aquí?

—Diría que no, el peligro ya pasó. Solo aguardamos un poco más por protocolo.

—¿Protocolo de qué?

—El rey y los Griollwerd han regresado del viaje a Rihelmont.

—Hola, Mernels —lo saluda Valentine con los ojos brillantes y una sonrisa gigante, leyendo el apellido en su placa—. Emily ha olvidado presentarnos, pero eso no importa.

—Eso parece. Un gusto, ¿señorita…?

—Russo, aunque me puedes decir Val. —Se pone de puntillas y le da un beso en la mejilla—. ¿Eres amigo de Em? Yo también, deberíamos salir un día los tres, ¿no les parece?

—Presenta a una, Mernels, no te quedes ambas para ti —habla uno de sus compañeros.

Willy sonríe, incómodo. Parece que no está acostumbrado a recibir mucha atención.

—¿Me necesitan para algo? —cuestiona, intentando no desvelar sus emociones.

—¿Será posible que nos acompañes a la calle Relheg?

—¿Volverás a Milicius? —inquiere, levantando las cejas.

—No, pero hay algo ahí que necesito visitar. Puede que nos ayude mañana en el tribunal.

—Denme media hora, que es cuando acaba mi turno, y voy con ustedes.

Valentine y yo vamos a la acera contraria y nos sentamos a esperar. Vemos cómo pasan algunas personas y cómo los guardias siguen patrullando la zona. Noto que mi acompañante no le ha quitado los ojos de encima a Willy.

—¿Por qué lo miras tanto? —pregunto en un susurro.

—Es muy guapo. Podría ser mi próximo novio. ¿Tiene pareja?

—No lo sé, no lo conozco demasiado.

—¿Crees que es muy pronto para invitarlo a salir? Porque ya estoy imaginando cómo caminaríamos por la plaza, con los brazos entrelazados, mientras uso un vestido que combine con su uniforme. Nos veríamos muy bien juntos.

Cuando Willy acaba su turno nos dirigimos hacia Relheg, y Valentine le echa vistazos ocasionales a quien ahora ve como su objetivo durante todo el camino. Él lo nota y, con la mirada, me pide una explicación con la que no cuento.

—¿Tienes novia? —le pregunta ella al cabo de un rato.

—No, señorita.

—¡Qué bien! —suelta con una emoción que no se esmera en ocultar—. Es decir, qué mal si tu deseo es tener una, pero también es bueno si no lo deseas.

—A decir verdad, no quiero estar en una relación por el momento.

—Qué mal entonces. —Baja la cabeza con la mirada triste, cual cría después de una reprimenda.

—¿Le parece? —cuestiona Willy.

—No me hagas caso —murmura e intenta cambiar el tema—. ¿Dónde vives?

—Calle Ulliel, cerca al bosque Ewan. ¿La conoce?

Ni siquiera yo había escuchado de ese lugar. No está cerca de mi vecindario y mucho menos de la calle noble donde vive Valentine.

—No, pero podría. ¿Me estás invitando? —Mueve las pestañas, casi cómica, parece un abanico de mano en un día de calor.

Willy desvía su mirada para encontrarse con la mía y veo que no está preparado para la actitud arrolladora de Valentine.

—¿Quiere ir? —dice él después de unos segundos de incómodo silencio, pero la pregunta es casi una formalidad.

—Está bien, ya que insistes. ¿Cuándo? ¿Mañana te parece bien? ¿Te gusta el vino? Papá tiene unos muy buenos, traídos de Cristeners.

—No sé nada sobre licores, señorita.

—Oh, entiendo. Yo podría enseñarte. ¿Te gusta el blanco o el tinto? —interroga con entusiasmo, pero rápidamente se da cuenta de su error—. Cierto, no eres un conocedor. Llevaré blanco, espero que no te importe.

Finalmente llegamos a la casona de madama Brecshart y el desconcierto en los rostros de mis acompañantes es notorio. Valentine se muestra totalmente perdida, y la comprendo, porque hace un tiempo yo me habría sentido igual.

—¿En qué puedo ayudarlas? —dice la mujer que abre la puerta, arrugando el rostro por la luz que le da directamente—. En este momento no estamos trabajando.

—Necesito a la señora Shelly, por favor. Dígale que es de parte de Emily Malhore.

—Está durmiendo y detesta que la despierten.

—Es urgente. Necesito hablar con ella.

—Mira, niña, si la madama me grita tendrás que pagarme cincuenta tritens. Es más, ¡págalo desde ahora! Si no me grita, te los devolveré.

—Te daré setenta —interviene Valentine, molesta por su actitud—. Solo ve y llámala.

Ella acepta movida por el dinero y se pierde al interior sin permitirnos entrar. Aguardamos allí hasta que aparece Shelly envuelta en un albornoz de tela violeta que resalta su cabello negro.

—¿Qué basura es tan urgente? —se queja mientras se frota los ojos—. ¡Emily! —exclama al verme—. No pensé volver a verte por aquí. ¿Aún no consigues trabajo?

—Vengo a pedirte ayuda con algo, pero no tiene que ver con el empleo, sino con un problema con el mundo de los hombres.

—Has traído a uno contigo. —Señala a Willy con la cabeza—. Espera, no me digas, él es la excepción.

—Fue quien me salvó.

—¿De qué? —pregunta con curiosidad y nos deja pasar para escuchar la historia.

—De ser agredida sexualmente por Faustus.

Odio tener que volver a narrar los eventos de esa noche, pero no voy a detenerme hasta que se haga justicia. Y para eso la necesito en el juzgado. Ya me defendió una vez de ese sujeto y puede que su testimonio incline la balanza a mi favor en el tribunal.

—¿Así que quieres que me presente en el juicio? Bien, puedes contar conmigo, pero te aconsejo que estudies mucho y te prepares para

convertirte en tu propia defensora y no permitir que tu dolor sea olvidado. Si refutan, tú respóndeles con argumentos, pues lamentablemente la única manera de ganar es llenando cualquier vacío en su discurso. Y eso solo lo harás si sabes cómo demostrarles que están equivocados.

—Lo haré, lo prometo. —El agradecimiento que tengo con esta mujer podría llenar un océano—. Gracias por todo, Shelly. De verdad, gracias.

La realidad es que no cualquier persona se arriesga por ti y se toma el tiempo de ir al tribunal a testificar a tu favor; que ella lo haga me llena el alma.

—Algo más —dice y me saca de mis reflexiones—. Tienes algunas influencias y es momento de usarlas. Tu novio es el príncipe, ¿no? Cuéntaselo para que intervenga, después de todo es una autoridad en el reino.

—No he querido decírselo, es mi caso, mi tormento, y no quiero que se resuelva porque cuento con la ayuda del futuro rey. ¿Qué pasaría si no lo conociera? ¿No se haría justicia?

—Soy consciente de que no debería ser necesario tener algún contacto de alto rango para que se cumpla la ley, pero no nos mintamos: el mundo funciona de esa forma y es mejor aprovechar esa ventaja. A propósito, ¿ellos qué representan en la situación?

—Soy su testigo principal —responde Willy, quien ha preferido mantenerse en pie—. Yo detuve a Faustus esa noche.

—Te daría las gracias, pero por tu atuendo veo que eres un oficial y ese es tu deber. ¿Y tú, niña? —se dirige a Valentine.

—¿No le agrada el género masculino? —pregunta ella.

—No odio a los hombres, pero sí detesto a toda aquella persona que le reste valor a otra.

—Es decir que también le molestan las damas.

—Yo soy meretriz, niña. Cuando voy a la plaza de mercado a comprar comida, ¿quiénes crees que murmuran a mi alrededor? ¿Los hombres o las mujeres?

—No lo sé. Nunca he ido a un mercado.

—Las mujeres. Y es porque vivimos en un mundo de hombres cuyos pilares están sostenidos por algunas mujeres con ideales erróneos sobre sí mismas y las demás.

La puerta principal se abre, interrumpiéndonos. Veo entrar a Rose a la casona con un elegante vestido y una gargantilla de plata en el cuello. ¿De dónde viene? ¿Por qué salió si se supone debe estar escondida de la Guardia Civil? Su mirada cae sobre nosotros y su cara de enojo da cuenta de la molestia que le causa verme aquí cuando habíamos quedado en que no volvería.

—¿Por qué viniste, Emily? Te pedí que no lo hicieras —me reclama, dando un portazo.

—No estoy aquí por ti. Es un asunto personal.

—¿Personal? —Se acerca, mientras se quita los guantes blancos—. ¿Desde cuándo tienes ese tipo de asuntos?

—Señorita —Willy se yergue como un solado al ser condecorado. Le regala una sonrisa y le ofrece la mano, que ella rechaza—. Soy el guardia Mernels, un placer.

Los ojos de mi compañero brillan cuando aprecian el rostro de mi amiga de infancia.

—Rose, un gusto volver a verte, ¿me recuerdas? —le dice Valentine para romper la tensión o desviar la atención que el joven ha puesto en otra chica.

—Si no eres relevante en mi vida, es posible que te olvide con facilidad.

—Qué extraño, tú tampoco eres nadie para mí y aun así te saludo por educación. Pero no importa, me presento, soy la mejor amiga de Emily.

—¿La mejor amiga? —se mofa—. No me digas, ¿desde cuándo?

—¿Ahora sí te resulto importante?

—Conozco a Emily desde que éramos niñas y sé todo sobre ella. —Cruza los brazos sobre su pecho y habla con amargura—. No puedes aparecer de la nada y autoproclamarte la persona más cercana a ella, es una completa ridiculez.

Siento tanta pena viendo esta escena. ¿Por qué se comporta así? Nunca nadie le quitará su lugar. Es mi primera y mejor amiga.

—No creí que fueras una amiga celosa, Rose —comenta Shelly con un tono de burla antes de volverse hacia mí—. Emily, aprendamos de tu amiga. Nuestra chica aquí presente —la señala— supo aprovechar sus influencias y con ellas hizo que el mismísimo Charles Tielsong pusiera tras las rejas a su yerno.

Quedo estupefacta, como el día en que encontré a Rose aquí. ¿De qué están hablando? ¿Cuáles influencias?

—Te dije que los Tielsong no me tocarían un pelo y que Cedric pagaría por lo que me hizo. Y soy una mujer de palabra —informa Rose con el orgullo de quien ha enfrentado una guerra y ha salido victorioso.

—¿Maloney? ¿Desde cuándo? —sondea Valentine, preocupada.

—No me digas, ¿lo conoces? —La Madama ríe con cierta satisfacción—. Es mi culpa. Debí imaginarlo desde que dijiste que no habías pisado un mercado.

Me siento completamente perdida y parece que nos pasa lo mismo a todos. ¿Por qué el jefe de la Guardia Civil le obedece a Rose como si ella tuviera poder sobre él? ¿Acaso el jefe Tielsong era uno de sus clientes y ella lo chantajeó con revelárselo a su esposa? ¿O es algo mucho más grande que no alcanzo a imaginar?

21

Después de lo de ayer, Rose se ha mantenido alejada. No sé si está enojada, ruego que no, porque no hice nada para ganarme su molestia. Por la tarde, la vi pasar con sus padres frente a mi casa con total normalidad. No se detuvieron, supongo que se debió a lo mucho que tenían que hablar como familia. Yo aproveché para ir a la biblioteca y tomé el único libro que encontré sobre delitos sexuales. Allí, además, tuve que soportar el gesto desaprobatorio de la bibliotecaria cuando lo pedí, pero por fin estoy en mi habitación, leyendo cuidadosamente, tal como me lo aconsejó la madama; sin embargo, mi hermana mayor no deja que me concentre, ya que no para de dar vueltas de un lado a otro sin decir palabra.

—Me estás asustando —le advierto cuando se asoma por la ventana de mi habitación como si buscara a alguien.

—No hagas mucho ruido, pueden escucharnos.

—¿Quiénes?

—Nuestros padres o, peor, Mia. Daniel me pidió que te diera un mensaje.

—¿Qué sucede, Liz?

—Cuando todos se duerman, baja a la sala y espera junto a la ventana. El príncipe vendrá a verte.

El corazón se me acelera porque no tenía pensado verlo hoy, mucho menos a esta hora, pero sería mentira decir que la idea me

desagrada. Lo extraño más de lo que creía y de lo que estoy dispuesta a revelarle a mi hermana.

—¿Le dijiste a Daniel lo que ocurrió? —Me agito como una bandera en medio de una tempestad—. No quiero que se entere por nadie que no sea yo.

—¿De verdad quieres decírselo? Creo que fue suficiente con desahogarte en las tutorías, ¿no?

¿Lo dice en serio? Puedo decirle a quien quiera y las veces que necesite para poder retirar las dagas que esa noche me clavó en el cuerpo.

—Estás siendo insensible, Liz. Es mi decisión y necesito que él lo sepa.

A pesar de lo mucho que me cuesta aceptarlo, Shelly tiene razón, debo decírselo. No quiero que Faustus quede en libertad y si Stefan puede ayudarme a que me escuchen y admitan mi segunda acusación, estoy dispuesta a intentarlo.

—De acuerdo, como desees. Puedes estar tranquila porque no se lo he dicho a nadie.

Me da unas palmadas en el hombro antes de retirarse y, cuando estoy sola, voy directo a mi tocador para arreglarme. Me peino, me pongo perfume, me cambio los pendientes y me aliso el vestido para que recupere su forma. Estoy nerviosa y miro a todos lados, como si alguien estuviera vigilándome, mientras espero el momento adecuado. Después de un rato, cuando creo que todos duermen, bajo las escaleras y me siento junto a la ventana sin saber qué hacer a continuación.

Tras unos minutos, oigo en el cristal un golpeteo suave que me sobresalta. Muevo con cuidado las cortinas y veo a quien he estado esperando. Abro la puerta sigilosamente y me reúno con él en la oscuridad de la noche.

—Señorita espantapájaros. —Me sostiene de la cintura y me planta un beso que hace que el corazón me palpite tan rápido como el aleteo de un colibrí. Creo que jamás voy a acostumbrarme a la sensación de burbujas que estallan en mi estómago cada vez que me toca—. Te extrañaba tanto.

—Yo también. ¿Cómo es que has venido sin tus guardias?

—Me escapé, necesitaba verte —afirma, tomándome de la mano—. Vamos.

—¿A dónde?

—A un lugar donde nadie nos interrumpa.

Avanzamos en medio de la noche fría y la adrenalina me recorre a medida que veo mi casa desaparecer. Lo que está haciendo Stefan me dibuja una sonrisa. Se escapó del palacio para verme, vino hasta la puerta de mi casa sin guardias y sin carruajes solo para estar conmigo.

—¿Dónde es ese sitio, Stefan? —cuestiono, curiosa.

—Ya lo verás. —Su mirada resplandece como los candiles que iluminan las aceras.

Nuestra caminata continúa por unos quince minutos más. A pesar de ser de noche, las flores que visten los pórticos, los banderines en lo alto de algunos negocios y los últimos carruajes que pasean por ahí se distinguen bajo la luz de las farolas. Hay personas que todavía merodean las calles, algunas se recuestan en las bancas del parque Atark y otros se menean ebrios, apoyándose en las paredes para no caer.

Nos aventuramos lejos del centro hacia las afueras de la ciudad, aproximándonos a nuestro propio rincón de Palkareth, lo curioso es que, a medida que avanzamos, empiezo a sentir que me observan. Noto los ojos de alguien en mi espalda, pero nunca encuentro nada las veces que me giro a comprobarlo.

—¿Algo va mal? —Stefan se preocupa al ver mi inquietud.

—¿No sientes como si alguien nos vigilara?

Se vuelve, paseando su mirada por el camino desolado e iluminado por las lámparas públicas, pero él tampoco encuentra nada.

—¿Has sentido eso antes? —pregunta, alarmado.

—Una vez, mientras caminaba con Rose me sentí observada, pero jamás supe quién me estaba mirando.

—¿Alguien ha intentado hacerte daño? —Su rostro se desfigura y detiene el paso. Me suelta de la mano y me toma las mejillas, buscando la respuesta en mis ojos.

—No. Bueno… hay algo que quiero contarte. No aquí, por supuesto. Prefiero esperar a llegar al lugar al que iremos.

—De acuerdo. Sea lo que sea, siempre debes tener cuidado, no confíes en nadie. El enemigo está en donde menos lo crees.

¿A qué se debe esa advertencia? Sí, sé que Lacrontte es capaz de hacer tambalear nuestras murallas, pero ese no es un enemigo directo para mí. Es evidente que se refiere a alguien más. ¿Qué sabe él que yo ignore?

—Sé más específico.

—Solo cuídate, por favor.

Asiento sin saber qué decir y miro alrededor en un intento por ubicar el punto en el que estamos. Las calles adoquinadas se llenan levemente de arena, la brisa corre con más fuerza, arropándonos con aire puro, fresco. Las aceras empiezan a perderse y puñados de hierba aparecen en medio del cemento, es como si estuviéramos cerca del…

—¿Vamos al bosque Ewan? —cuestiono al unir las piezas.

—Has arruinado la sorpresa. —Sonríe como un niño al que le han descubierto las travesuras.

La entrada al bosque Ewan está prohibida y siempre hay soldados custodiando la zona, aunque se dice que son los mismos que, al parecer, se puede sobornar para pasar ilegalmente a Lacrontte. Los únicos autorizados para entrar al bosque son los miembros de la familia real.

Uno de los militares que custodia la entrada nos mira amenazador cuando nos acercamos y nos detiene con una mano en alto una vez estamos frente a las rejas.

—El bosque está prohibido para civiles —pronuncia con aburrimiento, como si repitiera las mismas palabras varias veces cada día.

No me sorprende su actitud, pues las sombras de la noche ocultan el rostro del príncipe y seguramente no lo ha distinguido.

—Mucho gusto, joven —lo saluda Stefan en un tono amistoso—. Permítame presentarme, soy el príncipe Stefan Denavritz Pantresh, futuro rey de Mishnock.

Solo nos toma un segundo ver que el soldado palidece y no sabe qué hacer o decir. La oscuridad nos sigue camuflando el rostro, así que el hombre levanta una lámpara y comprueba nuestras identidades. Al notar su grave error, se dobla en una torpe reverencia con la que intenta enmendar su falta de respeto y empieza a soltar disculpas a borbotones.

—Aquí no ha pasado nada si usted se excusa con mi novia —comenta, señalándome—, quien desde este momento cuenta con el mismo derecho de entrar aquí que yo.

La sensación chispeante parecida a la que produce el champán en la boca y que solo él sabe encender aparece en mi interior al escuchar la mención del noviazgo entre ambos. Desvío la mirada hacia Stefan con una sonrisa en los labios más grande que el mismísimo bosque.

Después, nos adentramos en las profundidades del bosque Ewan hasta detenernos en un claro bañado con un riachuelo y bordeado con pequeñas piedras blancas. La luz de la luna se filtra por las copas de los árboles y los troncos a un lado del lugar sirven para recostarse. Stefan me invita a sentarme frente al agua clara, se quita su abrigo y me lo pone en los hombros para aplacar el frío que me cala los huesos. Me rodea en un abrazo, acomodándome entre sus piernas de manera protectora. Es como si supiera el tormento que navega por mi mente y quisiera disiparlo. Recuesto la cabeza en su pecho y me aferro a su cuerpo que, poco a poco, me hace sentir segura, cómoda. El olor natural de su piel me resulta tranquilizante. Es la primera vez que estoy en una posición como esta con un hombre y no podría imaginar a una persona más idónea para abrirme con libertad. Él me hace experimentar emociones nuevas a las que apenas empiezo a adaptarme.

—Este sitio es hermoso —confieso en voz baja mientras alargo la pierna y toco el agua hasta hacer remolinos con el pie. El lago es frío, pero no lo suficiente para alejarme.

—Se me ocurren mil formas para deslumbrarte y a ti te asombra la más sencilla. Sabía que iba a gustarte, por eso te traje.

—Me resulta injusto que no podamos disfrutarlo por miedo a los lacrontters.

—Comparto tu opinión, pero es una medida que nos ha mantenido a salvo por más de una helia. No hay que darle oportunidades al ejército de Magnus para atacarnos. Todavía no entiendo cómo llegaron a la fiesta de Daniel. Es obvio que han comprado guardias para que les permitieran moverse con tranquilidad por el reino. Lo que no comprendo es cómo supieron el día del evento y la ubicación de la villa. Por eso mi padre ha viajado, para mover todo el frente y asignar nuevos soldados. Esa emboscada no puede volver a suceder.

—¿Te llevas bien con él?

—Algunas veces. Tenemos una relación de maestro y aprendiz.

—¿No de padre e hijo?

—Es complicado. Cuando tienes un reino que depende de ti, no importan demasiado las relaciones filiales. Por ello me gusta tenerte en mi vida.

Levanto la mirada y le sonrío para que sepa cuánto me han agradado sus palabras, pero el gesto no surge con naturalidad tras escuchar el estado de su relación con el rey. Imagino cuántas noches se preguntó por qué se había ganado el rechazo de su padre y cuántas veces se habrá culpado por algo de lo que es completamente inocente. Me duele pensar en lo solo que debe sentirse.

—¿Ha sido siempre de esa manera?

—Desde que tengo memoria. Muchas veces ni siquiera me permite llamarlo *padre*; en privado siempre es *Silas* o *rey* —confiesa con desánimo mientras me abraza fuerte, como si hacerlo le infundiera ánimo—. Mi madre es el lado afectuoso de la familia y con eso me basta.

Se me arruga el corazón al enterarme de esto, pues no podría tener una relación tan fría con papá. Estoy tan acostumbrada a su afecto que la resignación en la voz de Stefan me quiebra.

—Jamás voy a arrepentirme de haber ido esa noche a la central y conocerte. Sé que he estado ausente por asuntos del consejo, pero lo cierto es que cambiaría todas esas reuniones por minutos contigo.

—Y yo que pensé que te sentías a gusto con ello. —Me giro y le acaricio el cabello desordenado por la brisa de la noche mientras intento entender su exigente mundo.

—La mayoría del tiempo sí, pero a veces necesito espacio.

—¿Es tan malo todo, Stefan?

—Nada nunca podrá ser tan malo si puedo mirarte a los ojos.

Se acerca y mis labios instintivamente se posan sobre los suyos. Su cuerpo se amolda al mío y, a medida que el beso se vuelve más intenso, siento que sus manos exploran por debajo del abrigo que me puso.

—Eres realmente importante para mí —susurra, acariciándome.

El beso sube la temperatura, nuestras bocas se mueven en sincronía y siento que la respiración se me agita por el deseo que me invade. No hay manera de que algo arruine este momento, ni las reprimendas de mi padre ni las frías miradas de mi madre. Puedo soportar todo aquello si Stefan es la recompensa.

Me agarra la cintura para volver a besarme. Esta vez su boca no se queda en la mía, baja por mi barbilla, dejando un camino de besos que se detiene al llegar a mi cuello. Sus manos suben por mi espalda y su cabello me hace cosquillas en las mejillas mientras siento la dedicación de sus labios contra la piel desnuda de mi clavícula. Cierro los ojos, disfrutando de las sensaciones, pero en un acto cruel mi mente viaja hasta esa noche que jamás podré olvidar.

—Stefan —lo llamo, incómoda.

De inmediato se detiene y me observa, desorientado y con el ceño fruncido.

—¿Hice algo mal?

—Hay algo que quiero contarte… Lo que te comenté de camino acá.

Comienzo a relatarle todo, desde el ataque hasta mi denuncia fallida, el juicio que tengo mañana y el miedo que me da pensar que Faustus pueda quedar impune y vengarse. La piel se me eriza entre cada palabra y el rostro de Stefan se sume en un gesto de impotencia. Aprieta los labios y se pasa las manos por el mentón para aplacar el malestar que lo gobierna, como un volcán que se niega a hacer erupción.

—Emily, ¿por qué no pediste que me llamaran? Sabes que puedes hacerlo, habría ido inmediatamente a la central.

—No lo pensé, estaba aturdida, asustada y solo quería que me escucharan, cosa que no hicieron.

Me abraza con fuerza y sus manos ahora me acarician de una manera diferente la espalda, reconfortándome con suavidad mientras vuelvo a buscar refugio en su pecho. Escucho el latido de su corazón, agitado como el pasto a nuestro alrededor que se balancea por la brisa nocturna.

—Es inaudito que no hayan aceptado la denuncia por intento de agresión. —Puedo sentir la impotencia en sus palabras—. Te juro que haré cualquier cosa para ayudarte. Sabes que la monarquía no tiene poder en los tribunales de justicia, pero voy a usar todos mis recursos para intervenir de una u otra forma.

—¿Harías eso por mí? —La ilusión de obtener justicia me llena y estoy segura de que la manera como me aferro a su brazo le demuestra cuánto agradezco que me extienda la mano para salir del abismo.

—Haría cualquier cosa por ti, Emily, y voy a defenderte de quien sea y donde sea.

—Entonces comprendes por qué tampoco quiero algo más… —titubeo porque no sé cómo expresarme—. Es decir… de eso… Tú ya entiendes.

—No te preocupes —me asegura—, lo comprendo. Preocupémonos ahora por el juicio y ten por seguro que estaré allí. No me importa qué pendientes tenga, te juro que llegaré.

—No sé cómo agradecerte.

—Eres mi novia, Emily, y quiero que todos se den cuenta de que me tienes para apoyarte.

—No recuerdo que me lo hayas pedido oficialmente. A pesar de incluso haber planeado una cena con nuestras familias.

—Tienes razón. —Se aclara la garganta—. Señorita espantapájaros, no sé si está interesada en salir con un príncipe distraído que cuenta con poco tiempo libre, pero que le promete que cualquier

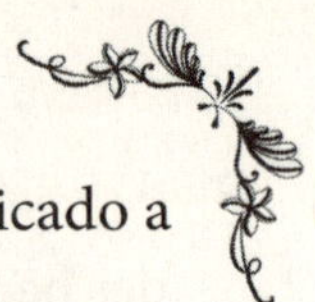

espacio que tenga disponible en su asfixiante vida será dedicado a verla o al menos a pensar en usted.

—Es una oferta tentadora. Aun así, no termina de convencerme. Creo que tendrás que poner algo más en la mesa de ofertas.

—¿Contra cuántos estoy compitiendo?

—Eres tu único oponente.

—Bueno, dentro de poco hay un evento en el palacio al que podrías asistir con toda tu familia para cumplir la promesa; aunque no será una cena, puede ser un buen momento para anunciarlo. Solo resta esperar que me aceptes.

Soy consciente de que esto puede ser una auténtica tontería, pero la posibilidad de oficializar nuestra relación frente a ellos me hace sentir enérgica y liviana. Es increíble que haya encontrado a alguien para mí, hecho a mi medida, gentil y afectuoso como deseaba que fuera.

—Eso quiere decir que por fin sacarán tu nombre de la lista de los solteros más codiciados de Palkareth.

—Es una pena —comenta con fingido dolor—. Mañana mismo enviaré una misiva al periódico o, mejor, los invitaré al palacio, así lo entenderán todo cuando nos vean de la mano en la cena o el baile. No sé qué es lo que mamá ha estado planeando. Vendrán los Wifantere desde el reino de Cristeners y será un evento de bienvenida en su honor, pues estamos buscando aliados para luchar contra Lacrontte. En este momento Plate no nos sirve de mucho debido a la situación económica del reino; Grencowck no ha querido inmiscuirse, pues parece que quieren pelear solos contra Magnus, y Cromanoff, bueno… es el máximo aliado de Lacrontte por su parentesco, así que nosotros también debemos buscar otra nación que nos apoye.

—¿Crees que los Wifantere quieran arriesgarse?

—Todos tienen un precio. Papá y yo hemos estado buscando alguna debilidad o deseo que podamos cumplirles, pues los necesitamos como apoyo para hacerle frente al ejército enemigo.

—Eso significa que tenía razón, piensan devolver el ataque.

—Sí, y lo haremos lo más pronto posible. El pueblo nos está acabando vivos. No queremos que el problema se nos salga de las manos como en Plate. Además, mi padre está furioso porque se está arruinando su imagen y no quiere pasar a la posteridad como el rey que no supo enfrentarse a Lacrontte. Pero mejor cuéntame algo que me distraiga. —Mueve la cabeza como si quisiera borrar todo el tema de la guerra de su cabeza—. Dime, por ejemplo, cuáles son tus flores favoritas.

—No tengo que dudar ni un segundo: las flores de cerezo.

—¡Vaya gusto exigente! Esas flores no se ven por aquí.

—Lo sé. Si el rey Magnus no odiara las flores, estoy segura de que podría haberlas en Lacrontte.

—¿Estuviste allá nuevamente?

—Sí. Igual prefiero no hablar sobre ese hombre. Solo el recordarlo me amarga la existencia.

—Entonces sácalo de tu cabeza, porque quiero ser el único que ocupe ese espacio.

—Creo que ni él ni nadie podrán sacarte de ahí.

—¿Ese fue otro halago? Porque de ser así es mi nuevo favorito. —Me besa la frente después de hablar—. ¿Todo de ti siempre es tan fascinante?

—La mayoría del tiempo.

Las horas pasan y se acerca el alba sin que podamos detenerla. A pesar del frío, nuestros abrazos son más fuertes y los besos no cesan, así que nos importa poco cuán gélida sea la brisa alrededor. Sé que debería estar en casa y Stefan en el palacio, pero no cambiaría ni un solo segundo de esta noche así me costara conseguir el perdón de mis padres. El príncipe se levanta con agilidad, llevándome con él. Quisiera que la vida pudiera guardarse en un libro para recordar todos los detalles que quizás a la memoria se le dé por ocultar.

—Te llevaré a casa y daré la cara ante tu padre —comenta con entusiasmo.

—Va a estar muy enojado.

—Yo lo estaría si estuviera en su lugar.

Salimos del bosque y volvemos a pasar por las calles que recorrimos anoche bajo el gobierno de la luna. Ahora el amanecer hace su trabajo y el sol da color a la ciudad como un pintor a su obra, desde las nubes iridiscentes hasta los vidrios en las ventanas de los locales aún cerrados que reflejan la luz. Al llegar a casa tocamos la puerta y un atisbo de temor se asoma dentro de mí. Él lo nota y toma mi mano como muestra de apoyo.

—No olvides que nos tenemos el uno al otro —dice, dándome un beso casto, el cual queda interrumpido cuando mi padre abre la puerta.

—¿Dónde has estado? —cuestiona con el ceño fruncido, mirándome solo a mí.

—Es mi culpa, señor, yo le pedí que se escapara de casa un rato —confiesa Stefan para defenderme.

—Y accedí porque quise —añado, asumiendo la responsabilidad que me corresponde.

—Ya lo creo, nadie te obligaría a hacer algo para lo que no estás dispuesta —declara papá al conocerme tan bien como a sí mismo.

—No habrá una segunda falta, señor —insiste Stefan—. Le doy mi palabra.

—Le aseguro que la habrá, alteza. Puedo apostar todo lo que poseo a que la habrá. Lo diferente aquí es que no estoy dispuesto a tolerarla. Espero no ofenderlo con lo que diré a continuación, pero considero que un miembro de la realeza no debería andar hasta el alba por las calles vacías de Palkareth con una señorita. Yo le he demostrado mi respeto y le pido que haga lo mismo con mi familia.

—Debe saber usted que su hija se ha convertido en alguien especial ante mis ojos y se ha robado toda mi atención. —Me mira de soslayo sin importar que mi padre esté observando cada uno de sus movimientos—. Aun así, entiendo que fue una falta de respeto contra usted y su esposa, y de verdad lamento causarle molestias con mi comportamiento.

El sol se proyecta en mi espalda y es entonces cuando noto algo que quizás no quería aceptar por temor a salir herida: Stefan ahora

no solo está en mi mente, sino que también se me ha metido en la piel y me asusta pensar que quizás en el corazón.

De repente Atelmoff sale de la casa, sorprendiéndonos a los dos con una sonrisa burlona en el rostro.

—Pensé que ibas a arrodillarte, Stefan.

—Lo haría si hiciera falta —lo dice con seriedad, pero le devuelve la sonrisa.

—Tu padre va a matarte —me dice.

El corazón se me hunde al escuchar tales palabras y busco a Stefan con la mirada, apretándole los dedos con fuerza para capturar su atención. Él se gira hacia mí y toma mi rostro entre sus manos con delicadeza.

—¿Voy a ver tus ojos luego?

Asiento al recordar sus palabras en el bosque Ewan. El señor Klemwood lo insta a retirarse mostrándole el camino, y en un arrebato extraño, el príncipe empieza a caminar hacia atrás hasta el carruaje real.

—¡Soy un hombre afortunado, Atelmoff! —exclama sin despegar sus ojos de los míos.

Me vuelvo para darle la cara a mi familia, pues sé que les he faltado al respeto, aun sí no me arrepiento de nada. Cada vez que estamos juntos siento como si estuviera saltando desde el risco más alto hacia el mar, es el mejor motivo para romper cualquier regla.

—Estás castigada es lo primero que dice mamá, pero ya me lo esperaba, así que sencillamente asiento y bajo la mirada.

—No se puede castigar a un alma enamorada —declara papá y me envuelve en un abrazo—. Solo espero que no te lastime, Emily.

—No lo hará. Lo juro.

—No jures por un corazón que no es el tuyo. Nunca sabes qué pasa en realidad dentro de él ni cómo reaccionará en un futuro.

—Él es diferente, padre.

—Todos somos diferentes y todos podemos lastimar y ser lastimados, pero puedo notar cuán interesado está en ti y estoy feliz por ello.

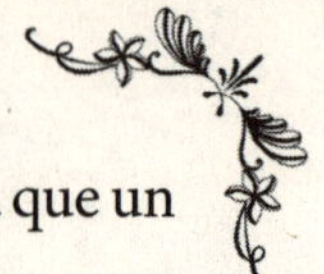

—Soy muy afortunada —declaro con la sonrisa más clara que un amanecer.

—Solo repetiré lo que el príncipe ya dijo: el afortunado es él, mi niña.

22

El día del juicio ha llegado, por lo que me encuentro delante de los tres jueces que conforman el tribunal de justicia. Visten togas de color vino y están en una tarima alta de madera desde donde observan inexpresivos los dos atriles que hay frente a ellos. La pared de atrás también es de cedro y en medio tiene tallado el escudo del reino. Una mujer a su derecha está lista con una máquina de escribir para mecanografiar todo lo que se diga en la sesión. Faustus está a mi izquierda, esposado. No se ha atrevido a mirarme y lo agradezco, porque siento que me robaría la poca fuerza que me queda para enfrentarlo. Ya han leído el informe del oficial que recibió mi denuncia y acaban de escuchar el testimonio de Willy.

Las autoridades no les permitieron el ingreso a mis padres, así que no he dejado dc aprctar las manos y jugar con la tela de mi vestido verde, que me aprieta el torso más de lo que debería, aunque quizás la sensación provenga de la ansiedad que me consume.

—Señor Faustus, ¿por qué quería llevarse a la señorita Malhore en contra de su voluntad? —pregunta uno de ellos.

—La confundí con otra persona —miente con descaro, haciendo que se encienda en mi interior la ira.

—El oficial Mernels afirma haberlo escuchado alegando que la señorita debía cumplir con un servicio que usted había pagado con anterioridad. ¿A qué se refería con eso?

—Yo jamás dije nada parecido. Esa noche estaba ebrio y cuando la vi en la calle pensé que se trataba de mi hija. No pude distinguirla bien y simplemente me equivoqué.

—Eso no es cierto —replico, indignada—. Él quería llevarme porque estaba convencido de que había comprado mis servicios como meretriz, cosa que no soy. Su testimonio es falso y pretendía aprovecharse de mí.

—¿Se dedica usted a eso? —me interroga un hombre del tribunal.

—Le repito que no. Además, ese no es el punto. Faustus quería lastimarme y lo habría logrado si el oficial Mernels no hubiera llegado a tiempo.

—En el reporte no hay ninguna acusación de esa índole.

—Porque no me creyeron. Dijeron que si no tenía pruebas, no podían aceptar esa acusación, pero estoy aquí para pedirles que tomen en cuenta mi denuncia. —La frustración me corta la voz.

—Estamos aquí por un intento de secuestro y a eso nos limitaremos —habla un segundo juez—. Le pediré, señorita, que se mantenga en silencio a menos que uno de nosotros le autorice la palabra.

—¿Y si tuviera otro testigo? —No pienso rendirme—. Alguien que vio cómo, en otra ocasión, Faustus también quiso llevarme a la fuerza.

—Si esa persona existe, hágala pasar. Aun así, eso solo refuerza la acusación de intento de secuestro, que es la única válida.

Le pido a uno de los guardias que custodian el tribunal que vaya por la madama, quien espera afuera su momento de intervención. Cuando las puertas se abren para dejarla pasar, camina por la sala con la imponencia de un general del ejército en un vestido rojo con un cinto dorado bajo el pecho y dos fíbulas del mismo color en los hombros. Con seguridad, se ubica en el estrado de los testigos que antes ocupaba Willy y mira directamente hacia el tribunal.

—Buenas tardes, sus señorías. Soy Shelly Brecshart.

—¿Qué tiene para decirnos frente a la acusación de intento de secuestro?

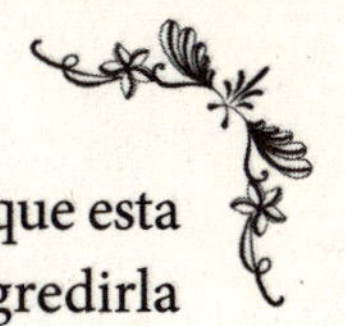

—No he venido por eso. Estoy aquí para hacerles saber que esta no es la primera vez que Faustus intenta llevársela para agredirla sexualmente —sentencia sin titubear y con el mentón en alto.

Faustus ríe como si tuviera la victoria en el bolsillo, convencido de que Shelly no hará peso en el caso y no será tomada en cuenta por ser una meretriz. Es el idiota más grande con el que me he topado.

—¿Tiene pruebas de ello?

—Yo soy la prueba. Vi con mis propios ojos cómo la sujetó en contra de su voluntad para sacarla del bar y aprovecharse de ella a la fuerza.

—Es lo mismo, un intento de secuestro. No es abuso sexual —repite el hombre con un tono cansino.

—Déjeme recordarle el significado del término para que nunca se le olvide. —Se para firme en el estrado y hace contacto visual con Faustus—. Se considera abuso sexual el acto en el que el agresor no emplea la fuerza o amenazas directas para someter a su víctima, ya sea porque no está consciente debido a los efectos del alcohol o alguna otra sustancia, porque está dormida o porque padece una enfermedad que no le permite consentir el acto. Así, el victimario se aprovecha de la condición de indefensión o la obliga a aceptar dada su superioridad física. En ese caso, el consentimiento no es válido porque la persona en realidad no pretendía darlo.

—¿Viene aquí a darnos cátedra, señora Brecshart?

—Las sociedades injustas se construyen sobre la ignorancia —espeta mientras se gira hacia ellos—. Y si desconozco un tema, ¿cómo podría defenderme y buscar una solución, señorías?

—El jurado se mantiene en la misma posición. No hay abuso, solo intento de secuestro.

—¿Para qué cree que quería llevársela? —refuta Willy—. Deben escuchar y creerle a la señorita Malhore.

—Su momento de hablar ya pasó, testigo. Guarde silencio si quiere permanecer en la sala.

—Es momento de hablar. —Shelly se vuelve para mirarme y noto el fuego en sus ojos—. Pelea con fundamentos.

—Le ordeno que no incite una discusión, señora —le advierte un juez—. De otra forma le pediremos que se retire.

Mis manos están mojadas de sudor, como si acabara de tomar un baño y la humedad aún me recorriera la piel. Mi corazón martillea fuerte y siento la boca seca. Debo hablar, pelear, pero los nervios me encadenan la garganta y se roban mi valor.

—Él quiso agredirme. Solo que no tuvo la oportunidad de hacerlo porque lo interrumpieron—declaro sin mucha fiereza. Sé que me quedan pocas oportunidades para hablar, así que rememoro todo lo que leí y tomo aire—. ¿Sabe qué es la agresión sexual agravada, señoría?

—No necesitamos clases ni definiciones de ningún tipo.

—Se conoce también como *violación*. —Me apoya Shelly y le agradezco con un pequeño movimiento de cabeza.

—Guarde silencio, señora Brecshart.

—No va a callarnos. —Se mantiene firme.

Quisiera tener su valor, pero la presión y la impotencia solo me impulsan a querer correr a un rincón. Esto es inútil.

—Habla, Emily, es ahora o nunca —me pide por segunda vez y me saca de mi espiral de ansiedad.

Vuelvo a ver todas las palabras de los textos en mi mente e intento organizarlas, preparándome para dejarlas salir, pero el nudo que tengo en la garganta no me permite hablar. Mi campo de visión se oscurece por momentos y no hallo la valentía que necesito.

—Ellas son unas mentirosas, ¡no les pueden creer a dos rameras! —Escucho la queja de Faustus a mi izquierda.

—¡Cállate! —El grito de la madama me aturde—. Ni siquiera deberías tener derecho a defenderte.

—Basta, señora Brecshart. Le pedimos que se retire de la sala.

—¿Por qué? ¿Porque me defiendo de las tonterías que dice este sujeto? ¿Tengo que quedarme en silencio? ¿Eso es lo que quieren? ¿Eso es lo que debe hacer una mujer que valga la pena, según ustedes? ¿Tengo que callarme todo para ser agradable ante sus ojos?

—No se atreva a faltarnos al respeto si no quiere pasar unos días en prisión.

—Yo tendré esa noche para siempre en mi memoria. ¿Eso no es válido para ustedes? —reclamo tan bajo que ni siquiera yo logro escucharme bien—. Tanto el abuso como la agresión sexual tienen dos variantes, una mal llamada *básica* y una agravada.

—¿Qué ha dicho, señorita Malhore? —preguntan ante mis susurros.

—Tanto el abuso como la agresión sexual tienen dos variantes, una mal llamada *básica* y una agravada —repito en un tono más alto, aunque no firme—. La primera… La primera… —intento hablar, pero no me sale la voz, no siento las manos, nada—. No puedo. —Me quiebro. Mis lágrimas se derraman porque no soy capaz de explicar lo que estudié para defenderme y me desespera verme imposibilitada, como quien lucha contra la violenta corriente de un río para llegar a la orilla antes de morir ahogado—. Solo quiero que esto acabe, quiero irme a casa.

Respiro con dificultad mientras aprieto una esquina del atril para envalentonarme; sin embargo, eso no sirve de nada. ¿Por qué tenía que pasarme esto? Yo solo quería volver a casa.

—La básica es cuando no ocurre penetración, pero sí toques de índole sexual —continúa Shelly por mí, negándose a que la repriman—. En cambio, en la agravada, existe penetración vaginal, anal o bucal con objetos o partes del cuerpo —recita y luego me mira—. Vamos, Emily, ¡yo sé que puedes! —me anima a la distancia.

—¡Sáquenla ahora mismo de la sala! Su testimonio es invalidado.

—¿Está bromeando? Le revelé que ya había intentado llevársela antes y ¿aun así va a invalidar mi declaración?

Se llevan a Shelly a la fuerza sin importar cuánto forcejea. Mientras la obligan a cruzar la puerta, me mira como si quisiera transmitirme su coraje, como si confiara en que lograré defenderme y me rogara que expusiera todo lo que sé, no solo por mí, sino por todas las mujeres que vivimos esto. Al final es eso lo que me devuelve la voz.

—En la agresión sexual se usa la violencia física o la intimidación emocional —hablo cuando la pierdo de vista. Mi tono es firme y estoy segura de que me escuchan—. Eso la diferencia del abuso. Faustus utilizó la primera, la corporal. Se aprovechó de su complexión para someterme con agresividad. Me tiró del cabello y me arrastró algunos metros.

—Eso es intento de secuestro. ¿Cuántas veces debo repetírselo? —dice uno de los jueces con hastío.

—¡Déjeme hablar, por favor! —exijo, turbada, pues no quiero perder el impulso—. Y aun cuando la fuerza empleada no sea excesiva, también debe ser considerada porque su finalidad es la misma, someter. También existe la intimidación por medio de objetos o palabras, como amenazas de muerte a la víctima o a otras personas importantes para ella. Incluso basta con que el ambiente donde se encuentren resulte amenazante para que se considere como un método de coerción.

—Su cátedra no nos lleva a nada, señorita Malhore.

—Le ayudará a entender mi posición.

El miedo se aleja poco a poco como un barco al zarpar de un puerto y el arrojo empieza a instalarse con fuerza, avivándome.

—No hay nada que temer. Tiene dos testigos que avalan el intento de secuestro.

De repente las puertas se abren de golpe como si se tratara de una patada y un guardia de porte rígido interrumpe la sesión. Sin dirigirse a los jueces, se aclara la garganta y anuncia lo impensado.

—Inclínense para recibir a su majestad, el rey Silas Denavritz, y a su alteza, el príncipe Stefan.

Los jurados se ponen de pie y se inclinan. Incluso Faustus obedece, pero yo me quedo congelada al verlos entrar a mi juicio. Stefan cumplió su palabra, vino a apoyarme y trajo a su padre. Olvido las reglas de etiqueta y propiedad y, sintiendo que todas las emociones me embargan como un maremoto, corro hacia él y me abrazo a su cintura. ¡Por mi vida! ¿Cuántas veces en esta semana me he escondido en el pecho de los hombres más importantes de mi vida en busca de refugio? Sus brazos me reconfortan y por fin todo a mi alrededor deja de girar.

—Aquí estoy para ti —susurra sobre mi cabeza.

—Majestad, ¿a qué debemos el honor de su visita?

—Vine a defender a mi nuera —contesta con naturalidad, sorprendiéndome.

Estoy segura de que Stefan tiene algo que ver con su actitud solidaria. Quizás a esto se refería cuando dijo que haría cualquier cosa para ayudarme, pero, conociendo a su padre, no quiero imaginar qué lo obligará a hacer para pagar este favor. Por el rabillo del ojo veo que Faustus palidece ante la mención de parentesco que ha hecho el monarca supremo y aprieta la quijada, ocultando su miedo o reprimiendo su ira, no logro descifrar de cuál se trata y poco me importa.

—¿Su nuera? —pregunta un juez con incredulidad.

—Considero que la manera en la que esta jovencita ha corrido a los brazos de mi hijo habla por sí sola. Está llevándose a cabo un juicio en el que participa la futura reina, si es que la relación continúa como hasta ahora, y me pregunto cómo va el proceso.

—No tenía que molestarse en venir en persona, majestad. Tenemos el asunto bajo control.

—No es cierto —me atrevo a levantar la voz mientras tomo la mano de Stefan tras separarme de su pecho.

—Stefan me ha contado que intentaron violarla y que no se había tomado en consideración esa denuncia a pesar de que la señorita tenía un testigo.

—El cual soy yo, majestad —afirma Willy al otro lado de la sala.

—Bien, espero no influir en su dictamen, pero me gustaría que la futura madre de mis nietos tuviera la justicia que se merece porque a nadie le gustaría escuchar en unos años que unos jueces tan respetables no protegieron la integridad y el buen nombre de su posible reina.

—Gracias por venir —le digo a Stefan en voz baja, aún impactada por el apoyo del rey.

—Sabes que haría cualquier cosa para protegerte. Prometí meterme en problemas por ti y lo estoy cumpliendo.

—No pretendemos vulnerar los derechos de la señorita Malhore, pero no encontramos pruebas suficientes para admitir su denuncia, majestad —se defiende uno de los tres jueces.

—¿La palabra de su príncipe no es más que suficiente? —discrepa Stefan, hablando con un tono autoritario que pocas veces le he escuchado usar—. Ella misma me lo ha dicho y yo nunca repetiría algo que no fuera cierto. ¿Acaso están insinuando que soy un mentiroso?

—Nunca diríamos algo semejante, alteza.

—Entonces, ¿procede o no la denuncia de intento de violación? —presiona.

—Por supuesto que es admitida —aceptan al fin.

Se desvanecen la presión que me sometía la cabeza, la tensión en la nuca, e instintivamente me llevo la mano al pecho, aliviada, respirando, como quien llega a la superficie después de haber luchado minutos bajo el mar.

—De acuerdo. Creo que es momento de retirarme, aunque no está de más decir que añoro que mi adorada nuera me traiga buenas nuevas sobre la sentencia que le darán al acusado. ¿Alguna sugerencia de años, mi querida? —me pregunta con inusual amabilidad.

—De por vida —suelto con ira.

—Esperemos que nuestros admirables jueces puedan hacer algo así. Queda a su consideración. Buenas noches. Hijo mío —le pellizca una mejilla a Stefan—, nos vemos en el palacio.

Se marcha de la sala irradiando una afabilidad que jamás le había visto y que obviamente es actuada. Con su salida, Shelly aprovecha la oportunidad para escabullirse de regreso y ubicarse a mi lado con una sonrisa altiva y los brazos cruzados.

—Opino que no es necesario darle más largas a este asunto —habla el príncipe.

Los jueces empiezan a deliberar y Faustus a desfallecer. Se nota intranquilo: mira hacia todos lados, respira agitadamente y le veo gotas de sudor en la frente. Me causa repulsión verlo, pero me encanta que sepa que está perdido, que los jueces no desestimarán lo que ha dicho el rey, así que me regocijo en su angustia.

—Creo que te metiste con la chica equivocada, ¿eh, Faustus? —lo provoca Shelly.

—Cállese la maldita boca. Hasta que no haya una sentencia no tiene nada que celebrar.

—Voy a disfrutar verte en prisión.

—¡Orden en la sala! —exige el juez principal—. Por mi tranquilidad, necesito acabar con esto de una vez. —Se masajea la frente, frustrado, y luego procede—. Tras la deliberación del tribunal de justicia, el acusado Faustus Selgh Torfsent ha sido encontrado culpable de los cargos de intento de secuestro e intento de violación. Y, como lo estipulan las leyes mishnianas, es sentenciado a sesenta años de prisión por los delitos imputados anteriormente.

Mi agresor se apoya en el atril para no caer cuando su cuerpo se va hacia atrás y suelta un jadeo de horror al escuchar su condena. Arruga la frente y todo el color lo abandona. Tiene unos cincuenta años, por lo que únicamente vería la libertad si llega a los ciento diez… Y no hace falta decir que no lo logrará.

No puedo comparar este sentimiento con nada. Me siento satisfecha, liberada, respaldada y escuchada. No quiero que se me vuelva a invalidar jamás en la vida, aunque desafortunadamente eso no es algo que pueda controlar. Hoy no gané, solo recibí la justicia que merecía, el respeto que no quiero que nadie más me arrebate. Recuperé parte de mi tranquilidad.

—¿Felices todos? —grita Faustus, iracundo—. Es injusto, tribunal. Se han dejado llevar por las insinuaciones del rey y no han sido objetivos. Tengo familia, hijos, nietos.

—Todos ellos podrán ir a visitarlo a prisión —le dice Stefan sin la más mínima señal de compasión.

—Con el respeto que usted se merece, alteza, no es justo que se me acuse por algo que no he hecho solo porque su novia está involucrada.

—¡Deje de ser tan cínico! —exijo, exasperada—. De nada le sirve fingir, está condenado y en mis peores días le aseguro que sonreiré al recordar donde se encuentra.

—Señorita, no se desgaste —sugiere el segundo juez—. Hemos

impartido justicia y el señor Selgh nunca más podrá acercársele. Puede estar tranquila.

Me enfada el nivel de cinismo con el que se comportan. Hace solo un momento estaban decididos a no creerme, enfrascados en no prestar atención a mis razones y ahora, con la presencia de Stefan, son capaces de hacer un camino de honor para demostrarme respeto. Esto solo deja en evidencia que, si la víctima no tiene un buen respaldo, jamás se hará justicia.

La Guardia Civil toma a Faustus como prisionero, esposándole las manos por detrás de la espalda y preparándolo para ser trasladado al lugar que se ha ganado. La madama observa la escena con el mismo orgullo que yo, y solo cuando mi agresor desaparece de nuestra vista se vuelve hacia mí, me toma de los hombros y me agita con una sonrisa en el rostro.

—¡Lo lograste, niña! Te dije que contar con influencias te serviría.

Esto es un triunfo que celebro con Willy, por salvarme y testificar; con ella, por guiarme, instruirme y darme fortaleza cuando más la necesitaba, y con Stefan, por cumplir su palabra y estar a mi lado en los momentos más difíciles.

—Emily, tuviste suerte y me alegro de que haya sido así, pero no todas las mujeres tienen a un príncipe que interceda por ellas. Aun cuando ganamos una batalla, estamos lejos de ganar la guerra contra un sistema de justicia que solo nos perjudica. La verdadera solución es modificarlo y si tienes la oportunidad de convertirte en reina, prométeme que lo harás.

—Con mi vida.

23

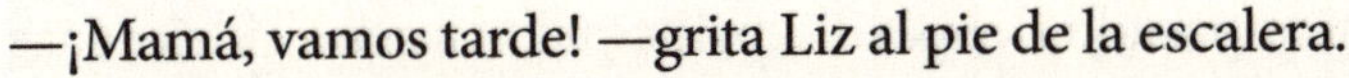

—¡Mamá, vamos tarde! —grita Liz al pie de la escalera.

Estamos listos para la gala de esta noche, a la que Stefan nos invitó, pero mi madre aún no termina de hacerle a Mia el trenzado con hilos que pidió.

—Ya acabé, no se desesperen —avisa bajando junto a mi hermana menor—. Se ven preciosos.

—No es para menos. Nos esmeramos muchísimo —asegura mi hermana mayor.

Y es cierto. Tardé horas eligiendo un traje idóneo para la ceremonia hasta que me decidí por un vestido azul con bordados y apliques que dan la ilusión de ser enredaderas alrededor del escote y que está sostenido con tirantes. La falda, por su parte, es de muselina, me entalla la cintura y es amplia y abundante como una cascada.

El príncipe envió un carruaje por nosotros, y en cuestión de minutos nos encontramos atravesando las puertas del palacio y luego las del salón de baile. El sitio está decorado con arreglos de lirios que perfuman el ambiente con notas dulces y florales. Tiene una iluminación azulada, como si una tanzanita fuera atravesada por la luz, y mesas cubiertas por manteles blancos y pintados por el reflejo añil de las luces. Es un sueño para mí estar aquí porque parece como si la luna ahora fuera azul y bañara a la gente que se encuentra en el salón

hablando con sus compañeros de sitio o yendo a saludar a quienes fueron ubicados lejos. Nos sirven vino blanco cuando tomamos nuestro lugar y veo que la etiqueta dice que fue hecho en Cristeners, la nación de origen de los reyes Wifantere, la otra familia que será homenajeada esta noche junto a los Griollwerd.

—Por fin llegaste. —Valentine me aborda en un vestido rosa de muselina con un cinto de perlas que le marca la cintura. Le pide a Mia que se mueva de asiento y se ubica a mi lado después de saludar a todos—. No quiero ser indiscreta, pero creí que la gala se haría en el salón azul. Ese sitio es de ensueño. Solo lo usan para ocasiones muy especiales y supuse que la gala benéfica sería una.

—¿Salón azul? Nunca había escuchado de algo así. —Lo cierto es que no conozco mucho el palacio. Antes de empezar a salir con Stefan no había pasado del pasillo principal. Aunque si las cosas siguen funcionando como hasta ahora, puede que me convierta en la primera plebeya en visitarlo—. Espera, ¿esto es una gala benéfica?

Eso significa donar. ¡Dios mío! ¿Qué se supone que haré? Si lo que necesito es que alguien me done dinero a mí.

—¿Acaso no te llegó la invitación? —Niego—. La finalidad de esta fiesta es recaudar fondos para los Griollwerd. Es lo primero que resalta en la tarjeta. Papá, por ejemplo, va a donar diez millones de tritens, así que seguramente lo ascenderán a conde mañana mismo. Creo que era el escalón que nos faltaba subir.

—¿Tanto dinero? —pregunta Mia, interrumpiendo la conversación—. Con eso puedo comprarme un par de caballos, ¡quiero uno!

Papá mira nervioso a mamá mientras Valentine explica que esta cena es de proporciones económicas descabelladas y entiendo su preocupación. No hemos traído nada para aportar y la realidad es que no podríamos igualar tales regalos a menos que vendiéramos la casa y la perfumería.

—Por cierto, Em, ¿sabes a quién lograron sacar de prisión esta tarde? A Cedric —se contesta ella misma—. Fue muy difícil, pero se logró al pagar una fianza ridículamente alta. Mi querida Fevia seguro se gastó media fortuna para rescatarlo. No sé cómo tu amiga logró que lo apresaran, es como si hubiera sido por mero capricho. Espera, hablando de amigas, debo ser la peor, supe que ganaste el juicio, que el rey Silas fue a defenderte. Eso lo tenemos que celebrar y tengo una idea para hacerlo. —Me toma del brazo y me lleva lejos de la mesa, eufórica, para que no nos escuchen—. A que no adivinas qué pasará este sábado... —Ni siquiera me deja contestar, pues de inmediato se responde a sí misma—. Hay una fiesta en Lacrontte y nos invitaron a mis padres y a mí. Ellos se tienen que quedar con mis hermanos menores, pero no quiero perderme el evento, así que planeo asistir con Amadea. Y como sobra una invitación, estoy pensando que seas tú la tercera acompañante. No olvido que me dijiste que irías conmigo si surgía algo.

—¿A Lacrontte? No tengo dinero para pagar un viaje hasta allá. Lo siento —me excuso. Lo cierto es que no quiero viajar sola, y mucho menos a ese reino. La última vez que estuve allí todo fue una pesadilla y me juré no volver.

Sin embargo, ella promete costear todo, incluido el hostal, porque dentro de sus planes está quedarnos a dormir y regresar el domingo. Es imposible, papá no va a dejarme ir y se lo hago saber. No es como si pudiera llegar esta noche y decirle: «Hola, papá, quiero viajar a Lacrontte para irme de fiesta con Valentine, que va a cubrir mis gastos».

—Entonces miéntele. Dile que vas a quedarte en casa conmigo y Amadea y luego nos vamos de viaje sin que él lo sepa. En realidad no será un engaño porque es verdad que estarás con nosotras, lo único que cambia es el sitio donde pasaremos los dos días.

—Lo tendré en cuenta y te enviaré una carta con mi respuesta.

—Como desees. Piensa en que lo pasaremos increíble y respóndeme antes del viernes. Seré como tu representante, te llevaré a las mejores fiestas en todo el mundo, tal como he empezado a hacer con Willy. ¡Ay, Willy! —exclama de repente—. Yo lo invité. Tengo que hacer guardia en la puerta. Como no está en la lista, puede que no lo dejen entrar, pero no permitiré que eso pase.

Recoge el extremo del vestido y sale corriendo, dejándome sola en medio del salón, por lo que no me queda de otra que volver a la mesa. ¿De dónde saca tanta energía esta mujer?

—Emily, ¿crees que Stefan me pueda comprar un caballo? —dice Mia cuando vuelvo a ocupar mi puesto, haciendo reír a mamá, la única a la que le hace gracia el comentario—. Lo llamaré Dinero para poder decir: *Monto en Dinero*.

—No. Y espero que no se lo pidas, por favor.

—Si quiere ser mi cuñado, me tiene que dar regalos. Debe ganarse a la familia.

Papá le advierte entre dientes que se detenga y se inclina sobre la mesa para hablar en voz baja y que nadie pueda escuchar su preocupación sobre cómo haremos para participar en la donación. De repente, Mia ve al general acercarse a nosotros y se le ocurre la pésima idea de pedirle que nos incluya en su regalo. Por fortuna, mamá le tapa la boca antes de que pueda preguntárselo. Al llegar, Daniel nos saluda y luego besa a mi hermana mayor como si fuera un marinero que se reencuentra en el puerto con un viejo amor al que no ha visto en años. Inmediatamente pienso en Stefan y en nuestra aventura en el bosque mientras papá aparta la mirada de la escena al no ser capaz de tolerarla.

—No quise importunarlo, señor Malhore, pero no pude contenerme —se excusa el general—. Sabe que siempre estará entre mis planes respetar a su hija. Le di mi palabra y créame que pienso cumplirla.

¿Palabra de qué? Aún Liz no me ha contado qué fue lo que se habló en esa reunión que tuvo con papá. ¿Será que ni siquiera ella lo sabe?

—Estimados invitados. —Un guardia real se para en medio del escenario, capturando la atención de todos—. Levántense y hagan una reverencia para recibir a la reina Genevive Denavritz de Mishnock junto al príncipe Stefan. A los reyes Handrus y Seiona Griollwerd de Plate, acompañados de sus herederos Angust y Aphra, y a los homenajeados de esta noche, los reyes Everett y Magda Wifantere de Cristeners, seguidos del príncipe Lorian y la princesa Lerentia.

¿Y el rey Silas? Creí que estaría aquí.

Hacemos una reverencia a medida que las soberanas caminan por el salón con vestidos de damasco, pedrería y encaje con mangas abultadas, guantes blancos y faldas espesas, que imagino lo mucho que deben pesar, mientras los hombres usan trajes con abrigos a la rodilla, chalecos y gazné en el cuello. Todos llevan vistosas coronas de oro con joyas engastadas que van desde diamantes hasta esmeraldas. De inmediato reconozco a los Wifantere, pues los cuatro son rubios, altos, delgados y muy similares entre sí. Además, sus atuendos combinan y se mueven como si estuvieran programados para imitar las acciones del otro. Cada uno saluda con un ligero movimiento de manos o asintiendo con la cabeza, pero nadie sonríe. Incluso hoy los mellizos tienen un gesto pétreo en el rostro y eso ya es decir mucho.

—Buenas noches a todos. Gracias por haberse tomado el tiempo de venir. —La reina Genevive toma la palabra—. Mi deseo es que puedan divertirse y, por supuesto, aportar a la causa de Plate. Por otra parte, quisiera empezar la noche con un anuncio importante que unirá a dos familias, dos naciones y, por supuesto, a dos corazones. Aunque eso es algo que no me corresponde a mí contar.

La expectación me consume cuando vemos a su majestad Handrus levantarse y tomar la palabra.

—Espero que me recuerden —dice una vez que está al frente—. Estoy verdaderamente complacido de contar con ustedes esta noche para que sean testigos de una noticia maravillosa. Mi hija, Aphra Griollwerd, ha sido prometida en matrimonio al solemne príncipe Lorian Wifantere esta tarde y supusimos que no había mejor momento para anunciarlo que esta gala.

La sala se llena de vítores que resuenan con fuerza, como si fuera la marcha de un ejército. Los futuros esposos se levantan y pasan adelante. El soberano de Cristeners nos regala la sonrisa más falsa que yo haya visto y, por su parte, Aphra no se molesta en ocultar su desagrado, dedicándonos una expresión de absoluta amargura. Es obvio que no está feliz con el compromiso y me da mucha pena por ella, pues cuando nos conocimos afirmó que jamás quería casarse. El príncipe Lorian inicia su discurso diciendo que es la primera vez que viene a Mishnock y que llevará para siempre en su corazón este

reino, pues es aquí donde ha conocido a quien será la madre de sus hijos.

No creo ninguna de sus palabras, pues las recita con la rigidez de un soldado con armadura de metal. Lorian mira luego a Aphra con emotividad simulada y ella solo rueda los ojos con fastidio. Admiro muchísimo que la joven Griollwerd no se moleste en ocultar sus verdaderas emociones solo para aparentar. Es la princesa más valiente que he conocido. Bueno, a decir verdad, es la única.

—¿Te apetece decir algo, querida? —propone su padre.

—Por supuesto. —Sonríe de mala gana—. Cuando desperté esta mañana no sabía que me obligarían a casarme con una persona a la que apenas conozco. Aun así, papá dice que es mi deber como heredera, así que gracias por entregarme a un hombre en el cual no estoy interesada.

La sala entera jadea y las personas se miran entre sí, incrédulas. Las murmuraciones no se hacen esperar y suenan como el canto de un río al fluir en una mañana silenciosa. El rey Handrus aprieta la mandíbula, enfurecido, y parece como si prefiriera morderse la lengua antes que continuar con el espectáculo que ha creado su hija.

—Gran familia con la que vamos a unir lazos —dice la princesa Lerentia desde su mesa, quien ríe por encima del estupor general, ganándose una mirada de advertencia de su madre.

Los músicos empiezan a tocar para disipar el mal rato, pero ya es demasiado tarde, los invitados se están comiendo vivos a los Griollwerd. La reina Genevive vuelve al frente, como quien corre para salvar a otro de caer en un risco, y anuncia que iniciarán las donaciones. Dice que Mishnock les entregará a los reyes de Plate la mitad de los impuestos recaudados durante el último mes. La sala da vagos aplausos aún sin salir del asombro por el choque entre padre e hija.

Papá, por otra parte, se queja en voz baja con nosotros, pues considera que eso es una burla al pueblo mishniano, y tiene razón. Nos esforzamos por cumplir con el pago del tributo para no tener problemas con la ley y ahora se lo obsequian a otros.

—Es inaudito que pretendan calmar el hambre de un pueblo ajeno mientras el suyo suplica por recibir al menos migajas —dice papá, negando con la cabeza, a medida que escucha cómo los médicos ofrecen sus servicios por algunos meses para ayudar a los heridos que ha dejado la guerra civil en Plate, mientras que aquí muchos se mueren, agonizando en casa, pues la salud es privada.

—Hay que ser altruista, padre —media Liz para calmar su enojo.

—No. Hay que ser solidarios, porque el altruismo implica conseguir el bien de los demás aun cuando para ello deba sacrificarse el propio. Y en este caso no lo considero acertado.

—¿Qué ocurrió? ¿Me perdí de algo? —Valentine aparece de la nada, enganchada al brazo de Willy.

—Hola —saluda él en un susurro y toma asiento—. No sabía que debía vestirme tan formal. —Mira hacia los lados, buscando a alguien que luzca algo similar a lo suyo: camisa y pantalón sencillos. Para su mala suerte, todos en este sitio portan abrigos, sombreros, chalecos y relojes de faltriquera en oro o plata—. Aunque de haberlo sabido, tampoco habría usado algo diferente porque no tengo un traje elegante —se ríe de sí mismo.

—No te preocupes, le pediré a papá que me preste su chaqueta. Te verás muy bien con ella y nadie lo notará —le asegura Valentine, dándole palmadas en el hombro como si consolara a un niño—. Aun así, también te ves muy guapo con lo que traes puesto. —Willy sonríe, un gesto genuino, y le salen motas rojizas en los pómulos debido al cumplido.

Papá le extiende el brazo para presentarse y agradecerle por haberme defendido, asegurándole que es bienvenido a casa cuando guste. La respuesta de Willy se esfuma en el aire cuando veo a Stefan escabullirse de la mesa donde están todos los soberanos y acercarse a nosotros con las manos en la espalda. Los asistentes a la cena lo siguen con la mirada, con la esperanza de que se acerque a saludarlos, cosa que no sucede. Cuando nos miramos, el rostro se me acalora como si estuviera frente a una chimenea. Trato de no sonreír para no

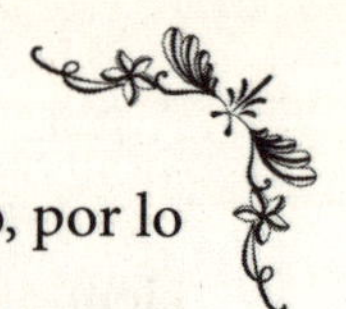

dejar en evidencia la emoción que se adueña de mí al verlo, por lo que peleo con mis labios hasta formar una línea recta.

—Buenas noches —saluda inclinando la cabeza—. Me honra saber que han venido y lamento no haberme acercado antes.

—Descuida, Stefan. Fue lo mejor que pudiste hacer —habla Daniel con cierta picardía, refiriéndose a los comentarios que hizo papá hace un rato.

El príncipe entrecierra los ojos, extrañado, sin tener la menor idea de lo que habla su amigo.

—Vengo a robarme a mi novia, espero que no les moleste, porque quiero presentársela a los Wifantere. Se la devuelvo en un rato.

Entonces me toma de la mano para guiarme a la mesa donde están las familias reales. Cuando llego, siento un ambiente desagradable, pues me examinan las miradas de recelo de la mayoría de los presentes, menos tres personas. Dos pelirrojos y la reina Genevive.

—Emily, ya conoces a los Griollwerd, y ruego que los Wifantere me permitan presentarles a mi novia.

Hago una reverencia en señal de respeto, pero lo único que consigo es una mirada altanera por parte de ellos. Me siento fuera de lugar, me estoy esforzando por encajar en un sitio en el que no soy bienvenida. Stefan pone su mano en mi espalda y la acaricia, como si fuera agua deslizándose por mi piel, en un intento por demostrarme que no tengo nada que temer.

—¿Tu novia? —pregunta con desdén la princesa de cabello dorado, centrándose en Stefan.

—Justo como lo ha escuchado, princesa Lerentia.

—Emily Malhore, su alteza —me presento a pesar de su actitud.

—Tienes pareja y aun así me invitaste a salir. Un poco desleal de tu parte —menciona ella con malicia y siento que el piso desaparece bajo mis pies.

Enseguida noto la incomodidad de Stefan tras la declaración, pues me suelta la espalda para buscarme la mano. Quisiera apartarme porque un dolor me atraviesa el pecho, pero no lo hago, pues lo último que quiero es montar una escena frente a monarcas extranjeros. Él no dice

nada en su defensa, por lo que deduzco que la mujer no está mintiendo. Dentro de todo, agradezco que no trate de justificarse frente a ellos.

La familia de Cristeners se ríe, volviendo el momento una pesadilla, mientras el resto de los que están en la mesa permanecen en completo silencio. ¿Cómo se le ocurre a Stefan presentarme ante una mujer a la que invitó a salir?

—Lorian Wifantere. —De repente el hermano de la rubia me extiende la mano con donaire—. ¿A qué se dedica usted?

—Trabajo en la perfumería de mis padres. —La voz me sale baja y quebrada por la rabia que se instala en mi interior.

—¿Plebeyos? —pregunta, despectivo, y aparta la mano como si yo se la hubiera ensuciado al tomarla.

—Así es, alteza. Somos plebeyos.

Le sostengo la mirada con la cabeza en alto a pesar de su gesto desdeñoso. La falta de un título nobiliario no representa ningún tipo de vergüenza para mí, por lo que ni él ni nadie podrá nunca humillarme con eso.

—Qué humilde de parte de Stefan involucrarse con una plebeya.

—Fui yo quien contó con la suerte de que ella se fijara en mí —intenta halagarme, pero sus palabras ahora no me hacen ni pizca de gracia.

—Qué hombre tan modesto has criado, Genevive —adula la reina Seiona con el veneno de una serpiente.

—No es modestia. Me consta que Emily es una jovencita maravillosa —me defiende ella. Su intervención se siente como un paño de agua fresca en mi febril corazón herido.

—Pese a su gran educación, me atrevo a poner en duda su lealtad —insiste la princesa de Cristeners, recordándonos su revelación de antes, algo que yo no podría olvidar.

—¿Conocen el significado de la palabra *educación*, familia Wifantere? —cuestiona Aphra con ironía, tratando de rescatarme del paredón al que estoy siendo sometida.

—Al parecer no, aunque después de la escena que armaste hace poco nos dimos cuenta de que tú tampoco —contraataca Lerentia—.

Stefan me invitó a salir incluso estando con la plebeya. Creo que en el fondo le estoy haciendo un favor a ella al abrirle los ojos.

—No salimos, así que le rogaré que no tergiverse la situación —alega Stefan. Y para este momento ya ni siquiera puedo tolerar su voz.

—No sucedió porque no accedí. Tengo novio, alguien que me respeta y al que yo también valoro.

—No la invité con fines románticos, solo pretendía ser amable porque es posible que nos convirtamos en aliados. —Él busca mi mirada, pero no permito que nuestros ojos se crucen.

—Entonces, ¿por qué no me invitaste a mí? —se inmiscuye el príncipe Lorian.

Tiene toda la razón. Si solo buscaba crear lazos de amistad, no tenía que inclinar la balanza solo hacia el lado de ella.

—Basta ya. —Angust levanta la voz, dedicándome una mirada compasiva, como la de un hermano mayor—. Ella solo ha venido a presentarse. No hay motivos para comportarse así.

Le regalo una sonrisa débil con la que no soy capaz de demostrar cuán agradecida estoy por su intervención; a pesar de no evitar mi caída, sí es un colchón que me cuidará de golpes mayores una vez que toque el suelo.

Stefan aprovecha la oportunidad para despedirse en nombre de ambos e invitarme a seguirlo afuera, dejando atrás la gala. Voy con él después de ofrecerles una reverencia a los monarcas, pues necesito una explicación sobre lo que acaba de pasar. En el pasillo principal me pide que subamos hasta su habitación con la excusa de que no quiere que nadie interrumpa nuestra conversación, así que voy directo a las escaleras sin permitir que vuelva a tocarme. En el camino hacia la segunda planta escuchamos murmullos, risas y pasos.

Intentamos desviarnos para no toparnos con nadie, pero de repente me convierto en una escultura de bronce al distinguir a Rose a unos metros de distancia, paseándose jactanciosa detrás del rey Silas, con un vestido de seda púrpura de corte imperio que jamás le había visto. Y tiene mis pendientes de plata. No soy capaz de decir

una palabra, pues parece que alguien me hubiera cosido la boca y que la sangre se me hubiera secado en las venas. Stefan también lo nota y deja escapar un suspiro de decepción que se pierde cuando las piezas se acomodan en mi cabeza, como el engranaje de un reloj. Rose es la mujer que estaba con el rey la noche que encontré al Mercader aquí. Fue la única joven que no salió al pasillo y lo más seguro es que al escuchar mi voz o mi nombre haya preferido esconderse. Por ello la madama me ofreció ser una dama cortesana, porque Rose lo es para su majestad. Cuando por fin creí que la conocía, la vida vuelve a darme otra bofetada. Y esa es la razón por la que Cedric fue encarcelado sin justa causa y el jefe de la Guardia Civil cumplió sus caprichos. El rey es la influencia de la que tanto presumía. Lo tuve todo frente a mis ojos y no lo noté.

—Por eso no asistió a la gala. —El odio de Stefan es tan ácido que quema—. Mientras mi madre está abajo, dándoles la cara a los invitados, él se revuelca con una de sus amantes. ¿La conoces, Emily? —cuestiona al ver mi estupefacción.

—Es la joven que viste la noche en que nos conocimos, la que llegó corriendo y luego te contrarió.

—¡Esto es una completa locura! —Se pasa las manos por el pelo, desesperado. Es demasiado para ambos.

—Creo que es mejor que tú y yo dejemos esta conversación para otro día. Ahora no estoy de ánimo para escuchar lo que tienes que decir —le pido, recordándole mi enojo de antes.

—De eso nada, quiero que escuches mi versión de los hechos. No quiero que salgas de aquí suponiendo que pensaba engañarte, eso me destrozaría.

—Solo respóndeme una pregunta: ¿con qué intención la invitaste a salir? —Lo miro a los ojos, esperando ver la verdad o el brillo del engaño.

—El juicio. Tu juicio, Emily.

—¿Eso qué tiene que ver? —Un escalofrío me recorre al revivir la impotencia que sentí por momentos ayer, lo terrible que fue respirar el olor de Faustus y soportar la ineptitud de los jueces.

—Mi padre fue porque yo se lo supliqué y debía pagarle ese favor. Él quiere que yo busque a una mujer que pertenezca… —Se calla de repente y desvía la mirada, arrepintiéndose de sus palabras.

—A la nobleza —termino la frase—. Él no cree que yo valga la pena.

Pensar que quizás Stefan pueda compartir la opinión de su padre lacera algo en mí. Es como si hubiera caído sobre una montaña de cristales quebrados que abren una inseguridad que, hasta hace unos minutos, juraba que jamás podría tener. Me muerdo el labio inferior, agobiada con la realidad de aquella declaración.

—Lo que Silas piense no es relevante. Lo importante aquí es lo que siento yo por ti.

—¿Y qué sientes por mí? —cuestiono casi en un susurro.

—Si ni siquiera sé cómo responder a ello. Te pienso al despertar y antes de dormir, cuando estoy metido en un lío y cuando celebro que salí de él. Cuando miro al cielo que tanto te gusta ver, cuando me encuentro con las flores que me recuerdan tus vestidos. Te veo en el pastel de chocolate que me robo de la cocina desde que era un niño y que ahora me hace pensar en tu cabello. Te recuerdo en la sonrisa que llega a mis labios cada vez que estoy a punto de verte y en los nervios que me atacan cuando siento tu perfume. No sé si eso sea suficiente para ti, pero, de no serlo, podría hablar horas sobre lo mucho que me encanta sentir tus manos sobre mi piel o de cómo ardo cuando tus labios están sobre los míos.

Cada palabra cae sobre mí como una lluvia que no golpea, sino que refresca. Como el agua que no ahoga las flores, las revive. Y odio que con ello me haga olvidar lo que sucedió abajo.

—No te sientas mal por lo que Silas crea —continúa con una sonrisa abatida—. Para él tampoco soy suficiente. Nadie lo es.

Me acerco al ver sus ojos cristalinos y sus hombros caídos, pues es una postura que jamás había mostrado antes. Quisiera abrazarlo, pero lucho para mantenerme firme y no dejarme llevar por sus halagos hasta que aclaremos qué ocurrió con la princesa.

—¿Qué sucede con tu padre, Stefan?

Esconde el rostro entre las manos, intentando ocultar su tristeza.

—Vamos a mi habitación, te lo contaré todo. Lo prometo.

Acepto, intrigada por entender el trasfondo de la situación, la razón por la cual se desmotiva tanto cada vez que habla del rey Silas. Caminamos por los pasillos del palacio hasta llegar a la puerta de su alcoba. Y pese a que ya estuve aquí una vez, ahora se siente diferente, pues paseo la vista por cada rincón, preguntándome cuánto habrá sufrido Stefan entre estas cuatro paredes. Si algún día volcó su escritorio con impotencia o cerró esas cortinas para que nadie lo viera llorar por los ventanales. Si se lanzó al diván, agobiado por su título o por su padre. O cuántas veces esa cama de belleza indiscutible tuvo que cobijar a un chico humillado que intentaba dormir. Cuánto llanto no recogió la alfombra y lo escondió hasta secarse con el secreto de un príncipe que tiene el alma rasgada.

Arrastra una silla y se ubica frente a mí. Entonces me toma de las manos y respira hondo antes de empezar.

—No me gusta hablar de esto o, más bien, no debo. Hay tantas preguntas para las que nunca he tenido respuestas que no creo que imagines cuán frustrante es. Por ello, cada vez que puedo, trato de responder tus dudas, porque sé lo horrible que es crecer en medio de incertidumbres. En mi caso, por qué me odia mi padre.

—¿Qué te ha hecho? —suelto con un hilo de voz, preocupada.

Mi pregunta lo quiebra y el azul de sus ojos brilla detrás de las lágrimas que aún batalla por contener.

—No lo merezco. No merezco nada de lo que me ha hecho.

Se levanta, incapaz de quedarse quieto, y camina por la habitación sin rumbo. Se pasa las manos por el pecho y se masajea el cuello, intentando aliviar su dolor, su rabia, su rencor. Al final se detiene, se apoya sobre la pared del fondo y baja la cabeza, quedando de espaldas a mí. Veo cómo sus hombros suben y bajan a medida que respira a grandes bocanadas.

—Si no estás preparado para hablar, puedo hacerte compañía en silencio hasta que te sientas listo —le ofrezco sin saber muy bien qué decir o hacer.

—¿Recuerdas la reunión con Magnus aquí en el palacio? —Se

gira, omitiendo mis palabras—. La qué fracasó. —Asiento—. Pues no quise contarle a mi padre o enviarle una carta para notificarle lo que había sucedido porque sabía cómo se pondría. Sin embargo, una vez que se enteró, hizo lo de siempre. —Se le quiebra la voz y las lágrimas se le escurren por las mejillas como gotas de lluvia—. Me golpeó hasta cansarse, tanto que Angust tuvo que intervenir. Estábamos en una reunión con él y su padre... y lo hizo frente a ellos, Emily. Fue tan humillante, tan denigrante.

La ira me invade como un tornado que destroza un campo de trigo. Aborrezco al rey Silas como a nadie en la vida. ¿Cómo puede golpear a su hijo? ¿Con qué derecho se atreve a fingir que es un buen soberano cuando lo cierto es que es una escoria humana que no merece nada de lo que tiene? Por primera vez desearía un poder semejante al del rey de Lacrontte para hundirlo, exponerlo y quitarle lo único que le importa: su título.

—Por eso no te busqué durante esos días, no quería que vieras los moretones en mi rostro ni las marcas en mi piel. Pero una vez que sanaron, lo primero que hice fue salir corriendo a verte porque eres lo único que me mantiene en pie.

El bosque Ewan, a eso se refiere. La escapada del palacio, sin guardias, sin carruajes y a medianoche. Ahora lo que me dijo en esa ocasión tiene más sentido y hace que se me parta el alma: «Nada nunca podrá ser tan malo si puedo mirarte a los ojos».

—No recuerdo un solo 11 de abril en el que me haya felicitado sinceramente por mi cumpleaños. Si mamá se lo pide, lo único que dice es que no entiende por qué hay que celebrar la vida de un bueno para nada, así que ella dejó de recordárselo y yo también dejé de celebrar ese día.

No puedo más y voy a abrazarlo, a cubrirlo con toda la fuerza que puedo transmitirle. Quiero que sepa que lamento su pena, su dolor y el odio hacia su padre.

—Eres el ser más amable y humano que he conocido en toda mi vida, Stefan —confieso y le beso las mejillas plagadas de lágrimas hasta llegar a sus labios.

—¿Recuerdas a Shelly? —continúa una vez nos separamos—.

LOS MALHORE

HELIA 7, ESTADO TEMPORAL 4, AÑO 10

Cuando te vio aquí conmigo insinuó que quizás yo debería volver a intentarlo con alguien de mi edad.

Me llevo la mano al corazón ante las terribles ideas que aparecen en mi mente, como truenos, por aquella declaración.

—No me digas que… —Soy incapaz de terminar la oración.

—Cuando cumplí quince años la trajo al palacio. Nunca la había visto, no sabía quién era ni por qué estaba aquí. Silas me guio a una habitación y dijo que ese era mi obsequio, el único que me daría en toda la vida. Luego se fue y, ante mi sorpresa, Shelly comenzó a desnudarse.

En un acto reflejo me llevo la mano a la boca para frenar las exclamaciones que se me salen debido al horror y el asco que siento por el rey Silas.

—¿Ella te obligó? —le pregunto con el corazón acelerado.

—Me puse a llorar, Emily. Lloré como un niño cuando lo entendí todo y ella comprendió que eso no era algo que yo quisiera hacer. Me senté en la cama, sintiéndome como una basura sin valor. Solo quería enorgullecer a mi padre y estaba fallando. Siempre fallaba.

—¿Por qué lo hizo? ¿Qué se le pasaba por la cabeza?

—La respuesta es sencilla: estaba presionado por la prensa. Te conté que en múltiples ocasiones los periodistas han dudado de mi sexualidad porque nunca me habían visto en público con una mujer. Cuando Silas se enteró de la noticia, enloqueció y organizó ese encuentro para comprobar si yo era, bajo su concepto, un verdadero hombre.

—Entonces, ¿lo hiciste o le hiciste creer que sí?

—Ella fue la primera persona con la que me sinceré. Se lo conté todo —dice, refiriéndose a la madama—. Amenazó con ventilar las atrocidades que él hacía conmigo, por lo que tuve que convencerla de que me guardara el secreto. Sabía que Silas me mataría por abrir la boca antes de que alguien viniera a rescatarme, así que simplemente le dijo que sí me había acostado con ella. Desde entonces no se ha vuelto a comentar nada sobre mi sexualidad.

—Stefan, debes salir de aquí. No es justo que tengas esta vida, no

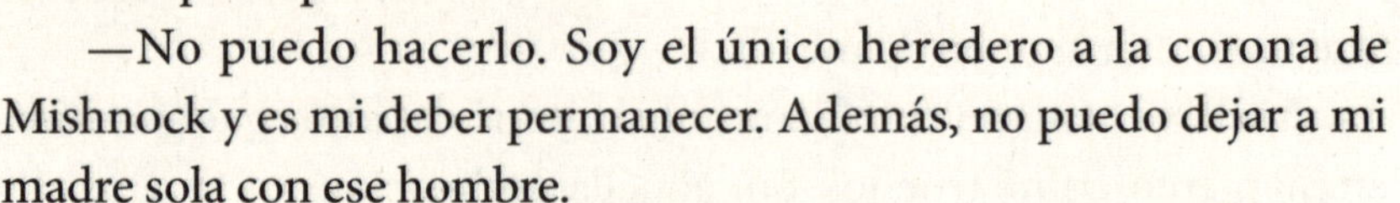

mereces pasar por estas cosas.

—No puedo hacerlo. Soy el único heredero a la corona de Mishnock y es mi deber permanecer. Además, no puedo dejar a mi madre sola con ese hombre.

—Vete con ella. Estoy segura de que incluso Atelmoff los ayudaría a huir —propongo, desesperada.

Mi pecho es como un campo minado en el que cada minuto hay una nueva explosión. Me tiemblan las manos mientras limpio sus lágrimas y peleo contra mis emociones. Quiero que vea mi apoyo, no que se sienta culpable por entristecerme.

—Podríamos intentarlo, aunque acabaríamos muertos. Silas no permitirá que nos vayamos de aquí. Y no conoces su verdadero alcance. Nos buscaría por mar y tierra toda la vida para asesinarnos y me niego a vivir escondiéndome como un criminal. Si lo hago, incluso es posible que atente contra ti o tu familia para obligarme a volver.

—Entonces entrégalo. El rey Magnus lo quiere y así lo alejarías de ti.

—Lo he pensado muchas veces y le he escrito cientos de cartas al rey Lacrontte, proponiéndole planes para capturarlo, solo que no he sido capaz de enviar ninguna. Mi madre lo ama y tampoco podría hacerle eso a ella.

—¿Cómo puede amarlo después de saber lo de Shelly y sus amantes? —La imagen fugaz de Rose se me cruza por la mente.

—Ella desconoce lo del *regalo*. Nunca quise contarle lo de la señora Brecshart y, con respecto a las amantes… no lo sé, creo que la amenaza.

—¿Cómo? ¿Con qué?

—Es algo que solo ellos saben. No tengo la menor idea de cómo logra reprimirla, pero ha sido así toda la vida.

Si no tuviera una relación con Stefan, nunca habría sospechado que esto ocurría. Lucen como la familia ideal en los eventos públicos y en las fotografías del periódico y creí por años en la fachada de soberano inocente del rey Silas, de la víctima perseguida por un depredador, cuando el verdadero victimario es él. Construyó para su beneficio esa imagen perfecta con el sufrimiento de dos personas que no lo merecen. Siento tanta pena por Stefan, por imaginar que su vida era sencilla y por no estar antes aquí para hacerle saber que tiene a alguien que jamás, y lo juro con mi vida, va a permitir que se caiga al abismo.

—Quédate conmigo esta noche —me suplica, entristecido—. Te necesito. Por favor.

Termino de quebrarme al escucharlo. Ha dejado de ser un monarca para convertirse en este momento en un joven que pide atormentado que alguien le dé la mano y lo ayude a escaparse de la bestia que le absorbe la paz y que, irónicamente, es su padre.

—De acuerdo, aquí voy a estar.

Siento tanta impotencia al ver lo que la crueldad del rey causa en Stefan. Ha manipulado la situación a su antojo para que nadie note que es un monstruo intocable que se aferra al poder con unas garras que destrozan a quienes se interponen en su camino. Stefan es una de sus víctimas y no puedo permitirlo. ¿Cómo hacerlo caer? Me encargaré de buscar su punto débil y filtrarlo, de manera que seamos todos los que lo hundamos definitivamente.

Stefan va hacia el baño, después de calmarse, para lavarse el rostro pegajoso por las lágrimas. Yo me quito los zapatos y lo espero sobre su cama, todavía procesando lo que acaba de revelarme. Las sábanas tienen un olor cítrico a pomelo, más exactamente sus almohadas, por lo que supongo que se trata de la fragancia de su champú.

Tras unos minutos escucho la llave del agua cerrarse y él no aparece de vuelta. Me preocupa. Me bajo de la cama para averiguar qué sucede. Antes de llegar a la puerta, sale con los ojos hinchados por el llanto.

—¿Todo está bien? —pregunto con delicadeza, acercándome.

No soporto verlo en ese estado y tiemblo como si estuviera en medio de la noche más gélida, pero sé que no es debido a un estímulo externo, sino porque mi corazón ya me grita algo que me niego a escuchar. En el fondo sé que ya he empezado a quere…

—Te quiero —interrumpe mi línea de pensamientos con las mis-

mas palabras que estaba a punto de soltar mi cabeza.

Mi mirada angustiosa se borra y da paso a la sorpresa. ¿Acaso he oído bien? Parece que estoy bajo la pirotecnia que se lanza al cielo cada 13 de mayo a la medianoche por la independencia de Mishnock. Siento el estómago lleno de pequeñas explosiones de pólvora que envían electricidad por mi espina dorsal y me sacan la sonrisa que tanto me esforcé en ocultar hace unas horas cuando lo vi caminar hacia mí en la gala.

Su declaración se repite en mi mente como los poemas que el señor Field nos hace memorizar cada mes. Y a pesar de que no exista una manera de guardar los momentos en un libro para revivirlos cada vez que quiera, esas palabras jamás se perderán en mi memoria y mucho menos la euforia que me nace en el pecho y me recorre las piernas.

—Yo también te quiero —respondo tan rápido que da la impresión de que he estado esperando días a que él lo dijera.

—¿Lo dices en serio o solo por el estado en que me has visto?

—Hablo muy en serio.

Vuelve a sonreír. Ese gesto que tanto me gusta verle, que me hace sentir segura y feliz. ¿Quiero a Stefan? Sí. Se volvió inevitable para mí hacerle un espacio en mi corazón, convirtiéndolo en el único hombre, aparte de mi padre, que ha logrado entrar ahí.

Me acerco a él y lo tomo de las mejillas para acercarlo y besarlo. Es un beso desordenado, aunque suave. Me rodea con fuerza y me toma por la espalda hasta unirme a su cuerpo. Mientras tanto, juego con su cabello. Sus labios se mueven con la necesidad de demostrar lo que nos hemos dicho hace un instante. Su respiración caliente me toca la piel a medida que abandona mi boca y apoya la frente en mi hombro, rendido, en busca de una protección que estoy dispuesta a brindarle hoy, mañana y los días venideros, porque lo quiero. En verdad lo quiero.

24

Ayer volví a casa pasada la medianoche después de acompañar a Stefan tanto tiempo como pude. Papá tenía razón en que volveríamos a incumplir el horario. Hoy, el señor Field actúa de forma extraña. Me mira constantemente. No sé si es por las preguntas que le hago sobre los motivos de la guerra entre Mishnock y Lacrontte, que no me responde, o porque he notado las marcas extrañas que tiene en las manos y que se pierden debajo de las mangas de su camisa.

Al acabar la clase, camino sola hacia la salida del edificio de tutorías, pues Mia no logró ponerse en pie tras la gala de anoche, así que le rogó a mamá que le diera permiso de faltar. En la acera me encuentro con Daniel, vestido con su traje militar azul y vino, aguardando pacientemente. De inmediato me lleno de miedo porque pienso que algo pudo haberles pasado a Liz o a Stefan.

—Hola, Emily. —Sonríe al verme y me tranquilizo un poco.

—No esperaba verte por aquí. ¿Ha ocurrido algo grave?

—No, claro que no. —Avanza hacia mí—. Solo que me resulta urgente hablar contigo. ¿Puedo acompañarte a casa y decírtelo en el camino?

Acepto y se me hace un nudo en la garganta. Daniel no deja de jugar con las manos mientras avanzamos, hasta abre y cierra la boca sin emitir sonido alguno, así que freno, asustada, y le pido que suelte de una vez lo que tiene atorado en la garganta.

—Quiero casarme con tu hermana. Voy a hacerlo —dice sin filtros.

Parece que el corazón se me detiene un instante.

—¡Por mis vestidos, Daniel! ¿No crees que es algo apresurado? ¿Y por qué estás tan seguro de que ocurrirá?

—Estoy seguro y por eso te he buscado. ¿Recuerdas la reunión que tuve con tu padre hace unos días? —cuestiona, y asiento—. El señor Erick me pidió algo. —Desvía la mirada—. Algo que ayudará a calmar de alguna manera las habladurías que están surgiendo sobre tu hermana.

—¡¿Papá te pidió que te casaras con Liz?!

Abro los ojos como un búho. Eso es imposible, él no haría eso, no se deja llevar por habladurías… ¿O sí? Esto es malo, es terrible. Si Liz llega a enterarse, por favor, ni siquiera lo puedo imaginar.

—No, él no mencionó el matrimonio.

—Puede que no con esas palabras, pero seguramente lo insinuó. En realidad, no te quieres casar con mi hermana, solo lo haces para aplacar los rumores —lo acuso.

—Yo la quiero muchísimo, Emily, no me malinterpretes. Liz es la mujer que quiero para el resto de mi vida y solo quiero preguntarte si crees que ella está preparada para dar ese paso.

¿Cómo se le ocurre a papá insinuar algo así y a Daniel acatarlo? No quiero que le proponga matrimonio a Liz si no se muere de ganas por llamarla su esposa. Ella viene de una propuesta de matrimonio infeliz y no quiero que suceda lo mismo con esta. Soy consciente de que el general es diferente de Percival, pero, aun así, todo se está haciendo con la misma premura.

—¿Lo que me preguntas es si en realidad mi hermana te ama lo suficiente como para aceptar ser tu esposa?

—Sí, en pocas palabras es eso.

—Liz te quiere, pero no puedo darte una respuesta. Necesitaría tiempo para analizar la situación. Quizás algunos días, y te adelanto que seré sincera con ella respecto a lo que papá te insinuó. A mí me gustaría que me lo dijeran.

—Eso solamente traería problemas —murmura, negando con la cabeza. No me importa, yo me mantengo firme en mi posición hasta que solo le queda aceptar—. De acuerdo, supongo que es lo correcto —accede a mis términos. Sin embargo, la felicidad con la que me saludó hace un rato se ha ido, es como si temiera que nada fuera a salir bien.

Al final continuamos recorriendo el camino a casa y, entonces, en medio del silencio que se ha extendido, caigo en la cuenta de que estoy a solas con un militar y así tengo una oportunidad perfecta para hablar sobre la guerra. Con Stefan es difícil tocar el tema, pues eso involucraría mencionar al rey Silas y no quiero causarle más angustias; quizás el general me dé alguna información adicional que me ayude a entender todo este asunto.

—Daniel, una pregunta, ¿a qué se debe la guerra con el reino de Lacrontte?

—Emily, esos son asuntos oficiales que no tengo permitido comentar —me dice, tenso—. Tengo un código de honor y lealtad que no puedo romper.

—Sé que hace algunos años la guerra cesó por un tiempo e incluso fuimos superiores a Lacrontte. ¿Qué ocurrió para que se reavivara? Es solo historia, no te estoy pidiendo secretos militares —comento con mi mejor sonrisa para convencerlo.

Daniel suspira y veo cómo se debate internamente entre revelar algo o no hacerlo.

—Hace trece años, Mishnock hizo un atentado contra Lacrontte y ahí murieron los padres del rey Magnus—inicia, midiendo bien sus palabras—. Eso llevó al reino a la ruina. No tenían un soberano, pues Magnus estaba muy pequeño y lo pusieron en una especie de preparación antes de coronarlo. Fueron vulnerables por unos tres años, hasta que todo cambió. La guerra volvió y los lacrontters se volvieron despiadados y sanguinarios. Arrasaban con lo que encontraban a su paso y eliminaban de su camino a quienes no les sirvieran.

Lo de la muerte de los reyes de Lacrontte lo sé. Es un tema básico en las clases de historia de Mishnock, pero no sabía que el rey Magnus no había asumido el poder de inmediato. Aunque, bueno, aquí está prohibido cualquier tema que involucre la historia de ese reino, sus costumbres, sus leyes. Lo único que nos enseñan son las múltiples masacres a las que nos han sometido. Y es ahora cuando me doy cuenta de lo sesgada que ha sido mi educación. No imagino la rabia que acumuló el soberano de Lacrontte en esos años de entrenamiento. Aun así, sus padres no fueron un par de ángeles y la respuesta de nuestro ejército fue solo la defensa a todos los ataques que desde siempre hemos sufrido. Ellos fueron quienes nos invadieron, quienes nos trataron como a esclavos, quienes se llevaron nuestras riquezas y nos humillaron hasta el punto de hacernos callar las injusticias para sobrevivir, así que era de esperarse que algún día nosotros también diéramos un golpe.

—Así han sido siempre —recalco, pues es lo que nos han enseñado.

—Desde entonces fueron mucho peores. Avanzaron en muy poco tiempo y se desquitaron con creces del daño, las pérdidas y los males que les causamos —continúa sin mirarme—. Su desarrollo como reino fue imparable, por eso hoy son los más poderosos.

—Es decir que la ola de violencia recrudeció cuando el rey Magnus asumió el trono.

—Sí, a los quince años subió al poder. Y dejemos el tema ahí. Ya no puedo seguir hablando sobre eso.

Tras estas revelaciones, que en realidad no me han dejado nada claro, nos mantenemos en silencio hasta llegar a casa. Antes de que alguien lo vea, se despide y, en un susurro, me pide que hable cuanto antes con Liz. No quiero alargar su incertidumbre, así que voy de inmediato a su habitación cuando entro a la casa. Este asunto del compromiso necesita resolverse pronto.

—¿Cómo estás, hermanita? —le pregunto, nerviosa, de pie bajo el marco de su puerta.

—Estoy bien, pero tu manera peculiar de entrar me causa desconfianza. ¿Qué sucede?

—Nada malo. —Me acomodo sobre su tocador, pretendiendo que no tengo mil cosas en la cabeza—. Solo te tengo una pregunta. ¿Crees que te puedas enamorar de alguien en muy poco tiempo?

—Sí, creo que es posible —responde tras unos instantes de reflexión.

—¿Tanto como para casarse?

—¡¿El príncipe te ha pedido matrimonio?! —exclama sin poder esconder su sorpresa y no sé si sentirme ofendida.

—No —aclaro de inmediato—. Solo es curiosidad.

—Bueno, Mily. Eso depende de ti y de lo que sientas, aunque es posible.

—Háblame desde tu perspectiva y tu experiencia —insisto.

—¿La mía? —Asiento, esperando que diga las palabras que quiero escuchar—. Quiero a Daniel y llevamos poco tiempo juntos, pero sé que estaría feliz de pasar a su lado el resto de mi vida. Él es perfecto, Emily —habla como si estuviera entre las nubes—. Es caballeroso, dulce y hace una cosa con la nariz que me resulta encantadora.

—¿Qué? ¿Respirar?

—Eres una tonta, Emily Ann.

No debo cantar victoria a pesar de haber resuelto una parte del asunto, primero debo ser sincera con ella, como lo prometí.

—Liz, no sé cómo vayas a tomarte esto —titubeo, desviando la mirada un momento—, pero es necesario que lo sepas. —Mi hermana se endereza en su lugar—. ¿Cómo te sentirías si te digo que papá le insinuó a Daniel que buscara alguna solución para acallar los rumores que rondan sobre ti por lo que pasó en su fiesta de cumpleaños?

—Papa no haría eso —repone, convencida.

—No creo que lo haya hecho con mala intención —continúo como si no la hubiera escuchado—. Además, no le exigió a Daniel que hiciera nada.

—Espera —habla con un tono que me revela que por fin está entendiendo las implicaciones de aquella conversación—. ¿Me estás

diciendo que Daniel quiere pedirme matrimonio porque papá se lo ha insinuado?

—No... O no solo por eso —respondo a la defensiva—. Es decir, él te quiere muchísimo...

Se levanta furiosa de la cama y sale de la habitación sin permitirme explicarle nada. La escucho bajar las escaleras apresuradamente y abrir la puerta, así que salgo al balcón y le pregunto hacia dónde va.

—A la perfumería. Papá tiene que escucharme. ¡No puedo creer que acorrale a Daniel para que me pida matrimonio!

—Papá no hizo eso, no lo está obligando a nada. Lo conoces, Liz, sabes bien que él no haría nada que nos lastimara.

—Quizás a ti no porque eres su favorita, pero yo disto mucho de tener esa posición y no puedo permitir que influya en el curso de mi relación.

Los gritos hacen que mamá salga de su alcoba y me exija una explicación, que me cuesta dar. ¿Cómo se salió esto de proporción? Es probable que papá se enoje conmigo y tendré que buscar la manera de huir de sus reclamos, pues no son algo que quiera enfrentar justo ahora. Por eso siento que es el momento perfecto para ir a mi cuarto, tomar papel y pluma y escribirle una carta a Valentine, diciéndole que convenceré a mamá de que me deje «quedar en su casa» para ir a la fiesta en Lacrontte. Necesito escapar de todo por unos días.

25

Es viernes por la tarde y ya me encuentro caminando hacia la casa de Valentine con la maleta que he preparado. Papá no estaba convencido de dejarme venir, por lo que mamá tuvo que intervenir y alegar que sería bueno para mí estar fuera de casa mientras a Liz se le pasa el enojo. En un giro de los acontecimientos, fue ella la que me dejó de hablar y no papá.

—Buenas tardes, señorita Malhore —me saluda una doncella de los Russo mientras paso la puerta.

—Hola, Emily —dice Taded, que está bebiendo algo anaranjado—. ¿Quieres? —me ofrece.

—Gracias, eres todo un caballero, pero no.

Me agradece el halago y se da la vuelta para buscar a Valentine en su alcoba. Este pequeño me recuerda a Stefan y a como lo imagino de niño. Alguien atento, sonriente y despreocupado. En cambio, Thomas, el otro hermano Russo, me resulta mucho más difícil de entender. Justo ahora está leyendo en el sofá un libro que parece ser el segundo tomo de *Paz armada*.

—¡Querida! —grita Valentine, apareciendo por el pasillo a paso acelerado—. Amadea está en mi habitación probándose algunos trajes. Vamos. —Me extiende la mano—. La modista puede hacerle arreglos al tuyo si lo necesitas.

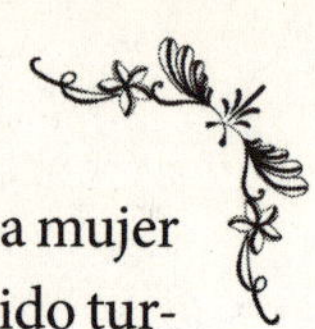

Me guía hasta su habitación, donde efectivamente hay una mujer mayor poniendo alfileres sobre el ruedo de la falda de un vestido turquesa que usa Amadea. Taded nos sigue hacia la alcoba tras escuchar a su hermana decir que soy la novia del príncipe.

—¿Y no piensan terminar por ahora? —pregunta el pequeño desde el marco, con un tono de tristeza infantil, y yo niego con la cabeza—. Entonces no tengo ninguna oportunidad.

—Taded, tienes ocho años. No puedes salir con nadie por ahora, así que vete de aquí —lo reprende Valentine, cerrando la puerta—. ¿Ven lo que tengo que soportar?

—Emily, qué bueno que viniste. ¿Qué vas a ponerte? —me pregunta Amadea—. Creo que todas deberíamos llevar el mismo estilo. Si vemos lo que tienes, podríamos buscar algo similar.

Saco de mi maleta el traje que escogí para la ocasión. Es de color lima y no tiene flores para evitar problemas en el reino enemigo. Basta exhibirlo frente a ellas para escuchar los jadeos de horror.

—Em, no te ofendas —dice Val con una voz suave y prevenida—, eso es demasiado sencillo. Este es un evento muy, muy elegante.

—Pero el vestido es bonito, ¿no? —inquiero, contrariada.

—Sí, sí, nadie dice que no. Solo es muy… muy… —Sus palabras se quedan en el aire porque no encuentra la manera de explicarlo.

—Simple —complementa Amadea, haciendo una mueca—. Mañana hay que darlo todo o quedarás opacada.

—Bueno, no he traído nada más. Creí que este estaba bien.

—Debemos buscarte uno.

De repente me veo envuelta en una discusión sobre telas, cortes, colores y modelos hasta que, después de unos minutos, Amadea y Val se decantan por una de las confecciones de la modista y me la ofrecen. El vestido es del color de un metal rosáceo con realces y dobleces que crean tocados modernos y llamativos en la silueta. El escote es llano y los tirantes son rectos, y todo se complementa con un corsé que delinea y acentúa mi figura y una espesa falda que cae en varias capas.

—¡Muchísimo mejor! —exclaman mientras me veo en el espejo.

—Es bonito —les doy la razón. Me siento extraña, como si hubiera crecido unos tres años con solo ponerme el vestido, aunque puede ser que no esté acostumbrada a trajes tan sobrios, sin bordados o apliques.

—Es elegante y eso es lo importante —dice Valentine para después ponerse a hablar del día en que visitó a Willy; mientras tanto, agarra y suelta, nerviosa, cosas que toma al azar de su tocador, llamando la atención de su amiga, que al parecer no sabía de la existencia del oficial.

—¿Quién es ese? —le pregunta un tanto molesta por no conocer los detalles.

—Mi futuro novio. Vive en la casa más pequeña que he visto en mi vida y también la más acogedora. Su madre es la mejor cocinera del mundo y sus hermanas son preciosas. Se llaman Erina, Ciara y Leina. Creo que voy a intentar hacerme amiga de ellas para que me inviten a visitarlas y así ver a Willy —confiesa su plan con una sonrisa—. A decir verdad, no las estaría usando porque sí me agradaron.

Después de empacarlo todo, emprendemos el largo viaje hasta Mirellfolw, en Lacrontte. Las horas son lentas, pero al final llegamos al hostal donde nos vestiremos y dejaremos el equipaje mientras vamos a la fiesta.

—Nos devolveremos el domingo por la mañana para poder regresar a casa por la noche, ¿cierto? —pregunto, pensando de nuevo en los problemas que tendré si este plan sale mal.

—Sí, no te preocupes. Tu padre no se enterará de que estuvimos fuera de Mishnock.

—Por cierto, no te lo he preguntado antes. ¿De qué es el evento?

—Es una fiesta de cumpleaños, Em. De una de las personas más importantes del reino —revela y se me hiela la sangre.

—No me digan que es del rey Magnus.

—¡Claro que no! Su cumpleaños ya pasó. Hoy celebran el de su abuela, Aidana, quien fue reina de Lacrontte en su momento.

Eso significa que el rey va a estar presente. ¡No puede ser! Soy una tonta, debí preguntar primero a qué veníamos con exactitud. Definitivamente, después del rato tormentoso que ese hombre me

hizo pasar, no deseo tenerlo cerca y, con toda sinceridad, prefiero quedarme encerrada en esta habitación antes que ir a verlo.

—¿Bromeas? Viajamos casi toda la noche y la madrugada de hoy, no te puedes quedar encerrada después de triunfar —dice Amadea cuando le hago saber lo que pienso—. El rey Magnus no se fijará en ti porque va a estar ocupado con su familia. Además, no es como si nos fuéramos a sentar en su mesa. De hecho, estaremos bastante lejos, así que empieza a prepararte porque irás.

Sin ganas de discutir, acepto y, cuando se acerca la hora, nos arreglamos para llegar al palacio. Una vez en las puertas, frente a los lacayos, Valentine es quien toma la vocería y explica que venimos en reemplazo de sus padres, por lo que nos dejan pasar al salón, toda una proeza arquitectónica. Las paredes blancas tienen labrados dorados a manera de enredaderas que recorren los muros, como si los atraparan. Hay esbeltos espejos entre cada columna y un techo claro que refleja la sombra dorada del arte tallado y del que cuelga una lámpara de cristal redonda con bombillas en forma de velón. Los ventanales tienen marcos de oro y cerca de ellos están las mesas de los invitados, vestidas con manteles blancos y rodeadas de sillas con cojines níveos. Lo que decora las mesas no son flores, sino pequeños árboles que tienen alrededor lo que parecen ser largas cadenas de abalorios verdes. Al acercarnos a nuestro sitio, me doy cuenta de que son fluoritas, una gema preciosa. Qué extravagantes son aquí. Los músicos están en un rincón, tocando las piezas más aburridas que he escuchado jamás y algunas personas revolotean alrededor de la mesa de banquetes, como si allí estuviera el más grande tesoro.

En el centro del salón veo a cinco personas que conozco y a alguien que no: la exreina Aidana, el rey Gregorie, la princesa Lerentia, el rey Magnus y una mujer de cabello café y ojos esmeralda. Todos sostienen copas de champaña en la mano y sonríen a los asistentes. Bueno, a excepción del rey de Lacrontte.

—Quiero empezar agradeciéndoles a Georgiana y a ti, mi querida Aidana —habla la princesa de Cristeners—, por darme al mejor hombre del mundo. No imaginan cuán dichosa me hace el estar

aquí esta noche, celebrando tu vida, como la futura madre de tus bisnietos.

Así que este es el novio del que alardeaba en la gala benéfica.

—¿Acaso ya se comprometieron? —murmura Amadea—. Ese rumor no ha llegado aún a mis oídos. Aunque no creo que duren demasiado. Gregorie es un hombre muy dulce y ella es una antipática de primera línea

—Primo, ¿quieres decir algunas palabras para la abuela? —le pregunta el rey de Cromanoff al amargado rey de Lacrontte, quien viste un traje y una capa negra y carga en el rostro el mismo gesto de apatía de siempre.

—Feliz cumpleaños, abuela —dice con esa voz profunda que me ha amenazado antes.

—Estoy convencido de que puedes esforzarte un poco más.

—Muy feliz cumpleaños, abuela —suelta con la misma actitud insípida—. Lo que sea que le quiera decir lo haré en privado.

Es tan grosero con su familia que ni siquiera es capaz de hacer un esfuerzo por halagar a su abuela en su día. Nadie se alcanza a imaginar cuánto me desagrada este sujeto.

—Te pediría que cambies, pero te amo tal como eres —afirma la exreina. De repente, en un gesto que me sorprende que acepte, toma al rey de las mejillas y se las pellizca con cariño. El rey Magnus se ve incómodo y su postura es rígida. No dice nada, no sonríe y no reacciona, aunque tampoco se aparta—. Ay, si ustedes supieran —se dirige ahora a la sala— cuánto deseo agrandar la familia y convivir con los pequeños que estos dos hombres me regalarán. —Su voz es suave y soñadora mientras toma a sus dos nietos del brazo—. No habrá en el mundo alguien más feliz que yo cuando eso suceda. —Que la vida ayude a la mujer que traerá al mundo a los hijos del rey Magnus, pues seguramente será una pesadilla aguantar a ese sujeto y a una miniatura suya—. No obstante, considero que lo más apropiado es dejar las palabras para después porque estoy deseosa de bailar con alguien que no lo hace muy a menudo. —La mujer le extiende la mano al soberano de Lacrontte, quien duda antes de aceptar.

—Solo una pieza —le advierte cuando la música comienza a sonar.

—Es nuestro momento. —Amadea me sacude del brazo—. Debemos buscar a algún soltero para bailar, sacarle conversación, que nos invite a una cita, enamorarlo hasta que nos pida matrimonio y convertirnos en lacrontters.

Val le recuerda que yo soy novia de Stefan y que ella ya puso los ojos en Willy.

Extraño a Stefan. No lo he visto desde la gala y admito que quisiera asistir a un baile con él o danzar juntos en cualquier lugar. Jamás lo hemos hecho y siento que es de esas cosas sencillas que me estoy perdiendo. Desearía sentir su cuerpo mientras se mueve al ritmo de la música, pues ya conozco la sensación de sus brazos alrededor de mi cintura, pero no al compás de una pieza. ¿Por qué no se me había ocurrido antes? La única vez que tuvimos la oportunidad se pasó toda la noche en la pista con otras mujeres.

Amadea nos pide que le ayudemos a buscar un prospecto que no sea tan mayor ni tan joven. Comenzamos a recorrer la sala mientras Valentine le señala a algunos invitados, los cuales ella rechaza, pues a sus ojos ninguno cumple con sus estándares, por lo que al final decide ir a la pista y nos ruega que la acompañemos para no llegar sola al centro. Nos sumamos lentamente al baile de la mano de tres jóvenes que nos invitan a una pieza e intento acoplarme al ritmo desconocido que disfrutan en Lacrontte. El compás es veloz y nunca había escuchado música parecida en Mishnock. Las parejas giran y, dejándome llevar, lo hago con ellas. Nos tomamos y soltamos de las manos, formamos filas y zigzagueamos. De repente hay un cambio de parejas y mis amigas quedan lejos de mí. La única persona que no cambia de acompañante es el rey Magnus, que se mantiene firme al lado de su abuela. Un último giro me deja frente al rey Gregorie, quien me toma de las manos y asiente con suavidad cuando una melodía tenue empieza a escucharse.

Él saca un pañuelo de su bolsillo y me lo extiende para que tome el otro extremo. No sé de qué se trata esto, pero le sigo la corriente cuando veo que el resto de las parejas hacen lo mismo y se acercan a la exreina para tocarla sutilmente con el pañuelo.

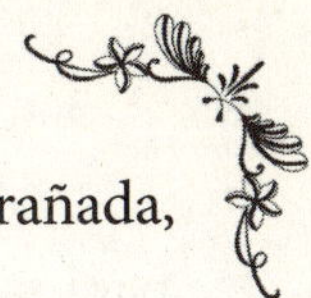

—¿Qué se supone que es esto, majestad? —pregunto, extrañada, mirando los ojos miel del rey que me acompaña.

—¿No eres de aquí? —cuestiona, frunciendo el ceño.

—No, señor. Soy de otro reino, de Mishnock.

—Una mishniana entre nosotros. —Se sorprende, aunque conocer mi nacionalidad no le borra el gesto amable que ha tenido desde que coincidimos.

Comienza a explicarme, a medida que nos acercamos y pasamos la seda por el brazo de su abuela sin tocarla en ningún momento con nuestras manos, que se trata de un baile típico de Lacrontte para celebrar al homenajeado. Se simula una caricia al pasarle una tela delgada por los brazos, el cabello o la espalda y entre todas las parejas que estén bailando deben tocarla hasta completar la edad que cumple, en este caso setenta y seis veces.

—Es una bonita costumbre —confieso. Él no responde, solo me sonríe mientras me hace girar.

Vamos pasando una y otra vez hasta cumplir con el número total de años de la exreina Aidana y es ahí cuando por fin nos soltamos.

—Un placer bailar con usted. —Me regala otro gesto con la cabeza cuando la música acaba—. Ahora, si no le molesta, quiero bailar con mi abuela.

Guarda el pañuelo y me gira para cambiar de pareja, dejándome frente a su primo, el rey de Lacrontte. Me quedo tan rígida como un árbol apenas veo el enojo en sus ojos por el movimiento violento con que lo hemos separado de la anterior monarca. El miedo me invade y ruego que mi habilidad de meterme en problemas no aparezca justo en este momento.

—He dicho que no bailo con nadie más, Gregorie. Fui muy claro.

—Yo también quiero una pieza con la abuela y traje a alguien para ti. No la puedes dejar de pie en medio de la pista. Sería de muy mala educación.

—Creo que he sido claro —le espeta a su primo para luego volverse a mirarme—. Arréglese el cabello, está despeinada —me ordena antes de marcharse, plantándome.

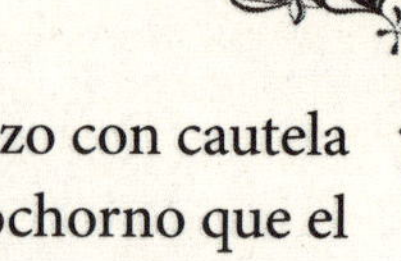

Valentine viene en mi rescate y me toma del brazo con cautela para sacarme del centro, tratando de disimular el bochorno que el rey Magnus me ha hecho pasar. Y una vez nos alejamos, siento que puedo respirar por primera vez en minutos.

—¿Qué te dijo? —pregunta con preocupación al notar mi rostro enrojecido por la vergüenza.

—Que me peinara —revelo, exasperada por la actitud de ese hombre—. ¡Es un grosero y un patán!

—¡Emily! —exclama con un susurro—. No lo digas en voz alta, que podemos terminar en problemas.

—Créeme, lo sé. Ya viví de primera mano sus histerias.

Durante el resto de la noche no me levanto de la mesa, pues no pienso tener otro encuentro incómodo con el rey Magnus, aunque él tampoco vuelve a la pista y mucho menos se pasea por la sala. Yo parezco pegada a mi silla, así que en el momento en que Amadea y Valentine se levantan para darle el obsequio a la exreina Aidana, me niego a ir con ellas. No me importa la creencia absurda que hay en Lacrontte que dice que, de no entregarlo, me pasará algo terrible en mi próximo cumpleaños. La verdad prefiero arriesgarme a ver qué pasará ese día y no ahora.

* * *

Anoche volvimos al hostal pasada la medianoche, así que hoy luchamos contra las sábanas para levantarnos. En esta mañana el sol sigue resguardado detrás de unas oscuras nubes. Valentine está pagando la cuenta en la recepción mientras Amadea y yo sacamos el equipaje al exterior.

—¡¿Cómo que no podemos comprar boletos de regreso?! Necesitamos volver a Mishnock hoy.

Aquel comentario me hace correr hasta ella, asustada por lo que he escuchado. El pánico me recorre las venas y más le vale que esté bromeando si no quiere que me desmaye en medio del pasillo.

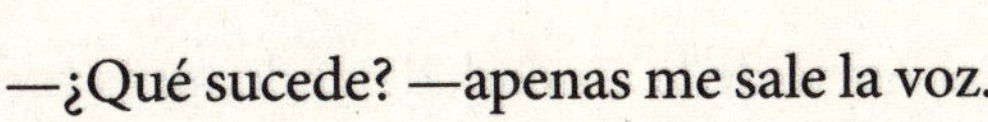

—¿Qué sucede? —apenas me sale la voz.

—Dicen que la frontera está cerrada porque están pasando un cargamento de armas y nadie puede salir o entrar del reino hasta mañana.

El corazón se me acelera y siento los latidos en cada rincón del cuerpo al tiempo que se me revuelve el estómago y mi campo de visión se vuelve negro. No, no, no. Esto no puede estar pasando. ¡Sabía que no debía venir! Estaré en problemas si no salgo de Lacrontte dentro de una hora.

—¿Qué vamos a hacer, Valentine? ¡Sabes que no puedo quedarme!

Mi amiga me da un apretón de manos con el que intenta tranquilizarme, pero solo se encuentra con mis palmas sudadas por la angustia.

—¿No hay ninguna manera de salir del reino? —le pregunta al hombre que está detrás del mostrador.

—Sí, con un permiso especial otorgado por el rey, que tendrían que haber conseguido con anticipación.

Lo que faltaba. El rey no querrá ayudarnos. De nuevo estoy metida en problemas, en un foso profundo que yo misma cavé. ¿Y si trato de contactar a Stefan de alguna forma para que nos ayude? Puedo enviarle una carta, aunque es obvio que la misiva no le llegará hoy. ¿Por qué me pasan estas cosas a mí?

—Tendremos que solicitar una audiencia con el rey para pedir el permiso —concluye Valentine, suspirando.

—Ya he tenido muchos roces con ese hombre. No quiero volver a verlo.

—Seguramente ni se acordará de ti. Además, no perdemos nada con intentarlo.

En parte tiene razón. Que el rey me recuerde es algo muy fantasioso. Debe ver muchas caras todos los días como para grabarse la mía, que vio durante menos de media hora la noche de la sospecha de espionaje, y ayer, así que supongo que no es tan mala idea ir hasta allá por ayuda.

Caminamos hacia el norte de la ciudad, dejando atrás todo el comercio del centro. Nunca había sentido tanto frío en mi vida. La delgada lluvia que cae sobre la ciudad no ayuda a que mi ánimo mejore mientras avanzamos al palacio de Lacrontte, arrastrando las maletas por las calles de Mirellfolw bajo la mirada curiosa de los habitantes. Los tranvías atraviesan las calles repletas de personas, y vemos fuentes, parques, iglesias y toda clase de edificios lujosos que acompañan nuestro andar hasta la esperada calle real. La vía está marcada con un letrero cromado y todo parece cada vez más elegante. Los muros en Mishnock por lo general son de calicanto; en cambio, aquí las casas son monumentales y armonizan entre sí, hasta el punto de resultar hipnóticas. Tienen un revestimiento ordenado de piedra o ladrillo, múltiples ventanas con molduras en forma de arcos, techos altos en los que se aprecia más de una chimenea y arbustos de estilo topiario. Acá hay mayor presencia militar, por lo que no me es difícil deducir que estamos en el vecindario de los nobles del reino.

Avanzamos hasta una rotonda gigante, cubierta con un césped perfectamente cortado, la cual divide la calle en dos caminos de entrada y salida. En medio de la glorieta se alza una estatua de oro que muestra a un hombre montado a caballo y que sostiene en alto una bandera.

—Ese es Meridoffe Lacrontte, el rey que una vez nos invadió —explica Valentine al verme concentrada en la escultura.

—No puedo creer que le hagan un monumento a alguien que le hizo tanto daño a un pueblo inocente —exclamo incrédula.

—Es su ídolo. Así como nosotros le rendimos honor a Bartolomeo Mishnock por liberarnos, ellos honran a quien los engrandeció con todo lo que nos quitó.

Rodeamos el sitio y llegamos al nombrado puente de armas. Se trata de una estructura kilométrica con arcos y torres que conduce al palacio. Debajo alberga un canal por el que pasan veleros, goletas, botes y pontones. Todo el trayecto está iluminado por bombillas y el muro que custodia la vía de transeúntes está lleno de placas de metal marcadas con diferentes nombres.

—Philippe y Nicolle Lacrontte, primeros reyes de Lacrontte —leo en la primera placa.

—Son todos los soberanos que ha tenido la nación —indica Amadea.

A medida que caminamos, nos topamos con más menciones hasta llegar a Magnus VI Lacrontte Hefferline, el único que no está acompañado por el nombre de una mujer. Salimos del puente y, en pocos minutos, llegamos al tan espeluznante palacio, el lugar que refugia a mi verdugo.

—Lo siento, señoritas, sin cita no pueden pasar. Además, los domingos no tienen permitida la entrada los turistas —dice un guardia, que nos detiene cuando llegamos a las rejas, con el uniforme oscuro de la Guardia Real de Lacrontte, de pantalón negro con un listón de color dorado a los costados y una chaqueta que le llega hasta la mitad del muslo. Sobre ella tiene un cinturón a la altura de la cintura y el nombre de la Guardia Real bordado en el pecho, que los diferencia de la Guardia Negra, quienes tienen un abrigo más corto con charretera dorada en la parte de los hombros y un quepis negro con el escudo al frente en color oro.

—No somos turistas. Llame al señor Francis y dígale que Valentine Russo, su sobrina, está aquí —dice mi amiga con su voz más autoritaria.

El guardia nos mira con sospecha; sin embargo, Valentine se mantiene tan estoica que al final lo convence y el hombre envía a un compañero en su búsqueda. Después de unos minutos en los que no paro de crear escenarios catastróficos en mi cabeza, aparece el consejero real.

—Buenas tardes, sobrina. No esperaba verla por aquí —la saluda con un gesto pétreo y Val deja de lado los rodeos, contándole que necesitamos un permiso para salir de Lacrontte—. Su majestad está en una reunión con otro rey, así que no puede atenderlas.

—Lo esperaremos —digo rápidamente, desesperada—. De verdad necesitamos ese permiso. Hoy.

Francis nos observa por unos segundos y, como si no quisiera lidiar con las quejas, nos lleva hasta su oficina, donde nos pide los datos y redacta la autorización para que al rey Magnus solo le reste firmarla. Nos advierte que será difícil convencerlo, pero no tenemos opción. Anota nuestros nombres en una agenda gris que luego pone sobre su escritorio y, tras eso, sale del lugar, dejándonos solas. En ese momento acordamos que yo no iré con ellas porque, por alguna razón, cada vez que estoy cerca del amargado monarca todo termina mal.

Tras unos minutos aparece el señor Modrisage y se lleva a Amadea y Valentine. El problema es que no pasa mucho antes de que vengan por mí y me guíen también hasta la sala del trono. El rey ha convocado a «la otra mujer del grupo que pide el permiso»... y soy yo. Parece que los problemas me persiguen y no soy lo suficientemente rápida como para esquivarlos.

—Al menos hoy no tiene un vestido de flores —dice Modrisage mientras estamos de camino—, pues se nos prohibió darle la ropa del rey a alguien más bajo la amenaza de perder nuestras cabezas.

Las puertas dobles se abren. Noto de inmediato la cara de preocupación de mis amigas y el entrecejo fruncido del rey, quien seguro ya está buscando en su cabeza algún recuerdo que me incluya.

—¿Es usted la de la fiesta de anoche? ¿Con la que Gregorie me quería obligar a bailar? —pregunta lo inevitable y yo se lo confirmo después de hacer una reverencia—. No me sorprende enterarme de que usted es mishniana, una pueblerina de ojos cafés. ¿Por qué no quería entrar?

Deseo gritarle que no quería verlo, pero lo único que lograré con eso es que niegue nuestra petición, así que opto por permanecer en silencio.

—¿No hablará? De acuerdo. Les decía a sus compañeras que no me gusta atender a nadie después de una reunión larga, así que tienen cinco minutos para presentar su caso —concluye con un brillo curioso en los ojos.

—Nuestros padres nos matarán si no llegamos hoy —expone Valentine de inmediato.

—Envíenles una carta explicando por qué llegarán mañana… A menos que ni siquiera sepan que están aquí —insinúa el rey Magnus, adivinando nuestros motivos. Nuestro silencio es la respuesta que necesita—. Con mayor razón las dejaré aquí hasta que se abra la frontera.

—Concédanos el permiso y no tendrá que lidiar más con nosotras, ¿no tiene cosas más importantes que hacer? —estallo, olvidando los filtros y los títulos reales.

—Tiene razón —me responde, imperturbable—, continuaré con lo importante, así que ustedes tendrán que esperar.

El soberano está a punto de esbozar una sonrisa de satisfacción, pero Valentine se lleva mi atención con el codazo que me pega al ver que he empeorado la situación. Es cierto, no debí decir nada, solo que hay algo en la actitud del rey que no soporto y que me hace olvidar todo a mi alrededor. Llegaremos tarde a Mishnock y seremos… bueno, yo seré castigada.

Nos hacen movernos hasta la esquina del salón mientras pasan a un hombre que trabajaba de cocinero en la frontera, acusado de enviar cartas con información militar a altos mandos de la Guardia Azul. Él jura jamás haber conspirado contra el ejército de Lacrontte, pero el problema, y para su mala suerte, es que ya tienen como prueba unas cartas que descubrieron a medio quemar en las calderas de la base del ejército lacrontter y otras que guardaba en sacos de arroz en la cocina, que serían las que enviaría al otro lado de la línea fronteriza. Así que al sujeto solo le queda suplicar por su vida. Se arrodilla y ruega ser enviado a prisión y no a la horca.

El rey Magnus lo mira desde el trono con satisfacción, como si le complaciera ver su desespero y disfrutara las lágrimas que ruedan por las mejillas del supuesto espía, y, burlándose de su agonía, le propone una dinámica para ayudarlo a salvarse de la muerte.

—¿Ve a esas jóvenes detrás de usted? —Nos señala y el hombre asiente desenfrenadamente, como si su cuello fuera un resorte que

moviera su cabeza de arriba abajo—. Una de ellas es mi amante. Si adivina cuál es, lo dejaré ir.

Eso es una broma cruel e injusta. ¿Cómo puede jugar así con las ilusiones de este señor, presentándole una salida inexistente? El sujeto señala rápido a Amadea, con manos temblorosas, ansioso por acertar. Para aumentar su regocijo, el monarca de Lacrontte le da una oportunidad más para escoger tras decirle que ha errado. El hombre vuelve a equivocarse al apuntar hacia Valentine.

—Parece que su destino siempre fue la horca. —Repiquetea con los dedos sobre el brazo de su trono, divirtiéndose—. Alguien sáquelo de aquí porque no me gusta hablar con los muertos.

Les pide a los guardias que lo saquen de la sala, pero, antes de que lo hagan, él se levanta y corre hacia mí hasta postrarse a mis pies, como si yo fuera el ángel que puede salvarlo. Me pide que interceda por él. Admito que a veces me cuesta entender las cosas y este es uno de esos casos. Él cree que soy la amante del rey, pues yo era la última opción. Le pide al monarca de Lacrontte que me escuche y yo me quedo en blanco. ¿Qué se supone que debo hacer? Me siento turbada, como si tuviera una daga que apuntara directamente a mi espalda. Nada de lo que diga servirá, todo esto es un engaño.

—Esa es una excelente idea —habla el rey con un tono burlesco y luego imposta la voz—. Querida amante, dime qué harás para convencerme de que no mate a este sujeto.

Todas las miradas se posan sobre mí, incluso las de los guardias. ¡Estoy harta de sus juegos! ¿En qué momento terminé aquí de nuevo?

—¿Pedirle que tenga piedad con él? —respondo lo único que se me pasa por la mente

—¿Piedad? ¿Es acaso algo que venden en el mercado? Porque no entiendo de qué me estás hablando. Sabes que me gustan las cosas más originales. —Sigue el juego como si de verdad tuviéramos algo—. Propón algo que me genere tanta felicidad que después me dé igual dejar a un hombre sin su sentencia.

Intento pensar en algo y ninguna idea me llega. No sé qué decir o qué hacer. Los segundos pasan lentos y Valentine me sugiere en un

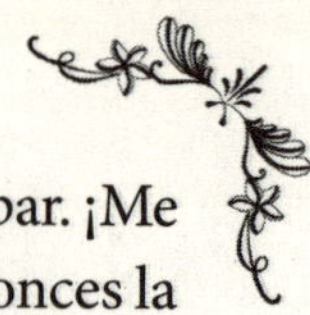

susurro que prometa que me someteré a sus deseos sin discrepar. ¡Me niego a decir eso! Esto es una ridiculez. El acusado toma entonces la palabra y vocifera que bailaré para él.

—Yo jamás haría eso para usted —me niego de inmediato, hastiada de este teatro.

—No le estoy pidiendo que lo haga. No es algo que me apetezca ver.

¿Qué le pasa a este hombre? ¿Primero me pide que le siga el juego y luego me insulta?

—Es usted un grosero —digo lo más suave que se me ocurre porque aún no olvido que necesitamos ese permiso.

—¿Por qué? ¿La sinceridad ahora es un crimen? ¿O acaso usted está mintiendo con respecto a sus ganas de bailar para mí? —se burla de mi contradicción. Estoy a punto de replicar de nuevo, pero el rey se yergue en su trono y entonces declara—: Se ha equivocado, acusado. No tengo amantes y nunca las tendré. No me gusta rebajar a nadie para que ocupe ese papel y mucho menos estaría con alguien que permite que le otorguen esa posición. —Me mira con desdén—. Dicho esto, queda sentenciado a la horca. Puede retirarse —concluye con frialdad.

Los guardias se mueven para sacar de la sala al hombre que patalea, suplica y se desgarra la garganta con gritos mientras el rey Magnus continúa tan sereno y cruel como siempre. Tras unos minutos de silencio en los que parece que nadie volverá a hablar, Valentine da un paso al frente e interviene.

—Entonces, ¿firmará nuestra salida, majestad? Cuanto más rápido dé la autorización, más rápido nos iremos y le juro que no nos volverá a ver.

—La próxima vez que las vea por aquí, las enviaré a un calabozo —dice mientras firma el permiso.

El rey le extiende el papel a Francis, quien luego nos lo da a nosotras.

Podría hacerle una reverencia al cielo por salvarme nuevamente de este hombre, pero me la reservo. ¿Cuándo dejaré de meterme en

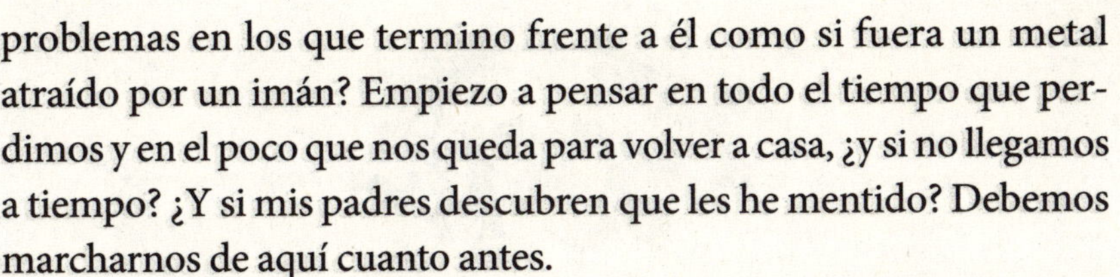

problemas en los que termino frente a él como si fuera un metal atraído por un imán? Empiezo a pensar en todo el tiempo que perdimos y en el poco que nos queda para volver a casa, ¿y si no llegamos a tiempo? ¿Y si mis padres descubren que les he mentido? Debemos marcharnos de aquí cuanto antes.

—Pueblerina —me llama por enésima vez, interrumpiendo mis pensamientos—, le recomiendo que tome agua, pues quizás no ha notado que su rostro está completamente enrojecido. Me pregunto si es a causa de la vergüenza o si se trata de algo más —suelta con un tono que deja claro a qué se refiere—. No me gustaría que se hiciera ilusiones y pensara que puedo estar interesado en usted.

—Tiene novio, majestad —contesta Amadea por mí, tan imprudente como Mia.

—Entonces esperemos que ese novio la sonroje de la misma manera.

¡Por mis vestidos! El desprecio que siento por este hombre podría llenar océanos y crear unos nuevos. Por fortuna, el señor Modrisage se mueve rápido, como si intuyera que esta situación puede explotar en cualquier momento de seguir así.

—Las acompañaré a la salida, señoritas. Majestad —se despide con una inclinación. Cuando atravesamos las puertas y ya no hay peligro de que el rey nos escuche, dice—: Váyanse pronto si quieren llegar a tiempo. Muéstrenle este permiso a cualquier oficial que les bloquee el paso y, señorita —me mira—, deje de meterse en problemas o tendremos que asignarle un calabozo permanente en el palacio.

Finalmente volvemos a las calles de la ciudad y puedo respirar tranquila por primera vez en lo que se ha sentido como años.

—Eso estuvo intenso —comenta Amadea con emoción—. Emily, ¡pude sentir el odio y el deseo!

—El único deseo que siento por el rey de Lacrontte es el de ahorcarlo —espeto, harta de todo lo que tiene que ver con ese hombre.

—De acuerdo, ya no discutan —media Valentine—. Vamos por agua para que te calmes, porque de verdad estás coloradísima, y luego salgamos de aquí.

26

—¿Cómo estuvo el fin de semana en casa de los Russo? —pregunta Liz, sentándose en una de las bancas del patio mientras riego las plantas de mi jardín.

Ayer no llegamos a tiempo y papá no me encontró donde Valentine; sin embargo, el barón Dominic nos cubrió y se inventó que nos encontrábamos en una cena con su esposa y que me traería él mismo cuando regresáramos del evento. Por suerte, papá creyó la mentira, pero aún puedo recordar cómo latía mi corazón desenfrenado ante el temor de ser descubierta, mientras trataba de mantener mi postura lo más neutra posible para impedirle a mi cuerpo que me delatara. Y aunque no me siento bien por engañar a mis padres, debo ser sincera: me está empezando a resultar adictivo escaparme de casa y aventurarme a emociones desconocidas.

—¿Ahora sí me hablarás? —respondo tras volver de mis memorias.

—No hagas que me arrepienta.

—No tendrías por qué. No he hecho nada malo. —Me muevo, yendo de maceta en maceta—. ¿Y a Daniel? ¿Ya lo disculpaste?

—No, y tampoco pienso volver a hablarle. —Trata de sonar segura, pero la conozco y no puede engañarme. Esa determinación es fingida—. Además, sigues sin contestar mi pregunta.

—Muy bien. Los Russo son muy amables.

—Al menos tú cuentas con la facilidad para hacer amigos.

—No es tan difícil.

Veo en su rostro el enojo por mi respuesta. Se inclina hacia adelante como para tomar fuerza y discrepar, pero la réplica queda colgando en sus labios cuando nos interrumpe un golpeteo en la puerta principal. Soy yo quien corre hacia allá para evitar cualquier discusión con Liz y me encuentro a un guardia real en el umbral. Me emociono porque me imagino que Stefan está detrás de esto y verlo quizás apacigüe el fuego que viví ese fin de semana y que no se despega de mi mente.

—Buenas tardes —me saluda el custodio—. Su alteza me ha enviado por usted y lamenta no poder venir personalmente. Me pidió que le preguntara si es posible que vaya al palacio ahora mismo. Claro, solo si está disponible.

—Por supuesto que sí —acepto. Luego me giro y le grito a Liz—: ¡Dile a mamá y papá que estoy en el palacio!

No me molesto en despedirme bien de ella porque en realidad no se lo merece y, en cambio, me subo al carruaje como si estuviera huyendo de una plaga que me persigue.

Una vez en el palacio, un guardia me escolta hasta el segundo piso y recorremos pasillos que me resultan eternos hasta que por fin nos detenemos frente a una habitación que reconozco al instante. La alcoba del príncipe.

Afuera se halla Atelmoff, que camina en círculos y tiene el ceño fruncido. Cuando nota que estamos cerca, nos pide que no hagamos nada de ruido, así que no lo saludo y sencillamente escucho con cuidado. Las voces que vienen del otro lado de la puerta me dejan claro qué está sucediendo.

—Te he dado una orden y debes acatarla. Así funciona tu vida, ¿entendiste? —El tono estridente del rey resuena a través de la madera.

—Es injusto, Silas. —Stefan está frustrado—. Me sacrificas a mí para tu beneficio.

—¿Crees que eso es algo que me atormenta? Es tu deber. Esa es tu única función en la vida.

—¿Y luego qué? ¿Qué voy a hacer con tal responsabilidad?

Frunzo el ceño al escuchar el intercambio. ¿A qué responsabilidad se refiere? Después de todo lo que sé sobre el rey solo puedo imaginar escenarios terribles. ¿Qué cosa aberrante le estará pidiendo? ¿A qué maldad lo estará atando? Me llena de impotencia no poder irrumpir y enfrentar a la burla de soberano que tenemos.

—¡Deja de refutar! —brama el rey, colérico—. Acostúmbrate a esta vida, a ser la fachada, pues es lo único a lo que puedes aspirar.

De repente escuchamos un golpe seco que, si no hubiera hablado con Stefan hace unos días, me habría hecho pensar que un objeto se cayó, pero ahora entiendo que el rey le ha pegado y me invaden las ganas de golpear la puerta y sacar al príncipe de allí. Creo que Atelmoff ve eso en mi mirada y se apresura a actuar.

—Lo mejor será que nos vayamos de aquí. —Me toma de la mano y me obliga a caminar lejos—. Volveremos cuando todo haya acabado. Tan pronto como el rey salga, avísenle al príncipe que Emily ha llegado —les pide a los guardias que custodian el pasillo.

Nos alejamos hasta que llegamos a una oficina pequeña con muebles antiguos, un estante de libros impresionante y una ventana circular alta por la que se filtra la luz.

—Stefan te estaba esperando —me asegura mientras toma asiento y me ofrece uno—, y de repente el rey se metió a su habitación, completamente iracundo.

Me cuesta responder porque escucho el rugido de la sangre en mis oídos y saboreo un malestar amargo en mi boca mientras asimilo una y otra vez que el rey ha golpeado a su hijo y que yo no puedo interferir o reclamar.

—Es el peor padre que alguna vez he conocido. —La ira resuena en mi voz y no hago nada por esconderla mientras muevo los pies como si me prepara para salir corriendo. ¿Y si le hace algo peor? ¿Cómo podría defenderlo de su padre, del soberano supremo? No tengo chance y eso me hace hervir la sangre porque quisiera protegerlo tal como él lo hace conmigo—. No sé quién es más violento, si el rey Silas o el rey Lacrontte.

—Más que violento, Magnus es amargado. Estoy seguro de que cuando nació lo primero que hizo fue discutir con el médico por sostenerlo con sus manos de plebeyo. —Intenta hacerme reír, pero no lo consigue. Todos mis pensamientos están con el hombre que me preocupa.

—¿No hay algo que usted pueda hacer para evitar que Silas golpee a Stefan?

—Por favor, tutéame, me haces sentir viejo. Y claro que lo he hecho. Me duele verlo lastimado porque Stefan es como un hijo, yo lo he criado desde que era un niño. He cubierto la ausencia de su padre en sus cumpleaños, en sus momentos de enfermedad, de rebeldía y enamoramiento. —Ese final claramente es por mí—. Aun así, no es tan fácil como crees. He intervenido algunas veces y casi me cuesta el puesto. Ya no puedo volver a arriesgarme. Prefiero estar aquí y consolarlo que estar lejos sin saber qué ocurre en el palacio.

Mi corazón cae en picada al ver que no hay salida. Es como si la única opción fuera quedarse a un lado, viendo cómo el rey usa a su hijo como peón y a este solo le queda aguantar el maltrato en silencio y con la obediencia de una mula.

De repente un guardia llama a la puerta y nos avisa que su majestad ha terminado su reunión con Stefan, así que me levanto con prisa para marcharme, pero Atelmoff me detiene.

—No le comentes nada de lo que escuchaste —me dice con suavidad—. Lo último que necesita es eso. Simplemente distráelo y hazle ver que la vida sigue siendo buena a pesar de todo. Es lo que yo siempre hago. —Me da una sonrisa triste.

—De acuerdo. Tenemos un trato.

Al llegar a la alcoba, uno de los guardias abre las puertas de par en par y entro ansiosa. Escucho el cerrojo detrás de mí y al instante encuentro a Stefan sentado en su escritorio y con algunos papeles adelante.

—¡Cielo! —exclama cuando me ve—. Ha pasado demasiado tiempo desde que pude ver tus ojos.

—¿Cielo? —El apelativo cariñoso me toma por sorpresa, pero me entusiasma—. ¿Vas a llamarme así de ahora en adelante?

—Sin lugar a duda. —Toma una caja de terciopelo gris de su escritorio y camina hacia mí, emocionado.

Una vez que lo tengo cerca, veo la marca roja que reluce sobre la piel de su mejilla y sé de qué se trata. El golpe que le dio su padre. La ira me invade de nuevo, como los restos de leña en una fogata que vuelven a encenderse. Silas es un animal que merece lo peor. Tiene que perderlo todo y no pienso descansar hasta encontrar la forma de hacerlo pagar.

—Te extrañé mucho —confieso, siguiendo el consejo de Atelmoff—. ¿Qué has hecho en este tiempo?

—Cosas que solo me generan angustia —se queja y luego me da la cajita que aún tiene entre las manos—. He mandado a hacer esto para ti. Ábrela.

Al destapar la caja descubro un collar hermoso: una cadena de plata con un dije circular del mismo metal, en el que hay un diamante blanco engastado. Cuando creo que la sorpresa ha acabado ahí, me doy cuenta de que en realidad es un guardapelo que tiene en su interior una palabra grabada: *sempiterno*. Mis ojos no pueden creer lo que ven, como si hubiera encontrado el máximo tesoro en la Tierra. Y es que a pesar de que desconozco el significado de aquel término, que él lo haya grabado aquí me emociona porque sé que desde ahora siempre me hará recordarlo.

—¿Qué significa? —pregunto mientras el enojo merma ante la gratitud por el obsequio.

—Sempiterno es algo que, una vez que empieza, no tiene fin. Así espero que sea lo nuestro.

Mis ojos vuelven a los suyos mientras me aferro a la cadena como si quisiera que esa palabra se grabara en mi piel. Soy consciente de que dentro de mí también existe el anhelo de que se prolongue en el tiempo lo que hay entre los dos. Stefan toma el collar y se para detrás de mí para ponérmelo alrededor del cuello. Su respiración lenta me acaricia la piel y la suavidad con la que me toca la nuca hace que me erice.

Cuando por fin el guardapelo cuelga sobre mi pecho, Stefan me toma de la mano y en silencio me lleva hasta la cama. Se sienta en la orilla y me invita a tomar mi lugar sobre él. Me pongo a horcajadas con las manos en sus hombros y la vista puesta en la intensidad azul de sus ojos tan parecidos a un océano. Es todo lo que siempre he querido. Me encanta que la vida lo haya puesto en mi camino y me agita el corazón saber que él me ve de la misma forma. Me obligo a tranquilizarme al menos un poco, pero me es imposible, no cuando empieza a acariciarme, cuando cada palabra que susurra cerca de mi oreja es como la brisa fresca en una tarde calurosa y menos cuando me invade el deseo de borrarle la sonrisa que le adorna el rostro, poniendo mis labios sobre los suyos. Y como si pudiera adivinar mi ansia, me toma fuerte por la cintura y me lleva hasta su boca, dándome un beso desesperado que parece necesitar para seguir con vida.

—Es difícil estar sin ti. —Su aliento me roza la piel—. Quisiera tenerte conmigo todo el tiempo que me sea posible.

—Tal vez algún día hagamos eso —le respondo en medio de otro beso.

—Desearía tener el poder para asegurar el futuro, mi futuro.

Con delicadeza me baja uno de los tirantes del vestido y la piel desnuda de mis hombros se enciende con sus besos. La punta de su nariz me acaricia mientras se pasea por mi clavícula, dejando efímeras huellas en mi cuerpo. Arqueo un poco la espalda para acortar la distancia entre nosotros, le acaricio la nuca y luego bajo por su espalda, aferrándome a la tela de su camisa mientras el roce de sus labios ahora se hace más evidente sobre mi sonrojada piel. Una de sus manos busca el final de mi vestido y lo levanta con afán para tener acceso a mis muslos, que aprieta, dejándome la marca de sus uñas. Jadeo por la intensidad del contacto y me dejo llevar por lo que estoy sintiendo. Ladeo la cabeza para darle mejor acceso a mi cuello y permito que mis manos divaguen por sus hombros, explorando.

—No imaginas cuánto te deseo —susurra después de otro beso que me hace estremecer.

Sus manos ascienden por debajo de la falda de mi vestido y se encuentran con mi ropa interior. Pasea los dedos por encima de la tela y es justo en ese momento cuando el pánico me invade. Las escenas vuelven a mi cabeza como un rayo en medio de una noche tormentosa: Faustus, su arrastre, sus manos en mi cabello, el forcejeo y los gritos. Me petrifico mientras el aura de intimidad que nos rodea se quiebra para mí y me aparto abruptamente hacia un lado.

—Lo siento, pero no puedo —me disculpo, apenada, y veo que Stefan me entiende.

—¿Es por lo del hombre del juicio? —pregunta de inmediato, dándome el espacio que necesito.

—Sí… Es decir, creo que aún necesito tiempo para superarlo y poder disfrutar de verdad cuando alguien me toque de esa forma.

—De acuerdo, cielo. Descuida. No tenemos por qué adelantarnos. Nunca haremos nada para lo que no estés lista o con lo que no te sientas cómoda.

—Lamento haberlo arruinado.

—No arruinaste nada. —Pone su mano sobre la mía y me acaricia con gentileza, demostrándome que está allí para mí—. ¿Quieres algo de tomar? ¿Agua o un té? Puedo mandarlo a traer para ti. No quiero que estés turbada.

—No, estoy bien. Solo hablemos de algo más. Como… No lo sé. ¿Cómo van las cosas en el reino? —Es increíble que a mi cabeza no se le haya ocurrido algo mejor.

—¿En serio quieres hablar de eso? —cuestiona y yo me encojo de hombros al no tener otra idea—. Bueno, no van tan bien. —Duda sobre si continuar, pero al final lo hace—. Implementaremos el servicio militar obligatorio porque nadie quiere enlistarse voluntariamente en la Guardia Azul. Hemos tenido que pedirle a la Guardia Civil que envíe hombres a la frontera con la promesa de un mejor pago que no sé de dónde vamos a sacar.

Tiene los ojos rojos y rodeados de unas profundas ojeras que muestran la desesperación y el cansancio que está sintiendo. Todos los problemas del reino y su padre están acabando con él poco a poco.

—¿Crees que es una buena idea?

—Por supuesto que no, pero es necesario para proteger la frontera. Si tienes a algún amigo que esté entre los dieciocho y treinta, puedes darme su nombre y pediré que lo saquen del listado. Ventajas de salir con el príncipe.

Levanta las cejas, sacándome una carcajada que destruye totalmente la tensión de antes.

—Conozco a alguien. Se llama Willy Mernels, es de la Guardia Civil. Es el chico del juicio. —Y ahí por fin viene a mi mente el tema que debí haber tocado desde el inicio—. Stefan —digo con seriedad—, ¿no te parece injusto que las leyes permitan que sea la Guardia Civil la que decida con qué acusación se va a juicio sin siquiera investigar un poco y escuchar a las víctimas? Sé que en algún momento serás rey y quisiera que tuvieras en cuenta ese asunto —hablo con franqueza.

—¿Quieres que reforme el sistema de justicia? —Abre mucho los ojos ante la tarea gigantesca que representa aquello.

—Shelly me dijo algo muy triste y cierto: yo obtuve justicia porque el rey intervino, pero hay miles de personas que no cuentan con esa oportunidad y a ellas las dejan de lado, sin respaldo.

—Te lo he explicado, cielo. Somos una monarquía bigubernamental, no absolutista. No contamos con el control completo del poder judicial, de eso se encarga el Parlamento de Justicia.

—Lo sé. Sin embargo, puedes intervenir y proponer mejoras, reformas. Algún día asumirás el trono y tendrás la opción de hacer algo por las víctimas de Palkareth y de todo Mishnock.

—Quizás tú también te conviertas en reina y podamos cambiar algo. —La posibilidad me sobrepasa. Es una idea fantasiosa y, dada nuestra relación, no es tan descabellada, pero yo no me siento con la madera para dirigir una nación.

—Stefan —lo señalo en advertencia, por los escenarios que aparecen en mi cabeza—, solamente tenlo en cuenta.

—Lo prometo. Cuando te vi ese día en la plaza no parecías tan autoritaria. Aunque debí imaginarlo si te conocí mientras estabas alterando la paz.

—Pues creo que no te molestó demasiado porque me miraste mucho más de la cuenta.

Lleva la cabeza hacia atrás en una carcajada. Un sonido relajante como el del agua al caer de una cascada.

—Pensé que había sido discreto, ahora me doy cuenta de que no. No me culpes, eres hermosa, Emily Ann, como el firmamento.

Me muevo sobre la cama para acercarme más a él. Me pongo el pelo detrás de la oreja y le enseño mi rostro para que vea las pecas casi invisibles que tengo en la piel.

—Cuando Mia estaba mucho más pequeña, vio mis pecas una mañana. Fue un gran descubrimiento para ella y dijo que parecían diminutas estrellas.

—Admito que no las había notado y con eso me das otra razón para compararte con el cielo.

—¿De dónde sacaste la idea de llamarme *cielo*?

—De la noche en la villa, por el cumpleaños de Daniel, con el atentando de Lacrontte. —Se queda en silencio, como si lo hubiera interrumpido un recuerdo más importante—. Hablando del rey Magnus, hay algo que quiero contarte. Hoy en la madrugada atacamos Lacrontte, más exactamente Mirellfolw, la capital. No logramos penetrar el palacio, pero sí hicimos destrozos en la ciudad y nuestro ejército capturó a algunos soldados lacrontters. Me preocupa que todavía no tenga noticias sobre algún plan de respuesta. Deben estar planeando algo grande.

—¡¿Qué?! —Me remuevo sobre el colchón, impactada—. ¿Cómo lo hicieron? La frontera estaba cerrada.

—¿Cómo sabes eso? —Inclina la cabeza hacia un lado y me observa con cautela, como si fuera un guardia civil interrogando a un sospechoso.

—Estuve allí el fin de semana con Valentine y Amadea, en Mirellfolw —explico para que entienda la gravedad de la situación—. Pude haber caído fácilmente en el ataque si no nos hubieran dado un permiso especial para salir del reino.

—¿Fuiste hasta el palacio de Lacrontte a pedirlo? —cuestiona y asiento—. ¿Magnus sabe tu nombre?

—No lo sé, puede que sí, aunque no estoy segura. Quien sí creo que lo sabe es su consejero, el señor Francis.

—Debes tener cuidado, Emily. Ahora eres mi novia y podrían hacerte daño para desestabilizarme.

El tono de su voz me hace pensar en algo que no se me había ocurrido, pero tiene razón. Cualquier enemigo político podría hacerme daño para llegar a Stefan, para manipularlo. Estos días he sido una completa inconsciente al exponerme de una manera tan descarada frente al enemigo.

—No cambies el tema. ¿Cómo lo hicieron? ¿De dónde sacaron a tantos hombres? ¿No se supone que hay desabastecimiento de soldados debido a los enfrentamientos?

Hasta donde sé, tantas bajas en los diferentes enfrentamientos en Menfisse, la ciudad fronteriza con Lacrontte, han hecho que nuestro ejército se reduzca considerablemente, creando una escasez de soldados que nos hace blanco fácil para los lacrontters. Aún recuerdo cómo en el periódico de Lacrontte, que trajo una de las protestantes a la perfumería, se jactaban de la victoria en la que habían sido asesinados más de quinientos de nuestros hombres. Eso fue una barbarie.

—Contamos con la ayuda de militares de Plate y Cristeners. Acordamos con los Griollwerd, antes de que partieran a su reino el día después de la gala, que nos prestarían hombres.

Él empieza a explicar el plan que comenzó hace semanas. Los soldados de Cristeners subieron hasta Dinhestown, la nación que colinda con ellos, y desde ahí entraron a Lacrontte, pues la frontera de ese reino con la del rey Magnus no está tan custodiada como la nuestra, ya que no tienen conflicto político con ellos. Por otro lado, me cuenta que el reino de Plate le presta el puerto de Asmodeen a Cromanoff para que por ahí desembarque el rey Conrad del reino de la isla de Wellsinberg, que suministran las armas para el ejército

de Lacrontte. Así que los platers retrasaron el desembarque para que la Guardia Gris de Cristeners tuviera más tiempo de movilizarse, ya que Lacrontte se demoraría en poner en uso su nuevo armamento.

—¿De verdad Cristeners se unió? —No logro entender nada—. La princesa Lerentia es la novia del rey Gregorie, ¿no? ¿Por qué sus padres nos ayudarían a enfrentar a la familia de su yerno? Eso podría considerarse traición —comento al recordar la obsesión de ese hombre por la horca.

—¿Por qué te preocupa tanto lo que suceda con Lacrontte? —Se crispa de repente y me cuestiona con un tono duro, desconfiado.

—No me preocupa. Lo que no entiendo es cómo la princesa Lerentia apoyó esto.

—Ella no lo sabe, es ajena a todo esto en Cromanoff, donde vive con Gregorie, su prometido.

—¿Se van a casar? —Me muevo hacia atrás, asombrada, como si hubiera visto a un fantasma.

—Así es. Sus padres actuaron a sus espaldas, por eso nadie puede saberlo. Fue cosa de monarcas. Fueron los Wifantere quienes contactaron a Silas, le dijeron de la llegada del nuevo armamento a Lacrontte y se ofrecieron a ayudarnos.

—¿Por qué? ¿A cambió de qué? —No sé mucho de política, pero esto me suena demasiado conveniente.

—Es algo que no puedo explicarte ahora. Ya llegará el momento en que pueda abrirme contigo —me asegura—. Estos son asuntos reales que no me compete contar; sin embargo, estoy intentando cumplir la promesa que te hice sobre hablarte de lo que se me permitiera.

Un llamado insistente en la puerta interrumpe nuestra conversación antes de que pueda preguntar qué hará con el grupo de soldados lacrontters capturados.

—Alteza, se solicita con urgencia su presencia en el balcón número cuatro del ala oeste —le informan a través de la madera.

—¿Por qué cada vez que estoy contigo me necesitan en otro lugar? —pregunta, levantándose de la cama—. ¡Salgo dentro un momento!

—De verdad es imperioso —insiste el sujeto—. Se trata del pueblo… Su madre quiere salir a hablar con ellos y su padre está ocupado… eh, usted entenderá, alteza.

Se pasa las manos por la cara, exhausto, y me pide que lo acompañe. Vamos juntos hasta el balcón donde se encuentra su madre, quien discute con Atelmoff por el bullicio que se escucha del otro lado del muro que rodea el jardín del palacio.

—¡Por fin llegaste, hijo! —La mujer se lanza a los brazos del príncipe, buscando su apoyo—. Hay un tumulto fuera, manifestaciones. El pueblo está enojado con nosotros. Quiero salir y pedirles a algunos que entren para conversar, pero no me lo permiten. Hazlo tú, hijo, por favor. Ni siquiera sé dónde está tu padre.

Noto de inmediato cómo los hombros de Stefan se tensan ante la mención del rey Silas, pero aun así trata de actuar sereno frente a su madre. Se separa de ella y la toma de los hombros para que se tranquilice. Atelmoff nos explica que marchan contra la guerra, por el atentado de ayer y hasta por los impuestos que le regalaron a Plate, pues ya se ha corrido la voz. Veo a los custodios correr por los pasillos con armas en las manos. El caos se desata entre órdenes y gritos. En menos de un segundo me encuentro mortificada por la situación que salpica a la monarquía y, por ende, a Stefan. Además, no soy la única, pues la postura tirante de la reina y el príncipe me demuestra que ellos también están viviendo su propio infierno al escuchar los gritos de los rebeldes.

—Debo buscar a mi padre —grita Stefan y comienza a caminar por el pasillo.

—No es conveniente. Conoce a la perfección cómo se pone cuando lo interrumpen en sus asuntos —comenta Atelmoff sin ser específico por respeto a la reina, aunque es claro que trata de decir que está con una de sus amantes. Stefan se detiene.

Me indigna que el rey ame su poder, pero no se apropie de él para fijarse bien la corona sobre la cabeza y demostrar que sí merece tenerla ahí. Prefiere quedarse en una habitación con otra mujer mientras su esposa y su hijo se hacen cargo de una muchedumbre molesta que no piensa dar un solo paso atrás.

El príncipe corre la cortina del ventanal para ver hacia la calle y yo lo sigo, pues necesito saber qué es lo que ocurre en el exterior. Hay cientos y cientos de personas afuera, que los guardias reales intentan controlar como a animales de corral.

Por lo que entiendo, las personas están marchando para exigirles justicia a los soberanos por los muertos que ha dejado la guerra y a quienes nadie les ha prestado atención. Los niños huérfanos, las madres que han perdido a sus hijos, las viudas y las familias deshechas están ahora protestando a unos metros de mí. Cientos de papeles vuelan por el aire, cayendo en las calles, como pequeñas aves que traen una amenaza en su pico. El jardín se llena de esos volantes mientras las personas pregonan, lloran y golpean a los guardias, que hacen lo posible por no permitirles el paso.

—¡Todos los que se refugian tras estas paredes son asesinos! —vociferan y se me encoge el corazón. No puedo evitar sentir que esos insultos también son para mí, como si los mereciera por estar al otro lado del muro.

Por primera vez me siento ajena a lo que está sucediendo alrededor, como si juntarme con la monarquía me hubiera hecho olvidar por momentos la terrible situación en la que vive mi pueblo, como si fuéramos llaves de una misma argolla, pero de la cual me han sacado por caminar de la mano de Stefan, quien ha logrado entretenerme tanto que ahora me cuesta ver las cosas como cuando estaba fuera del palacio. Pero esta marcha, esos gritos y súplicas parecen jalarme para despertarme del trance y devolverme a la realidad como siempre la he vivido, de parte de los míos.

Una melodía militar comienza a escucharse con fuerza de repente. Es como una ola que llega hasta la orilla, mojando el palacio con una letra llena de entereza y soberanía. Por las palabras y los rostros pálidos de quienes me rodean, deduzco que se trata del himno de Lacrontte.

—Que alguien nos ampare. —La reina no se esmera en ocultar su miedo, llevándose las manos a la boca, mientras Stefan mira a Atelmoff con preocupación—. Están cantando el himno de Lacrontte.

¡¿Entienden lo que significa eso?! Se están poniendo del lado del rey Magnus. ¡El pueblo se nos viene encima!

—No, solo lo hacen para presionarnos —asegura el consejero—. Están desesperados. Es bien sabido que el ejército de Lacrontte pone a sonar su himno día y noche para atormentarlos, por eso lo cantan como forma de protesta, para que veamos la influencia que tienen los lacrontters en Menfisse. Ellos la declaran como una zona de guerra invivible. Ya muchos han huido y otros no tienen cómo hacerlo y nos exigen apoyo, garantías. Y, claro, las familias de los soldados se les han unido a la manifestación. Quieren que los movamos de sitio, irse de Menfisse, y nos piden casas en otra ciudad de Mishnock. Además, desean que firmemos acuerdos con el rey Magnus para frenar el derramamiento de sangre.

—Son imposibles las dos cosas. Magnus quiere la cabeza de mi padre y, si no la tiene, no negociará. Por otro lado, tampoco hay dinero para darles casas ahora a los habitantes de una ciudad entera —discute Stefan y se masajea la sien.

—No pierda la calma. Podemos utilizar algunos recursos o pedir un préstamo a Cristeners y hacer alguna obra social que los aplaque, no necesariamente tienen que ser casas.

El desagrado crece en mi interior con rapidez. Hablan de nosotros como si fuéramos títeres con los que pueden crear un espectáculo para mejorar su imagen. Esto tiene que ser un chiste. El pueblo quiere ser escuchado, quiere que curen sus heridas y no que pongan compresas para aliviar el dolor temporalmente.

—Viviendas es lo que ellos están exigiendo, Atelmoff. No quiero una guerra civil como la de Plate. El reino no lo soportaría. Nuestra economía está por los suelos. —Está tan desesperado que se abrocha y desabrocha los botones de las mangas de su camisa sin razón, se pasa una mano por la frente y empuña la otra como si quisiera romper algo.

—Enfócate —Atelmoff intenta calmarlo—. ¿Qué tiene la playa en mayor cantidad? ¿Arena o conchas de mar? —Stefan toma la primera opción—. Exacto, este grupo de manifestantes son solo

conchas en medio de kilómetros de arena. Así que no hay que intentar mediar con un solo sector cuando podemos entretener al resto para que nos ayuden a ocultar el problema: tapar una cosa con otra. Es sencillo. Sé que si les damos a los demás algo que siempre hayan querido, podremos evitar que más personas se unan, que otras desistan y desviar la atención a nuestra buena obra. Piénselo. Educación gratuita para los niveles cero, uno y dos. Se lo propuse a su padre y lo rechazó. Eso ayudaría a mejorar la imagen que tienen de ustedes.

Stefan duda, pues ahora el dinero escasea y sabe que el gremio de tutores se les vendrá encima; sin embargo, su consejero ya tiene una respuesta para ello, una que me indigna:

—Son unos por otros. Vamos de nuevo, ¿quiénes son más? ¿Los tutores o los niños analfabetos con padres desesperados por darles una educación? Incluso podríamos ofrecer comida a quienes vayan. ¿Cree que los padres de esos tres niveles no estarán felices de asegurar el alimento que muy seguramente no pueden suplirles a sus hijos?

¡Por mis vestidos! Con cuánta crueldad y desidia se habla de los demás. Parece que solo les interesara el estado de pobreza del pueblo cuando les conviene. ¿En cuántas horas de tutorías no nos han hecho memorizar que la familia real nos ampara y vela por nosotros, que son nuestros protectores, nuestros héroes, para al final descubrir cuál es su verdadero pensamiento sobre quienes estamos fuera de las paredes de la casa real?

Planean frente a mí cada detalle, desde convencer al rey Silas para que viaje a Cristeners a pedirle al rey Everett Wifantere que financie el proyecto, hasta comenzar con la búsqueda de nuevos tutores, pues los encargados de las tutorías se pondrán en contra, ya que no les gustará perder los miles de tritens de la mensualidad de sus estudiantes para conformarse con el mísero sueldo que les ofrecerán.

—¿Dónde está Silas? —pregunta la reina.

—¡Mamá, por favor! ¡Deja de hacerte la inocente! —ruge, frustrado—. Sabes perfectamente que se está acostando con cualquier

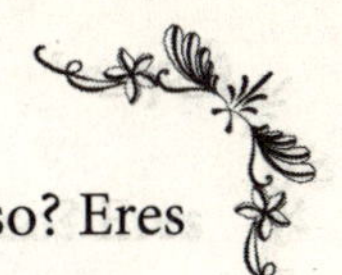

jovencita que le llevaron. ¿Hasta cuándo vas a aguantar eso? Eres menos que un retrato en la pared para él. Abre los ojos de una vez.

Miro en total silencio a Stefan, está preso por la ira y por un carácter violento que nunca le había visto y que no puede contener, ni siquiera con su madre. Todo lo que dijo es verdad, pero su cólera es una bestia incontrolable que acaba de despertar. Pese a que no me asusta, sí me intimida.

—No me hables de esa forma. Tú no, hijo. —La reina lo señala mientras da un paso hacia atrás, como quien intenta alejarse de su cazador. Su voz es baja y tiene los ojos aguados, evidenciando el daño que le hicieron las palabras de la persona a la que ama más que a nada en la vida.

—¡Entonces haz algo! No te quedes ahí de pie, fingiendo una estabilidad matrimonial que no existe. Toma las riendas, pon condiciones, haz algo, por favor.

—Alteza, no se desquite con su madre —le pide Atelmoff al ver cómo crece su rabia.

—Emily, por favor, ve a mi alcoba —me suplica Stefan con una voz que denota el cansancio que siente por la situación—. Debo ir por Silas aunque me asesine. No salgas por ningún motivo, no te asomes a la ventana y, si hace falta, resguárdate en el baño. Cuando todo pase te enviaré a casa en un carruaje y, si no, esperemos que tu padre entienda por qué te quedaste aquí.

—¿Qué sucederá? —le pregunto. Temo por lo que he escuchado y las verdaderas intenciones de lo que piensan hacer.

—No lo sé. Me reuniré con el rey y luego decidiremos un plan de acción. Si el pueblo quiere manifestarse, se lo permitiremos siempre y cuando sea algo pacífico. Al amanecer ya serán menos y podremos controlarlos mejor. Ahora debemos resguardarnos, pues están en la cúspide de su ira —dice con la voz de miembro de la familia real que casi nunca usa conmigo. Este es Stefan con su máscara de príncipe.

Se da media vuelta y se va. Para el Gobierno, para la monarquía, somos pequeñas fichas sin valor que pueden manipular. Amo a mi reino, pero no me gusta lo que están haciendo con él. Hace un tiempo creía ciegamente en mis gobernantes, pero ahora, cuanto más me adentro en esta maraña del poder y la política, más me decepciono. Comienzo a cuestionar si de verdad quiero estar aquí.

27

Cuando llego esta mañana a mi lugar en la tutoría del señor Field, Rose me saluda en un susurro. No la he visto desde que la descubrí en el palacio y seguramente era con ella que estaba el rey ayer mientras se desarrollaban las protestas. Sobre la madrugada los guardias me avisaron que podía volver a casa, así que me escoltaron de regreso. La verdad es que no pude dormir mucho.

—Recuerden que quedan pocos días para entregar su proyecto y quiero algo majestuoso.

Si el señor Field supiera lo que la corona piensa hacer, comenzaría a despotricar de los Denavritz hasta la graduación. Este lugar perderá a muchos estudiantes. Todos buscarán una oportunidad en la educación gratuita y tendrán que cerrar varias aulas.

—El periódico anunció esta mañana que hace dos días ocurrió un ataque en la frontera con Lacrontte. Supuestamente salimos victoriosos. Sin embargo, hay una cosa que no entiendo y es por qué no se nos había dado esta noticia con anterioridad y solo ahora que hay manifestaciones. ¿Será acaso que no salimos tan victoriosos como dice el titular del diario?

—¿Qué intenta decir, señor Field? —pregunta alguien.

—Deben saber interpretar las cosas. —Se pasea por la sala y se ve más delgado y desgarbado que de costumbre. Los años ya le han comenzado a pesar—. Es obvio que fue ese ataque el que colmó la paciencia de los ciudadanos de Menfisse y por eso vinieron a la capital a manifestarse. Si hubiéramos ganado esta batalla como dicen, ¿habrían venido tan pronto?, ¿acaso no estarían felices de ver cuánto armamento se incautó y cuántos lacrontters fueron capturados?, ¿será qué son falacias dichas solamente para evitar que los palkarianos se unan a las marchas de los menffisses y así no generar más caos?

Comienza un debate caluroso que se extiende hasta el final de la jornada y que inevitablemente me crea miles de dudas y preguntas. ¿Stefan me mintió? Bueno, él no afirmó que hubiéramos ganado, pero supongo que habernos quedado con armas y militares hace que la balanza se incline a nuestro favor. ¿O acaso el número de hombres capturados es una migaja comparado con todos los mishnianos que murieron en el enfrentamiento?

—Emily, creo que debemos hablar. —Rose me saca de mis pensamientos, pero antes de que tenga tiempo de reaccionar, el tutor nos interrumpe.

—Señorita Alffort, quédese un momento. Necesito hablar con usted.

El señor Field actuó muy extraño con ella durante la clase, no la determinó ni un solo segundo y la ignoró cada vez que levantó la mano para participar.

—¿Por fin me dirigirá la palabra? —comenta, altanera, con una mano en la cintura, cuando el salón se desocupa.

—Ahórrese la burla, con la amenaza que mandó a mi casa fue suficiente. —El hombre busca entre las gavetas de su escritorio y luego le pasa un papel a Rose—. Su validación de tutorías. Con eso no tendrá que venir nunca más ni entregar el proyecto.

¿Qué le sucede a Rose? No puede ir por la vida atentando contra todos solo porque tiene a la bestia de Silas de su lado.

—¿Me está echando?

—Le estoy ahorrando el trabajo de seguir asistiendo y le facilito su libertad. —Me impacta la agresividad del señor Field. Jamás lo

había visto actuar comandado por la cólera—. No quiero verla otra vez. He dedicado toda mi vida a educar y jamás una estudiante había cometido tal fechoría. Tenga respeto, tome el papel y no vuelva más.

—Pórtese bien, señor Field. —Le arrebata la validación—. Así, cuando me convierta en reina, no mandaré a cerrar su edificio.

Así que el tutor lo sabe. Incluso él y yo no. Rose se gira hacia mí con un gesto de asombro en la cara, como si hubiera cometido una simple imprudencia traviesa. Debe querer morderse la lengua por haber dicho algo que yo no tendría que saber. Ni siquiera finjo sorpresa, ya no vale la pena, y mi expresión tranquila, casi decepcionada, le deja claro que ya estaba al tanto de todo.

—No me amenace. Usted se encuentra muy lejos de ser una reina. —La rabia del tutor interrumpe nuestra comunicación silenciosa—. Y si cree que el rey Silas dejará a la reina por su causa, está muy equivocada. En esta vida las personas cumplen papeles y ese no es el suyo. Puede retirarse. —La tensión en su cuerpo se ha encargado de oscurecer su mirada y ha erguido su postura encorvada con la intención de verse intimidante y endurecer su tono.

—¿Se le olvida el poder que tengo? —espeta Rose, mirándolo con desprecio.

—Señorita Malhore, aún está a tiempo de encontrar mejores amistades —me habla, ignorándola a ella.

Rose me toma de la mano para salir del salón y, una vez en el pasillo, sin nadie alrededor, me suelta y me encara con molestia, preguntándome desde cuando sé lo suyo con el rey Silas.

—Yo misma te vi en el palacio, ni siquiera necesité que alguien me lo contara.

Su mirada deja la rudeza que tenía hace un momento y cae, entristecida, como si lamentara no habérmelo dicho y que yo tuviera que descubrirlo. Trato de ser comprensiva, pues soy su amiga. Esperaba estar al tanto de estas cosas, pero entiendo que existe una línea de privacidad que ni siquiera la amistad puede cruzar.

—¿Qué le hiciste al señor Field? ¿Por qué sabe de lo tuyo con el rey?

Intento controlar la necesidad de avasallarla con preguntas que me hagan entender por qué ahora se comporta así, como si todos debiéramos tener cuidado con lo que decimos o hacemos para que no nos lance a los leones del rey Silas. Esta no es la Rose que conozco y siento que cuanto más me adentro en su nueva vida, más se pierde la persona con la que comparto desde los cinco años.

—Yo nada, fue Silas quien envió a algunos guardias para advertirle que no se atreviera a abrir la boca —dice, como si fuera lo más normal del mundo—. Así que no vayas a juzgarme. Nos debemos una conversación y quiero que me escuches en nombre de nuestros años de amistad.

Acepto porque yo también tengo cosas que decir y muchas que entender. Pasamos por Mia, quien ya ha terminado sus tutorías también. Caminamos hasta llegar al parque Atark, que se despliega en forma de un extenso campo de brillantes pastos verdes acariciados por los rayos del sol. Una vez llegamos al centro del lugar, nos alejamos del bullicio de los niños que juegan y las personas que pasean o compran algo en los pocos puntos de comida. Rose le ofrece a mi hermana dinero para que se busque algo de comer y se entretenga por ahí mientras hablamos.

—¿Te agrada el rey? Es decir, ¿te gusta? —le pregunto de inmediato, cuando nos sentamos en una banca—. Espero de verdad no ofenderte, pero siento que jamás podría besar a alguien que no me gustara.

—En esta profesión eso no importa, solo hay que hacerlo. Además, es el rey. Los beneficios que eso trae son mayores que los sacrificios.

—¿Y no es extraño pensar en… no lo sé, la reina?

—Ni un solo día de mi vida pienso en ella. Lo único que ronda mi mente a diario es el dinero que obtengo por ser la dama cortesana del rey.

¿Cómo puede ser tan fría? Rose es mi amiga y no pretendo juzgarla; sin embargo, su poca empatía hacia la reina me hace sentir extraña. No concibo que no sienta ni un ápice de culpa por lo que está haciendo.

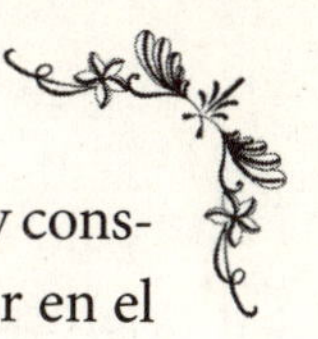

—Me pagan cantidades absurdas de tritens y con eso estoy construyendo una casa para mis padres. Quiero dejarles un lugar en el que puedan vivir y un buen sustento económico para que no dependan de mí y así poder ser libre afuera. No aspiro a ser la amante del rey hasta el fin de mis días. Ya sé que al señor Field le dije que sería reina, pero no fue en serio. No soy tonta, Emily, yo sé que eso no pasará, al menos no aquí, así que solo ahorro dinero para marcharme. ¿Alguna otra pregunta que tengas? —me dice subiendo y bajando las cejas sugestivamente.

—No. —Hago una mueca de asco—. No quiero saber nada del rey Silas en ese sentido.

—Es malísimo. El peor. Supongo que por eso aguanto las estupideces de Cedric, ¿entiendes a lo que me refiero? —Asiento sin dar crédito a que de verdad estemos hablando de esto—. ¿Tú y Stefan ya han dado ese paso? —Bajo la mirada al recordar lo que sucedió anoche—. ¿Sabes qué es extraño? El rey muy pocas veces menciona a su hijo y, cuando lo hace, se refiere a él como «mi aprendiz».

No me sorprende, Stefan me ha contado todo. Aunque por más detalles que tenga de su relación, aun no comprendo la razón para ese rechazo. ¿Qué lleva al rey Silas a repudiar a su hijo de esa forma? ¿Cómo puede ser tan distante con alguien que no ha hecho nada en su contra?

—No nos desviemos —retoma—. Como tu mejor amiga, porque no me dejaré quitar el lugar por esa Russo, te deseo de corazón que encuentres a alguien del mismo nivel de Cedric.

—¿Nivel de qué? ¿De imbécil?

—Mily, por favor. —Rueda los ojos—. A lo que voy es a que debes conseguir a alguien que te haga sentir extremadamente bien siempre. Y no me refiero solo a que te trate bonito o te diga palabras lindas. Hablo de placer puro, de una increíble intimidad. —Mueve las manos, enérgica, como un político al dar un discurso.

Mi mente se nubla con el recuerdo de la noche anterior y, con una precisión casi irreal siento cómo fue tener los labios de Stefan en el cuello, mientras el sonido de su rápida respiración me embelesaba

y sus manos en mis muslos me marcaban con una clase de deseo que jamás había experimentado. El cosquilleo en mi espina dorsal, el ritmo de mi corazón y la necesidad fascinante de querer tocarlo son sensaciones nuevas, inesperadas… Claro, antes de que la pesadilla de Faustus lo marchitara todo.

—¿Y si esa persona que me hace sentir solo *bien* es el amor de mi vida?

—No, no puede ser el amor de tu vida. ¡No lo permitas! No te enamores de alguien así. Si no sientes las revoluciones y el éxtasis, huye. —Habla con determinación y ojos brillantes, cual vendedor al intentar convencerte para que lleves algo. Es evidente que le emocionan estos temas.

—No estoy de acuerdo y creo que hay aspectos que tienen más relevancia en una relación, Rose.

—Deja el sentimentalismo, de esa forma no vas a llegar a ningún lado —me dice con dureza—. Enfócate en buscar lo que te conviene y apartar sin consideración lo que no. Esa es la clave de la vida. Prometimos que saldríamos de la pobreza a como diera lugar, y atando nuestro corazón a cualquiera no lo vamos a conseguir. Hay que apuntar alto, Emily, por eso yo ahora dirijo la vista hacia Lacrontte.

Escuchar el nombre del reino enemigo me causa escalofríos después de conocer en carne propia sus leyes estrictas y su descomunal odio a los extranjeros. Es el peor lugar para vivir si se quiere ser libre y tener paz, algo que le hago saber.

—Si me vuelvo alguien importante allá, ellos tendrán que respetarme, quizás como a una noble o a la mismísima reina. El único objetivo es llegar arriba, Mily, sin importar cómo. Y eso es lo que te recomiendo. Si Stefan no es lo que debe ser, entonces toma algo de su dinero y vete a buscar la cima. —Me apunta como si fuera una advertencia—. Ahora necesito que te prepares para esta noche —se levanta de la banca—, porque quiero ir a una fiesta contigo. Hace mucho tiempo que no salimos juntas y lo merecemos, ¿no crees? Además, ya se acerca tu cumpleaños y no quiero que estemos distanciadas porque pienso darte el regalo más bonito del mundo.

Acepto ir con ella porque la Rose de esa última línea es la que conozco. La protectora que se quedó a dormir toda una semana conmigo cuando perdí mi primer diente y tenía miedo de que no me quedara ninguno; la que me ayudó a plantar la mayoría de las flores que ahora hay en mi jardín; la que me explicaba siempre matemáticas porque es mucho mejor con los números que yo; la que se peleó con medio salón cuando éramos niñas por defenderme de las tontas burlas que hacían sobre papá, quien para ese momento aún iba de casa en casa con sus perfumes, pero no conseguía vender ninguno, y la que se deshizo de algunas de sus cosas en el mercado para ayudarme a recolectar dinero.

* * *

Rose pasará por mí a las siete, así que lo primero que hago al volver a casa es pedirle permiso directamente a mamá, quien me confiesa que papá estos últimos días no ha estado demasiado de acuerdo con mi amistad con Rose. Escuchar aquello me sienta fatal y se lo hago saber, le recuerdo que ella la conoce y sabe que no es una mala persona. Es mi amiga de la infancia. Al final me permite ir, pero no sin antes darme una clara advertencia.

—No permitas que te influencie para hacer algo que tú no quieras o que nosotros juzguemos como indebido. Y no tomes… Bueno, quizás una o dos copas, porque si te excedes vas a terminar castigada. O, ¿sabes qué? Mejor no te compraré las glicinas que pediste para el jardín —dice mientras arregla las colchas—. Aunque puede que te compre una, pero solo una y eso no se vería tan bonito. De ti depende que tengas más.

—Descuida, regresaré aún más sobria que recién levantada en la mañana.

Corro hasta mi habitación para cambiarme y me visto rápido con un infalible vestido de flores. Me recojo el cabello en un moño bajo y me perfumo detrás de las orejas. Cuando llego abajo, Liz y Mia están

en la sala, pero es a mi hermana mayor a quien le interesa saber a dónde voy.

—¿Saldrás con esa niña Russo? Veo que ahora tienes amigos nobles.

—¿Te da envidia? —le pregunta Mia, pues incluso ella ha notado su tono ácido, mientras hace tareas.

—Por supuesto que no. —Intenta disimular su actitud—. Es sencillamente una observación. Haz silencio y sigue escribiendo.

En ese momento tocan la puerta y, cuando la abro, veo que es Rose, vestida con un traje blanco bellísimo, que brilla gracias a la pedrería que lo decora.

—No creí que la fiesta fuera tan elegante —comento y miro mi propio vestido, preguntándome si cumplo con su expectativa.

—Estás perfecta. Soy yo la que debe resaltar, ¿entiendes? Para llamar la atención de Cedric.

—¿Cedric? ¿La fiesta es en casa de Cedric? —Me desanimo de inmediato, mientras cierro la puerta, y ella asiente—. ¿Por qué sigues empeñada con él si lo que quieres es dinero para huir de aquí?

—Porque me gusta en serio. Y quiero pasar todos los días que me resten en Palkareth a su lado. Estoy segura de que cuando parta de aquí no volveré a verlo. Cedric me hace sentir como a una joven cualquiera. Con él me olvido de que soy la meretriz del rey, mi rabia por la sociedad se esfuma y mis problemas desaparecen.

—Eso suena a que lo quieres.

—No, es un capricho y nada más. Uno que tengo muy controlado. Es un alivio, no una necesidad. Así que vamos, que esta noche nos divertiremos.

Caminamos hasta la mansión de los Maloney, donde nos topamos con una fila de carruajes. Y a pesar de la cantidad es curioso que no se escuche música. Cuando ingresamos a la sala, nos damos cuenta de que todo está muy tranquilo para ser una celebración. No hay decoración, ni comida, ni luces ni nadie por aquí, solo un perchero con muchos abrigos que dan cuenta de la presencia de un gentío y el sonido de la brisa que se filtra por las ventanas y mueve las cortinas.

—¿Acaso ya se acabó la fiesta o cambiaron la fecha? —inquiero mientras caminamos por la sala completamente vacía. ¿Dónde están todas las personas que vinieron en los carruajes que hay afuera?

Rose se encoge de hombros y seguimos avanzando por la casa. Definitivamente hay un evento, solo que no lo hemos encontrado. Recorremos varias estancias sin éxito y estamos a punto de desistir cuando escuchamos una serie de aplausos que provienen del patio de la mansión, así que vamos hacia allá. El lugar está iluminado por al menos una docena de lámparas que caen elegantes desde la parte alta de la arboleda que rodea el lugar. El viento que acompaña la noche golpea con suavidad la iluminación, haciendo que visos de luz destellen muy por encima de las personas que se encuentran sentadas en sillas blancas y que miran hacia donde hay un invernadero de cristal. Afuera de él está la señora Fevia Maloney, quien se dirige a sus invitados.

—Es uno de los días más felices de mi vida, pero no me corresponde a mí tener la palabra, sino a mi queridísimo hijo —dice, señalando a Cedric, quien está tomado de la mano con Phetia y sonríe por el discurso de su madre.

Un mesero se aproxima a nosotras y Rose toma un par de copas que se bebe de un tirón. Cuando la reprendo con la mirada, se justifica bajo la excusa de que necesita tomar valor para descubrir qué es lo que pasa aquí.

Maloney lleva al centro a Phetia, quien mira hacia atrás nerviosa, justo al sitio donde están sus padres. Su novio se ubica frente a ella, se arrodilla sin dejar de mirarla a los ojos y saca una cajita de su bolsillo bajo las exclamaciones de asombro de los invitados. ¡No puede ser!

—Phetia, amor —dice al abrir la caja—, desde que nos conocimos esa maravillosa tarde de abril te convertiste en todo mi universo. Eres y serás la única mujer que me hace sonreír, rabiar y emocionarme. Tienes todo mi corazón y en él estará grabado tu rostro hasta que sea viejo y muera. Por eso, esta noche quiero saber si tu corazón también puede ser mío y confesarte que me harías el hombre más feliz de todo Mishnock si aceptaras ser mi esposa. ¿Te casarías conmigo?

De inmediato me giro para ver a Rose, que ha palidecido al escuchar la propuesta. Tiene los ojos muy abiertos y se le escapa un jadeo. Aun así, se recupera rápido y muestra un semblante decidido.

—¡No es posible que esto sea cierto! —exclama, enojada, caminando entre la gente.

—¿Qué vas a hacer? —Voy tras ella y le agarro la mano, pero se zafa sin problemas y llega veloz al centro.

—Espero que estés bromeando. ¡Más te vale que así sea, Cedric Maloney! —grita.

Primero todo es confusión, hasta que la ira se apodera de los Maloney. Sin embargo, es la madre quien camina hacia ella para sacarla de escena.

—¡¿Cómo te atreves a venir aquí después de enviar a prisión a mi hijo?! —le reclama, sujetándola del brazo—. Señor Tielsong, usted es el jefe de la Guardia Civil, encarcélela. —Se gira a buscar al padre de Phetia.

—Él no puede hacerme nada y usted tampoco —escupe Rose antes de soltarse con brío—. Tengo más poder que todos los que están aquí.

—¿Por qué siempre quieres llamar la atención? —Phetia discute, iracunda—. ¡Esta es mi noche, mi novio, mi familia! ¿No te cansas de querer arruinarlo todo?

—Esto no es contigo, así que cierra la boca.

La respiración se me atora en la garganta mientras presencio la discusión. Sé que debo convencer a Rose de marcharnos, pero es tanta la tensión que no sé cómo intervenir sin agravar la pelea.

—Me ha pedido que me case con él, así que más te vale que superes la obsesión que tienes con mi novio —dice y toma de la mano a Cedric.

—¿Tuyo? —se burla—. Está lejos de ser exclusivamente de alguien.

Esto es patético. Completamente patético. Cedric no vale ni medio triten. Ambas deberían dejarlo de una vez.

—Señorita, retírese. —Daniel surge del público—. Ya se lo han pedido por las buenas, no me obligue a usar la fuerza.

—Camina, Cedric, debemos hablar. Es mi última advertencia —dice Rose, ignorando a Daniel.

—¡Estás loca! ¡Muy mal de la cabeza! Déjame en paz, no tengo nada que hablar contigo. Mi vida está aquí, con Phetia.

—Estoy embarazada y es tuyo —suelta de repente.

El asombro, incluyendo el mío, se expande con velocidad, igual que los murmullos, los gestos de indignación y las miradas llenas de juicios. No, Rose no puede estar embarazada. Me lo habría dicho, ¿no? Somos amigas. Es mentira, debe haberlo inventado. Si estuviera embarazada, no se habría tomado las dos copas que se bebió hace un momento.

—Dime que no es cierto. ¡Maldita sea, Cedric, no pudiste caer tan bajo! —le reclama su madre, iracunda—. Es una meretriz, una cualquiera.

El jadeo es colectivo. Algunos se levantan de sus puestos mientras otros se tapan la boca con la mano, asombrados. Las mujeres abren sus abanicos de mano para ocultar el rostro mientras murmuran y los hombres miran al jefe Tielsong, no sé si buscando su reacción a la escena o esperando que imponga su ley y nos saque de aquí. No lo hace. Para él, Rose es intocable.

—¡¿Te acostaste con ella?! —grita Phetia, empujándolo con lágrimas en los ojos.

—Claro que no —miente, pero es incapaz de sostenerle la mirada—. Sabes cuán obsesionada está conmigo.

—¡Deja de fingir de una maldita vez! Hasta tu madre nos encontró. ¿Creíste que era célibe? —le pregunta a Phetia. Por favor, no seas ingenua. Tiene más experiencia de la que tendrás en toda tu vida. Estoy esperando un hijo suyo y, a menos que quieras ser madrastra, es mejor que no te cases con él.

Cedric toma del brazo a mi amiga y la arrastra dentro de la casa. Yo los sigo como puedo escaleras arriba, pendiente de que no le haga daño. Si algo llega a pasar, quiero que Rose me tenga como testigo. Los dos discuten a gritos y Cedric insiste en que nos larguemos de su casa.

—¿Y nuestro bebé? ¿Tampoco tiene derecho? —continúa ella con lo que estoy segura de que es una mentira—. Debes responder por él.

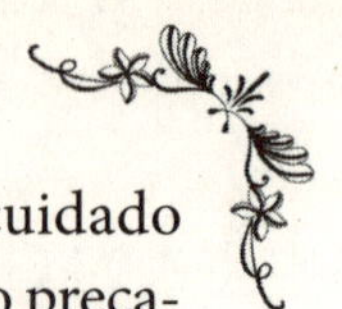

—¡Deja de decir estupideces! ¿Crees que soy tan descuidado como para embarazar a una mujer como tú? Siempre he sido precavido y lo sabes. Mejor pregúntales a todos los hombres con los que te acuestas y busca entre ellos al padre, ¡yo nunca me rebajaría a tener un hijo contigo!

—¡Eres un maldito idiota! ¡Una escoria completa! —Le apunta al pecho con el índice, iracunda.

—¿Por qué habría de creerte? Eres una meretriz. Después de salir de mi cama pudiste haberte acostado con diez sujetos más.

—¿Cómo puedes hablarle así? —intervengo, asqueada por su actitud—. Ten un poco de respeto.

—Seremos padres te guste o no, Cedric Maloney —dice Rose con una calma fría.

De repente Cedric levanta la mano para golpearla y temo por Rose, así que, sin pensarlo mucho, voy hasta él y le empujo el brazo. El hombre trastabilla, pero no se cae. El rostro se le transforma por el enojo y, antes de que pueda reaccionar, me propina un puñetazo en la cara que me envía al suelo. La escena se desenfoca por un momento y luego una punzada horrible de dolor me atraviesa la cabeza.

—¡Eres un salvaje! ¿Cómo te atreves a pegarle? —Rose le reclama mientras yo intento recuperar mis sentidos—. A Emily no la tocas, idiota. Te voy a matar, lo juro.

Me toco la nariz y noto los dedos llenos de sangre. Empiezo a respirar más fuerte, aunque eso solo me genera más dolor. Me limpio la mano en el vestido, pero pronto siento cómo me sale mucha más sangre de la nariz.

—¡Quedas suspendido indefinidamente y sin paga! —El grito llega desde la derecha. Es Daniel. El alivio me invade al ver que interfiere en esta bochornosa escena y me satisface escuchar los reclamos de Cedric al recibir su castigo.

—¡¿Qué?! No me puede hacer esto, general. Ella me atacó primero.

—No discrepe, Maloney. Es mejor que sea de esta forma y no que lo suspenda definitivamente. Le aviso que se lo contaré a Stefan.

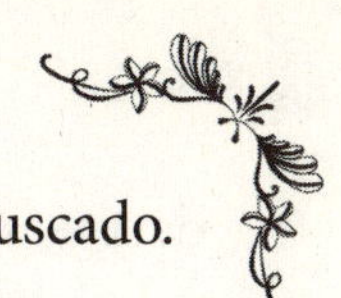

—¿Qué tiene que ver el príncipe en esto? —inquiere, ofuscado.

—Emily es su novia —declara, tomándolo por sorpresa.

Cedric se sienta en las escaleras, derrotado, porque entiende las implicaciones de todo ahora. En medio del dolor, lo que más me enfurece es que solo al enterarse de mi relación muestre algo de arrepentimiento, incluso de temor. Es un estúpido. Alzo la cabeza y descubro a varias personas en la sala. Amadea, su madre, el barón Russo, Valentine e incluso sus hermanos menores están aquí. Me siento tan humillada que quiero llorar. Me levanto cuando veo a Val acercarse y la detengo antes de que pueda hacerlo. Voy hasta la salida y, una vez afuera, me es casi imposible reprimir las lágrimas.

—¿A dónde vas? —grita Rose mientras avanzo hacia mi hogar—. Debemos ir al hospital.

—¡Ahora no, Rose! —la encaro, frustrada. He llegado al límite—. No quiero hablar contigo en este momento.

Le dejo claro que solo quiero volver a mi casa y dejar atrás todo lo que acaba de ocurrir. Mientras me muevo, el sabor metálico de la sangre me invade la boca. Trato de limpiarla, pero me duele tanto que decido dejarla así.

—¡Emily! —Daniel sale corriendo para alcanzarme—. Debemos revisar el golpe. No puedes llegar en ese estado con tus padres. Permíteme acompañarte.

—¡Ahora no, Daniel, en serio! —Las piernas me flaquean debido a la ira. Estoy muy cansada de los problemas, los dramas y el caos a mi alrededor—. Lo único que quiero hacer es estar con mi familia. No quiero hospitales o médicos. Estoy bien, lo juro. Simplemente déjenme tranquila.

Continúo mi camino y siento cómo ambos me siguen. Al llegar, es el general quien llama a la puerta y, para su mala o buena suerte, mi hermana nos recibe. Ella empieza a reclamarle y él se defiende, busca remediar el problema del compromiso por el que Liz dejó de hablarle y le recuerda que, en su momento, él le dio la oportunidad de explicarse cuando supo de su boda con Percival. Entro sin dar demasiadas explicaciones, pues solo quiero quitarme este vestido y

darme una ducha que me ayude a no sentirme tan estúpida. El punzante dolor que me dejó el golpe de Cedric continúa ahí, pero no es nada comparado con la furia que me genera la situación.

—Emily, manchaste el vestido —dice Mia al verme. Le pregunto dónde está mamá y subo a su habitación cuando me da la respuesta.

Entro sin tocar y la encuentro en su cama, haciendo un bordado, que deja a un lado para correr hacia mí cuando me ve.

—¿Qué te pasó, mi niña? —Me toma el rostro con delicadeza—. Vamos al hospital, déjame tomar mi cartera.

Me abrazo a su cintura cuando intenta moverse, bloqueándole el paso, y entonces me permito llorar con fuerza. Dejo que la carga de todo lo que ha sucedido estos días y la de esta misma noche se desborden fuera de mí.

—Mamá, me siento como una idiota.

—¿Por qué, cariño? —Sus brazos me envuelven con una calidez que apacigua el dolor.

—No lo sé. Siempre estoy metida en problemas y ya me cansé. Siento que todo lo que hago me lleva de un lío a otro. ¿Crees que soy una tonta?

—Por supuesto que no, mi amor. Eres una jovencita noble e inteligente. Si quieres, podemos discutir eso en el camino, pero debemos ir en busca de un médico. Estás sangrando mucho.

Me niego nuevamente porque la indignación me pesa más que el dolor. Todo lo que he vivido este año con Faustus, el rey de Lacrontte, el rey Silas, la humillación de los Wifantere y ahora esto me han dejado en el límite. Ya no puedo más. No quiero ir a ningún lado, solo quiero que ella me cure e irme a la cama.

—Quizás estoy exagerando, pero poco me importa.

—Las emociones no se exageran, se sienten y nadie tiene derecho a juzgarte ni a demeritar tu estado de ánimo, así no lo compartan.

Mamá busca los implementos necesarios para curarme y me limpia la herida mientras yo lleno la habitación con quejidos. Después de eso, adormecida, pues llorar siempre me produce sueño, vuelvo a

mi alcoba, donde encuentro a Rose sentada y jugando con las manos, nerviosa.

—Sé que dijiste que no querías hablar conmigo, pero a mí también me humillaron esta noche y te necesito —habla cuando entro—. Eres mi única amiga, Mily. Lamento lo que te he hecho pasar estos últimos meses. Lamento no ser la compañera que te mereces y cada problema en el que te he metido. De verdad lo siento mucho.

Me siento culpable por haberle gritado. No estuvo bien, esa no soy yo. No me gusta lastimar a los demás, y menos a quienes amo.

—Descuida, comprendo también por lo que has pasado —le digo con honestidad, aunque sin ánimo, para que no se atribuya toda la culpa.

—Hay algo que quiero contarte y es urgente que lo sepas. —Su tono es bajo, tiene los hombros caídos y la mirada acuosa. En su rostro está marcado un miedo que parece atormentarla y le impide hablar, como si tuviera algo atorado en la garganta.

—¿De qué se trata? —Me siento frente a ella.

—Lo que dije en casa de Cedric es cierto. Estoy embarazada —suelta y se me acelera el corazón.

Todo a mi alrededor desaparece mientras proceso la noticia. El mundo se detiene y sé que en el suyo tuvo que haber pasado lo mismo. ¿No estaba mintiendo? Pero ¿y las copas? Conozco a Rose, estoy al tanto de sus planes para el futuro, de lo que quiere para su vida, y no creo que un bebé en estos momentos sea algo que ella desee.

—¿Es de Maloney? —inquiero, pese a que en el fondo sé cuál es la respuesta. Como cortesana solo puede mantener relaciones con un hombre y ese es el rey Silas. Rose rompe la regla, a costa de su vida, por estar con quien considera el hombre de su vida, así ahora se niegue a aceptarlo.

—No —dice y sacude la cabeza.

Me recuesto sin cuidado en el espaldar. Siento el peso de aquella revelación e imagino todos los escenarios posibles. Esto es serio. El rey nunca permitirá que esto llegue a buen término ni que salga a la luz.

—Sé que estoy en problemas y no sé qué hacer para solucionarlos. —Se le corta la voz, angustiada. Ya no puede aguantar las ganas de llorar y deja que las lágrimas fluyan por sus mejillas. A pesar de que intenta borrarlas con las manos, salen a borbotones.

—¿A quién más se lo contaste?

—Por ahora a ti… y a la fiesta entera.

—¿Y Shelly? Ella debería saberlo. Es tu madama y seguro sabe cómo guiarte, aconsejarte.

—Me matará.

—Ella es la persona más solidaria que conozco, Rose. No te va a dar la espalda. Prometo acompañarte para que hables con ella, podemos ir mañana temprano. Sabes que cuentas conmigo para cualquier decisión que tomes. Yo siempre estaré ahí, no lo olvides.

—Eres demasiado buena para este mundo lleno de basura, Emily —murmura en medio del llanto que ya no puede controlar y la abrazo, compartiendo sus penas y olvidándome de las mías por un momento.

28

Hoy me desperté con la noticia de que Liz y Daniel se reconciliaron anoche. Al parecer la insistencia de él dio resultados y ahora mi hermana ha vuelto a flotar entre nubes.

Tras tomar el desayuno, acompañé a Mia a sus tutorías, como siempre, pero esta vez no me quedé en mis propias clases, sino que decidí faltar y acompañar a Rose a la calle Relheg.

—Creí que nadie nos abriría —se queja mi amiga, adentrándose en la casona después de tocar la puerta con insistencia por unos minutos.

—No esperes que volemos solo porque llegaste, no eres la dueña de este lugar —le espeta la joven que nos recibe mientras se recoge el cabello.

Rose hace caso omiso al comentario, me toma de la mano y me guía escaleras arriba. Pasamos varias habitaciones hasta llegar al fondo del pasillo y nos detenemos frente a una puerta de madera oscura. Ahí toca varias veces hasta que aparece Shelly sin nada de maquillaje y el cabello revuelto. Es la primera vez que la veo sin sus magníficos atuendos.

—Más te vale que sea importante —comenta, pero entonces se fija en mí y abre mucho los ojos—. Emily, la niña valiente, ¿qué te pasó en la cara?

—Un idiota me golpeó —respondo y por inercia me llevo una mano a la mejilla, que sigue escociendo.

—¿Ya está en prisión o vienes a buscarme para que lo llevemos juntas?

—Ya lo suspendieron indefinidamente.

—¡Ese no es suficiente castigo! No te conformes, ya viste de lo que eres capaz.

—Fue el maldito de Cedric. Jamás le voy a perdonar que la haya golpeado. Pero no desviemos la atención. —Rose chasquea los dedos frente a su cara—. Soy yo la que necesita ayuda.

—¿Ahora en qué problema te metiste, Alfort? —pregunta la madama con cansancio.

—No exageres, tampoco soy una plaga. —Pasa por su lado y entra en la alcoba—. Siéntate porque no quiero que te desmayes con lo que te voy a decir.

—¿Crees que una noticia cualquiera me hará desfallecer? Debes confiar más en mi resistencia, no decaigo ante nada. Ni que estuvieras embarazada —comenta con humor, pero su expresión se desfigura al notar nuestro silencio y la seriedad de Rose—. No, no, no. ¿En qué momento? ¡Esto es malo! No lo sabré yo...

—¿Piensas que no lo sé? ¿Que no estoy al tanto del problema en el que me metí? —Rose empieza a caminar por la habitación y juega con sus manos.

—Dime que es de Cedric —suplica Shelly con la frente arrugada de preocupación.

—Me gustaría, pero no, no es suyo.

—¿Cómo estás tan segura? Piensa, recuerda. ¡La fecha puede concordar! —Se aferra a cualquier posibilidad porque sabe que la verdad es peligrosa.

—Ya lo hice. Él estuvo fuera de Palkareth un tiempo y en esa época solo estuve con Silas.

Lo recuerdo. Me contó que Cedric se había ido a la frontera fue el día en que llegó a casa a pedir la tarea de Liz y discutió con ella.

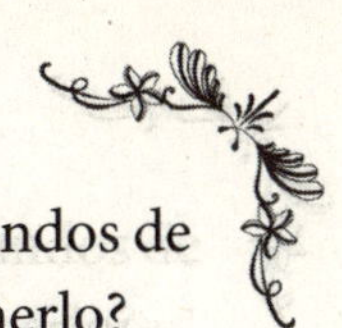

—Un momento… —habla Shelly después de unos segundos de estupor—. La pregunta más importante aquí es: ¿quieres tenerlo?

—No. Es decir, no lo sé. Digo, no estaba en mis planes, pero es del rey, eso debe traerme algún beneficio. —Mis ojos se deslizan hacia mi mejor amiga, inquieta por su pensamiento. Ese embarazo no le traerá ningún beneficio. Silas odia a Stefan a pesar de ser el resultado de un matrimonio legítimo, así que no quiero pensar qué haría con un bebé ilegítimo.

—¡El único beneficio que te traerá es morir joven! —le recrimina Shelly, movida por todo lo que también sabe de él, por lo que el príncipe le contó—. El rey no va a estar feliz cuando se entere de que estás embarazada, no querrá lidiar con un bastardo. Solo hay dos opciones para ti: que te saquemos de Mishnock mientras pasas el embarazo y tienes a tu bebé, si es que realmente lo quieres, o sacarte de aquí para que puedas recuperarte del procedimiento para no tenerlo. Tú eliges.

—Quiero decírselo, Shelly —ella insiste, ignorando el peligro en el que se encuentra.

—¿Acaso no me escuchaste? Lo conozco, Rose. He hecho tratos con él por años y no va a estar contento con la noticia. Desde ya tendré que pensar en una buena excusa que lo haga comprender tu ausencia sin que se enoje.

—Nunca lo sabremos si no lo intento. Es mi decisión.

¿Cómo puede decir algo así? Mis ojos se encuentran con los de Shelly, impactada por lo que estamos escuchando.

—Rose, creo que debes pensar por una vez en tu bienestar y no solo en el dinero —interrumpo, alarmada por la decisión tan irresponsable que piensa tomar—. Es demasiado peligroso contárselo al rey, es incluso tonto.

—No puedo ocultárselo.

—Esa terquedad va a poner en peligro tu vida —persisto—. El rey no se tomará bien esta noticia. Él… —Guardo silencio al recordar sus tratos hacia Stefan e incluso hacia su esposa. Es obvio que con Rose no será mejor.

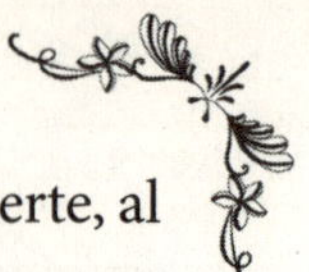

—Deben entender que aquí tengo a un príncipe y, con suerte, al futuro rey de Mishnock.

—¡Qué ingenuidad! —la madama estalla—. Creí que después de los golpes que te ha dado la vida habrías aprendido algo. ¿Supones que eres la primera que resulta embarazada del rey? ¿Sabes cuántas han estado en la misma situación? Y de todas ellas solo una tuvo al bebé, una niña, que ahora no vive.

—¿Cómo murió? —cuestiono, pero el tono de Shelly me ha dejado claro que no fue por causas naturales.

—Al rey nada se le escapa. A ella no la enviamos a otro sitio, sino que la escondimos aquí los primeros meses, pero los bebés lloran… Y por más que inventamos que se trataba de la hija de alguien más, el rumor llegó a oídos del rey, quien prefirió no dejar cabos sueltos y erradicar cualquier sospecha. —Los huesos me tiemblan cuando escucho las barbaries que comete ese hombre—. Alfort, te lo advierto, no abras la boca. Si quieres tenerlo, que sea lejos de Silas; todas las Temerarias te ayudaremos a criarlo, te lo prometo.

Rose respira, puede que un poco más tranquila, pero esa paz desaparece cuando la madama pregunta quién más sabe sobre el embarazo. Ahí el mundo se nos vuelve a caer encima como una construcción derribada con pólvora. El nerviosismo nos inunda al recordar lo que hizo anoche y, titubeando, lo revela. Dice que en realidad ninguno de los que estuvieron ahí la conoce, pero es mi deber arruinar su paz.

—Valentine te conoce, Rose —revelo con la angustia de una madre asustada por su hija.

—¿Y qué? ¿Acaso ella es amiga del rey? ¿Se sientan a tomar el té y hablar de vestidos? —Sé que está pasando por un mal momento, pero sus palabras odiosas me enojan.

—No te encuentras en una posición para ser sarcástica, Rose —la reprende la madama.

—Valentine no, pero su padre sí —hablo con la paciencia en pedazos—. Es un banquero y también estaba ahí. Ella puede darle tu nombre y él comentarlo como cualquier otro rumor.

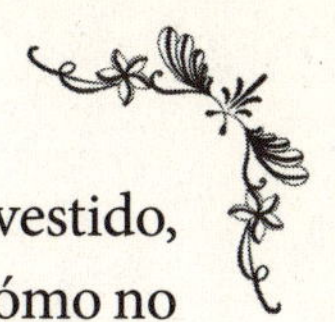

Veo el temor asomarse en sus ojos y cómo se aferra a su vestido, como si su mente la acusara por su acto impulsivo. Y es que cómo no sentir miedo si es Silas quien siempre la salva de los demás. Pero ahora es ella quien se tiene que salvar de él.

—¡Por todos los cielos! —Shelly se levanta, ansiosa—. Debemos hacer algo urgente para remediar esto. Emily, ve a casa de esa niña Valentine y dile que todo fue un invento de Rose, que no está embarazada, que solo lo dijo por rabia —me ordena, hablando muy rápido—. Asegúrate de que esa información le llegue a su padre de alguna manera.

Salimos de la casona con un plan en mente y nos dirigimos hacia la casa de los Russo. La actitud de Rose ha cambiado radicalmente desde que pisamos la calle y ahora permanece callada y mantiene la mirada en el suelo. Cada vez me parece más difícil saber lo que piensa mi mejor amiga.

—¿Vas a entrar conmigo o prefieres esperar en otro sitio? —pregunto ante su silencio.

—No vamos a ir allá. Necesito hablar con Silas —revela y yo me quedo helada. ¿Acaso quiere que la maten?

—¡Por mis vestidos, Rose! ¿No escuchaste a Shelly? Es lo peor que puedes hacer. —La tomo por el brazo y la obligo a mirarme—. No es sensato lo que vas a hacer, de hecho, es una estupidez. ¡Entiende que puedes perder la vida!

—Es lo que quiero y es mi decisión. —Creo que Rose lee la preocupación en mi rostro porque entonces dice—: No me hará daño, lo conozco. Por favor, ven conmigo, Emily. Te necesito. No me abandones ahora, ¿sí?

Su mirada es suplicante, llena de duda. Necesita a alguien que la guíe en medio de la oscuridad y me pide que sea yo quien le tienda la mano. Intento hacerla entrar en razón, pero insiste en que el rey jamás se ha mostrado violento con ella y en que necesita hablar con él para saber qué decisión tomar.

—¿Vendrás conmigo o no? —Me toma de la mano y me regala una sonrisa triste.

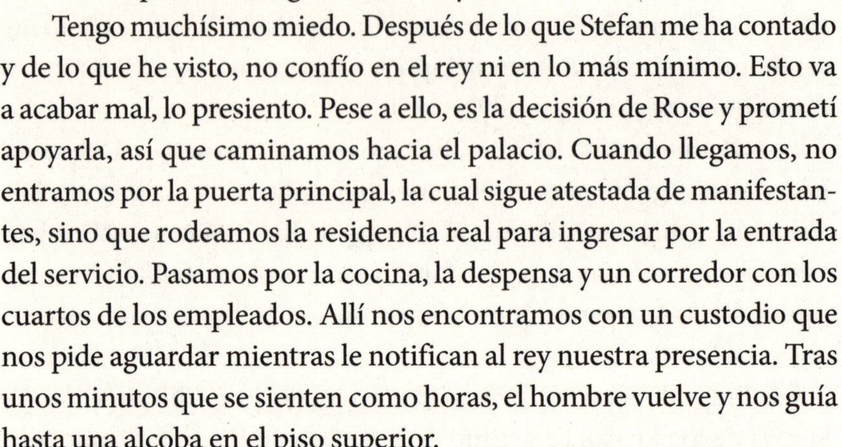

—Siempre iré contigo a donde vayas.

Tengo muchísimo miedo. Después de lo que Stefan me ha contado y de lo que he visto, no confío en el rey ni en lo más mínimo. Esto va a acabar mal, lo presiento. Pese a ello, es la decisión de Rose y prometí apoyarla, así que caminamos hacia el palacio. Cuando llegamos, no entramos por la puerta principal, la cual sigue atestada de manifestantes, sino que rodeamos la residencia real para ingresar por la entrada del servicio. Pasamos por la cocina, la despensa y un corredor con los cuartos de los empleados. Allí nos encontramos con un custodio que nos pide aguardar mientras le notifican al rey nuestra presencia. Tras unos minutos que se sienten como horas, el hombre vuelve y nos guía hasta una alcoba en el piso superior.

—¿Qué hace ella aquí? —brama el rey cuando entra a la alcoba y me ve—. Más vale que tengas una buena excusa para traer a esta jovencita, pues no estoy interesado en tríos con la novia de Stefan… a menos que Emily oculte un lado lascivo que quiera liberar esta noche —pronuncia con un tono más bajo que del asco me pone los pelos de punta.

De un momento a otro se desabrocha el chaleco de su traje y lo lanza a sus pies. Me contraigo por un segundo, pensando que seguirá con su camisa, pero solamente se pasa los dedos por los ojos, frotándolos con cansancio mientras nos exige hablar.

—Estoy embarazada —suelta Rose sin ningún tipo de filtro.

—No estoy para bromas en este momento, Alfort —le advierte sin siquiera mirarla.

—No estoy bromeando, Silas —le asegura, dando un paso hacia él.

—¡No estoy para juegos, Alfort! —grita y las dos nos sobresaltamos.

Las venas del cuello se le abultan por la ira, tiene el rostro rojo y sus ojos lanzan tantas amenazas que sé que nos asesinará si no le decimos que todo fue una mentira.

—Aún no me explico cómo pasó, lo juro, y yo...

—¡Ni se te ocurra volver a decirlo! —El rey se abalanza sobre ella con violencia y la toma con fuerza del rostro. Por instinto corro hacia la puerta antes de que me agarre con la otra mano, pero soy muy lenta

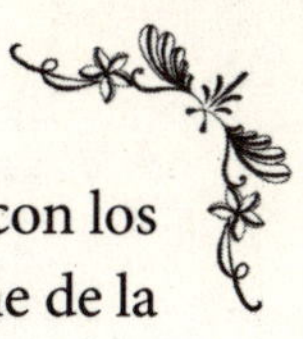

y me toma del cabello justo cuando estoy rozando el pomo con los dedos—. ¡Vuelve a tu maldito sitio! —me ordena, alejándome de la salida.

Rose y yo respiramos como si hubiéramos corrido kilómetros, siento que el corazón se me sale del pecho y tengo el estómago revuelto.

—Si nos hace algo voy a gritar —le advierto, fingiendo valentía.

—Este es mi palacio y, por ende, se siguen mis reglas —dice con la seguridad que le da representar el poder absoluto—. Nadie se mueve sin que yo lo autorice y le aseguro que nadie entrará aquí a menos que yo lo permita. Cállese la boca si quiere salir viva.

—Solo quiero saber qué haremos con el bebé —Rose interviene con la voz débil al ver cómo él se me acerca.

—No hay ningún bebé y jamás lo habrá, ¿entiendes? —dirige su atención a ella—. Nos vamos a deshacer de ese maldito estorbo, haremos como si nada hubiera sucedido y más te vale que esto no vuelva a ocurrir.

Mi amiga se encoge ante la frialdad de las palabras del rey Silas y su mirada cruel y oscura. Traga en seco mientras asimila la decisión que él está tomando por ella, acorralándola. Venir aquí es el error más grande que ha cometido.

—Es injusto. No estás teniendo en cuenta mis deseos de ser madre.

—¿Piensas que me interesan tus *deseos*? Mil veces me repetiste que no querías serlo. ¿Crees que no sé lo que buscas? Soy el rey de Mishnock, poderoso y rico. Cualquiera anhelaría cargar en su vientre a un Denavritz engendrado por mí, pero la cuestión es que tú estás muy lejos de merecerlo. Eres la distracción de un hombre importante, nada más. —Se ríe con cinismo.

Ni siquiera puedo digerir lo que está diciendo. Su discurso, su pensar y sus acciones son una completa atrocidad.

—Bien —ella vuelve a hablar y me desubica su calma—. Esto es un error que hay que solucionar y quiero hacerlo sola. Déjanos ir y te aseguro que no nos volverás a ver.

—¿Dejarte ir? ¡Te juro que te mataré por complicarme la vida! —Rose está a punto de hablar, pero él no se lo permite—. ¿Y qué pensaste que haría? ¿Que me divorciaría de mi esposa para criar al bastardo de una cualquiera? —se burla—. Las mujeres como tú solamente sirven para un momento, luego se desechan.

—Le juro que me encargaré de hacerle ver al mundo la clase de rey que es —suelto con odio en un arranque de valor.

—Adelante, inténtalo, aunque sería una pena imaginar el mundo sin los perfumistas Malhore, ¿no lo crees? —me amenaza y no tengo más alternativa que callarme—. Tú —señala a Rose— te quedarás en el palacio para que nos podamos deshacer de ese problema hoy mismo. Y tú —me mira— mantendrás la boca cerrada si no quieres que sea Erick quien pague las consecuencias.

Le temo de verdad, porque sé que es capaz de cumplir sus amenazas. Siento ira al ver cuán tontos somos en Mishnock por creer en un soberano que solo nos usa para su beneficio y nos saca del camino cuando ya no le servimos. Nunca pensé que ver el poder a la cara sería tan desagradable. No voy a dejar a Rose aquí a su merced. Pienso quedarme si es necesario, pues no la desampararé, y levanto la voz para hacérselo saber. El rey vuelve a amenazarme, pero se queda en silencio cuando oye que unos pasos se acercan violentamente a la puerta.

—Alteza, lo mejor es que no se acerque. —Oigo que dicen desde afuera y siento como si estuviera viviendo un milagro.

—¡Stefan! —grito tan fuerte como puedo, sin contenerme, haciendo que el rey me lance un manotazo a la cara, como un trueno inesperado que avisa el inicio de la lluvia. Un sabor metálico me inunda la boca y entonces sé que estoy sangrando.

—¡Abre la maldita puerta, Silas! —Stefan golpea la madera con tanta fuerza que provoca que el marco tiemble—. ¡Ábrela ahora mismo!

—¡Lárgate en este instante! —ordena de vuelta el rey—. ¡Esto no es asunto tuyo!

—Te juro que si no sales ahora mismo abriré las bóvedas y dejaré que el pueblo entre a robarse el oro que nos queda. No es una

advertencia, es una amenaza. —Nunca había escuchado al príncipe hablar con tanta ira.

—No te atrevas o te juro que aquí mismo asesino a tu novia —lo amenaza a voces—. Esto no te interesa, Stefan. Ya te explicará Emily lo que hacíamos cuando terminemos.

¡¿Qué está diciendo?! ¿Intenta hacerle creer que estoy con él? Es una basura. No concibo cómo Rose puede soportarlo. Ella, agarrada aún por el cuello, me mira, rogándome que haga algo. ¿Qué podría hacer? Antes de siquiera poder acercarme, el rey me daría otro golpe.

—¿Piensas que voy a dudar de Emily? ¿Tan estúpido me consideras? Solo déjala ir.

Busco en la habitación algo que pueda ayudarme, pero no veo nada tan contundente como para derribarlo. El rey Silas es corpulento y un simple golpe no hará nada contra él. Un paso en falso y solo haré estallar más su enojo. No puedo arriesgarme a que le haga daño a Rose o a mi familia.

—No puedo. Ella abrirá la boca. Mi imagen ante el pueblo está por los suelos, no necesito otro escándalo o nos harán un golpe de estado. Perderemos los dos, Stefan. —Soy capaz de oír el miedo en la voz del rey, la desesperación que le causa la posibilidad de perder el poder.

—Buscaremos una solución a lo que sea que hayas hecho, tal como ha sido siempre. Solo explícame qué sucede —intenta convencerlo. El problema es que su padre lo ignora, por lo que no me queda más opción que intervenir.

—¡Es Rose! —grito para darle una pista a Stefan, lo que hace que el rey me propine otro golpe en la cara. Los pómulos me palpitan, al igual que la nariz, que me vuelve a sangrar. Me duele la cabeza como nunca y el grito agudo de Rose podría partirme el cráneo en dos.

Stefan se desespera al otro lado y pide a los guardias que lo ayuden a derribar la puerta, pero es inútil, al parecer nadie quiere desobedecer al rey.

—Asumiré la culpa —propone Stefan de repente—. Diré que hice lo que sea que hayas hecho y recibiré el castigo. Piénsalo, podrás

vender la imagen de un soberano justo que condena a su hijo porque es lo correcto. —Cada una de sus palabras está cargada de impaciencia y miedo. Por experiencia sabe lo que el rey nos ha hecho a Rose y a mí—. Te doy mi palabra. Por mi honor, Silas. La única condición es que dejes salir a Emily.

—Siempre tan endeble —se ríe de su propio hijo—. Una total vergüenza para el apellido Denavritz.

—No me iré sin Rose. Lo siento, Stefan. —Las lágrimas amenazan con deslizarse por mis mejillas. Es imposible que deje a mi amiga en las manos de un monstruo.

—Escúchame, cielo. No me puedes pedir que te deje ahí, quiero protegerte —intenta mediar, pero no lo escucho—. Silas, déjame entrar. Buscaremos una solución y te juro que voy desarmado.

El rey, sopesando sus posibilidades, se dirige a la entrada sin soltar a mi amiga y abre la puerta. Stefan entra y, para mi desgracia, decía la verdad. No tiene ningún arma consigo. En cuanto me ve, corre hacia donde me encuentro, revisa mi herida y la limpia con un pañuelo que saca de su bolsillo. Su padre le cuenta la verdad, como si en el fondo estuviera desesperado por decirla y rogara que su hijo le lanzara un salvavidas.

—¿Embarazada? —la incredulidad en la voz de Stefan hasta parece palpable.

Se pasa las manos por el cabello y el rostro, e incluso se frota los ojos mientras se recuesta contra la pared, como si fuera a derrumbarse en cualquier momento. Esto debe ser muy difícil para él. Su padre ha embarazado a otra mujer y esa chica es la mejor amiga de su novia. En su mirada veo la decepción, el dolor y la frustración. Tantas cosas mezcladas que le agitan la respiración mientras se esfuerza por no perder el control. Luego dirige su atención al rey, como si quisiera reclamarle, pero las palabras no le salen, solo se muerde el labio inferior, herido, no solo por él, sino por su madre.

—¡Dame una maldita solución! —le grita su padre—. Para eso te permití entrar, no para que auxilies a tu plebeya.

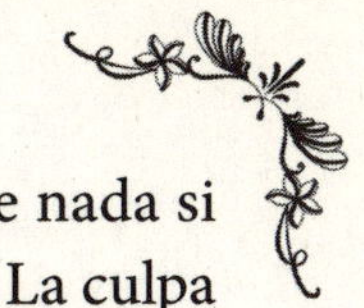

—Debes irte de Palkareth, así no podrán acusarte de nada si alguien llega a abrir la boca. —Por fin encuentra la voz—. La culpa será mía y la asumiré como siempre lo he hecho. No tienes nada que perder. Ve a Cristeners. Anuncia hoy el plan de educación gratuita e informa que viajarás para que los Wifantere respalden el proyecto. Eso justificará tu partida.

—Aún no confío del todo en los Wifantere. Traicionaron a su futuro yerno y no dudo que harían lo mismo conmigo. Además, si me voy de aquí, no te encargarás de nada. Te conozco. La plebeya te llevará a la cama y te convencerá de no asesinar a la meretriz.

—No pienso asesinar a Rose. Solo nos desharemos del feto —aclara Stefan, como si se tratara de un problema de rutina, sin el más mínimo tacto. Se acerca aún más a mí, esperando la furia de su padre, preparado para protegerme a toda costa.

En ese momento no puedo evitar mirar a Rose, quien ha permanecido callada, escuchando la crudeza que sale de la boca del rey, como si no diera crédito o intentara aceptar lo que le espera. Esta situación me hace doler el pecho como si martillearan mi corazón, no por mí, sino por ella y por lo mal que la está pasando.

—¿No entiendes? La quiero muerta. En algún punto abrirá la boca y todo se vendrá abajo.

La fortaleza de mi amiga flaquea y comienza a decir que se irá de Mishnock hoy mismo, algo que no convence a su verdugo. Shelly nos lo advirtió y no le hicimos caso. Ahora no solo estamos metidas en un lío, sino que también involucramos a Stefan. El príncipe asiente y me mira por milésimas de segundos, como si quisiera darme a entender que todo estará bien, pero que tiene que ceder ante su padre por el momento.

—De acuerdo. Me encargaré de ella.

Rose jadea, horrorizada, al no conocer aquel mensaje silencioso de Stefan. Llora y suplica por su vida, ahogada en la angustia que le produce la muerte. Se me funde el corazón en el pecho mientras el llanto le moja el rostro. A mí solo me queda rogar que cualquiera que sea el plan de Stefan funcione o yo misma me ofreceré a ayudar al rey de Lacrontte a asesinar a quien, por azares del destino, es mi suegro.

El rey lo piensa y, con un gesto de asco, suelta por fin a mi amiga. Ella corre a refugiarse a mi lado. La abrazo y con una mano sigo sosteniendo el pañuelo que Stefan me dio para detener el sangrado de mi labio y mi nariz.

—Pondré a alguien a que te supervise porque no me fío de ti. Traeré a tus tíos Pantresh. Ellos te vigilarán y me reportarán si has hecho bien o no tu trabajo —le advierte, señalándolo con el índice—. Además, tendrás que enviarme la prueba para que yo me cerciore también de que todo está resuelto.

—Acepto. Escríbeles hoy mismo para que vengan lo antes posible y, con respecto a la evidencia, te prometo que la tendrás. Ahora, por favor, ve a la ciudad de Roswell en Cristeners.

Rose vuelve a gritar, temerosa, y yo con ella. El miedo no la deja hablar sin importar lo mucho que se esfuerza por decir algo. Parece como si le hubieran robado la voz. Las lágrimas caen mientras finjo, pues, aunque estoy segura de que Stefan no lo hará, su padre debe creer que sí.

—Ya te dije que no viajaré allá. Me iré al lugar de siempre. —De repente, como si estuviera harto de la situación, el rey se pasa las manos por el pelo adornado con algunas canas—. Me llevaré también a tu madre para que no sospeche si ve a su hermano. Más te vale, Stefan, que esta mujer no exista cuando regrese. Si lo arruinas, será tu fin.

Después de los estallidos, los ojos del monarca lucen agotados. Parece que un peso ha descendido sobre sus hombros y ya no se muestra erguido como cuando se dirige al pueblo desde el balcón real. Este hombre tiene una gran debilidad, aparte de las ansias de poder, y es su imagen. Hará cualquier cosa por mantenerla limpia, por siempre darse a conocer como el mejor gobernante que ha tenido Mishnock. La más falsa de las mentiras.

—Ella se queda aquí. —Señala a Rose—. No podemos permitir que escape.

—No, ella se quedará en mi casa y pueden asignarnos guardias si quieren, pero no la dejaré —la defiendo.

—No compliquemos más las cosas. —El príncipe me apoya—. Las enviaré con dos guardias y no tendrán manera de fugarse. Ahora es momento de que te prepares para el discurso, no hay tiempo que perder.

Él acepta, pero no sin antes mirarnos con un odio que jamás había visto en nadie, ni siquiera en los ojos verdes del rey Magnus. ¿Cómo lograremos engañarlo? Es cuestión de tiempo para que se arrepienta, traicione a Stefan y venga por las dos. Debemos actuar rápido o no viviremos lo suficiente como para revelar su verdadera cara ante el mundo entero. No me queda ninguna duda: debemos hacer que caiga. Es ahora o nunca.

29

Han pasado días y las cosas no han cambiado mucho. Cuando volvimos esa noche del palacio, todo se complicó. Papá se puso iracundo al ver los golpes en mi rostro y no me creyó cuando le dije que me caí por las escaleras de la casa real, por lo que tuve que confesarle la verdad. Estuvo a punto de ir a reclamarle al rey, así que mamá y yo nos vimos obligadas a detenerlo y hacerle entender lo mala idea que era.

El rey ya ha partido a su viaje y Stefan no se ha comunicado mucho conmigo, a excepción del día en que envió una nota que decía: «Déjalo en mis manos». Solo eso. Rose ha estado en mi casa todo este tiempo, después de contarle las verdaderas intenciones del príncipe, y a la espera de su estrategia de huida. Cesaron las manifestaciones y Liz aceptó la propuesta de compromiso de Daniel ayer en una cena privada.

Hoy es mi cumpleaños. Oficialmente tengo diecinueve años, pero no estoy de ánimo para celebrarlo después de lo que ha pasado. Aunque, claro, siempre existirá una persona con la energía que a mí me falta y en este caso es Mia.

—¡Feliz cumpleaños, espantapájaros! —me dice, subiéndose a la cama que ahora comparto con Rose—. Te aviso que mamá y papá están en un desayuno con los Peterson para hablar sobre la boda. Liz les dijo que era urgente, pero yo me quedé para felicitarte.

El corazón se me arruga como el lino a pesar de que trato de restarle importancia. Quizás está demasiado emocionada por presentarlos y planear los detalles, quizás es mera casualidad el que haya elegido justo este día.

—¡Es cierto! —Mi amiga se termina de despertar, sorprendida—. Hoy es diez de septiembre. Emily, cuánto lo siento. Soy la peor amiga del mundo, ¿verdad? Lo he olvidado por completo. Prometo que el próximo año, cuando sea libre y reina de Lacrontte, lo pasaremos increíble.

—¿Te vas a casar con el rey Magnus? —le pregunta mi hermana y ella asiente—. En clase dijeron que él era diez veces más rico que los Denavritz. Mily, deberías terminar con el príncipe e ir por el rey de Lacrontte para acabar la guerra. Acuérdate.

¿Cuándo se le va a quitar esa idea de la cabeza?

Sale de la habitación y minutos después vuelve con un puñado de margaritas que me extiende y que reconozco de inmediato: son de mi jardín.

—Por cierto, la señorita Eloise me reprobó en Historia, ¿puedes decirle a Stefan que intervenga y le pida que me apruebe?

—Claro que no. —Salgo de las cobijas.

—Sabía que no me ibas a ayudar, así que ya le pedí el favor yo misma —comenta y me lanza una gran sonrisa inocente—. Ay, ¿no te dije que está en la sala esperando por ti? Hay unos guardias con él y están cargando unas cajas. Creo que te trajo muchos obsequios.

¡Por Bartolomeo Mishnock! Tengo el cabello revuelto, pues en las mañanas parece que hubiera sido agitado por las brisas del desierto. Salgo apresurada de la habitación y me aseo lo más rápido que puedo. Aún no tengo la confianza suficiente con Stefan como para verlo recién despertada sin vergüenza alguna. Tras unos minutos bajo a la primera planta y lo encuentro de pie en medio del salón, tan gentil y elegante como siempre. Su mirada se pasea por mi rostro mientras sonríe como si no estuviéramos pasando por una grave situación.

—Feliz cumpleaños, cielo —es lo primero que dice cuando entro a la sala.

Aún me parece irreal que el príncipe visite mi casa como si fuera una zona más del palacio.

—Gracias —le respondo, desconcertada por su tranquilidad—. ¿Tienes alguna novedad?

—Antes de hablar sobre ese asunto, permíteme hacer lo que se espera de un novio en un día como hoy.

Me entrega una caja de terciopelo blanco que contiene una pulsera de plata decorada con pequeños diamantes circulares. Se apresura a sacarla para ponérmela en la muñeca. Esto es increíble. No hubiera imaginado ni en mi mejor sueño que una pieza como esta sería parte de mi joyero. Y, más aun, que serían regalos del príncipe, quien se toma la molestia de hacerlos sin importar que la corona esté en quiebra.

—Y antes de que se te ocurra refutar y decir que no la aceptarás, es mi deber aclararte que no hay razón para rechazar una banal pieza cuando tú me has dado mucho más.

—¿Cómo puedes ser romántico en medio de la situación en la que nos encontramos? —le pregunto, tentada a perderme en sus ojos, pero aferrándome a la realidad.

—Deja eso de lado por un instante. Quiero celebrar tu vida, Emily.

Toma mi mano y le da un beso en el dorso, como lo hacía al principio, antes de que todo se formalizara entre nosotros. Luego me jala suave del brazo para llevarme hasta él y darme un beso, uno que me llena de energía, que me ilumina como el alba a los campos. Solo Stefan tiene la habilidad de ordenarme la cabeza y borrarme el miedo con muestras de afecto.

—Te quiero muchísimo, Emily. Como lo hice ayer y ten por seguro que como lo haré mañana.

Sonrío, cautivada por el azul de sus ojos que tanto me tranquiliza.

—Lamento no poder corresponderle, pues mi atención la tiene un príncipe al que lo apasiona sacar personas de prisión y al que le debo un té.

—Qué hombre más afortunado —ríe, siguiéndome el juego—. ¿No hay manera de que puedan hacerla dudar de ese cariño?

—No existe persona en la Tierra que haga tambalear mis afectos hacia él.

Baja la cabeza mientras niega, satisfecho por la declaración. Me encanta verlo feliz y saber que el gesto en sus labios lleva mi nombre.

—Vales más que todo este reino, lo juro —dice cuando me devuelve la mirada—. Y pienso invertir cada uno de mis días demostrándolo. Por ello te he traído otro obsequio. —Tras esas palabras, uno de los guardias se acerca y me entrega una caja de rayas grises y listón rojo—. Es para esta noche.

—¿Esta noche?

—Es lo segundo que quería comentarte. Mis tíos ya llegaron y los he mantenido a raya mientras buscaba una solución para el problema de tu amiga. Tenemos una ventaja a nuestro favor y es que mis tíos no conocen a Rose. Solo saben de ella por las características físicas que Silas les mencionó en la misiva, pero cualquier chica que cumpla con esos requisitos podría ser ella.

—¿Buscarás a alguien para que se haga pasar por Rose? —inquiero al deducir sus intenciones —. Un momento, eso quiere decir que esa mujer va a morir.

—Lamentablemente esta es una situación de unos por otros, cielo. Silas me pidió evidencias y estoy seguro de que mi tío querrá confirmar que el cuerpo que enviemos sí corresponde a la mujer que vio en el calabozo del palacio. —Toda esta situación me lleva de vuelta a Lacrontte, cuando el rey Magnus pregonó su lema de sacrificar a otros para salvarse a sí mismo—. No te aflijas —me dice con dulzura cuando ve la expresión de horror en mi rostro—. Busqué a alguien con un malestar grave, terminal, y le prometimos que su familia sería remunerada generosamente por su sacrificio y su voto de silencio. Ya está en el palacio, por eso he venido para llevarme a tu amiga, para poder hacer el cambio.

—No lo entiendo. Si ya tienes a alguien, ¿para qué necesitas a Rose?

—Es por los guardias que custodian esta casa, cielo. Si jamás me llevo a la joven como prisionera, ellos le dirán a Silas que nunca la saqué de aquí y así sabrá que la persona a la que vieron mis tíos era otra. La necesito para erradicar cualquier sospecha y que el plan funcione —me dice con calma.

—Júrame que no le harás nada, Stefan. Voy a confiar en ti —le suplico, mirándolo a los ojos.

—Me ofendería que no lo hicieras. Estoy cumpliendo la promesa que te hice y me estoy arriesgando por ti. Le juré a mi padre acabar con lo que él denomina *su problema* a cambio de que te dejara en paz a ti. —La voz se le corta al final y toma un poco de aire antes de continuar—. Si no lo hago, la próxima víctima serás tú y eso no lo puedo permitir.

Se me hiela la sangre y una sensación real de peligro cae sobre mí.

—Lo sabía —murmuro—. Ese hombre va a matarnos a las dos.

—No lo hará, te lo prometo. Sacaremos a Rose cuanto antes, pero para eso debo llevármela. —Las dudas me invaden, no porque no confíe en Stefan, sino porque me aterra pensar que esto pueda salírsele de las manos, que el rey regrese y acabe con ella. Nunca me lo perdonaría—. Emily, jamás haría algo que te lastimara, porque te quiero. Y no permitiré que nadie dañe a tu amiga. Debemos marcharnos lo antes posible, recuerda que solo tenemos una oportunidad para que esto salga bien. Atelmoff y el barón Russo fueron quienes consiguieron a la joven que reemplazará a Rose. Fue una búsqueda de días enteros, pues no solo queríamos que tuviera rasgos similares, sino también la voluntad de morir.

—¿Cómo se llama? No, mejor no me lo digas. —Me arrepiento de inmediato—. Pensaría en ella a diario. Espera, ¿qué pasará cuando llegue tu padre? Notará que no es Rose.

—Esto me pone incómodo. La muerte me aterra —confiesa y se pasa las manos por el cuello, angustiado—. Tendremos que enviar la cabeza, con eso será suficiente. Como el trayecto hasta donde se encuentra Silas es de aproximadamente una semana, los restos no

estarán tan descompuestos como para que sean irreconocibles, así que tendremos que manipular el cadáver. Antes de partir le rociaremos ácido, ácido fluorhídrico para ser exactos. No demasiado, solo lo suficiente para que la corroa de tal manera que no la pueda distinguir.

—¿Me juras que esa joven sí tiene una enfermedad terminal? —Tengo el estómago revuelto.

—Sufre del corazón. No han podido encontrar una cura para su mal y los expertos aseguran que en cualquier momento se detendrá. También tiene escrófula y gota. Es una beguina que quiso dar su vida para salvar a alguien más.

—¿Qué es una beguina? —He oído esta palabra antes.

—El barón Russo las conoció en uno de sus viajes de negocios. Las beguinas son una comunidad de mujeres cuya fe está en Dios, pero que decidieron apartarse de la iglesia, pues están en contra de sus imposiciones y jerarquías. Hacen trabajos comunitarios, educan a niños de los niveles inferiores, brindan cuidado a enfermos, pobres, reos y demás. Los suyos creen que en su labor se contagió de escrófula. Y, bueno, la enfermedad del corazón es algo por lo que todavía le preguntan a su Señor. —Stefan se estremece, como si estuviera imaginándose en carne propia esas enfermedades—. No soporta sus dolencias y decidió que este sería su último acto de servicio a los demás, por eso el dinero será destinado a quienes ella considera su familia: las beguinas con las que convivía.

—Comprendo —susurro, procesando la información—. Entonces… que así sea.

—Ya autorizas como toda una mujer de la realeza. —Una expresión de orgullo se instala en su rostro al escucharme—. Tengo que llevarme a Rose porque la estrategia empezará en medio de tu cena de cumpleaños.

—¿De qué cena hablas? —Miro a Stefan a los ojos y noto cómo se arrepiente por haber dicho eso.

—De una que debía ser una sorpresa —se lamenta—. Hace un tiempo le conté a mi madre que pronto sería tu cumpleaños y ella

comenzó a planear una cena para ti. Y, claro, ya no estará presente. Por eso hice que te confeccionaran el vestido que hay en la caja grande, pero no nos desviemos. Mientras estemos en el palacio te llevaré con mis tíos al calabozo, así que haz una pequeña escena cuando veas a la joven tras las rejas para que no les quepa duda de que se trata de tu amiga. Mientras tanto, al otro lado del palacio, Atelmoff estará ayudando a salir a Rose de la casa real y de Palkareth.

—¿A dónde la enviarán?

—Estuve pensando en un lugar donde pueda estar segura. El problema es que no tenemos muchos aliados. —Deja caer un poco los hombros, abatido—. Cristeners estuvo descartado desde el inicio, pues los Wifantere le revelarían todo a Silas, así que pensé en los Griollwerd. No en los reyes, sino en los mellizos. Le envié una carta a Angust y en su respuesta mencionó que tiene una propiedad con su hermana en una ciudad costera de Plate. Me juró que allí tu amiga estaría a salvo.

—¿Y qué pasará con los reyes? Los sirvientes de la casa les informarán qué está sucediendo en la propiedad de sus hijos.

—Handrus y Seiona no saben de esa propiedad y los sirvientes no tienen nada que ver con la casa real. Los hermanos la compraron por medio de un testaferro, así que no habrá la más mínima sospecha —me asegura Stefan y yo asiento, entendiendo el método de encubrimiento que usan—. Ya he hecho que Atelmoff consiga una identificación falsa y un permiso de viaje para Rose, así que saldrá del reino bajo otro nombre y no quedará registro de su salida. También he ido reduciendo la seguridad del palacio últimamente.

—¿Con qué fin?

—Para que la posibilidad de que alguien abra la boca sea menor. Intenté alejar a todos los guardias que son cercanos a mi padre y que no se fueron con él. Los moví a otras zonas para evitar que descubran algo. He planeado esto con detalle, no hay manera de que pueda salir mal. Además, tu cena de cumpleaños será el elemento distractor perfecto. —Stefan sonríe y me tranquilizo un poco—. Invité a todos los que te conocen y a muchos parlamentarios, pues de esa manera tendré una excusa para concentrar a más guardias en el salón, dejando los pasillos despejados para que escapar sea más fácil.

—De acuerdo, entonces voy por Rose —digo, decidida.

Este plan tiene que funcionar, de esto depende nuestra vida.

30

Stefan se llevó a mi amiga esta tarde, pretendiendo que la arrestaba, para conducirla al palacio como el punto de partida del plan. Ahora me corresponde dar el siguiente paso y por eso me estoy arreglando junto con mi familia para asistir a la cena de cumpleaños. Mis padres regresaron, pero Liz no ha hecho acto de presencia en todo el día, pues se quedó con los Peterson.

El vestido que Stefan me obsequió es de un azul absolutamente hermoso. Está hecho con flores en relieve que comienzan en el escote en forma de corazón y bajan en cascada por el traje. Los pliegues de la falda, ancha y espesa, están confeccionados con metros de tela de organza y los tirantes están cubiertos con pequeñas flores del mismo azul.

—Luces encantadora —me halaga mamá cuando me reúno con ellos—. Esperamos que la ausencia de Liz no te desanime, queremos que esta noche sea inolvidable para ti.

—Ya no luces como un espantapájaros —dice mi hermanita.

—Qué amable de tu parte, Mimi.

Mis padres me compraron las glicinas que quería como obsequio. Sé que mi gusto por las flores puede resultar exagerado o parecer una tontería, pero ver aquellas enredaderas adornar el espacio que recoge la mayor parte de mi vida me hace sentir bien de alguna manera.

Al llegar el momento, vamos hacia el palacio, donde nos reciben con todos los honores. La entrada está repleta de carruajes, señal de que los parlamentarios y nobles que Stefan invitó ya se encuentran dentro. Los sirvientes nos guían por los corredores y noto que, como lo ha planeado, estos se encuentran inusualmente despejados de guardias. Nos detenemos frente a dos enormes puertas blancas que no había visto antes. Los hombres que las custodian las abren sin mediar palabra y quedo maravillada cuando el interior del lugar se desvela.

—¡Feliz cumpleaños, cielo! —Stefan es el primero en aparecer frente a mí con una sonrisa de alegría genuina.

Sin haberlo visto antes, entiendo que este es el salón azul del que tanto habló Valentine en la gala benéfica, el que solo se usa para eventos de gran índole y que pocas personas conocen. El salón está rodeado de unas altas paredes de color turquesa, decoradas con tallados dorados que suben, bajan y se cruzan como las raíces de un árbol. El techo es una cúpula de cristal por el que la luz de la luna se filtra, creando un panorama idílico en el interior. Además, para terminar de robarme el aliento, todo está decorado con árboles de cerezo, mis favoritos.

—Gracias. —Las palabras se pierden en mi garganta ante la ilusión que me hace lo que veo, el esmero con el que ha preparado todo—. Tuviste muy en cuenta mis gustos, ¿no? —Sigo sorprendida y señalo las flores y mi vestido.

—Ya conocía algunos. El día del festival llevabas un vestido azul.

—¿Aún lo recuerdas?

—Jamás olvidaría algo que tuviera que ver contigo. —Me mira con la intensidad de una luna llena.

—¿Cómo sabías mis medidas?

—Tuve ciertos ayudantes. —Le da una mirada rápida a mi madre, quien sonríe en respuesta—. Si me disculpan, familia Malhore, voy a llevarme a su hija porque estoy ansioso de que todos vean a la majestuosa novia que tengo.

—¡No puedes ir por allí diciéndome esas cosas! —lo regaño a medida que nos alejamos de mi familia y nos perdemos entre las

mesas.

—¿Qué pretendes, entonces? ¿Que niegue lo obvio? Eres una mujer hermosa y no pienso callarlo.

Mis mejillas se levantan en una sonrisa, y aunque la sensación de brasas cerca de mi piel aparece, no desvío la mirada, como lo hacía las primeras veces. Creo que ya me estoy acostumbrado a recibir sus halagos.

—Todos te miran —le digo al ver cómo la mayoría de la sala nos sigue en nuestro recorrido.

—Claro, se preguntan qué he hecho para merecerte.

—Ya debes parar con los halagos. —Le aprieto la mano—. Ya tengo experiencia para asumir con calma un par, pero no nos excedamos.

—Eso sería un delito y, señorita mía, yo no soy un criminal. Acompáñame por aquí, quiero presentarte a mis vigilantes —susurra mientras me lleva hasta una mesa alejada en la que están sentadas tres personas. ¿Y si no les agrado? Los nervios me causan inquietud, como si tuviera plumas sobre mi cuerpo, en el momento en que llegamos a ellos—. Familia, ella es mi novia, Emily Malhore —anuncia y les ofrezco una reverencia—. Emily, ellos son mi tía Keria, mi tío Nicholas y mi prima Camille.

La primera tiene unos pequeños ojos de color avellana y el cabello negro muy fino. Mira alrededor inquieta, como si no estuviera acostumbrada a este tipo de eventos, pese a ser la cuñada de la reina. Por su incomodidad, puedo jurar que esta mujer no es noble de cuna. Su nariz es prominente y la diferencia de su esposo, quien tiene rasgos finos y pómulos marcados que resaltan la oscuridad de su iris y que adornan una mirada orgullosa, como si tratara de sobresalir en medio de los demás. Por otra parte, su hija heredó el color de piel de su madre y la delgadez de su padre, y el resultado es su aspecto delicado y juvenil.

—Es un placer conocerte, Emily. Hemos escuchado algunas cosas de ti. —Me sonríe la mujer.

—Espero que todas sean buenas —contesto con amabilidad.

—Nos gustaría decirlo, pero las opiniones varían y las que acom-

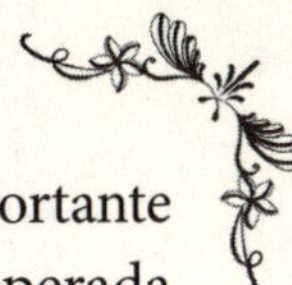

pañan tu nombre no son la excepción —habla su esposo, tan cortante como el filo de una espada—. ¿Una plebeya? Bastante desesperada tu elección de pareja, Stefan.

—Tío, le suplicaré que sea prudente con sus comentarios —interviene él, avergonzado—. Le recuerdo que es el cumpleaños de ella.

El hombre hace un gesto antipático ante el pedido de su sobrino, como si se hubiera molestado, aunque al final obedece. Nada de lo que diga ese hombre va a ofenderme. El concepto que tengo sobre mí misma no se tambalea por los comentarios de los demás. Y no comenzaré a dudar de mí debido al pensamiento clasista de una persona que no aporta nada a mi vida.

La prima de Stefan, Camille, a diferencia de su padre, me sonríe mientras me desea una buena celebración. Su madre se mantiene al margen y el señor Nicholas, bueno… ha comenzado a mirarme como si ahora me criticara mentalmente. No voy a tolerar esto de un adulto que se comporta como un niño, así que me despido bajo la excusa de ir a saludar al resto de invitados. Recorro la estancia llena de música y comida hasta llegar al otro lado, a una mesa llena de personas conocidas para mí: Valentine y Willy. Me siento con ellos sin saludar, tomo una de las copas y la bebo con urgencia para calmar los nervios por lo que se acerca.

—¡Feliz cumpleaños! —Oigo lo inevitable: a Valentine—. Estuve esperando a que te desocuparas con los Pantresh para ir a felicitarte, pero has venido tú. No tuve que esforzarme —se ríe.

—Lamento no haberlos saludado. Tengo la cabeza llena de pendientes y no actúo con claridad.

—No sabía que era tu cumpleaños hasta que la señorita Russo me invitó a venir con ella —comenta Willy a su lado—. No tuve tiempo de comprarte un obsequio, lo siento.

—No pasa nada. Gracias por asistir, eso para mí es suficiente. Por cierto, ¿y Amadea?

—Ay, Em. No sé cómo decirte esto… —Valentine baja la mirada y se concentra en sus uñas—. Debido a lo que pasó en la cena de compromiso de Cedric, su madre le prohibió juntarse contigo. No es nada

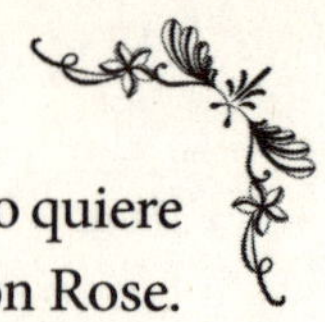

en contra de ti, solo que como eres amiga de Rose… Bueno, no quiere que Amadea tenga contacto con alguien que pase tiempo con Rose. Supongo que entenderás a lo que se refiere.

Suelto un suspiro.

—Sí, era de imaginarse. No te preocupes.

—Dejando eso de lado. Te he traído un regalo muy especial y sé que te va a gustar cuando lo abras. ¿Quieres que te dé una pista sobre lo que es? Porque puedo hacerlo si quieres —dice, recuperando la emoción—. Está bien, te lo diré. Son zapatillas de *ballet* para las clases que prometí darte. Podemos empezar cuando quieras, ¡tengo mucho tiempo disponible!

—Ese es un precioso gesto.

En verdad lo es. A pesar de saber que he perdido el espíritu respecto al *ballet*, ella me sigue animando y el gesto me llena de ternura. Valentine tiene un corazón hermoso.

—Ahora me siento peor. —Willy llama mi atención—. Lo primero que haré cuando salga de aquí será comprarte algo, lo prometo.

—No hace falta, no tenías por qué saber que hoy se celebraría una cena en mi honor.

—Disculpen la interrupción —Stefan se une a nosotros y habla en un tono bajo—. Debo llevarme a Emily para un asunto importante.

Inmediatamente miro en dirección a los Pantresh, quienes ya caminan hacia la salida. ¡Por Dios, al parecer ha llegado el momento! Me disculpo con Val y los demás y sigo a Stefan.

—Mis tíos quieren retirarse de la fiesta, así que hay que adelantar el plan —explica a medida que caminamos detrás de ellos.

Me giro discretamente hacia mis padres cuando atravesamos la puerta y descubro que ellos ya me estaban mirando. Saben perfectamente a lo que voy porque se lo conté todo, por lo que no me sorprende ver que ruegan en silencio que el plan salga bien.

Al salir del salón de la fiesta todo está desierto. Tal como lo planeó Stefan, los corredores están deshabitados y el silencio reina. Los cinco marchamos acompañados solamente por un dúo de guardias que nos guían hasta el exterior del palacio real. Pasamos el jardín y

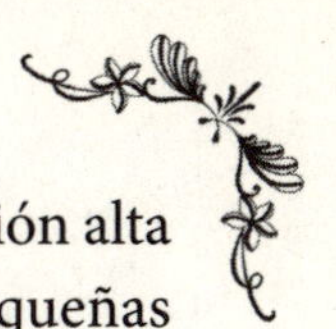

nos aventuramos más allá de los establos hacia una edificación alta hecha de calicanto con piedra y granito gastado. Tiene pequeñas ventanas protegidas con barrotes, a través de las que se asoman algunas cabezas de personas. En lo alto hay una almena con custodios armados que caminan, vigilantes, por esa parte amurallada. La entrada está formada por rejas de hierro que suben y bajan con ayuda de un sistema de poleas, y los hombres las abren para nosotros. El chirrido de las bisagras resulta espeluznante y la oscuridad hace que me suden las palmas de las manos. Esta es la única entrada y salida, al parecer.

—¿Por qué han traído también a su hija? —le susurro a Stefan cuando nos encaminamos al interior.

—No quisieron dejarla en la fiesta por seguridad. Temen que le puedan hacer algo, son muy sobreprotectores.

Llegamos hasta una de las celdas del fondo y allí nos encontramos a una mujer joven, de cabello oscuro y facciones parecidas a las de Rose. Sin embargo, noto las diferencias sin problema. Espero que la idea del ácido funcione porque el rey podría reconocer que no se trata de ella así pasen días.

Me acerco y me lanzo al suelo de rodillas para actuar. Si tenemos que hacerles creer a los tíos de Stefan que se trata de mi amiga, debo fingir que me duele verla allí encerrada, a la espera de su sangriento final. Me agarro fuerte de los barrotes y, aunque intento llorar, no me sale ninguna lágrima, por lo que agacho la cabeza y sacudo los hombros como si lo estuviera haciendo de verdad.

—¿Cuál es su nombre? —le pregunta Nicholas a la mujer que está encadenada y sentada en el piso.

—Rose Alfort, señor. —Su voz suena derrotada.

Tiene un vestido largo y de cuello alto que muy seguramente esconde las llagas de la escrófula que padece. Las manos las lleva atadas a la espalda y los pies están ocultos bajo la falda.

—No veo que sea muy agraciada como para ser una dama cortesana. —Le señala al príncipe.

—Eso debes decírselo a Silas, él fue quien la escogió —replica

Stefan con frialdad, encogiéndose de hombros.

Me duele en el alma ver a esa persona en tales condiciones y saber que morirá pronto para salvar a alguien que muchos dirían que no lo merece.

—Aún no se le nota el embarazo —dice la joven Camille.

—Es reciente, no debe haber pasado el primer trimestre todavía.

—Allí está formándose tu hermano o hermana, Stefan —se burla la hija de los Pantresh.

—¡Deja de decir tonterías! —la reprende su padre—. Solo hay un heredero Denavritz en el mundo y debe seguir siendo de la misma forma. Esta es una aberración que jamás debió concebirse.

—No hemos venido aquí a ofender a la prisionera —media Stefan—. Al menos respeten sus últimos minutos de vida.

—¡¿Acaso la asesinarán ahora mismo?! —exclamo, fingiendo sorpresa.

—¿Para qué esperar más? —pregunta el hombre—. Quiero largarme pronto de aquí. Mi vida en Quinston me espera. Camille, hija, aguarda afuera un momento, no quiero que atestigües tal escena.

—Emily, será mejor que tú también la acompañes. Estoy seguro de que no quieres ver esto.

Las lágrimas por fin salen mientras me niego a abandonar el calabozo, con la verdad golpeándome como un mazo a un cincel para hacer una escultura. Una persona inocente morirá y aunque me repito que ella así lo ha decidido, no le quita un gramo al dolor de la realidad. Odio la muerte. Lo irónico es que, para los gobernantes, parece ser siempre la solución a todos los problemas.

Me levanto para marcharme después de que Stefan siguiera insistiendo y, a medida que camino a la salida, escucho un disparo que me hace cerrar los ojos. Me quedo estática a la espera de que todo acabe, pero luego oigo otro y uno más, seguido de una ráfaga larga que se acerca. En un parpadeo, los hombres que vigilan la puerta entran con prisa, bloqueando el acceso con un candado grande y oxidado.

—¡Alteza! —grita uno de ellos y el pasillo estrecho devuelve un eco—. Parece que estamos bajo ataque. Vi el fuego de unas detonaciones extrañas en uno de los cristales superiores.

Los guardias nos llevan casi a rastras hasta donde se encuentran los demás, apagando las antorchas que iluminaban la estancia para sumirnos en la oscuridad absoluta.

—¿Los lacrontters? —inquiere Stefan, escandalizado por la noticia.

—No tengo idea. Repito, solo vi detonaciones y seguí el protocolo de seguridad de emergencia —responde el guardia.

—Mis padres y Mia están en la fiesta, Stefan —le recuerdo con la voz estrangulada y la zozobra quemándome el pecho.

Lo busco a tientas en la penumbra, pero él me halla primero y toma mi mano. Siento algo de tranquilidad por su inconfundible tacto, suave y cálido, cosa que no dura demasiado, pues al segundo una tormenta de pensamientos trágicos cae sobre mi cabeza. Esto no es parte del plan, Stefan me lo habría dicho. ¿Será posible que el rey Silas no se haya marchado y que ahora nos haya descubierto? ¿Qué tal que Rose no haya logrado escapar? Presiento que estamos hundidos hasta el cuello.

—Tranquila. No hay evidencia de que se trate de algo malo.

—¿Cómo qué no? —alega su tío—. ¿No escuchaste que fue una detonación sospechosa?

Sé a lo que se refiere y entiendo la aparente calma de Stefan. Está pensando que quizás fue Atelmoff y que todo forma parte del plan de huida. Tal vez había guardias en las salidas del palacio y tuvo que detonar algo en la planta superior para distraer a los custodios y hacer que se movieran de la puerta.

—Solo esperemos. Aquí tiene a toda su familia y están a salvo.

No hay gritos, no se escuchan más disparos y eso me reconforta de cierta manera. Me mantengo al lado de Stefan y él me abraza. Por un momento me siento a salvo, pero luego escuchamos que estallan el candado de un balazo y una ráfaga de tiros se oye en la almena. Han asesinado a los guardias que vigilaban el calabozo desde allá arriba.

—Alteza, entre a alguna de las celdas. Lo haremos pasar por reo —ordena uno de los custodios—. El resto puede hacer lo mismo.

La luz de unos faroles nos ciega porque nos habíamos acostumbrado a la oscuridad. Retrocedemos como presas asustadas hasta

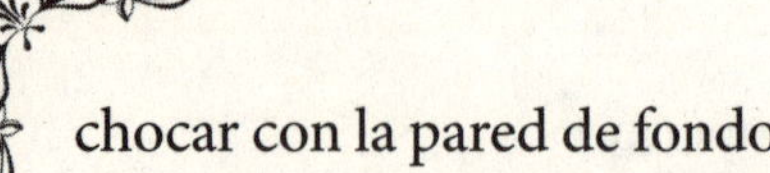

chocar con la pared de fondo.

—No se muevan —indica la voz autoritaria de un hombre. Poco a poco recupero la visión y veo el rostro de los atacantes, su uniforme y el escudo de hilo dorado que portan en el pecho. Lacrontters.

—¡No se acerquen más o dispararemos! —amenaza uno de los cuatro guardias de nuestro lado.

—Hágalo. Ustedes son pocos y nosotros somos todo un ejército.

—¿Qué buscan? Mis padres no están aquí. —Stefan toma la vocería.

—Lo sabemos, partieron hace unos días y los seguimos, pero perdimos su rastro. El rey Silas es hábil… —Sisea—. La práctica lo ha hecho un experto en desaparecer, así que nos hemos visto obligados a tomar otras medidas.

Los compañeros a su espalda disparan cuatro veces y me encojo, esperando el impacto; sin embargo, son los guardias reales quienes se desploman con las manos aún empuñando sus armas. Stefan, sin dejar de protegerme con su cuerpo, les dice que se entregará voluntariamente, a lo que los hombres responden con carcajadas.

—Uno, no podemos confiarnos. Y dos, no hemos venido por usted, alteza, sino por su familia, los Pantresh.

—¡Qué tonterías son estas! —rechista Nicholas—. Llévense al príncipe.

El guardia afirma que el rey Silas no rescatará a su hijo, pero probablemente la reina sí a su hermano y su familia. Me duele ver cómo incluso los lacrontters se burlan de la relación que tiene Stefan con su padre y lo mucho que esas palabras deben lacerarlo. No siendo suficiente, le dicen que el rey Magnus le ofrece un trato: le da tres días, a partir del momento en que lleguen a Lacrontte, para entregar al monarca Denavritz, o los Pantresh serán asesinados. Queríamos ser cazadores y terminamos cazados. Un momento, ¿me llevarán a mí también? Seguramente no saben quién soy y me están confundiendo con otra Pantresh. En instantes el miedo me hace jadear y me cuesta recuperar el aliento. No quiero que me lleven a ese reino, no quiero que me alejen de mi hogar, de mis padres, de mi vida. Estoy a punto

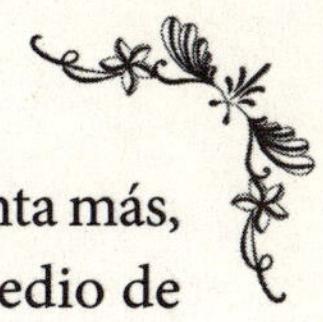

de decir que no pertenezco a esta familia y que soy una sirvienta más, pero sé que mi atuendo no los convencerá. Además, en medio de todo, Stefan adivina mis intenciones y me agarra del brazo.

—¿Atacaron a algún invitado? —les pregunta.

—Acordonamos la zona y los buscamos en el salón, pero se nos informó que habían salido y nos fuimos de allí. No necesitamos víctimas adicionales.

El alivio me acaricia como la brisa fresca. Eso quiere decir que mi familia está bien. Al menos algo bueno dentro de todo lo malo. Ahora solo espero que Rose sí haya logrado escapar.

—Stefan, no cedas —le pide su tío—. Nos estás vendiendo al enemigo.

—Los rescataré, lo prometo.

—¡Al infierno tus promesas! Que te lleven a ti y a tu…

—Tío, ¡basta! —lo interrumpe antes de que revele mi relación con él.

Los lacrontters siguen apuntándonos con sus armas. Camille solloza, escucho la respiración agitada de su madre y casi puedo sentir el enojo de su padre.

—Esto es inaudito —continúa quejándose—. Tu padre no va a entregarse.

Stefan no responde. Su rostro refleja una duda que sombrea sus ojos, como si estuviera concentrado en algo más importante que su tío. Desvía la atención hacia los soldados del ejército enemigo y frunce el ceño, analizando algo que no puedo ver y que expone solo segundos después.

—¿Cómo entraron?

—No fue difícil enterarse de lo que pasaría esta noche en el palacio —le contestan y veo cómo logra descifrar algo con eso. Su gesto pasa de la sorpresa a la decepción, pero no comenta nada, sino que se guarda un dolor profundo.

De repente suenan más voces y veo que muchos más lacrontters se aglomeran fuera del calabozo. Todos portan armas y su actitud es de alerta, pendientes de cualquier señal de contraataque. Se ven como

una mancha negra al final del corredor, una mancha que nos espera para sepultarnos en su oscuridad. Los hombres se acercan y nos someten. Nos superan en número y estrategia, no tenemos cómo defendernos, así que no oponemos resistencia. A pesar de eso, nos esposan a los Pantresh y a mí con agresividad, dejando a Stefan libre a un lado, y nos obligan a formar una cadena humana en la que ocupo el tercer lugar.

—Ahora son prisioneros de guerra del reino Lacrontte y de su majestad el rey Magnus. Cuando estemos allá se les informará a qué tienen derecho —nos explican mientras nos instan a caminar hacia afuera.

—¡Los rescataré, lo prometo! ¡Y velaré por quienes se quedan aquí! —grita Stefan desde el calabozo y sé que se refiere a mi familia.

Las lágrimas me invaden el rostro a medida que camino hacia la salida trasera del palacio, donde más lacrontters nos esperan. Veo que algunos guardias mishnianos yacen en charcos de sangre sobre el suelo y que otros han sido atados y despojados de su armamento. Aquella tonta creencia lacrontter parece haberse cumplido. Val decía que no entregar el obsequio a la exreina Aidana haría que algo terrible sucediera en mi cumpleaños y pasó. Alguien nos traicionó. Eso fue lo que vi en el rostro de Stefan. Alguien les dio la información y los puso al tanto de que no habría demasiada seguridad. Fuimos presas de nuestro propio plan, les dimos la llave para capturarnos, les hicimos el camino sencillo y ellos no dudaron en aprovecharlo. Ahora debo saber quién fue y por qué lo hizo. ¿Quién de los que conocía esta maniobra les dio los detalles a los lacrontters? ¿Y qué ganaba con esto? ¿Qué beneficio le trae acorralar a Stefan y obligarlo a entregar a su padre? ¿Quién quiere deshacerse del rey Silas?

31

Viajamos por horas. Amaneció, vimos el sol en lo alto del cielo y luego toda su trayectoria hasta que se ocultó en el horizonte. La espalda me duele y tengo las muñecas marcadas después de soportar por tanto tiempo las cadenas. El señor Nicholas no cesa de culparme y se empeña más en eso cuando nos dejan en un calabozo tras llegar al palacio de Lacrontte.

En nuestra celda hay dos camarotes en cada extremo. Ambos son de hierro y sostienen delgados colchones que no son mucho mejores que las tablas que hay debajo. Las paredes están peladas y manchadas con escritos y suciedad. No hay ventanas y la única luz que llega a la celda es la de las antorchas del pasillo. A pesar de que estos cuatro muros no tienen ningún tipo de ventilación, el clima helado de Lacrontte es suficiente para evitar que nos sofoquemos de calor.

—Si Magnus llega a enterarse de que eres la novia de Stefan, podría usarte para presionarlo o incluso tomar tu cuerpo para herir su orgullo.

¿Qué le sucede a este hombre? La única herida en ese caso sería yo. Mi cuerpo no es una pieza de diversión, no es el terreno de batallas de ningún hombre y no hay nadie en este mundo con el poder de utilizarlo para enaltecer su hombría, satisfacer su ego ni demostrar poder. Camille, la única empática y temerosa por las posibilidades, propone cambiar mi nombre. Y, en medio de todo, me alegra saber

que ella está de mi lado. Trata de convencer a su padre para que finja que soy su hija y después de muchas suplicas él acepta. Ahora mi nuevo nombre será Allia Pantresh y seré la hermana menor de Camille, ya que ella tiene veintiún años.

Los pasos de unos guardias no nos dan tiempo de intercambiar información sobre nosotros por si llega a ser necesario para un interrogatorio. Uno de ellos abre la celda y veo a sus compañeros detrás con bandejas de comida en las manos.

—Hora de comer —anuncia quien parece estar a cargo a medida que nos dan las bandejas—. Les explicaré las reglas a partir de ahora. Estarán aquí mientras se cumple el plazo que el rey Magnus le dio al príncipe Stefan. Si en ese período no han entregado a Silas o no han llegado a ningún acuerdo, los cuatro serán ejecutados en la horca. No hay otra opción.

Estoy cansada de que siempre me amenacen. No quiero morir y sé que ellos tampoco. Si Stefan no viene por nosotros, no tengo idea de qué podremos hacer para salvarnos por nuestra cuenta. Solo pensar en morir me hace temblar todo el cuerpo. Nicholas discrepa al verse impotente llamándolos animales, insulto que nada provoca en ellos. Estamos rodeados de fango, nos absorbe, aunque para estos hombres el fango somos nosotros.

—Antes de irme debo informarles que el rey les ha planteado otra opción. —El guardia sale de la celda y cierra las rejas—. Si le dan la ubicación de Silas y lo encontramos allí, los liberaremos. Ustedes escogen si valen más sus vidas o la de su soberano.

—No merecemos estar aquí. Somos inocentes —suplica la señora Pantresh—. No pueden dejarnos encerrados aquí tres días.

—No se preocupe, cada tarde vendremos a hacerles masajes y a leerles libros; además, tendrán una campana de mano que podrán hacer sonar para llamarnos cuando nos necesiten —se burla—. ¡Los calabozos no son un palacio! Ahora mismo ustedes son el último eslabón de la cadena. Agradezcan que su majestad ha ordenado que se les permita salir a darse una ducha diaria y que las tres mujeres

puedan hacer sus necesidades fisiológicas lejos de estas celdas y de la mirada de los otros prisioneros.

¡Por mis vestidos! No había pensado en eso. El miedo y la incertidumbre me tienen la mente nublada como el vapor a un cristal y, a pesar de todo, ese dato me da alivio.

Un reo en las celdas contiguas empieza a gritar que no duraremos aquí, que si nos llegan a sacar será para competir en una batalla contra el rey en la que solo uno podrá ganar. No entiendo de qué habla y, a decir verdad, tampoco tengo ánimo para buscarles el sentido a sus palabras. Un impacto metálico suena de repente y, por el quejido posterior, nos damos cuenta de que han estrellado la cabeza del imprudente contra los barrotes.

—Parece que debo ir enhebrando hilo en una aguja para cerrar ciertas bocas —amenaza un guardia con un tono tan serio como el del oficial que me entrevistó en la frontera en mi primer viaje a Lacrontte.

Los custodios se van y se llevan a un hombre. Juraría que es aquel que nos advertía la manera en la que funcionan las cosas aquí. Van a coserle la boca porque no se calló cuando se lo advirtieron. La piel se me eriza al imaginar la escena, por lo que decido esconderme en mi cama de turno e intentar bloquear los pensamientos con comida. Sin embargo, antes de tocar el escuálido colchón, Nicholas arrebata mi plato y una gran parte de los alimentos caen al suelo.

—¡No tienes derecho a comer por habernos encerrado aquí! —sentencia, enojado.

Suspiro, molesta. Trato de ser fuerte y no quebrarme porque nada solucionaré si tomo esa actitud. Lo único que debo hacer es esperar a que Stefan venga a rescatarme. Él no me dejará morir aquí, no después de lo que sé que tenemos, de saber que me quiere. Mis esperanzas están puestas en cualquiera que sea su plan. Vuelvo a confiar, como lo hice con su estrategia para salvar a Rose, quien espero que esté bien en Plate.

* * *

Han pasado tres días y, por lo tanto, hoy se acaba el plazo. Y Stefan no ha aparecido. Desde que fuimos apresados, el desayuno, el almuerzo y la cena pasaron frente a mis ojos, pero nunca llegaron a mi boca, pues Nicholas me privó de toda comida. Y a pesar de que Camille y yo protestamos, él jamás cedió.

—Al fin llegó la que nos metió en este lío —me acusa el hermano de la reina cuando entro de nuevo a la celda tras regresar del baño bajo la vigilancia de un guardia. El alarido aumenta el palpitante dolor de cabeza que tengo debido a la falta de alimento, pues, aunque se me permite tomar agua, ya mi cuerpo parece rechazarla—. Avisaron que nos vendrán a buscar para una reunión con el rey Lacrontte, así que más te vale que asumas toda la responsabilidad si nos acusan de algo. Y te advierto que, si nos amenazan de muerte, tú debes proponer que solo te asesinen a ti.

—No voy a hacer nada de eso —protesto con la vista oscurecida por la hambruna—. Suficiente tengo con aguantar que me quite la comida.

—¡Te lo exijo, Emily! ¿Se te olvida que por tu culpa y la de tu amiga estamos aquí?

—Se llama Allia. No lo olvides, papá —intercede Camille, dándome un respiro—. No podemos decir su nombre real.

—¡Me da igual!

—Stefan nos va a rescatar —le recuerda su esposa.

Estoy preocupada por él, porque sé que jamás me desampararía, así que algo tuvo que haberle pasado. Además, también pienso en mi familia, en lo angustiados que deben estar al no tener noticias sobre mí y los tantos escenarios trágicos que de seguro los atormentan respecto a mi secuestro.

—No me hagas reír, Keria. Mi sobrino es un idiota, ¿de verdad esperas que nos rescate? Ya pasaron los tres días y aquí seguimos —comenta con amargura—. Solo nos queda vender a Silas. No pienso morir por él ni por el estúpido de Stefan.

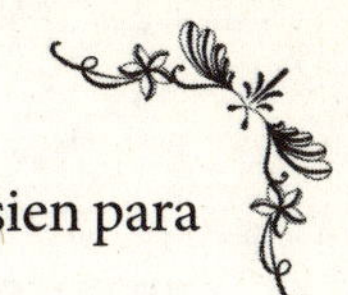

—Le pediré que lo respete —le exijo, masajeándome la sien para intentar aliviar el dolor palpitante que siento.

—¿Crees a ojos cerrados que él podrá con esto? —Se ríe y yo asiento, demasiado exhausta como para discutir más—. Entonces ayúdalo —dice levantando las cejas en un desafío.

Me propone que me presente ante el rey Magnus y le invente que tengo información sobre el paradero de Silas para que así mande tropas a buscarlo y le demos ese tiempo a Stefan para venir a salvarnos. Obviamente me niego, eso significaría ponerme una soga en el cuello, pues me asesinarán en el momento en que descubran que he mentido y no pienso hundirme por un capricho suyo.

—No lo haré, no cederé. —Me mantengo firme.

—Entonces tendré que obligarte. ¡Guardias! —vocifera sin quitarme la mirada de encima—. Estamos listos para reunirnos con el rey Magnus.

Los custodios vienen casi de inmediato y Nicholas me lanza una mirada de advertencia cuando nos abren la celda. Me siento débil, las piernas me tiemblan cuando me levanto y todo me da vueltas. El estómago me pide a gritos comida mientras camino, sosteniéndome de las paredes del calabozo hasta llegar a la salida. Pasamos por un campo abierto en la parte trasera del palacio hasta que atravesamos una puerta y seguimos un corredor que lleva a la sala del trono. Ruego que no me reconozcan y que podamos seguir con el plan que trazamos sobre mi identidad. En el trono se encuentra el rey y a su lado está el señor Francis, quien pasea la mirada por todos nosotros hasta detenerse en mí. Entrecierra los ojos, estudiándome. Es obvio que me descubrirá y seguramente también su insoportable monarca. El consejero se acerca a su soberano y le susurra algo al oído, lo cual hace que los ojos verdes de este se claven en mí como una flecha en un árbol.

—Acusada —dice con un tono que no puedo descifrar. ¿Divertido? ¿Amenazante? ¿De sorpresa? Todo el teatro que habíamos armado se acaba de ir a la basura. No nos creerá la historia que inventamos. Me ha reconocido.

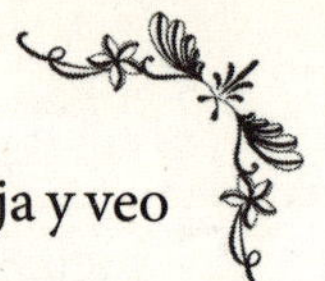

—Majestad. —Le ofrezco una reverencia. Hablo en voz baja y veo un poco borroso. El cansancio me está afectando.

—Parece que le encanta estar por aquí; sin embargo, permítame decirle que odio las visitas y que la suya no es la excepción.

—Entonces, ¿me puedo ir? —suelto ya sin nada que perder. Parece que mi cerebro ya no mide las palabras.

—Si no se hubiera convertido en una prisionera de guerra, podría hacerlo. Por ahora solo quiero que me diga dónde está Silas y qué relación hay entre ustedes, porque sé que familiares no son —espeta, señalando a los Pantresh—. Contamos con registros y ellos solo tienen una hija.

—No recuerdo a la perfección su nombre —dice entonces Francis, mirándome con ojos sagaces—. Solo recuerdo el sonido general, así que, si lo dice, podría confirmarlo. —Empiezo a hiperventilar, pues si acierta con mi nombre estaré en problemas. Rastrearán mi identidad, descubrirán que soy la novia de Stefan y me harán todas esas cosas horribles que Nicholas mencionó en el calabozo—. Era algo como Erialy o Em…

—Emery —digo con rapidez, aprovechándome de su vacío mental—. Me llamo Emery.

—Sí, creo que ese es. —Asiente poco convencido, pero aun así siento alivio.

—¿Qué hacías allí? Hasta donde sabemos, era una cena parlamentaria. ¿Eres una noble?

¿Cómo lo sabe? Se supone que el evento no tuvo mucha publicidad hasta el último momento. El hambre no me deja pensar en una buena excusa. Por más que lo intento, lo único que tengo en la cabeza es el dolor punzante que siento.

—Estaba en la fiesta por mi amiga Valentine. Fui su acompañante —miento, dirigiéndome al consejero—. Seguramente nos recuerda, señor Modrisage.

—La señorita Emery dijo en la celda que tenía información sobre el rey Silas —interviene Nicholas como si apenas lo hubiera recordado y no fuera un plan armado.

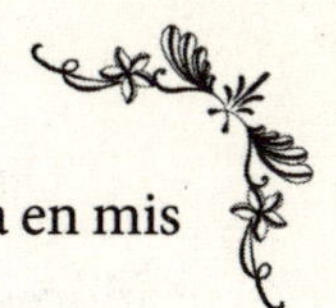

Me giro a mirarlo tan rápido que me mareo y la ira brilla en mis ojos.

—¿Eso es cierto? —inquiere el rey.

—Por supuesto que sí —se adelanta el hombre antes de que yo pueda responder—. Dijo que conoce su ubicación, pero se negó a revelarla.

¿Cómo se le ocurre ponerme en esta situación? ¿Qué le he hecho? Primero los alimentos y ahora me expone a una muerte inminente.

—¿Qué es lo que se supone que sabe?

Está cumpliendo lo que dijo, me está obligando a asumir toda la culpa.

—Parece que no quiere confesar frente a nosotros —alega frente a mi silencio—. No se deje engañar, majestad, es astuta. Seguramente querrá algo a cambio de la información.

—¡Cállese, cállese! —estallo de repente con la fuerza momentánea que me da la indignación y me abalanzo sobre él para pegarle con la poca energía que tengo. ¡No lo soporto! No tolero su descaro, su intimidación y arrogancia—. Cállese de una vez. ¿No se cansa de hacer mi vida un infierno? ¡No le he hecho nada! —Las lágrimas de frustración caen por mis mejillas mientras grito. El hombre forcejea, pero me aferro a su brazo, impidiéndole el movimiento—. ¡Usted es una escoria igual que el rey Silas! —Le escupo con rabia directamente en el rostro.

¿En qué momento me mezclé con la monarquía? Estas personas no temen pisotear y ensuciar el nombre de cualquiera que se encuentren en el camino con tal de salvarse a sí mismas.

Un par de guardias atajan a Nicholas cuando intenta golpearme y lo apartan de mí. Su esposa y Camille están atónitas, clavadas en su lugar.

—Cuánta fiereza, pueblerina. —Oigo la diversión en la voz del rey—. Es usted toda una pequeña bestia.

—No me gusta que se metan conmigo y menos que me manipulen. Soy solo una persona que estaba en el lugar equivocado.

Tras ese exabrupto siento que voy a desmayarme. La habitación me da vueltas y mis piernas se tambalean. Solo pienso en que necesito

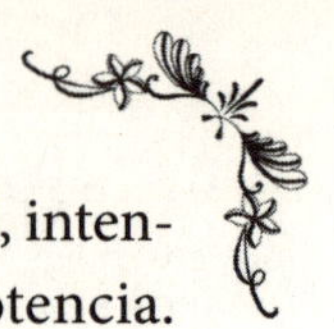

comer, aunque sea un bocado. Respiro hondo con dificultad, intentando sobreponerme a la exaltación, a la cólera y la impotencia. Cuando enfoco la sala del trono de nuevo, algo se me ocurre. Algo para librarme de este sujeto.

—Él tiene razón, majestad. Tengo información y se la revelaré a solas con su guardia a cambio de algunas cosas —digo con toda la firmeza que logro imprimirle a mi voz.

—No puedo perder el tiempo. Recuérdeme su nombre, acusada.

—Emery.

—Su apellido también.

Debo tener cuidado, pues Francis podrá reconocer si me alejo demasiado de los sonidos verdaderos de mi nombre.

—Naford.

—Emery Naford. —El rey les pide a los guardias que retiren a los Pantresh de la sala—. ¿Cuáles son sus peticiones?

—Antes de revelar la ubicación del rey Silas, quiero tomar un baño y comer.

—¿Algo más? ¿Dinero? —Me observa con curiosidad mientras sopesa mi pedido y yo niego ante su ofrecimiento—. Tiene claro que la ejecutaré si no hallo a Silas en la ubicación que me dé, ¿verdad?

Trago con dificultad. No quiero dudar de Stefan, pero me da pavor que no llegue a tiempo para salvarme, así que me arriesgo.

—Estoy al tanto y asumo la responsabilidad.

—De acuerdo, un guardia la acompañará para que cumpla sus caprichos y luego la traerá de vuelta. ¿Entendido? —cuestiona y asiento—. Espero que no esté jugando conmigo, pueblerina, porque castigar las mentiras me resulta especialmente placentero.

32

Obedeciéndole al rey, un guardia me guía hasta una de las habitaciones del palacio de paredes blancas. Tiene una cama sencilla de madera blanca, un reloj en el muro de enfrente y un escritorio pequeño unido a la pared.

—Luena, tienes trabajo. Atiéndela y llámame cuando esté preparada. El rey no quiere que toque ninguna de las habitaciones principales, así que préstale tu baño para que se asee.

Claro, es el cuarto de una de las mujeres del servicio. Eso explica la poca opulencia. De repente, una joven sale de una puerta, recogiéndose el corto cabello oscuro y ondulado en un moño bajo y luego alisándose la falda del uniforme. Ella tiene una apariencia impecable y yo no quiero imaginar cómo luzco después de tres días en un calabozo.

—Buenas tardes —me saluda con una reverencia—. Soy Luena y desde este momento estoy a su servicio. ¿Puedo conocer su nombre, mi señora?

—¡Que no se tarde! —insiste el custodio antes de que yo pueda responder—. Es una prisionera de guerra y tiene cuentas pendientes. Señorita —me mira—, mandaré a preparar la comida que solicitó. ¿Tiene algún pedido en especial?

—Si no es mucha molestia, quiero todo lo que haya —suelto sin vergüenza.

La idea de comer me pone ansiosa; me ruge el estómago. Llevo días sin probar nada diferente al agua o las galletas saladas que Camille escondía para mí. Me imagino la infinita variedad de alimentos que voy a probar y me prometo que los disfrutaré antes de volver a preocuparme por el futuro.

—Pase por aquí, señorita —me invita la mujer—. El baño está tras esa puerta. Le traeré un nuevo jabón y una toalla limpia. ¿Requiere de algo más?

—Champú, por favor.

Entro a la ducha con prisa y me paro bajo el agua para quitarme del cabello el polvo que se me adhirió en el calabozo y que me fastidia de una manera insoportable. Luena se demora con mi pedido, por lo que extiendo mi baño al menos media hora mientras ruego que todas las mentiras en las que me estoy viendo involucrada tengan un buen desenlace. No quiero dudar de Stefan, aunque tal vez una semilla de desconfianza ya se haya plantado en mi interior. Lo necesito. Necesito que me ayude a volver con mis padres, y con él.

Salgo de la ducha y me visto con el traje que Luena me ofrece en préstamo. Veo que ya han preparado una mesa repleta de comida. Parece un banquete, así que, sin pensarlo mucho, tomo un tenedor y un cuchillo. Empiezo a comer pollo, fruta y papas hervidas con tanta prisa que no saboreo nada lo suficiente. Solo estoy concentrada en llenar el vacío que me ha dejado la abstinencia. Cada plato sabe mejor que el anterior, e ignoro el agua, que me recuerda los momentos de hambre que tuve que aguantar, cambiándola por una variedad de zumos. En cuestión de minutos el estómago me pasa factura por la ingesta desmesurada de alimentos. Me levanto y corro hacia al baño, doblándome con urgencia para devolver toda la comida. Me siento en el piso, sintiendo los estragos de la mala decisión que tomé. No sé cuánto tiempo me quedo allí, pues solo me levanto cuando Luena aparece y me ayuda a ponerme de pie.

—¿Qué le ocurrió, señorita? —pregunta, preocupada—. ¿Quiere que llame al médico del palacio? Sí, eso haré. —No me deja responder

y tampoco opongo resistencia—. Puede recostarse en mi cama mientras regreso.

Unos minutos después aparece un hombre con una bata blanca que le llega a las rodillas, con botones delanteros forrados, mangas largas y puños con elásticos. Tiene los ojos caídos por los años, y el cabello y el bigote llenos de canas. Se presenta como Allard y comienza a examinarme minuciosamente.

—¿Cuántas veces vomitó? —pregunta.

—Creo que perdí la cuenta.

—¿Hace cuánto fue su última comida? Sin contar esta, por supuesto.

—Hace tres días.

Un guardia aparece en la habitación y entra sin llamar a la puerta. Le pide un espacio al médico para entregar un mensaje y este, sin detener su estudio, le da la palabra. El hombre reporta que se me ha programado una reunión con el rey Magnus dentro de una hora en su oficina y que los guardias en la entrada tienen la orden de dejarme pasar sin anunciarme, con el fin de resolver cuanto antes el asunto del paradero del rey Silas.

* * *

Mientras espero la hora de la reunión, aprovecho para descansar y pienso en qué le diré al rey Magnus. No tengo idea de dónde está el rey Silas, así que intento recordar cuáles son las ciudades más alejadas de Lacrontte para que le tome mucho tiempo llegar hasta allá. Necesito que Stefan tenga oportunidad de venir a rescatarnos. Decido irme por el extremo oeste de Mishnock, cerca de la frontera con Cristeners. Pensaba escoger Hilffman, el lugar que siempre menciona Nahomi, pero está bastante cerca de Lacrontte, por lo que al final escojo guiarlo al sur, a Erebolt, que está lo suficientemente alejada como para que le tome casi tres semanas llegar por tierra.

—¿Quiere que le preste otro vestido, señorita? —pregunta cuando por fin me levanto para ir al encuentro.

—Por favor —acepto y me despojo del traje manchado.

Tras arreglarme, un guardia me lleva a la segunda planta del palacio, donde se encuentra la oficina del rey. Dos custodios abren la puerta y entro fingiendo una seguridad que no tengo, pues me late fuerte el corazón y la ansiedad me ha creado un vacío enorme en el estómago. Sin embargo, solo doy un paso antes de quedarme petrificada al ver al rey Magnus sentado en su escritorio con una mujer de cabello cobrizo arrodillada frente a él, y que le baja con esmero el cierre del pantalón. Trastabillo e intento huir de la escena, pero antes de lograrlo un grito me atraviesa los tímpanos.

—¡Salga ahora mismo de aquí! —ruge el rey.

La mujer se estremece y se gira hacia la puerta. La sorpresa en su rostro es evidente cuando el monarca la levanta por el brazo con brusquedad.

—De verdad lo siento —es lo único que logro decir antes de salir corriendo sin dejar de mirar el piso.

Los guardias no hacen ningún comentario al respecto cuando me ven salir sin aliento y con el rostro a punto de estallar de la vergüenza. Pese a ello, veo la tensión de sus cuerpos en el momento en que el soberano y la mujer empiezan a discutir. Ella le pregunta quién soy y de dónde he salido e incluso le pide que sea yo quien espere, algo a lo que él se niega con el mismo tono severo que bien podría cortar un roble en dos.

—¡Guardias! —llama de repente el rey, y los hombres en la puerta se apresuran a entrar—. Saquen a la señorita Etheldret al pasillo.

—¿Es en serio, Magnus? Si salgo de aquí, no vuelvo a hablarte en días, lo juro —espeta la mujer.

—Perfecto, es tu decisión. Ahora, retírate. Tengo un asunto pendiente por resolver.

¡Por mis vestidos! ¿En qué me he metido?

Veo a la mujer salir custodiada por los guardias. Me mira con desconfianza antes de plantarse en el pasillo con los brazos cruzados.

Después me dan la orden de ingresar al lugar que jamás he deseado pisar. Es una oficina amplia y en la que predominan los tonos marrones, dada la madera que cubre varios espacios y que brilla gracias a un gran candelabro central que cuelga sobre nuestras cabezas. Una estantería alta y repleta de libros, un fastuoso escritorio y una silla de cuero oscuro terminan de llenar la estancia. Al fondo hay un sillón, al otro lado de la mesa, así que me dirijo hasta allá, pero el rey me detiene y me ordena que ocupe uno de los asientos de invitados más cercanos al escritorio. Me siento con cuidado y, para aplacar la vergüenza, paso los dedos por el borde de la mesa hasta llegar a una placa de cristal que lleva su nombre.

—Dos cosas, acusada. Una, está prohibido tocar mi escritorio, así que aparte las manos —ordena con el tono déspota que ya estoy acostumbrada a escucharle—. Y, segundo, si tumba esa placa, juro que la mandaré a la horca.

Retiro las manos al instante. Lo último que quiero es morir por un pedazo de vidrio.

—Quiero empezar diciendo que no fue mi intención interrumpirlo. Usted fue quien les dijo a los guardias que me dejaran entrar sin anunciarme y por eso ingresé, majestad.

—No necesito sus justificaciones. —Estoy a punto de decirle que de verdad no vi nada, pero me lanza una mirada que me recuerda que odia perder el tiempo—. Solo dígame dónde está Silas para que vuelva al calabozo.

—¡¿Qué?! —Me muevo en la silla, espantada. No creo poder soportar a Nicholas otra vez—. Le prometo que le daré la ubicación, pero, por favor, déjeme aquí. Aceptaré cualquier habitación, incluso la peor del palacio. Lo único que no quiero es volver allá.

—No está en condiciones de pedirme nada.

Insisto sin parar hasta que el rey empieza a considerar mi solicitud. Me mira fijamente y siento que las esmeraldas de sus ojos me atraviesan el rostro.

—Voy a disfrutar asesinándola si no encuentro a Silas en el lugar que me indique —dice casi con placer.

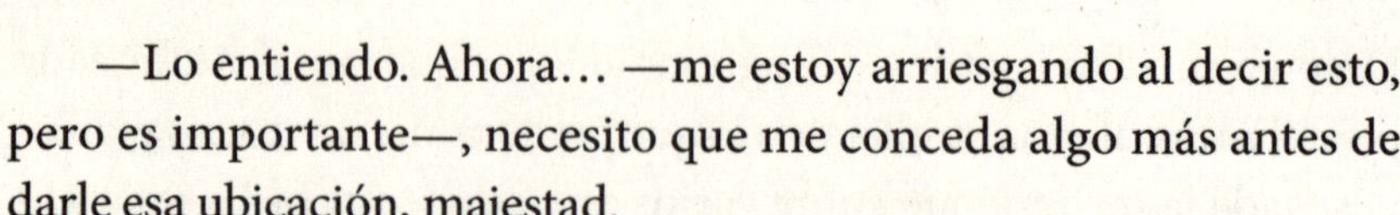

—Lo entiendo. Ahora… —me estoy arriesgando al decir esto, pero es importante—, necesito que me conceda algo más antes de darle esa ubicación, majestad.

—Ya es tarde, su momento de negociar acabó.

—Solo quiero que saque a Camille del calabozo. Su padre no me permitió comer durante el tiempo que estuve allí y fue ella quien me alimentó a escondidas cuando el señor Nicholas me robaba todas las raciones.

Por un momento pienso que va a entender mi problema y que se mostrará solidario, pero su falta de empatía no se lo permite.

—Señorita Naford, he sido muy paciente con usted porque necesito la información, pero le recuerdo que existen otros métodos que puedo usar para hacerla hablar —sentencia suavemente, lo que me estremece más que cualquiera de sus gritos—. Tiene dos opciones: habla ahora y no la mando al calabozo o se queda callada y la envío de vuelta. Tiene quince segundos para decidir y ya han pasado diez.

—Se encuentra en la ciudad de Erebolt —revelo tan rápido como un respiro.

—¿Se da cuenta de lo sencillo que era? Felicidades, haré que le preparen una habitación en el primer piso. Ahora salga de aquí. Y más le vale que me haya dicho la verdad si quiere volver a su nación con vida.

—Es la verdad, no vale la pena desperdiciar mi vida por usted… majestad —digo cuando ya tengo el pomo de la puerta en la mano.

Aquello lo enoja más de lo que creí, pues se levanta con ímpetu y llega hasta donde me encuentro. Vuelve a asegurar la puerta y me acorrala contra ella. Me siento tan diminuta como aquella ocasión en la que me amenazó en el palacio de Mishnock.

—¿Cree que es un desperdicio? —Baja la mirada hasta encontrar mis ojos.

El olor de su perfume me invade de nuevo, solo que ahora no encuentro alivio en el aroma, porque me aterra la falta de misericordia en su tono. Estoy atrapada entre la monumental altura de su cuerpo musculoso y la puerta. No puedo moverme, siento el pecho presionado como si tuviera encima barrotes de hierro y soy incapaz de hablar.

—¿Sabe qué es el poder, prisionera? —dice—. Mi definición favorita asegura que se trata de la facultad para subordinar a otras personas o controlar una situación arbitrariamente. Y en este momento estoy haciendo las dos cosas; sin embargo, hay algo que disfruto más que el poder y es la capacidad de dominar. ¿Alguna vez ha tenido la dicha de dominar algo o a alguien?

No respondo porque no puedo arriesgarme a ofenderlo más; cada palabra que diga la usará en mi contra. ¿Cuánto más le falta a Stefan para venir por mí y liberarme de este hombre?

—Dominar se traduce en obediencia absoluta y hay maneras llamativas de conseguirla: persuadiendo, chantajeando, amenazando e incluso empleando la fuerza. —Su voz es inquebrantable, dictatorial.

—¿Por qué me dice esas cosas? —Apoyo la cabeza contra la madera para buscar algo de espacio y no perderlo de vista, pues presiento que algo malo sucederá si desvío la mirada.

—Todo lo anterior lo utilizo exclusivamente para gobernar y tener poder —continúa, ignorando mis palabras—, pero no hay nada mejor que la sumisión voluntaria, que no requiere de medidas extremas para conseguirla. Así que dejo a su criterio cuál de las dos vías quiere para su rendición. Cuando tenga la respuesta, ya sabe a dónde venir.

Lo siguiente que escucho es el sonido del pomo al ser desbloqueado, lo que da por terminada nuestra conversación. El alivio me cubre como la nieve en el instante en que su calor se aleja de mí. El rey parece reducirme cada vez que está cerca, y me vuelve maleable, asustadiza. Estoy segura de que el efecto está ligado a la imagen que las tutorías y el reino de Mishnock se han encargado de reforzar. Él es el villano, el enemigo de quien siempre hay que alejarse y que ahora tuve a centímetros de la cara, con su respiración rozándome la piel.

—Dejen entrar a la señorita Vanir solo cuando dé la orden —les dice a sus guardias.

Me escabullo por debajo de su figura para volver al pasillo y siento el martilleo de mi corazón, que solo da cuenta de lo acobardada que estaba. Debo hacerles caso a los libros y lecciones que señalan las razones para odiar al rey Magnus Lacrontte. Intenté buscar un ápice de bondad en él, pero indudablemente no hay ninguno. Después de estar parada unos segundos en el pasillo, viéndome como un alma en pena, la voz de una mujer me trae de vuelta a la realidad.

—Jamás te había visto por aquí —comenta quien estaba con el rey Magnus cuando los… interrumpí.

El ámbar claro de sus ojos me estudia de pies a cabeza sin ningún tipo de discreción. El cabello cobrizo que vi en medio de las piernas del rey enmarca su rostro fino. Es esbelta, camina con el mentón en alto, muy segura de sí misma, y mueve las caderas con sutileza hasta detenerse frente a mí. Es más alta que yo, así que debo levantar la vista para mirarla a la cara.

—Soy Emery, una prisionera de guerra, señorita.

—Qué linda —responde, pero no sé si su tono es honesto—. Soy Vanir Etheldret, la novia de Magnus.

¡Dios mío! Qué horrible debe ser soportar a un hombre como el rey Lacrontte. Nunca lo elegiría como pareja, aunque fuera la última persona sobre la Tierra. Antes de que lea la sorpresa en mi rostro, decido disculparme por lo de antes.

—Descuida, sé que no volverás a hacerlo. Yo me encargaré de ello —comenta con un tinte amenazante que decido dejar pasar.

—Ya puede seguir, señorita Vanir —le avisa un guardia.

—Nos vemos luego, Emery. Debo hacer feliz al hombre al que hiciste enojar con tu arrebato —se despide, sugerente, y se contonea hasta perderse en el interior de la oficina.

—Venga conmigo, señorita —me pide el mismo custodio—. Le mostraré cuál será su habitación mientras esté aquí.

Bajamos al primer piso y me llevan a una alcoba cercana e igual de sencilla a la de Luena, por lo que deduzco que también es para los miembros del servicio.

—Mañana le suministrarán las cosas que requiera y la doncella Luena queda a su disposición —dice antes de marcharse.

Tengo miedo, no lo voy a negar. Mi vida pende de la punta filosa de la espada del enemigo, que pronto descubrirá que le he mentido. ¿Qué va a pasar conmigo cuando llegue ese momento? ¿Con qué me excusaré? ¿Qué estará haciendo Stefan y por qué no he tenido aún noticias sobre él?

Escucho un golpeteo en el marco de la puerta abierta, que me centra de nuevo en lo que tengo alrededor. Es el señor Francis.

—¿Esta cómoda en su alcoba, Emery? —pregunta y yo asiento, agradeciéndole su hospitalidad—. Me alegra —asegura, aunque no hay ninguna expresión en su rostro que lo confirme—. ¿Sabe una cosa, señorita? No recuerdo del todo su nombre, pero no estoy seguro de que sea el que usted afirma… —Estudia mi reacción e intento no mover ni una pestaña—. Lo bueno es que tengo una medida infalible para verificarlo y solamente me tomará unos minutos.

Siento que el suelo se abre a mis pies. Habla con tal seriedad que es imposible no alarmarse, aun cuando busco no demostrarlo.

—¿A qué se refiere? Estoy diciendo la verdad.

—Entonces puedo comprobar su nombre con tranquilidad, ¿cierto?

—Señor Modrisage —lo llaman desde el pasillo, y, para mí, es la voz de un ángel que me salva.

Él me sonríe con calma antes de levantar la voz para indicar que se encuentra conmigo.

—Lamento interrumpirlo. —Es un custodio—. El rey Magnus ha discutido con la señorita Vanir otra vez y requiere que usted la retire del palacio, pues ella se niega a hacerlo.

Francis se gira pausadamente y me mira con una advertencia silenciosa. La desconfianza en sus ojos solo habla de lo astuto que es, algo que debí imaginar al tratarse de la mano derecha del rey Magnus.

—Volveremos a conversar cuando tenga el dato, señorita —me advierte con voz firme—. Por el momento, el deber me llama.

Sale con la misma calma con la que entró y me deja con un pozo de ansiedad en el estómago. ¿De qué está hablando? ¿A qué medida

se refiere? Cuando vine aquí no hubo nada que… ¡Por mi vida entera! ¡El registro! Se refiere a aquella agenda en la que escribió nuestros nombres cuando vine con Valentine y Amadea. Estoy acabada. Va a descubrir quién soy y no podré hacer nada para evitarlo, a menos que…

33

Sin pensar en nada más, corro con desespero hasta la habitación de Luena, quien al parecer se prepara para salir, y entro sin llamar. Estoy asustada y necesito que alguien me auxilie. Al verme, me pide que me tranquilice, pero no puedo, van a descubrirme y no hay ubicación del rey Silas que pueda ayudarme a escapar de lo que me harán si saben que soy la novia de Stefan. Le suplico, con la respiración entrecortada, que me ayude a buscar la libreta del señor Francis. Como era de esperarse, se niega, así que sigo insistiendo, porque la angustia me golpea como una lluvia de granizo.

—Incluso si aceptara, no hay manera de entrar —dice después de un rato—. Su oficina siempre tiene llave, solo hay una persona en todo el palacio con una copia y, si se la pedimos, podría sospechar.

—Necesito intentarlo —le ruego—. No quiero ser egoísta ni ponerla en peligro, pero esto es de vida o muerte.

Ella me estudia por unos segundos que me parecen horas y la ansiedad se apodera de mí con más fuerza. Al final, con el ceño fruncido, responde:

—De acuerdo, busquemos a Theobald. —La sigo a través de los pasillos hasta que se detiene frente a un guardia—. ¿Dónde está Theobald? —pregunta.

—En la cocina, ¿dónde más?

Luena asiente y tomamos la ruta hacia la cocina. Al llegar descubro un gigantesco lugar en el que, extrañamente, veo duraznos

sobre muchas de las superficies, hay grandes alacenas llenas de vajillas y una estufa que serviría para cocinarles a batallones. Junto a uno de los mesones veo a tres hombres que nos saludan efusivamente.

—Vaya, ahora tienes secretaria, Luena —comenta un hombre con barba y lentes.

—Theobald, justo a ti te estaba buscando. El señor Francis me pidió que le llevara algo de su oficina, el problema es que no me dio las llaves —dice la mujer, con un tono de urgencia que resulta muy creíble, y extiende el brazo para tomar una descomunal argolla llena de llaves, pero él la detiene antes de que la alcance.

—Sabes que nadie puede tocar mi llavero. —Le quita la mano—. Primero dinos quién es ella.

—Es Emery. Por cierto —se vuelve a mirarme—, él es el jefe de cocina. Su nombre es Bronson. —El hombre alto y robusto frente a la estufa me da una sonrisa rápida.

—Un gusto, Emery. Yo soy el encargado de la comida de su majestad y quien debe levantarse a la hora en que se despierten los caprichos culinarios de don mandón. Te daría la mano, pero no puedo apartarme de esta salsa y falta poco para la cena del rey, su novia y su invitada, así que no puedo arruinarla.

—¿Crees que terminen casándose? —pregunta el hombre delgado y desgarbado que no había hablado hasta ahora.

—Obvio, es la única mujer sobre la faz de la Tierra con la paciencia suficiente para aguantar al rey Magnus. Pobre de ella.

Qué pesadilla debe ser compartir la vida con el rey Magnus. Pasar todos los días cuidando las palabras para no hacerlo enojar, soportar su amarga personalidad y dejar el remordimiento de conciencia a un lado para compartir la cama con un asesino.

—¿Pobre? ¡Tendrá más dinero del que podrá gastar en toda su vida! —afirma el cocinero.

—Bueno, basta de tonterías, no me he presentado ante la señorita. Soy Odo, el catador real. —Me extiende la mano.

—¿Catador real? —pregunto al corresponderle el gesto.

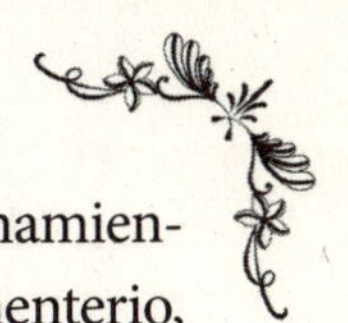

—Soy quien prueba la comida del rey para evitar envenenamientos o intoxicaciones. Si algo malo pasa, me voy directo al cementerio, tres metros bajo tierra —se burla y hace reír a los demás, excepto a mí.

—¿Y usted qué función cumple? —le pregunto al hombre de las llaves.

—Soy el mayordomo. Superviso a las empleadas como Luena y soy el encargado de tener todo bajo control al momento del cambio de guardias.

—No sé por qué creí que Francis también era el mayordomo.

—No, él aquí solo cumple dos funciones: la de consejero real y la de mediar por nosotros cada vez que el rey nos regaña.

Pienso en toda la paciencia que deben tener los que trabajan aquí y en lo increíblemente alto que debe ser el pago que reciben, pues no hay manera de que alguien se quede a recibir malos tratos por un sueldo miserable.

—Theobald, ya basta, préstame la llave —insiste Luena.

—Más te vale que no me metas en problemas —le advierte, abriendo la argolla de su llavero.

Una vez la tenemos en nuestro poder, subimos a la segunda planta en busca de la oficina del consejero. Dos guardias custodian la puerta, pero entramos sin prestarles atención.

—Sabes que si Francis pregunta, los custodios le dirán que estuvimos aquí, ¿verdad? —susurra.

—No importa, lo que necesito es buscar el cuaderno en el que anota los nombres de los visitantes del palacio.

Comenzamos a registrar el sitio, pendientes de cualquier ruido exterior. El señor Francis tiene una infinidad de textos en su oficina y eso complica nuestra búsqueda. Revisamos los papeles que hay sobre su escritorio, en los estantes, las repisas e incluso los archivadores, pero aquella agenda no está en ninguna parte. Espero que no la tenga en las gavetas bajo llave.

—¡La encontré! —anuncia Luena, trayendo una libreta gris.

En la parte superior de cada página hay fechas, así que voy directamente a los días en los que estuve aquí. Primero el día del bazar y

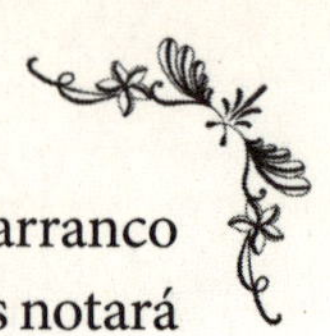

luego el día con Valentine y Amadea. Una vez las encuentro, arranco las hojas para no dejar evidencia de mis visitas. Sé que Francis notará que han arrancado páginas y no me importa. Prefiero que siga sospechando de mí, pero que no tenga la verdad en sus manos.

—¿Eso era todo? —me pregunta cuando escondo los papeles en mi vestido.

—Sí, ya podemos irnos. —Asiento y dejo la agenda en su lugar.

* * *

Cuando volvemos a la cocina para entregarle la llave a Theobald, me encuentro con la noticia de que yo soy la invitada de la que hablaba el cocinero Bronson hace poco. ¡Tendré que ir a cenar con el rey y su novia! Siento que voy a desmayarme solo de pensar en compartir la mesa con ese hombre. ¿Desde cuándo los prisioneros de guerra comen con el rey? ¿Acaso ya saben la verdad y van a envenenarme? ¡Por Bartolomeo! Estoy segura de que se trata de eso.

A pesar de lo mucho que me resistí, un guardia me guía por el pasillo hasta el salón de banquetes del palacio, una estancia de paredes color crema y cuadros con paisajes del reino. En uno reconozco la calle Real y otros son retratos de Meridoffe Lacrontte. El cuadro más grande de todos inmortaliza a una pareja conformada por una mujer joven de cabello rubio y piel como la porcelana, que parece tener un sinfín de amaneceres en sus ojos miel, y un hombre detrás de ella, que tiene el cabello café y una barba no muy espesa de la cual sale una tenue sonrisa, no forzada, pero sí sencilla. La sonrisa de ella me resulta cálida, como la de una madre. Y él tiene la mirada sagaz de un puma y las pupilas coloreadas con un verde muy particular que ya he visto antes. Desvío casi por inercia la vista hacia el rey Lacrontte, quien ya me observa, pues estaba concentrada en el retrato de los que supongo eran sus padres de jóvenes. Parece como si desaprobara que los mire fijamente, así que opto por centrarme en el resto de las cosas que conforman el comedor. Una chimenea sobre

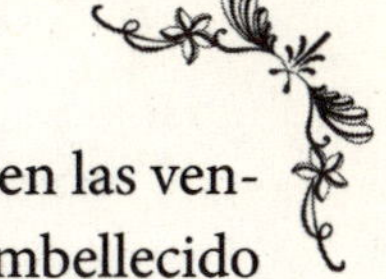

la cual hay un espejo cromado, cortinas doradas que cubren las ventanas, como si la luz exterior estuviera prohibida; el techo embellecido con ornamentos dorados que me recuerdan la filigrana y un comedor largo, con el más impoluto mantel blanco.

—Bienvenida —me saluda la señorita Vanir con una sonrisa que me confunde. ¿No habían mandado a llamar al consejero para que la sacara del palacio?—. Puedes tomar asiento frente a mí.

El rey Magnus ahora se niega a mirarme mientras tomo mi lugar, parece que está dejándole el papel de anfitriona a su novia.

—Gracias por invitarme —digo en voz baja.

—Al menos esmérese en llegar temprano la próxima vez —dice el rey con molestia—. Y, Vanir —se gira hacia su novia—, no sé por qué te tomaste la libertad de invitar a una prisionera a mi mesa.

—Prefiero retirarme —anuncio y empiezo a levantarme con cautela. No puedo arriesgarme a perder de nuevo con él. Mi situación es muy precaria.

—No, linda. No tienes que irte. Siéntate y háblanos de ti.

Claro, por eso estoy aquí. Esta cena no es más que una fachada para recopilar información o buscar algún fallo en mi discurso. Puede que el rey Magnus ya esté enterado de las sospechas de su consejero y busque hacer caer mi mentira. Incluso es posible que el reclamo a su novia solo sea parte del plan para que yo no sospeche.

En la mesa hay un montón de cubiertos y juro que la señorita Etheldret está ansiosa por ver cuál tomaré para la tartaleta de salmón y calabacín que dispusieron como entrada para mí. Tomo el tenedor correspondiente y ella sonríe al ver mi elección. No hay que ser un experto para saberlo. Además, en tutorías nos impartieron clases de etiqueta.

—Veo que sabes diferenciar los cubiertos. —No duda en señalarlo, atrayendo la atención del rey Magnus—. ¿Eres una noble?

Lo sabía. Esto es un interrogatorio.

—No hay que ser noble para saberlo.

—Entonces, si no eres una noble, ¿cómo es que Valentine Russo decide llevarte a una cena en el palacio? —el rey me habla, aunque no me mira. Sigue concentrado en su plato.

—Soy su aprendiz —invento con la mente trabajando rápido y las manos frías de los nervios—. Ella me enseña cosas, como a bailar *ballet*, aprender poesía e, incluso, historia.

Armo una mentira que me aleje lo más posible de Stefan. Digo que soy una plebeya de bajos recursos y que fui beneficiaria de un proyecto de tutorías de la señorita Valentine, que se basa en cobijar a una persona de los barrios más pobres de Palkareth. Y con eso también justifico el que haya viajado con ellas al cumpleaños de su abuela Aidana.

—Esa chica Russo parece ser alguien muy amable. Y qué afortunada tú por salir de los vecindarios marginados y tener la dicha de conocer Lacrontte —interviene la señorita Vanir con una amabilidad un tanto mordaz—. ¿Sabías que Magnus y yo también nos conocimos en una gala benéfica? —me pregunta y yo niego—. Fue amor a primera vista, ¿cierto? —se dirige al amargado, quien solo le da una mirada tan dura como un bloque de concreto—. Es un hombre de pocas palabras —lo excusa Vanir, y pienso en el dolor de cabeza que debe ser convertirse en la novia de este hombre. Yo me habría levantado de la mesa hace mucho por su grosería. El silencio se extiende y entonces la mujer vuelve a hablar—. Emery, ¿tienes novio?

—Sí, se llama Pharell —miento y pienso en Stefan, esperando que los buenos recuerdos hagan que mi semblante parezca el de una chica enamorada.

—¿Y a qué se dedica?

—Creo que ya fueron suficientes preguntas —protesta el rey Magnus, que parece querer levantarse de la mesa. Quizás ya obtuvo la información que necesitaba y no ve necesario seguir con la cena.

—Estoy intentando ser amable. ¿Podrías colaborar?

—¿Quieres saber a qué se dedica su pareja? Estoy seguro de que adivinaré. Vamos a ver: ella es pobre, así que su novio debe serlo también. Debe ser algún ladrón o vendedor en el mercado, pues no es lo suficientemente llamativa como para que un noble se fije en ella y se enamore tanto que olvide la inferioridad de su rango. ¿Ves lo sencillo que es? ¿Adiviné o no, pueblerina?

—Adivinó, majestad. —Suelto el tenedor y contengo la ira y la humillación—. Gracias por la invitación, pero prefiero retirarme.

Ninguno de los dos me contesta, así que me limito a hacer una reverencia y salir de allí lo más rápido que puedo. Me niego a que esas dos personas tan desagradables me vean llorar. No les voy a dar el gusto de verme débil. El rey Magnus es un patán, un grosero y todos los adjetivos despectivos que existan en el mundo. ¡Lo odio! ¡Juro por las flores que están prohibidas en este estúpido reino que lo odio! No le regalaré mis lágrimas ni mi paz. Se salva de ser la persona que más desprecio en el mundo porque ese lugar lo ocupa Silas Denavritz, pero se ha ganado el segundo lugar en mi lista.

* * *

Desde hace media hora estoy acostada en la cama de la alcoba que me asignaron, mirando el techo e intentando mantener la calma. Pienso en mis padres y en Stefan, a quien echo muchísimo de menos. ¿Habrá podido hacer algo con respecto a su padre? ¿Pensará en entregarlo o en atacar el palacio con ayuda de Cristeners, como lo hizo una vez? ¿El rey Silas lo habrá forzado a sacrificarnos para salvarse a sí mismo? Esa última opción me asusta, pero por alguna razón es la que más ruido hace en mi cabeza.

Un llamado en la puerta me saca de mis pensamientos y la voz de Luena me obliga a levantarme con prisa, pues necesito una distracción en medio de mi asfixiante aburrimiento. La doncella me propone ir al cambio de turno de los guardias. Como estoy desesperada por salir de estas cuatro paredes, acepto con la única condición de que a partir de ahora deje de tratarme de usted. Me guía a la lavandería para recoger unas cestas de ropa con uniformes que después llevamos hasta un lugar al fondo del palacio.

—Aquí vienen los guardias a cambiarse —explica antes de correr a un ventanal—. Mira, acaban de llegar. Los recogen a cada uno en sus respectivas casas. ¿Ves a aquel hombre de pelo castaño

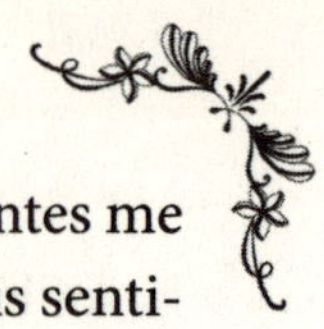

y de camisa roja? —Señala a uno de los tantos sujetos—. Antes me sentía atraída por él, pero se casó y me obligué a borrar mis sentimientos.

Los hombres entran a una sala de pequeños cubículos y estantes con candados. Hacen bromas y se cuentan chismes, lo que llena de ruido y vida la habitación. Luena, otras doncellas y yo dejamos la ropa en el lugar que le corresponde a cada uno. Me llama la atención que todos traigan solo un par de botas perfectamente lustradas en la mano y nada más. No cargan con maletines ni objetos personales.

—¿Por qué no traen nada consigo? —le pregunto a Luena mientras los vemos entrar a los vestidores.

—Porque está prohibido —me explica—. Es una medida de seguridad del palacio. Ya sabes, para que no traigan ningún objeto que pueda atentar contra la vida del rey y para que tampoco tengan dónde esconder cosas del palacio, si es que intentan robárselas. Solo se les permite traer zapatos, y los revisan minuciosamente antes de entrar. —Esto es una locura que solo podría venir de parte de alguien tan demente como Magnus Lacrontte. Ni siquiera el rey Silas, con todas sus ínfulas, pone tantas restricciones en Palkareth—. Tampoco traen su propio uniforme de casa, sino que lo recogen aquí, porque el rey Magnus no tolera ningún tipo de olor diferente al de su perfume, así que los guardias no deben usar lociones ni portar su propia ropa mientras están aquí.

—¿Creen que el rey Magnus le pida matrimonio a la señorita Vanir? —pregunta un guardia al salir arreglado del cubículo. Camina hacia los estantes y guarda su ropa de civil bajo llave.

—Apuesto a que no. Ella se terminará cansando de su carácter. —Aparece otro de sus compañeros.

A este le doy la razón. No creo que la señorita Vanir merezca soportar la personalidad horrible de su novio. Hacerlo sería como someterse a vivir una tortura.

—¿Cuánto apuestas? Yo, cincuenta quinels a que sí se casan. Es el rey. Por más mal humor que tenga, no lo va a dejar ir.

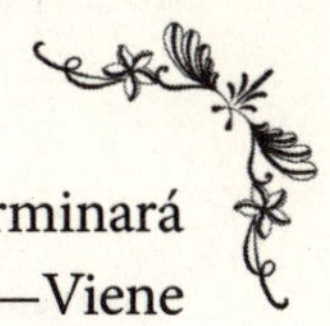

—Se la pasan peleando, no creo que sea posible. Él se terminará casando con otra mujer. Quizás una princesa de otro reino. —Viene a nosotras el hombre que Luena me mostró como su exenamorado.

—También lo veo posible. Apuesto veinte quinels a que será con una extranjera. ¿Cuál sería la última persona con la que se casaría el rey Magnus?

—Una mishniana —responden varios al unísono.

—¡Y más si es plebeya! —exclama otro.

—Oigan, ella es mishniana y plebeya —Luena trata de defenderme, mirándome de reojo y sonrojada por los comentarios de estos hombres.

—No te ofendas —dice uno—. Debes estar agradecida porque estás a salvo de ser la esposa de un tipo rígido, calculador y prepotente.

—¡Basta! Anotación por hablar mal de su majestad —anuncia Theobald, que ha estado supervisando el cambio de turno.

—¿Qué pasa, Theobald? Se supone que estamos en confianza.

—Puedes hablar mal de él fuera del palacio, no dentro —le recuerda lo que al parecer es una regla conocida.

Mi cabeza es como una sala con muchas puertas diferentes, y ahora, cuando necesito que se abra la que esconde la respuesta sobre cómo salir de aquí, se gira el pomo de aquella que me hace pensar en el señor Field y en que el lado menos glamuroso del palacio sería un buen tema para el proyecto final. ¿Cómo puedo estar pensando en el trabajo de tutorías cuando soy una prisionera del reino enemigo? Es como si la esperanza quisiera motivarme a luchar por salir de aquí y por no perder la fe en Stefan.

Cuando llega la hora de cambiar el turno, Luena me invita a subir a la tercera planta para acompañarla a recibir la ronda de aquel custodio que antes le atraía. Arriba nos detenemos frente a una puerta de color crema y detalles cromados que parecen oro, donde el joven releva a su compañero. Luena me susurra que se trata de la habitación del rey, el lugar más custodiado del palacio.

—¿Creen que la señorita Vanir se quede a dormir hoy con el rey? —comienzan a hablar los guardias entre ellos.

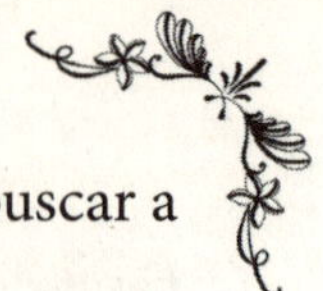

—¿Acaso no se había ido? Escuché que tuvieron que buscar a Francis para que la sacara.

—Ella es como el hambre. Se va por un momento, pero regresa cuando menos lo esperas. Por cierto, se ha corrido el rumor de que la señorita —me señala con la mirada— lo pone agresivo. ¿Qué le haces? —inquiere, como si todo fuera mi culpa, cuando la verdad es que no tengo nada que ver con su mal carácter—. Por favor, colabora, ya es bastante difícil tratarlo cuando se supone que está de buen humor.

Como si la muerte se acercara, de repente todos se quedan paralizados. Luena baja la cabeza y une las manos delante de su cuerpo cuando unos pasos se oyen en la escalera. Segundos después veo que se trata del rey Magnus, que camina, imponente, por el pasillo hasta su habitación. Se desabrocha los botones de la camisa con prisa y sin bajar la mirada. Sin embargo, se detiene cuando nota mi presencia y empieza a discutir conmigo… como siempre. Suelto un suspiro.

—¿Qué hace aquí? —me reclama—. ¿Están haciendo una fiesta? ¿Me harán una ovación? ¿Se arrodillarán para venerarme? Les recuerdo —señala a los que están conmigo en el corredor— que ella es una prisionera de guerra, no una habitante más del palacio. No comprendo qué hace parada en la puerta de mi alcoba si no es guardia ni doncella. ¿Acaso está esperando que la invite a pasar? —pregunta, mirándome.

—Solo pasaba por aquí, ya me retiraba —respondo con calma.

—Me compadezco de su novio por tener que aguantarla —espeta, acercándose y apuntándome con un dedo a los labios.

¿Y quién se lo aguanta a él? Yo no podría hacerlo ni porque me pagaran miles de quinels.

—Fulbert es un hombre increíble —respondo muy rápido y me pateo mentalmente por mi error.

—¿No se llamaba Pharell? —El rey levanta una ceja—. ¿Cuántos novios tiene?

—Fulbert es su segundo nombre.

—Me parece que se lo ha inventado, pero, en todo caso… pobre hombre. No es suficiente castigo aguantarla a usted, sino que también se llama Pharell Fulbert.

Tras eso, se da la vuelta y entra a su alcoba cuando los guardias le abren la puerta, dejándome encolerizada en el corredor. Tengo que buscar la forma de salir de aquí cuanto antes.

Camino hacia mi habitación, sopesando mis posibilidades, cuando Francis me intercepta. ¡Perfecto, lo que necesitaba!

—¿En qué puedo ayudarle? —digo con falsa amabilidad.

—Necesito que me aclare algo insólito que sucedió en mi oficina, ¿tiene tiempo?

Parece que mi vida se detiene y se cae a pedazos. En el pecho siento punzadas y la respiración se me vuelve pesada, como si estuviera a metros de altura. ¡Por mis vestidos! ¿Me descubrió tan pronto? ¿Theobald reveló que fuimos a pedirle prestadas las llaves?

—Es medianoche y de verdad estoy cansada —finjo calma, aunque mis latidos acelerados podrían escucharse hasta Mishnock.

—De acuerdo. Dejemos que siga siendo un misterio que hayan desaparecido dos hojas de mi libreta de registro sin explicación —comenta como si hablara del clima—. No quiero pensar que justo en esas páginas estaba escrito su verdadero nombre. Demasiada casualidad, ¿no cree? Por fortuna, recuerdo que en una de sus visitas estaba acompañando a la señorita Valentine Russo, así que me pareció que le gustaría saber que ya le envié una carta a su padre, preguntándole si conoce a una tal Emery Naford, del proyecto de beneficencia de su hija. —Sus palabras me dejan clavada en el suelo. Ya el rey Magnus se lo ha contado todo—. Buenas noches, señorita.

Francis no espera una reacción de mi parte, simplemente se da media vuelta y camina de regreso por el pasillo después de hundirme en las profundidades del terror. Si el barón abre la boca, estaré perdida y ni Stefan ni nadie podrán salvarme de la condena que me darán. ¿Dónde me metí?

34

Una mañana más que agregar a mi estadía en Lacrontte. Hoy he despertado viva gracias a la mentira.

Luena viene a mi habitación mientras desayuno y me avisa que el sastre ya tiene listos los vestidos que usaré mientras esté aquí en Lacrontte. Cuando llegamos al lugar de trabajo de Remill, Vanir también está allí, para mi desgracia, probándose un par de trajes preciosos frente al espejo.

—Emery, ¿cierto? —dice sonriendo al verme llegar y yo asiento. A pesar de que su tono es amigable, no confío en ella.

Mientras el sastre va por mi ropa, me acomodo en el sofá junto a Luena. Observamos a Vanir, que lleva un vestido ajustado de pedrería que resalta su cabello rojizo y sus ojos ámbar claro.

—¿Qué tal? —pregunta, captando nuestra atención—. ¿Me veo como la futura reina de Lacrontte?

—¿Usted está comprometida con el rey? —suelto sin pensarlo.

—Aún no, pero sé que me lo pedirá pronto porque me lo merezco. Soy lo mejor que le ha pasado en su vida y me veré incluso mejor con una corona sobre la cabeza —comenta, admirándose en el espejo—. ¡Remill! ¡Ven! Creo que deberíamos pasar a la ropa interior, quiero sorprender a Magnus.

El sastre vuelve a aparecer y me entrega los vestidos mientras Vanir va a cambiarse. Los trajes que me hizo son todos iguales: monocromáticos y de colores claros como blanco, gris, rosa y celeste. Todos tienen

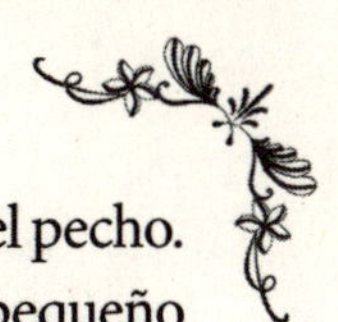

mangas cortas y abultadas, siluetas amplias y un corte plano en el pecho. Cuando termino de medirme el primero, Vanir ya está sobre el pequeño podio circular con un conjunto de lencería blanco que se amolda perfectamente a su cuerpo y que resalta sus piernas largas.

—Creo que le dará un paro cardíaco a Magnus cuando me vea esta noche con esto —comenta después de mirar con desdén mis vestidos sencillos—. Por cierto, Emery, no pude evitar notar que tus vestidos son bastante simples, ¿no quieres comisionarle algo más elaborado a Remill? No te preocupes por Magnus, yo lo contentaré si llega a enojarse. Aunque, ¿crees que le queden bien? —le consulta al sastre y luego me mira—. Es broma. Dentro de tu belleza, eres muy bonita.

De repente llaman a la puerta y, cuando Vanir se ha cubierto con un abrigo, le ordena a Luena que abra. Es un guardia del palacio y la decepción se apodera del rostro de la mujer. Quizás esperaba al rey Magnus.

—Señorita Naford, su majestad la solicita en el ala suroeste del palacio —anuncia, y de nuevo el miedo me invade.

—¿Pediste una reunión con él? —me interroga la señorita Etheldret y yo niego—. Qué extraño.

Bajo su mirada desagradable, salgo con el guardia después de que Luena me asegura que llevará la ropa a mi habitación. Tomamos las escaleras y avanzamos por un largo pasillo que nos lleva al exterior del palacio. Hemos caminado tanto que pienso que me están llevando a un lugar apartado para hacerme daño, hasta que veo en la distancia al rey Lacrontte.

Se encuentra en una especie de círculo inmenso bordeado con piedras blancas. Al frente hay una reja, fuertemente custodiada por guardias, que parece conducir a un nivel subterráneo. Entonces reconozco el lugar. Cuando salí de allí estaba tan débil que no les presté atención a los detalles; es el calabozo donde estuve algunos días. Me petrifico al instante y dejo de andar. Él prometió que no me volvería a enviar allí. ¡Y yo le creí! ¿Cómo pude creerle? Está demente si piensa que pondré un pie en ese lugar.

—¡Teníamos un trato! —grito desde lejos, llamando su atención.

Cuando se gira para verme, noto que no lleva camisa y que tiene muchas heridas en el cuerpo. Algunas sangran y otras son solo rasguños. Tiene varias cicatrices que se extienden por la espalda, pero ninguna en el torso, que está completamente sudado. El rey de Lacrontte tiene un cuerpo de guerrero, no de soberano, y mentiría si dijera que no luce bien. Nunca había estado frente a un hombre semidesnudo y admito que la vista que ofrece es increíble. Me arde el rostro como si estuviera febril, pero trato de no mirarlo porque algo me dice que no es correcto.

—¿De qué habla, irrespetuosa? —inquiere, desenrollándose las vendas que lleva en las manos.

Doy unos pasos hacia atrás y lo veo revelar sus nudillos ensangrentados. Le caen unas gotas de sudor del cabello cuando mueve el cuello de un lado a otro. Tiene las mejillas rojas y la respiración agitada; seguramente estuvo haciendo un gran esfuerzo físico.

—Prometió que no me volvería a encerrar en el calabozo.

—Y no lo haré —dice con seriedad. Veo sangre esparcida dentro del círculo. ¿Qué estaba haciendo? ¿Acaso ya descubrió que le mentí, asesinó a los Pantresh y ahora viene por mí?—. Puede retirarse —le habla al guardia que ha venido conmigo.

—¿Va a asesinarme? —retrocedo con la voz estrangulada por el terror.

No me responde. Un sirviente le pasa una toalla con la que se limpia el rostro. Luego levanta la cara hacia el sol, que también se refleja en todo su cuerpo debido al sudor.

—¡Contésteme, por favor!

—Usted no es nadie para exigirme respuestas.

El sirviente le pasa varios vasos de agua que él bebe mientras ignora mi presencia.

—¿Me matará? —repito—. ¿Ya se deshizo de los Pantresh? —Pienso en Camille y se me hace pequeño el corazón. Ella era una buena persona.

El rey camina hacia mí a pasos agigantados, recoge una daga manchada de sangre del suelo y con ella me señala, iracundo.

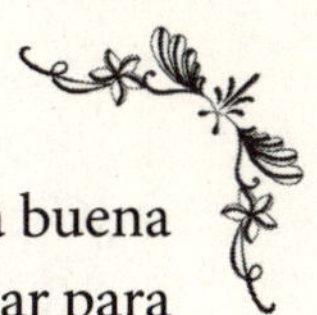

—No me colme la paciencia, pueblerina, ¡cállese de una buena vez! —explota con una mirada de águila—. La mandé a llamar para informarle que mis hombres no han visto movimientos en Erebolt por estos días. —¡Por mi alma entera! ¿Sus solados ya llegaron hasta allá? Debían tardar casi tres semanas. Siento que me falta el aire—. Más le vale que no me esté mintiendo.

—Le dije la verdad, majestad —invento—. ¿Cómo llegó su ejército tan rápido? —pregunto, pálida.

—¿Cree que voy a enviar a alguien? Están ahí, hay lacrontters en todo Mishnock. No es un secreto. Y si fuera cercana a los Russo, cuyo padre hace parte del Concejo de Mishnock, lo sabría. —Me estudia, esperando una reacción que no me permito darle.

—Ellos no me cuentan esas cosas —explico—. Valentine y yo solo hablamos de los temas que me enseña en clase.

—Enviamos una carta ayer por la tarde —prosigue el rey y recuerdo la conversación con Francis—. Acaba de llegar la respuesta del señor Russo.

Voy a desmayarme. Juro que voy a desmayarme.

El criado se acerca y le pasa un papel que se dispone a leer.

Estimado señor Modrisage:

Me alegra recibir noticias suyas, pero me intriga el motivo por el cual me escribió.

No quiero que mi hija esté en problemas, entonces responderé con sinceridad a su pregunta. Esta mañana le consulté su duda a mi pequeña Valentine, quien me contó del proyecto que usted menciona. En efecto, la joven Emery es la afortunada ganadora de la bondad de mi niña, así que claro que la conoce, pues de allí viene su cercana relación y la razón por la que la acompaña a los eventos.

Dominic Russo

—¿Cree que debería tragarme esa respuesta? —inquiere al finalizar.

Suelto el aire que retenía, la tensión abandona mi cuerpo y mis latidos toman su ritmo habitual. No sé si lograré agradecerle al barón Russo y a Valentine por lo que han hecho, pero espero que sí. Acaban de salvar mi vida.

—Le confirman lo que ya le dije. No veo por qué no creería en el señor Russo.

—¿A qué se dedica su familia, señorita? —pregunta con un tono que me indica que está a poco de perder la paciencia de nuevo.

Sé que el señor Francis me recuerda medianamente por lo que sucedió el día de mi casi sentencia, así que debo tener mucho cuidado con lo que diré a continuación.

—Desde que Valentine nos ayuda, papá vende perfumes en las calles de Palkareth.

No especifico ningún lugar como el mercado para que no le sea fácil rastrearlos.

—Si son tan pobres, ¿de dónde sacan el dinero para crear perfumes? ¿Cómo lograron venir al bazar de Lacrontte?

Sabía que Francis lo pondría al tanto de lo que ocurrió ese día.

—Valentine financió nuestro viaje —respondo con honestidad.

—¿Tiene más familia aparte de su padre?

—Somos solo él y yo.

—¿Y su madre?

—Murió dándome a luz —miento.

—Es decir que usted la mató —suelta con desdén.

—No es así. —Aprovecho el tema sensible para desviar su atención. Si aquello fuera cierto, su comentario me caería como un disparo en el pecho—. Toda mi vida me he sentido culpable por ello, pero es una carga personal que le pido no tocar —espeto con falsa indignación—. No tiene ningún derecho a remover mi pasado.

—¡¿Quién se cree para hablarme de esa forma?! —reclama, apuntándome nuevamente con la daga.

En un movimiento impulsivo, guiado por el miedo y la adrenalina, agarro el arma, cortándome la palma con el filo, y bajo la mano

hasta el mango para ser yo quien tenga el control de la situación. El problema es que el rey de Lacrontte es rápido y se abalanza sobre mí. Por reflejo, llevo la punta de la daga hacia su cuerpo y se la clavo en el brazo derecho.

—¡¿Qué ha hecho?! —se queja. Lo oigo gemir bajo mientras se aleja y se saca la daga con brusquedad del brazo.

Me escandalizo al ver la sangre en su cuerpo y en mis manos. Me siento como una criminal y no sé cómo llegué a este punto. Soy incapaz de moverme, de pensar. Solo sé que los guardias se acercan al rey y él los detiene.

—Lo siento, lo siento mucho —balbuceo con desesperación—. Yo no quería lastimarlo, de verdad lo lamento. Perdóneme, por favor. Le juro que no fue mi intención.

—¡Cierre la boca! ¡Esto le costará la vida! —vocifera.

Las lágrimas se me agolpan en los ojos. Yo jamás había lastimado a nadie. No quería hacerlo, de verdad no quería dañarlo. Solo quería defenderme y… Sangre. Tengo sangre en las manos. Intento limpiármelas en el vestido y todo se vuelve peor. Estoy desesperada. Trato de caminar hacia él para ayudarlo, pero no me lo permite. No puedo respirar con normalidad y las lágrimas no ayudan. Mis emociones me controlan, me ciegan. La sangre en su brazo y la certeza de que yo causé eso me guían hacia un abismo de culpa y dolor.

—¡Tranquilícese! —me grita—. Detenga el espectáculo.

—Yo nunca había herido a nadie antes, se lo juro —digo, como en un trance.

Me arden las manos, pero no me importa. Mi mente está centrada en lo que hice y en lo que mis ojos borrosos por las lágrimas ya no me permiten ver con claridad.

—Le creo —asegura con tranquilidad y me sorprende la gentileza de su tono.

—Entonces permítame ayudarlo. Se lo ruego. —El rey Magnus ve mi angustia y sé que la comprende, lo puedo ver en su mirada—. Déjeme ayudarlo —insisto.

—De acuerdo. ¿Qué quiere hacer? —pregunta, y el alivio me genera una pizca de calma.

—Yo sé un poco de reanimación. —Me limpio el llanto.

—No estoy agonizando, pueblerina.

—Nunca se sabe.

Quiere sonreír, se le nota en las comisuras de los labios. No obstante, se reprime girando el cuello para evitar que el gesto se tome su rostro.

—¿Qué va a hacer? —pregunta de nuevo con más seriedad y, como no me muevo, sugiere algo—. Un torniquete, puede hacerlo para que no siga sangrando.

Asiento y resopla con frustración antes de quitarse la venda que le cubre la herida. Extiende el brazo y lo recibo con manos temblorosas.

—Hágalo rápido —exige.

Me sangran las palmas, así que las paso nuevamente por mi vestido antes de amarrar la venda por debajo de la herida, haciendo el torniquete que sugirió. No paro de temblar, soy incapaz de respirar profundo, y el pánico y la culpa se pelean por mi corazón. Cuando termino, el rey se aleja, hastiado, y camina hacia el palacio sin decir una sola palabra. Lo sigo, refugiándome detrás de su espalda ancha y musculosa.

—¿Hacia dónde se dirige? —pregunto con voz apagada.

—Al médico. Ya déjeme en paz.

—Permítame acompañarlo. Quiero asegurarme de que estará bien, por favor.

No responde, así que lo tomo como un sí.

Avanzamos hasta detenernos en una de las tantas puertas, después de pasar bajo la vista discreta de guardias y empleados. Al entrar se sienta en una camilla, mientras que yo me quedo de pie cerca de la entrada, vigilante. Como si el médico ya supiera a lo que viene, trae gasas y solución salina.

—¿Cómo ocurrió? —pregunta el hombre—. Le he dicho que es peligroso enfrentarse a los prisioneros. Debe parar con esos torneos.

¿De qué está hablando este hombre? ¿A qué torneos se refiere? ¿Serán los mismos de los que hablaba el reo del calabozo el día en que llegamos?

—Majestad, ¿quién le hizo ese torniquete? —Se nota sorprendido por la poca destreza—. La venda debe ir encima de la herida para que haga presión e impida que la sangre llegue allí.

El rey me mira y puedo leer en su mirada que le parezco una tonta.

—Yo lo hice —comenta el rey, encubriéndome, aunque no tendría que hacerlo—. Al parecer después de tantas batallas se me olvidó cómo se pone de forma adecuada.

El médico comienza a hacer su trabajo. Limpia la herida, la sutura y vuelve a vendarlo. En todo el proceso, el rey Magnus no hace ningún gesto de dolor, se mantiene tranquilo, como si fuera un chequeo de rutina.

—¿Qué? ¿No va a mostrarle las suyas? —Me mira de repente cuando acaban con él—. Ella tiene un par en las manos —informa por mí.

El médico se me acerca y yo le extiendo las manos, mostrando mis cortadas. Él me examina tal como lo hizo ayer, solo que ahora yo no estoy concentrada en cómo cura mi herida, sino en el rey Magnus, que se levanta de la camilla y camina hacia la puerta.

—Gracias por dejarme acompañarlo —le digo antes de que se me pierda de vista.

—No la dejé, usted se invitó sola —contesta sin volverse o siquiera detenerse. Él pudo haberme frenado, tal como sucedió con los guardias, y no lo hizo—. Y tampoco exagere. Me hirió en el brazo, no es una herida de muerte.

—Nunca se sabe —repito lo que dije afuera.

Y entonces la veo: una fugaz y diminuta sonrisa le aparece en el rostro, mostrando un par de hoyuelos profundos que desaparecen con la misma rapidez con la que surgieron.

* * *

Después de unos minutos en el consultorio del palacio y de ir a mi alcoba por un cambio de ropa, se me ocurre una idea para ofrecerle disculpas al rey Magnus por lo que sucedió, y para agradecerle por no enviarme directo al calabozo o, peor, a la muerte. Todavía no puedo creer lo que hice y de lo que me salvé. Por menos querían encarcelarme la primera vez que vine a este reino, al bazar, y ahora que he escalado más alto, hiriendo al rey, he tenido la suerte de salir ilesa. Me dirijo a la cocina y le pido a Bronson que me ayude a preparar quecses. Pongo a tostar el pan y él lo corta en cubos mientras yo los ubico en pequeñas canastas para bañarlos con miel.

—¿Qué tanto le gusta la miel al rey? —pregunto para saber cuánta poner.

—No tiene problemas con ella, entonces pon la que consideres necesaria.

—¿Eso era todo? —dice el catador, que ha estado pendiente de la preparación—. Creí que era algo más elaborado.

—Es comida callejera mishniana. Por favor, no se lo digan.

Después de que Odo prueba los quecses y se toma un tiempo para comprobar si morirá o no, me acompaña hasta la oficina del rey, pero al llegar los guardias nos detienen.

—No pueden entrar. El rey pidió que no lo interrumpieran.

—¡¿Cómo quieres que no le reclame?! ¡Por poco te asesina, Magnus! —Escucho los gritos de Vanir desde el otro lado de la puerta.

—No exageres. —La voz del amargado monarca, quien parece a punto de perder la paciencia—. Fue un accidente. Si no, ya la habría enviado a la horca.

—¿Por qué la defiendes? ¿Acaso te gusta esa mujer?

—Creo que lo mejor será que nos vayamos —susurra el catador.

—¡¿De qué estás hablando?! —Su enojo se incrementa y sube el tono—. ¿De verdad piensas que podría fijarme en una plebeya mishniana, Vanir?

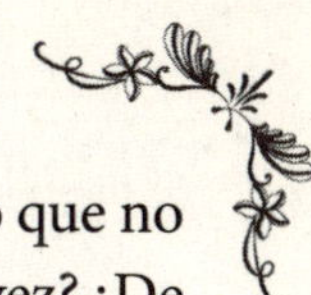

—¡No lo sé! ¡No veo otra explicación! —El rey dice algo que no logro escuchar—. ¿Vas a echarme como lo hiciste la primera vez? ¿De nuevo la pondrás por encima de mí?

—No la pongo sobre ti porque ella no es nadie en mi vida, pero tú tampoco tienes derecho a reclamarme. Te lo conté solamente porque preguntaste qué había sucedido, pero te recuerdo que soy tu rey, Vanir, y yo no le rindo cuentas a nadie.

—Por favor, retírense —nos ordena un guardia, y Odo me toma del brazo para alejarnos. ¿Por qué siempre causo problemas en cada lugar al que voy?

—Te los obsequio. —Le extiendo la canasta con quecses, decaída—. Disfrútalos. Ya encontraré otra forma de pedirle disculpas.

Me alejo pretendiendo que no pasa nada, que no estoy sola en el reino enemigo, que sé dónde está Stefan y que sé qué está pasando con mi familia. Nadie alcanza a imaginar lo triste que me siento. No quiero causar líos, aunque al parecer es lo único que sé hacer.

35

Hoy es el cuarto día desde que llegué a este reino y si mis padres están al tanto del tiempo límite que los lacrontters le dieron a Stefan, no imagino cuánto han de estar sufriendo al pensar que ya estoy muerta. Ni siquiera puedo enviarles una carta para que sepan que estoy bien, al menos por ahora, y eso me atormenta a cada minuto.

Me encuentro en la biblioteca del palacio, leyendo algunos textos con las palmas vendadas. Ya no me duelen tanto las cortadas, aunque a veces sí me arden. Todavía no asimilo que haya sobrevivido después de atacar al rey de Lacrontte. Luena me trajo en la mañana antes de ocuparse en sus labores. Necesitaba distraerme, pues no tener noticias de Stefan me carcome la cabeza. Y este lugar, con la belleza de sus dos niveles repletos de libros, las múltiples mesas que zigzaguean en el pasillo libre de estantes y las escaleras para alcanzar los textos superiores, es idóneo para hacerlo. Me resulta curioso que, a diferencia de Mishnock, aquí sí hay textos que relatan la historia del pueblo enemigo, en este caso, nosotros. Y hay tanta variedad que podría perderme días enteros entre estos libros. De repente escucho la puerta de la biblioteca y cuando levanto la vista veo que se trata de Vanir. Lo que me faltaba, seguro viene a reclamarme por haber herido a su novio.

—Qué bueno que te encuentro —dice con el mismo tono amable que no me convence—. Ayer Magnus me contó lo que ocurrió, lo que le hiciste. —Se sienta en la silla frente a mí y se inclina sobre la mesa—. Solo que ese no es el punto, así que iré al grano. Me gustaría que entendieras que Magnus y yo tenemos una relación formal, pública y con planes. —Asiento porque eso ya lo sé—. Mira, Emery, me agradas, eres una joven dulce e inocente, así que me preocupa que confundas algún gesto de amabilidad de parte de Magnus con otra cosa.

¿Amabilidad? No creo que ese hombre conozca el significado de esa palabra.

—No se preocupe, señorita Vanir. Tengo novio y toda mi atención está puesta en él —le aseguro, pensando en Stefan y en aquellos ojos azules que me encantan.

—Qué alegría escucharlo porque me preocupaba que te crearas ilusiones falsas que pudieran lastimarte. Y, además, tú no eres su tipo de mujer —dice con dulzura, acariciándome la mano—. Sé feliz con tu novio, te mereces lo mejor.

—Gracias por sus buenos deseos. —Trato de no hacer una mueca ante su falsedad, pero lo que no puedo disimular es la incomodidad de mi voz.

—De nada, cariño. —Sonríe y da un pequeño aplauso—. Ahora, ¿qué te parece si me ayudas con una sorpresa que quiero darle a Magnus?

—¿Y de qué se trata? —Suspiro cuando entiendo que no me dejará seguir con los libros.

—Es obvio para todos que, en un futuro muy próximo, Magnus terminará pidiéndome matrimonio y esta mañana lo escuché hablar con Francis sobre obras benéficas, por lo que se me ocurrió la brillante idea de presentarle un proyecto para deslumbrarlo y que entienda que, cuando me pida ser su esposa, me convertiré en una grandiosa reina que se preocupa por su pueblo. El problema es que no se me ocurre nada, pero dos mentes piensan mejor que una y tú demuestras ser una chica inteligente.

Ambas nos quedamos pensando durante un rato, lanzando ideas al aire. Vanir no es de mucha ayuda, pues está completamente

desconectada del pueblo, así que me encargo de descartar algunas ideas hasta que, de repente, se dispara el horrible recuerdo de aquellos días en los que no probé bocado y le propongo que cree un comedor comunitario para los más necesitados. Le encanta la idea y empieza a hablar de la placa conmemorativa que pedirá que el rey de Lacrontte ponga en su honor. Por fortuna, la aparición de un guardia me salva de tener que escucharla más.

—Lamento la interrupción. La señorita Emery ha sido solicitada en la oficina del rey Magnus.

—¿De nuevo? —suelta ella, tan bajo como para que solo yo pueda escucharla.

Por el rabillo del ojo veo su expresión de desagrado, así que me apresuro a caminar hacia el guardia para salir de allí y evitar cualquier comentario. El hombre me lleva hasta la segunda planta y ahí vuelvo a entrar sin que me anuncien. Tengo los hombros tensos y la boca seca y ruego que no se haya arrepentido de no castigarme por lo de ayer. Dentro se encuentran el rey Magnus y el rey Gregorie, su primo, quien sonríe cuando me ve. Mis ojos van al brazo derecho del soberano de Lacrontte para comprobar cómo sigue su herida, pero la manga larga de su camisa no me lo permite. Les ofrezco una reverencia como muestra de respeto y luego no sé qué más hacer.

—Es perfecta —dice, examinándome—. Ya tenemos todo lo que nos hacía falta, ahora planeemos la movida.

—Te lo dije. Nadie sospechará de ella —asegura el rey Magnus y yo no entiendo absolutamente nada.

—¿Buenas tardes? —saludo al ver que me ignoran.

—Soy Gregorie Fulhenor Lacrontte, un gusto conocerla. —Se levanta de la silla e inclina la cabeza—. Espere, creo que la he visto antes, ¿no es cierto? —Abro la boca para responder, pero su memoria es rápida y le da el dato antes de que yo pueda hacerlo—. Claro, en la fiesta de mi amada Aidana. Bailé contigo. ¿Cuál es tu nombre?

Qué diferencia hay entre estos dos Lacrontte. No creería que son familia si no fuera por la similitud de sus rostros. El rey Fulhenor es tan amigable, educado y sonriente que hasta me recuerda a Stefan.

—Emery Naford, majestad —me presento.

—Siéntese, señorita Naford, tenemos un trato que ofrecerle —me pide, señalando la silla a su lado—. ¿Conoce el reino de Grencowck?

—He escuchado sobre él. Sé que está gobernado por el rey Aldous Sigourney.

—Y la reina Grace. Esa nación se encuentra sobre infinidad de minas de oro. Tantas que considero necesario que las compartan. ¿Usted no lo juzga igual?

—Gregorie, déjate de rodeos —interviene el rey de Lacrontte—. Vamos a robarles su oro y usted nos va a ayudar —comenta como si hablara de un paseo matutino.

—¡¿Yo?! —exclamo, presa del estupor—. ¿Cómo se supone que podría serles útil?

—El rey Aldous me ha invitado a una reunión en su palacio —explica el monarca de Cromanoff—, lo que es extraño, dado que él es enemigo de Lacrontte y yo soy el principal aliado de Magnus. Como buen primo, he viajado hasta acá para contárselo y se nos ha ocurrido una idea espectacular.

Mi cara de confusión debe decirle que sigo sin entender nada, así que explica que el rey Aldous tiene una fijación por las mujeres, lo que lo lleva a buscar amantes por todo el continente para ofrecerles ser parte de su séquito a cambio de lo mismo que estos dos hombres quieren, oro. Es ahí cuando entiendo: quieren usarme para conseguir el metal. Parece que el corazón se me sube a la garganta frente a los terribles escenarios a los que me lleva esta idea. Claro que no voy a permitir que un hombre me toque. Prefiero volver al calabozo y no comer mientras esté allí antes que aceptar esta propuesta.

—Calma. —Me detiene el rey Gregorie cuando intento levantarme—. No la tocará, lo prometo. Solo tendrá que fingir interés, Emery. ¿Puedo tutearla? —cuestiona y yo asiento—. Voy a llevarte a la reunión como si fueras un obsequio para él. Estará encantando. Debes lucir segura y coqueta. Le pedirás que te enseñe el oro con el que va a vestirte de ahora en adelante. Estamos seguros de que se negará, entonces tendrás que usar tu poder de persuasión para que

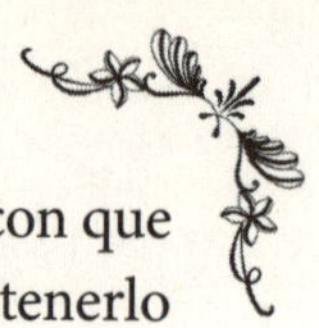

te lleve a su bóveda. El asunto es que no debes conformarte con que te la enseñe por fuera, sino convencerlo de que la abra y mantenerlo entretenido allí por suficiente tiempo para que mi primo pueda emboscarlo y robarlo.

El rey de Lacrontte no dice una palabra, solo me observa como si estuviera poniendo a prueba mi reacción al discurso del rey Gregorie, quien sigue diciéndome que ya tienen a alguien infiltrado en el palacio, un conde, que se ha encargado de darles un mapa del palacio y los detalles del sistema de seguridad, entre ellos, el número de la bóveda.

—¿Y el conde es confiable? Pensé que usted no se fiaba de nadie, majestad —le hablo al amargado, intentando encontrar alguna falla en el plan para que desistan. Esto es una locura.

—No confío en nadie —responde y veo la indignación en el rostro de su primo—. Aquí lo importante es que la prisionera haga bien su trabajo.

—¿Y cómo lo llevaré a la bóveda?

—¿Acaso no tiene alguna técnica de seducción? —reclama con los ojos verdes llenos de molestia—. ¿No dijo que tenía novio?

Me sonrojo tanto que mi rostro delata mi inexperiencia. Soy incapaz de formar palabras y el silencio se extiende.

—Puedo pedirle a Lerentia, mi prometida, que te enseñe algunas —sugiere el monarca Fulhenor.

¡Por todos los tulipanes, no! No puedo arriesgarme a que me reconozca y revele que soy la novia de Stefan. Eso derrumbaría la débil fachada que he logrado mantener hasta el momento.

—Preferiría hacerlo con la señorita Vanir —digo rápidamente, aunque detesto esa opción también—. Ya la conozco y creo que nos llevamos bien.

—¡Claro, Vanir! Esa mujer sí que debe tener un montón de trucos interesantes, porque debió ser difícil cazar este corazón. —Le toca el pecho a su primo con una actitud bromista—. Pienso llevarme a Emery a Cromanoff porque necesita aprender al menos técnicas básicas de defensa personal.

—¡No puedes sacarla de aquí! —refuta mi captor—. Es una prisionera de guerra. Debe estar bajo mi vigilancia todo el tiempo. Le asignaré a un guardia para que la entrene, pero de este palacio no sale hasta que tenga mi oro.

—¿Escuché bien? —pregunto, sorprendida, y una sonrisa se asoma en mis labios.

—Esa es la parte del trato que no le hemos contado: si nos ayuda a conseguir el oro, obtendrá su libertad —dice el rey Magnus.

—¿En serio? —Me olvido de los formalismos y soy incapaz de ocultar mi emoción. Volveré a ver a mi familia y a Stefan—. ¿Me dejará ir incluso si no encuentran al rey Silas?

—Es lo que acabamos de decirle… —contesta con aburrimiento.

Por fin una salida real a mi cautiverio. Tengo que hacer esto bien, me esforzaré tanto como pueda. Le pido que me permita llevarme a Camille cuando todo esto acabe y, si se puede, también a su madre. Él se niega, por lo que su primo interviene y me asegura que así se hará. Empiezo a celebrar sin importarme que ellos me vean, me levanto y me llevo las manos a la boca, feliz, pero entonces la duda entra en mi cabeza como un vendaval por la ventana. ¿Y si me están mintiendo? ¿Y si la usada soy yo y al final no cumplen con nada de lo que me prometen? O, si es que están diciendo la verdad, ¿qué pasará si fallo? ¿Si por mi culpa no consiguen el oro que tanto quieren? ¿Me asesinarán?

—¿Cómo sé que cumplirán y que no atentarán contra mí si algo sale mal? —expongo mis preocupaciones y es el soberano Lacrontte quien me contesta.

—Tendrá que confiar. No le queda otra opción.

Dudo, pero aun así acepto. No tengo nada que perder y mucho que ganar.

—¿Y mis clases cuando empiezan? Necesito salvar a la señorita Camille. —Nunca olvidaré lo que hizo por mí en el calabozo, así que es mi deber sacarla de allí.

—Ya le avisaremos. Ahora, camine, tiene una cita con el sastre.

Los dos se levantan y me guían por el pasillo hasta el salón de costura, donde se adentran sin molestarse en saludar.

—Remill, necesito que confeccione para la prisionera el mejor vestido de su vida. Y solo tiene tres días para ello —le comunica el rey de Cromanoff, y el hombre, que estaba sentado en el sofá, deja el libro que leía y se incorpora—. Debe ser acaparador, sensual, un deleite. —Me toma del brazo y me lleva hasta el pequeño podio frente al espejo—. ¿Algún color que le guste? —pregunta.

—Me gusta mucho el azul.

Remill comienza a dibujar en su libreta mientras el amargado manda a llamar a su novia. Le piden al sastre que la pieza sea de color cobalto, un tipo de azul más oscuro, y que tenga una abertura en alguna de las piernas, pues por mi seguridad me darán una daga. Que tengan que darme un arma por si llega a ser necesario defenderme me aterroriza, pues quiere decir que esto será mucho más peligroso de lo que había pensado.

Mientras me toman las medidas, un guardia llega con la señorita Etheldret, quien no duda en acercarse a su novio para tomarlo por las mejillas y darle un apasionado beso que funde sus labios. Al verlos es inevitable pensar en lo que he vivido con Stefan y en que parece haber desaparecido. El rey Magnus se queda estático, casi sorprendido, y se aleja con rapidez. Se nota en el ceño fruncido de Vanir que esperaba que ese beso durara más tiempo. Ambos comienzan a cruzar miradas, como si discutieran en silencio. Ella, visiblemente enojada, y él, bastante apático.

—Ya conoces lo que opino de estas cosas —dice él después de un rato y no entiendo a qué se refiere: ¿al beso, al arrebato o la intensidad del gesto? La señorita Etheldret resopla y el rey Gregorie sonríe, como si ya fuera habitual ver ese comportamiento en su primo—. Te mandé a llamar porque desde hoy tienes una tarea, que, a decir verdad, considero imposible. —Ella se recupera de la molestia por el gesto anterior y le asegura que hará cualquier cosa por él con una voz de miel—. Debes enseñarle a la prisionera métodos de seducción. Tenemos un plan y necesitamos que ella acapare la atención de un hombre para que Gregorie y yo podamos hacer nuestro trabajo.

—¿Por qué no me usas a mí? Siempre soy el centro de las miradas y no necesito más práctica —dice y no puedo ignorar la mirada que me lanza.

—A ti te conocen y saben que eres mi pareja, así no funcionará el plan.

—Bien, como ordenes. Me pondré a la tarea y, hablando de ello —se apoya en el brazo de él, sonriéndole—, mientras estábamos en tu oficina te escuché hablar de un proyecto benéfico y se me ocurrió una idea brillante: un comedor comunitario.

¿Se le ocurrió? Podría reírme en este instante por lo absurdo de su comentario.

Él sopesa la idea, maquinando mentalmente, mientras ella continúa explicando la problemática que la llevó a crear esa iniciativa: muchas personas no tienen qué comer y, si se construyera un lugar que proporcionara comida gratuita, todos lo verían como al monarca más generoso que haya gobernado Lacrontte. Él la felicita, aprobando el plan, y ella aprovecha para pedirle la placa que me comentó en la biblioteca. Quiere que el comedor lleve su nombre.

—Bueno, tú fuiste la de la idea. No te pienso robar el crédito, así que no le veo problema.

Los ojos de la mujer se estrellan con los míos a través del reflejo del espejo. Me observa por unos segundos, pero no logro descifrar qué emoción esconde aquella mirada antes de que la aparte de mí.

—Sí, fue mi idea —repone finalmente.

No esperaba que me diera crédito por ayudarla esta mañana; sin embargo, tampoco creí que me sacaría de forma tan radical. Prefiero fingir que no he escuchado, pues lo último que quiero es discutir por una tontería.

—Entonces la tendrás. Me enorgullece saber que tengo a una mujer tan ingeniosa a mi lado.

Ella le guiña el ojo, complacida por un halago que en realidad sí le corresponde, pues tuvo mucho ingenio para envolverme con su falsa amabilidad y sacarme la idea.

—¿Hay algo en específico que necesiten que le enseñe? —continúa en su papel—, porque debo terminar antes de que sea de noche, pues reservé un palco en el teatro para ir contigo.

—¿Teatro? No puedo ir. Gregorie y yo tenemos que planear nuestros próximos movimientos.

Al instante, ella busca una solución y propone que el rey Fulhenor vaya con ellos. En un parpadeo se desata una discusión entre los tres, que acaba con el monarca de Cromanoff convencido de ir al teatro e invitándome a mí como su acompañante, a pesar de las negativas de su primo, quien le recuerda que soy una prisionera, no una amiga de la casa real. Me parece irreal que, a pesar de estar cautiva, siempre encuentre la forma de obtener beneficios. Aunque ahora la salida no es por mérito propio, sino del soberano de sonrisa amable y caballeroso trato. Pese a ello, quisiera que fuera Stefan quien me llevara al teatro.

—Es una obra increíble. ¿Sabes quién la escribió? La princesa Aphra.

—¿De Plate? ¿Aphra Griollwerd?

Una sonrisa aparece en mi rostro. Aphra, la brillante Aphra, está triunfando con sus escritos, como siempre lo ha querido.

—¿Conoce la obra, señorita Emery? —pregunta el rey Fulhenor al ver mi expresión—. ¿Ha ido usted al teatro?

—No, simplemente imaginaba lo hermoso que ha de ser. Jamás he ido a uno —miento para continuar con la fachada de plebeya de muy bajos recursos.

El rey Magnus me estudia como si aquel gesto hubiera revelado más de lo que debía y no se esmera en disimular su sospecha. Clava los ojos verdes en mí con la fuerza de una flecha y siento como si me encogiera bajo su mirada.

¡Por favor, Stefan, aparece pronto y sácame de aquí!

36

Nunca había usado dorado. La pieza que Remill me dio para ir al teatro es un traje que la señorita Vanir descartó hace unas semanas y que él ajustó a mi medida debido al corto tiempo que teníamos. Es un vestido con transparencias que simula tener hombros caídos. Tiene mangas largas con pedrería, un escote en forma de corazón y una falda que me marca la cintura y que luego cae espesa hasta los pies, lo que ayuda a cubrir los zapatos color plata que usaba el día de mi cumpleaños y que no hacen mucho juego con el traje. Luena me recoge el cabello en un moño bajo, sostenido por hebillas. Algunos mechones sueltos me adornan la cara a cada lado y caen hasta mis hombros con ondas naturales.

Cuando Luena termina, me lavo la cara y pongo mi mejor sonrisa. Es todo lo que puedo hacer, pues ella no tiene nada de maquillaje y yo tampoco. Sin embargo, con las clases que me dio la señorita Vanir toda la tarde debería estar lo suficientemente sonrojada. No quiero ni pensar en las cosas que me enseñó, que decía y que pretendía que yo repitiera.

El rey Gregorie me espera fuera de mi habitación. Viste un traje oscuro con camisa blanca y porta una corona de turmalinas en la cabeza. Me sonríe cuando me ve y el gesto lo hace ver mucho más guapo. La princesa Lerentia es muy afortunada.

—Luces hermosa —me halaga, extendiéndome su mano—. Vamos. Magnus y Vanir ya deben estar esperándonos.

Llegamos hasta la entrada del palacio, donde efectivamente se encuentran ambos. Ella luce un largo vestido gris de escote asimétrico, sobrefalda de tafetán y un collar de gemas de espinela rosa, el cual, presume, fue un regalo del rey. La señorita Etheldret es hermosa, me atrevería a decir que es de las mujeres más bellas que he conocido. Por otra parte, su novio... bueno... viste con un traje negro de chaleco y abrigo largo, en el que su único punto de color son los rubíes de su corona. La pareja se gira hacia nosotros y es a mí a quien miran con desconfianza. Dos pares de ojos me recorren de arriba abajo, examinando cada detalle, pero son los ojos verdes de Magnus los que se quedan conmigo más tiempo.

—Creo que reconozco ese vestido —sentencia ella al notar que uso uno de los trajes que rechazó—. Y ahora recuerdo por qué lo dejé de lado.

El monarca de Lacrontte bufa y yo me contengo para no empezar a crear problemas desde tan temprano en la velada. En ese momento aparecen dos extraños carruajes frente a nosotros. Tienen una forma alargada y cuatro ruedas en cada extremo, cubiertas de un extraño material negro. Los carruajes están pintados de un tono oscuro, con los detalles dorados ya familiares del reino, pero lo curioso es que no tienen caballos para tirar de ellos, solo un ruido peculiar sale de la parte delantera.

—¿Qué es eso? —pregunto, perpleja por lo que tengo enfrente.

—Se llaman automóviles —me informa el rey Lacrontte, que se regodea en mi asombro e ignorancia.

—¿Para qué sirven?

—Para transportarse. Son de uso exclusivo del palacio. Aquí la monarquía no usa carruajes, son demasiado anticuados para un rey como yo. —Me lanza una mirada de desdén.

Ignoro el gesto y sigo concentrada en cada parte del extraño transporte. Me siento tonta por sorprenderme. Nunca había visto nada así, y vaya que aquí he conocido cosas extrañas, como los carruajes sin caballos ni capota que vi la primera vez que vine a este reino para la ceremonia de compromiso organizado por la anterior reina Aidana.

La diferencia es que en aquellos solo pueden ir dos personas y sus ruedas son idénticas a las de las carretas de Mishnock, muy distintas de las de estos automóviles. Unos instantes después se acercan unos sirvientes y nos abren las puertas. Un hombre está sentado adelante. En la parte exterior delantera se encuentra el sello del reino de Lacrontte junto a un cristal rectangular y una rejilla alta que separa un par de bombillos planos. Además, me parece muy extraño que haya una rueda extra al lado de la primera puerta. Al final Magnus y Vanir se van en un automóvil, y el rey Gregorie y yo, en otro.

Mirellfolw de noche es una completa maravilla. El puente de Armas y la calle Real, que un día vi con Val y Amadea, se ven espléndidos bajo la luz de las lámparas. La falta de adoquines en las calles, reemplazados por pavimento, hacen que el viaje se sienta tranquilo, pues el molesto vaivén que produce la rueda al pasar por las piedras y que a veces produce dolor de cabeza no existe. Las calles aquí se ven limpias, aunque admito que todavía no me acostumbro a que sean negras. Los automóviles lacrontters son rápidos, mucho más que los carruajes, y los faroles que tienen adelante y atrás hacen que las vías se vuelvan un festival de luces y colores. Adentro, los cojines del transporte huelen a cuero y la brisa fría de la noche refresca el interior al colarse por las ventanas, que aquí no están cubiertas por ninguna cortina. Esto es increíble. Nadie en Mishnock va a creer que viajé en los automóviles reales de Lacrontte.

—¿Alguna vez has visitado Cromanoff? —pregunta el rey Gregorie para romper el silencio.

—No he tenido la oportunidad.

—Se parece a Lacrontte, solo que con ladrillos rojos y menos oro. Puedes ir cuando quieras. La frontera estará abierta para ti una vez mi primo te deje en libertad.

¿Yo en Cromanoff? Cuando comenzó este año ni siquiera imaginé que saldría de Palkareth y ahora estoy en el reino enemigo con una invitación a Cromanoff. Sería maravilloso conocer su nación, es más, a toda mi familia le encantaría visitarla. Ojalá pueda volver para cumplirlo.

Después de unos minutos de trayecto, un edificio con una galería de columnas adosadas que forman un pórtico precedido de escaleras altas y un frontón con el escudo de Lacrontte se alza imponente frente a nosotros. El teatro. Bajamos del automóvil y los guardias reales de ambos reinos nos escoltan rápidamente hasta una entrada lateral, pues el rey Magnus no quiere cruzarse con ningún plebeyo. El monarca Fulhenor me guía, con mi brazo enganchado al suyo, por las escaleras, hasta que llegamos a un amplio palco desde donde puede verse todo el escenario.

Tomamos asiento y un par de sujetos se acercan para preguntarnos qué queremos beber, pero dejo que escojan por mí, pues la belleza de este sitio me ha absorbido por completo. Sonrío ante las luces doradas, el terciopelo rojo que recubre las sillas y las pesadas cortinas del escenario. El lugar está prácticamente lleno, pero aun así más personas siguen ingresando y ocupando los asientos inferiores y los de la segunda planta. Los peinados altos, los vestidos de faldas pomposas acompañados de guantes blancos de seda, las joyas pesadas con gemas grandes y las gargantillas y sombreros de copa se aprecian por el recinto. Es todo tan lujoso que me siento un tanto fuera de lugar. A pesar de la reputación del reino, de su rey y de sus soldados, Lacrontte es precioso.

—Usted se maravilla con facilidad —el amargado me habla y me giro hacia él. ¿Desde hace cuánto me estará mirando?

—Y usted con muy poca —contesto. Y por primera vez siento que esto no es una discusión, sino más bien una conversación… extraña—. Me pregunto qué cosas le generan fascinación.

—Prefiero reservármelas, pues no creo que le resulte agradable la respuesta.

—Si se refiere a algo violento, le informo que no es gracioso, majestad.

—No intento hacerla reír.

—Emery, ¿has visto las placas en el puente de Armas? ¿Las que hacen honor a todas las parejas de reyes que ha tenido Lacrontte? —me habla la señorita Vanir, interrumpiéndonos. Me vuelvo y asiento

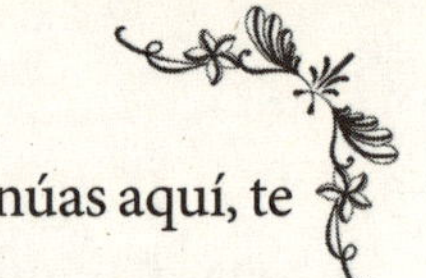

en respuesta—. Algún día mi nombre estará allí. Y si continúas aquí, te invitaré a la ceremonia.

—Y le aseguro que no me importaría matarla o castigarla en público si sigue de impertinente —añade el rey Magnus, omitiendo la intervención de la joven.

—Sería vergonzoso que lo hiciera frente a tantas personas —comento.

—Depende del método que use. Además, las cortinas siempre se pueden cerrar. —Mira el pesado terciopelo que rodea los palcos—. Soy cauteloso, prisionera, le aseguro que no se darán cuenta de lo que pienso hacerle.

—¡Magnus! —El grito molesto de su novia frena sus ideas mientras el rey Gregorie se ríe sin ningún tipo de discreción—. ¿Acaso no te das cuenta de la connotación de tus palabras?

—Baja la voz —le exige él con molestia—. ¿Qué es lo que crees que estoy diciendo?

Ella aparta el rostro, indignada, y se acomoda el cabello, intentando mantener la compostura que por un momento ha perdido.

—Eso sonó un poco extraño, primo. Parecía que tenías otras intenciones —le dice Gregorie, codeándolo.

—Es mejor que no dejen volar tanto la imaginación. Nunca en mi vida tocaría a una mishniana de esa manera —espeta con asco.

Y es ahí cuando comprendo lo que estaban imaginándose. ¡Por todos los cielos! ¿Cómo se les puede ocurrir algo así? Creo que mi cara podría confundirse con el terciopelo de los asientos y lo único que se me ocurre es disculparme con Vanir, pero la mujer me ignora y se aferra al brazo del rey.

—Si me me lo permiten, iré un momento al baño —comento, cansada de los enfrentamientos, y me levanto, dejando la copa llena sobre la mesa, para escabullirme del palco. Bajo las escaleras rápidamente, recogiéndome el vestido para no tropezar, y una vez llego abajo, busco con urgencia un tocador para refugiarme.

—¿A dónde cree que va? —Alguien me toma del brazo antes de que logre mi objetivo—. ¡No puede moverse sin mi autorización y yo no se la he dado!

Las esmeraldas de los ojos del rey Magnus reclaman una explicación por mi huida. Está agitado y se nota que corrió para alcanzarme.

—Necesito ir a un baño. —Es lo único que respondo, zafándome de su agarre—. Puede esperarme aquí afuera. ¿O prefiere entrar conmigo?

Me observa con desagrado, pero me da espacio para entrar. Los guardias reales ya han comenzado a llegar debido a su repentina marcha. Adentro me tomo mi tiempo para hacerlo esperar y sonrío frente al espejo por una hazaña que se podría considerar tonta, pero que para mí es un gran triunfo. Me arreglo las hebillas del cabello, me acomodo el vestido e incluso me quito los zapatos por un momento, todo con el propósito de hacerle perder el tiempo, como si fuera mi custodio personal. Cuando salgo del baño, él sigue allí de pie, así que me pongo en frente y lo miro, estudiando de qué humor se encuentra. No digo una palabra, pues quiero que sea él quien inicie la conversación, cosa que le toma casi un minuto.

—¿Acaso cree que va a intimidarme con esos ojos cafés? —Aprieta la mandíbula y tiene el entrecejo levemente arrugado.

—Probablemente no, aunque lo cierto es que sí lo incomodé lo suficiente como para hacerlo hablar. —Le sonrío, esperando que también lo haga, pero no consigo nada. Esto es más difícil de lo que creí—. Dígame, ¿cómo está su herida? —No contesta, solo me mira—. Las mías van muy bien. —Le enseño mi palma—. Gracias por preguntar.

Tengo una venda blanca, pequeña y muy discreta que cubre la zona. El doctor me dijo que no me dejará ninguna cicatriz, así que eso es una preocupación menos. De repente el rey me toma con sus manos enguantadas, hace a un lado la tela y estudia mi herida con detalle. Parece un acto delicado hasta que de un momento a otro la presiona, lastimándome.

—¡¿Qué le sucede?! —chillo y aparto la mano.

—Es usted la primera mishniana que me hiere y vive para contarlo —su voz tiene un tinte de burla—. ¿Eso en qué la convierte?

—En la primera mishniana que lo hiere y vive para contarlo. —Parece que el ambiente entre los dos se ha aligerado. Y aunque

espero otra intervención de su parte, no llega—. Remill hizo un excelente trabajo con el vestido.

—Lo hizo —responde al fin. ¿Eso fue un cumplido?—. Alabo el vestido, no a usted —aclara.

—¿No lo agota estar molesto todo el tiempo? —pregunto al ver cómo gira el cuello hacia un lado para evitar sonreír. Parece que ya se dio cuenta de que había bajado la guardia.

—¿No la agota querer saberlo todo? Odio a las personas curiosas.

—Usted odia todo.

—En especial a usted. —Me detalla por unos segundos antes de continuar—. Me preguntó qué cosas me maravillaban. —Su voz es firme, como si estuviera dando un discurso—. Le tengo una respuesta: me resulta intrigante la facilidad que tiene para sacarme de quicio.

—¿Podemos marcharnos? Ya quiero irme. —La voz de Vanir, que está junto al rey Gregorie y los guardias, nos sorprende a ambos—. Se suponía que veníamos a ver la obra, no a hablar a escondidas.

—No lo hacíamos a escondidas. —Señala a los custodios para enfatizar su punto.

—¿Qué no hacían a escondidas? —cuestiona el soberano de Cromanoff con una sonrisa maliciosa.

—Conversar, Gregorie —alega el rey Magnus con un tono que denota lo mucho que lo molesta esta conversación—. Conversar. No hay nada más que pueda hacer con una plebeya mishniana.

Al parecer ya avanzamos otro paso. Ahora no discutimos, conversamos. Ayer lo hice sonreír, al menos fugazmente, y hoy hablamos sin gritarnos la mayor parte del tiempo. Y aunque él sigue empecinado en hacerme daño, como lo demostró al presionar mi herida, creo que podríamos intentar llevarnos bien. No pretendo ser su amiga, pues a la primera oportunidad que tenga huiré de aquí para volver con mi familia y con el único hombre que realmente me interesa; lo único que deseo por ahora es hacer llevadero mi encierro y no vivir en guerra con alguien que tiene la posibilidad de acabar con mi vida en cualquier momento.

37

—¡Levántese! —Los golpes en la puerta me despiertan—. ¡El rey la espera para su entrenamiento! —Me siento en la cama, desorientada. ¿Entrenamiento? ¿El rey? ¿De qué está hablando? ¿No me iba a entrenar un soldado?—. Va tarde a su clase, señorita. Solo tiene diez minutos para asearse y bajar al ala sur del palacio —dice el hombre ante mi silencio.

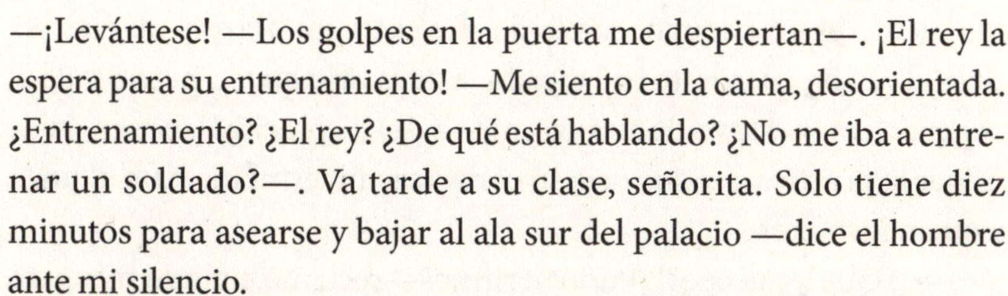

Me fijo en el reloj que cuelga de la pared frente a mi cama y se me sale un bostezo.

—Son las cinco de la mañana —me quejo, pero el guardia me informa que el rey lleva una hora despierto y que este fue el tiempo que designó para mí.

Suelto un gruñido bajo y camino con pesadez hacia el cuarto de baño a tomar una ducha. Después me visto casi con los ojos cerrados y salgo de la alcoba con tres minutos de sobra, que utiliza el guardia para guiarme a un campo abierto del palacio real.

—Pensé que tendría que esperarla hasta fin de mes. —El rey me recibe con un regaño. Esta vez está vestido, gracias a todos mis antepasados.

La mañana está nublada y parece que en cualquier momento comenzará a llover, lo cual no me da mucha energía. La brisa sopla gélida, como si fuera el vapor que emana del hielo, y amenaza con levantarme el vestido, así que ignoro su comentario y me

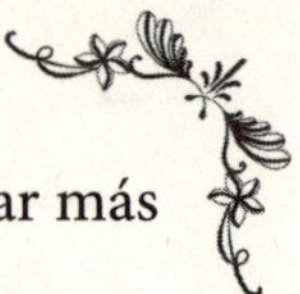

concentro en sostener la tela con las manos para no enseñar más de la cuenta.

—¿Puedo hacerle una pregunta? —El rey niega, pero yo continúo—. ¿Por qué le desagrado tanto?

—La lista es larga y el tiempo es corto. Tome. —Me extiende la misma daga con la que lo herí en el brazo—. Hoy vamos a poner en práctica su puntería.

—¿No se suponía que iba a entrenarme un guardia?

—Pues ya no. No hay nadie que sepa más de combate que yo, y necesito que aprenda muy bien para que no arruine nuestro plan —explica—. Además, si las cosas se ponen difíciles, tendrá que defenderse sola porque no perderé ni un segundo salvándola. —Lo siguiente que siento es un pequeño soplo de aire entre mi brazo y mi cuerpo, pues el rey de Lacrontte ha lanzado la daga. Me quedo petrificada al ver cuán cerca estuvo de alcanzarme—. Así de precisa debe ser al terminar la práctica, así que deje su conversación estúpida para alguien a quien le interese.

—¡¿Qué le sucede?! ¡Pudo herirme! —reclamo cuando recupero la voz.

—Recuerde que usted ya me hirió —dice con una mueca sombría—. Ahora, en posición. —Me señala una línea de manzanas a las que debo clavarles los cuchillos que sostiene un sirviente—. Si les acierta a mínimo diez, pasará al siguiente nivel.

Me ubico allí con la mejor actitud e intento cumplir con lo que me pide, pero rápidamente queda en evidencia que esta prueba no será sencilla de superar. Veinte manzanas, veinte lanzamientos fallidos. Al final todas están intactas y los cuchillos están regados por el césped.

—Era de imaginarse. ¡Cero de veinte! —reprocha al tiempo que un trueno retumba en el cielo y doy un salto imposible de disimular. El aire se enfría más y sé que la tormenta se acerca.

—Los truenos me asustan y no me concentro —digo en voz baja y con sinceridad.

—Me da igual a qué le tema, de aquí no nos iremos hasta que pase la prueba.

El rey me toma por sorpresa cuando se ubica detrás de mí, después de pedirle guantes al sirviente porque no quiere tocar a una plebeya con las manos desnudas. Tan desagradable como siempre. Luego me agarra una mano, la pone a la altura de mi cabeza y me pide que mire directamente las manzanas. Es muy extraño que me encuentre en esta posición, aprendiendo a disparar con el enemigo, en su palacio, como si fuera un soldado más de su ejército. Su cercanía me pone nerviosa, me intimida. Es decir, siempre me han inculcado que debo mantenerme a metros del rey Magnus y ahora su pecho me roza la espalda como si hubiera un alto nivel de confianza entre nosotros. En el fondo, quisiera que fuera Stefan quien me enseñara estas cosas; aunque no sé si él ha tomado un arma alguna vez.

—¿Por qué está temblando? —cuestiona, frustrado.

—Porque hace frío. —Y es cierto—. Además, está comenzando a llover —añado ante el rocío que cae.

—Solo son un par de gotas. Deje de quejarse.

Su aliento hace que me cosquillee la piel del cuello, como si fuera un pañuelo de seda que cae por mi cuerpo. El calor corporal que despide desvanece un poco el frío que me envuelve, pero eso es algo que, por supuesto, no pienso decirle.

—No lo estaba haciendo, usted preguntó y yo respondí. —El rostro del rey Magnus se transforma ante mi comentario.

—¡Esto es imposible! ¿Acaso no se cansa de hablar? ¡Cierre la boca por un maldito segundo! —Se aleja con desesperación y se pasa las manos por el cabello. Intento hablar, pero el rey se da cuenta y estalla—: Le pondré una mordaza si continúa hablando.

Levanto las manos, rindiéndome. Necesito hacer esto bien para salvar a Camille del calabozo y para tener alguna oportunidad si algo del plan sale mal. Dependeré de mí misma. Cuando el rey ve que no voy a abrir la boca, se calma y regresa a mí, retomando su posición anterior. Está tan cerca que puedo sentir cómo su pecho sube y baja mientras intenta controlar la agitación que le produjo la ira.

—Trate de no temblar —me ordena y me agarra nuevamente la mano—. Cuando lance el cuchillo, asegúrese de que el movimiento

de la muñeca sea rápido y su brazo quede apuntando hacia el objetivo. No lo baje o el cuchillo se desviará.

Tras la explicación, me suelta para que haga un tiro por mi cuenta; sin embargo, no uso la fuerza suficiente y el arma no alcanza a llegar a la manzana.

—¡Por todos los muertos que cargo en la espalda! —brama—. ¿En serio no es capaz de hacerlo bien o se está burlando de mí?

—No se enoje, estoy haciendo mi mayor esfuerzo.

La lluvia cae cada vez con más ímpetu, hasta que los dos tenemos la ropa completamente pegada al cuerpo. Se inclina hacia mí y parte de su peso cae en mi espalda. La piel se me eriza y me niego a aceptar que él tenga algo que ver con eso, estoy segura de que es por el frío. No me gusta tener a este hombre cerca, pero, desafortunadamente, la vida se empecina en juntarnos.

Lo vuelvo a intentar cuando otro trueno suena en el cielo. Lanzo el cuchillo con toda la fuerza que tengo, esperando que esta vez sí llegue a la línea de manzanas... pero se va de largo sin tocar ninguna y cae en el pasto, cosa que lo hace enojar. Me giro hacia él para defenderme de su ira, pero me quedo en silencio cuando veo cómo las líneas de su torso se han hecho visibles debajo de la camisa empapada. Desvío la mirada por respeto, vergüenza o ambas, y solo la devuelvo cuando lo escucho cargar un arma con la que luego les dispara a las manzanas, haciéndolas volar.

—¿Qué le ocurre? —Me muevo, asustada por el ruido. —¿No puede avisar antes?

—Es pésima con las dagas, así que ya dejaremos eso atrás. Ahora tome el arma y empecemos con esto.

Me guía para que tome la base de la pistola y me cierra la mano con fuerza a su alrededor después de indicarme cuál dedo va sobre el gatillo. La lluvia se ha desatado y algunas gotas de su cabello caen sobre mí. Me hace levantar la mano para apuntarles a unas nuevas manzanas y me pide que dispare. Cierro los ojos, temerosa y distraída por su cercanía. Y nada ocurre.

—¡Quítele el seguro! ¿No puede hacer al menos eso? —pregunta, desesperado.

—¡No sabía que había un seguro! ¡Nunca he tocado un arma en mi vida! —espeto y con la mano que tengo libre trato de que la tela del vestido deje de pegarse a mis piernas. Doy unos pasos para separarme de ese hombre insoportable—. Está diluviando, tengo frío y no puedo ver bien.

—Pues tendrá que esforzarse el doble.

Me agarra con fuerza de la cintura y luego me sostiene el rostro para que mire directo al blanco. Pasa su brazo por encima de mi pecho, cuidando que no pierda el equilibrio, y me separa las piernas con las suyas en un movimiento ágil. Me tenso, no con incomodidad, sino con desconcierto. No esperaba eso, nunca nadie me había tocado de esa manera, como si fuera un soldado al que hay que corregirle la postura. Los recuerdos de Faustus esa noche quieren abrirse espacio en mi cabeza, por lo que aprieto los ojos, tratando de disiparlos. No quiero que ese hombre me persiga por siempre, no le quiero dar ese poder en mi vida. Respiro profundo, mis hombros se relajan y vuelvo a la realidad de lo que estamos haciendo. El rey cubre el dedo que tengo en el gatillo con el suyo y, sin que me lo espere, empieza a disparar indiscriminadamente, haciendo estallar diez manzanas en fila.

Levanto y giro la cabeza para mirarlo. Tiene los ojos enfocados en la destrucción que ha causado y se ve tan fascinado que no se ha dado cuenta de que todavía me sostiene por el pecho y que su mano aún cubre la mía. Su toque no me molesta, aunque sí me resulta extraño, como si fuera algo que no debería estar pasando, pero que tampoco es urgente detener. Los latidos de su corazón son fuertes como el sonido de un tambor de guerra.

El agua continúa cayendo sobre nosotros con violencia, inundando todo alrededor. No me atrevo a moverme y él tampoco lo hace. Aguardo por unos segundos más a que el rey salga de su trance para escapar de la prisión que suponen sus brazos, pero nada sucede.

—¿Ahora me toca a mí? —pregunto en voz baja para llamar su atención.

De repente baja la cabeza, encontrándose con mi mirada. Cuando nota la posición en la que estamos, me aleja con apremio de su cuerpo y se mueve hacia un lado con rabia.

—¡Nunca en su vida vuelva a tocarme! Le queda prohibido —exclama en medio de la lluvia y los truenos—. ¡Queda castigada!

Le pregunto a qué se refiere y no responde, solo camina hacia el interior del palacio con pasos furiosos, salpicando agua de todos los charcos que hay en el suelo. Entonces atraviesa la puerta, la cierra con llave y entiendo que me ha dejado sola en el patio, pues en algún momento los sirvientes también han desaparecido.

—¡No, espere! ¡No me deje aquí! —lo llamo, pero me ignora. Corro y golpeo el cristal que nos separa, temblando por el frío que me embarga, pidiéndole que me deje entrar—. Majestad, por favor —insisto, pero el hombre solo se aleja—. Lo odio. ¡Juro que lo odio con todas mis fuerzas! —grito a pesar de que sé que ya no me oye.

La lluvia me azota y los truenos me siguen sobresaltando. No hay ningún sitio en el que pueda refugiarme, así que solo me resta sentarme cerca de la puerta mientras mis lágrimas se confunden con las gotas de lluvia. Le dije muchas veces que no quería seguir con esto, que la tormenta me atemorizaba. Yo no quise tocarlo, no fue mi intención. No quise ofenderlo. Solo deseo entrar, ya no quiero estar aquí.

* * *

—¿Ya está llorando? Para enfrentarse a la misión que le he encomendado debe ser más fuerte o fracasará. —Escucho la voz del idiota minutos después.

Por un momento parece que lo he imaginado, pero cuando alzo la mirada lo encuentro del otro lado del cristal. La ira me corroe y le lanzo un discurso de odio con tanto brío como la tempestad a mi espalda. Él se mantiene tranquilo, tragándose mis insultos sin decir una palabra o regalarme ninguna expresión que me diga que lo he ofendido.

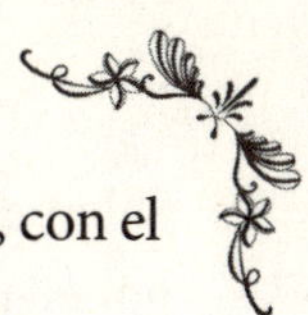

—¿Ya acabó? —Desea saber segundos después y asiento, con el ego intacto—. Bien, porque no escuché nada de lo que dijo.

Abre la puerta, todavía con los guantes de cuero puestos, y me jala bruscamente hacia dentro. Aún estoy tiritando, pero me las arreglo para seguirle el paso cuando me obliga a caminar con él por los pasillos. Mi cabello escurre montones de agua, igual que mi vestido, así que dejo un rastro por los corredores del palacio. El rey ya se ha cambiado de ropa, está seco y tan serio como siempre. Subimos las escaleras y veo que me lleva a su habitación en la tercera planta.

—¿Qué hacemos aquí? —pregunto con desconfianza y, como la mayoría de las veces, no obtengo respuesta de su parte.

No alcanzo a detallar bien su alcoba, salvo las paredes claras, pues me lleva hacia otra puerta, idéntica a la principal, que se abre hacia un cuarto de baño. La temperatura aquí es cálida, lo que es un alivio para mis huesos. El espejo está empañado por el vapor y antes de que pueda volver a interrogarlo, el rey Magnus me lanza hacia la tina llena de agua caliente. La ira se apodera de mí al ver que me trata como a una camisa sucia que se tira en una cesta. Trato de levantarme, pero mis piernas resbalan con el fondo liso de la bañera. Cuando logro ponerme de rodillas, él ya ha desaparecido y me ha dejado encerrada en el lugar. Este hombre va a volverme loca, lo juro. Saldré viva de aquí, me lo he propuesto y pienso lograrlo, solo que ahora pongo en duda si regresaré cuerda a Mishnock. Me debato entre salir o quedarme, pero el agua cálida se siente tan relajante que prefiero sumergirme en la tina y disfrutar de la paz que me ha obsequiado.

* * *

No tengo la menor idea de cuánto tiempo ha pasado, pero cuando despierto sigo sumergida en la tina con el agua tibia y las yemas de los dedos arrugadas. Sigo sola, el vapor se ha ido, el espejo muestra un reflejo claro y la gelidez que sentía en los huesos se ha esfumado.

Salgo de la tina con un dolor insoportable en el cuello. Sin duda, el haberme levantado tan temprano esta mañana, las discusiones, la angustia que me causan los truenos y el entrenamiento hicieron que cayera en un sueño profundo.

En una esquina del tocador de mármol descubro una bata de baño que no debe pertenecer a nadie más que al rey de Lacrontte. La puerta continúa cerrada, así que me despojo rápido del vestido y de mi ropa interior para cubrirme con aquella tela tersa y abullonada. La bata me queda inmensa. Pero nada importa y me ocupo en escurrir mi ropa mojada en el lavamanos para luego doblarla. En la encimera veo un cepillo de dientes, cremas, lociones, un peine y un montón de artilugios más, iluminados por las luces doradas de la habitación que, junto con la fragancia varonil que permea el sitio, me recuerdan dónde estoy. Nunca en mi vida creí que estaría en el baño del enemigo, pero aquí estoy, viendo mi reflejo de cabello enmarañado en el enorme cristal.

—¿Cómo que aún sigue ahí? —La ira del amargado llega a mis oídos detrás de las paredes.

Los pasos resuenan y yo intento esconderme. ¿Dónde? No tengo idea, pero antes de descubrir un buen lugar, él ya ha abierto la puerta.

—¿Por qué sigue en mi baño, pueblerina? —reclama, adentrándose a paso militar.

—Porque usted me dejó aquí.

Primero me deja afuera en medio de una tormenta, luego me trae a su baño y me lanza a la tina y ahora me reclama que esté aquí. Este hombre me va a dejar peor que Nahomi. Y antes de pensar en las consecuencias, ya he lanzado mi ropa mojada al suelo y trato de escabullirme. Corro hacia la salida, pero me toma por la cintura y cierra la puerta con seguro.

—¿A dónde cree que va con mi bata? —brama, como si yo pretendiera robarla—. ¿Por qué la tiene puesta?

El calor se me sube al rostro y la respiración se me vuelve pesada. Ya tiene que parar de tratarme como si fuera el peor mal sobre la Tierra o voy a estallar.

—No encontré nada más y necesitaba cambiarme de ropa…

majestad. —Utilizo su título para quizás aplacarlo, pero continúa enfurecido. Se quita la camisa porque el agua de mi cabello lo ha salpicado y se empieza a lavar las manos con jabón. Ahora soy yo la que arde de ira—. ¿Se está lavando las manos porque me tocó? —inquiero, indignada.

¡Por mi vida entera! Esto sí que no pienso tolerarlo. Voy con prisa hasta el tocador con la intención de lanzarle alguna de las cosas que tenga allí. Tomo el peine, pero él me atrapa. Tengo la espalda pegada a su pecho y nos miramos a través del espejo. El rey Magnus me arrebata el objeto y lo lanza lejos para luego envolverme el cuello con la mano y obligarme a levantar el rostro para verlo a los ojos.

—¿Qué intentaba hacer? —murmura en voz baja sin soltarme.

—Usted me hace sentir como si fuera la peste —respondo.

Detesto que me trate como si fuera un animal venenoso, una pieza de alfarería a la que puede moldear y deshacer cuantas veces quiera. Y lo único que me detiene de responderle como se lo merece es que no quiero que se arrepienta del acuerdo que me ofreció para salir viva de aquí. Necesito regresar con mis padres a como dé lugar y no voy a arruinarlo.

—Esfuércese un poco más si lo que busca es ofenderme. No se imagina cuán despreciables me resultan esos ojos cafés suyos. —Su cara está muy cerca de la mía y me fijo en el profundo color verdoso de sus ojos que me recuerdan el bosque espeso, en sus cejas pobladas y en su cabello rubio—. Debería arrancarle lo que lleva puesto por el atrevimiento de tomar algo que no le pertenece.

Soy consciente de que mi pelo está mojándole el torso desnudo, pero eso no parece importarle demasiado.

—No creo que a un soberano de su nivel lo lleve a la ruina una simple bata. Si llega a hacer lo que dice, ambos perdemos —le aseguro y reúno coraje para decir lo siguiente—. Yo, porque quedaré desnuda y avergonzada, y usted, porque tendrá que ver el cuerpo de una mujer mishniana.

—Por primera vez debo darle la razón. —Las pupilas se le han agrandado, haciendo que los iris se le vean más profundos. Para este

punto no puedo evitar recostarme sobre su pecho, pues la posición en la que me tiene es muy incómoda.

—Cuando me deje ir, no volveré a Lacrontte, se lo aseguro —digo carraspeando por la presión de su mano sobre mi cuello—. A decir verdad, conocí más de lo que quería, porque este baño y su habitación no están dentro de los lugares turísticos de la nación.

Casi sonríe, lo puedo ver pero vuelve a negarse y hace el mismo movimiento de ayer, girando el cuello para inclinar la cabeza y recuperar el gesto pétreo que lo caracteriza.

—¿Por qué siempre hace eso cuando quiere sonreír? —La pregunta se me sale y él no dice nada—. Se le iluminan los ojos y los hoyuelos se le profundizan. —El rey levanta una ceja.

—¿Tanto le intereso que ya me tiene así de vigilado? —Me sonrojo y pienso que no debí decir nada, no sé hacia dónde está yendo esta conversación—. ¿Y usted se conoce lo suficiente como para saber que tiene pecas casi imperceptibles en la nariz? —dice de repente y me quedo helada. Las notó.

—¿Me ha estudiado usted a mí? —susurro.

—Lo acabo de descubrir, pueblerina.

Parece que ya bajó la guardia y que su respiración se ha acompasado. Su pecho sube y baja con calma contra mi espalda.

—Me llamo Emery, no pueblerina. Si voy a ser parte de sus planes, al menos llámeme por mi nombre —le pido.

—A mis militares los llamo por su apellido y, como trabajará para mí, supongo que podría otorgarle la misma cortesía.

—Soy Naford, entonces. —Él asiente y, como no ha perdido el temperamento en un buen rato, me atrevo a decirle—: ¿No cree que debería soltarme si vamos a seguir hablando?

—Prefiero esta posición —murmura con voz grave.

—A mi cuello no le gusta demasiado, majestad. —Trago grueso.

Esta vez no se resiste y sonríe. Es un gesto pequeño, que se borra rápido, pero que sin duda fue sincero. De inmediato me regaño mentalmente, pues admito que me gustó verle la expresión.

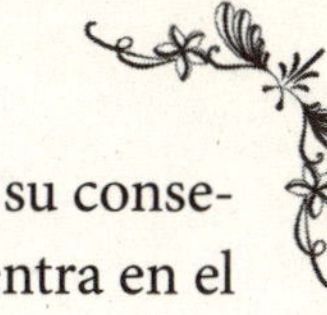

—Majestad. —Tocan la puerta. Reconozco la voz de su consejero—. Espero no molestarlo. La señorita Vanir se encuentra en el palacio y pregunta si puede recibirla.

El agarre del rey Magnus se afloja hasta soltarse y mi cuerpo lo agradece. Por instinto me toco el cuello, aliviando el abrupto cambio de temperatura que deja la ausencia de su mano. Pienso que se alejará finalmente; no obstante, se queda como estatua detrás de mí por unos segundos antes de darle acceso a Francis.

—Dígale que me espere en la oficina. Bajo en unos minutos.

El señor Modrisage me mira con suspicacia y lo entiendo, la imagen con la que se encontró es bastante peculiar: el soberano de Lacrontte semidesnudo, yo con su bata puesta, mi ropa en el piso y ambos encerrados en el cuarto de baño.

—Se lo haré saber —responde, mirando de nuevo al rey—. No quise interrumpirlos.

—No interrumpiste nada —replica el rey a la defensiva—. La prisionera ya se iba.

El consejero asiente y se va, dejándonos solos de nuevo. La puerta queda abierta y el monarca no se vuelve hacia mí en ningún momento.

—Salga de mi habitación ahora, mishniana. —Antes de que yo pueda discutir, continúa—: Limítese a cumplir la orden que le doy. Mi novia está esperando abajo y necesito cambiarme.

Me siento mal, y no por lo que me dice, sino por Stefan. No sé dónde está, por qué no ha venido por mí, ni qué está haciendo, pero esto no estuvo bien. Debo contárselo y pedirle una disculpa. Nada malo habría pasado si me hubiera quedado más tiempo, lo juro por mi vida, pero aun así tanta cercanía no es apropiada. Y si yo me enojé porque él invitó a salir a la princesa Lerentia, debo también asumir mi responsabilidad en este caso.

Necesito que ese tonto plan se lleve a cabo pronto para poder largarme de este reino, sacar de mi vida para siempre a este hombre y volver con Stefan y mi familia.

38

Desde esa tarde no volví a ver al rey Magnus y ya han pasado cuatro días. Tengo la sensación de que ha estado huyendo de mí y considero que tomar distancia es lo mejor que pudimos hacer. Se ha enfocado en pasar tiempo con la señorita Vanir. Los escuché hablar, caminar y pelear. Se gritaron muchas veces y oí portazos y reclamos. Ella no me quiere en el palacio y, por el plan que está en marcha, el rey se negó a sacarme. En estos días un guardia fue quien me entrenó. Y cuando no estaba en el patio con las armas, me encontraba en mi alcoba pensando en mi familia, en Rose y su embarazo, en Camille, que aún está en el calabozo, y, por supuesto, en Stefan. Esperaba que su silencio se tradujera en un ataque sorpresa, pero eso no ha pasado y me preocupa. ¿Él también estará pensando en mí? Lo único que me consuela es que quizás Valentine y el barón Russo les hayan avisado a él y a mis padres sobre la carta que envió el señor Francis y que la esperanza los ayude a no sufrir.

Hace dos días viajé con el rey Gregorie hasta la frontera con Grencowck. Fue un trayecto largo hasta la capital, pues en un punto ya no había automóviles ni carreteras aptas. No he tenido la oportunidad de conocer con detalle el reino, ya que fuimos directamente a un hotel cercano al palacio y las pocas veces que miré por la ventana solo vi una ciudad precaria, sucia y ruidosa.

Ahora estoy frente al espejo, ajustándome la pequeña daga plateada en lo alto del muslo, justo por encima de la abertura sobre la pierna derecha. El vestido azul oscuro que confeccionó Remill es

pesado, pues tiene muchas capas de muselina y está recubierto de pedrería blanca. El corte del escote es recto. Sin embargo, lo que hace único al vestido es que una pieza de tela cruza por encima del pecho, sube por el hombro izquierdo y me atraviesa la espalda en diagonal hasta llegar al lado derecho de la cadera.

—Luces fenomenal —me adula el rey Fulhenor cuando me ve salir de la alcoba.

—Me alegra saber que usted no les teme a los halagos como su primo. —Sonrío al recordar que hasta hace poco yo no era capaz de recibir los elogios que Stefan me hacía.

—A él le gusta molestarte. No le hagas mucho caso. —Me guía por el pasillo hasta la salida—. Para tu mala suerte, Aldous no podrá quitarte la mirada de encima. ¡Ah! Una cosa antes de que lo olvide. —Se detiene y saca de su bolsillo un anillo de oro que me pone en el dedo anular—. Ya sabes cómo usarlo.

Nos subimos al carruaje y en minutos llegamos al ostentoso palacio. Me abrumo por la cantidad de dorado, de esculturas, de pinturas, de lámparas gigantescas que caen del techo como telarañas y de paredes cubiertas de tapices con estampados estrafalarios que me parece que van a caerse en cualquier momento y aplastarme. Todo es exagerado y anticuado, resulta asfixiante. Le comento a Gregorie lo peculiar que me parece el lugar, pero entonces me interrumpe porque aparece el rey Aldous. Es un hombre de escaso cabello, baja estatura y proporciones voluminosas. Viste una capa de piel de oso y collares de oro de un tamaño absurdo para su cuerpo. La corona en su cabeza luce pesada y, al igual que su palacio, está sobrecargada con diferentes ornamentos y gemas; sin embargo, a él parece no molestarle. Los dos hombres se saludan con un abrazo y palmadas en la espalda.

—Veo que trajiste a una acompañante —comenta con un tono lascivo.

—Allia Rugers —me presento con el nombre que hemos inventado para hoy. Le brindo mi mano y él la besa—. Cuánto placer me causa verlo, majestad.

—¿A qué tipo de placer te refieres? —Los ojos le brillan y se le oscurecen. ¡Por Dios! No imagina la repulsión que me da.

—La que usted necesite —respondo con dulzura y finjo una sonrisa.

—Es un obsequio para ti —interviene el rey Gregorie cuando nota que no me suelta la mano—. Aunque luego hablaremos de eso.

¡Qué horrible suena esa frase! Intento enfocarme y recordar que es parte de un plan, que no soy un regalo y que todo saldrá bien.

—Está bien, tengo muchas cosas que contarte antes de perder la cabeza.

El rey Sigourney nos guía hasta su oficina, que es tan vistosa como su vestimenta: allí exhibe cabezas de animales en las paredes, hay baúles forrados con pieles, sillas y sillones de cuero oscuro y una chimenea de la que aún sale el olor de las cenizas. El hombre se queda todo el tiempo a mi espalda y sé que lo hace para verme caminar, así que me muevo disimuladamente para quedar escondida delante de la figura del monarca de Cromanoff.

—Primero los negocios, Aldous, enfócate.

—De acuerdo. ¿Desean algo de beber? —Señala una barra llena de botellas que está en el muro izquierdo.

—Paso por esta vez, pero quizás la próxima —contesto con picardía, y las cejas del soberano Sigourney se levantan.

—¿Ya estás convencida de que habrá más de una ocasión? —Apenas sonrío, dejando que el hombre se imagine lo que quiera—. Me gusta —le dice al rey Gregorie—. Ya entiendo por qué la trajiste.

—Lo mejor para los mejores —le dice el rey Fulhenor, recostándose en la silla que hay frente al escritorio.

—Bien, no perdamos tiempo. —El rey se acomoda en su puesto y entonces habla con la emoción de un niño que está a punto de pedir su juguete favorito—. Sabes que no exijo mucho, solo quiero las tierras que Magnus V me robó. Y algo de oro no estaría mal.

—Básicamente, me pides que traicione a mi primo —contesta el rey Gregorie.

—Primero escucha lo que tengo para ofrecerte y luego lo meditas. Me devuelves mis tierras y juntos nos iremos contra Plate. Está en ruinas, el gobierno no se sostiene.

Escucho atenta cada palabra de la conversación, como si de mi familia se tratara. Ya sabía que Plate no estaba pasando por la mejor situación, pero creí que con las donaciones de Mishnock había sido suficiente. El rey Aldous afirma que los reyes Griollwerd vinieron a pedirle dinero para costear el matrimonio de Aphra y Lorian, que se llevará a cabo en Ingrest, la capital de Plate, pues no desean que los Wifantere se den cuenta de que están en ruina y busquen romper el compromiso. Lo que solo significa una cosa: la unión de Aphra con el heredero de Cristeners es la salvación para Plate.

—La economía de Cromanoff no podría estar mejor —se defiende el rey Gregorie—. No me afecta quién sea la esposa de mi cuñado.

—Eso lo dices ahora… Me han llegado rumores y no sé bien cómo contártelos. —Desvía la mirada hacia mí, como si no pudiera revelarlo en mi presencia, por lo que el soberano de Cromanoff tiene que asegurarle que yo no diré nada—. Toda esta cuestión de poderes se sostiene como una pirámide y tú lo sabes.

Explica lo que ya mi cabeza había empezado a maquinar. Estar rodeada de la monarquía me ha hecho entender mucho más rápido los entresijos políticos. Al estar Plate en el fondo, dependerán de las riquezas de los reyes Wifantere, por lo que él menciona que harán que Lorian incline su poder hacia ellos y, por ende, hacia sus aliados, es decir, Mishnock. Y todo porque él es quien se convertirá en rey de Cristeners, no Lerentia.

—¿Insinúas que Cristeners se convertirá en mi enemigo cuando Aphra y el príncipe Wifantere se casen? —inquiere el rey Gregorie.

—Efectivamente. Sucederá antes de que lo notes. Tendrás tres reinos en tu contra: Plate, Mishnock y, por supuesto, Cristeners, que ya no les pertenecerá a tus suegros, sino que será manejado por tu cuñado. Si te unes a mí, te aseguro que nos quedaremos con mi pequeño vecino, nos dividiremos su terreno y dejaré que te lleves la mejor parte: el lado costero navegable.

¡Por Bartolomeo! Esa es la zona donde está Rose.

—Su puerto es una mina de oro que no han sabido cuidar y puede ser tuya —continúa, estirándose sobre la mesa para generar más presión—. Ya no tendrás que pagarles por dejarte usarla. Te la cederé para que veas cuán generoso soy.

—Pero me ganaré a Lacrontte de enemigo y no sé si es algo que valga la pena. Magnus me destruirá.

El rey Aldous es astuto y ya tiene una respuesta preparada. Es como si hubiera estudiado los posibles peros y a todos les hubiera conseguido una solución. Asegura que lo respaldará y que Lacrontte ya no tendrá mucha fuerza al perder a su único aliado. Además, le recuerda que él ya conoce todo sobre ellos, sus fortalezas y debilidades. El problema es que parece no haber notado que el rey Magnus también conoce las suyas. Y a ese hombre no será fácil ganarle la batalla así se quede solo. El rey Gregorie comienza a sospechar de las motivaciones de Sigourney y yo también. ¿Por qué le dará el puerto a cambio de unas tierras? No es algo inteligente. ¿Qué hay allí que lo haga desearlas tanto? Él se justifica en su patriotismo, en que quiere que Grencowck tenga su territorio original, y cuando nota que eso no convence a su invitado, que no hace más que frotarse los dedos, examinando el panorama, le dice que tiene información de sus suegros que también incluye a los Denavritz y que solo revelará si acepta su trato.

Podrían sacarme de la oficina ahora mismo y aun así ya sabría de lo que van a hablar. Estoy segura de que le contará acerca de los soldados que prestó Cristeners para atacar a Mirellfolw, aquel enfrentamiento en el que le sustrajeron armas y secuestraron hombres. Gregorie se queda en silencio por unos minutos, sopesando la propuesta. No lo niego, me preocupa que lo haya convencido y se vaya en contra de su primo. Eso arruinaría todo el plan y necesito jugar mi papel para asegurar mi libertad. Me he esforzado mucho como para quedarme tirada a mitad de camino.

—No es una decisión fácil de tomar.

—Sé que te gustan los barcos, Gregorie, y la navegación. Y, por si no lo recuerdas, creo que conoces a alguien que utiliza ese puerto

para ingresar cosas que terminan en Lacrontte —dice con un tono que esconde muchas más cosas—. Si bloqueas el acceso, tu primo no se quedará con nada. Estúdialo si quieres, pero sabes que por donde lo mires, todo esto te beneficia.

Las armas. A eso se refiere. Las armas que llegan a Lacrontte desde el reino de la isla. Eso fue lo que Stefan me contó y por eso Plate pudo retrasar el desembarque del armamento, porque el puerto es suyo. El miedo me invade. ¿Qué pasará si se arrepiente de ayudar a su primo y aborta el plan? ¿Me dejará aquí? ¿Seré vendida como una pieza de colección al rey Aldous? ¡Qué desastre! Prometo que si salgo viva de esto me buscaré un lugar lejano y me iré allá para abrir mi floristería. Viviré una vida tranquila lejos de la monarquía e intentaré que Stefan abandone todo para irse conmigo.

—¿Por qué yo? —pregunta el rey Gregorie después de unos segundos de silencio—. Pudiste aliarte con Mishnock o Cristeners para conspirar contra Lacrontte y aun así decidiste irte por la vía más difícil. ¿Por qué?

—Mishnock lleva años luchando contra Lacrontte y no han logrado nada. Y Cristeners está de tu parte. No se irán contra ti y eso te convierte en el cabecilla. Si te convenzo, también los tendré a ellos.

—Por Lerentia, debido a que Lorian aún no toma el poder y Cristeners sigue siendo gobernado por Magda y Everett —deduce—. Necesito unos minutos a solas para pensarlo. ¿Qué tal si das un pasco con Allia mientras yo sopeso mis opciones? —propone entonces, dando inicio al plan que crearon en Mirellfolw.

—De acuerdo. Volveremos en unos minutos… u horas, si todo sale bien—. Se levanta, va directo hacia mí y tengo que contener un escalofrío—. Señorita, sígame por aquí.

—Creí que jamás nos darían un momento a solas —le digo con mi mejor sonrisa.

—Mi esposa no está, así que es tu día de suerte y conocerás los aposentos reales —me asegura cuando salimos de la oficina, pero reacciono rápidamente.

—En realidad hay un lugar que me llama mucho más la atención —digo, fingiendo timidez. El rey me rodea la cintura y me acerca a él—. La verdad es que me atrae su atuendo. —Le acaricio las cadenas que cuelgan de su cuello, con la bilis revuelta—. El oro que lo viste.

—No te preocupes, querida, te daré todo el oro que desees si me complaces tanto como espero —me habla al oído—. De ti depende cuán grande sea el botín.

—No hay nada que me motive más que ver con antelación todo lo que me espera al lado de un hombre como usted —susurro con el tono más seductor que puedo impostar. Me tiemblan las manos ligeramente y el corazón me late tan fuerte que me golpea el pecho, desesperado por salir. No puedo arruinar esto, pero odio tener que tocarlo—. Enséñeme todo el oro con el que piensa competir contra el rey Magnus.

La sonrisa que aparece en su rostro me indica que he ganado esta batalla y lo he convencido de que me lleve a su bóveda. La primera fase del plan es un éxito. Ahora solo me resta rogar que lo demás salga igual de bien.

Descendemos hasta un piso subterráneo, que está prácticamente vacío e iluminado con luz clara. Se trata de un corredor extenso que desemboca en una sala abierta, donde esperan cuatro guardias que custodian lo que de inmediato identifico como la bóveda de la que tanto hablaron los primos Lacrontte.

—Espero que mis tesoros logren convencerte de sucumbir ante mí —dice, y el asco me recorre de pies a cabeza.

Le ofrezco una mirada de asombro cuando ingresa el código de seguridad. Lo veo claro, 0321, pero eso es algo que los reyes ya saben. La punta de la funda de la daga que está atada a mi pierna se me clava levemente en el muslo cuando levanto la pierna para entrar a la bóveda. Dos guardias entran conmigo.

—Cierren la puerta, por favor. Siento que puedo respirar el lujo y no quiero que ni siquiera eso se me escape. —Me inclino cerca del rey y le acaricio la barba, esperando distraerlo para que no sospeche nada.

—Ya escucharon a la mujer. Cierren la puerta —repite él—. Y quédense afuera porque quizás no lleguemos a la habitación.

—No los saque, majestad —hablo de inmediato, temiendo que los guardias puedan detener a los hombres del rey de Lacrontte—. En mi fantasía de reina hay espectadores.

—Estoy un poco desactualizado. —Abre mucho los ojos, aunque parece que le gusta la idea que implican mis palabras—. Desconocía que se habían incorporado tales prácticas.

Trago fuerte mientras el rey les ordena a los guardias que se queden y cierren la puerta. Quiero vomitar. ¿Cómo puede pensar que en verdad quiero hacer algo así? Repaso el plan mientras me paseo por la bóveda. El rey Gregorie me sugirió que buscara joyas y me las pusiera, pues si todo sale bien, al final serán mías. Lo malo es que no veo ninguna, solo lingotes y más lingotes apilados en grandes grupos.

Las paredes son lisas, blancas y con la iluminación de las lámparas todo se vuelve más brillante a la vista, casi insoportable. La luz golpea el dorado del oro y este se refleja sobre los muros impolutos. Esto podría ser una medida de protección, pues si alguien se quedara encerrado aquí, se volvería loco en menos de un día. No es una buena idea cerrar la puerta, pero ese era el plan y lo estoy cumpliendo.

—¿Comenzamos ya o eres de esas a las que les gusta el juego previo?

—Yo solo quiero tener el poder —le revelo en un tono bajo. El pánico amenaza con vencerme y estrangularme.

Me dijeron que debía tenerlo encerrado tanto tiempo como pudiera, el problema es que no se me ocurren demasiadas cosas para distraerlo sin que se desespere. Además, también tenía que dejar el pasillo despejado y fue imposible que entraran los cuatro guardias.

Le lanzo indirectas al rey Aldous mientras recorro la sala, manteniéndolo expectante y haciendo que me siga como una polilla atraída por la luz. Quemo tiempo para que la Guardia Negra pueda entrar hasta acá. Todavía no creo que estoy ayudándolos cuando toda mi vida tuve miedo de ellos, pero así es la supervivencia.

—No me siento bien —miento a medida que cambio mi expresión.

La mirada de los guardias es ansiosa, quieren ver el espectáculo al que han sido invitados, así que solo me queda comenzar con el teatro que he planeado.

—Estás dando muchas vueltas, para ya. Era obvio que terminarías mareándote.

—No creo que sea eso. —Giro y camino hasta el fondo de la bóveda—. Debe ser el nivel bajo, el aire de estos niveles subterráneos.

Abro el anillo, quitándole la piedra que sirve como tapa. Tomo un poco del escaso líquido rojo y me mancho la nariz lo suficiente para que se vea real.

—Creo que voy a desmayarme —declaro y me giro hacia el rey, mostrando la sangre falsa y actuando como si no pudiera llegar a sus brazos.

Me apoyo sobre unos lingotes con dramatismo. Me deslizo hasta el suelo, cuidando que la daga en mi pierna no se haga visible. Tal como me lo aseguraron, la bóveda aísla el ruido, así que no puedo escuchar si ya están afuera o al menos cerca. Solo me resta rogar que haya iniciado esta fase del plan en el momento correcto.

—Te llevaré a la alcoba, quizás con menos ropa te sientas mejor. —Se agacha y me pone la mano en la pierna desnuda. Su toque me causa una repulsión tremenda, tanto que ahora de verdad quiero vomitar. Faustus y él son la peor basura que he conocido—. ¡Abran la bóveda! —les ordena a sus guardias y el corazón se me acelera. ¿Y si no están allá afuera? ¿Y si el rey Gregorie decidió traicionar a su primo y me dejó metida aquí? Tras unos segundos, el rey se impacienta—. Reponte rápido si quieres dinero o te enviaré de vuelta con Gregorie sin nada. Eso sí, después de pasar por mi habitación porque viniste a eso, ¿no?

Veo a los guardias acercarse a la puerta, pero antes de que la toquen esta se abre hacia dentro. Ambos quedan pasmados, agarran sus armas y toda la sangre parece evaporarse de mi cuerpo cuando uno de los custodios que se quedaron afuera se asoma, aunque de inmediato se desploma en el piso.

—Cuánto tiempo sin vernos, Aldous Sigourney.

¡Esa voz! Nunca pensé que esa voz que tanto temía me causaría alivio.

Varios hombres vestidos de negro entran en la bóveda, custodiando al rey Magnus, mientras le apuntan directamente al asqueroso rey Aldous y a sus dos protectores.

—¡¿Cómo demonios entraste aquí?! —ruge, encolerizado, alejando su mano de mi pierna por fin.

Bajo la mano hacia la daga y la agarro de su pequeña empuñadura. Sigourney está a punto de levantarse y enfrentarlo, así que, aprovechando que se encuentra a mi nivel, me abrazo a su pecho y le pongo el filo contra el cuello, tal como me lo enseñaron. Tengo miedo de que algo salga mal y termine convirtiéndome en asesina. El asunto es que si no hago esto como debo, la que terminará lastimada seré yo. El pulso se me acelera, no sé si por adrenalina o terror, pero me lleno de una fuerza que no sabía que tenía.

—Creo que acabas de descubrir la respuesta —anuncia el rey Magnus con la sonrisa de un auténtico villano, regalándome una fugaz mirada de asombro. ¿Acaso pensó que no sería capaz? Yo puedo hacer todo lo que me proponga y confío en mis habilidades, más cuando de ello dependen mi vida y mi libertad—. Te presento a mi más reciente recluta, la soldado Naford.

Los guardias del rey Aldous se vuelven a verme y me apuntan a la cabeza. Me he convertido en su nuevo objetivo ahora que tengo entre mis manos a su rey.

—Eres una maldita basura —brama dirigiéndose a mí.

—Cuide su manera de hablarme —le advierto y acerco la daga para que sienta el frío del metal contra su piel. Mis manos no tienen la firmeza que desearía y es que, en el fondo, me atemoriza hacer algo que me lleve a sentir remordimiento toda la vida.

—Escúchala, Sigourney. —Oigo una sonrisa escondida en la voz del rey Magnus—. Está a un pelo de tu yugular.

—¡Lárgate de mi palacio o mátame ya! A eso has venido, ¿no?

—Solo pienso llevarme un poco de tus riquezas, tienes muchas y hay que compartir. ¿Nunca te lo enseñaron? —Sigourney forcejea,

pero no se atreve a moverse demasiado—. Naford, venga aquí. Si intenta atacarla, córtele la garganta. —Lo miro y no me muevo. Tengo miedo—. ¿Me hará ir por usted, soldado? —cuestiona, levantando una ceja, y yo asiento—. De acuerdo, pero solo cuando me haya llevado todo el oro que hay aquí.

Los custodios amenazan con dispararme, algo que ahora es inútil. No tienen el control de la situación y la Guardia Negra los somete sin problemas, haciéndolos bajar las armas a pesar de los gritos de su monarca, que les exige protección.

—Ellos sí piensan de manera inteligente —le susurro. El hombre se remueve con furia y me veo obligada a retroceder. En ese momento reaparece el rey Magnus, que se planta frente a Sigourney y me dice que salga y siga la línea de hombres de Lacrontte.

La Guardia Negra ya ha comenzado a sacar el oro. Es una tarea ardua y demorada que requiere de muchos hombres para cargar y transportar lo robado.

—Eres una rata, igual que tu padre —espeta el rey Aldous desde el piso.

—¿Trajiste a mi familia para conspirar en mi contra y te atreves a llamarme así? Somos lacrontters, Sigourney. No puedes separarnos.

Tras esas palabras, salgo de la bóveda y camino por los pasillos hasta el exterior del palacio, tomando la salida trasera. Debemos ser cautelosos y por eso tomamos la ruta alterna. Hay muchos lacrontters en la casa real, todos con armas y un charco de sangre a sus pies. No quiero imaginar a cuántas personas han asesinado para que el palacio haya quedado en tal silencio.

—¿Dónde está el rey Gregorie? —le pregunto a uno de ellos.

—A kilómetros de aquí. En el punto de encuentro.

La fila de soldados se pierde cuando bajan la colina sobre la que se encuentra el palacio real. Desaparecen en medio de un bosque espeso en el que solo puedo ver unas pequeñas luces que parecen indicarles el camino. Me debato entre ir tras ellos o esperar al rey Magnus para caminar con él hasta el punto de encuentro. Después de pensarlo unos minutos, me decanto por la segunda opción.

* * *

El cielo está despejado y no se ve nada más que la luna, que se alza como dueña indiscutible del firmamento. El número de soldados ha disminuido desde hace un par de horas. Tengo hambre, mucho frío y temo que el amargado haya salido por la puerta principal y yo me haya quedado sola esperándolo. Sin embargo, después de un tiempo, cuando ya todos los lacrontters se han ido, el rey Magnus por fin sale del palacio completamente solo y con un arma en la mano. Es el último en salir.

—¿Qué hace aquí? —pregunta, contrariado, al verme—. ¿Por qué no está en el punto de encuentro? —Me encojo de hombros porque no tengo la fuerza para responder o discutir—. Camine, no hay tiempo que perder. Ya todos van adelante.

—¿Por qué se ha quedado de último si es el rey? —inquiero mientras bajamos la colina y nos adentramos en las profundidades del bosque.

—Porque eso es lo que hace un líder. Es el primero en llegar y el último en irse. Un buen rey no puede dejar atrás a ninguno de sus hombres, debe velar por ellos. Y eso es lo que hago. —No me mira mientras habla, solo avanza erguido y orgulloso.

Andamos por aproximadamente una hora, siguiendo las lámparas que han dejado para señalar el sendero y que vamos apagando a medida que pasamos. Continuamos hasta un gran campo abierto que desemboca en un camino que han despojado de árboles.

—¿Dónde están todos? —pregunta, desconcertado, como un niño que se ha alejado demasiado de sus padres, y gira con los brazos abiertos—. Este era el punto de encuentro. —Veo que el rey camina de un lado a otro, buscando algo, a alguien, pero no hay nada. Estamos solos—. ¡El maldito de Gregorie nos dejó! ¡Se fueron sin nosotros! —exclama y siento que el mundo se cae a mi alrededor. Esto no puede ser cierto—. ¡Nos abandonaron a nuestra suerte! ¡Juro que voy a matarlo cuando lleguemos a Lacrontte!

—¿Y cómo se supone que haremos eso? —pregunto en voz baja, pues no quiero exaltarlo más.

—No tengo la menor idea, Naford, no tengo ni la menor idea…

39

Camino detrás del rey Magnus tan rápido como puedo en medio del bosque. Él parece saber hacia dónde vamos y yo lo sigo como un pato. Está de un humor insoportable, así que intento mantener la distancia para no ser víctima de sus groserías. Me ha dicho hace un rato que debemos llegar a la frontera con Cromanoff antes del amanecer para que crucemos sin que el rumor del robo se haya extendido y nos tomen como prisioneros. De ahí viajaremos a Lacrontte, puesto que su reino no limita con Grencowck, y asegura que la Guardia Verde nos dejará pasar.

—¿Podría avanzar más rápido? —cuestiona sin volverse a mirarme.

—No puedo. La falda del vestido es muy pesada —contesto, desabrochándome las sandalias altas—. Por cierto, el rey Gregorie sugirió que podría llevarme cualquier joya que encontrara en la bóveda, pero no había ninguna. ¿Me puedo quedar entonces con el traje? Es muy bonito.

—Déjeme en paz y camine en silencio si no quiere que la deje aquí tirada.

—¡No me amenace! Recuerde que aún tengo la daga para defend…

No termino de hablar cuando se abalanza sobre mí y nos lanza al suelo. Pataleo cuando me agarra los brazos y los levanta sobre mi cabeza, sosteniéndolos por las muñecas con una mano. Se arrodilla

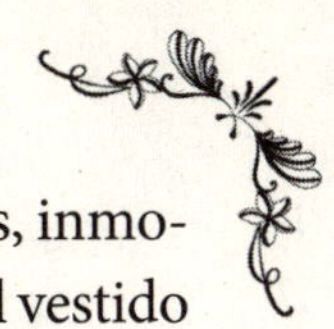

a mi lado mientras pone su pierna derecha sobre mis muslos, inmovilizándome. Con su mano libre desliza ligeramente la tela del vestido y toma la daga escondida.

—¿Ahora quién tiene la daga, soldado? —se mofa, enseñándomela. Se levanta y me deja acostada sobre la tierra, con el pelo y el vestido sucios. Me incorporo con la ira que se abre paso en mi interior, como los relámpagos en el cielo. Y cuando veo que sigue caminando sin más, tomo mis sandalias del suelo y se las lanzo a la espalda con furia.

—¡Lo odio! —grito y él se gira, sorprendido por el golpe.

—¡Y yo odio sus ojos cafés! —replica—. El sentimiento es mutuo. Ya me lo dijo antes, así que varíe sus insultos.

Veo que intenta reírse y eso me enfurece aún más. Al final se resiste, como siempre, y opta por dar media vuelta para seguir caminando los largos kilómetros que tenemos por delante.

* * *

Desconozco cuánto tiempo llevamos caminando, pero estoy agotada. Siento que si doy un paso más desfalleceré. Hemos dejado el bosque y caminamos ahora por un sendero lleno de cultivos. El sol ya ha comenzado a salir, pintando el cielo de un naranja hermoso; sin embargo, el hambre, el sueño y los pies adoloridos no me dejan apreciarlo como debería. A unos metros veo una modesta casa que está protegida por una valla de alambre y púas. Sale humo de la chimenea y la puerta está abierta, lo cual indica que en su interior hay alguien. Le señalo la casa al rey, pero no le interesa en lo más mínimo.

—No necesitamos una casa de campesinos, lo que necesitamos es salir de Grencowck —replica con un tono que demuestra lo agotado que está, aunque no sé si del camino o de mí.

—Ya no puedo seguir. En la casa podremos descansar un momento, beber agua y comer algo.

—¿Cree que voy a probar comida de plebeyos desconocidos? Soy el rey de Lacrontte, Emery. ¡Piense un poco!

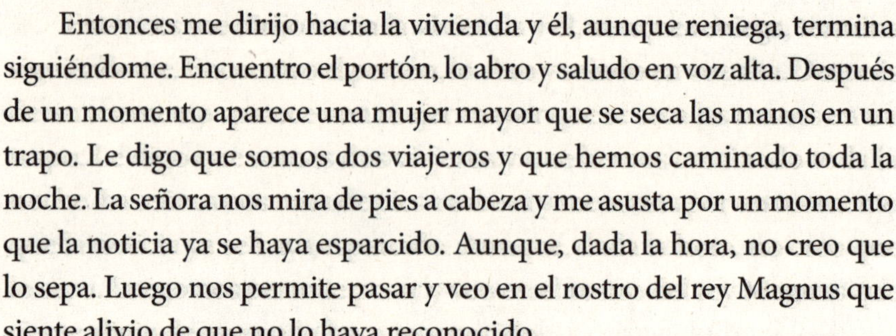

—¡Piense usted! Yo sí iré —declaro.

Entonces me dirijo hacia la vivienda y él, aunque reniega, termina siguiéndome. Encuentro el portón, lo abro y saludo en voz alta. Después de un momento aparece una mujer mayor que se seca las manos en un trapo. Le digo que somos dos viajeros y que hemos caminado toda la noche. La señora nos mira de pies a cabeza y me asusta por un momento que la noticia ya se haya esparcido. Aunque, dada la hora, no creo que lo sepa. Luego nos permite pasar y veo en el rostro del rey Magnus que siente alivio de que no lo haya reconocido.

—¿Quieren algo de beber? —nos pregunta mientras tomo asiento en el banco de su comedor—. ¿De dónde son?

Él se queda de pie, mirando despectivamente la sencilla mesa. No quiere sentarse, así que no me queda más que tomarlo de la manga para que también descanse.

—De Cromanoff —inventa el rey.

—Eso explica sus atuendos. Nadie en Grencowck tiene ese estilo.

—Es un reino con recursos limitados, ¿no es así? —me atrevo a señalar.

—Un poco. Es decir, de unos años para acá las cosas han ido escaseando. El rey Aldous es un despilfarrador, toda la riqueza se la ha gastado y lo que recoge en impuestos lo invierte en su palacio.

—Tienen un bloqueo económico por parte de Lacrontte —revela el soberano más para mí que para la mujer—. Eso los priva, por ejemplo, de combustible. Y como es difícil de conseguir tuvieron que volver a los carruajes.

—Exactamente —afirma ella, dejando un envase con agua y dos vasos de madera frente a nosotros—. El reino de Cromanoff era el exportador número uno de trigo y ya no puede hacerlo por ser el aliado principal de Lacrontte, así que no hay muchos panes. Suena ridículo, pero solo los pudientes pueden permitirse una hogaza.

Así que hubo un tiempo en el que Cromanoff y Lacrontte no eran aliados. No me queda duda de que Grencowck era antes una nación próspera y, tal como le está sucediendo ahora a Mishnock, la guerra contra Lacrontte, junto con la mala administración del Gobierno, los

llevó a la ruina. Y es justo eso lo que nos pasará a nosotros si el rey Silas no deja el poder.

—¿Ustedes son esposos? —pregunta la mujer, cambiando de tema.

—Sí —responde el rey, tomándome por sorpresa—. Y debemos retirarnos ya, el camino es largo.

La señora dice que no puede dejarnos ir sin que comamos algo y yo acepto, famélica, aunque el amargado me mire como si estuviera loca. Mientras nuestra anfitriona va por algo, le advierto que debemos cambiarnos de ropa, pues estamos llamando demasiado la atención.

—Bien. —Aprieta la mandíbula al hablar. Es obvio que le cuesta mucho reconocer que tengo razón—. No tengo dinero, así que debemos usar algo más. Ofrézcale su vestido, que tiene diamantes.

—¿No son zirconios? —pregunto, confundida.

—¿Cree que dejaría entrar cosas falsas a mi palacio?

Todo este tiempo he estado utilizando diamantes y no lo sabía.

Cuando la mujer vuelve con comida, le proponemos un intercambio: mi traje por algo de ropa normal. Ella no lo piensa demasiado antes de aceptar. Corre a buscar lo que le hemos pedido después de indicarnos un lago donde podemos tomar un baño.

—¡No voy a ponerme eso! Es ropa de plebeyos —se queja como si las prendas estuvieran hechas de tela envenenada.

—Es ropa limpia —le aseguro cuando llegamos al sitio indicado por la mujer—. Pensemos mejor cómo haremos para lavarnos. Yo podría hacer guardia mientras usted se asea.

—¿Acaso cree que voy a bañarme con esa agua asquerosa? Apuesto mi reino entero a que las vacas beben de ahí. Prefiero morirme antes de poner esa cosa sobre mi cuerpo.

—Pues entonces solo haga guardia porque yo sí quiero quitarme las huellas del rey Aldous de la piel —digo y me estremezco al recordar el asco que me produjeron sus manos—. Dese la vuelta, voy a quitarme el vestido —le pido y obedece con el ceño fruncido.

El traje cae a mis pies cuando me despojo de él. Dudo por un momento si quitarme la ropa interior o no, y al final opto por dejármela. Así me meto al agua, que está helada. Este lago me recuerda al

que se encuentra en medio del bosque Ewan, aquel en el que sumergí los pies cuando fui con Stefan. Estoy segura de que si él viera este lugar, le encantaría. Llevo la cabeza hacia atrás para admirar el firmamento. El azul me recuerda, también, su mirada y el apodo que me ha puesto y que deseo con todas mis fuerzas volver a escuchar de su boca.

—Ya puede girarse —le aviso al rey de Lacrontte cuando estoy cubierta hasta el cuello. Se gira y yo me muevo en el agua, disfrutando de la sensación. Aun así, soy muy consciente de sus ojos verdes sobre mí.

—No creo que esa sea la manera en la que ellos se bañan.

—¿A qué se refiere?

Señala un grupo de cubetas que reposan en la orilla y le doy la razón. Me equivoqué. Debía sacar el agua, no meterme en ella.

—Usted no dirá nada y yo tampoco —le advierto, apenada—. Será nuestro secreto.

—¿Sabe que el agua es tan cristalina como para ver a través de ella? —comenta en su lugar, levantando la vista hacia el horizonte.

—¿Qué intenta decir? —Me cubro rápido el pecho con las manos, sonrojada.

—Soy un hombre respetuoso, soldado Naford. No la he mirado —me asegura y, curiosamente, le creo—. Solo se lo digo porque desde aquí puedo ver las piedras en el fondo.

—¿Desde cuándo Cromanoff y Lacrontte son aliados? —pregunto para desviar la atención del incómodo momento.

—Desde que mi tía Georgiana se casó con el padre de Gregorie. Antes de eso les robábamos bastante. Fue todo un escándalo, pues se estaba casando con el enemigo. Mis abuelos creían que solo la utilizaban para que el problema entre ambos reinos se acabara o, peor, que una vez ella se fuera a vivir con Frederick sería asesinada por venganza.

Yo no podría haber arriesgado mi vida de esa forma. Es decir, así lo hago ahora y me la paso rogando que no descubran que Stefan es mi pareja y me lastimen por ello. A pesar de saber que esto acabará pronto, no quiero imaginar la agonía que habría sentido al despertar todos los días en la cama del enemigo.

Una vez en las tutorías el señor Field dijo que la principal fuente económica de Lacrontte no era el petróleo, sino los despojos, algo totalmente cierto.

—¿Conoce usted la historia de mi nación? —pregunta y noto que le gusta mucho hablar de su patria.

—No. En Mishnock está prohibido hablar sobre su cultura o cualquier cosa semejante. Lo único que nos enseñan es que ustedes son malvados, que nos ultrajaron y saquearon. Nos enseñan a odiarlos.

—Su educación es bastante limitada, entonces. Debería instruirse por sí misma, Naford. Recuerde que los libros son la puerta a otros mundos, que no caducan, pero sí trascienden. No se quede con lo poco que le ofrecen, no se conforme. —Ya habla como el señor Field—. Lacrontte era un reino pequeño que estaba rodeado de otros reinos aún más diminutos. Sin embargo, fuimos audaces y ambiciosos y pudimos adueñarnos de algunos y crecer —revela, orgulloso. Eso fue lo que pasó con Mishnock, salvo que nosotros pudimos liberarnos e independizarnos, pero existió una época en la que fuimos borrados del mapa—. Ahora, fue mi tatarabuelo Meridoffe quien de verdad hizo historia. Y mi único anhelo en la vida es… —Se interrumpe de repente, como si hubiera revelado demasiado.

—Ser como él —termino la frase que no se atreve a decir.

—Ser mucho mejor que él —me corrige—. Lo voy a superar, cueste lo que cueste.

Sonrío. No hay manera de ganarle una discusión a este hombre, es demasiado testarudo, así que mejor decido salir del agua para seguir nuestro camino.

—Présteme su camisa, necesito algo para cubrirme.

Sé que le molesta mi petición, pero de todas maneras se la desabrocha de mala gana, revelando su torso firme y musculoso. Baja las mangas por sus brazos marcados con algunas cicatrices. La piel se le eriza al instante, pues el frío hace de las suyas. Se acerca a la orilla del estanque y me la extiende. Los anillos en sus dedos están helados, la esclava de oro en su muñeca parece presionarle la piel y la cadena en su cuello cuelga cuando se inclina hacia mí. El olor de su fragancia me invade mientras tomo la prenda y me cubro.

—Ayúdeme a salir, por favor.

—Se está aprovechando de mí —dice antes de agarrar la mano que le ofrezco.

La arena del fondo me atrapa los pies, dificultando mi salida. El rey de Lacrontte clava los pies en la orilla para tener mayor estabilidad. No contaba con que el pasto mojado que rodea el lago lo haría resbalar y caer al agua, a mi lado. El impacto de su cuerpo me salpica el cabello. Él se mantiene a flote, pues este lugar no tiene mucha profundidad, con el enojo marcado en el rostro empapado. Se reacomoda con ira el pelo que le ha caído en la cara y luego golpea el agua, molesto.

—No se atreva a reírse. —Me apunta cuando la expresión quiere surgir en mi cara—. Todo esto es culpa suya, plebeya.

—Solo es un baño, no es como si hubiera caído en lodo, majestad. Además, en este momento soy una soldado de su ejército que necesitaba salir de un aprieto y usted mismo mencionó que un líder siempre vela por sus hombres.

—Le recuerdo que es el bebedero de las vacas, Naford.

—¡Ajá! Así que no solo les roba el oro a los grencianos, sino que también contamina el agua de las reses. Es usted un verdadero peligro, majestad.

Gira el cuello hacia un lado, negándose a sonreír, y vuelve a mirarme con la inexpresividad de siempre, pero acompañada de un brillo en los ojos que supongo que es por el contacto con el agua.

—La daré de baja cuando lleguemos a Lacrontte porque en este momento estoy a punto de sumergirla hasta ahogarla.

Se adelanta a salir del agua y me saca agarrada por el brazo. Sin decir más, vamos hasta el pasto, donde dejamos las prendas nuevas. Allí él se viste con la ropa nueva y yo lo hago con el vestido blanco de olanes y encaje.

—¿Por qué no sonríe si quiere hacerlo? —inquiero mientras me calzo los zapatos.

—Solo me permito una sonrisa al mes y ya usted se ha robado dos.

Levanto la cabeza de golpe y busco su mirada a pesar de que él me evita. No sé qué haya sido eso, pero sonó como un halago.

—Camine. —Se aleja de mí—. Iremos hasta un pueblo y allí alquilaremos un carruaje que nos lleve a la frontera.

Avanzamos hasta el pueblo en un silencio sepulcral; sin embargo, ya no existen la ira ni la incomodidad del principio. El ambiente a nuestro alrededor es ligero y cálido a pesar de la distancia que mantenemos entre nosotros. Al final, justo antes de llegar a una zona poblada, nos aseguramos de que el rostro del rey quede cubierto por un sombrero y un pañuelo que también le compramos a la mujer. Además, guarda todas sus joyas y anillos para no llamar la atención.

Recorremos las calles repletas de personas que van y vienen. Hay mucho ruido, prisa y polvo. Veo carruajes y carretas, carpas, vendedores que entre gritos enumeran sus productos, personas que me toman del brazo para que vaya a su tienda, charcos y animales revoloteando por doquier. El calor me asfixia muy pronto y, como temo perderme entre la multitud, me aferro a la manga del rey. Él intenta reclamar, pero cuando ve que casi me llevan hacia otro local, solo asiente y me lo permite. Vamos en busca de un puesto de carruajes para alquilar y, al mismo tiempo, voy mirando alrededor, atenta a los murmullos de la gente. Tanto el rey como yo necesitamos saber si la noticia del robo se conoce, ya que, de ser así, debemos tener mucho más cuidado. Me escondo detrás de él cuando un grupo de cerdos arreados por un lugareño pasan por mi lado atropelladamente. Él me busca, creyendo que algo me ha sucedido, me lleva hasta el frente y entonces vuelvo a agarrar la manga de su otro brazo.

—Creo que debo ser yo quien hable y negocie para evitar que puedan reconocer su voz —le propongo.

—Nadie aquí ha escuchado mi voz en su vida, lo que sí creo que debo hacer es adoptar una actitud diferente.

Entiendo a lo que se refiere cuando empieza a caminar un poco encorvado, imitando el andar de los hombres que por aquí transitan. El

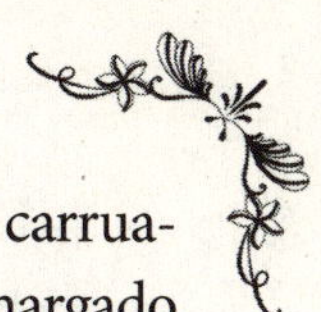

lugar es un caos, así que nos apresuramos a llegar al puesto de los carruajes. Allí buscamos un sitio para empeñar uno de los anillos del amargado y luego averiguamos la tarifa del viaje hasta la frontera. El sujeto sospecha del rey e intenta mirarle el rostro, pese a que él mantiene la cabeza gacha, pero lo deja pasar cuando le ofrece el doble como pago.

Subimos al carruaje y, después de un largo camino en el que no nos decimos ni una palabra, llegamos a la frontera. Desde la ventana del carruaje apreciamos el contraste del uniforme amarillo y café de Grencowck con el verde y crema de Cromanoff. Por un instante pienso que podremos pasar sin problemas, pero todo se esfuma cuando el carruaje se detiene debido a los llamados de la Guardia grenciana.

—Nos van a descubrir —murmuro con el corazón acelerado.

—La noticia seguramente ya llegó a sus oídos, pero no saben que somos nosotros quienes estamos aquí. Si somos inteligentes, tampoco se enterarán. Emery, esto es lo que va a pasar —comienza a explicarme la situación mientras el cochero se baja—: nos pedirán nuestras identificaciones para dejarnos seguir al otro lado. ¡Ya sé que no las tenemos! —agrega cuando ve que abro los labios—. Lo importante es que una vez pasemos la línea fronteriza estaremos a salvo.

—¿Cómo cruzaremos? —pregunto al tiempo que golpean la puerta del carruaje, exigiendo nuestros permisos de viaje.

—Debemos acercarnos lo máximo posible a la Guardia Verde de Cromanoff —susurra a pesar del llamado incesante—. Me retiraré el pañuelo de la cara, me reconocerán y de inmediato nos darán protección, pero debemos haber cruzado la frontera, pues no podrán venir por nosotros hasta acá. Es ilegal. Ese acto sería considerado una invasión y los grencianos tendrían todo el derecho de abrir fuego. ¿Entendido?

—Sí, lo que sigo sin comprender es cómo lograremos aproximarnos.

—Señores, bajen ahora —insisten desde afuera.

—Tendrá que ocurrírsenos una forma.

—¿Aún tiene la daga en el bolsillo? —indago y un plan se arma en mi cabeza.

—Una daga no será competencia para sus armas. ¿Qué es lo que piensa hacer?

No le doy detalles, solo le hago prometer que antes de salir arruinará la cerradura del carruaje y dejará una parte filosa a la vista. Lo hace, a pesar de no saber qué es lo que tengo en mente. Los guardias no cesan de presionarnos desde afuera, pidiéndonos que bajemos o abrirán fuego. Desconfiado, el rey Lacrontte mete la mano en su pantalón y saca el objeto que duda en entregarme. Se lo arrebato de las manos y, apretando los dientes para aguantar el dolor, me paso el filo por las palmas de las manos, abriendo las heridas ya curadas.

—¿Por qué ha hecho eso? —inquiere, consternado y mirándome como si hubiera cometido una masacre.

—Porque soy la única de los dos que puede dar la cara.

Empiezo a sangrar más rápido de lo que creí. Se me manchan las manos y el vestido, así que aprovecho para abrir la puerta, dejándola roja a mi paso. Lloro, me lamento y llamo la atención cuando bajo, acaparando las miradas para que el rey Magnus pueda cruzar la frontera.

—¡Esto ha sido su culpa por amenazarnos para que saliéramos pronto! —Me paro contra la puerta para darle tiempo de cumplir mi pedido—. La cerradura estaba averiada y me corté.

—Eso no es cierto —se defiende el cochero.

—Claro que lo es. ¿Cómo explica esto? —Le enseño las heridas con exagerado dramatismo. Los guardias se acercan a mí sin saber si ayudarme o arrestarme, justo lo que quería. Las heridas me arden mucho y aprovecho eso para mi actuación—. Ustedes me han hecho esto. ¡Todos ustedes! —acuso a los guardias, quienes se miran entre sí.

—Nosotros no le hemos hecho nada, señorita —alega uno mientras el soberano de Lacrontte se baja del carruaje.

—¿Por qué se ha quedado adentro tanto tiempo? —lo interrogan—. ¿Acaso no escuchó a la señora llorar?

—La puerta está dañada. —Mantiene la cabeza gacha e imposta la voz.

—¡Mírenme! ¡Me asusté cuando dijeron que abrirían fuego y esto pasó! —grito, capturando la atención de todos de nuevo. Me acerco a ellos y, como si le temieran a la sangre, se alejan. El rey Magnus me sigue mientras camino hacia los guardias para que vean mi herida, aunque en realidad lo que busco es acercarme a la línea fronteriza—. Han lastimado a una mujer inocente. —Lloro tan fuerte como puedo.

Un par de guardias se esfuman para buscar suministros médicos y yo sigo con mi teatro. Ha sido una buena estrategia, pues ahora hay tres hombres menos por los que preocuparnos. Aunque quedan muchos más.

Estamos cerca, lo suficiente como para que el monarca tome la delantera y se aproxime a la línea aprovechando la distracción de los guardias. Entonces siento que me abraza por la cintura, como si intentara calmar mi alboroto, y me sostiene fuerte, llevándome con él disimuladamente.

—¡Tendrán siempre en la conciencia lo que me han hecho! —exclamo, angustiada—. Ya ni siquiera siento las manos. ¡Son cortadas que me marcarán para siempre!

De repente mis pies abandonan el suelo, pues el rey me ha cargado y, con agilidad, corre hacia el otro lado de la frontera, ubicándose en medio de los guardias cromanenses. Con la misma rapidez me deja en el suelo y, sin dejar de aferrarse a mi cintura con una mano, se quita el pañuelo con la otra, justo cuando los hombres avanzan hacia nosotros.

—¡Soy el rey Magnus VI Lacrontte Hefferline! —declara, proyectando la voz.

Inmediatamente un escudo de guardias se forma a nuestro alrededor como respuesta a la Guardia de Grencowck que nos apunta con sus armas. A pesar de estar al otro lado, aún no me siento segura. No importa cuántos guardias nos estén cubriendo, no me sentiré en paz hasta que me encuentre lejos de aquí. Y no me refiero a volver a Lacrontte, sino a Mishnock. El rey Magnus me suelta por fin, me tiemblan las manos por la adrenalina y tengo el corazón aún acelerado por la incertidumbre de no saber qué pasará a continuación.

—No se atrevan a disparar —les advierte alguien de la Guardia Verde.

—El reino de Grencowck los reclama. ¡Nos han robado y es su deber como protectores de la ley entregarlos! —gritan de vuelta.

—Es un rey aliado y debemos protegerlo. Están en territorio cromanense y aquí no son buscados por ningún delito. Disparar o invadir nuestra frontera se considerará una declaración de guerra y sabremos cómo responder.

—Camine —me pide el rey, alejándose de la escena y rompiendo el pañuelo en dos para atarlo sobre mis heridas.

Un guardia nos guía hasta un transporte militar mientras los gritos y amenazas por parte de cada reino continúan detrás de nosotros.

—¿Está bien? —inquiere, viendo cómo el vendaje se torna rojo.

—Estoy agotada —revelo con un suspiro—. Física y mentalmente.

—Ha sido una gran soldado, Naford. —Me da unas palmadas en el hombro—. Merece una recompensa por su esfuerzo y prometo dársela yo mismo.

No alcanzo a preguntarme a qué se referirá porque el cansancio y la pérdida de sangre me sumen en un sueño profundo cuando me recuesto en el asiento.

40

—¿Qué es esto? —pregunto, refiriéndome al gigantesco aparato que tenemos enfrente.

—Es un avión. He de suponer que nunca ha viajado en uno —dice el rey Magnus, caminando hacia él, y está en lo correcto. Nos encontramos en una pista larga, parecida a la que vi en medio del bosque, aunque esta es inmensa—. Son mucho más modernos los de Lacrontte —presume—. El escudo dorado en el fuselaje les agrega lujo.

—No quiero subirme en eso —digo sin moverme un centímetro hacia la escalera que tiene para abordar.

Nunca había visto algo así, pero he escuchado los rumores sobre ellos. El señor Field comentó que Lacrontte tenía máquinas voladoras y nadie le creyó. Era inimaginable para las mentes cerradas de quienes solo habíamos visto carruajes.

—¿Por qué no?

—Me da miedo. Puede caerse —murmuro con la mirada en el suelo.

—No pasará, he viajado miles de veces en él. Deje de hablar y súbase.

—Déjeme aquí, me iré en carruaje hasta Mishnock. Y, por favor, cuando llegue libere a Camille. —El rey hace un gesto que me revela lo mala que le parece mi petición—. Usted me debe un favor y quiero que lo pague con eso.

—Dije que la recompensaría y lo haré, pero a mi manera. No se lo voy a repetir, soldado, súbase al avión, no va a pasar nada —habla ya sin mucha paciencia, dedicándome una mirada tan dura como el concreto.

Me mantengo firme en donde estoy. No pienso subirme a esa cosa. Me tiemblan las manos, así que las entrelazo para que no se note tanto.

—Prométalo —le pido, mirando la máquina de reojo.

—¿Tanto confía en mi palabra? —Levanta una ceja, extrañado—. De acuerdo. Se lo prometo —habla con la voz más suave que le he escuchado hasta ahora—. ¿Entrará por su cuenta o me obligará a llevarla?

Camino hasta la escalera del avión y sé que el rey me observa. Viene detrás de mí, pero mantiene cierta distancia. El interior del avión tiene sillones de cuero de color crema. Algunos están alrededor de mesas y otros forman filas a cada lado de las paredes.

Tomo asiento aún con las piernas temblando. Cierran la puerta y tras unos minutos escucho un ruido. Es como un silbido molesto y ensordecedor que poco a poco aumenta. Miro por la ventana y veo que nos movemos por la pista y, tiempo después, siento un vacío en el estómago cuando despegamos del suelo y las nubes aparecen. Las manos me sudan frío cuando me aferro a mi silla, como si yo también fuera a salir volando. La adrenalina se adueña de mi cuerpo y me hace sonreír nerviosa. Busco con la mirada al rey, quien ya me está viendo desde su lugar, impávido. Quisiera decir algo, solo que no puedo, esto me supera. Estoy en el cielo, el lugar que siempre me recordará a Stefan.

* * *

Llegamos al palacio de Lacrontte tiempo después y, tan pronto nos abren las puertas, el rey Magnus empieza a correr escaleras arriba con ira. Me deja en el pasillo, pero voy tras él. Sé perfectamente qué busca:

al rey Gregorie. En su camino hace a un lado a Francis, quien se sobresalta por la hostilidad del monarca. Se detiene frente a una puerta de la tercera planta y entra dando un portazo.

—¡Eres un maldito idiota! —Lo oigo rugir.

—Primo, ¡llegaste! Ya me estaba preocupando.

Cuando entro en la habitación descubro que está apuntándole al monarca Fulhenor con un arma que ha llevado todo este tiempo y de la cual me había olvidado.

—¿Qué sucede? —El rey de Cromanoff sube las manos para protegerse o intentar calmarlo y da unos pasos atrás—. El oro está en tus bóvedas y mi parte ya quedó en Kilmworth. Baja esa pistola, anda.

—¿Cómo se te ocurre dejarme atrás? ¡Eres un imbécil, Gregorie! —reclama, indignado, caminando hacia él para apuntarle más de cerca—. Acabábamos de asaltar el palacio real, de saquear la bóveda por completo, y tú te atreves a dejarme dentro del volcán a punto de hacer erupción.

—Pero has llegado con bien, eso es lo importante. —Abre los brazos como si quisiera abrazarlo, aunque lo único que hace es retroceder, dando cuenta de que no está muy seguro de poder controlar a su primo—. Te dejé en buena compañía. Con Emery. —Me mira y me guiña un ojo.

—Majestad, baje el arma. —El señor Modrisage se une a la escena—. Hay otras maneras de arreglar la situación.

—No te metas en esto, Francis —le ordena sin mirarlo y con los ojos fijos en su objetivo—. ¡Juro que te voy a matar, lo juro! —El otro monarca suelta una risita y de verdad parece que no dimensionara la amenaza—. ¿Acaso encuentras comedia en lo que has hecho? ¡Sal! ¡Sal ahora mismo porque sabes lo que viene!

—No, si me vas a disparar, hazlo aquí. Yo escojo el sitio —dice y el rey Magnus levanta una ceja—. Aceptaré el tiro, solo quiero escoger el lugar.

¿Habla en serio? ¿Dejará que le disparen?

—¿Sabes todo por lo que tuvimos que pasar? ¡¿Has visto las manos de la soldado?! —Me sobresalto, pues no pensé que recordara

mis heridas o que le importaran—. ¿Imaginas el asco que sentí al estar en medio de plebeyos, esperando que no me reconocieran? ¡Tuve que vender uno de mis anillos para pagar un maldito carruaje! ¡Caminamos horas enteras por tu culpa! ¿Y ahora te crees con derecho a decidir?

—Lo siento, no lo pensé bien.

—¿Esa es tu excusa? ¿No pensarlo bien? ¡Me dejaste en la mitad de una cacería en la que yo era la presa!

—A Emery también. Y, sinceramente, si sufrió tanto como dices, debe ser ella quien me dispare.

¿Qué? Por supuesto que no. No voy a tomar esa cosa. Sí, me duelen los pies como si me los hubieran molido, tuve que aguantar empujones, amenazas, cortarme las manos, llorar y gritar hasta que me ardió la garganta y todo para librarnos de su chiste, de su irresponsabilidad, pero no pienso dispararle. No entiendo por qué nos abandonó. ¿Acaso en el fondo sí aceptó la propuesta del rey Sigourney y nos dejó en medio de la nada para que le fuera fácil capturarnos? Si su primo supiera de lo que hablaron en esa reunión y la propuesta del rey Aldous, ni siquiera me hubiera pedido que accionara el arma, ya lo habría hecho él.

—Emery, no te preocupes —me dice el rey de Cromanoff mientras Magnus me extiende el arma—. Todo estará bien si escoges un punto de poco peligro.

—Me niego. No soy capaz de algo así.

—No salga ahora con ideales pacifistas —replica el lacrontter, ya sin calma—. Dispárele como le enseñé. —Niego con la cabeza, pero entonces me agarra las manos con rudeza y me obliga a tomar el arma. Me arden las heridas e intento dejarla en el piso, pero él cierra sus dedos sobre los míos, controlando mis movimientos.

—Es nuestra ley, Emery, y en este momento es una soldado de Lacrontte, así que hágale honor a ese título —me anima Gregorie, como si no temiera ser herido.

—Apriete el gatillo —me exige el rey Magnus.

Igual que en la práctica, se ubica detrás de mí y afianza el agarre del arma. Cierro los ojos porque sé que lo hará, va a disparar. Cuando siento que presiona mi índice sobre el gatillo, dejo de mirar y desvío ligeramente el cañón de la pistola. Enseguida escucho la explosión, que me sobresalta. Me zafo como puedo y busco al rey Gregorie para comprobar que esté bien, pues no se ha quejado.

—Ya me ha disparado y he pagado mi condena —dice de repente, cubriéndose el hombro con la mano. El alivio me invade al ver que no lo lastimé… mucho. ¿Cómo es posible que en Lacrontte se disparen unos a otros cuando discuten?—. Ahora, ¿podemos hablar de algunas cosas que me dijo Aldous?

—En este momento no quiero escucharte.

—Quiere de vuelta las tierras —continúa, ignorando a su primo—. Y a mí me resulta sospechoso que las codicie tanto. Alega que es para formar el mapa de Grencowck como en el pasado, cosa que no me convence.

Aquellas palabras llaman la atención del rey Magnus, que lo mira con los ojos entrecerrados.

—Ahí no hay nada de valor. Yo mismo examiné las tierras con la Guardia Negra y no encontramos nada.

—A menos que quiera algo que no esté en la superficie —comenta Francis, uniéndose a la conversación.

El soberano de Lacrontte se paraliza y mira a su consejero. Parece que ambos llegaron a una conclusión importante que se niegan a revelar, pero lo capto. No necesitan decírmelo. Recuerdo la conversación en la que dijeron que Grencowck estaba cimentado sobre oro. Eso es lo que busca el rey Aldous, quiere las tierras de vuelta porque ahí hay oro.

—Venga conmigo. —El amargado me toma del brazo, sacándome de la habitación y dejando al otro rey atrás. Me lleva hasta su oficina en la segunda planta y sé que sigue enojado, lo noto por su brusquedad—. ¿Por qué falló el tiro? ¿Ni siquiera eso puede hacer bien? —me reclama, pues sé que notó el ligero movimiento que hice antes para desviar la bala.

—Le dije que no me gusta la violencia.

El rey me ignora y se pone a garabatear algo rápido en su escritorio. Cuando acaba, sella el mensaje en un sobre negro con cera dorada.

—Esta es su recompensa por lo de la frontera —dice, ofreciéndome el sobre. No tengo certeza de qué es, pero quizás sea el permiso que necesito para marcharme y volver a Mishnock con mi familia y Stefan—. Aunque no debería entregarle nada por haber errado el tiro. —Aparta el papel antes de que pueda tomarlo—. No lo abra hasta que esté en su reino.

—De acuerdo —acepto aunque la curiosidad me mata—. Entonces me voy —me despido y doy un paso atrás—. Fue un placer que espero no repetir.

—¿Quién le dijo que se podía marchar? —Me retiene, agarrándome del brazo—. ¿Con qué dinero piensa marcharse? ¿O va a caminar hasta la frontera? —El escritorio está a mi espalda, por lo que no tengo posibilidad de retroceder más. El rey me toma la cara y me mira desde arriba, respirando fuerte y rápido—. ¿Por qué no disparó correctamente? —pregunta, cambiando el tema.

—Cerré los ojos, no sabía hacia dónde estaba apuntando.

Me siento aprisionada, sometida y con el pecho hecho un remolino. Detesto que siempre me acorrale como si fuera un ser insignificante y él tuviera poder sobre mí, porque no lo tiene. En realidad, nadie lo tiene. Me esfuerzo por no responderle más para no arruinar todo ahora que estoy a punto de marcharme y alejarme definitivamente de este hombre, pero ganas no me faltan.

—No le creo —sentencia, mirándome a los ojos. Me reclino aún más sobre el escritorio para mantener algo de distancia—. Detesto que intenten verme la cara de idiota. Solo lárguese. Cuando cruce la frontera será una persona no grata en Lacrontte y no alcanza a imaginar la alegría que eso me causa. No quiero volver a verla jamás.

—No estaría aquí si sus hombres no me hubieran secuestrado —suelto sin controlarme.

—Me encargaré de que no se repita. Una cosa más, Naford. Si sale viva de aquí, es gracias a mi misericordia, pues en Erebolt no hay

rastro de Silas. —Suelta una sonrisa cruel que me deja de piedra—. Tendría que haberla asesinado.

—Me gané la libertad honestamente y con creces —digo rápido, esperando que no se noten los nervios en mi voz—. Usted está vivo por mí.

—Y usted por mí.

—Nos cuidamos mutuamente entonces.

—¡Señorita Vanir, no puede entrar sin autorización! —Escucho una voz afuera.

De repente se abre la puerta y la mujer entra, con los guardias detrás. El rey Magnus y yo nos separamos de inmediato. Él me suelta el rostro y yo salgo de la prisión en la que me tenía.

—Ella misma abrió la puerta, majestad —se defiende uno de los custodios—. No quisimos restringirla físicamente porque es su pare… —El hombre no ha terminado de hablar cuando un grito me atraviesa los oídos.

—¡¿Qué se supone que estaban haciendo?! —reclama con furia Vanir.

—Primero, deja de gritar. Segundo, si no tienes permiso para entrar, no puedes hacerlo —comenta el rey con tal calma que lo único que logra es enojarla todavía más.

La entiendo. La posición en la que nos encontrábamos y la repentina separación pueden ser malinterpretadas. Era una cercanía poco respetuosa, sobre la que también debo contarle a Stefan. Ruego que su ausencia esté justificada, aunque en el fondo sé que es así. Lo conozco, y si no ha aparecido, es porque algo grave sucedió. Lo sé.

—¿Qué estaban haciendo, Magnus? —insiste—. Me pasé toda la tarde con el conde Ansel, rezando para que volvieras con bien, y ahora te encuentro aquí con la plebeya a la que una y mil veces me dijiste que jamás te acercarías.

—No se preocupe, señorita, solo hablábamos —le informo.

—¡Tú cállate la maldita boca! —me espeta con rabia—. Contigo no estoy hablando.

—Pues te está diciendo la verdad, Vanir. —El rey se sienta en su silla, tranquilo. ¿Cómo puede estar tan calmado?

—¡Quiero que se vaya hoy mismo!

—Justamente se va hoy, pero no porque tú lo decidas.

—Entonces, ¿por qué? ¿Ya acabaron con su aventura?

—No tengo una aventura con el rey y jamás la tendría. No me ha besado y yo tampoco a él. —Me estremezco ante la idea—. Lo que vio fue desagradable e irrespetuoso con usted. Lo comprendo y me disculpo por ello. Yo me iré hoy mismo del palacio y necesito que me crea cuando le digo que no ha pasado nada entre nosotros.

—Júralo con tu vida, niña —me exige con un tono amargo, cruzándose de brazos—. Estoy segura de que vas detrás de Magnus porque es el rey.

—Se lo juro, señorita Etheldret —contesto con honestidad—. Un título no me deslumbra.

—No sé si pueda creerte. Desconozco qué estuvieron haciendo en Cromanoff. Te instruí para una misión, ¿y así es como me pagas?

—No he hecho nada en su contra y si considera que algún favor le debo, cóbreselo de la idea que le di sobre el comedor comunitario —suelto, empezando a perder la paciencia.

—¿A qué se refiere, Vanir? ¿Qué tiene que ver usted con ese proyecto? —cuestiona el rey, mirándome.

—A la señorita Vanir no se le ocurría nada y le di la idea. Lo que haya pasado después de eso es solo mérito de ella. Le deseo suerte en su proyecto, por cierto. —Los ojos de Vanir arden con rabia—. Si me disculpa, voy a retirarme para volver a mi reino. Majestad —me dirijo al lacrontter—, confío en que dejará libre a la señorita Camille.

—Dígale a Francis que le dé el dinero suficiente para que se marche de aquí y recuerde bien lo de la carta.

—Cumpliré mi palabra —le hablo directamente a él, omitiendo la presencia y las quejas de su novia—. Así como espero que usted cumpla la suya.

Salgo de allí con la cabeza en alto, pues sé que no he hecho nada malo. En mi corazón el único sentimiento que existe hacia el rey

Magnus es de completo repudio. Y ya ni siquiera eso me importa porque por fin podré volver a casa con mis padres, mis amigos y, por supuesto, con Stefan. Mi Stefan.

41

El viaje me tomó dos días, pues me detuve a descansar en un hostal cuando llegué a la frontera. Estuve tentada a abrir allí la carta que me dio el rey Magnus, pero cumplí mi promesa. Al salir del palacio me despedí de todos los que pude. De Luena, Odo, Bronson, Remill, Theobald, algunos guardias e incluso del desconfiado Francis, quien seguía mirándome con sospecha mientras me entregaba las dos bolsas con monedas.

Cuando llegué a Palkareth fui directo a casa. Toqué a la puerta y me recibió Mia, que no creía que yo de verdad estuviera allí. Luego salió mamá, y papá llegó unos minutos después de la perfumería. El abrazo que nos dimos resultó reconfortante. Las lágrimas no se hicieron esperar y por un momento pensé que me desharía con tantos abrazos. Había esperado mucho por este momento e incluso sentí que era un sueño.

—Nahomi vino a casa a diario preguntando por ti y jamás se mostró preocupada. Pienso que en el fondo sabía que ibas a regresar —dice mamá justo en el momento en el que llega Liz, quien al parecer ha estado viviendo con el general Peterson este tiempo.

Esa relación está avanzando más rápido de lo que imaginé.

—Mily. —Se acerca mi hermana mayor y me rodea con sus brazos—. ¡No te imaginas cuánto me preocupé cuando me enteré de tu captura! Debió ser terrible —dice con voz temblorosa.

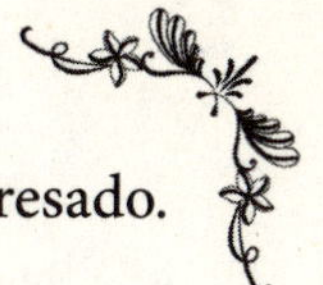

—Lo fue —respondo—. Aún no concibo que haya regresado. Llegué a pensar que perdería la vida en Lacrontte.

—Daniel ha ido a darle la buena nueva al príncipe Stefan —avisa y se me dibuja una sonrisa en la cara. Verlo es una de las cosas que más deseo—. Voy a casarme mañana mismo, ya lo decidimos. —Liz me saca de mis pensamientos y habla con una efusividad chispeante—. Daniel tiene que irse pronto a la frontera con nuevas tropas, así que aprovecharemos que ya todos están aquí. No quiero que ninguno de ustedes falte ese día, por eso lo haremos lo más rápido posible. Una ceremonia pequeña con mi familia y los Peterson. Aún no tengo vestido, pero podríamos ir las cuatro a buscarlo —propone—. Lo siento, papá, debe quedarse.

—Quiero descansar, si me lo permiten —rechazo la invitación a pesar de que me gustaría ir—. Estoy exhausta. Lo lamento, Liz. Te aseguro que mañana estaré completamente disponible para ti.

Me lanza una mirada comprensiva mezclada con desánimo. La carta que me dio el rey Magnus me pica en la mano y quiero retirarme a mi alcoba para leerla a solas. Sin embargo, parece que el destino está en mi contra, pues un nuevo visitante aparece en la entrada.

—En cuanto supe que habías regresado quise venir a verte —dice Willy con una sonrisa cuando papá lo deja pasar—. En la base corrió el rumor, así que te traje flores porque sé que te gustan. —Me extiende un ramo de tulipanes violetas que me alegran el corazón.

—Son preciosas. No debiste molestarte.

Poco a poco las personas en la sala empiezan a desaparecer. Liz, mamá y Mia van en busca del vestido mientras papá sube a su habitación, dejándome a solas con el soldado.

—Te debía un obsequio de cumpleaños, aunque tampoco es este. —El gesto afable se le borra de repente—. Debo confesar que no vine solo a verte, sino a darte una información.

Parece que los problemas jamás se van a alejar de mí porque la seriedad en su rostro no augura cosas buenas. Mira hacia las escaleras, comprobando que papá no se encuentre allí.

—Me estás asustando. ¿Qué información es?

—La señora Shelly Brecshart se puso en contacto conmigo.

Se me corta la respiración de repente. ¿Habrá salido algo mal con Rose? ¿No pudo escaparse?

—¿Recuerdas la casona a la que me llevaste? —cuestiona y yo asiento—. Ya no viven ahí, tuvieron que mudarse. El rey Silas regresó. —Todo mi mundo se detiene en este instante. ¿Por qué regresó si el rey Magnus le estaba siguiendo la pista? Intento no ser tan pesimista y encontrarle otro lado al asunto. Puede que todo haya salido bien con Rose y que por eso haya regresado, porque Stefan logró engañarlo—. Emily. —Chasquea los dedos frente a mí—. ¿Escuchaste lo que dije? Están asesinando meretrices.

La sala me da vueltas como si estuviera en medio de un carrusel y se me tensiona el rostro. Esto no puede ser posible.

—¿De qué hablas? —La voz me sale ahogada, me niego a creerlo.

—Hay toda una cruzada. Una revolución. Los homicidios comenzaron hace tres días, justo cuando su majestad regresó del viaje. En una noche asesinaron a quince mujeres, Emily. —Me llevo la mano a la boca y se me eriza la piel. Esto es una masacre—. Lo hacen a escondidas, en la madrugada, para que no salga en la prensa y para que nadie se entere de los horrores que está haciendo su rey. Es una cacería.

Las piernas me fallan, no puedo sostenerme por mucho más. Un nudo se me forma en la garganta mientras las palabras de Willy se dibujan en mi cabeza. Mujeres. Mujeres inocentes. Asesinadas a manos de un hombre que cree tener el poder de arrebatarles la vida. Mujeres a las que ficharon como un producto y se les puso fecha de caducidad.

—Entiendo cuán difícil de asimilar es, porque para mí también lo ha sido —continúa ante mi mutismo—. Es horrible patrullar en la madrugada para buscar cuerpos y ocultarlos. Es desesperante ver cómo llevan a la base el cadáver de alguien que tenía una vida, una familia, un futuro. Por eso estoy aquí. Shelly me ha pedido que te lleve con ella lo antes posible; está convencida de que tú puedes hacer algo, intervenir con Stefan de alguna manera y ayudar a frenar la carnicería.

—¿Dónde está? Necesitamos vernos lo antes posible —hablo finalmente cuando me recupero del impacto inicial.

—No puedo llevarte ahora, sería peligroso. Alguien podría seguirnos. Además, si descubren que sé dónde reside un grupo de meretrices, me podrían acusar de traición por no revelar la información —comenta con tristeza—. Si deseas ir hoy, vendré a la medianoche —propone y acepto sin dudarlo—. Usa algo para cubrirte y ponte un calzado cómodo porque tendremos que caminar muchísimo.

Respiro profundo, intentando retener las lágrimas que se me acumulan. Silas es el peor gobernante en la historia de Mishnock y su enfermedad por el poder lo ha enceguecido. No puedo creer que esté pensando esto, pero espero que el rey Magnus lo haga pagar con el más horrible de los sufrimientos. Solo descansaré el día en que lo vea caer.

—De acuerdo, confío en ti —acepto con la ira bullendo en mi interior.

—Ahora, si me lo permites, hay otro tema del que quiero hablarte. Se trata de la señorita Valentine.

—¿También fue asesinada? —cuestiono con horror y el corazón me late a mil por hora.

—No, no lo sé. Por mi patria ruego que no. Lo que ocurre es que no la he vuelto a ver, parece que ha desaparecido de Palkareth. Ella siempre iba a la base a verme o se pasaba por el lugar que yo estuviera patrullando, pero es como si se hubiera esfumado. No tengo noticias suyas, nada. ¿Me podrías dar su dirección para ir a visitarla, por favor?

Escribo la dirección en un papel y se lo entrego. Se nota bastante preocupado por la ausencia de Valentine y, la verdad, no tengo la menor idea de dónde pueda estar o, si se está ocultando, por qué lo hace.

* * *

Es casi medianoche. Ya todos están en sus habitaciones y yo doy vueltas en la sala esperando a que Willy venga por mí. No estoy sola, pues la carta que me entregó el rey Magnus reposa en mi mano, aguardando

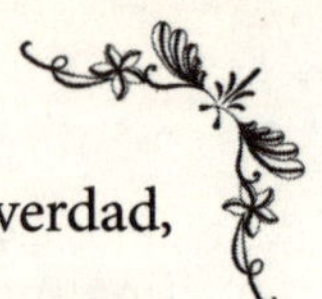

su momento. Dijo que era una recompensa, aunque, a decir verdad, me da miedo su definición de esa palabra.

Me obligo a pensar en otra cosa, pues no quiero atormentarme más esta noche. Me concentro en mi hermana y en lo emocionada que estuvo al enseñarme el vestido que compró, en el brillo de sus ojos mientras decía la hora en la que se casará mañana y el peinado que usará. Intento distraerme, pero antes de darme cuenta ya estoy rasgando el sobre y sacando el papel, que solo contiene una frase: «Usted dijo que él la privó de comida en la celda. Como retribución a su apoyo, me encargaré de privarlo a él de oxígeno».

¡Nicholas! ¡Asesinará a Nicholas para compensarme! ¿Cómo puede creer que quiero algo así? Lo último que deseo son más muertes.

El golpeteo en la ventana me devuelve a la realidad. Corro la cortina y encuentro a Willy del otro lado, con una gabardina azul y los rizos de su cabello agitados por la brisa nocturna. Los ojos de color miel le brillan cuando me sonríe mientras se frota las manos para darse calor. Me escabullo con sigilo, con la capa del rey Magnus cubriéndome del frío. Caminamos un largo trayecto hacia las afueras de Palkareth. Allí nos encontramos con una casa modesta. Después de un par de golpes específicos en la puerta, nos permiten el acceso.

—¡Emily! —Shelly sale de las sombras del lugar, apenas iluminado por velas.

Está vestida con una bata blanca, tiene el cabello revuelto y se le marcan mucho las ojeras. Me lanzo a abrazarla y ella me corresponde. Nunca había dejado que me le acercara a darle una muestra de afecto y me aflige el corazón entender por qué ahora la recibe.

—¿Qué sucedió? ¿Cómo pasó todo esto? —inquiero, ansiosa.

—Ni siquiera yo sé cómo comenzó. Un día estaba con las chicas y en la puerta se escuchó un estruendo. Eran guardias reales e invadieron la casa vociferando que buscaban a Rose. Nosotras les dijimos que no estaba, pero querían averiguarlo ellos mismos, así que registraron cada rincón de la casona y nos sacaron a todas. Después de rendirse, nos advirtieron que si no aparecía en las próximas veinticuatro horas, pagaríamos las consecuencias.

Entonces Rose logró escaparse. Sentiría alivio por la noticia si no estuviéramos en un momento terrible y si mi mente no me revelara la otra cara de la moneda. Si el plan pudo llevarse a cabo, ¿por qué la busca? ¿No tendría que creer que está muerta? ¿Qué ocurrió después de que fui capturada?

—No tuve tiempo de contarte que la habíamos ayudado a escapar para que Silas no la asesinara —me disculpo, me siento culpable—. Al salir de aquí, ella quiso ir a verlo y, bueno, perdimos el control.

—Fue mejor no saberlo porque nos habrían obligado a revelar la información. Después de que se marcharon supe que debía hacer algo para protegernos, pues era evidente que corríamos peligro. Entonces me puse en contacto con mi madre y ella nos dejó venir aquí. —Señala el espacio donde estamos—. Aprovechamos esas horas para huir sigilosamente. Una vez cumplido el plazo, quemaron nuestro hogar, Emily —comenta con la voz rota.

Las lágrimas se me agolpan en los ojos. ¿Desde cuándo el mundo se ha convertido en un juego en el que las mujeres somos la presa para divertirse?

—No todas alcanzaron a salir, ya imaginarás lo que pasó —murmura—. Al día siguiente salió en el periódico que el incendio se debió a un descuido de velas caídas que prendieron las cortinas. No sé cómo el pueblo puede creerse eso.

—Willy me dijo que estaban ocultando la cacería.

—Es obvio que la prensa no sabe nada. Si lo supieran, ya habrían saltado a contarlo porque en Mishnock quedan muy pocos simpatizantes del gobierno de Silas.

—¿Has pensado en algo que podamos hacer?

—Fui al palacio e intenté hablar con ese maldito… o reclamarle, más bien, pero terminé en uno de los calabozos. Stefan… —La mención de ese nombre me agita el corazón—. Él me rescató con la advertencia de que jamás volviera a aparecer por ahí y tuve que aceptar. Lo peor, Emily, es que las cosas no acabaron para nosotras: después de que Las Temerarias huimos, se enfocaron en las demás meretrices de Palkareth. —Suspira tan profundo que incluso siento su pena—. Primero fue una, luego tres, seis… y así se desató la matanza. Mi madre es mi informante y dice que ya han asesinado a más de veinte de nosotras. —A medida que escucho los detalles de esta masacre, me convenzo de que debemos entregárselo al rey Magnus. Él es el único que puede acabar con Silas Denavritz—. Cuarenta mujeres trabajaban conmigo y ahora solo hay catorce. Algunas murieron, otras desaparecieron y unas más huyeron, y no sé si lograron salvarse. Tenemos los días contados. La Guardia Civil es nuestra enemiga y el rey es su líder.

—Debemos hablar con Stefan —digo conmocionada y con el pecho enjaulado por la aflicción—. Estoy segura de que él hará algo para ayudar. No se ha puesto en contacto conmigo hoy y quizás no sabe que volví, pero si le envío una nota, puede que encontremos un momento para reunirnos.

—Cuando lo vi estaba muy golpeado. —Se me acelera la respiración, y el dolor y la impotencia me invaden como un río desbordado—. No tuvimos mucho tiempo para hablar, pero me contó que esto era por Rose, aunque yo ya lo suponía. Tu amigo me contó de tu secuestro. —Señala a Willy, quien se ha mantenido en silencio—. No sabía a quién pedirle ayuda sin levantar sospechas, así que le pedí a mi madre que fuera a la perfumería Malhore a buscarte, pero permaneció cerrada la mayor parte del tiempo en que no estuviste. —Desconocía ese detalle. Mis padres no me lo dijeron y se me deshace el corazón. Sé lo angustiados que estuvieron todos esos días, habrán imaginado escenarios terribles, una carga nueva en la espalda con cada amanecer que pasaba—. Empecé a desesperarme, pero por fortuna recordé al oficial con el que habías ido a casa en una ocasión. Si te había ayudado a ti, guardaba la esperanza de que también lo hiciera conmigo, y lo hizo. Desde entonces él tiene toda mi confianza.

—Muchas gracias, señora Brecshart —responde Willy asintiendo.

—Llámame Shelly, te lo has ganado. —Lo mira, agradecida, antes de poner su atención de nuevo en mí—. Por favor, habla con Stefan. No se me ocurren ideas…

—Podemos enviarlas al mismo lugar en el que está Rose. Allá estarán protegidas.

—¿Dónde queda eso? ¡No! —Levanta las manos para que no hable—. Mejor no lo digas. Mientras menos cosas sepamos, menos información podrán sacarnos si llegan a capturarnos.

—¿Tienes papel y pluma? —pregunto y ella se levanta a buscar entre los cajones de una mesa—. No le dirigiré la carta a Stefan, sino a Atelmoff. Creo que existe una mayor probabilidad de que la reciba. Willy podrá llevarla al palacio. —Sonrío y él lo hace de vuelta. Nahomi tenía razón cuando preguntó si ya era mi amigo. ¿Quién diría que era cuestión de tiempo para que se cumpliera su predicción?—. De acuerdo, por ahora este es el plan —digo garabateando las primeras palabras sobre la hoja—. Asegúrate de entregárselo directamente a Atelmoff, por favor. De eso depende que logremos dar el primer paso y no muramos al pie de la escalera.

Te derrotaremos, Silas Denavritz, así tenga que buscar la ayuda del mismísimo rey Magnus para conseguirlo.

42

La ceremonia de la boda de mi hermana fue sencilla y privada, en una capilla pequeña llena de flores blancas y velas. Ella lucía preciosa en un vestido de encaje, con un ramo de rosas que combinaba con el color de sus labios. En ningún momento ella dejó de sonreír y mucho menos Daniel. El amor se les veía en la mirada, en cada roce de las manos, en la manera como dijeron sus votos y en las lágrimas derramadas. Este ha sido el día en que más feliz la he visto y me alegra mucho que al fin tenga todo lo que se merece. Los afortunados que atestiguamos la unión fuimos los Peterson y los Malhore. Nadie más. El único al que extrañé fue a Stefan, de quien todavía no tengo noticias. ¿Acaso no quiere verme o hay algún peligro que todavía desconozco? Sea como sea, me preocupa y lo extraño. No puedo ir a verlo, pues el rey Silas está en el palacio y sé que si pongo un pie en la entrada los guardias correrán a informarle mi presencia.

Ahora estamos en la fiesta de estilo campestre con luces amarillas, canapés en la mesa de banquetes, vino rosado y mucho chocolate. Liz baila con papá y el general se acerca para invitarme a un baile. Me sonríe con amabilidad, pero sé que esconde algo mucho más profundo.

—¿Qué es lo que está ocurriendo, Daniel? —me atrevo a preguntar cuando comenzamos a movernos.

—Stefan te lo contará esta noche —habla con sigilo—. Me pidió que te dijera que te esperará en el bosque Ewan a medianoche. Es el único momento en el que puede escaparse del palacio. Está muy ansioso por reunirse contigo.

—¿Tú lo has visto? ¿Cómo está? —Mira hacia los lados con un gesto amable que ayuda a ocultar nuestra conversación, pero no responde e insiste en que vaya al encuentro—. Bien, entonces solo dime una cosa y te juro que el tema morirá aquí: ¿la señorita Camille y su madre volvieron de Lacrontte? —Él asiente, discreto—. ¿Y el hermano de la reina?

—Emily, no te vayas por ahí —me advierte. Esa respuesta me lo confirma todo. El rey Magnus ha cumplido con lo que aseguró en la carta—. Su cuerpo llegó esta mañana. Murió de una forma muy cruel, al parecer.

No pregunto más, no quiero saber más. Solo saber que lo asesinaron para recompensarme es suficiente martirio.

* * *

Camino nuevamente con la capa negra sobre los hombros hasta el bosque Ewan. La oscuridad de las calles me causa terror y miro a todos lados, desconfiada, pero me obligo a recordar que el hombre que me atormentaba ya no está. Se encuentra en prisión.

Al llegar a mi destino, los guardias que custodian la entrada me permiten el paso sin mediar palabra. Marcho hacia las profundidades, al claro en el que hace unas semanas nos vimos. No está demasiado lejos, por lo que en unos minutos encuentro la figura de Stefan iluminada por la luna, que ya se alza majestuosa.

—¡Cielo! —Se levanta de aquel tronco que una vez nos sirvió de asiento.

Detengo mis pasos cuando logro verlo con detalle. Su rostro está completamente amoratado, hinchado, golpeado. La impotencia y la tristeza se me instalan en el estómago y me clavo las uñas en las palmas.

—Silas es una bestia —murmuro con los dientes apretados.

—No hemos venido a hablar de eso, cielo. Recuerda que no tenemos mucho tiempo, debo volver antes del amanecer —dice con la mirada caída y los ojos rojos.

Siento tanta ira en este instante. Me habría encantado haber acertado sobre el paradero de su padre y que el rey Magnus se hubiera encargado de él. No merece el título que tiene, a la esposa que lo acompaña ni al hijo que creó. Y tampoco merece tener la vida que les ha robado a tantos. Stefan interrumpe mis pensamientos cuando me toma la mano y me lleva hacia su pecho. Me cubre con un abrazo que evidentemente necesitaba. Se queda en silencio unos segundos, sintiéndome, respirando, comprobando que de verdad estoy ahí.

—Te quiero, Stefan —murmuro con la cara escondida en su cuello—. De verdad te quiero.

—Lamento no haber ido por ti, haber fallado en protegerte, pero te juro que lo intenté. Perdóname, por favor. Silas no me lo permitió. Estaba dispuesto a sacrificarlos a ustedes cuatro con tal de mantenerse a salvo, y reprocharle tal decisión me costó algunos golpes.

Me pesa en el alma cada una de sus palabras. No merece esto. Quisiera que pudiéramos escapar de todo y que así se liberara de sus cargas.

Levanta mi rostro y me besa con suavidad. Emite pequeños quejidos de dolor a medida que lo hace, pero no se detiene. Los sentimientos que surgen entre nosotros pueden más que cualquier aflicción.

Nos recostamos a la orilla del lago, movemos el agua con nuestros pies y formamos ondas en la superficie. Miramos al frente, entristecidos y en silencio, acompañándonos, dándonos fortaleza con cada respiración mientras encontramos el valor para hablar.

—Las cosas se han complicado desde que los lacrontters te llevaron a ti y a mis tíos. Desde la mañana siguiente a tu rapto, los guardias más cercanos a Silas, esos que intenté alejar para llevar a cabo el plan, le enviaron una misiva y le informaron acerca del secuestro. Lo hicieron a mis espaldas y fue Atelmoff quien me lo contó. Era cuestión de días para que regresara de su escondite, así que tuve que actuar rápido.

Un guardia asesinó a la beguina y después ordené que le rociaran mucho ácido hasta que se desfiguró completamente, no solo… ya sabes… —La cabeza, a eso se refiere—. Pues no teníamos tiempo suficiente para esperar a que se descompusiera.

Se me revuelve el estómago al escuchar los detalles y él lo nota. Me da espacio para que tome aire y yo me inclino hacia delante, buscando que la brisa cure las náuseas.

—Al final pedí que fabricaran una bóveda en el cementerio con el nombre de tu amiga para despistarlo. Él pidió desenterrarla en cuanto vino y tuve que inventarle que el ácido había sido la mejor opción para que todos pensaran que había tenido un accidente. Le dije que de esa manera evitábamos que su familia quisiera ver el cuerpo. Pero no me creyó. Sabe que no es ella y, a pesar de no poder comprobarlo, desconfía y ha empezado a buscarla.

¡Por mi vida, los Alfort! Deben estar viviendo un infierno al creer muerta a su hija y lo peor es que por el bien de Rose tendrán que seguir sin saber nada. Aun así, un peso se me cae de los hombros al confirmar que Rose sí pudo escapar. Es como si mi corazón por fin pudiera quitarse una flecha que lo lastimaba. Hasta parece que los días en el calabozo de Lacrontte y soportar al asqueroso rey Aldous valieron la pena. Todo sea para que esté lejos de las garras de Silas.

—Mi madre está desolada por la muerte de su hermano. Ella ha querido abdicar desde hace algunos años y mi padre se lo ha impedido. No quiere que lo vean como al rey que no pudo mantener un matrimonio, que no es capaz de hacer feliz a su reina. —Suelta una risa amarga.

—¿Y abdicará ahora? —inquiero, confundida.

—Ambos lo harán. Silas le teme a Magnus, no es un secreto. Si tan solo hubieras visto su cara cuando contemplaba el cuerpo abierto de su cuñado. En el fondo le teme a la muerte, así que se asegurará de seguir vivo a como dé lugar. En el palacio es un objetivo fácil. Ya se dio cuenta de que Magnus sabe violar nuestra seguridad y no pretende ser el siguiente muerto.

—Pero… —Una chispa en mi interior se enciende de repente—. Stefan, ¡te convertirás en rey! Ya no podrá detenerte, le contaremos sus infamias al mundo, revelaremos su verdadero rostro y no podrá hacer nada contra ti. Una vez se vaya y tú asciendas al trono, tendrás el control absoluto.

—No te hagas ilusiones. Ya has tenido un atisbo de cómo es mi padre —replica con amargura—. No se alejará de mi camino. Me convertiré en rey, pero Silas seguirá gobernando a través de mí, solo que escondido en un refugio lejos de la ira de Magnus. Se irá con mi madre y me amenazará si llego a salirme de sus límites. —Quiero decirle que la reina debería escapar, pero se me adelanta—. La tiene acorralada. He intentado saber con qué secreto la manipula y no lo he conseguido. —Se pasa las manos por el pelo, desesperado.

—Pidamos ayuda, entonces. Si se lo entregas al rey Lacrontte, él se deshará de tu padre. Será un atentado sorpresa, no lo verá venir. —Las palabras salen solas de mi boca mientras lo miro directamente—. Te puedo asegurar que si le pedimos que no toque a tu madre, no lo hará. A pesar de su carácter fuerte, es sensato.

—¿Desde cuándo Magnus te parece sensato? —Su tono es de absoluta sorpresa—. ¿Lo dices porque viviste con él en el palacio? —me reprocha. ¿Acaso está celoso?—. Mi tía me lo ha contado. No regresaste al calabozo y poco después los guardias le informaron que tenías una habitación allá. ¿Por qué, Emily? ¿Tanto querías tenerlo cerca?

—Me estaba protegiendo —me defiendo y mi indignación se enciende—. Tu tío me privó de comida por tres días, necesitaba hacer algo o iba a morir. Además, fue Nicholas el que inventó que yo conocía el paradero de Silas y solo aproveché la oportunidad para poder comer. Él trató de condenarme a la muerte. ¿No te has preguntado cómo estoy aquí? ¿Cómo pude librarme del encierro y de la horca? ¿Por qué tu tía y tu prima también están con vida? Fue gracias a mí. Estás siendo muy injusto conmigo, cuando tuve que hacer piruetas para que no descubrieran mi identidad y luché hasta encontrar una salida para tu familia y para mí.

La respiración se me acelera y siento calor en la frente por el descontento. Ni siquiera se ha dignado a preguntarme cómo estoy y me reclama por haber salido del calabozo. Stefan me mira como si no pudiera dar cuenta de mi enojo. Es la primera vez que me exalto con él, así que lo entiendo, pero estoy en mi derecho.

—No quiero pelear —le aseguro, inhalando y exhalando hasta calmarme. Él se queda en silencio y eso me molesta aún más—. Lo importante es que si yo pude llegar a un acuerdo con el rey Lacrontte, tú también lo lograrás.

—¿De verdad lo crees? —dice tras unos segundos y de inmediato me doy cuenta del sarcasmo que esconde esa pregunta—. Emily, fui dos veces a Lacrontte para mediar con Magnus, pues no respondía las cartas que le enviaba, y en ninguna de las dos ocasiones me atendió. En la última ni siquiera me permitieron ingresar al palacio. ¿Aun así piensas que negociará conmigo? —Suelta una risa amarga.

—Esta vez le estarás dando lo que quiere, no se negará.

—¿Te gusta Magnus, Emily? —cuestiona con el ceño fruncido, buscando la respuesta en mis ojos—. ¿Pensaste en él de alguna manera indebida mientras estuviste allá?

—¿De qué hablas? Nunca he pensado en él de esa manera. Te he respetado en todo momento, Stefan. Pasé tiempo con él, claro, y fuimos cercanos en algún punto, pero no de la forma en la que te imaginas. Fue algo como de aprendiz y maestro.

—¿Maestro? ¿Ahora es tu maestro? —Noto la ira en su voz.

—Me ofende que desconfíes de mí, que te atrevas a dudar de mis afectos. Y me enoja que, a pesar de lo que te dije, de todo lo que pasé allá, ni siquiera me preguntes qué tuve que hacer. Cada día estuviste en mi mente, en muchos momentos, en las cosas grandes y pequeñas. Y, aunque no sabía nada de ti, jamás dudé. Te entendía a la distancia y confié porque estaba convencida de que no me abandonarías por voluntad propia. Si eso no es lealtad, Stefan, entonces no sé qué lo sea.

¿Cómo puede poner en tela de juicio mi honor? Sé que siente mucha presión por lo que está sucediendo, pero no puede desquitarse de esta forma conmigo.

—¿Sabes qué? —Se pasa las manos por el rostro, cansado, frustrado—. Yo tampoco he venido a discutir contigo, cielo. Estoy exhausto y mi mente ha volado a panoramas absurdos. Me disculpo —dice con una dulzura que no logra quitarme la rabia—. Todo este problema con Silas me atormenta. Te extrañé, Emily. Le rogué a la vida que te trajera de vuelta y perdí la cabeza muchas veces al no poder ir por ti. Te quiero como a nada en esta vida.

Me hacía tanta falta escucharlo decir eso… Sin embargo, no le hago saber que sus palabras me causan cosquillas en el cuerpo.

—A veces pienso en marcharme lejos. A un lugar tranquilo.

—¿Me estás invitando a irme contigo? —dice con una sonrisa y esta vez sí logra mermar mi molestia.

Se acerca y vuelve a poner sus labios en los míos, con mucha más intensidad, como si el dolor en su boca se hubiera esfumado. Luego me toma la mano y la besa. Sube por mi brazo, dejando una línea fina de besos hasta encontrarse con mi hombro y desviarse hasta mi pecho. Su toque es suave y me gusta. Por mi espalda corre una especie de electricidad que me eriza la piel y me obliga a cerrar los ojos para disfrutar de la sensación.

—¿Te encuentras bien? —pregunta cuando se acerca a mi oreja—. ¿No te incomoda esto?

Sé que lo pregunta por lo que ocurrió la última vez, pero lo tomo de las mejillas y le levanto la cabeza para mirarlo a los ojos.

—No como antes, y mucho menos contigo.

Su sonrisa aparece mientras desvía la vista, como si se avergonzara de lo que está pensando.

—Si va a pasar algo entre nosotros, no quiero que sea en este lugar. Merecemos algo mejor y un momento más idóneo. Y lo tendremos, lo prometo —asegura y las mejillas se me encienden ante la idea.

—Nunca creí que llegaríamos hasta ese punto.

Dar ese paso me llena de nervios. Es decir, no me veo con alguien que no sea Stefan, lo quiero muchísimo y es el único hombre con el que me gustaría subir ese primer escalón, que también es el primero

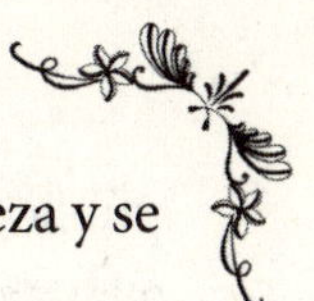

para él. Aun así, el temor ante lo desconocido no deja mi cabeza y se lo hago saber.

—Iremos tan despacio como desees. Jamás haré algo que tú no quieras o que no hayas aprobado. —Me acaricia la mano con la ligereza de la brisa, desvaneciendo mi miedo.

Ansío saber todo lo que la vida nos tiene preparado y recorrer cada camino, sea ancho o estrecho, a su lado.

—Ahora hay algo de lo que quiero hablarte —revelo sin importar cuán abrupto pueda ser el cambio de tema.

—De las meretrices, supongo. —Se me adelanta—. Sí, yo también he estado pensando en eso. Shelly es una persona importante para mí, pues sabes que fue la primera que supo todo lo que sucedía con Silas, la que me escuchó y no cometió tal aberración conmigo a pesar de ser una orden del rey. Quiero ayudarla. Y no solo a ella, sino a todas las suyas, solo que no sé cómo.

—Lo primordial es sacarlas de aquí. Llevarlas a otro sitio, de manera que puedan dispersarse, así le será casi imposible al rey Silas capturarlas. Si el reino está en quiebra, no gastará recursos persiguiéndolas en diferentes ciudades y reinos.

—¿Y qué lugar sería ese? ¿La misma casa de Aphra y Angust en Plate donde está Rose? —propone y yo asiento—. No es igual, cielo. Con Rose pudimos hacerlo porque era solo una persona, pero ahora son demasiadas. No lograríamos sacarlas de aquí sin que se dieran cuenta. Estaríamos poniendo a tu amiga en riesgo también. Ahora no estamos para errores, pues con el primer paso en falso Silas acabará contigo, me lo advirtió. No quiero que te pase nada, no me lo perdonaría jamás.

Ahí se me ocurre una idea. Le propongo convencer a su padre para que anuncie su abdicación cuanto antes para que así usemos la plaza como escenario. Mientras esté dando su discurso, Las Temerarias y yo lo expondremos. Solo nos tenemos a nosotras mismas para defendernos y es lo que vamos a hacer. La idea es llevar a la prensa para que registre el momento y él no se atreva a atacarnos, pues si hay algo a lo que Silas le teme, aparte de al rey Magnus, es al escarnio

público. No nos va a tocar en frente del pueblo y mucho menos frente a las cámaras del periódico. Quiere mantener la imagen de rey recto hasta el final de sus días y ha llegado el momento de desenmascararlo.

—¿Y luego qué? Tienes razón en dos cosas: en que no las atacará frente a todos y en que no gastará dinero que no tiene buscándolas fuera de Mishnock, pero ¿cómo haremos para que les permita marcharse?

Estuve toda la madrugada pensando en esto. Ver a las mujeres sublevarse lo dejará maniatado y deberá buscar una solución para limpiar su imagen, lo que dará pie a la fase crucial del plan, de la cual se encargará Atelmoff como consejero real y que consiste en convencerlo de dejarlas ir para que su imagen se limpie y quede como un rey misericordioso. De esa manera todas saldrán, no solo unas pocas. Y antes de que me pregunte cómo haremos para que anuncie su deseo de abdicar tan pronto sin que se vea sospechoso, le cuento mi solución: Magnus. La carta que me dio en Lacrontte tiene el sello real y está en un sobre oficial del palacio, así que tenemos su firma y su letra. Solo hay que escribir un nuevo mensaje, imitando su caligrafía. Quizás una amenaza que, aunque no vaya directamente contra Silas, lo involucre. Estoy segura de que eso lo alertará lo suficiente como para huir tan pronto como sea posible.

Stefan lo medita por unos segundos y levanta las cejas, sorprendido por mi maquinación.

—Tengo a alguien perfecto para ser el destinatario y que crea que se trata de correspondencia interceptada. —Asiente como si el plan hubiera encajado en su cabeza—. Pero no detallaremos un ataque o una amenaza, eso sería muy obvio y demasiado tonto si queremos hacerle creer que son misivas con información delicada. Lo que podemos hacer es incluir en ese sobre un mapa del segundo piso del palacio. Silas cambia de habitación cada tres días como medida de seguridad. Esa información jamás ha salido de la casa real y si ve marcadas todas sus alcobas, especialmente la que esté usando en el momento en que vea la misiva, se volverá loco. Querrá huir cuanto antes de Palkareth y eso lo moverá a dar el discurso de abdicación.

—¿Y no sospechará de ti? ¿De que quizás fuiste tú quien dio la información? Me dices que eso es algo que solo saben las personas del palacio.

—Y las más allegadas a la corona, como el consejo de guerra... Más específicamente, alguien a quien conocemos bien y que ya nos ha traicionado.

El barón Russo. El mundo parece apagarse mientras el desconcierto se impone sobre mí, como si hubiera sido bañada con agua fría para que despertara. Eso es imposible. Sí, él tiene negocios en Lacrontte, pero eso no lo convierte en un traidor.

—¿Estás seguro? —comento, incrédula, pensando en Valentine. Ella adora a su padre. ¿Estará al tanto de esto?

—Completamente. Él era el único que sabía del plan, aparte de Atelmoff, tú y yo. Mi padre siempre ha sospechado de su descomunal riqueza y no quise acusarlo sin estar seguro, así que comencé a investigarlo.

Stefan se toma su tiempo para explicar la cacería que montaron. Interceptaron su correo, una tarea difícil, ya que todo viene sellado con lacre. Como descubrieron que ningún sobre venía del palacio, debían enviarle la misiva después de leerla, por lo que el encargado de la oficina de correos tenía que destruir cada uno para dejar el sello intacto. Confiesa que tuvieron que mandar a elaborar sobres idénticos a los que le llegaban para poder rasgar los verdaderos y sacar las cartas. Después calentaban la base del sello y volvían a pegarlo en el nuevo sobre, como si se tratara del original.

Mientras escucho los detalles de su plan, mi cabeza arroja la verdad. Ya sé qué fue lo que encontró: Emery Naford. Y lo confirmo cuando me cuenta que un día encontraron una carta en la que Francis le preguntaba si conocía a alguien con ese nombre. Me describió físicamente y comentó que Valentine había ido al palacio una vez con la joven. ¿Quién diría que las sospechas del señor Modrisage contra mí serían las que pondrían en evidencia a su infiltrado en Mishnock?

Estoy pasmada. ¿Cómo pudo hacer algo? Estuvo en casa, nos ayudó con la deuda que teníamos con el Mercader, me cubrió cuando

Val, Amadea y yo no pudimos regresar a tiempo de Lacrontte e incluso mintió por mí en esa carta.

—Al día siguiente me reuní con él —continúa— y le confesé lo desesperado que estaba porque hacía poco había llegado de Lacrontte y Magnus no había querido atenderme. Dominic sabía que habías sido tomada como prisionera de guerra, pues yo se lo dije, así que volví a tocar el tema y le conté lo consternado que me encontraba al pensar en lo que harían si descubrían quién eras. Él no dijo nada, ni una sola palabra. Solo me dio unas palmadas en los hombros, asegurándome que las cosas marcharían bien. Ahí lo supe y ahí mismo lo apresé. El problema es que mi padre ya estaba en el palacio, se enteró de lo que encontré y envió guardias por el resto de la familia de Dominic. Solo le tomó treinta minutos a la baronesa confesar que sabía que su esposo tenía tratos con Lacrontte, que era un espía. No la juzgo, yo estuve ahí: Silas la llevó al límite, la amenazó con lastimar a sus hijos si no hablaba y la engañó diciéndole que dejaría a los pequeños en paz si lo hacía. Ella cayó y ahora Silas quiere ejecutar a la familia entera.

—No puedes dejar que eso suceda, Stefan —le imploro—. Ellos son inocentes. Val es nuestra amiga y sus hermanos son solo unos niños. —Siento un gran vacío en el estómago y me cuesta respirar bien.

—He estado convenciéndolo de posponer su ejecución mientras Atelmoff lo persuade de dejarlos ir. No sé qué más hacer para sacarle esa idea de la cabeza. Es terco, Emily.

El barón Russo es una gran persona y sé que fue él quien ocultó mi identidad mientras estaba en Lacrontte. En ningún momento le preguntó a su hija nada, sino que él mismo mintió por mí y ayudó a mis padres con la deuda. Valentine no puede morir. Pienso en alguna estrategia para ayudarlos también a ellos y me cuesta hallarla.

—Yo lo haré, los salvaré. Y levantaré mi voz por ellos para que el pueblo sepa que él los tiene y qué es lo que piensa hacer con ellos, así que, por favor, tú pídele a Atelmoff que lo convenza de dejarlos ir bajo la excusa de que eso también le dará una mejor imagen frente a Palkareth.

—Palabra de honor. —Se lleva la mano al pecho, prometiéndomelo—. Por ahora lo mejor es que no mantengamos comunicación. Daniel irá por el sobre, pues es el único que puede visitar tu casa sin que resulte sospechoso. Una vez tenga el mapa, le haré creer a Silas que la carta llegó a la vivienda de los Russo. Él sabe que el correo del barón ya ha sido interceptado, y que esté prisionero no evita que siga recibiendo cartas de Lacrontte, pues el rey Magnus aún no sabe que lo hemos apresado. De esa manera pensará que era un plan creado tiempo atrás y frustrado antes de que se llevara a cabo.

Me da un beso como despedida, que merma el nerviosismo que me ata el corazón debido a lo que se nos acerca. Caminamos hacia la salida para partir a nuestros hogares, pero hoy voy en otra dirección. La madama debe saberlo todo para que pueda prepararse y luchar por su vida, su libertad y la de las demás meretrices.

43

Han pasado tres días desde esa noche en el bosque y no he vuelto a ver al príncipe, tal como lo prometimos. Hoy los guardias en las calles vociferan que dentro de unos minutos habrá un anuncio en la plaza, uno crucial, lo que solo indica una cosa: Stefan cumplió con su parte del plan. Así que estoy preparándome para asistir. Cuando bajo a la sala, mamá y Mia ya me esperan con la noticia de que van a acompañarme a la revuelta. Me pongo fría al escucharlas, pues temo que algo pueda salir mal y las lastimen por mi causa. Jamás me lo perdonaría y se lo hago saber.

—Ya nos están lastimando, cariño. —Mamá me acaricia la mejilla con la delicadeza que la caracteriza—. ¿De qué sirve luchar para salvar a esas mujeres si nosotras mismas no nos unimos a la causa?

Y está en lo cierto, así que las tres nos ponemos en marcha. Cuando llegamos me doy cuenta de que la plaza está más custodiada que nunca, y el rey, rodeado de muchos otros guardias, ya ha empezado su discurso. Para nuestra sorpresa, no lo escuchan las multitudes que suelen venir a oírlo, lo cual habla del desprecio que se ha ganado por parte de un pueblo que parece estar despertando. Hoy todos están en el balcón real, no solo los Denavritz, sino también las Pantresh y Atelmoff.

Miro alrededor, buscando a Las Temerarias, pero aún no han llegado.

—Siempre se les ha advertido que los lacrontters son una escoria, ¡los seres más sanguinarios sobre la faz de la Tierra! —vocifera el rey con la rabia de un oso herido—. Y lo que le hicieron a mi cuñado Nicholas es imperdonable. Ven aquí, cariño —llama a la reina Genevive. Ella se mueve despacio y veo que tiene lágrimas en los ojos, igual que su cuñada y su sobrina. Intenta transmitir serenidad, pero la tristeza que la embarga es imposible de ocultar—. Cuéntales a todos lo que sentiste cuando viste el cuerpo de tu adorado hermano, ultrajado, morado y con esa abertura en el torso, por donde le sacaron los pulmones.

Este hombre es una basura. ¿Cómo puede ser tan gráfico? ¿Cómo describe la violenta escena frente a la esposa de Nicholas y su hija?

—¡Por mi vida! —exclama mamá, impactada.

La reina niega con la cabeza y sé que no quiere hablar, pero su esposo le insiste para que tome la palabra, obligándola a pasar al frente.

—No sé qué decir, fue horrible. —Rompe en llanto—. Él no se merecía eso.

—¿Ven lo que le han hecho a su reina? Está devastada, resentida. Los lacrontters se han llevado a su hermano para siempre. Nuestra familia estará de luto eterno por este acto inhumano que no merecíamos.

—¡Así como usted se llevó la vida de muchas mujeres! —Se oye alto entre el público, pero no logro identificar al responsable.

—Magnus ahora vendrá por mí —continúa el rey, fingiendo no haber escuchado nada—. Por eso debo actuar antes de que se cobre una vida que es de gran interés para él.

—¡Todas las vidas son importantes, incluyendo la vida de las meretrices! —Por fin escucho la voz firme de Shelly, aunque tampoco doy con ella.

Están prohibidas las manifestaciones, por lo que debemos estar preparadas para lo peor. Stefan luce inquieto en el balcón y noto que se oculta un poco detrás de Atelmoff para que no se vean las huellas de los golpes en su piel.

—Por eso, después de pensarlo mucho —continúa Silas con la voz tensa—, decidí no exponerme a un atentado letal nunca más. No dejaré de lado mis responsabilidades como soberano, pero ahora se

MISHNOCK

las cederé a alguien que ya está en capacidad de ejercerlas. Mi hijo, el príncipe Stefan, asumirá el papel de rey regente.

El pueblo no puede creer lo que escucha y yo tampoco. No abdicará, solo se apartará del poder un tiempo y pondrá a Stefan como un monarca suplente. Veo que él tenía razón, su padre está demasiado obsesionado con su título como para dejar de gobernar y solo quiere resguardarse de la mano asesina del monarca de Lacrontte. Y lo cierto es que sin la corona ya no tendría nada, ni el amor del pueblo, ni el control sobre la información, ni el dominio de las masas. Pasaría a ser un noble más y seguro eso lo atormenta.

—Espero que el mismo respeto que han mostrado por mí todos estos años se lo demuestren a mi sucesor, en quien confío como en ninguna otra persona. Yo lo he educado para que piense como rey y actúe como tal, por lo que les pido a ustedes lo mismo; depositen su fe en él y les aseguro que no los defraudará.

La Guardia Civil comienza a rondar la zona, buscando a posibles manifestantes. Pasan a nuestro lado y nos miran con sospecha, así que mi madre me abraza, actuando como una familia cualquiera que vino a escuchar el anuncio.

—¡Denle los honores al rey que los defendió la mitad de su vida y quien se despide temporalmente del trono! —brama ante la multitud.

Algunas personas se inclinan en una reverencia sincronizada. Sin embargo, muchas mujeres se han quedado de pie en medio de la veneración del pueblo y levantan la mano con la ira atravesándoles el rostro. El plan se ha puesto en marcha.

—¡Silas Denavritz es un asesino! —gritan a una sola voz—. ¡Silas Denavritz es un asesino de mujeres!

Sus voces resuenan firmes antes de que la Guardia Civil vaya por ellas. Corren, sin dejar de gritar, para que no puedan alcanzarlas, son como presas huyendo de su cazador dentro de un laberinto.

—Leia, Emireth, Nerie, Kailan, Tyra, Mae, Elea, Nara eran los nombres de algunas de las vidas que se robó y que quiere ocultar. Todas eran mujeres, meretrices, que para muchos no valían nada, pero que para sus madres, hermanos, amigos e hijos lo eran todo.

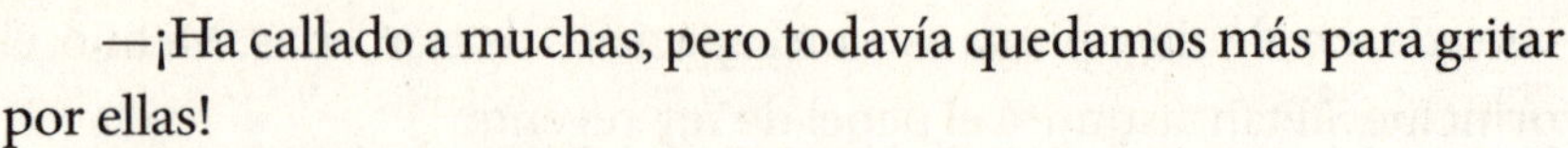
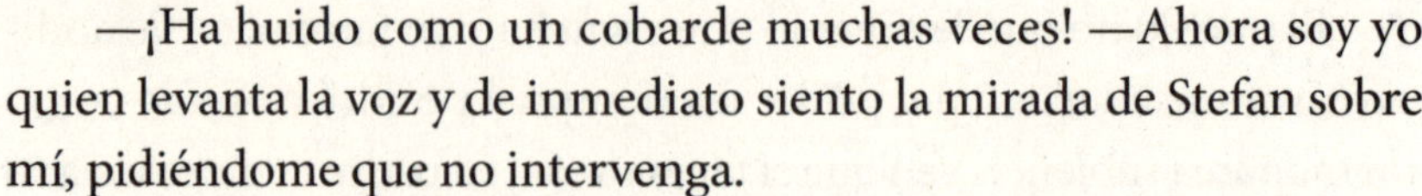

—¡Ha callado a muchas, pero todavía quedamos más para gritar por ellas!

—¡Ha huido como un cobarde muchas veces! —Ahora soy yo quien levanta la voz y de inmediato siento la mirada de Stefan sobre mí, pidiéndome que no intervenga.

—¡Es un asesino y a pesar de ello tiene la osadía de temerle a la muerte! —vocifera Shelly con la fuerza del rugido de una leona.

—¡Arréstenlas! —El rey se sale de sus casillas con rapidez—. ¡Arréstenlas ahora mismo!

—Miren bien nuestros rostros antes de que nos lleven, pues muchas de nuestras amigas fueron arrastradas por aquellos que dicen cuidarnos y jamás volvieron a salir de la base. ¡Fueron aniquiladas por nuestros supuestos protectores!

—Están injuriando mi nombre —les responde el rey desde el balcón, proyectando la voz.

—¡Nuestro soberano, el hombre en quien más debemos confiar, quemó la casona para incinerarnos dentro y lo hizo ver como un accidente para la prensa! Así que trajimos a los periodistas para que sean testigos de la verdad.

Las luces de las cámaras se disparan, fotografiando la escena, el rostro enojado del rey Silas, los gritos de las manifestantes y las acciones de la Guardia Civil que intenta llevárselas. Los murmullos se extienden como oleadas mientras un monarca empequeñecido palidece al verse desenmascarado y expuesto por quienes consideraba inferiores.

—Si van a asesinarnos, ¡háganlo frente a todos para que se enteren de una vez de la clase de gobernante que tenemos!

—¡Las mujeres no somos una plaga de la que haya que deshacerse! —exclama mi madre sin soltar a Mia de la mano. Siempre es tan dócil, reservada y dulce que me llena de orgullo que levante la voz para pelear.

—No somos un objeto con el que pueda descargar su ira. No somos prescindibles —manifiesta alguien más y así se van sumando varias voces—. ¡Nuestro derecho a vivir no depende del trabajo al

que nos dediquemos, ni de la ropa que usemos, ni de con quién nos juntemos!

Cada una de las mujeres que han venido a manifestarse se levanta contra Silas, y el pueblo también se va sumando, contrariado, sorprendido. Las personas alejan a la Guardia Civil cuando intenta acercársele a alguna de Las Temerarias presentes. El rey se ve rápidamente acorralado, pues nunca esperó que el pueblo protegiera a aquellas que quiso silenciar, quienes ahora batallan. Parece que se le van a salir los ojos y sé que tiene miedo a pesar de la ira que demuestra, pues hace unos minutos el pueblo doblaba las rodillas ante él y ahora lo acusan, lo señalan, lo juzgan.

—¿Hay algo que quiera decir a el *Portal de Mishnock*, majestad? —pregunta un periodista en medio de la multitud—. ¿Es cierto que ha estado acribillando meretrices a escondidas porque una de ellas resultó embarazada de usted?

La reina Genevive se inclina sobre el barandal del balcón al escuchar la noticia y se me rompe el corazón por ella cuando la veo bajar la cabeza para ocultar las lágrimas que ya se deslizan por sus mejillas. Es Atelmoff quien va a su rescate. Justo entonces me doy cuenta de que el príncipe no se encuentra entre ellos.

—¿Cómo pueden creerle más a un grupo de meretrices que a su propio rey? —reclama, iracundo—. Son falsedades y juro que también serán ejecutados si no se callan en este instante.

—¿También? —dice alguien, notando esa palabra clave—. Eso nos confirma que hubo otras personas a las que ordenó ejecutar.

—¿Qué hará con la familia Russo, rey Silas? —pregunto en un grito—. Sé que usted los tiene cautivos en contra de su voluntad y que planea asesinar a dos niños que nada tienen que ver con las acciones de su padre. —Su mirada cae sobre mí como si quisiera incinerarme con ella y por un momento pienso que ordenará que me apresen, pero en su lugar se da media vuelta y se pierde dentro del edificio.

Nada lo detiene. Ni el llamado de la gente, ni los reclamos de los manifestantes, ni las preguntas de los reporteros. Se oculta detrás de la cortina azul, dejando a su esposa con el rumor público de una

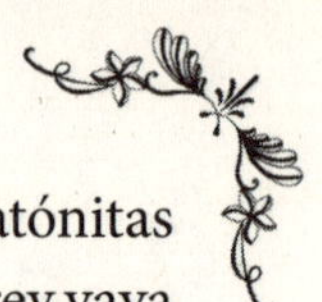

infidelidad que desencadenó un embarazo y a las Pantresh atónitas en un sitio que no les corresponde. Nadie puede creer que el rey vaya a tener un hijo fuera del matrimonio con una meretriz y unen eso a los gritos de las manifestantes cuando entienden que no es mentira. La Guardia Real sale a la calle mientras la Civil sigue intentando llevarse a las mujeres. Los veo susurrar, discutir y manotear, pero luego, como si se tratara de un milagro, todos se dispersan, caminando hacia el edificio del cual todavía no ha salido ni un respiro. La reina y las Pantresh también se han ido del balcón y nadie sabe lo que sucederá.

—¡Emily! —me llama Shelly en medio de la multitud. Levanto las manos para que pueda llegar hasta donde estoy—. ¿Quiénes te acompañan?

—Mi madre y mi hermana menor —comento y las presento—. Vinieron a apoyar la causa.

—Lo agradezco, entonces. —Mira con dulzura a mamá—. Porque no todas quisieron venir…. —Se refiere a las meretrices—. Algunas tuvieron miedo y es entendible, por eso traje a cuantas pude. ¿Qué haremos ahora? Lo hemos acorralado, pero ¿será suficiente?

—Atelmoff debe estar cumpliendo su parte del plan en este momento —le aseguro—. Solo nos resta esperar que pueda lograr algo que nos beneficie.

Nos quedamos ahí por más de una hora, bajo el sol, con el pueblo a nuestro lado. Nos demuestran apoyo a pesar de que no conocen con detalle la historia. Pasado el tiempo, algunos van desistiendo al ver que no sucede nada y nosotras nos llenamos de miedo al pensar que quizás saldrán en cualquier momento y nos dispararán indiscriminadamente. Hasta que aparece Atelmoff en el balcón. Tiene un papel en la mano y se dispone a leerlo.

—Buenas tardes, pueblo de Palkareth. Soy Atelmoff Klemwood, consejero real de la familia Denavritz —inicia con voz firme sin mirar nada más que la hoja—. Este es un mensaje del palacio y, en especial, de su máximo gobernante, quien, como última muestra de misericordia, a pesar de los falsos cargos que han levantado en su contra esta tarde y para demostrar cuán distante es el Gobierno de Mishnock

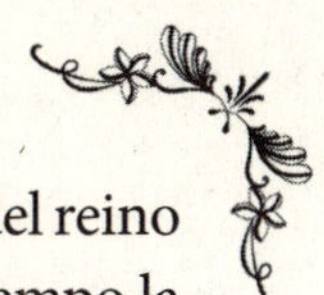

de los ideales homicidas de Lacrontte, les da a las meretrices del reino veinticuatro horas para abandonar la nación. Durante ese tiempo la frontera estará abierta para ellas y se les asegura que podrán salir en completa tranquilidad. Tras ese lapso, aquellas que sean encontradas en el reino serán apresadas y llevadas a juicio por difamación. Gracias por su atención —concluye, retirándose de inmediato.

Quedamos desconcertados tras el discurso. ¿Aquello fue algo bueno o malo? No, por supuesto que fue malo. Esto no fue una victoria, sino una tregua que les permitirá a estas mujeres abandonar Mishnock en paz. No obstante, no solo buscábamos cesar los homicidios, sino también hacer que pagara por sus acciones.

—No nos queda otra opción, Emily —habla Shelly, capturando mi atención—. Tomaremos esa vía, pero volveremos porque no pensamos dejarlo ganar. Deseo verlo derrotado y muerto.

—Por ahora es lo mejor. Al menos hasta que Stefan asuma el poder —comento e intento que mi voz suene firme, aunque las dudas me atormentan.

—¿A dónde se supone que iremos ahora?

—¿Conoces a los mellizos Griollwerd? —inquiero y ella niega—. Pues los conocerás.

44

Han pasado varios días en los que Shelly, Las Temerarias y muchas otras meretrices han abandonado Mishnock, su vida y sus familias. Todo se sentía como una derrota. Las despedidas, las lágrimas, la nostalgia. Silas ha ganado por el momento, pero nosotras no hemos perdido del todo. Ellas quieren venganza y están decididas a obtenerla, aunque para eso tengan que esperar.

Nuestro verdugo también se ha marchado de Palkareth, dejando a cargo del reino a Stefan, con quien solamente me he comunicado una vez por medio de su consejero real, que me informó sobre los planes del nuevo rey regente para encontrarnos en Plate, lugar al que viajará para asistir a la boda del príncipe Lorian y la princesa Aphra.

—¿Estás seguro de que Stefan ya está en Karteia? —le pregunto a Atelmoff, agarrando fuerte en mi cuello el guardapelo que Stefan me obsequió y que recuperé cuando regresé a casa.

—Por supuesto. Debieron haber llegado hace unos días —responde, estirando un poco la espalda en el carruaje que compartimos.

Desde hace dos semanas se convirtió en mi compañero de travesía, pues salimos juntos de Mishnock a Karteia, la ciudad costera donde están Rose, Shelly y las meretrices que lograron escapar. Mis padres dudaron sobre dejarme venir, pero logré convencerlos tras aceptar enviarles cartas desde cualquier ciudad a la que llegara. Stefan me envió con Atelmoff para que pudiera estar segura todo el tiempo

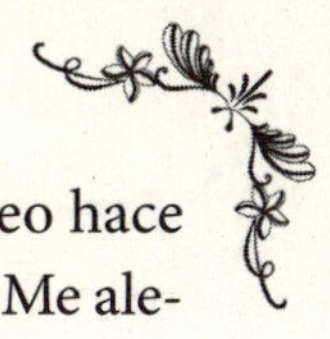

y no pasara un viaje tan largo sola. A pesar de que no lo veo hace mucho, nuestros sentimientos son más intensos que nunca. Me alegra haber encontrado a un hombre como él.

—Me ha dicho que me quiere —confieso, aun cuando supongo que ya lo sabe.

—A mí también.

—¿Qué? —Abro mucho los ojos.

—Es decir, me ha dicho que te quiere —se ríe—. Lo reveló la mañana en la que tuve que buscarlo en tu casa, después de que pasaron la noche en el bosque Ewan. Le brillan los ojos cada vez que habla de ti.

No puedo creer que se lo haya callado todo ese tiempo antes de la noche de la gala benéfica.

—¿Crees que podremos estar juntos en el futuro? —No sé si sea una pregunta apropiada, pero me muero por saberlo.

—Con el corazón en la mano, espero que sí.

Nos bajamos del carruaje al llegar a una casa blanca de dos pisos. Tiene techos de palma y una base de madera que forma una larga terraza. Un grupo de palmeras se alzan a los costados y brindan sombra a los muebles exteriores. La cabaña está frente a la playa del mar Antello y desde aquí puedo oler la sal en el aire. Veo barcos en la lejanía y a muchas mujeres que caminan en el patio, con el aire moviéndoles el cabello y los vestidos. Las Temerarias.

—¡Emily! —Rose corre hacia mí con los brazos abiertos. Su abdomen ha crecido desde la última vez que la vi, aunque no es notorio en exceso—. Pensé que nunca volvería a verte.

La abrazo fuerte mientras más mujeres se acercan, entre ellas Shelly, quien ha recuperado su porte elegante.

—Te extrañé muchísimo —le confieso—. Estuve muy preocupada por ti, Rose.

La noche se cierne sobre esta parte del mundo cuando entramos a la espaciosa vivienda, que tiene un increíble ventanal que permite admirar la playa desde adentro. La sala tiene piso de madera y muebles y lámparas de ratán, además de alfombras de mimbre. El

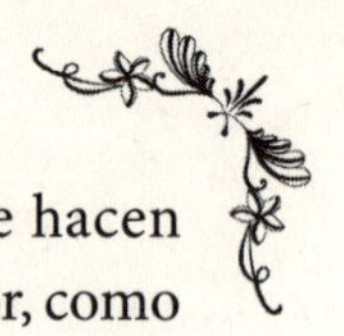

interior es de tonos celestes, duraznos y blancos que me hacen recordar el alba. Y todo está decorado con plantas de interior, como crasas y helechos, que refrescan el ambiente. Atelmoff se queda afuera mientras nos reunimos alrededor del sofá. Quien toma la vocería es la madama.

—A cada una de nosotras nos alegra que estés aquí, Emily. Eres una de las nuestras, así que mereces conocer el plan que hemos ideado contra Silas —dice—. Tú eres una parte importante de él.

—¿De qué se trata?

Me cuenta la misma idea que yo le había propuesto a Stefan: quieren entregarlo al rey Magnus. Es mi deber entonces avisarles que el príncipe no cederá, que no entregará a su padre, algo que, para mi sorpresa, ella tiene claro.

—Lo sé. Ahí es cuando entras tú como pieza clave. Necesitamos que hagas que te cuente dónde está Silas.

—Ya lo he intentado y no ha funcionado.

Se mantiene en su posición e insiste en que debo encontrar la forma de persuadirlo. Atelmoff preferiría morir antes que traicionar al rey, es muy leal. Y en estos momentos ellas no pueden acercarse a ningún guardia real para indagar. Como si apostara su vida a que conseguiré el dato, me dice que una vez que lo tenga debo enviarle una carta contándoselo, solo eso. Ella se encargará de hacerle llegar la información al rey de Lacrontte.

—Stefan sabrá que fui yo. No puedo hacerle eso. —Quiero acabar con Silas, pero no puedo traicionar la confianza que él ha puesto en mí.

—Es por todas nuestras mujeres muertas. Te aseguro que no se enterará. Me tomaré un tiempo antes de entregarle el mensaje al rey Magnus y al final parecerá que él ha dado con el rey Silas por su propia cuenta.

—¿Y la reina Genevive?

—Le pediremos que no la toque.

—¿Podemos confiar en él? —cuestiona Rose, juntando las manos con preocupación.

—Quizás —me atrevo a decir—. Él es sensato cuando quiere. Está bien —acepto aún con dudas—. Lo intentaré cuando tenga la oportunidad.

* * *

—¡Llegaron! —anuncia después de un tiempo Atelmoff, quien ha permanecido fuera.

Me asomo por la ventana y veo a un grupo de cuatro personas bajar de dos carruajes. Se trata de los cuatro príncipes: Angust, Stefan, Aphra y Lorian. Estos últimos vienen con sus respectivos atuendos de bodas. Él va de traje gris con una banda celeste que le cruza el torso y un ramo de paniculatas encima de la solapa de la chaqueta, que pronto se arranca y tira al suelo. Ella usa un vestido de satén de escote cuadrado y tirantes gruesos. La princesa ya se ha deshecho de sus flores y se suelta el moño trenzado que le sostenía el cabello con desesperación, como si aquel peinado le causara picor.

Todos saludan al consejero de Mishnock y caminan hasta el interior de la casa. ¿Qué se supone que hacen aquí? ¿No deberían estar en la fiesta de una boda que se celebró por la mañana?

—¡Emily! —Angust es quien se apresura para rodearme en un abrazo—. Me alegra que te vayas adaptando a la casa donde criaremos a nuestros hijos.

—¿Es usted uno de los Griollwerd? —pregunta Shelly antes de que pueda notar mi expresión de asombro.

—¡Hola! —exclama cuando sus ojos se encuentran con la madama, como si acabara de ver al ser más interesante de la Tierra—. ¿Cuál es su nombre y por qué no es la señora Griollwerd? —pregunta con un tono coqueto.

—Porque soy la señora Brecshart y no hay otro apellido que me quede mejor que el mío —responde con orgullo—. Por lo que veo, usted es el propietario de este lugar, así que muchas gracias por su ayuda.

—Pintor Angust Griollwerd —se presenta, ofreciéndole una mano, que ella toma.

—Tenía entendido que era usted un príncipe.

—En ocasiones, específicamente cuando me obligan a serlo. ¿Y usted es…?

—Madama Shelly Brecshart.

Ni siquiera Aphra se atreve a replicar. Está cautivada viendo la manera en la que su hermano habla con la mujer. Ella también se da cuenta de que está coqueteándole de verdad.

—¿Ya se acabó la celebración? —le pregunto a Stefan en un susurro mientras detallo la incomodidad del príncipe Lorian.

—No hubo boda —revela y siento como si me congelara. Entonces, ¿qué hacen aquí?

—¿De qué hablas?

—Nos hemos escapado —comenta Aphra, quien al parecer nos ha escuchado—. Yo no quería casarme y Lorian tampoco, así que decidimos fugarnos, ¿cierto, mi amor?

Él la mira, disgustado por el título, pero asiente. Luego se gira hacia Atelmoff y le pide que lo acompañe a la oficina de correos para enviarle una carta a su hermana, pidiéndole que lo saque de aquí. Atelmoff acepta, ya que sabe dónde queda el lugar, pues ya me acompañó a enviarles una nota a mis padres.

—Cielo —Stefan llama mi atención—, necesito que hablemos sobre algo urgente.

—Sí, yo también. —Camino con él hacia afuera—. Quisiera saber si los Russo lograron escapar. —Él me lo confirma, cabizbajo. Está perdido en los pasos que da sobre la arena—. ¿Algo va mal?

—Dominic está muerto. Fue ejecutado.

Me da un vuelco el corazón.

—¿Cuándo? —jadeo—. Es decir, no he escuchado ninguna noticia.

—No ha habido ninguna. Fue decapitado y Silas decidió enviarle el cuerpo a Magnus, tal como él lo hizo antes con mi tío Nicholas.

Es inhumano. No me imagino cómo debe estar Valentine. Ella amaba a su padre tanto como yo al mío. Ni siquiera sabría qué hacer si algo le sucediera a papá. Estaría devastada.

—¿Y el resto de la familia?

—Los desterraron y no sé a qué lugar fueron. —Suspira, cansado de tanta violencia—. Aunque no te traje aquí para hablar de eso. —Noto la preocupación en su voz. Ni siquiera es capaz de mirarme a los ojos.

—¿Ocurrió algo con tu padre? —Se detiene. Estamos a la orilla del mar, con las suaves olas en los pies—. ¿Qué sucede, Stefan? —insisto ante su silencio.

—Quiero ser rey.

—Eso ya lo sé.

—Me refiero a… que será difícil convertirme en monarca a tu lado —dice con tantas dudas que me es imposible creerle.

—No entiendo. ¿Es una broma? —Intento sonreír, pero él no me devuelve el gesto y se me hace un nudo en la garganta—. Prometimos que nos enfrentaríamos a cualquier obstáculo, Stefan. No tengas miedo, estaré a tu lado siempre que me necesites.

—¿Lo juras? ¿Siempre que te necesite? —El tono es tan vulnerable que me rompe.

—Eso es lo que hace una pareja.

Me envuelve en sus brazos y sé que hay algo que no encaja. Su cuerpo se siente diferente, el corazón le palpita arrebatadamente y, pese a que lo abrazo en un intento por calmarlo, nada parece hacer efecto. Al final decido inclinarme hacia él y darle un beso en la boca, uno suave, uno que les dé paz a sus emociones. El beso es intenso, envolvente. Sus labios se mueven con un deseo desenfrenado, tratando de robar todo de mí mientras me abraza con fuerza, uniéndome aún más a su cuerpo. Después de unos segundos nos separamos con la respiración agitada y los labios rojizos y fríos por la repentina falta de contacto con la boca del príncipe.

—Esa es la cuestión, Emily —continúa la conversación, abriendo los ojos—, para ser rey no puedo estar a tu lado.

—¿Por qué? ¿De qué hablas? —Stefan mira hacia el mar y la brisa le desordena el cabello. Entonces baja la cabeza y se pasa las manos por el cuello, inquieto. No se atreve a revelarme lo que piensa, así que insisto—. Dime qué pasa.

—Vas a odiarme…

—No lo haré, te quiero, ¿lo recuerdas?

—Yo no —dice finalmente y el corazón se me apaga.

Me río, nerviosa, porque no puede estar hablando en serio. Busco en su mirada algún indicio de que se trata de una broma, pero su expresión no deja lugar a las dudas. Siento como si veinte espadas cayeran sobre mi cuerpo, cada una clavándose en mi piel. Esto no puede ser cierto. Luchamos juntos, nos curamos las heridas el uno al otro, éramos él y yo contra las injusticias, el mundo y todo. ¿Por qué me hace esto? ¿Acaso no demostré cuánto lo quiero?

—¿Cómo que tú no? —Se me rompe la voz y todo me duele—. No sé qué sucede, pero recuerda que ambos podemos con eso. Solo cuéntame qué pasa. Una vez me dijiste que no nos hundiéramos antes de haber zarpado. No lo olvides ahora, por favor.

—Mi padre me ha dicho algo hace unos días… No vamos a ganar y prefiero retirarme antes de perder lo más importante para mí. —Me cuesta respirar y, ante mi silencio, continúa—. La corona, el reino.

—No los perderás, ya te nombró rey.

—Por eso debo asegurar que su palabra se cumpla. Y contigo a mi lado no podré hacerlo. —Me enfrenta finalmente con los ojos firmes y fríos, unos que jamás le había visto y que ya no son tranquilos como el cielo, sino violentos como las flamas—. Emily, si alguna vez pensaste que esta relación perduraría en un futuro, estabas equivocada. Necesito a alguien con poder a mi lado. ¿Y qué me puedes ofrecer tú? ¿Una perfumería? Eso no me sirve para ganar la guerra.

Un vacío se me aloja en el pecho al escuchar sus palabras. Siento cómo mi vida entera se cae al suelo al ver que no se retracta, que esta no es una broma de mal gusto. ¿Qué pasó con el hombre que conocí? Él jamás diría algo así. No a mí. No puedo replicar, intento asimilar que esto de verdad está pasando, y solo consigo una expresión apática, indiferente.

—No es nada personal, Emily, simplemente ya no estoy interesado.

Hace unos segundos me besaba y ahora me desprecia de esta manera. Nunca en mi vida había sentido una humillación semejante y jamás creí que vendría de parte del hombre que una vez me prometió su corazón.

—No te creo —replico, decidida a no darme por vencida. Yo lo quiero con toda mi vida. Él no me puede hacer esto.

—Esa es tu decisión. Ya dije lo que tenía que decir. —Se mantiene serio y de nuevo es incapaz de mirarme.

—Eres un idiota... —La voz me sale sin inflexión alguna. Ya está, todo acabó.

—Lo soy, lo admito. Un idiota que será rey y que busca a alguien que ostente ese mismo poder. No se le puede regalar un título a quien no ha nacido para ello. —No soy capaz de intervenir nuevamente. Esto me sobrepasa. La frialdad con la que intenta deshacerse de mí, como si fuera un objeto que le fastidia, me rompe—. Así son las cosas, Emily. Tú vendiendo perfumes y yo gobernando una nación. —Las lágrimas amenazan con brotar a borbotones, y si no huyo rápido de aquí, las voy a derramar en su presencia. Eso es lo último que quiero—. Te advierto desde ahora que juzgaré impertinente que armes un escándalo por esto. Por favor, mantén la discreción.

—Ah, claro, no hay que dañar tu imagen de príncipe perfecto. Despreocúpate, no me interesará mencionar tu nombre. No lo mereces.

Me doy media vuelta con el corazón hecho un nudo, sintiéndome pisoteada, burlada y usada. Avanzo por la playa, que ahora se me hace infinita y triste. Él no me sigue ni intenta detenerme. Este es el fin de nosotros, de lo que pensé que teníamos. Desde que lo conocí expresó su deseo por llegar al poder. En nuestra primera cita en el palacio le pregunté qué opinaba sobre la idea de ser el más alto monarca y contestó convencido que, aunque le asustaba, la idea le agradaba. Todo este tiempo han estado presentes sus ganas de gobernar, solo que no me di cuenta hasta ahora.

—¡Emily! —Aphra me recibe cuando llego al umbral. Atrás, Atelmoff y el príncipe Lorian se suben a un carruaje, supongo que para ir a enviar la carta—. ¿Dónde estabas?

Entramos a la casa en silencio y Stefan lo hace minutos después. Se mantiene alejado de mí y me ubico al otro lado de la mesa; sin embargo, su mirada jamás me abandona. Siento el corazón presionado, pequeño y apagado. Tengo un nudo en la garganta e intento no llorar y mantener la compostura con todas mis fuerzas, cuando lo único que quiero es escabullirme con Rose y desahogarme.

—¿Te enfermaste? —pregunta mi amiga, inclinándose para hablarme al oído—. Tienes una cara de muerte.

—Estoy bien —miento—, solo un poco famélica.

Angust aparece a mi derecha y empieza a preguntarme cosas sobre Shelly y a hablar sobre lo preciosa que le parece. Lo cierto es que no les pongo mucha atención a sus palabras y dejo que sea Rose quien tome el mando de la conversación, pues, tal como la neblina en la madrugada, la tristeza me distorsiona la realidad, desvanece los sonidos y el pensamiento. No puedo con nada más que con el vacío que siento en el estómago, como si estuviera cayendo por un barranco sin fondo. Escucho a lo lejos que alguien golpea la puerta, pero no me molesto en volverme para averiguar de quién se trata, solo deseo devolver el tiempo y que Stefan ahora me diga algo diferente. Lo que no entiendo es cómo cambió tanto de repente.

—Buenas noches. —Se escucha la voz de alguien mayor desde el otro lado y, como si por fin hubiera aterrizado con un golpe al final del abismo, vuelvo a la realidad—. ¿Pensaron que no iba a encontrarlos?

Angust se levanta a la defensiva de inmediato, pues lo reconoce, y yo me giro hacia la puerta.

—Es mi padre.

El hombre toma del brazo a su hija y la lleva a la sala con fuerza. Su hermano protesta mientras va hacia ellos, pero lo detienen unos guardias platers, apuntándole.

—¿Qué piensan hacer? —reclama—. ¿Van a dispararme después de haberme visto crecer?

—Por tu culpa —un golpe atraviesa el rostro de Aphra— los Wifantere nos han retirado toda la ayuda. Se han ido y han cortado la relación con nosotros. ¡Esta boda era la salvación del reino y ni siquiera eso pudiste hacer bien!

—No la golpee, padre —Angust se interpone entre ellos al ver la mejilla roja de su melliza. La abraza a pesar de las amenazas y Shelly hace lo mismo.

Todos nos levantamos de nuestros asientos, atentos a la caótica escena. El rey Handrus está colérico, gritando que el reino está en quiebra y que el matrimonio era lo único que podía evitar que le hicieran un golpe de Estado.

—¿Esa es su manera de hacer política? ¿Usándonos para su beneficio? —Aphra está encolerizada—. No quiero casarme y no puede obligarme.

El padre dirige ahora la furia hacia su hijo, que se niega a caminar cuando intenta llevarlo afuera. Él clava los pies en el suelo, con la fuerza de un roble, y con un grito renuncia a su título de heredero. El rey se congela mientras los ojos se le encienden como un volcán.

—Handrus. —Stefan va al centro del lugar—. Creo que deberían mediar en un sitio privado.

—Stefan Denavritz, tú eres el otro fugitivo. —Le sonríe con ira—. A ti también te está buscando tu padre.

—Me reuniré con él en Mishnock.

—Creo que no hace falta, hijo.

Escucho esa voz y el mundo se me desvanece. Rose me observa, aterrorizada, mientras el resto de Las Temerarias comienzan a buscar una salida de la casa. Varias van a la puerta externa, pero al abrirla nos damos cuenta de que la casa está completamente rodeada de guardias mishnianos, que empiezan a ingresar.

—Sabía que estabas viva. —Sus ojos viajan directamente a Rose. Me pongo delante de ella de manera protectora, pero eso solo causa que el rey se ría de nosotras—. ¿De verdad creyeron que podían engañarme y escapar de mí? —Mira a su hijo y lo apunta con el dedo. Es una amenaza que, pese a ser silenciosa, lo dice todo. Ha confirmado

sus sospechas—. ¿Querían salvar a las meretrices? Pues las dejé irse de Mishnock.

Shelly se acerca a él con ira y, por fortuna, el resto de las chicas la detienen antes de que haga algo que la ponga en más peligro.

—Es un movimiento estúpido, señora Brecshart —le advierte Stefan.

—Limpié mi imagen ante el pueblo al dejarlas marcharse, pero estamos en Plate… y lo que haga con todas ustedes aquí nunca se sabrá en Palkareth.

—¡Deje de amenazarnos, Silas! —grita Shelly sin que le importe nada.

—No vine a amenazarlas, vine a arreglar el error que cometí al confiar en el estúpido de Stefan. —Levanta los brazos, airoso—. Rose, ha llegado el momento.

En cuestión de segundos los guardias nos acorralan. Se llevan a los Griollwerd hasta un rincón de la sala, dejándonos a merced del rey de Mishnock. La rabia en su mirada es como una tormenta. Nos detesta y piensa que está a punto de hacer lo correcto. Los guardias obligan a Las Temerarias a arrodillarse mientras un par de hombres me arrebatan a Rose. La tomo del brazo para evitar que se la lleven, lucho con todas mis fuerzas para que no la aparten de mí, pero me veo obligada a soltarla cuando los escoltas reales me apuntan directamente a la cabeza.

—¡Suéltala! ¡No te atrevas a tocarla! —exige Shelly, forcejando con quienes la sostienen de los brazos.

—Te juro que nunca volveré a Mishnock —ruega Rose—. Jamás sabrás de mí, Silas.

—No vas a manipularme —sisea como una serpiente—. En cualquier momento aparecerás de nuevo y arruinarás mi vida.

—No pensaba lo mismo cuando la mandaba a llamar —discrepa la madama, ignorando las advertencias—. Hacer esto solo lo convierte en un maldito.

—¡Te lo advertí! —ruge el rey y, en menos de un parpadeo, le quita el arma a uno de los guardias y escucho el sonido del disparo.

Shelly cae al suelo y se oscurece mi campo de visión. La escena me sobrepasa. Los brazos de la última persona que quiero que me toque me sostienen. Es Stefan. Con dificultad, enfoco la vista de nuevo y veo la sangre que mana del pecho de la madama, donde ha recibido el disparo. Le cuesta respirar y cada exhalación la aleja más de la vida. Oigo que Angust grita, pero no distingo sus palabras. Aphra se lleva las manos a la boca y Las Temerarias parecen aullar como lobas heridas. Tratan de ayudar a Shelly, quien tiene ahora la boca llena de sangre, pero los guardias las mantienen lejos.

—Es solamente una meretriz. —La voz de desprecio del rey Handrus me penetra los oídos.

Oigo a Rose llorar mientras unos custodios la obligan a arrodillarse. Todo es un caos alrededor. Los Griollwerd discuten, Las Temerarias protestan y su líder jadea en el suelo, descartada como una mercancía que ya no sirve.

—Padre, déjeme ayudarla. —Por fin escucho con claridad lo que dice el príncipe Angust—. No podemos dejarla morir frente a todos.

—Miles de mujeres… ¿y fijaste tu atención en una cuarentona que se ha acostado con la mitad de Palkareth? —dice Silas con desdén—. Aunque no me sorprende, viniendo de ti.

—Le exijo que respete a mi hijo —advierte el rey Handrus.

Él lo ignora y se gira hacia Rose con una sonrisa amarga en el rostro. Ella sigue de rodillas a mi lado, incapaz de desviar la mirada del cuerpo de la señora Brecshart en el suelo. Silas le apunta con el cañón del arma, sin ningún tipo de piedad, y no tengo tiempo de gritar cuando él ya ha disparado. La sangre vuela por la habitación y todo estalla: las voces, los gritos, el asombro, las lágrimas, la ira. La garganta me sabe a bilis cuando veo el cuerpo de mi amiga, la sangre que mancha el piso y se desliza hacia mí. Escucho a Rose gemir de dolor, desgarrándose, y veo el horror en el rostro de los gemelos. No está muerta, eso me queda claro, pero es evidente que le han hecho algo mucho peor.

—¡¿Qué has hecho?! —La voz de Stefan retumba en mis oídos—. Podíamos haber buscado otra solución.

—¿Cuál? ¿Idear otro plan para engañarme de nuevo? Tenía que cortar el problema de raíz —espeta el asesino.

—Eres escoria, Silas Denavritz —dice Aphra, luchando por liberarse de sus guardias.

—Ella había decidido tener a ese bebé. No podía quitarle ese derecho —alego, deshecha, y la voz me sale débil.

—Era mi hijo y podía decidir sobre su vida y su muerte —asegura, orgulloso, como si hubiera salvado al mundo de un gran problema—. Ahora, como muestra de mi piedad, los dejaré vivir. Y a ustedes —señala a las meretrices— no las quiero volver a ver en mi reino.

Stefan se mueve una vez su padre camina hacia la puerta e intenta ayudarme cuando me acerco temblando a Rose. Rápidamente me zafo de su agarre, pues no quiero que me toque, y solo corro con el corazón hecho trizas hacia a mi amiga, que tiene una herida que le sangra en el estómago.

—¡Espero que el rey Magnus acabe pronto con usted! —grito perturbada.

Handrus también se mueve hacia la salida, pero su hijo no le sigue los pasos. Angust corre hasta Shelly, quien apenas logra mantener los ojos abiertos. La escena es espantosa, el olor metálico de la sangre invade cada rincón y las caras pálidas de los presentes demuestran que esta crueldad los enferma.

—Levántate —le pide su padre cuando lo ve arrodillado junto a la madama.

—Lo maldecimos hasta el final de sus días, rey Silas —chilla una de Las Temerarias con tanto odio que parece que se va a reventar.

—No me digan —comenta y se detiene antes de cruzar el marco—. Entonces les daré una razón más para que lo hagan.

—¡Padre, no! —suplica Stefan cuando ya es demasiado tarde.

La bala le atraviesa la cabeza a Shelly, acabando con su sufrimiento, con su vida. Y siento que la mía se cae a pedazos. Todo se diluye en mi cabeza y las lágrimas fluyen con tanto dolor que arden cuando bajan por mis mejillas.

Angust se levanta con un grito de guerra y se lanza sobre Silas con ira. Lo golpea en el rostro y ambos caen. El monarca de Plate va por su hijo, tratando de sacarlo de las garras del rey Denavritz, que ahora lo mantienen prisionero. Aphra también corre y toma por el cuello al adversario de su hermano, ahorcándolo. Es un caos sin sentido que me produce dolor de cabeza.

Las diferentes guardias reales se apuntan entre sí, haciendo un esfuerzo por entender a qué rey rescatar. Piden a gritos que se suelten, pero ninguno cede y la lucha continúa. De repente, escucho una nueva detonación y todo se detiene. Aphra suelta a Silas, y Handrus, a su hijo. Los dos dan unos pasos atrás mientras el líquido rojo de otra víctima empieza a manchar el suelo. Entonces el grito desgarrador de la princesa de Griollwerd me indica quién ha recibido el disparo. El rey de Mishnock se levanta y deja postrado en el piso el cuerpo inerte de Angust. Esto es el infierno, es una pesadilla que parece no tener fin. El enemigo no está detrás de la frontera, el enemigo es quien porta la corona de nuestro reino.

—¡No, no, no! ¡Angust! ¡Angust, levántate!

—¡¿Qué hizo?! ¡¿Qué hizo, Silas?! ¡Es mi hijo! —vocifera Handrus, empujando al asesino de su heredero.

—Se abalanzó sobre mí. Ustedes lo vieron.

—No tenía que dispararle… —murmura sin fuerzas—. No tenía que matar a mi hijo.

—Angust, no me puedes dejar sola —solloza su hermana—. Prometimos que siempre seríamos dos, en cualquier lugar del mundo. Tú y yo. Tenemos que cumplirlo.

Él intenta hablar y no lo logra. Le brota sangre de la boca y el pecho apenas se mueve. Su hermana lo toma de la mano y se miran a los ojos, diciéndose en silencio aquello que nadie más va a entender.

—Te faltan millones de cuadros, Angust. Nos falta sentarnos en el teatro a ver mi obra. Tenemos que cumplir la lista. —Derrama gruesas lágrimas—. Vinimos juntos y juntos tenemos que seguir. Hay un mundo afuera que nos espera. No te vayas, por favor.

Handrus se agacha al lado de su hijo; sin embargo, él no lo mira, sino que tiene los ojos fijos en la mujer frente a él, en su compañera de vida. Entonces cierra los ojos y la mano que le sostenía su hermana se desliza hacia el suelo. Su batalla contra la muerte ha acabado. Angust también se ha ido.

—Em —susurra Rose reclamando mi atención. No recuerdo en qué momento empecé a presionarle la herida, pero cuando bajo la mirada tengo las manos llenas de sangre. Una ola de mareo me invade, pero aun así no puedo retirar las manos. No dejaré que muera.

Algunas de Las Temerarias llegan a mí cuando los guardias empiezan a abandonar la casa, siguiendo a su rey. Ellas me ayudan a levantar a mi amiga para llevarla afuera. Otras hacen lo mismo con el cuerpo sin vida de Shelly, negándose a dejarla sola en esa casa. Pasamos junto a los Griollwerd, quienes continúan en el piso llorando su propia pérdida. El príncipe intenta ayudarnos, pero no lo quiero cerca. Las Temerarias y yo podemos con esto.

—Permíteme acompañarlas —insiste cuando subimos a Rose en uno de los carruajes.

—Vete con los tuyos. Ya han hecho demasiado daño y ninguna de nosotras te quiere aquí —le aseguro con frialdad antes de cerrarle la puerta del carruaje en la cara.

Si en algún punto de mi vida creí que Stefan era lo mejor que me había sucedido, fui muy tonta. Ahora más que nunca resuena en mi cabeza esa frase que me dijo mi padre: «No jures por un corazón que no es el tuyo. Nunca sabes qué pasa en realidad dentro de él ni cómo reaccionará en un futuro».

45

Ha pasado una semana y cada día he derramado mil lágrimas más que el anterior. Por Shelly, por Angust y, claro está, por Stefan y la manera tan cruel en la que me despreció. He estado acompañando a Rose en el hospital todo el tiempo, velando su recuperación, y solo me he ido de su lado cuando he tenido que tomar una ducha.

Mi amiga perdió a su bebé y, según palabras del médico, de haber tardado más, ella no hubiera sobrevivido. No hemos hablado mucho sobre ello porque no quiero lastimarla y Rose tampoco ha iniciado la conversación. Únicamente desea volver a Mishnock con sus padres.

—Tengo un dinero escondido con el que sé que podré terminar la casa de mis padres —dice levantándose de la cama y vistiéndose.

—¿Te sentirás segura allá?

—Eso creo. Tendré la vida de antes y estaré lejos de la monarquía. Buscaré un nuevo empleo, volveré a ahorrar y luego me iré a Lacrontte. Ya lo tengo decidido.

—Puedo pedirle a papá que te emplee en la perfumería. Liz dejó una vacante después de casarse.

Solo asiente, no comenta nada más. Termina de arreglarse en silencio; a pesar de que ella no lo diga, todavía puedo ver en su mirada el trauma de aquella noche. Se tocó miles de veces la cicatriz que le quedó en el vientre y murmuró palabras de enojo durante madrugadas enteras cuando pensaba que yo estaba dormida en el sillón. Sé

que siente la pérdida. Es su dolor personal, aunque no el único. Shelly murió y eso también la afecta. Las Temerarias, por su parte, han comenzado a abandonar la ciudad. Ya la casa no es segura para ellas, por lo que decidieron emigrar a diferentes reinos, pues ninguna quiere, ni puede, permanecer en Mishnock.

—¿Listas? —pregunta Atelmoff, entrando a la habitación del hospital. Stefan lo dejó encargado de nosotras y estuve a punto de decirle que se fuera, pero lo necesitábamos para regresar al reino—. Ya he pagado la cuenta —me informa—. Y te llegó una carta de tus padres.

—¿Lista, Rose? —Miro a mi amiga con una sonrisa triste y ella asiente.

Salimos del hospital, nos subimos al carruaje y solo allí me tomo el tiempo para leer el mensaje que he recibido. Es una carta de mi padre.

> Mi niña:
>
> El rey Silas se ha marchado, el reino está ahora a cargo del príncipe, a quien extrañamente no se le ha visto salir desde que sus padres se fueron. ¿Cuándo volverás? Te extrañamos y los padres de Rose también a ella. Ambos vienen a diario en busca de noticias y ya no sabemos qué otra cosa decirles.
>
> Regresa a casa lo más pronto posible, por favor.
>
> Con amor,
>
> ERICK

Aún no les he contado que terminé con Stefan, pero creo que lo intuyen.

—¿Aphra todavía sigue en la casa? —le pregunto a Atelmoff.

—Así es. Nadie ha podido sacarla de allí.

Si yo he sufrido la pérdida de Shelly, Aphra no está ni cerca de recu-

perarse por la de su hermano. Se ha peleado con su padre y ha renunciado oficialmente a su título como princesa. Su pena es tal que no permitió que se llevaran el cuerpo de Angust para Ingrest, la capital de Plate. Ella misma contrató a unos sepultureros para que enterraran a su gemelo ahí, en el patio de la casa, donde también reposa Shelly.

—No puedo creer que la madama esté… ya no esté —digo con un hilo de voz, incapaz de pronunciar aquella palabra.

—Me perdí de muchas cosas esa noche —murmura Rose, aliviada por no haberlo atestiguado todo.

—¡Silas va a pagar! —bramo sin que me importe la presencia de su consejero real—. Es lo que Shelly querría y debemos seguir con esto en su nombre y en el de todas las que ya no están.

Atelmoff nos da una mirada comprensiva y toma mi mano en señal de apoyo, pero no dice nada sino hasta segundos después, como si hubiera estado batallando entre hablar o no. Nos informa que Plate ha cortado lazos con Mishnock y se rumora que quieren atacar el reino en busca de venganza por la muerte de Angust. Es obvio para mí que los reyes Griollwerd no tienen un ejército para tal hazaña, así que la única manera de hacer eso es contar con la ayuda de alguien más. Si el matrimonio de Aphra y Lorian ahora es historia, podemos descartar a Cristeners. Mi mente empieza a trabajar rápido para armar una teoría lógica con lo que sé de política, hasta que el consejero real frena mis pensamientos y me da la respuesta: Aldous Sigourney, el asqueroso rey de Grencowck a quien le robamos el oro.

Cuando finalmente llegamos a la casa de la playa, una de las últimas Temerarias está en el patio, despidiéndose de Shelly. Ha puesto algunas flores encima de la placa con su nombre y la tristeza embarga su expresión. Junto a ella está su equipaje, esperándola para cuando se marche por siempre.

—Necesito hablar contigo —me dice Aphra después de salir de la cocina con los ojos hinchados, como ya es habitual en ella. Nos ha prohibido que le preguntemos cómo está, así que dejo a Rose en el sillón en compañía de Atelmoff y voy con ella hasta su habitación—. Me marcharé —anuncia, cerrando la puerta—. Mi madre ha venido esta

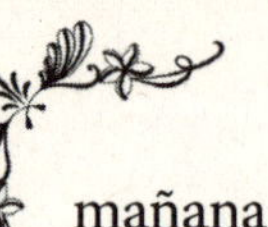

mañana a visitarme. Sé que vendrá recurrentemente y no quiero verla.

—Es tu madre, se preocupa por ti —intento mediar.

—Cuando tuvo la oportunidad no lo hizo. —Se limpia las lágrimas con el dorso de la mano—. Me ha contado que el Parlamento está presionando a papá por la… —Se le quiebra la voz—. Si ya no está Angust, soy yo la que sigue.

—Pero tú renunciaste —comento lo obvio.

—Eso al final no les importará. Ella me propuso volver y le dije que lo pensaría, algo que no haré. Se lo prometí a mi hermano, seré libre como lo teníamos planeado —habla con decisión—. Si me quedo, ellos volverán a casarme y no puedo permitirlo. No sé a dónde ir, no tengo un destino fijo porque no quiero que me encuentren. Creo que viajaré sin rumbo y escribiré en cualquier lugar. Eso sí, no venderé la casa, así que puedes visitar a tu amiga cuando desees —me asegura y me da un toque cariñoso en el brazo.

Se levanta de golpe de la cama y se mueve frenéticamente por la habitación, tomando ropa y dejándola a un lado. Parece que quiere mantenerse ocupada para no pensar en nada.

—¿Estás bien? —Hago la pregunta prohibida y ella rompe a llorar. Se sienta en el borde de la cama mientras niega con la cabeza.

—Nadie lo entenderá nunca, Emily —solloza—. Angust era más que mi hermano. Vine al mundo con él, era mi otra mitad, mi compañero de vida, y me lo han arrebatado. Ha muerto una parte de mi cuerpo, de mi mente, de mis emociones. —La voz se le quiebra en esas últimas palabras y voy hasta ella para darle un abrazo fuerte, que lo único que logra es aumentar sus lágrimas—. Odio a Silas y a mis padres por no permitirnos ser lo que queríamos. Lo único que Angust conoció fue la vida limitada que teníamos y me duele muchísimo que no haya alcanzado sus sueños. Angust está en cada rincón y en cada cuadro. No imaginas lo doloroso que es mirarme al espejo y verlo en mí, en mi rostro, en mi cabello y hasta en la última peca de mi cuerpo. Soy un recuerdo constante de lo que perdí. —Mis palabras sobran. Solo la dejo llorar entre mis brazos, transmitiéndole la fuerza que me queda—. Soy consciente de que tú también perdiste a Shelly y no

quiero sonar egoísta, pero esto es muy diferente.

—Lo sé y lo entiendo —le aseguro, acariciándole el pelo.

—Por favor, no le digas esto a nadie y mucho menos a Atelmoff —me pide—. Me marcharé esta noche. Ustedes pueden quedarse el tiempo que lo necesiten. —Entonces se levanta y se aleja—. Les dejaré una copia de las llaves.

—Nosotros también nos iremos, de hecho. Pensamos hacerlo por la mañana.

—Entiendo —responde, cabizbaja—. ¿Volverán a Mishnock?

Comprendo que hace la pregunta más por Rose que por mí.

—Silas se ha marchado de Palkareth, y si no la asesinó cuando tuvo la oportunidad, no creo que lo haga ahora —digo intentando convencerme a mí misma de que es lo mejor.

—Eso quiere decir que esto es un adiós.

—¿Alguna vez nos volveremos a ver?

—Espero que sí. Puedes ir a cualquiera de los teatros en los que se haya presentado mi obra. —La miro, confundida—. Digo, si necesitas enviarme un recado, déjalo con el director y él me lo hará llegar.

—Adiós entonces, escritora Aphra.

—Hasta pronto, florista Emily.

46

Noviembre se despidió cuando llegamos nuevamente a Mishnock. Rose está ahora en su casa y yo en mi habitación, sintiendo un profundo dolor en el alma. Fue horrible ver el rostro deshecho de la madre de Shelly cuando le contamos lo que sucedió. La delgada anciana se derrumbó en la plaza de mercado en medio de un llanto estremecedor. Ahí quedó un pedazo de mi corazón y ahí también se reforzaron mis ansias de cumplir la venganza que la madama había propuesto.

Bajo a la sala y doy la cara por primera vez desde que les conté todo a mis padres, incluyendo lo ocurrido con el príncipe. Entonces me fijo en un periódico que está sobre la mesa del comedor: «Los perfumes no forjan un reino».

Ese titular es una de las humillaciones más grandes de las que he sido protagonista, pues parece una réplica de las palabras que Stefan me dijo en privado. ¿Acaso reveló la manera exacta en la que terminó conmigo? Y aunque la noticia amarillista alegue que la pequeña plebeya de los perfumes ha sido reemplazada de un día para otro, esa no es la peor parte. El trofeo se lo lleva el rumor que finaliza la nota, que indica que el príncipe ya se encuentra comprometido con alguien más.

Intento no pensar en quién será su nueva pareja porque eso me atormentaría más y ya tengo demasiado con la muerte de Shelly y de Angust y con mi tonto corazón roto. A veces quisiera desaparecer y borrar los últimos días… o todos ellos.

—Mi niña, ¿en qué momento bajaste? —habla mamá, sorprendida, cuando me ve en la mesa con el diario en la mano.

—Hace poco. Tenía sed. —Me siento estúpida por no tener el valor suficiente para arrancarme el collar del cuello. Ese objeto es solo una prueba más de sus mentiras, de cuando me prometía algo *sempiterno* y yo era tan ingenua como para creer en sus palabras—. ¿Qué es esto? —le pregunto, señalando la floristería en la que se ha convertido nuestra sala. Hay muchos ramos de flores de cerezo y no es difícil adivinar de parte de quién han venido.

—Los trajeron por la tarde y no sabíamos qué hacer con todo eso. También hay una carta y una caja para ti. ¿Quieres que te las entregue ahora? —pregunta mi madre con cuidado.

—Deshazte de la caja. No quiero ninguno de sus regalos. Únicamente dame la misiva, por favor.

Agradezco que no me hayan entregado esa carta antes, porque habrían interrumpido mi sueño, y aquella siesta fue lo único que frenó horas de llanto. Veo el sobre blanco, aún sellado. Lo tomo y despliego el papel de mala gana. El corto mensaje que hallo es suficiente para hacerme temblar el corazón.

> Cuando me convierta en rey, no habrá sobre la Tierra un monarca más estúpido que yo por dejarte ir. Permíteme explicarte todo. Te espero en el bosque Ewan esta noche.
>
> Stefan Denavritz Pantresh

¿A qué viene esto ahora? Dejó muy claro que no quería un futuro conmigo y ahora me escribe esta tontería. No hay nada que pueda decir que justifique el daño, el engaño, la traición y la humillación que me hizo sentir. ¿Para eso nos dejó con Atelmoff? ¿Para monitorear mi regreso al reino?

Rompo su nota al instante, dejando que los pedazos caigan por el suelo junto a mi furia. Es un hipócrita que intenta llegar a mí con

palabras vacías, igual que antes. Supone que con montones de flores y mensajes de arrepentimiento logrará remover mi corazón herido, pero no pienso darle ese gusto. Tengo que dejar de pensar en él, aunque me duela. Si de verdad cree que voy a ir esta noche a verlo, como una niña que obedece todas sus órdenes, está completamente equivocado.

—¿Por qué me hizo esto, mamá? Yo confiaba en él —me sincero, reprimiendo las lágrimas.

Mi madre se acerca y me rodea en un abrazo que desata las lágrimas que me negaba a soltar. Yo lo sabía. Esta fantasía tarde o temprano iba a explotar.

—Lo sé, mi amor, no tienes que decir nada. —Me da besos en la cabeza mientras me desahogo—. Tu padre y yo estuvimos pensando esta tarde en algo que quizás pueda ayudarte.

—¿Qué cosa? —Salgo de sus brazos, limpiándome las lágrimas.

—Podrías irte a otro lugar, como un retiro. Lejos de Stefan y sus flores, de las notas del periódico y de la ciudad en general. —Duda un momento, pero luego continúa—: Sé lo que ocurrió esta mañana en las tutorías. Mia nos lo contó.

Las clases fueron un desastre y, aunque solo me queda una semana para obtener la validación, quise asistir para reponer el tiempo que estuve fuera por el viaje a Plate, lo cual fue una mala idea. Las miradas, las murmuraciones, los señalamientos y los comentarios sarcásticos de mis compañeros y de Phetia Tielsong, quien al final sí rompió con Cedric, hicieron de la mañana un tormento. Y lo cierto es que, después de lo que ha pasado, eso es lo último que necesito.

—No quiero volver allí —confieso, cansada.

—Lo sabemos. Tu padre está dispuesto a hablar con el señor Field para que te permita entregar el trabajo sobre Lacrontte y te dé el certificado. No creo que tenga problema.

Desde que volví he intentado distraer mi mente haciendo el proyecto. Elegir el tema me resultó sencillo, pues sentí que no había nada mejor que escribir sobre las reglas y la rutina diaria que pude observar dentro del palacio. Sé que eso deslumbrará a mi tutor.

—¿A dónde me iría exactamente? —pregunto, sopesando la propuesta de antes.

—Tu abuela Clarise estaría encantada de recibirte.

Viajar hasta casa de mi abuela paterna no suena mal. Llevo mucho tiempo sin verla y sería una excelente manera de compensarle la ocasión en la que la usamos para que Liz pudiera asistir a la fiesta de Daniel. Además, allá no llegaría ninguna noticia amarillista. Está claro que mis padres pensaron en los detalles.

—¿Cuándo viajaría? —pregunto, sintiendo algo parecido a emoción y alivio.

—La próxima semana. Primero debemos enviarle una carta para informarle de tu viaje, de modo que ella pueda preparar todo para recibirte y puedas quedarte allí el tiempo que necesites para sanar.

Suspiro, resignada, al darme cuenta de que es la mejor, y única, opción que tengo.

—De acuerdo. Me iré la próxima semana.

* * *

La mañana ha estado fría, y el cielo, nublado; Palkareth parece una ciudad fantasma. Las nubes amenazan con una lluvia torrencial dentro de pocas horas, mientras que yo sigo conviviendo con la tormenta en mi interior.

No sé si me arrepiento de no haber asistido a la cita que el príncipe me propuso ayer, pero ya de nada sirve. Lo que fuera a decirme se perdió en su garganta ante mi ausencia. Vine a la perfumería para distraer la mente y bastó con poner la llave en la cerradura para que entrara al lugar la figura despeinada, ojerosa y agotada de Stefan Denavritz.

—Te esperé como un imbécil hasta el alba —espeta, iracundo. Parece que tiene brasas en la boca y cada palabra que suelta quema.

Mi corazón golpetea con ímpetu al verlo frente a mí, con el enojo tan claro en sus ojos cual agua cristalina. Me mira por un par de

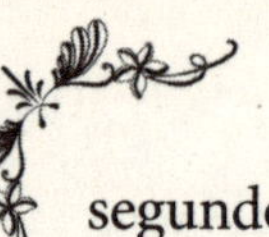
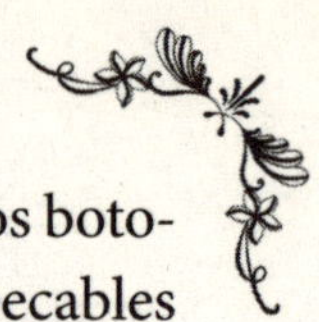

segundos, como si tratara de grabarse mi rostro. Noto que los botones superiores de su camisa están desabrochados y sus impecables pantalones oscuros ahora están arrugados.

—No tenía nada que hacer allá —respondo con fingida calma. ¿Cómo se atreve a reclamarme algo? Fue él quien acabó con lo nuestro. No tiene ningún derecho a estar ofendido por mi ausencia de anoche.

—Estaba yo, y los dos nos debemos una conversación.

—No hay nada de lo que quiera hablar contigo —digo para convencerme a mí misma de que ya no me importa, de que ya no lo quiero.

—Escúchame, Emily. —Se acerca con pasos pequeños—. Es lo único que pido.

—¡Aléjate de mí! —Levanto la mano como defensa.

—No, no voy a alejarme. No me pidas eso.

—Retráctate, entonces. Al menos ofréceme una disculpa. —La voz se me quiebra y odio eso.

—No puedo —dice, abatido, y el corazón me estalla en pedazos aún más pequeños. Su negativa me atraviesa como un puñal en llamas. ¿Acaso es tan difícil para él disculparse por el daño que me causó?

—Entonces vete de aquí. —Mi voz es débil, pero aun así me muestro fuerte.

—Me tratas de esta forma porque sabes que me tienes en tus manos.

—¿Tenerte? Te burlaste de mí y de mis sentimientos, Stefan. Y con todo eso… ¿te atreves a decir que te tengo? —reclamo con una opresión en el pecho que me dificulta respirar—. Solo márchate.

Su mirada recorre cada esquina de la perfumería, procesando mis palabras, y cuando sus ojos me encuentran, veo de nuevo la ira que inunda su interior y le cambia el semblante. Este no es el hombre que conocí. El príncipe dulce y paciente que me conquistó ya no existe.

—Te juro una cosa, Emily Malhore Lanreb, voy a tenerte a mi lado así tenga que destruir todo este maldito reino.

Me da la espalda y se aleja con pasos de piedra, tan natural como si no acabara de abrir un foso de temor en mi interior con sus últimas palabras. Sin embargo, antes de salir, las puertas de la perfumería se

abren, permitiéndole el paso a un alegre Willy, cuya sonrisa se borra al chocar de frente con Stefan. Trae flores en las manos, ¡justo hoy! La mirada del príncipe se posa en el detalle de mi amigo y puedo sentir cómo se llena aún más de rabia. Siente celos, su postura corporal lo delata, aunque sé que no dirá nada. Su educación no se lo permite. Aprieta los puños a los lados y levanta la cabeza en un intento por parecer intimidante, pero Willy no se inmuta, solo le sostiene la mirada hasta que él pasa por su lado, chocándole el hombro en una rabieta de hombre herido.

—¿Qué ha sucedido, Emily? —pregunta Willy ante la escena.

¿Acaba de amenazarme? Jamás había visto esta parte de su personalidad. ¿Quién es esta persona? El Stefan que conozco sería incapaz de amenazarme. ¿O es que acaso fui tan ingenua como para no ver lo que él verdaderamente era? Al atestiguar tal escena, papá insiste en que lo mejor es que me vaya cuanto antes.

—¿A dónde irás? —desea saber Willy, confundido, así que le cuento mis planes—. ¿Cuándo? Dentro de un mes tendré unas pequeñas vacaciones, puedo ir a visitarte. Sabes que cuentas conmigo, ¿cierto?

—Eres de las mejores cosas que me han dejado todos mis líos.

—¿Quieres salir de aquí un rato? Te debo un paseo como regalo de cumpleaños —propone y yo asiento.

Me lleva calle arriba sin decirme a dónde vamos y no puedo evitar recordar mi caminata junto a Stefan hacia el bosque Ewan. Mientras avanzamos, siento las miradas de algunas personas que con seguridad me habrán visto en los periódicos junto a la nefasta noticia. Además, seguro presenciaron la marcha de regreso a casa del príncipe, de su futuro rey, andando sin corona, despeinado y sin carruaje. Una imagen poco monárquica.

Antes de darme cuenta estamos en el parque Atark, solo que no nos detenemos ahí, sino que atravesamos toda su inmensidad hasta llegar a…

—¿Esto es un refugio? —inquiero, extrañada.

—Exactamente. Cuando no se utilizan, son los lugares más tranquilos de todo Palkareth.

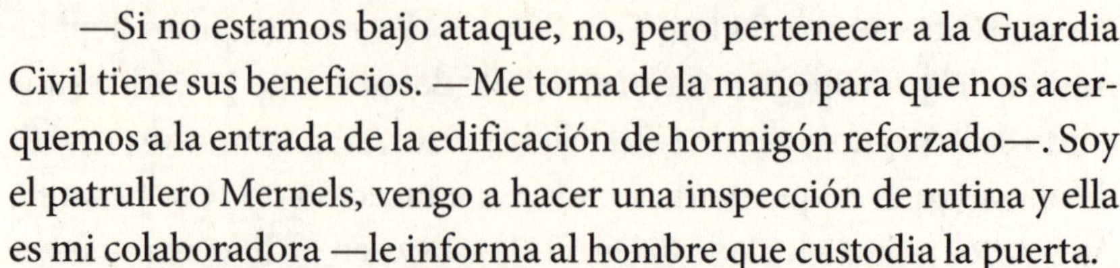

—¿Podemos estar aquí? —Levanto una ceja.

—Si no estamos bajo ataque, no, pero pertenecer a la Guardia Civil tiene sus beneficios. —Me toma de la mano para que nos acerquemos a la entrada de la edificación de hormigón reforzado—. Soy el patrullero Mernels, vengo a hacer una inspección de rutina y ella es mi colaboradora —le informa al hombre que custodia la puerta.

Una vez que nos dan paso, Willy me guía escaleras arriba y atravesamos una ventana que conduce al tejado.

—¿Qué hacemos en el techo? No voy a subir —declaro con determinación.

—No seas cobarde, no te vas a caer. Confía en mí.

Me extiende la mano y me aferro a ella con fuerza porque no quiero resbalarme y caer. Tomamos asiento sobre las tejas y admiramos el paisaje que nos regala el horizonte. El rostro de Willy resplandece con el sol de la mañana, haciendo que sus ojos de color miel se vean más llamativos que nunca.

—Una pregunta, ¿no tenías guardia hoy?

—Por supuesto que sí —ríe.

—Entonces, ¿qué hacemos aquí?

—Estabas a punto de quebrarte, Emily. No iba a permitir que mi buena amiga tuviera un mal día —me contesta con la vista puesta en el horizonte.

—¿Soy tu amiga? —pregunto, conmovida por el título que me ha dado, y entonces me mira.

—¿Quieres serlo?

—Me harás llorar, Willy —comento y le doy un ligero empujón en el hombro.

—Espero que no lo hagas, porque mi idea es causar el efecto contrario, así que sonríe y haz que el regaño que me ganaré valga la pena. Por cierto, el príncipe arruinó mi entrada porque había preparado una línea para entregarte el ramo: «Tulipanes para la chica de las flores». Y ni siquiera pude saludarte.

Aquello logra sacarme una sonrisa que no sabía que podía esbozar hoy. Willy es increíble, tanto como Valentine. ¡Por todos los

cielos, me había olvidado de ella! El ánimo se me esfuma al recordarla. ¿Dónde estará? Cuánto dolor debe estar sintiendo por haber perdido a su padre, la persona a la que más amaba en este mundo. Papá es mi persona favorita y si algo le sucediera, no habría forma de reponerme. Ojalá pudiera hacer algo para ayudarla; sé que ella querría que mantuviera a su oficial informado sobre lo que pasó. Solo mencionar a Val hace que su rostro se ensombrezca de preocupación y se le agite la respiración, como si tuviera miedo de lo que voy a decirle. Y lo entiendo, yo también tengo un nudo en la garganta mientras le cuento todo lo que sucedió: desde que descubrieron que su papá era un espía y lo decapitaron hasta el destierro de su familia.

—¿Te importa Valentine? —pregunto con una connotación que no involucra la amistad.

—Claro que me importa. Ella es como un sol, brillante, cálida y hasta incandescente. Admito que tengo una personalidad muy pasiva y Valentine sabe cómo llenarme de energía. —Sus ojos vuelven a los míos y el brillo ligero que los adorna me da la respuesta. Le importa, le importa más que como una amiga—. Si su majestad regente te da alguna pista, la más mínima, quiero saberla. Me gustaría ir a verla sin importar dónde esté.

—No creo que me dé nada, Willy. Terminamos. —La voz me tiembla un poco al confesar aquello.

Frunce el ceño, aunque lo cierto es que no parece sorprendido del todo.

—Lo sospeché por la expresión en tu rostro cuando él se fue. ¿Ocurrió allí en la perfumería?

Niego y le relato lo que sucedió, incluyendo la muerte de Shelly. Me desahogo con él y noto que mi historia también le duele, pues baja la cabeza, asimilando la noticia.

—La señora Shelly era una gran mujer. Un tanto ruda, pero de un enorme corazón —comenta, cabeceando con incredulidad.

—Silas es el peor ser humano sobre la Tierra, peor incluso que el rey de Lacrontte.

Tras esas palabras soy incapaz de contener más el llanto y dejo salir las lágrimas mientras hablo. Él escucha pacientemente, se aproxima y me rodea con un abrazo protector.

—Le daría un golpe en el rostro si pudiera, el problema es que necesito mantener mi puesto. Lo entiendes, ¿verdad? —bromea en voz baja.

—Con que lo pienses es suficiente.

—Si no fue capaz de ver la grandiosa mujer que eres, entonces no te merece. Deja que su castigo sea vivir sin ti.

47

Hoy me siento peor que ayer, pero seguramente no peor que mañana. Cuando llegué de visitar a Rose, quien está recuperándose bien, me encontré con la noticia de que volví a salir en el periódico, solo que ahora con Willy.

«El reemplazo del príncipe Stefan», ese es el titular que acompaña la foto en blanco y negro en la que Willy me abraza en el tejado. No sé en qué momento nos tomaron esa fotografía, pero lo único cierto es que fue con la peor de las intenciones. En el texto afirman que se trata de mi nuevo interés amoroso tras la ruptura con el rey regente. Papá ha salido hacia las instalaciones del periódico, furioso por lo que han publicado, y aunque no creo que consiga que dejen de mencionarme, deben saber cuánto nos disgusta lo que hacen.

—¡Emily! —me llama mi madre desde el piso de abajo.

—¿Qué sucede? —contesto después de salir de mi habitación para bajar por las escaleras.

—Soy yo. —Me recibe la voz de Willy, cuya triste expresión contrasta con su radiante traje de la Guardia Civil—. Vi lo del periódico y vine tan pronto como tuve mi primer tiempo libre para ver cómo estabas. No imaginas cuánto lo siento, Emily. No quería que esto pasara.

—No es tu culpa —le aseguro mientras lo invito a sentarse con un gesto—, sino de los periodistas. De todas maneras, no importa. No dejaré que eso me afecte.

—¿Estás segura? Puedo decirles que solo somos amigos, les daré una entrevista si quieren.

—En una semana me iré de Palkareth y en el pueblo donde reside mi abuela nadie compra el diario. Estaré a salvo. —Sonrío débilmente.

—De acuerdo… —Veo que duda un momento y luego se decide—. Yo también me iré. Me lo dijeron esta mañana. Me entregaron una carta en la que solicitan mi presencia en la frontera, pero no fui el único, pues muchos de mis compañeros también fueron convocados.

—¿Te trasladarán a la Guardia Azul? —digo sin poder creerlo.

Willy cuenta lo que una vez me dijo Stefan: que por la escasez de soldados ahora enviarán oficiales de la Guardia Civil a la frontera. Y él ha sido escogido para cumplir un año de servicio para, tras eso, volver con un ascenso. Lo curioso es que es el primer patrullero seleccionado. En ese momento se me encienden las alarmas. ¿Por qué justo él? Y aun cuando intento buscarle miles de explicaciones, solo encuentro una respuesta: el periódico y Stefan.

—No puedes aceptar, Willy.

—No puedo negarme, Emily. Mi patria me requiere y debo acudir a su llamado. Si digo que no, me sacarán de la Guardia Civil y quiero ascender, por mis hermanas y por mi madre. Quiero darles la vida que se merecen y no puedo hacerlo sin trabajo. Además, parto esta misma semana. Nos iremos bajo el cargo del general Daniel Peterson. Creo que ya no podré ir a visitarte a casa de tu abuela. —Sonríe con melancolía—. Aunque lo que te pedí sigue en pie. Si tienes cualquier noticia sobre el paradero de Valentine, cuéntamela. Mándame una carta, que yo también te las mandaré a ti.

Claro, por eso Liz mencionó que una de sus motivaciones para casarse tan pronto era la partida de Daniel a la frontera.

—Esto es obra de Stefan —revelo lo que pienso y Willy asiente.

Veo la preocupación en su rostro y no puedo evitar sentirla yo también. No quiero perder a mi nuevo amigo, no quiero que la guerra me lo arrebate. Los asuntos con el reino de Lacrontte son delicados y nuestro ejército no es lo suficientemente grande y fuerte como para enfrentarlo.

—Calma, chica de las flores, voy a estar bien —me dice y me abraza al notar mi tristeza—. Mira, quiero darte algo simbólico para que me recuerdes mientras esté en la guerra y pienses en tu buen amigo Willy Mernels.

Se quita del uniforme la placa que lleva sobre la zona del corazón, que tiene grabados su nombre y su cargo como patrullero. Me la extiende y, sin poder creer que me la esté obsequiando, la recibo.

—Muchas gracias, pero no hables como si te estuvieras despidiendo.

—En realidad sí es una despedida, pero te prometo que nos volveremos a ver y que estaremos los tres juntos. La señorita Valentine, tú y yo. ¿Aún tienes mi silbato? —pregunta y asiento—. Entonces sabes que estaré a un silbido de distancia. Tienen un sonido distinto a los de la Guardia Azul, así que siempre recuérdame como el Willy de la Guardia Civil.

* * *

Willy me trae de vuelta a la perfumería y, cuando se marcha, salgo a la velocidad de un guepardo. Aunque estoy inmensamente triste, también estoy llena de ira, pues no pienso permitir que envíen a Willy a la guerra por capricho de Stefan. El camino se me hace eterno y respiro con dificultad, pero no me detengo hasta que me encuentro ante las puertas del palacio. Estoy cansada, por lo que me esfuerzo por recuperar el aliento y luego abrirme paso hasta la sala central.

—¿Tiene una invitación, señorita? —Uno de los guardias me detiene. Niego, pero insisto en ver al rey regente—. Sin una autorización previa no la puedo dejar pasar.

—Solo me tomará unos minutos. —Me mantengo firme.

—Son órdenes, señorita, y debo cumplirlas. Así que retírese si no quiere que la saquemos a la fuerza.

—Su majestad no estará complacido cuando escuche que le negaron el paso a la señorita Malhore —dice Atelmoff, cuya figura aparece

detrás de los guardias, y yo respiro con alivio al verlo—. A ella no se le niega nada en este palacio.

—Señor Klemwood, no teníamos conocimiento de esa información.

—Pues ya la tienen —replica con firmeza antes de girarse hacia mí—. Querida, ¿en qué puedo ayudarte?

—Necesito hablar con Stefan.

—Creo que él lo necesita más —confiesa y baja la voz—. Ha estado insoportable, su humor ha cambiado drásticamente y no es el mismo de antes. Ni siquiera yo lo reconozco y he estado con él a lo largo de muchos años, así que ten cuidado.

—Pues se pondrá peor después de hoy. Solo dime dónde está, por favor.

Me indica con la mano que lo siga y veo que nos dirigimos a la sala del trono. Al llegar, lo encuentro de pie junto a algunos nobles, a quienes despacha apenas nota mi presencia. Me da una punzada en el pecho volver a verlo, no sé si de dolor o de emoción, lo único cierto es que Stefan aún mueve una fibra en mí que es difícil de ignorar. Todavía lo quiero. Eso es lo que más duele.

—¡Emily! —Sonríe como si no pudiera asimilar que estoy aquí.

—Stefan, ¿por qué has hecho esto? —le pregunto sin rodeos y él ni se inmuta—. Sabes bien de lo que hablo.

—Cielo, no tengo idea de a qué te refieres.

—¡No me llames cielo! —exijo, casi hirviendo en furia—. Has enviado a Willy a la guerra.

—Yo no lo he enviado. —Se acerca a mí con cautela, pero retrocedo unos pasos porque no lo quiero cerca. Es un mentiroso.

—La Guardia Civil nunca había enviado patrulleros a la guerra. Él es el primero y sé que tienes algo que ver con eso —le espeto.

—Alguien tenía que ser el primero y le tocó a él. ¿Qué querías que hiciera? —Se encoge de hombros y ese gesto incrementa mi indignación.

—Eres cruel —digo—. ¿Es por lo del periódico? ¿Por el abrazo que nos dimos?

Su rostro cambia de inmediato al escucharme. Nunca creí que pudiera sentir celos por algo tan común como un abrazo.

—No me parece idóneo que estés por allí con un hombre y haciendo esas escenas —replica con frialdad.

—¡¿En qué estás pensando?! Es mi amigo. —A pesar de que no tengo que explicarme, lo hago.

—¿Y yo qué soy? —Los ojos que antes me parecían dulces ahora no brillan de la misma manera—. Merezco respeto, Emily.

—¿Respeto? ¿Cuál? ¿El mismo que me diste a mí cuando terminaste conmigo? ¡Tú ya no eres nadie en mi vida, Stefan! —Suelto una risa amarga.

—No por eso tienes que estar por ahí con alguien más. —Se pasa las manos por la cabeza como si sintiera un dolor insoportable—. Que no se te ocurra olvidarlo. Sin importar qué suceda, me sigues gustando.

Siento como si fuera arrasada por unas olas violentas que me ahogan y me llevan lejos de la orilla. Mi corazón es un caos. ¿Por qué? ¿Por qué tenía que arruinarlo todo entre nosotros? Cada cosa que me dijo, que me prometió, solo eran palabrerías que, como estúpida, creí. Y detesto sentirme como una idiota cuando aquí el idiota es él.

—Entonces, ¿por qué me trataste así? ¿Es por tu padre? ¿Él te obligó a humillarme? —Me siento patética al preguntarle esto, pero sé que el Stefan que conocí jamás habría hecho eso.

—No, si te saqué de mi vida es porque es lo mejor para mí. No puedes aportarme nada, Emily, y de perfumes no se vive. Fue increíble pasar tiempo contigo, solo que ahora es momento de enfocarme en lo que importa de verdad. Ya no estoy para distracciones.

—¿Eso fui para ti? ¿Una distracción?

—¿Qué más podría ser una plebeya para el príncipe del reino?

Jadeo como si mi pecho hubiera sido atravesado por una bala y me arden las lágrimas en los ojos. Aquellas palabras me sepultaron y me hacen sentir insignificante. Él se mantiene de piedra, como si hubiera revelado una verdad que se moría por sacar de su interior.

—Me das asco —suelto con los dientes apretados—. En el bosque Ewan tuviste la osadía de insinuar que querías acostarte conmigo

cuando yo no significaba nada para ti, y sin importarte que estuvieras comprometido. Porque eso dice el periódico, que lo estás. Me pregunto si entonces ya tenías a alguien más y aun así me engañabas.

Desvía la mirada hacia la pared y con ese gesto sé que todo es verdad. No quería creerlo y me destroza.

—Lo único que le pido es que deje a Willy fuera de esto, su majestad —digo, cambiando la manera en la que me refiero a él. Ya no quiero sentir ninguna cercanía con este hombre.

—Solo viniste por tu soldadito, ¿cierto? —Su voz se vuelve fría cuando nota que he vuelto a la formalidad.

—Sí, es la única razón por la que vendría a verlo —afirmo con la intención de que sienta al menos una parte del dolor que me ha causado.

—Pues ruega que le vaya bien en la guerra porque no voy a mover ni un dedo para ayudarlo. Y espero no volver a verte en el periódico con nadie más.

Es tan cruel que me cuesta asimilarlo. Su rostro ya no demuestra la ternura que antes expresaba y que ahora no sé si fue real.

—No lo hará, créame, no volverá a saber de mí —le prometo—. No quiero volver a verlo ni a escuchar sus amenazas…, majestad.

—¿A qué te refieres? ¿Piensas irte de aquí? —pregunta de inmediato, como si estuviera asustado, con el cuello rojo por la ira.

—No es algo que le interese.

—Soy el rey regente y bajo ese título te prohíbo que siquiera se te pase por la cabeza irte de Palkareth. —Permanezco en silencio, observando cómo se transforma en una bestia iracunda—. No olvides cuánto poder me proporciona este cargo, Emily.

—No me amenace. Ya consiguió lo que quería, el poder y una prometida, así que ahora déjenos a mí, a mi familia y a mis amigos en paz —espeto, intentando igualar su frialdad, aunque unas lágrimas de rabia me pican detrás de los ojos.

—No hables de tu soldadito. No me interesa —dice con asco—. Estoy hablando de ti. ¿Piensas marcharte o no? —No respondo. Tengo enfrente a una persona sin sentimientos. Ya no es dulce ni

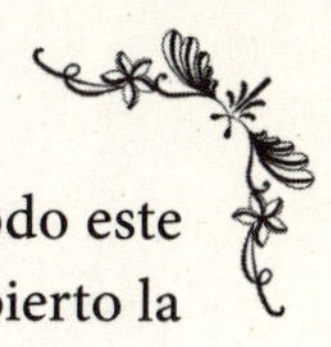

comprensivo y me duele saber lo engañada que estuve todo este tiempo. De repente Stefan sonríe, como si hubiera descubierto la respuesta a una pregunta—. Ah, olvídalo, irás con tu abuela, ¿verdad? —dice, y al ver que me mantengo en silencio, añade—: No será difícil seguirte el paso, cielo. Hagas lo que hagas, ten por seguro que voy a enterarme.

Su actitud me rompe el corazón y odio con el alma no poder reprimir el efecto de sus palabras. Las lágrimas finalmente caen por mis mejillas, demostrándole que ha ganado otra batalla. Trata de tomarme la mano, pero me aparto antes de que lo haga.

—Pensé que era alguien amable, pero mírese ahora. Ya no me duele tanto que me haya sacado de su vida —confieso.

—Yo no te he sacado de mi vida y no voy a hacerlo. Te mantendré bajo mi vista en cada momento. Sempiterno, ¿lo recuerdas?

—Déjeme en paz. Va a casarse con alguien más —le reclamo, frustrada—. Por cierto, ¿de quién se trata? Creo que al menos merezco saberlo.

Ni yo misma puedo creer que se lo esté preguntando, pero la duda me carcome y quiero saber qué esperar cuando pongan la noticia en primera plana en el periódico.

—Lerentia Wifantere. —Baja la cabeza mientras confiesa.

Ella. De entre todas, ella. La mujer que una vez me hizo sentir insegura, que intentó humillarme, a la que invitó a salir. Ella, la pareja de…

—¿Acaso no es la novia del rey Gregorie? No, digo, su prometida. —No responde, solo me observa, inexpresivo.

Miles de preguntas me azotan el corazón herido, pero el problema es que Stefan es la última persona a la que le revelaría tales cuestiones. ¿Acaso esa mujer estuvo jugando también con el soberano de Cromanoff? ¿Cómo fue que terminaron comprometidos? ¿Desde cuándo?

—Si la corona es lo único que quiere, adelante —digo señalando las sillas del trono—. Igual, solamente fui su segunda opción.

—No, tú ni siquiera fuiste una opción. —Se me detiene el mundo y soy incapaz de respirar. No creí que pudiera hacerme más daño, pero ahora me doy cuenta de que todo es posible.

—No se preocupe, majestad, ya me lo ha dejado claro. —Me limpio las lágrimas con la dignidad rota.

Solo quiero alejarme para siempre, hasta que mi cabeza acepte la realidad. Me doy media vuelta y salgo con esa idea en la mente. Necesito estar lejos de él sin importar si jamás logro olvidarlo. Lo escucho llamarme varias veces y siento sus pasos detrás de mí, por lo que empiezo a correr antes de que pueda alcanzarme, dejando pequeñas partes de mi corazón en el camino.

—Puedes marcharte hoy, pero no para siempre. Voy a tenerte, Emily. ¡Juro que voy a tenerte! —Es lo último que le oigo decir.

48

Han pasado seis días y he tenido que volver a despedirme de alguien a quien aprecio. Vi a Willy marcharse a la frontera con su nuevo traje militar de la Guardia Azul. Me sonrió antes de subirse al transporte y sus ojos miel brillaban mientras me decía adiós con un gesto. No me acerqué a su madre ni a sus hermanas porque me sentía culpable, pues indirectamente yo había provocado eso.

El día que volví de ver a Stefan intenté no llorar, pero no pude contener el dolor y me desahogué por algunas horas. Aquella frase continúa guardada en mi memoria: yo nunca fui una opción para él, y me duele muchísimo saberlo.

Rose vino a visitarme porque por fin obtuve mi validación de tutorías. Ella ya se ha recuperado casi por completo, pero sé que en su corazón aún queda rencor por la forma como sucedieron las cosas, por la manera en la que vimos morir a una mujer tan aguerrida como Shelly y, claro está, por tener que callar como si estuviéramos conformes con ello.

Mia, Rose y yo estamos hablando en la sala cuando un llamado en la puerta nos sobresalta a las tres. Corro hacia la entrada y veo que es la señora Lopoders, mi vecina.

—Niñas, es importante que salgan ahora. Llama también a tu madre, por favor —dice, como si el mundo fuera a acabarse en cualquier segundo.

Voy escaleras arriba en busca de mamá, con la preocupación a flor de piel. ¿Para qué la necesita con tanta urgencia? No me tomo el tiempo de decirle nada, simplemente la llevo afuera para encontrarnos con la sorpresa de que un montón de personas están aglomeradas en nuestra calle. Hay guardias del palacio por doquier e incluso uno de ellos está subido sobre un escenario improvisado y con un papel en la mano.

—Pueblo de Mishnock —comienza el hombre—, por órdenes de su majestad, el rey regente Stefan Denavritz Pantresh, se ha expedido el Decreto Real 343. —Veo a un grupo de guardias en la calle de abajo y en la de al lado. Están en todas partes. Parece que han enviado a diferentes grupos a dar el mismo comunicado—. Se ordena que de cada familia que no pertenezca a la clase noble, una joven soltera de entre dieciocho y veinticinco años se desplace al palacio para servir por el lapso de un año.

Los jadeos de sorpresa se escuchan en la calle y Rose me mira rápidamente, sabiendo que la enviarán también al palacio. La tranquilidad que tenía se esfuma y la reemplaza una rabia que me da punzadas de dolor en la cabeza. Stefan nos está obligando a vivir con él solo por capricho. Mi madre me toma con fuerza de los hombros mientras me acerca a ella. Sé lo que piensa. Esto es por mí.

—La joven elegida —añade el guardia, levantando en alto un papel— deberá registrarse en un formato y la recogerá un carruaje mañana a primera hora para llevarla hasta su nuevo sitio de trabajo. Es preciso avisarles que la labor prestada será remunerada.

Algunos custodios se acercan a cada familia para entregar el formulario que debe ser diligenciado de inmediato. Es obvio que seré yo. Mia no cumple con la edad para ir y, aun si lo hiciera, no la dejaría presentarse. Mamá, con el llanto agolpado en los ojos, pone mi información en el registro en el que reposa mi futuro. Es una orden real y tenemos que acatarla, pues no quiero imaginar el castigo que nos impondrá el rey regente si lo desafiamos.

* * *

—¡Esto es una broma de muy mal gusto! —rechista mamá cuando entramos a casa.

Puedo ver las lágrimas en su rostro y yo trato de hacerme la fuerte, ocultando el nudo que me atasca la garganta. Él me lo dijo, me aseguró que tenía el poder suficiente para mantenerme a su lado, pero jamás creí que lo usaría para algo así.

Rose se ha ido, asustada por lo que nos depara el destino. Ella no quiere volver al palacio y entiendo sus razones, pues todos los demonios de su pasado la perseguirán allí. Sufrirá mucho más que yo.

—Díganme que no es cierto —suplica papá, atravesando el umbral con pánico en los ojos—. ¡Díganme que ese hombre no ha hecho lo que dicen! —Nos quedamos en silencio, por lo que arremete de nuevo—. ¡Díganme que no es cierto! Él no puede ser peor que su padre. ¡Díganmelo, por favor! —Se le quiebra la voz.

Papá me rodea en un abrazo, como lo hace cada vez que estoy triste, cada vez que me lastiman, que me hieren. Mi llanto le moja la camisa cuando me refugio en su pecho. Van a separarme de todo lo que conozco. De mi casa, de mi familia, de mi vida entera. Esta es una guerra personal que no puedo detener y en la que tengo todas las de perder.

—Ya ibas a irte, pequeña. Si hubiéramos adelantado tu viaje o si perteneciéramos a la clase noble, esto no pasaría. —Siento su ira. Quiere culparse por no tener un título para salvarme con él.

Y en el fondo sé que, aun si perteneciéramos a la nobleza, él se habría inventado alguna excusa para retenerme del mismo modo en que lo hace ahora. Nuevamente veo a mi familia sumida en el dolor por algo que me involucra. Nuevamente me arrastran a un lugar en el que no quiero estar y con un hombre al que ahora tampoco soporto. El desprecio por Stefan parece quemarme viva.

—Mily —susurra Mia, acercándose cuando papá me suelta. No puedo evitar pensar en lo mucho que voy a extrañar su voz—. No quiero que te vayas. ¿Voy a poder visitarte?

Se me parte el alma en mil pedazos mientras me inclino para abrazarla, pues yo tampoco quiero irme, pero me arrancan como si fuera maleza que arruina un jardín. Juro que voy a luchar incansablemente por volver a la vida como la conocía antes de Stefan. Si retenerme en contra de mi voluntad es su estrategia de guerra, mi ofensiva de ataque no le hará las cosas tan fáciles.

* * *

Temprano por la mañana, tal como lo prometieron, un carruaje llega por mí. El paje guarda mi equipaje dentro del transporte y yo me quedo inmóvil, agarrada del brazo de mamá, incapaz de dar un paso fuera de casa. Mia observa la escena en silencio y me duele ver sus ojos tristes.

—De verdad pensé que te amaba —susurra mamá.

—Yo también. —Mi voz se escucha pequeña, apagada.

Me despido de papá con lágrimas en las mejillas. Mamá y Mia me cubren en un abrazo que quisiera que fuera eterno, pero como no puedo postergar ni un minuto más la partida, me subo al carruaje, dejando a mi familia atrás.

Cuando llegamos al palacio real, la entrada se encuentra atestada de jovencitas que se abren paso con su equipaje, obedeciendo el decreto que se nos ha impuesto. Ingreso a la sala principal con la ansiedad ahorcándome. Esta es la traición más cruel a la que me he enfrentado y me corroe hasta los huesos. El primero en aparecer es Atelmoff. Se pone al frente del grupo de jóvenes, quienes susurran sin cesar.

—Señoritas, les pido que guarden silencio —comienza—. Se están adecuando las habitaciones para ustedes, así que por ahora solo aguarden aquí hasta una nueva orden. —No me creo ni una palabra, pues sé que nadie se quedará a excepción de mí. Todas podrán librarse de esta prisión y yo me quedaré bajo las cadenas de Stefan—. Emily, querida —dice cuando me encuentra entre la gente—, ven aquí.

—¿Cuánto va a durar esta farsa? —pregunto, señalando a las mujeres que están a mi espalda.

—Hasta que Stefan se aburra. —Suspira con cansancio.

—¿Se aburra? Atelmoff, ¿ya conoces sus planes?

—Claro, quiere tenerlas aquí. —Le lanzo una mirada irónica—. Bueno, tenerte a ti aquí.

—Solo pídele que las deje ir. Esto no es justo.

—Él es el único que puede decidir eso.

—¿Al menos va a dejarme ver a mis padres? —cuestiono, pues no imagino pasar un año entero sin ellos.

—Claro que lo haré. —La voz de Stefan aparece a mi lado.

Me giro para encontrarlo en un traje impecable que representa el título que ahora tiene. Parece que sus ojos han recuperado la fuerza que habían perdido la última vez que lo vi. Ya no tiene ojeras ni tampoco luce cansado. Su aspecto es igual al que recuerdo antes de que empezara esta tragedia. Se me eriza la piel, pues, por más que lo desprecie ahora, es difícil borrar de la noche a la mañana lo que me hizo sentir.

—¿Cómo te encuentras hoy, cielo?

—Después de que me arrastraran hasta aquí y me separaran de mi familia, ¿cómo cree que estoy, majestad? —No me esfuerzo por ocultar mi hostilidad.

—No me dejaste otra alternativa.

—¡Está mal de la cabeza! ¡Mire lo que ha hecho! Ha enviado a mi amigo a la guerra y ha traído a cientos de jóvenes solo por una tontería.

—Lo que siento por ti no es una tontería —dice con enojo—. Y a partir de ahora te queda prohibido hablar de tu soldadito.

—No es mi soldadito. ¡Se llama Willy! —alego, frustrada.

—Lo mejor será que hablen en un lugar privado —nos aconseja Atelmoff al ver que nuestra conversación ha subido de volumen, llamando la atención de las demás, que observan la escena en silencio.

—Tienes razón —afirma el nuevo rey, ajustándose la chaqueta—. Acompáñame, Emily, ya tengo tu habitación preparada.

Claro, era de esperarse que tuviera las cosas listas para mi encierro. Todos saben que lo último a lo que he venido aquí es a trabajar.

—Esto es un secuestro y lo único que gana al expedir ese decreto es que parezca legal.

—Puedes verlo desde el punto que quieras. Para mí lo único importante es que te tengo enfrente. Donde yo esté, tú estarás. Recuérdalo.

Me quedo sin palabras ante su declaración. ¿Acaso no se da cuenta de que esto no es amor?

—¿Y estas jóvenes? ¿Va a arrastrarlas con nosotros? Déjelas ir.

—Si eso quieres… —dice con una calma irreal—. Haré lo que tú ordenes. —Camina con lentitud hacia las mujeres que esperan en el palacio. Muchas lo miran con anhelo, mientras que otras solo desean regresar a sus hogares—. Señoritas —habla con tanta seguridad que hasta parece que hubiera tenido el discurso preparado—, la joven Emily Malhore ha tomado la decisión de sacrificarse y quedarse en su lugar. Piensa trabajar arduamente solo para que ustedes puedan volver con sus familias.

Algunas de ellas suspiran con alivio y otras lucen enojadas, pero no me importa, prefiero que se vayan lo antes posible. Después de una hora, todas las jóvenes, incluida Rose, regresan a sus casas. Sabía que ninguna duraría demasiado. Él me quería retener solo a mí y ya lo ha logrado.

—No voy a quedarme aquí por mucho tiempo —le advierto.

—Sempiterno —dice con una sonrisa, mirando el collar que cuelga de mi cuello y que no soy capaz de quitarme. La promesa grabada en la joya me quema la piel—. Estás molesta conmigo, lo entiendo, pero lo resolveremos —asegura con serenidad—. Tendremos mucho tiempo juntos.

Es una locura presenciar cómo un amor que parecía tan sincero se ha convertido en algo tan siniestro. Entre el poder y el amor hay una línea peligrosa que Stefan ya cruzó. Y ahora no soy nada más que su prisionera. Hemos perdido el respeto de lo que una vez creamos y solo me queda preguntarme qué me depara mi nueva vida en el palacio.

* * *

Mi primera noche aquí ha resultado desastrosa y solo he podido dormir cuatro horas. Cuando despierto, dos chicas están junto a la puerta, mirándome con amabilidad. Una es más joven que la otra.

—Buenos días, señorita —dice la mayor—. Soy Leslie y ella es Christine, somos sus doncellas.

Lo que me faltaba. Seguro estarán persiguiéndome de arriba abajo como unas sombras. Me atrevo a asegurar que es una excusa de Stefan para tenerme vigilada.

Intento prescindir de sus servicios y ellas insisten con lo que ya suponía: es una orden del rey. Si no puedo deshacerme de ellas, entonces tendré que sacarles provecho, así que empiezo, pidiéndoles que por favor me traigan el periódico de hoy. Ambas asienten, pero solo una de ellas es la que abandona la habitación.

Mi alcoba es todo un lujo. La cama es gigante y me siento perdida sobre el colchón. Los muebles son finos y cómodos, las mesas de caoba relucen y las alfombras mullidas son suaves. Observo en silencio cómo Christine se pierde en lo que parece ser un armario que contiene mi maleta y un montón de vestidos más. Me levanto y voy hasta ella. Se encuentra acomodando en el perchero las prendas que jamás pensé usar y que ahora están disponibles para mí.

—Querida, ¿estás aquí? —Escucho a Atelmoff al otro lado—. Me informaron que pediste ver el periódico. —Salgo a su encuentro y asiento, extendiéndole la mano para que me lo entregue, algo que lo hace dudar—. ¿De verdad quieres verlo? Yo te lo puedo resumir. —Parece que quiere protegerme de las horribles palabras que seguro han lanzado hoy—. Se ha corrido el rumor en todo Mishnock de que Stefan hizo ese revuelo para retenerte.

—No es un rumor, es la verdad absoluta.

—Sí, pero las personas lo ven como si Stefan hubiera perdido la cordura por ti. —Me quedo en silencio, pensando. Puedo entender por qué las personas opinan eso, pues es justo lo que yo deduciría—.

El pueblo está convencido de que tienes en tus manos al próximo rey de Mishnock —agrega.

—Es él quien me tiene en sus manos. Yo soy la prisionera —comento.

—Emily, no hay peor prisión que amar a una persona y no tener la libertad para hacerlo.

—Él hizo su elección… —le recuerdo e ignoro sus intentos por aplacar la situación—. ¿Podrías mostrarme el periódico, por favor?

Suspira antes de pasármelo: «El rey Stefan es incapaz de alejarse de su primer amor».

El reportaje es inmenso, detallado y debo admitir que mucha de la información es cierta.

> Al parecer, el monarca Denavritz ya ha encontrado a una mujer para convertirla en nuestra reina; sin embargo, no ha sido capaz de dejar a un lado a la plebeya Malhore, quien ahora reside en el palacio a causa del Decreto 343, expedido hace poco más de un día. Ella ha sido la única joven en todo Mishnock que fue sometida a cumplir la orden.
>
> Se rumora que el nuevo soberano ha perdido la cabeza por la hija de los famosos perfumistas hasta el punto de llevársela a vivir al palacio sin importarle que exista un nuevo compromiso. ¿Será acaso una estrategia del rey Stefan para tenerla a su lado? ¿Estará su familia de acuerdo con la decisión? ¿Qué opinará la futura reina sobre esto? Pero, aún más importante, ¿qué papel juega la plebeya de los perfumes en el corazón de su majestad Stefan?
>
> No hay duda de que Emily Malhore es el perfume del rey.

Ahora soy eso: el perfume de un hombre obsesionado, una pieza de la cual no puede deshacerse. Me siento expuesta ante el pueblo, que

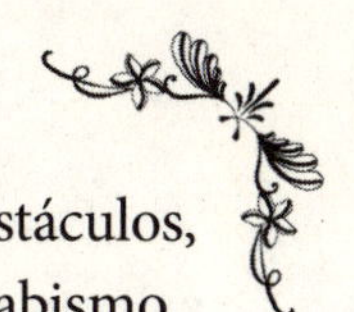

seguramente se mofará y hablará de mí. Vencimos muchos obstáculos, pero al final fue él quien nos estuvo conduciendo directo al abismo.

—No diré que es igual a su padre, porque Silas es el peor hombre sobre la Tierra, pero parece que la demencia corre en la familia —suspiro, sobrecargada de rabia después de leer la nota periodística.

—Claro que no, Stefan, a diferencia del rey Silas, está haciendo lo posible por acabar con este enfrentamiento. —Lo miro con incredulidad, pero lo insto a continuar—. Hay una reunión preparada dentro de una hora con Magnus Lacrontte. Es más, ya debe estar llegando.

Abro la boca y la cierro de inmediato al escuchar la mención del amargado. ¡No puede ser! Otra vez estaremos compartiendo el mismo espacio, otra vez esa fuerza inexplicable que nos atrae. Parece que todos mis males se juntan. Primero, la nota en el diario y, ahora, la visita del rey Lacrontte.

—¿Puedo ir contigo a esa reunión?

—No lo sé. Es algo del consejo de guerra. Si te llevo, tendrás que quedarte en el fondo de la sala. Ya sabes que Magnus es demasiado paranoico con este tipo de asuntos. No podrás intervenir, refutar o siquiera moverte. Tendrás que ser como una estatua, Emily.

—Lo prometo. Me comportaré —digo sin estar muy segura.

* * *

A la hora indicada, el palacio se llena de guardias lacrontters, repitiendo la misma rutina de seguridad que vi una vez: dúos de guardias con una sola arma. Llegamos a la sala en la que se reúne el consejo de guerra. No había estado antes aquí y parece un salón de debates que espera la llegada de dos bandos enemigos. Las sillas están distribuidas formando un rectángulo, alejando los últimos lugares del centro, donde los tronos están enfrentados. Stefan aún no está presente y, mientras Atelmoff me conduce hasta el último sitio, veo las miradas inquietas de todos los hombres, que se preguntan qué hace una mujer aquí.

Entonces el rey regente de Mishnock hace acto de presencia. Toma asiento en el trono dispuesto para él y se acomoda en silencio. Ni siquiera se imagina que yo estoy allí y espero que nadie se lo informe. Atelmoff se despide de mí y va al lado de Stefan, como le corresponde, dejándome escondida.

Los murmullos van de un lado a otro. Todos hablan, discuten o planean qué puntos se discutirán esta tarde. Los hombres caminan, conversan, se acercan a Stefan y vuelven a sentarse. Lo sorprendente es que cuando las puertas del salón se abren, aquellos que aún estaban en pie se apresuran a sus puestos y guardan silencio. El rey Magnus camina por el centro de la habitación. Es como si alguien les hubiera robado la voz. Quizás es temor o respeto; cada persona se mantiene estática mientras las fuertes pisadas del monarca enemigo retumban en el lugar. Su altura es intimidante y su porte y actitud son como de águila al acecho. Es consciente de su poder y no duda en exhibirlo frente a todos.

Usa su típico traje oscuro de chaleco, que contrasta con el cabello rubio que se deja ver bajo la corona de oro y rubíes que porta en la cabeza. Sus gélidos ojos verdes no observan a nadie cuando avanza con su personal. A su espalda está el señor Francis, así que me encojo en la silla para que no me vea.

—Rey Magnus, gracias por aceptar la invitación —lo saluda Stefan con una pequeña inclinación de cabeza.

—Denavritz —le responde sin más, como si estuviera aburrido o lo hubieran obligado a venir aquí. Ambos enemigos están sentados frente a frente, mirándose con atención, esperando un movimiento del otro, una señal, una equivocación que les permita demostrar su superioridad—. Cuando me enteré de la noticia no podía creerlo. ¿Tú de rey regente? —bufa—. Es insólito. ¿Tanto me teme tu padre como para huir y dejarte a cargo de un reino que seguramente no sabes manejar?

—No hemos venido aquí a hablar de mí —contesta cortante.

—¿Y entonces de qué? Habla de una vez porque no tengo tiempo que perder. Y espero que no menciones nada respecto a tu tío. —Le lanza una mirada penetrante.

—De acuerdo —accede—. Como ya te habrás enterado, el barón Dominic Russo ha sido decapitado.

Recordar qué tipo de muerte recibió el padre de Valentine me revuelve el estómago.

—La cabeza que enviaron me lo dejó muy claro. —La indiferencia en su voz mantiene en silencio a toda la sala.

—Es usted un despiadado —dice un hombre del consejo de guerra de Mishnock.

—¿Me llamas despiadado cuando estás apoyando a un Denavritz? —discrepa el rey de Lacrontte—. Ustedes buscan la paz y, pese a ello, se alían con otra nación para que les dé armamento y soldados. Suena muy contradictorio, ¿no lo crees, Denavritz? —Stefan palidece. Está claro que se ha enterado de la ayuda que Cristeners le ha brindado a Mishnock—. ¿Pensaste que no me enteraría de tu trato con los Wifantere? —pregunta ante el silencio con una sonrisa de satisfacción en el rostro.

—No nos dejaste otra opción —se defiende. Al parecer esa es su frase favorita de estos últimos días—. Así como tampoco se la dejaste a Plate y a Grencowck.

Casi puedo ver la burla en el rostro del lacrontter. Él sabe perfectamente que Stefan está asustado y se aprovecha de ello, lo disfruta, pero no dice nada al respecto. Es un hombre cauteloso y, sin duda alguna, un gran estratega.

—Con Plate no tuve nada que ver. Sus malos manejos los llevaron a la quiebra. Y con respecto a Grencowck, bueno, ellos tenían oro y a mí me gusta el oro. Si hay algo que quiero, lo obtengo. —Tamborilea los dedos sobre el brazo del trono.

—Sabes bien de lo que hablo. Ese robo llevó a que Aldous quisiera unirse a Plate para sobrevivir.

—La muerte del príncipe Angust no fue mi culpa. Luego Aphra renunció y, como no hubo matrimonio con los Wifantere, sabían que su mejor opción era aceptar el trato de Sigourney y formar un solo reino. No fui yo quien presionó a los Griollwerd para que aceptaran, fue su Parlamento —explica el rey Magnus, como si su interlocutor no fuera lo suficientemente inteligente.

¿Estoy escuchando bien? ¿Plate y Grencowck ahora forman un solo reino?

—Ahora Sigourney va a controlar todo lo que entra y sale —dice Stefan y noto la preocupación en su voz. Es incapaz de disimularla.

—Creo que lo que temes es que Mishnock caiga como Plate, que pierdas el título y termines siendo un simple noble como los Griollwerd. Te aseguro que cuando ese momento llegue, no podrás negociar conmigo —sentencia, tan convencido que hasta podría creer que es capaz de ver el futuro—. Te desterraré.

—Sé que tu ejército ha estado entrenando el triple, así que deduzco que pretendes hacerte más poderoso y llevar más lejos esta guerra.

—Impresionante. Qué gran capacidad comprensiva tienes —comenta con ironía—. Y si de hacer la guerra más grande se trata, comunícale a tu prometida Lerentia que está siendo partícipe de una lucha que no le corresponde.

Esa declaración me causa una punzada en el corazón. Todavía no me acostumbro a la idea de que el hombre al que quiero esté comprometido y que pronto vaya a casarse con alguien por quien juró no estar interesado. Es la burla más grande a la que he sido sometida.

—¿Estás amenazando al reino de Cristeners? —la pregunta de Stefan me devuelve a la realidad.

—¿Acaso no es obvio? Confiaba algo en tu inteligencia, pero veo que es un caso perdido. No tienes lo que se necesita para ser un soberano —comenta.

—El reino de Cristeners no va a retirarnos su apoyo.

—Entonces no me hagas perder el tiempo. ¿Quieren que sea el malo? Bien. Seré un villano memorable. Recuerda mis palabras, Denavritz.

El rey Magnus se levanta y su capa ondea en el aire por la fuerza de sus movimientos. Sale con pasos de plomo sin mirar atrás y todo su gabinete lo sigue.

—Esto fue un fracaso —asegura Stefan, masajeándose las sienes—. Se levanta la sesión. Pueden retirarse. Ahora no quiero hablar con nadie.

Él también se pone de pie y emprende la marcha. El resto del consejo lo sigue y la sala queda casi vacía. Atelmoff se queda y me busca cuando es seguro.

—¿Tú lo sabías? —pregunto sin rodeos, refiriéndome a la noticia de la princesa Wifantere.

—Entenderás que no me correspondía a mí decir nada al respecto —dice.

—¿Y el rey Gregorie?

—Han terminado su relación y compromiso. Cristeners ahora es enemigo de Cromanoff y, como puedes ver, de Lacrontte.

No pregunto nada más. El dolor y la decepción me sobrepasan. No entiendo mucho de política, pero sí de traición y engaños. Stefan estuvo jugando conmigo desde el principio.

—Señor Klemwood —un guardia mishniano entra a la sala y me mira con sospecha, aunque por fortuna no comenta nada—, lo solicita un guardia lacrontter.

—Aguarda aquí —me pide y sale en compañía del custodio. Espero unos minutos hasta que Atelmoff regresa con una hoja en la mano y una sonrisa pícara en el rostro—. Magnus me ha dejado esto. —Me muestra el papel.

Me paralizo al pensar que haya notado mi presencia en la reunión.

—¿Por qué te envía cartas? —cuestiono, extrañada.

—Porque en secreto nos amamos —replica, usando el mismo sentido del humor que maneja el monarca enemigo—. Sin importar cuán increíble suene, no nos llevamos tan mal cuando se trata de temas que no incluyen política o la guerra. Léela rápido antes de que la rompa y la queme.

Tomo el papel y leo las líneas escritas sin poder dar crédito alguno a lo que veo: «Necesito que encuentres a una joven llamada Emery Naford. Metro y medio, ojos marrones, castaña, cercana a los Russo y completamente desagradable a la vista. He de recordarte que no te pido discreción, sino que te la exijo».

—¿Cómo sabes que se trata de mí? —inquiero.

—¿Acaso se te olvida que descubrimos la carta que le enviaron al difunto barón Russo? —Enarca una ceja, mirándome—. Lo que me causa curiosidad es saber qué hiciste en Lacrontte para que el rey te esté buscando.

Sonrío. Esa es mi primera reacción, pero de pronto algo más se me ocurre y el gesto alegre desaparece.

—Si el rey Magnus quiere encontrarme, seguramente también puede ayudarme, ¿no lo crees? Podemos enviarle una carta explicándole la situación y quizás quiera venir a sacarme de aquí.

—¿Crees que hará algo así después de que le mentiste sobre tu identidad?

Puede que tenga razón. Recuerdo haberlo escuchado decir que lo que aborrecía por encima de todo era que intentaran verle la cara de estúpido. Soy consciente de que cuando descubra quién soy en realidad, no querrá ni hablarme, pero no pierdo nada con intentarlo.

—Me da igual. Enviémosle una carta. Yo misma la redactaré esta noche y te la pasaré en la mañana. Por favor, Atelmoff, ayúdame.

—Siempre supe que algo había pasado entre ustedes cuando estuviste en Lacrontte —dice una voz y no es la de mi acompañante.

El mundo se me cae al piso cuando veo a Stefan en la puerta de la sala de reuniones con fuego en sus ojos.

—No es lo que estás pensando —Atelmoff sale en mi defensa.

—Ah, ¿no? ¿Qué tienes en la mano, Emily? Déjame verlo. —Extiende el brazo a medida que camina hacia nosotros.

—¿Qué hace aquí? —cuestiono, escondiendo el papel detrás de mí.

—Soy el rey, ¿se te olvida? Los guardias están pendientes de todo lo que ocurre aquí y tienen la obligación de informarme de cualquier movimiento sospechoso. ¿Creíste que no lo notaría, Atelmoff? —Ahora lo mira a él—. ¿Que no me informarían que un custodio lacrontter te dio algo?

—Es una nota para mí, no para ella —intenta desviar la atención en vano. No va a creerle.

—Entonces, ¿por qué la tiene Emily en las manos? No soy estúpido, así que no me mientas. Mi instinto nunca me ha fallado, y desde que regresaste —me señala con enojo— hablando bien de un hombre del que antes solo despotricabas, supe que algo había ocurrido entre ustedes. Por última vez, dame ese papel.

—¡No voy a dárselo! ¡Déjeme en paz! Entienda que no lo quiero cerca, que me está lastimando. —Se me quiebra la voz con la última línea, pues estoy cansada de pelear con un hombre que no es capaz de entrar en razón.

Él suspira, derrotado y afectado por lo que acabo de decirle. Baja la mirada, herido, y admito que me duele verlo así, pero no me arrepiento de nada de lo que he dicho.

—¿Eso es lo que quieres? —pregunta, devolviéndome la mirada—. Pues te lo daré. No me verás, pero pondré guardias para que te vigilen cada minuto. No vas a escapar de aquí y yo me encargaré de ello.

—Basta, Stefan —interviene Atelmoff—. Te estás comportando de forma irracional.

—Tú no me hables. Sirves de mensajero para que estos dos se manden cartas aun cuando eres la persona en la que más confío.

—Lo único que hará es que lo desprecie más —hablo con el corazón roto.

—Todavía existe la posibilidad de que comprendas por qué nos encontramos ahora en esta situación… y estando lejos no podremos hablar. Solo te pido paciencia, nada más. No haré nada que tú no quieras, no sobrepasaré los límites y no te violentaré de ninguna manera, pero necesito que te quedes a mi lado. Eres lo único que me mantiene cuerdo.

—Permítame discrepar, su majestad —digo por lo bajo.

—Voy a hacer una excepción solo por hoy y porque sé que todavía no nos adaptamos a esta nueva vida. Te irás a tu habitación y harás pedazos esa maldita carta. No haré que nadie busque entre la basura y junte los pedazos para poder leerla, lo dejaré pasar. Sin embargo, me aseguraré de que estés a kilómetros de Magnus Lacrontte. Él no te merece...

—Y usted tampoco —espeto, molesta.

—Bueno, tendremos mucho tiempo para averiguarlo.

49

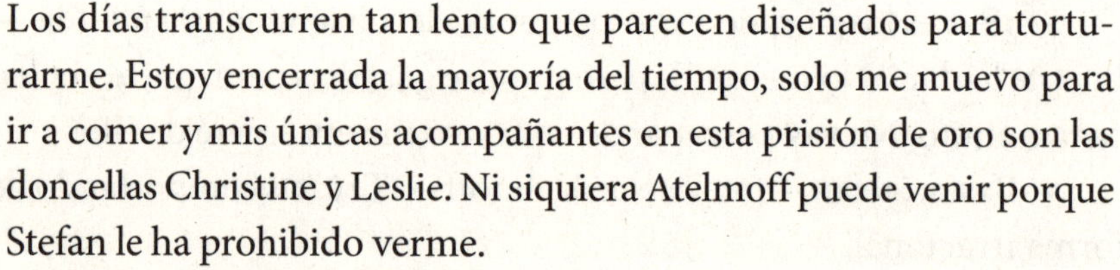

Los días transcurren tan lento que parecen diseñados para torturarme. Estoy encerrada la mayoría del tiempo, solo me muevo para ir a comer y mis únicas acompañantes en esta prisión de oro son las doncellas Christine y Leslie. Ni siquiera Atelmoff puede venir porque Stefan le ha prohibido verme.

Aún no concibo el hecho de que el rey Lacrontte haya enviado una carta solicitando que me busquen. ¿Para qué quiere encontrarme? ¿Acaso se arrepintió de dejarme ir y quiere asesinarme? De cualquier forma, las doncellas me informaron que Atelmoff ya le envió su respuesta diciendo que no ha podido hallar a nadie con ese nombre, pues así se lo ordenó el rey demente que ahora gobierna Mishnock.

Esta mañana me llegó una carta de Willy. Atelmoff me la entregó a escondidas después de decirme que fueron mis padres quienes la trajeron y que no pudieron entrar porque tienen prohibido el paso durante el primer mes de mi trabajo obligado. Es una regla estúpida de Stefan que me ha hecho rabiar por horas.

Mi chica de las flores:

El primer día que llegué aquí te escribí, pero destruyeron mi mensaje por lo que decía. No puedo contarte muchas cosas, pues hay personas que se encargan de leer todas las cartas para asegurarse de que nada confidencial sea revelado y confiscan aquellas que incumplan con el reglamento. Eso sucedió con la primera.

El campo de batalla es duro, aunque por ahora mi única labor es transportar comida en carromatos por la mañana, a lo largo de la línea fronteriza, para los soldados que se encargan de custodiarla.

Debo informar que me encuentro bien. Aún no hemos recibido ningún ataque por parte del reino de Lacrontte y, a pesar de que las trincheras pueden ser incómodas, el precio vale la pena por el bienestar de mi familia. Además, hc conocido a varios cristenses, así que creo que saldré de aquí con muchos amigos extranjeros.

Espero que estés bien y feliz. Piensa en mí y envíame buenos deseos.

Tu buen amigo,

Willy Mernels

No voy a negarlo. Saber de él me alegró un poco mi día gris.

—Señorita, rápido. Díganos que ya está vestida, por favor. —Christine y Leslie entran a la habitación apresuradamente.

—¿Qué sucede? —Salgo del vestidor con uno de mis trajes, pues me niego a usar los que han confeccionado para mí en este encierro.

—El rey Stefan y la princesa Lerentia, eso es lo que pasa.

Soy fuerte, lo juro, o al menos lo intento, pero soy incapaz de fingir que no se me parte el corazón cuando imagino que une su vida a otra persona.

—¿Ella está aquí? —pregunto con el ritmo cardíaco acelerado.

—Así es. La vimos llegar al palacio hace un momento.

—¿Para qué me llaman, entonces?

No quiero verla ni a ella ni a Stefan. Se me empaña la mirada y me siento en la cama, desolada. Ya sabía que estaba comprometido y con quién; sin embargo, cuanto más se acerca la realidad, más duele.

—No queríamos hacerla sentir mal, señorita Emily —se disculpa Leslie—. ¿Quiere que le prepare un té para pasar el mal rato?

—Confiésenme algo —les pido, ignorando su pregunta—. ¿Qué se dice sobre mí aquí en el palacio?

Las veo dudar, pero al final una habla.

—Dicen que usted es la amante del príncipe… bueno, del rey Stefan —contesta Christine y su compañera le da un codazo—. ¿Qué? Ella quería saber.

Me cubro el rostro con las manos ante el peso de aquellas palabras. Pasé de ser su novia a que todos me vieran como la amante que trajo a vivir a su palacio. No solo me siento usada, sino humillada. ¿Cómo llegué a este punto?

—No todos pensamos eso, señorita. —Leslie intenta remediar lo que ha dicho su compañera—. No se aflija.

—Estoy aquí y acaba de llegar su prometida. Ambas viviremos bajo el mismo techo. ¿Qué más podría opinar la gente? —digo más para mí. La puerta suena y yo continúo lamentándome—. ¿Atelmoff? —pregunto, esperanzada por su presencia. Lo necesito, de verdad lo necesito.

—Lamento decepcionarte, pero no soy él. —Esa voz, que antes me gustaba tanto y que me habría encantado escuchar por el resto de mi vida, hace acto de presencia en la alcoba. Es Stefan—. Buenos días, Emily, ¿podemos hablar?

—¿Viene a decirme que ya llegó su prometida al palacio? —replico, enojada.

El color abandona su rostro, pero intenta mantener la compostura. Las doncellas salen de la habitación como si intentaran huir de una avalancha al sentir la tensión del ambiente. Habría preferido que se quedaran a acompañarme.

—Solo venía a disculparme por no haber aparecido en estos días.

—Eso no representa ningún problema para mí. Es más, lo prefiero.

—Por favor, no seas hostil conmigo. Deja que me explique.

—Lo sabía, ¿cierto? —suelto esa pregunta que traigo atorada desde hace días—. La condición del reino de Cristeners para brindarnos ayuda. Supo que debía casarse con la princesa Lerentia desde el momento en que le prestaron hombres y armas a Mishnock.

—No, por supuesto que no —se defiende en vano, pues sé que miente—. Recuerda que en el bosque te dije que desconocía cuál era el trato al que habían llegado. —Mi silencio le dice mucho—. Emily, créeme, quería estar contigo. ¿Qué querías que hiciera?

—¡Ser honesto y no seguirme ilusionando! —No pienso caer en su palabrería nunca más.

—Te amo, Emily —susurra, y el mundo se hace trizas.

¿Es verdad o solo lo dijo por el furor del momento? No mentiré, me habría gustado escucharle confesar aquello en una situación más idónea, pero ahora no me produce nada. El corazón se me acelera por la rabia que siento, por su cinismo.

—¿Seguirá burlándose de mí? ¡Va a casarse! ¡Su prometida acaba de llegar! —grito perdiendo la calma—. Me dice que no soy lo suficientemente buena para estar en su vida, que soy solo un pasatiempo, y ahora sale con esto. ¡No creeré nada que salga de su boca! Solo espero que este año pase rápido y poder marcharme de aquí para siempre.

—¿De verdad crees que vas a irte? —habla con tal frialdad que me aterro—. Sí, el decreto dice que debes trabajar durante un año, pero lo que se te olvida es que decidiste ocupar el sitio de las demás. Pediste que se fueran, así que tú tienes que cumplir el año de todas ellas. —Me mareo y siento que el piso se abre bajo mis pies. Eso es imposible. Ese no era el trato. Me cuesta respirar—. Fueron unas quinientas jovencitas, Emily, haz el cálculo.

—¡Está enfermo si cree que voy a quedarme por tanto tiempo!

—Despreocúpate. No viviremos tantos años, pero te aseguro que todos los pasarás conmigo.

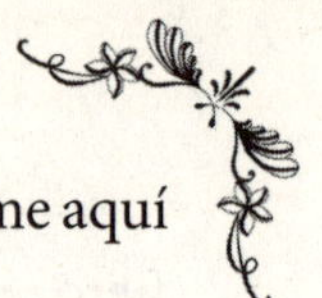

Esto es inconcebible. Quiero vomitar. No pienso quedarme aquí por el resto de mi vida. No lo haré.

—Necesito aire —le aviso antes de salir corriendo de la habitación rumbo a los jardines.

Intenta detenerme y, sin que me importen sus llamados, me escabullo. Bajo rápido las escaleras, pero el destino parece tener los peores planes para mí porque me encuentro de frente con la princesa Lerentia. La mujer me observa en silencio, como si tratara de recordar quién soy o si alguna vez me ha visto. Ruego que no me reconozca, no soportaría más humillaciones.

—¿Nos conocemos? —pregunta lo que ya esperaba.

Stefan llega hasta nosotras, ansioso.

—Sí, ya nos habíamos visto. —Le sostengo la mirada.

—¿Dónde?

—Eso no es importante ahora —interviene él.

—¿Por qué no lo es? —lo cuestiono y decido hacerlo sufrir—. Nos vamos a ver muy seguido, es preciso que recuerde quién soy.

—¿Nos veremos seguido? ¿Acaso trabajas aquí?

—Según el decreto expedido por su al… digo, su majestad —me corrijo con ironía—, sí, trabajo en el palacio, solo que hasta el momento no me han asignado ninguna labor.

—¿A qué se refiere, Stefan? —Dirige su atención a él—. ¿Quién es esta? —pregunta ella con altanería—. No me agrada en lo absoluto, quiero que se vaya.

—Es la señorita Malhore —replica él con un tono defensivo—. Vive aquí y debo aclarar que tiene los mismos derechos que nosotros.

—Debes estar jugando —se ríe sin gracia—. Seré la reina y es obvio que no tenemos los mismos derechos.

—Entonces permíteme informarte que estás equivocada. Es mejor que te acostumbres, Lerentia, porque nos acompañará siempre.

No entiendo a qué viene este apoyo de su parte. No necesito que me defienda de la maleducada princesa. Además, se ahorraría todo este bochorno si me dejara ir.

—Ya dime quién es, no quiero averiguarlo por mi cuenta —lo amenaza.

Entonces me doy cuenta de que ambos no se soportan. Me duele saber que cambió nuestra relación por esta farsa. Ella me observa como una niña malcriada. Sé que en cualquier momento me recordará y no quiero estar presente cuando lo haga. Por supuesto, no tengo suerte.

—Ya sé dónde te he visto —comenta con una sonrisa después de unos segundos. ¡Por todas las flores del mundo! ¿Por qué me tienen que pasar estas cosas?—. Eras la novia de Stefan, la de la gala benéfica —se ríe amargamente, observándome de arriba abajo—. Mira cómo has quedado. ¿Cuál es tu propósito aquí?

—¿Por qué terminó su relación con el rey Gregorie? —le pregunto, ignorando lo que quiere saber.

—Si no te he dado permiso para husmear en mi vida privada, no lo hagas. Soy tu futura reina y tú eres mi futura plebeya —espeta.

—Cuida tus palabras, Lerentia —le advierte Stefan.

—¿Por qué? Las princesas nacemos para ser reinas y las plebeyas nacen para servir a las soberanas. ¿Entiendes ahora tu papel? Y no es crueldad, es la realidad. —Prefiero quedarme en silencio—. Permíteme dejarte las cosas claras, Emily. Cuando te dije que Stefan me había invitado a salir pude ver cuánto te afectó. Te dolía porque lo querías… o lo quieres. En verdad ese no es mi problema. —Se encoge de hombros—. Él y yo estamos aquí por un trato, no por amor. Aun así, escúchame bien, jamás aceptaré que tenga una amante.

—No entien…

—No he terminado de hablar —me interrumpe—. Apuesto todas mis perlas a que Stefan es capaz de convencerte de estar con él nuevamente. Al menos te hará dudar. Si quieren verse a escondidas, adelante, pero si llego a enterarme o a encontrarlos, te haré saber quién es Lerentia Wifantere, pues mi nombre se respeta hoy y hasta el final de mis días.

No discuto porque tiene razón. Sé que Stefan puede envolverme como lo hizo una vez, pues lo quiero y ese sentimiento no se borrará tan fácil como una palabra en la arena. Mucho menos teniéndolo tan cerca.

—Stefan —dice girándose hacia él—, sabes bien que las estrategias levantan naciones, pero las alianzas las mantienen en pie. Te tolero porque estoy obligada a hacerlo, así que mantenme feliz. Bastará una carta a mi padre para que esta unión se complique. Ya sabes que terminarás perdiendo.

—La balanza no se inclina a tu favor, Lerentia, así que no me amenaces.

—Serás tú quien pierda más —espeta—. No quiero a tu juguete cerca. Diviértete con ella a escondidas si eres tan osado como para hacerlo.

Tiene razón. No soy más que la obsesión de un hombre y ahora también el centro de humillaciones de una princesa. Sin embargo, me niego a permitir que ambos me pisoteen. Debo buscar la forma de salir de aquí a como dé lugar y huir lo más lejos que pueda para que nunca me encuentren.

—Me retiro —aviso y ofrezco una reverencia con la dignidad herida.

—No. Ya es hora de almorzar y quiero que vengas al comedor con nosotros —indica Stefan con tanta naturalidad que parece desconectado del mundo. ¿No se da cuenta de lo que acaba de pasar?

—El Decreto Real 343 dice que he venido al palacio a servir, no a sentarme a la mesa con mis monarcas, y no pienso incumplir esta regla. Les deseo una hermosa tarde —me despido con el alma acongojada.

Reprimo el llanto mientras corro de vuelta a mi habitación, pidiéndole en el camino a un guardia que vaya en busca de Atelmoff. Me dan igual las prohibiciones de Stefan al respecto. Debo escapar de aquí y él será la llave que abrirá la puerta hacia mi libertad.

Al llegar, voy directamente al baño para lavarme la cara, aún negándome a llorar. Miro en el espejo mi imagen triste y mis ojos vidriosos mientras aprieto los labios para mantener mi promesa.

—Querida, ¿te encuentras aquí? —Escucho al consejero unos minutos más tarde y corro hacia él—. ¿Qué ha pasado? —Se preocupa al ver mi estado.

—Quiero irme de aquí, Atelmoff. Necesito huir. No soy capaz de vivir toda mi vida encerrada bajo la sombra de Stefan y menos si está casado con una mujer que sabes que me hará la vida imposible.

Me lleva hasta el otro lado de la habitación y abre los ventanales, dejando que el ruido de la tarde entre a la alcoba y camufle nuestras voces.

—No puedes ir por ahí diciendo esas cosas. Los guardias van a escucharte y le dirán a Stefan. Además, lo que propones es imposible.

—No lo es. Necesito tu ayuda —le suplico.

—¿Cómo piensas que podré hacer algo? No hay escapatoria. Stefan dio la orden de no dejarte salir del palacio y la única persona autorizada para levantar esa orden es él mismo. Si por alguna casualidad lograras salir, te buscaría por todo Mishnock hasta dar contigo. Está muy aferrado a ti.

Un escalofrío me recorre la espalda.

—Querrás decir obsesionado. —Atelmoff asiente—. ¿Y si me voy de Mishnock? A otro reino —propongo.

—Supongo que te refieres a Lacrontte o a Cromanoff. —Ese último sería una buena opción. El rey Gregorie dijo que las puertas estaban abiertas para mí—. No importa a dónde sea, Emily, te descubriría y no podrías ni siquiera cruzar la frontera. Todo el mundo te conoce, saliste en el periódico.

—¿Y si no salgo de manera legal? —pregunto, dándole voz a la loca idea que surge en mi mente.

—¿A qué te refieres?

—Al bosque Ewan —revelo y siento una chispa de esperanza en mi interior—. Sé que muchos mishnianos, platers e incluso grencianos pasan por ahí hacia Lacrontte.

—Es una caminata de días, Emily… y no todos la completan —me recuerda lo que ya sé.

—Lo intentaré, lo juro. Haré cualquier cosa por ser libre.

—¿Segura? —Veo su duda, pero asiento—. Y cuando estés allá… ¿qué?, ¿cómo vas a sobrevivir?

—Buscaré un trabajo —le explico—. Por eso no te preocupes, yo sabré defenderme. Solo ayúdame a lograrlo.

Atelmoff suspira y camina de un lugar a otro de la habitación. Sé que ayudarme implica traicionar a su rey, pero noto que quiere hacerlo. Quiere sacarme de aquí.

—Óyeme bien. No hay manera de que te escapes estando aquí —dice por fin—. Tendrás que buscar la forma de que Stefan te saque del palacio. Cuando estés en la calle, te fugarás.

—¿Cómo haré eso? —Estoy emocionada, pero esa táctica no parece la mejor—. Si salimos a alguna parte, él llevará guardias.

—No a todas partes… —Me lanza una mirada cómplice y espera que la entienda.

Claro, en todos nuestros encuentros en el bosque Ewan jamás nos vigilaba nadie.

—Tendrás que dormirlo para poder huir. —Intento hacer preguntas, pero él me calla—. Compraré algún somnífero y tú tendrás que buscar la manera de ponerlo en su bebida.

—¿Por qué llevaríamos licor al bosque Ewan?

—La coronación. Esa es tu única oportunidad. —Y allí lo entiendo. Lo invitaré a celebrar su coronación al bosque Ewan, le daré el somnífero en alguna copa de vino y después emprenderé el camino para escapar de Mishnock—. Buscaré a un guía y haré que espere entre las sombras del claro por ti. Una vez tengas la oportunidad, te irás con él. Deja esa parte del plan en mis manos. Por ahora, debes actuar con normalidad para que Stefan no sospeche nada.

—Tenemos un trato.

Lo haré. Me escaparé. Le demostraré al mundo que no soy simplemente una plebeya inocente, sino que soy una mujer arriesgada que forja su futuro a su antojo. Nada va a detenerme, ni una corona, ni las paredes de un palacio. Shelly me enseñó a luchar y le demostraré que fui su mejor aprendiz.

Al parecer, el rey Magnus Lacrontte no tendrá que buscarme demasiado. Yo misma volveré a su reino para ver esos crueles ojos verdes una vez más.

STEFAN

—Al fin llegas —es lo primero que dice cuando me ve.

Me toco la cara por instinto. Los golpes han sanado; las pomadas que Atelmoff me puso con fervor en el rostro han hecho su trabajo. Lo miro a los ojos, intentando ser valiente. Su mirada es tan dura como el trono en el que se sienta cada día para hacerme la vida imposible. Tiene el ceño fruncido y se mueve con rigidez, como si algo en su ropa lo molestara. Ojalá fuera así.

Desvío la mirada hacia las paredes de color bronce en la habitación que me asignaron para mi estancia en Plate. Ese tono en particular me recuerda a una estatua vieja y descolorida por los años. Me gustaría ser una. Un ser inerte, sin problema alguno. Sin alma, sin una vida llena de amenazas.

—¿En qué piensas? —pregunta Silas cuando no le respondo. Como si de verdad le importara saberlo—. Te necesito aquí. ¿Qué tal tu viaje?

—Si requiere que haga algo, solo dígalo.

La amabilidad no es algo que haya nacido con él. Desde que tengo memoria, no ha sido más que cruel conmigo. Desde que era un niño, me reprendía por lo más mínimo, me llamaba idiota, imbécil y todos los insultos que se le pasaran por la mente. Hago algo bien: no hay ni una sola felicitación. Según él, es lo que debo hacer y no hay por qué

adular los deberes cumplidos. Hago algo mal: para eso tiene una escala con la que mide los errores: aquellos que se merecen solamente un grito, los que requieren una humillación pública o privada y los que, bajo su criterio, son dignos de *golpes correctivos*. Y así he vivido, a punta de correcciones porque, al parecer, cada cosa que hago, pienso o digo está mal. Mi único objetivo es aliviarle la carga de trabajo, asumir la culpa para librarlo de los problemas que se gana y ser su títere.

Cuando éramos niños, antes de que todo ocurriera ese maldito 7 de junio, Magnus me dijo que su padre nunca lo había golpeado. Me sorprendí. En mi ingenuidad creí que a todos los futuros reyes nos criaban igual. Y aunque ahí me di cuenta de que no era cierto, de que la crueldad de un padre estaba reservada solo para mí, decidí seguir creyendo que Silas tenía razón, que me lo merecía para forjarme como un buen monarca, que era necesario para ser un hombre. Sin embargo, una pequeña parte de mí se resintió porque, según las historias de mis tutores, Magnus V era el rey más cruel que había existido, un rey que no tenía misericordia ni siquiera con su propio hijo, pero no era cierto. Nunca lo había tocado. Y lo que terminó de quebrarme fue que Magnus me contó que su padre siempre le decía que estaba orgulloso de él. Tengo veintitrés años y jamás he escuchado algo parecido de parte del mío.

—Cómo gustes. —Me sonríe sin mostrar los dientes. El mismo gesto cínico que siempre debo aguantar.

Lleva una mano a su bolsillo y de allí saca una caja de terciopelo gris que abre sin perder el tiempo. Dentro hay un anillo de oro blanco con un diamante de corte ovalado.

Nunca me ha permitido comprarle nada de ese metal a Emily. El orfebre del palacio solo está autorizado para darme piezas de plata insignificantes, como si no pudiera permitirme otra cosa, y he sido un idiota por no comprarle algo a escondidas. Según Silas, no podemos gastar en una plebeya que en nada nos beneficia. ¿Y yo qué soy, entonces? Porque mis coronas son del mismo metal.

Todavía recuerdo la noche que Atelmoff y yo pasamos prácticamente rogándole al joyero que cambiara los zirconios por pequeños

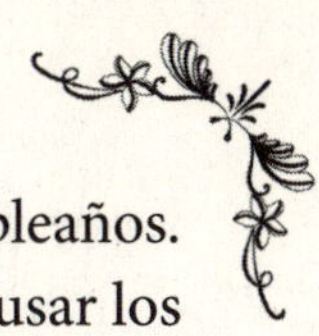

diamantes en aquella pulsera que le di a Emily por su cumpleaños. Me sentí patético, como si de verdad no tuviera derecho a usar los tesoros de nuestra familia. Aquello me hizo ganarme unos buenos golpes, y a ese pobre plebeyo, la muerte.

—Supongo que no ha cambiado de opinión sobre lo que puedo darle a Emily.

—Supones bien. Esto es para alguien que se lo merece.

—¿Se casará con alguna de sus amantes?

—No soy tan imbécil. Tú lo harás. Con Lerentia Wifantere.

Siento el mundo temblar bajo mis pies, pero en ningún momento se abre una grieta que me consuma. El corazón me late rápido, como lo hace cada vez que cabalgo para huir de los problemas del palacio. Solo que esta vez lo único que parece escaparse es el oxígeno de mis pulmones.

—Dígame que está jugando. Emily es lo único en lo que no permito que se entrometa, y lo sabe.

—Tú a mí no me ordenas nada. Yo soy quien tiene el poder aquí y tú obedeces. Vas a arrodillarte frente a esa rubia insípida y le jurarás que le serás fiel hasta que al fin te mueras. ¿Escuchas?

—No me obligue a hacer eso, por favor. —Ni siquiera me reconozco. He suplicado muchas veces antes, pero esto es tan importante que me tiemblan la voz y las manos—. Amo a Emily, Silas. No voy a casarme con nadie más. Solo le pido esto, se lo ruego.

Oigo un pitido en los oídos que podría reventarme la cabeza. Me siento mareado, pesado y revuelto. Ella es mi única felicidad. No puede quitármela.

—Para seguir en pie hay que sacrificar muchas cosas, Stefan, y ahora ella será la ofrenda. Vas a acabar esa relación cuando regresemos a Mishnock y mañana, después de la boda de Lorian, vas a pedirle matrimonio a la princesa. ¿Entendido?

—¿Por qué debo ser soy yo el que sacrifica todo? No estoy pidiendo demasiado, solo quiero estar con Emily.

—¿Crees que yo no me he sacrificado también? Lo necesitamos. Si no unimos lazos con los Wifantere, ellos se unirán a los Fulhenor

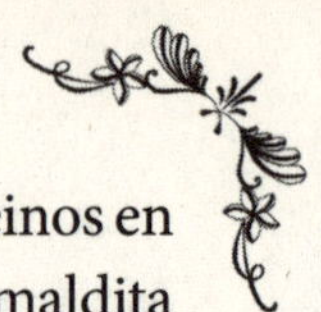

y, por ende, a los Lacrontte. Será el fin si nos vemos con tres reinos en contra, y yo no pienso dejar de ser rey. Por primera vez en tu maldita vida deja de arruinar las cosas con tu debilidad. Es tu oportunidad de dejar de ser una vergüenza para mí y el apellido Denavritz.

—No voy a dejarla. —Mi voz es firme, decidida. Puedo amenazar con abdicar, huir con ella. Lo que haga falta—. Y no voy a casarme con nadie más. ¿Por qué se empecina en dañarme la vida? Lerentia está enamorada del rey Gregorie. No aceptará y yo tampoco.

Puedo contárselo a ella y que me ayude a detener esto de alguna manera. Mostró su rechazo cuando la invité a dar un paseo esa vez. Ahora no debe ser diferente.

—Aceptará. Sus padres la obligarán a hacerlo. Ella, a diferencia de ti, sabe qué es ser una monarca.

—¿Qué les ofreció? —pregunto, desesperado. Tuvo que ser algo más que oro, algo gigantesco—. Los Wifantere no son tontos. Dígame qué pactó para que decidieran traicionar al rey Fulhenor.

—No es algo que te incumba. Cumple con tu papel y todo estará bien. Así que más te vale, Stefan, que esa maldita plebeya desaparezca de nuestras vidas. ¿Acaso no ves lo irrelevante que es? Es una perfumista, por Dios.

—Déjela fuera de esto. —La frustración sobrepasa mis fuerzas—. ¿No lo entiende? Puede que usted jamás haya amado a nadie, pero no puede negarme que yo lo haga. Emily es lo único que quiero.

Vuelve a sonreír, siniestro. Como si me tuviera en su mano y con apretar el puño pudiera acabar conmigo.

—Si no lo haces, tu madre va a pagar por tu desobediencia.

—No sé con qué demonios la amenaza, pero sé que no puede deshacerse de ella. Sé que de alguna manera ella está a salvo a su lado, de lo contrario jamás dejaría que se la llevara a sus viajes. ¿Me equivoco, padre?

Me da una bofetada. La mejilla me palpita fuerte; sin embargo, después de tantos golpes, la piel se vuelve resistente y las lágrimas que surgían en los primeros años dejaron de existir. La ira ya le ha dado paso al autocontrol. El mejor método de supervivencia.

—Eres un maldito imbécil. No me llames así —brama con los dientes apretados. Su ira es mi hazaña, así que sonrío, aún con el sabor metálico de la sangre en la boca—. Te aviso una cosa, Stefan: si no es tu madre, entonces será esa plebeya buena para nada que tanto dices amar. De no cumplir, te juro que la mato.

Me paralizo y la valentía que me acompañaba se diluye en mi cuerpo. Podría ponerme de rodillas y suplicar por Emily. Haría eso y mil cosas más por ella. Ya lo he hecho antes. Silas me ha tenido en el piso tantas veces que me es imposible enumerarlas.

Cuando tenía siete años, le rogué para que no me separara del único cachorro que he tenido en la vida. Fracasé. Le disparó frente a mí alegando que era una distracción de mis deberes. Rogué para que no me encerrara en los calabozos del palacio cada vez que lo hacía enojar. Solo se detuvo cuando Atelmoff intervino y lo convenció, no sé con qué. Sin embargo, cambió a un método con el que Atelmoff no pudo. Empezó a enviarme a la base de la guardia civil cada noche, sin descanso, para hacer labores innecesarias. No soporto las prisiones, el encierro, los grilletes y cadenas. Verme allí, rodeado de reos y barrotes, me causaba una tristeza profunda, me aceleraba el corazón, me agobiaba y cortaba mi respiración. Él sabía el trauma que su castigo generó en mí y lo disfrutaba. Sabía que a la mañana siguiente estaría maleable, intentando hacer todo lo que me ordenara bajo la esperanza de que no volviera a enviarme allí. Irónicamente, eso es lo único bueno que ha hecho. Ahí conocí a Emily. En ocasiones sueño con encerrarlo y verlo sometido como yo lo he estado la mayor parte de mi vida. Es el único que escarmiento que disfrutaría ver.

—Llegó el momento de pagarme por mi ayuda en el juicio de esa muchachita —continúa, acorralándome—. Si no, ¿qué crees que le dolerá más? ¿Que asesine a su padre frente a ella o que la lleve a visitar a ese hombre que está en prisión para que pueda terminar lo que empezó?

—¿Cómo se atreve? —El grito me lacera la garganta—. Me da asco llevar su sangre, su piel, su voz. Lo aborrezco como a nada en este mundo, maldito infeliz. Ojalá estuviera muerto, ojalá Magnus lo

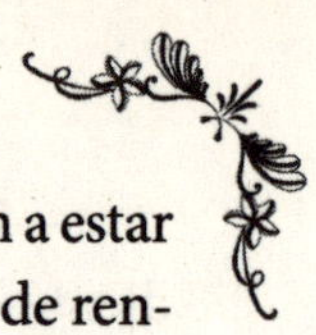

hubiera encontrado. —Y, después de muchos años, ahí vuelven a estar las lágrimas. Bajan calientes por mis mejillas, llenas de odio, de rencor, de indignación—. No se atreva a tocarla o yo mismo le voy a arrancar los ojos.

Su risa amarga llena la habitación. Se burla de mí, de mis amenazas, de mi dolor y de mi amor por Emily.

—Claro que no lo harás. No me tocarás ni un pelo por dos razones: primero, eres un cobarde y, segundo, me quieres —Su expresión me quiebra hasta los huesos—. Y todavía no entiendo la razón si yo te aborrezco tanto.

—Si soy insignificante para usted, ¿por qué no me ha asesinado? Máteme. Es su oportunidad.

Prefiero morir antes que romperle el corazón a Emily. Quizás en el fondo sí soy un cobarde.

—Porque en este momento te necesito casado. El día en que dejes de servirme no tendré piedad. Y aunque acabara contigo hoy, te juro por todo el poder que tengo que esa maldita plebeya tendrá el final que he escrito para ella. ¿Crees que no la vigilo, Stefan? —dice con suficiencia.

¡Maldita sea, Emily tenía razón! Recuerdo cuando íbamos de camino al bosque Ewan por primera vez. Esa noche, Emily mencionó que sentía que alguien nos vigilaba, y cuando le pregunté al respecto, dijo que ya había vivido eso antes. Eran los hombres de Silas siguiéndole el paso.

—Límpiate el llanto, que ya no eres un niño. Te daré una idea para que no te busque más. Guárdate el anillo y muéstraselo. Dile que con él desposarás a alguien digna.

Ya ni siquiera lo escucho. En mi mente hay un pensamiento que grita más alto. Nada me asegura que, así cumpla con lo que me pide, no saque a ese hombre de prisión. Tengo que asesinarlo antes de que la toque.

Sé que vas a odiarme hasta el final de tus días por no poder luchar más por los dos, cielo, pero acabar con quien quiso dañarte es el último acto de amor que puedo hacer por ti.

ÍNDICE